KB015233

唐詩三百首 (上)

● 孫秀（蘅塘退士）篇

玄玉 張基槿
陶硯 陳起煥 共譯

明文堂

≪唐詩三百首≫에 대하여

중국 문학에서 시(詩)는 문학의 어느 장르보다 먼저 시작되었고 큰 성취를 이루었으며 또 가장 중요한 지위를 차지했었는데 이는 지금도 그러하다고 말할 수 있다. 중국 문학사에서 시가 최고의 성취를 이룩한 것은 당조(唐朝)였다.
당(唐, 618-907)의 290년간은 중국 시가(詩歌)의 황금시기였으니 수많은 대가들이 출현하여 활약하였고 수많은 명편이 창작되고 애송되었다. 청(淸) 강희제(康熙帝)의 명에 의거 편찬된 ≪전당시(全唐詩)≫는 2,200여 작자의 시 4만 8천여수를 수록하고 있는데 이는 청대까지 전해진 것만 모은 것이다. 그러니 그 당대에 얼마나 많은 작자의 많은 시가 지어졌는가를 미루어 짐작할 수 있다.

그러한 당시(唐詩)의 선본(選本)은 매우 많은데 그 중에서 가장 보편적으로 알려지고 읽혀온 것은 <당시삼백수>이다. 여기에는 시인 77명의 320편의 시를 수록하고 있다. 이는 ≪시경(詩經)≫의 311수를 본뜬 것이다. 이 책의 편자 손수(孫洙)는 강소(江蘇) 무석(無錫) 사람으로 자(字)는 임서(臨西)이며 별호는 형당퇴사(蘅塘退士)이니 은거를 즐긴 사람임을 알 수 있다. 형당퇴사는 청(淸) 건륭(乾隆) 16년(1761)에 진사가 되었고, 건륭 28년(1773)에 부인 서난영(徐蘭英)과 함께 이 책을 편찬하였다. 형당퇴사는 심덕잠(沈德潛, 1673-1769)의 ≪당시별재(唐詩別裁)≫ 및 왕사정(王士禎, 1634-1711)의 ≪고시선(古詩選)≫을 바탕으로 하고 그 외 여러 당시선본(唐詩選本)을 참고하여 310수를 골라 편찬하였다.

이 책은 본래 학동의 시 학습을 목적으로 편찬되었다. 때문에 시 내용이 쉬우면서도 교육적인 목적을 배려하였으며 다양한 시체(詩體)를 공부할 수 있도록 편찬되었다. 77명의 시를 수록하고 있는데 초당(盛唐)과 중당(中唐)을 거쳐 만당(晩唐)에 이르기까지, 또 오언(五言)과 칠언고시(七言古詩)에서부터 율시(律詩)와 절구(絶句), 악부시(樂府詩) 등을 고루 망라하였다.

《당시삼백수》의 제재는 매우 광범위하고 다양하니 여기에는 기행과 회고와 영회(詠懷), 송별과 등고(登高), 그리고 변새(邊塞), 영물(詠物)과 규원(閨怨)을 노래한 시 등 여러 주제를 고루 망라하고 있다.

그러나 두보(杜甫)의 <북정(北征)> 같은 명작이나 백거이(白居易)의 신악부시(新樂府詩) 등이 제외되었고, 피일휴(皮日休)나 이하(李賀) 등의 시는 하나도 선본(選本)되지 않았다는 아쉬움이 있다.

형당퇴사는 자신의 서문에서 "당시를 삼백 수만 숙독하면 시를 지을 줄 몰랐더라도 시를 읊게 된다는 속담을 근거로 이를 경험할 수 있도록 편찬하였다."고 하였는데 결국 당시뿐만 아니라 시를 공부하는 입문서로 이 책을 편찬하였음을 알 수 있다.

형당퇴사가 최초로 편집된 원본은 현재 전해오는 것이 없고, 지금 유통되고 있는 것은 청(淸) 도광(道光) 15년(1835)에 장섭(章燮)의 주소본(注疏本)인데 여기에는 장구령(張九齡) 2수, 이백(李白) 5수, 두보 3수의 시 총 10수를 더 추가하였다.

그리하여 오언고시 35수, 오언악부 10수, 칠언고시 28수, 칠언악부 16수, 오언율시 80수, 칠언율시 53수, 칠율악부(七律樂府) 1수, 오언절구 29수, 오절악부(五絶樂府) 8수, 칠언절구 51수, 칠절악부(七絶樂府) 9수로 총 320수로 구성되었다.

형당퇴사蘅塘退士의 당시삼백수 자서自序

세속아동취학 즉수천가시 취기이어성송 고류전불폐 단기시수수철
世俗兒童就學 卽授千家詩,取其易於成誦 故流傳不廢.但其詩隨手掇

습 공졸막변 차지칠언율절이체 이당송인우잡출기간 수괴체제 인
拾 工拙莫辨 且止七言律絶二體. 而唐宋人又雜出其間 殊乖體制. 因

전취당시중회자인구지작 택기우요자 매체균수십수 공삼백여수 녹
專就唐詩中膾炙人口之作 擇其尤要者 每體均數十首 共三百餘首 錄

성일편 위가숙과본 비동이습지 백수역막능폐 교천가시불원승야
成一編. 爲家塾課本 俾童而習之 白首亦莫能廢 較千家詩不遠勝耶.

언운 숙독당시삼백수 불회음시야회음 청이시편험지
諺云 '熟讀唐詩三百首 不會吟詩也會吟', 請以是編驗之.

세속에 아동이 취학하면 바로 천가시(千家詩)을 가르치는데 이는 외우기 쉽다 하여 지금까지 널리 유행하고 있다. 그렇지만 그 책은 마치 손쉽게 주워 모은 것처럼 뛰어나거나 떨어지는 시를 구분하지 않았고 또 칠언의 율시와 절구 두 가지 시체에 그쳤으며, 당(唐)과 송(宋)의 인물이 한 책에 섞여 있으며 때문에 (나는) 당시(唐詩)에서 인구에 회자되는 작품 중에서도 특히 꼭 필요한 것만 고르고 각각의 시체에 따라 수십 수씩을 모아모두 삼백여 수를 수록하여 한 권으로 엮었다. 이 책을 가숙(家塾)의 교본으로 삼아 학동으로 하여금 학습케 한다면 늙더라도 잊히지는 않을 것이니 천가시에 비교하여 훨씬 좋지 않겠는가? 속담에 말하기를 '당시(唐詩)를 삼백 수만 숙독하면 시를 지을 줄 몰랐더라도 시를 읊게 된다' 하였으니 이 책으로 그것을 징험하고자 한다.

서 문

≪唐詩三百首≫와 인생

공자(孔子)가 ≪시삼백(詩三百)≫을 '사무사(思無邪)'라 하였으니 이는 시가 인간 감정의 솔직한 표현이라는 뜻이다. 공자는 시를 통해 감흥과 통찰, 교류와 정서순화를 할 수 있기에 시를 배워야 한다고 제자들에게 강조하였는데 이를 '흥(興)·관(觀)·군(羣)·원(怨)'이라 한다.
그리고 아들 백어(伯魚)에게는 '시를 배우지 않으면 말을 할 길이 없으며' 또 '담장을 마주보고 서 있는 것 같다'고 말하여, 시의 효능까지도 구체적으로 언급하였다.
두보(杜甫)는 시인으로서 '문장은 영원히 계속될 일(文章千古事)'이며 인생사의 '득실은 시 한 편으로 헤아릴 수 있다(得失寸心知)'고 하였는데 이는 시와 문학의 영원한 가치와 효용성을 잘 표현한 말일 것이다.
시인이 경물(景物)을 보면 시정(詩情)이 나오고 그런 시정을 자신의 뜻에 바탕을 두고 외부로 표출한 것이 바로 시이다. 그래서 '시는 시인의 뜻(詩言志)'이라고 말한다.
당시(唐詩)는 중국 문학의 여러 장르 중에서도 가장 훌륭한 성취를 이룩하였다. 청대(淸代)에 편찬된 ≪전당시(全唐詩)≫에는 2,200여 시인의 48,000수의 시를 수록하고 있는데, 이를 본다면 당시가 얼마나 융성했는가를 알 수 있다. 당시는 인간의 모든 정서를 가장 완벽한 시어로, 또 가장 적절하게 표출하였기에 당시는 그 자체가 인생이며 인생에 대한 깊은 성찰이라 할 수 있다.

필자는 평생 동안 중국 문학을 연구하면서 가르치는 일에 종사하였다. 서산에 지려는 백일(白日)을 바라보면서, 지난날의 회상 속에 젊은 후학을 위해 꼭 해야 할 일을 생각하였다. 그래서 공자의 뜻을 이어 다시 한 번 시를 가르쳐야 한다는 결심하였다. 그래서 당시의 정수만을 모은 《당시삼백수》를 젊은이의 감성에 맞게 강술(講述)하기로 결심하였다. 이는 그간 계속 되어온 내 일상의 연속이니, 이제 노구(老軀)의 여력이 있는 그날까지 당시를 이야기하련다.

2010년 玄玉蓮 서재에서

玄玉 張基槿 識

추모의 글

현옥(玄玉) 장기근(張基槿) 박사님의 컴퓨터에 《당시삼백수》 파일이 들어 있었습니다. 그 파일의 첫 머리에 '2010. 11. 11. 최후 완성 작업 시작. 당시삼백수(唐詩三百首) - 10년 전에 입력한 것 - 이번에 마지막으로 완성 출판하자!'라는 글이 있었습니다. 마치 젊은이가 새 과업(課業)을 시작하며 맹세를 하듯!

노(老) 교수님의 이런 열정에 숙연하지 않을 수 없었습니다. 불행히도 완성을 못하시고 2011년에 작고하셨기에 그간 박사님의 수많은 역작들을 출판했던 출판인으로서 책임을 통감하며 후속 작업을 계속하였습니다. 박사님의 그 모습, 그 열정을 진심으로 추모합니다.

明文堂 代表 **金東求**

서 문

≪唐詩三百首≫ 공부하기

중국에 관한 공부를 하는 사람이라면 먼저 시를 알아야 한다. 이는 결코 어떤 편협한 주관이나 과장에서 나온 말은 아니다. 중국의 시는 문학과 역사, 예술이나 문화 각 분야의 기본이라 할 수 있으며, 중국문학의 모든 장르는 시를 바탕으로 형성되고 발달하였기에 시를 모르고서는 중국문학을 바로 이해할 수도 없다.

시는 시인이 겪고 느낀 바를 정서적이며 운율적인 언어로 표현한 예술이다. 우선, 시의 형상은 어떻게 창작되어 독자에게 전달되는가? 시인의 진실하거나 솔직한 정서와 그 표현을 위한 시어의 선택과 구사, 그리고 자연스러운 운율을 통해 시는 만들어진다. 그러기에 시 공부는 시정(詩情)과 뜻을 이해하는 일부터 시작해야 한다.
당시(唐詩)는 중국인의 것이며 그들이 고심한 창작물이며 객관적인 존재이다. 당시는 음악적 율조(律調)로 운문(韻文)의 최고 경지라고 평가되는데 이 모두는 문자로만 기록되었다. 당시의 문자는 우리가 이해할 수 있지만 그 언어는 우리와 다르고 함축된 뜻은 매우 많다. 따라서 그 공부는 다름을 인정하면서도 깊이가 있어야 한다.
시는 다양한 정서의 표출이다. 거울과 같은 잔잔한 수면도 있지만, 바위에 부딪치며 흐르는 격랑을 수로(水路)를 따라 흐르는 물로 그려내어서도 안 된다. 시 공부는 의미나 감정을 느끼는 과정이지만 그렇다 하여 원작에 없는 새로운 얼룩을 남겨서도 아니 된다.

당시의 공부는 우리말 번역이다. 다른 언어로 창작된 시의 번역은 결코 쉬운 일이 아니다. 잘된 번역은 우선 내용이 충실해야 하는데 이를 신(信)이라고 표현할 수 있다. 동시에 그 뜻이 쉽게 이해되고 혼란하지 않아야 하는데 이를 달(達) 곧 통달이라는 의미로 이해할 수 있다. 그리고 잘된 번역은 그 문장에 품격이 있어야 한다. 곧 고아(高雅)한 맛을 느낄 수 있어야 한다. 이렇듯 신(信), 달(達), 아(雅)의 경지에 이를 수 있어야 잘된 번역일 것이다.

흔히 '번역은 절반의 창작'이라고 말하지만 시의 번역은 시의 틀을 벗어날 수 없다. 중국시의 '반 창작'을 위해서는 우리 언어를 시적 언어로 형상화할 수 있어야 한다. 동시에 시의 주제와 표현 기교가 유기적으로 결합되어야만 시인의 정서가 살아 있는 '절반의 창작'이 가능할 것이다.
필자는 이런 면에서도 각별히 고심을 하였다. 또한 학문적 연구 성과를 거두기보다는 당시를 공부하려는 동학(同學)들을 안내하고 이끌기 위한 번역이 되어야 한다고 생각하였다.
시인은 굉장한 독서와 사색을 바탕으로 시 한 수를 창작하였으니 시는 문사철(文史哲)의 정수(精髓)가 응결된 작품이다. 시를 읽고 감상하는 사람도 그만한 지식이 있어야 한다. 시를 공부하는 우리 모두는 부단한 자기 노력이 있어야 한다는 말로 옮긴이의 서문을 마무리한다.

2014년 3월
陶硯 陳起煥

일러두기

이 책은 다음과 같은 체제를 갖추고 있다.

¶ 본 ≪당시삼백수≫는 오언고시부터 칠율악부시까지 모두 10개 시체(詩體), 320수의 시를 상 · 중 · 하권에 수록하였다. 각 체제별로 1, 2, 3의 일련번호를 부여하여 구분하였다.

그 시체 다음에는 당시(唐詩)의 이해와 학습에 참고가 되는 개론적인 설명자료를 첨부하였다.

¶ 상 · 중 · 하 3권의 시체별 수록 작품은 다음과 같다.

상권	1. 오언고시(五言古詩)	35수	
	2. 오고악부(五古樂府)	10수	
	3. 칠언고시(五言古詩)	28수	(001-073)
중권	4. 칠고악부(七古樂府)	16수	
	5. 오언율시(五言律詩)	80수	(074-169)
하권	6. 칠언율시(七言律詩)	54수	
	7. 오언절구(五言絶句)	29수	
	8. 오절악부(五絶樂府)	8수	
	9. 칠언절구(七言絶句)	51수	
	10. 칠절악부(七絶樂府)	9수	(170-320)

위에서 1, 2, 3, 그리고 7, 8, 9, 10은 고(故) 현옥(玄玉) 장기근 박사님의 유고(遺稿)를 보완하였다.

¶ 수록된 시는 001부터 시작하여 320까지 일련번호를 부여하면서, 일련번호 - 시제(詩題) - 작자 이름을 수록하였다. 목차는 상, 중, 하권에 걸쳐 시체(詩體)별로 수록 작성하였다. 작자별(가나다 순) 전체 목차는 하권에만 수록하였다.

¶ 당시의 원문은 ‘國破山河在(국파산하재)’하는 식으로 덧말 입력을 하여 우선 우리말로 읽을 수 있도록 하였다.

¶ 시의 제목은 원제목을 그대로 옮겼지만 필요한 경우 우리말 번역을 첨부하였다.

¶ **作者**에 대한 설명은 처음에 나올 때 그 생애와 시풍(詩風) 등을 소개하였다. 전체 77명에 대한 소개는 중권에 가나다 순으로 다시 수록하였다.

¶ **註釋**은 시제(詩題) 해설에 이어 각 구의 이해를 위한 한자 음훈(音訓), 전고(典故) 풀이, 문법 등을 상세히 설명하였다.

¶ **詩意**는 시 전체에 대한 설명이며 시 감상을 위한 분석과 보충 설명, 시화(詩話), 시평(詩評) 및 관련 작품이나 일화 등을 수록하였다.

¶ **參考**는 그 시를 이해하기 위한 다른 자료의 소개이다. 역사적 사실이나 일화 등 비교적 내용이 긴 자료들을 수록하였다.

¶ 삽화를 가급적 많이 수록하여 흥미와 관심을 유도하였다.

¶ 부록으로 상권 끝에 ‘당대(唐代)의 역사 개관’, ‘당대의 문학 개관’, ‘당대의 시인 연표’를 수록하였다. ‘당대의 시인 연표’는 본서만이 갖는 아주 특별한 자료이다. 시인과 시대 상황을 파악하는 데 도움이 되리라 생각한다.

¶ 색인은 하권 끝에 수록하였는데, 시인, 시제(詩題), 유명한 시구(詩句) 및 시문에 관한 용어, 문학사 관련 인물 및 역사적 사건 등을 수록하였다.

¶ 시제(詩題) 또는 문장 제목은 <감우(感遇)>와 같이 < >로, 저서나 서책은 ≪ ≫로, 저서와 편명은 ≪논어(論語) 자한(子罕)≫ 식으로 표기하였다.

¶ 본서를 집필하면서 참고한 자료는 다음과 같다.

_≪唐詩三百首≫ : 邱燮友 註譯. 臺灣 三民書局. 1983.
_≪唐詩三百首≫ : 蘅塘退士 選編. 周嘯天 註評. 南京 鳳凰出版社. 2005.
_≪全唐詩典故辭典(上·下)≫ : 范之麟, 吳庚舜 主編. 湖北辭書出版社. 2001.
_≪唐詩鑑賞大辭典≫ : 楊旭輝 主編. 中華書局. 2011
_≪唐詩故事集≫ : 王一林 編著. 中國文聯出版社. 2000.
_≪中國文學史≫ : 張基槿, 車相轅, 車柱環 共著. 明文堂. 1985.
_≪中國文學概論≫ : 金學主 著. 新雅社. 1984.
_≪中國詩論≫ : 車柱環 著. 서울대학교 출판부. 1989.
_≪중국인이 쓴 文學槪論≫ : 王夢鷗 著. 李章佑 譯. 明文堂. 1992.
_≪唐詩三百首 1·2·3≫ : 宋載卲, 崔京烈, 李澈熙 외. 傳統文化研究會. 2009.
_≪唐詩三百首 1·2≫ : 형당퇴사 엮음. 류종목, 주기평, 이지운 옮김. 소명출판. 2010.

차 례

3. 칠언고시七言古詩 199

1. 五言古詩

【고체시古體詩와 근체시近體詩】

중국의 시는 우선 고전시(古典詩)와 현대시(現代詩)로 대별할 수 있다. 현대시란 특히 1919년 5.4운동 이후 백화(白話)로 창작되었으며 전통적 형식이나 운율을 무시하고 유럽의 영향을 받은 자유로운 형식의 시를 지칭한다. 고전시는 중국 역사시대 이후로 19세기 말엽까지 창작되고 읽혀진 모든 시를 포함한다. 이는 곧 중국에 서양의 문학사조가 영향을 끼치기 전까지라 할 수 있다.

이 고전시의 내용은 서정적이며, 분량은 아주 적지만 자수(字數), 행수(行數), 압운 등 일정한 격률(格律, 작시를 위한 규칙)을 갖추고 있다. 중국인들은 지금도 일상 언어생활에서 이러한 옛 시가의 명구를 자연스레 사용하고 있으니 곧 시와 생활의 일체화가 이루어졌다고 볼 수 있다. 이 고전시가는 다시 고체시와 근체시로 대별한다.

고체시(고시古詩라 통칭)는 《시경》의 시나 초사(楚辭), 악부시, 오언시, 칠언시 등을 모두 포함하고 있다. 근체시는 당대(唐代)에 확실하게 형성된 절구(絶句)와 율시(律詩), 배율(排律, 10행 이상에 압운을 한 시)로 대별되는데 모두 오언과 칠언 두 종류로 나뉜다. 송대(宋代)에 크게 성행한 사(詞, 송사宋詞, 장단구長短句)도 근체시에 포함한다.

당(唐)이나 송대에도 악부시가 창작되었으며 지금도 오언과 칠언의 율시가 창작되고 있으니 시의 분류에서 고체시와 근체시는 시대에 따른 구분이 아니라 시의 격식에 따른 구분이다.

【오언고시】

《시경》이나 한대(漢代)의 악부시의 공통된 특징의 하나는 시가의 작자가 전해지지 않는다는 점이다. 곧 무명씨의 작품이라는 것은 문인들에 의한 창작이라도 굳이 '이 시가를 내가 지었다'고 밝히지 않았다는 뜻이다.
그러다가 후한(後漢) 말 건안(建安, 후한 헌제獻帝의 연호. 196-220년까지 25년) 연간에 조조(曹操)와 아들 조비(曹丕), 조식(曹植) 및 공융(孔融), 진림(陳琳) 등 건안칠자(建安七子)를 중심으로 활발한 시단을 형성하였고 이들에 의해 오언고시라는 새로운 시체가 틀을 잡고 발전하게 된다.
고시는 4언1구의 사언고시와 오언고시, 칠언고시가 있고 자구(字句)가 일정하지 않은 잡언고시(雜言古詩)가 있는데 보통 오언과 칠언고시가 대종을 이루고 있다.
고시는 4구 또는 6구, 8구의 고시가 있고 이백(李白)의 <장간행(長干行)>이나 백거이(白居易)의 <장한가(長恨歌)>는 수십 구의 장편고시이다. 고시는 본래 평측을 따지지 않고 흥(興)에 따라 작시하였지만 점차 평측을 고려하고 압운하였다.

오언고시는 보통 오고(五古)라 부른다. 이 오언고시는 질박한 기풍을 숭상하면서도 시의 품격을 중시하여 고급 문인들의 지적 창작영역으로 자리를 잡았다. 그리하여 위(魏)와 서진(西晉)에 들어와 더욱 발달하여 완적(阮籍)과 혜강(嵇康) 등 죽림칠현(竹林七賢)과 육기(陸機), 반악(潘岳), 좌사(左思) 등 시인들이 출현하고 활약한다.
이후 오언고시는 도연명(陶淵明, 372-427)이 등장하여 전원과 자연 속에서 생활하는 진실한 모습을 시로 묘사하여 후세에 큰 영향을 끼쳤다. 이어 사령운(謝靈運, 385-433) 같은 시인들이 좋은 작품을 남겼다.
오언고시는 당대에도 여전히 성행하여 이백, 두보(杜甫), 왕유(王維), 맹호연(孟浩然), 백거이같이 대가들의 명작이 연이어 나왔다. 특히 두보와 백거이의 사회 실정을 묘사한 시들은 거의 고시이다. 고시는 근체시가 확립된

당(唐) 이후 송(宋)에서 청대에 이르기까지 뛰어난 작품들이 계속 창작되었다.

【당시唐詩의 발달 원인】

중국 고전 시가의 발전은 《시경》과 《초사(楚辭)》에서 시작하여 오랜 시간의 성숙과 발전을 거쳐 당대에 이르러 최고로 발달하였다.
현재 전해오는 당인(唐人)의 시가 작품이 약 5만 수 정도이며 시인으로 이름을 남긴 사람이 2,200명이 넘는다. 당시는 다양한 제재와 내용, 잘 정비된 체제와 형식, 감동을 선사하는 뛰어난 묘사와 표현, 그리고 최고의 풍격과 깊고도 원대한 영향력을 종합한다면 중국인뿐만 아니라 한자 문화권의 여러 나라에서 문화적 자부심의 결정체라고 평가할 수 있다.
당시가 이룩한 이러한 성취에 따라 많은 사람들이 당시를 읽고 연구하며 고증과 품평에 힘썼다. 당시는 그 많은 작품량과 여러 분야에 걸친 관심과 다양한 제재, 완벽한 격식의 창조, 풍부한 사상성, 고도의 완숙미 등 문학의 여러 면에서 최고의 성취를 이루었다.
당시는 문학사적으로는 《시경》 이후 고전 시가의 완성이라 할 수 있고 이백과 두보, 백거이와 이상은(李商隱) 같은 천재 시인들이 독창적인 풍격을 창조하면서 시 발달에 크게 공헌하였다.
당시는 귀족이나 소수 문사(文士)들만의 전유물이 아니었고 문자를 습득한 모두의 관심사였다. 그리고 모든 이들이 당당히 자신의 작품을 공개할 수 있었으니 그 대중성이야말로 이후 당시의 명성을 드높일 수 있었던 가장 큰 특성이라 할 수 있다.

이러한 당시의 발달은 당대 정치적 안정과 경제적 발달, 국제적 특성을 지닌 문화적 교류, 그리고 문학 자체적 발전의 필연적 결과라고 말할 수 있다. 당시의 전성(全盛) 원인으로 여러 가지를 생각할 수 있지만 우선 한(漢) 이후 역대 왕조의 문치주의(文治主義) 정치에 힘입은 바가 크다. 문치주의 정책에 따라 어느 시대건 문인들이 정치와 문화의 주체로 활동하였다.

특히 당(唐)에서는 수(隋)에서 시작한 과거제도의 확충에 따라 많은 문인들이 등용되었다. 과거 중에서도 특히 문예를 시험하는 진사과(進士科)의 경쟁이 심하였다. 그리하여 '50에 진사가 되었다면 젊은 편이고 30에 명경과에 급제했다면 늙은 편이다(五十少進士, 三十老明經)'란 말이 통했으니 진사과 급제가 얼마나 어려웠는가를 짐작할 수 있다.

이러한 문치주의와 과거 중시에 따라 문인들의 사회적 지위가 향상되었고 동시에 문인들 자신이 각고의 노력을 기울이기도 했다. 당대의 대부분의 시인들이 과거급제와 관직생활을 경험하였지만 고적(高適)이나 백거이를 제외한 대부분의 시인들은 하위직에 머물렀다. 시인들은 지방관이나 절도사의 막료로 일했거나 수시로 폄직되어 지방에 전출되거나 이동되어 시인들이 갖고 있던 이상을 실제로 실현하기에는 현실적 장벽이 높았다. 그럴수록 시인들의 좌절이나 감상이 깊어졌고 그 때문에 또한 우수한 시가 창출되기도 하였다.

그리고 문학으로서 시의 자체적 진화와 발전이 있었다. 이런 모든 결과의 종합으로서 5언과 7언의 절구와 율시가 중심이 되는 근체시가 확립되었다. 사실 중국의 시는 근체시 이후 더 이상의 새로운 형식이 창조되지 않았다고 볼 수 있는데 이는 그만큼 근체시가 체제와 격식에서 완벽하다는 의미일 것이다.

001. 感遇 四首(一) 감우 ● 張九齡장구령

감우 사수

고홍해상래　지황불감고
孤鴻海上來　池潢不敢顧

측견쌍취조　소재삼주수
側見雙翠鳥　巢在三珠樹

교교진목전　득무금환구
矯矯珍木顚　得無金丸懼

미복환인지　고명핍신오
美服患人指　高明逼神惡

금아유명명　익자하소모
今我遊冥冥　弋者何所慕

외기러기 북해에서 날아왔는데,
웅덩이는 쳐다보지도 않는다.
얼핏 보니 물새 한 쌍은,
삼주수三珠樹 위에 둥지를 지었구나.
귀한 나무 높은 곳이라지만,
쇠 탄환이 아니 두렵겠는가?
좋은 옷엔 손가락질을 걱정하고,
높은 자린 신령 미움이 두려워라.
지금 나는 아득한 하늘에 노니나니,
주살 사냥꾼이 어찌 나를 잡겠는가?

作者 장구령(張九齡, 678?-740) - 현종 때의 시인이면서 재상

자(字)는 자수(子壽), 소주(韶州) 곡강인(曲江人, 지금의 광동성 소관시 韶關市). 당 현종(玄宗) 때의 저명한 시인이며 재상. 보통 '장곡강(張曲江)'이라 불리는데 문집으로 《장곡강집(張曲江集)》이 있다. 측천무후(則天武后) 때 진사과에 급제하였고 현종 개원(開元) 21년(733)에 재상급인 중서시랑동중서문하평장사(中書侍郎同中書門下平章事)가 되었다. 재상으로서 정직하고 현명하였으며 이해를 따지지 않고 간언했으며 특히 안록산(安祿山)의 야심을 간파하고 현종에게 안록산 제거를 건의했다.

개원 24년 8월, 현종의 생일에 여러 신하들은 진기한 물건을 상납했으나 장구령만은 《천추금감록(千秋金鑑錄)》을 지어 올렸다. 왕유(王維)를 우습유(右拾遺)에 천거했으며 상서우승상(尙書右丞相)을 역임하였다. 나중에 간신 이임보(李林甫) 등의 미움을 받아 개원 25년에 형주장사(荊州長史)로 좌천되었는데 그때 맹호연(孟浩然)을 막료로 데리고 있었다. 개원 28년(740)에 고향에서 노환으로 죽었다.

註釋

▶ <感遇(감우)> : 마음에 느낀 바를 말로 나타내다(謂有感於心 而寓於言). 遇 만날 우. 우연히. 감우란 일반적으로 '과거에 겪은 일을 추억하고 그에 대한 생각이나 느낌'이라고 해석하지만 '감사지불우(感士之不遇)'의 뜻으로 '군신간에 조우했던 일에 대한 회상'을 의미한다. 《당시기사(唐詩紀事)》에 의하면 진자앙(陳子昻, 661-702)의 <감우시> 38수가 최초라고 하였다.

▶ 孤鴻海上來(고홍해상래) : 孤鴻(고홍) - 외기러기. 기러기는 떼를 지어 살지만 '고홍'이라 하여 속인의 무리와 섞이지 않는 고고한 지사(志士)를 상징하였다. 《시경》에 '기러기 날며(鴻雁于飛)'라는 구절이 있고, 《모전(毛傳)》에는 '큰 기러기를 홍(鴻), 작은 기러기를 안(雁)'이라고 주석했다. 《장자(莊子)》에 나오는 대붕(大鵬)을 연상해도 좋다. 소인배들을 멀리하는 장구령 자신을 비유했다. 海(해) - 중국의 실제 바다는 그들의 동해, 곧 우리의 서해뿐이다. 중국인들은 정원 내의 큰 연못을 해라 부른다(예, 북경의 십찰해十刹海, 중남해中南海). 또 해는 중국인들이 거주하는 땅에서 먼 곳에 있는 황무지를 지칭하는데 중국인들이 생각하는 사해(四海)는 '이민족이 사는 지역'을 의미한다. 따라서 여기의 해는 기러기가 날아오는 '북쪽의 광활하고 거친 땅'을 뜻한다.

▶ 池潢不敢顧(지황불감고) : 池潢(지황) - 연못, 지당(池塘). 潢 웅덩이 황(潢, 積水也). 不敢顧(불감고) - 거들떠보지 않는다. 끝없는 창공이나 구만리 큰 땅을 나는 큰 새는 좁은 연못 같은 정치적 속세에 마음을 두지 않는다는 뜻.

▶ 側見雙翠鳥(측견쌍취조) : 側見(측견) - 곁눈질하다. 雙翠鳥(쌍취조) - 짝지은 물총새. 翠 물총새 취. 어구(魚狗)라고도 한다. 당시의 대표적 간신인 이임보(李林甫, 683-753)와 우선객(牛仙客)을 비유했다. 이임보는 현종에게 아부하여 18년간 재상 자리에 있었다. 당의 정치제도에서 재상이란 1인이 아니고 '재상급에 해당하는 다수의 관직'을 의미한다. 개원 22년에 장구령이 중서령이 되었을 때 이임보는 그 아래 동삼품(同三品)이 되었다. 이임보는 유순하고 말을 잘했으며 교활한 술수가 많은 사람으로, 환관이나 비빈들의 집안과 깊은 관계를 맺고 황제의 동정을 엿보아 모르는 것이 없었다. 이 때문에 매번 아뢰는 답변이 늘 황제의 뜻에 잘 맞았다고 한다. 이임보는 '구밀복검(口蜜腹劍)' 고사의 주인공이다.

▶ 巢在三珠樹(소재삼주수) : 삼주수에 둥지를 틀었다. 부귀영화를 누리다. 巢 둥지 소. 삼주수는 '백(柏)과 비슷하나 잎사귀가 주옥(珠玉)'이라는 《산해경(山海經)》 신화 속의 나무.

▶ 矯矯珍木顚(교교진목전) : 矯矯(교교) – 높고 우뚝한 모양. 矯 바로잡을 교. 거짓, 높이 들다. 撟(들 교)와 통함. 진귀한 나무 꼭대기. 顚 꼭대기 전. 높은 벼슬자리를 독점하다.

▶ 得無金丸懼(득무금환구) : 丸(환) – 쏠 수 있는 쇠나 돌의 작은 알맹이. 懼 두려워할 구. 비록 고귀한 자리를 차지하고 있지만 사냥꾼의 탄환을 피할 수 없을 것이다.

▶ 美服患人指(미복환인지) : 美服(미복) – 여기서는 사치와 호화.

▶ 高明逼神惡(고명핍신오) : 高明(고명) – 현귀(顯貴)한 지위. 逼 닥칠 핍. 들이닥치다. 神惡(신오) – 신령(神靈)의 미움. '천 사람이 손가락질을 하면 병 없어도 죽고, 높은 자리에 있는 집은 귀신이 내려다본다.(千人所指 無病而死 高明之家 鬼瞰其室)'라는 속담이 있다.

▶ 今我遊冥冥(금아유명명) : 지금 나는 광막(廣漠)한 천공(天空)을 날고 있다. 冥 어두울 명. 아득하다.

▶ 弋者何所慕(익자하소모) : 새를 잡는 주살 가진 사냥꾼이 어찌 나를 겨냥할 수 있겠는가. 弋 주살(사냥 도구) 익. 慕 그리워할 모. 여기서는 사냥하려 하다.

詩意

장구령의 <감우(感遇)> 시는 모두 12수이다. 형당퇴사는 2수만을 수록했는데 장섭(章燮)의 주소본(注疏本)은 4수를 수록했다. 감우란 지난 일들에 대한 회상이며, 일이 지난 다음에 오는 느낌이다. 본시는 모두 10구로 된 영물시(詠物詩) 비유의 수법으로 시인의 정서를 표현하였다.

장구령이 이임보의 참언으로 재상에서 물러난 뒤 조정에서는 모두가 보신(保身)에 급급하여 직언하는 사람이 없었고, 이임보와 우선객은 더욱 설쳤다고 한다. 이 시에서 장구령은 자신을 고홍(孤鴻)으로, 이임보 등을 쌍취조(雙翠鳥)로 비유하여 강렬하게 대비하였다.

參考 장구령의 시를 왜 맨 앞에 수록했는가?

장구령은 개원(開元) 시기의 현상(賢相)으로 오령산맥(五嶺山脈, 광동·광서·호남성에 걸쳐 있는 산맥으로 양자강과 주강珠江의 분수령) 이남, 지금의 광동, 광서성 출신으로는 유일한 재상이었다고 한다. 그는 강직하면서도 온아했고 풍채와 의표(儀表)가 매우 단정하여 당시 사람들이 '곡강풍도(曲江風度, 곡강은 장구령의 고향)'라고 칭찬하였다. 장구령이 재상을 그만둔 뒤에, 현종은 인재 추천을 받으면 '그 사람의 풍도가 장구령에 비해 어떠한가?'라고 반문하였다고 하니 '신사 중의 신사'였다고 생각된다.

장구령은 일찍이 간사한 이임보가 재상 반열에 임용되는 것을 반대하여 현종의 뜻을 거슬렀고, 안록산(安祿山)에 대해 '그 얼굴에 반상(反相)이 뚜렷하니 지금 죽이지 않으면 반드시 후환이 있을 것'이라 하였지만 현종은 받아들이지 않았다. 20년 뒤 현종은 안록산의 난을 피해 촉(蜀)으로 피난하면서 장구령의 말을 생각하며 통곡했고, 사람을 보내어 장구령의 무덤에 제사를 올리게 했다고 한다.

장구령은 시인으로도 명성을 누렸다. 청인(淸人)의 저술에 의하면 《영남문헌(嶺南文獻)》 등 오령산맥 이남 지역의 모든 시선(詩選)에는 으레 '장구령의 시가 맨 처음 실려 마치 장구령의 시 이전에는 작품이 없는 것 같았다'라는 글이 있다고 한다. 장구령의 <감우> 12수가 있는데 그 중 2수가 《당시삼백수》의 첫머리에 실리는 영광을 누린 것은 그만큼 인품으로 존경을 받았기 때문이라고 짐작할 수 있다.

002. 感遇 四首(二) 감우 ● 張九齡장구령

(감우 사수)

난엽춘위유　계화추교결
蘭葉春葳蕤　桂花秋皎潔

흔흔차생의　자이위가절
欣欣此生意　自爾爲佳節

수지임서자　문풍좌상열
誰知林棲者　聞風坐相悅

초목유본심　하구미인절
草木有本心　何求美人折

난초의 잎은 봄날에 무성하고
계화桂花는 가을 달빛에 더 희도다.
무성히 자라나는 본성 그대로
저절로 아름다운 때가 되었다.
누가 알리오? 숨은 은자가
바람 속에 즐겨 사는 마음을!
초목도 본심이 있거늘
어찌 미인이 꺾어 주길 바라리오!

註釋

- 蘭葉春葳蕤(난엽춘위유) : 蘭葉(난엽) - 난의 잎, 고귀한 군자의 상징. 葳 초목이 무성한 모양 위. 蕤 드리워질 유. 葳蕤(위유) - 꽃이나 잎이 우거지다.
- 桂華秋皎潔(계화추교결) : 桂華(계화) - 상록교목인 계수나무 꽃(계화, 일명 목서木犀, 물푸레나무). 華 꽃 화. 皎 달빛 교. 희다. 潔 깨끗할 결. 가을에 핀 계수나무 꽃의 고결함을 서술하였다. 계화를 '월광(月光)'으로 풀이한 해설은 좀 무리가 있다. 위의 난엽과 계화, 춘위유와 추교결은 대구.
- 欣欣此生意(흔흔차생의) : 欣 기뻐할 흔. 欣欣(흔흔) - 기쁘고 즐겁다, 초목이 싱싱하게 자라다. 초목이 번성하는 본성(흔흔이향영欣欣以向榮). 生意(생의) - 생기(生氣).
- 自爾爲佳節(자이위가절) : 自爾(자이) - 스스로, 저절로. 불가어(佛家語) 자연. 爲佳節(위가절) - 좋은 계절이 되다. 우주 자체가 아름답고 싱싱하게 자라는 하나의 생명체다. 자연의 법칙대로 만물은 그 삶을 구가한다.
- 誰知林棲者(수지림서자) : 誰 누구 수. 누가. 棲 살 서. 깃들다. 林棲者(임서자) - 임천(林泉)에 사는 자. 은사(隱士), 자신을 비유.
- 聞風坐相悅(문풍좌상열) : 聞風(문풍) - 초목의 생장을 본다는 의미. 坐相悅(좌상열) - 좌(坐)는 조용히 한가롭게 앉아서. 상열(相悅)은 자연과 하나가 된 경지를 즐기다.
- 草木有本心(초목유본심) : 초목은 자연에 순응하며 성장하려는 본성이 있다. 이 구절에서 초(草)는 1구의 난엽, 목(木)은 2구의 계화와 상응하니 초목은 고귀한 인품을 지닌 군자를 뜻한다.
- 何求美人折(하구미인절) : 어찌 미인이 꺾어주길 바라겠는가? 美人(미인) - 군주 또는 고위 관료. 초목은 자라는 본성이 있는데 미인이 꺾어준다고 좋아하겠는가? 곧 군자가 군이 발탁이나 천거되기를 바라겠느냐? 나의 본성대로 은자의 생활을 즐기는데 어찌 주군이 다시 불러주길 바라겠는가?

詩意

우주는 하나의 큰 생명체다. 자연 만물은 우주의 법칙을 따라서 저마다 삶을 구가하고 있다. 이렇듯 자연 속에는 생의(生意, 삶의 의지)가 충만하고 있다. 그러니 나도 속세에서 벗어나 자연 속에서 마냥 삶의 기쁨을 구가하겠다는 뜻을 읊은 시다.

≪역경(易經) 계사전(繫辭傳)≫에 '천지의 대덕은 삶이다(天地之大德曰生).' 라는 말이 있다. 이때의 생(生)은 생육화성(生育化成)을 포괄한다. 봄에는 싹이 나고(春生), 여름에는 무럭무럭 자라고(夏育), 가을에는 꽃이 열매로 변하고(秋化), 겨울에는 새 생명의 근원인 씨를 완성한다(冬成).' 곧 생육화성의 네 글자를 한 글자로 줄여서 '생'이라고 한 것이다.

공자(孔子)는 ≪논어(論語) 양화(陽貨)≫에서 말했다. '하늘이 무슨 말을 하더냐? 사계절이 운행하고, 자연 만물이 자라고 번식한다. 그런데 하늘이 무슨 말을 하겠는가?(天何言哉, 四時行焉, 百物生焉, 天何言哉.)'

장구령은 자연에 되돌아와 유유자적하며 진정한 삶의 기쁨을 맛보고 있다. 그러므로 그는 '왜 임금이나 재상 같은 정치적 권력자에게 꺾이기를 바라겠느냐?(何求美人折)'라고 말했다. 중국 문학에서는 덕을 갖춘 군자를 난(蘭)이나 계수나무[桂]에 비유한다. 봄에는 난초가 싱싱하게 자라 피어나고, 가을에는 계수나무 꽃이 상징하듯 군자의 인품은 고결한 것이다. 작자는 혼탁한 정치일선에서 물러나 산림에 은둔하여 바르고 맑은 삶을 누리고 즐기겠다는 그 의지를 표출하고 있다.

003. 感遇 四首(三) 감우 ● 張九齡장구령

유림귀독와　체허세고청
幽林歸獨臥　滯虛洗孤清

지차사고조　인지전원정
持此謝高鳥　因之傳遠情

일석회공의　인수감지정
日夕懷空意　人誰感至精

비침이자격　하소위오성
飛沈理自隔　何所慰吾誠

궁벽한 임야에 홀로 은거하면서
비운 마음 깨끗하게 세속을 잊었노라.
이 심경을 높이 나는 새를 빌려
임에게 먼 곳 이 마음을 아뢰고자.
밤낮으로 빈 마음을 안고 사니
지극한 이 정성 누가 알겠는가?
높고 낮은 사람 생각 절로 다르니
어디서 내 정성 위안 받겠나!

註釋

- 幽林歸獨臥(유림귀독와) : 幽林(유림) - 심원(深遠)하고 정적한 숲. 歸(귀) - 귀은(歸隱)하다. 獨臥(독와) - 홀로 지내다.
- 滯虛洗孤淸(체허세고청) : 滯(체) - 머물다, 처하다. 虛(허) - 허정(虛靜)한 경지, 허한(虛閒). 洗(세) - 씻다. 즉 속세의 때나 근심 걱정 혹은 명리(名利)를 추구하려는 마음을 버렸다. 孤淸(고청) - 홀로 맑은 마음으로 산다.
- 持此謝高鳥(지차사고조) : 持此(지차) - 이차(以此)와 같다. 즉 '나의 처지와 심정을'. 謝(사) - 감사한다. 高鳥(고조) - 높이 나는 새. 요행수로 높은 직위에 있는 자. 여기서는 고위직에 있는 사람에게 부탁하여.
- 因之傳遠情(인지전원정) : 之(지) - 고조(高鳥), 고관. 傳(전) - 전달하다. 遠情(원정) - 먼 지방에 은거하는 자가 주군(主君)을 그리는 정.
- 日夕懷空意(일석회공의) : 懷 품을 회. 空意(공의) - 공허한 마음, 세속적 욕구를 비운 마음.
- 飛沈理自隔(비침리자격) : 飛沈(비침) - 조정에 근무하는 자와 재야(在野)하는 자. 理(이) - 이치, 세상 사는 방법. 隔 사이 뜰 격. 벌어지다, 크게 다르다.
- 何所慰吾誠(하소위오성) : 나의 사군(思君) 충성을 어디에서 위로받겠는가?

詩意

앞 4구는 은거한 이후 자신의 심경을 피력하였고, 뒤 4구는 사군(思君)과 본인의 충성심을 표현하였다.

장구령 자신도 겪은 바이지만 현직과 은거자의 사고방식은 다를 수밖에 없다. 입장의 차이를 부정하는 것이 아니라, 각자의 처지에서 본심을 잃느냐 지키느냐의 차이일 것이다.

004. 感遇(감우) 四首(사수)(四) 감우 ● 張九齡장구령

강남유단귤 경동유록림
江南有丹橘 經冬猶綠林

기이지기난 자유세한심
豈伊地氣暖 自有歲寒心

가이천가객 내하조중심
可以薦嘉客 奈何阻重深

운명유소우 순환불가심
運命惟所遇 循環不可尋

도언수도리 차목기무음
徒言樹桃李 此木豈無陰

강남에 자라는 붉은 귤나무
겨울을 나고도 여전히 푸르도다.
어찌 이곳이 따뜻해서 그러랴
단귤이 추위를 이기는 뜻이로다.
좋은 손님에게 드릴 만하나
왜 이리 겹겹이 막혔는가?
운명은 피할 수 없는 것이고
천도의 순환은 짐작할 수 없도다.
사람들은 도리桃李를 심으라 하지만
이 나무인들 어찌 그늘이 없으랴?

註釋

▸ 江南有丹橘(강남유단귤) : 江南(강남) – 양자강(楊子江) 남쪽. 橘 귤나무 귤. 丹橘(단귤) – 붉은 귤나무로, 이식과 재배가 어려워 굳은 절조의 상징으로 통한다. 작자는 자신을 단귤에 비유하였다. '귤나무가 회수(淮水) 이북에서는 탱자가 된다(橘踰淮而北爲枳).' 귤은 먹는 과일이지만 탱자[枳]는 먹지 못한다.

▸ 經冬有綠林(경동유록림) : 經 날(직물의 날실) 경. 다스리다, 경과하다, 견디다.

▸ 豈伊地氣暖(기이지기난) : 豈(기) – 어찌 ~이겠는가? 의문사. 伊 저 이. 이[此], 그, 저, 대명사로 쓰임. 暖 따뜻할 난.

▸ 自有歲寒心(자유세한심) : 추운 겨울을 견디는 본성. 자연의 본성이 아닌 '의지'로 해석. 歲寒心(세한심) – 군자의 변함없는 마음. '겨울을 지낸 다음에야 송백(松柏)이 뒤에 조락하는 것을 안다.(歲寒然後 知松柏之後凋也) 《논어 자한(子罕)》' 이원조(李元操)의 <영귤(詠橘)> 시에도 '추위를 견뎌 내는 마음이 있다(能守歲寒心)'라는 구절이 있다.

▸ 可以薦嘉客(가이천가객) : 可以(가이) – ~할 수 있다. 薦 받들 천. 추천하다. 嘉客(가객) – 반가운 손님[嘉賓], 지체가 높은 손님. 여기서는 주군.

▸ 奈何阻重深(내하조중심) : 奈 어찌 내. 柰(능금나무 내)와 혼동하기 쉬움. 奈何(내하) – 어찌하랴? 반문 형식으로 어찌할 수 없음을 표시. 阻 막을 조, 길이 험할 조. 가로막다. 重深(중심) – (~한 상태가) 매우 심하다. 중(重)은 매우, 대단히로 부사.

▸ 運命惟所遇(운명유소우) : 운명은 만나게 되는 것. 수동(受動). 운명은 이미 정해진 것과 같은 길흉화복. '치란은 운이고 궁달은 명이다(夫治亂運也 窮達命也, 하늘의 운세에 따라 치란이 결정되고 운명에 따라 부귀나 빈천이 정해진다).'

▸ 循環不可尋(순환불가심) : 循 좇을 순. 따르다. 環 고리 환. 돌다. 순환은 천도(天道)의 운행. 尋 찾을 심. 방문하다, 보통의[심상尋常], 평범한, 예사로운.

▶ 徒言樹桃李(도언수도리) : 徒 무리 도. 사람, 걷다[徒步], 아무것도 없는, 빈, 다만, 겨우, 공연히, 헛되이. 樹 나무 수. 여기서는 심다. 桃李(도리) - 복숭아나 오얏나무(자두). 봄에는 그 꽃이 좋고, 여름에 그늘이 지며, 가을엔 열매를 먹을 수 있다(春樹桃李 夏得陰其下 秋得食其實). 도리를 심는다는 말은 인재를 기른다는 의미가 있다.

▶ 此木豈無陰(차목기무음) : 此木(차목) - 단귤나무. 豈無陰(기무음) - 어찌 그늘이 없으랴. 화려하게 나타나지는 않으나 겨울에도 시들지 않는 충성스런 덕성이 있다.

詩意

강남에서 자라는 단귤(丹橘)은 문자 그대로 속이 붉은 귤이다. 그 단귤은 추위에도 송백(松柏)처럼 시들지 않고 푸르게 자란다. 그러므로 작자는 이 단귤을 난세에도 변치 않는 충신에 비유했다. 단귤은 바로 자신이라 비유하였다.

자신의 일편단심은 단귤처럼 항상 변치 않는다. 그러나 자신과 임금 사이에 간신들이 길을 가로막고 있으니 참으로 안타깝다. 이 모두가 어쩔 수 없는 천운이나 운세가 아니겠는가. 하늘의 깊은 뜻을 어찌 다 헤아릴 수 있으랴. 다만 주어진 운명을 감수하고 감내할 밖에 별 도리가 없다. 그러다가 때가 되면 자신의 음덕(陰德)도 알려지리라. 속세의 사람들은 복숭아나 자두를 심고 얄팍한 이득을 얻고자 한다. 그러나 작자는 진득하게 충신의 도리를 지키겠다고 새삼 다짐한다.

參考 가을에 부채를 선물한다면?

남송(南宋)의 우무(尤袤, 1127-1194.. 남송시사南宋詩詞 사대가의 한 사람)가 저술한 《전당시화(全唐詩話)》의 설명에 의하면 당 현종(玄宗)의 정치가 차츰 해이해지자, 재상으로 있던 장구령이 자주 충언과 직간을 올렸다. 마침 현종이 우선객(牛仙客)을 삭방절도사(朔方節度使)에 봉하려 하자, 장구령이 극구 반대했다. 한편 음흉한 이임보는 뒤에서 장구령에 대한 참언을 올렸다.

그때가 마침 가을이라, 현종은 내시 고력사(高力士)를 시켜 장구령에게 우선(羽扇, 부채)을 보냈다. 부채가 필요 없는 가을에 부채를 보낸다는 것은 '그대의 소임(所任)이 이제는 없다'는 의미였다. 이에 장구령은 현종에게 부(賦)를 지어 올리고 황공하다는 뜻을 밝히는 동시에 이임보에게는 <연시(燕詩)>를 지어 보내고 자기가 물러나겠다는 뜻을 표시함으로써, 그 이상의 화를 모면할 수 있었다.

▮ 당 현종(唐玄宗)

<연시>는 다음과 같다.

바다제비는 어찌 그리 미묘하여,
봄날에 잠깐 올 수 있는가?
어찌 진흙범벅을 알아 물어오고
옥당의 문이 열린 줄을 알겠는가?
부잣집에 짝을 지어 들어와
멋진 처마 끝 날마다 몇 번씩 날아든다.
남과 다투고 경쟁할 마음 없으니,
새매라도 나를 잡으려고 하지 말라.

海燕何微渺 乘春亦暫來
豈知泥滓賤 只見玉堂開
繡戶時雙入 華軒日幾回
無心與物競 鷹隼莫相猜

005. 下終南山過斛斯山人宿置酒
(하종남산과곡사산인숙치주)

종남산 아래 곡사산인 집에 들러 자며 술을 마시다

李白 이백

모종벽산하 산월수인귀
暮從碧山下 山月隨人歸

각고소래경 창창횡취미
卻顧所來徑 蒼蒼橫翠微

상휴급전가 동치개형비
相携及田家 童稚開荊扉

녹죽입유경 청라불행의
綠竹入幽徑 靑蘿拂行衣

환언득소게 미주료공휘
歡言得所憩 美酒聊共揮

장가음송풍 곡진하성희
長歌吟松風 曲盡河星稀

아취군복락 도연공망기
我醉君復樂 陶然共忘機

해질녘에 종남산을 내려오는데
산에 걸린 달이 나를 따라온다.
뒤로 돌아 내려온 길 돌아보니
울창한 숲에 푸른 기운이 걸쳐있다.
그와 손을 잡고 초가에 다다르니

어린아이가 사립문을 열어준다.
녹죽綠竹이 그윽한 뜰에 심겨졌고
푸르른 덩굴이 옷깃에 걸린다.
편안히 반겨주는 환대에 감사하고
미주美酒를 빠르게 마시며 잔을 턴다.
길게 읊으면서 솔바람을 노래하니
노래 끝이 나니 은하별이 드물도다.
이 몸은 취했고 그대 더 즐거우니
기쁘게 취하여 함께 시름 잊었어라.

作者 이백(李白, 701-762) - 시선(詩仙), 적선인(謫仙人), 주선(酒仙)

자(字)는 태백(太白)이고 호는 청련거사(靑蓮居士)이다. 시선(詩仙), 적선인(謫仙人), 주선(酒仙)이라는 별칭 외에도 '시협(詩俠)'이라는 별호도 가끔 볼 수 있다. 두보와 함께 중국인들이 공인하는 최고의 시인으로 보통 '이두(李杜)'라 병칭한다.

이백의 시 구절은 사람들의 일상용어가 되었는데, 시는 마치 하늘을 나는 천마(天馬)와 같고 행운유수(行雲流水)처럼 활달하고 자유로우며, 주체할 수 없이 넘쳐나는 재기와 낭만, 천부의 화려한 언

사가 모든 작품에 가득하다. 시작(詩作)은 《전당시(全唐詩)》 161권에서 180권에 수록되어 있으며 《이태백집》이 전해온다.

조적(祖籍)은 농서(隴西) 성기(成紀, 지금의 감숙성 천수시天水市 진안현秦安縣)이다. 측천무후가 집권하던 장안(長安) 원년(701)에 검남도(劍南道) 면주(綿州, 지금의 사천성 강유시江油市)에서 출생한 것으로 알려졌는데, 성기에서 태어나 5세 때 사천으로 이주했다는 주장도 있다.

어려서부터 글을 배웠을 것이고, 소년시절에는 제자서(諸子書)와 사적(史籍)을 공부하면서도 검술과 기서(奇書)와 신선에 관심을 갖고 사마상여(司馬相如)처럼 부(賦)를 지었다(十五觀奇書, 做賦凌相如).

▌환관 고력사(高力士)가 이백의 신발을 벗겨주는 그림

25세를 전후하여 사천(四川)을 떠나 각지를 유람하였다. 그때 명장 곽자의(郭子儀, 697-781)와 사귀었고 나중에 장안에 들어와 하지장(賀知章)의 천거로 현종을 만났고 천보(天寶) 원년(742)에 한림공봉(翰林供奉)이 되었다. 현종에게 총애를 받으며 권력을 장악하고 있던 '환관 고력사가 이백의 신발을 벗겨주고 양귀비에게 먹을 갈게 했다(力士脫靴, 貴妃硏墨)'는 이야기는 이백의 호방한 성격과 통제할 수 없는 개성, 황제 앞에서도 주눅 들지 않는 당당함을 증명한다.

이무렵 장안에서 두보와 고적(高適)을 만나 교유한다. 안사(安史)의 난이 일어나자 영왕(永王) 이린(李璘)의 막료로 일하다가, 영왕이 숙종(肅宗)의 노여움으로 피살된 뒤에 감옥에 들어가기도 했으나 다행히 곽자의의 보증으로 풀려났다. 당시 이백은 이미 59세의 노인이었다.

만년에 강남 일대를 떠돌다가 62세 때 그보다 나이가 어리며 현령인 족숙(族叔) 이양영(李陽泳)을 찾아가 의지하고 있다가 병으로 죽었다.

註釋

▶ <下終南山過斛斯山人宿置酒(하종남산과곡사산인숙치주)> : '종남산 아래 곡사산인 집에 들러 자며 술을 마시다'. 終南山(종남산) - 남산(南山), 태을산(太乙山)이라고도 부르는데 일반적으로 진령산맥(秦嶺山脈)에서 섬서성 부분을 지칭한다. 도교의 성지인 누관대(樓觀台)가 있다. 김용(金庸)의 소설 《신조협려(神雕俠侶)》와 《사조영웅전(射雕英雄傳)》의 배경이기도 하다. 過(과) - 지나는 길에 들르다. 斛斯山人(곡사산인) - 성명 미상. 곡사는 복성(複姓). 산에서 살므로 산인. 宿置酒(숙치주) - 유숙했고 술대접을 받았다.

▶ 暮從碧山下(모종벽산하) : 暮 날 저물 모. 해질 무렵. 碧山(벽산) - 종남산. 下(하) - 내려오다.

▶ 山月隨人歸(산월수인귀) : 山月(산월) - 산에 걸친 달, 산 위로 뜬 달. 隨 따를 수. 따라오다.

▶ 卻顧所來徑(각고소래경) : 卻 물리칠 각. 뒷걸음치다. 결국, 도리어, 반대

로. 각(却)과 같음. 顧 돌아볼 고. 卻顧(각고) - 되돌아보다. 徑 지름길 경. 좁은 길.

▸ 蒼蒼橫翠微(창창횡취미) : 蒼 푸를 창. 蒼蒼(창창) - 검푸르고 어둑어둑하다. 橫 가로 횡. 가로 눕다. 翠 푸를 취. 微 작을 미. 翠微(취미) - 산의 푸르른 기운, 새파란 남기(嵐氣, 산에서 피어오르는 것 같은 아지랑이 같은 것).

▸ 相攜及田家(상휴급전가) : 攜 끌 휴. 손으로 잡아끌거나 운반하다. 及(급) - 다다르다, 도착하다. 田家(전가) - 농가, 오두막집, 초막.

▸ 童稚開荊扉(동치개형비) : 稚 어릴 치. 童稚(동치) - 어린아이, 동자. 荊 가시나무 형. 扉 문짝 비. 荊扉(형비) - 나무로 대충 만든 대문. 시비(柴扉)와 같음.

▸ 綠竹入幽徑(녹죽입유경) : 幽 그윽할 유. 심원(深遠)하다. 徑 지름길 경. 여기서는 형비(荊扉)에서 사랑채나 건물에 이르는 길.

▸ 靑蘿拂行衣(청라불행의) : 蘿 무 라. 새삼, 댕댕이, 담쟁이 같은 덩굴식물. 拂 떨칠 불. 떨어내다. 行衣(행의) - 옷.

▸ 歡言得所憩(환언득소게) : 歡 기뻐할 환. 憩 쉴 게. 쉴 수 있게 해주어 고맙다고 기쁜 마음으로 인사하다.

▸ 美酒聊共揮(미주료공휘) : 聊(요) - 귀가 울릴 료. 의지하다, 잡담하다, 애오라지, 잠시, 약간. 揮 휘두를 휘. 지휘하다, 술잔 바닥에 남은 술을 털다(振去餘酒曰揮).

▸ 長歌吟松風(장가음송풍) : 長歌(장가) - 소리를 길게 하여 노래하다. 吟 읊을 음. 松風(송풍) - 잡가(雜歌)의 곡조. 또는 솔바람에 맞추어 읊조리다.

▸ 曲盡河星稀(곡진하성희) : 河(하) - 하늘의 은하(銀河). 稀 드물 희.

▸ 我醉君復樂(아취군복락) : 醉 취할 취. 君(군) - 곡사산인.

▸ 陶然共忘機(도연공망기) : 陶 진흙 도, 기쁠 도. 陶然(도연) - 얼큰하니 취하다, 취하여 기분이 좋은 모양, 도취(陶醉)한 모양. 機(기) - 술수. 기미(機微)는 상대나 다른 사람을 이용하려는 의도.

詩意

천보 14년(744) 이백의 나이 44세 때에 지은 시이다. 종남산에서 하산 길에 산속에 은둔하고 있는 곡사(斛斯)라는 성을 가진 사람의 농가에 들어가 하룻밤을 유숙하며 함께 통쾌하게 마시고 또 노래했다. 잠시나마, 둘이 함께 도연히 취해 속세의 잡스럽고 추악한 일들을 잊었다는 시이다.

앞에서부터 네 구절은 하산 광경, 그 다음 네 구절은 농가의 정경, 그리고 나머지 구절은 주객이 환음(歡飮)하고 창담(暢談)하며 도연(陶然)히 취해 세속의 이욕(利慾)을 잊었음을 그렸다.

전체적으로 사실적 필치로 평이하게 속세를 초탈한 경지를 그리고 있다. 특히 이 시의 제목과 시의 내용이 잘 어울린다. 즉 제목의 '하종남산(下終南山)'을 시에서는 '모종벽산하(暮從碧山下)'로 표현했다. 제목의 '과곡사산인(過斛斯山人)'을 시에서는 '상휴급전가(相携及田家)'로 적었다. 제목의 '숙(宿)'을 시에서는 '환언득소게(歡言得所憩)'로 옮겼다. 그리고 제목의 '치주(置酒)'를 시에서는 '미주료공휘(美酒聊共揮)'로 표현하였다. 곧 제목과 시의 내용이 아주 자연스럽게 연결되었다.

이 시는 두보의 <증위팔처사(贈衛八處士)>와 우인(友人)을 찾아가 즐긴다는 내용은 같지만 분위기는 크게 다르다. 이백의 시는 질박하면서도 표일(飄逸)하여 선기(仙氣)가 느껴지지만, 두보의 시는 심침(深沈)하면서도 진지하고 애절한 감정이 곳곳에 드러난다.

월하독작

006. 月下獨酌 월하에 독작하다 ● 李白이백

화간일호주　독작무상친
花間一壺酒　獨酌無相親

거배요명월　대영성삼인
擧杯邀明月　對影成三人

월기불해음　영도수아신
月旣不解飮　影徒隨我身

잠반월장영　행락수급춘
暫伴月將影　行樂須及春

아가월배회　아무영령란
我歌月徘徊　我舞影零亂

성시동교환　취후각분산
醒時同交歡　醉後各分散

영결무정유　상기막운한
永結無情遊　相期邈雲漢

꽃 사이에 술이 한 병이니
같이할 사람 없이 혼자 마신다.
술잔 들어 달을 맞이하여
그림자와 함께 셋이 어울린다.
달이야 본래 마실 줄 모르며
그림자는 괜히 나만을 따라온다.
잠시 달과 그림자와 짝을 맺으며

즐기기야 오로지 이 봄날이다.
내 노래하면 달도 멈칫거리며
내 춤을 추면 그림자가 흔들린다.
멀쩡한 정신에는 같이 즐겼으며
취하면 제각각 흩어 떠나간다.
오래도록 세정世情을 잊고 사귀자며
아득히 먼 은하를 두고 기약한다.

註釋

▶ <月下獨酌(월하독작)> : '월하에 독작하다'. 酌 따를 작. 잔질하다. 유(酉)변은 거의 술과 관계되는 글자이다. 酤 술 살 고, 酬 잔 돌릴 수, 酌 잔질할 작, 酣 술 즐길 감, 酩 술 취할 명, 酗 술주정할 후, 醒 술이 깰 성 등등 술을 사서 마시며 즐기고 취한 뒤에 깨어나는 주객(酒客)의 동작이나 단계마다 해당하는 글자가 있다는 것은 중국인들이 그만큼 술을 즐겼다는 뜻이다.

▶ 花間一壺酒(화간일호주) : 花間(화간) - 꽃 사이에서. 술은 분위기이다. 壺 병 호. 壹(하나 일)과 혼동하기 쉬운 글자.

▶ 獨酌無相親(독작무상친) : 독작을 즐길 수 있어야 진정 애주가이지만 지금은 '중독자'라는 표현을 많이 쓴다.

▶ 擧杯邀明月(거배요명월) : 邀 맞을 요. 맞이하다. 이백과 주(酒)와 월(月)은 삼위일체(三位一體)이다.

▶ 對影成三人(대영성삼인) : 對 마주할 대. 대응. 물체 그대로 그림자가 생기기에 대영(對影)이라 했다. 대영은 그림자로 풀이해야 한다. 자신과 그림자, 그리고 명월(明月)이 술자리를 같이한 3인이다.

▶ 月旣不解飮(월기불해음) : 旣(기) - 본래, 처음부터. 解(해) - 알다, 터득하다, (죄인을) 호송하다.

▶ 影徒隨我身(영도수아신) : 徒 무리 도. 공연히, 겨우. 隨 따를 수.

▶ 暫伴月將影(잠반월장영) : 暫 잠시 잠. 잠깐. 伴 짝 반. 따르다. 將 장수 장. 거느리다, ~을, 겨우, 막, 곧, 또한, ~로서, 더불어.

▶ 行樂須及春(행락수급춘) : 須 모름지기 수. 及 미칠 급. 따라잡다, 놓치지 않다.

▶ 我歌月徘徊(아가월배회) : 歌(가) - 노래하다. 동사로 쓰였다. 徘 노닐 배. 망설이다. 俳(광대 배)와 혼동하기 쉬움. 徊 노닐 회. 徘徊(배회) - 멈춰 나아가지 못하는 모양.

▶ 我舞影零亂(아무영령란) : 零亂(영란) - 어지럽게 흔들거린다.

▶ 醒時同交歡(성시동교환) : 醒 술 깰 성. 交歡(교환) - 같이 즐기다, 친선(親善)을 도모하다.

▶ 醉後各分散(취후각분산) : 취하면 제각각 흩어 떠나간다.

▶ 永結無情遊(영결무정유) : 無情(무정) - 망정(忘情). 遊(유) - 교유(交遊), 명리(名利)나 애증을 초월한 소탈한 사귐.

▶ 相期邈雲漢(상기막운한) : 邈 멀 막. 아득하게 멀다. 雲漢(운한) - 은하수.

詩意

이백의 <월하독작>은 모두 4수이다. 이는 그 중 제1수이다. 이백은 달과 술을 사랑한 시인이었다. 밤하늘에 뜬 달은 만인에게 모두 골고루 빛을 주는 평등한 존재이기에 곧 희망과 낭만의 대상이었다. 시선(詩仙)이며 주선(酒仙)이기에 이백은 자주 달을 노래했다. 특히 '술 취하기 전에는[醒時] 같이 즐기다가 취하면 각자 흩어진다(醒時同交歡 醉後各分散)'는 구절은 맑고 높은 교유를 상징한다.

청(淸) 심덕잠(沈德潛)은 《당시별재(唐詩別裁)》에서 '힘들이지 않고 입에서 나오는 대로 읊은 시로 하늘의 맑은 울림처럼 순수하다. 이런 시를 사람들은 쉽게 배우지 못하리라.(脫口而出 純乎天籟. 此種詩 人不易學)'고 하였다.

007. 春思(춘사) 봄날의 시름 ● 李白 이백

연 초 여 벽 사　진 상 저 록 지

燕草如碧絲　秦桑低綠枝

당 군 회 귀 일　시 첩 단 장 시

當君懷歸日　是妾斷腸時

춘 풍 불 상 식　하 사 입 라 위

春風不相識　何事入羅幃

연燕의 새 풀이 파란 실과 같을 때
진秦의 뽕나무 푸른 가지 드리웠네요.
낭군께서 돌아올 날 꿈꾸던 그날
이 몸은 애타게 그리던 그때였어요.
춘풍은 내 마음을 모르는지
어이하여 규방에도 불어오는가요?

註釋

▸ <春思(춘사)> : 굳이 우리말로 옮긴다면 '봄날의 시름'이라 해야겠지만 읽는 사람이 나름대로 제목을 생각할 수 있을 것이다.

▸ 燕草如碧絲(연초여벽사) : 연(燕) 땅의 풀이 푸른 실 같으나. (겨우 봄이 되었다) 燕 나라 이름 연. 춘추전국시대에 지금의 북경(北京)과 천진(天津) 하북성과 산동성 일부 지역을 차지했던 나라. 이후 5호(胡)16국(國) 시대에도 많은 연나라가 건국되고 멸망했으며 수(隋)와 당(唐)에서는 지방 반란세력이 연을 국호로 내건 경우도 있었다. 그러나 춘추전국시대

이후 연은 지명으로 통용된다. 예를 들어 《삼국연의(三國演義)》에서 장비(張飛)가 '나는 연인(燕人) 장익덕(張翼德)이다'라고 소리를 지르는데 '연나라 백성 장익덕'으로 새겨듣지는 않는다. 燕草(연초) – '연 땅의 풀'이지 '연나라의 풀'이 아니다.

▶秦桑低綠枝(진상저록지) : 진(秦) 땅의 뽕나무는 푸른 가지가 처졌다. (녹음이 한창이다) 전국시대의 분열과 혼란을 통일한 진은 기원전 670년 경에 섬서성 서쪽을 차지한 서주(西周)의 제후국으로 출발하였다. 이후 전국시대에 진은 지금의 서안(西安, 장안)을 중심으로 촉(蜀)을 비롯한 중국 서부 지역을 지배했다. 진이 지명으로 쓰일 경우에는 지금의 섬서성 서안 일대를 지칭한다. 참고로 중국 북경은 우리나라 신의주와 비슷한 위도(緯度)이고, 서안은 우리나라 목포와 비슷한 위도에 있다. 따라서 서안(1월 평균기온 4.8℃)은 서울(1월 평균기온 1.6℃)보다도 따뜻한 지역이다. 이러한 지리적 지식은 시를 이해하는 데 도움이 된다.

▶當君懷歸日(당군회귀일) : 君(군) – 낭군. 낭군은 지금 북쪽 국경에 방수(防戍)하러 나갔다. 懷歸(회귀) – 돌아가기를 그리다. 당(當)은 일(日)에 이어지고, 다음 구의 시(是)는 시(時)에 이어진다.

▶是妾斷腸時(시첩단장시) : 妾(첩) – 여자 자신의 겸칭(謙稱). 斷腸(단장) – 애가 끊어진다. '애가 탄다'의 '애'는 창자[腸]. '당군회귀일'과 '시첩단장시'에서 군(君)과 첩(妾), 회귀(懷歸)와 단장(斷腸), 당(當)~일(日)과 시(是)~시(時)는 완벽한 대구이다.

▶春風不相識(춘풍불상식) : '불상식(不相識)'을 '서로 얼굴을 알지 못한다' '안면이 없다' 곧 '모르는 사이'라는 의미로 번역한 책들이 있는데 이는 잘못이다. 상(相)은 첩(妾)과 춘풍(春風)의 관계이고. 식(識)은 '얼굴이나 또는 의인화한 춘풍'을 모른다는 뜻이 아니라 서로 상대의 마음을 모른다는 뜻이다. 곧 춘풍은 '임이 그리워 애타는 첩의 이 마음을 모르고'로 해석해야 다음 구에 자연스레 이어진다.

▶何事入羅幃(하사입라위) : 羅 새 그물 라. 깁(명주실로 짠 비단), 벌여놓다. 幃 휘장 위. 羅幃(나위) – 얇은 비단으로 만든 휘장, 그런 휘장을

두른 방, 곧 규방(閨房).

詩意

'원부춘사(怨婦春思, 봄날 그리움이 사무친 부녀자의 마음)'에 속하는 오언 고시이다. 봄바람이 비단 휘장을 둘러친 규방까지 불어들 때면 객지에 나가 있는 낭군 생각이 더욱 간절할 것이다. 북쪽 추운 곳에서 고생하며 야위었을 낭군을 '봄이면 겨우 실처럼 가늘게 나오는 연 땅의 풀(燕草如碧絲)'이라 생각했다.

한편 낭군을 그리며 춘정이 넘치는 여심을 '진상저록지(秦桑低綠枝)'로 표현했다. 또 '당군회귀일(當君懷歸日)'과 '시첩단장시(是妾斷腸時)'도 대구이다. 이러한 시 작법을 '유수대구(流水對句)'라고 한다. '춘풍불상식(春風不相識)'과 '하사입라위(何事入羅幃)'도 심리적으로 절묘한 대구를 이루고 있다. 호탕한 이백이 이렇게 섬세하게 여인의 심정을 그려내고 있으니, 역시 시선(詩仙)이라 하겠다.

청(淸) 오교(吳喬)는 《위로시화(圍爐詩話)》에서 '춘풍불상식, 하사입라위는 공자가 《논어》에서, 《시경》의 시는 그 사념(思念)에 사악함이 없다고 말한 것과 같이, 표현이 청려(淸麗)하고 절묘하여 본받을 만하다.(思無邪而詞淸麗妙絶可法)'고 하였다.

부녀자의 시름이 있다면 중년의 사내는 또 사내대로의 근심이 있다. 그런 근심 중 하나가 나이 먹으면서 노쇠하는 늙음이다. 이백은 늙어가는 사내의 근심도 아주 뛰어나게 묘사했는데 다음의 <추포가(秋浦歌)> 2수를 참고할 만하다. 이백은 유적(流謫)에서 풀려나 그 만년을 추포에서 보냈다.

백발이 삼천 길인가
시름 때문에 이렇게 자랐으리라.
알 수 없네! 거울 속 몰골이
어디서 이런 서리를 맞았는지.
白髮三千丈　緣愁似箇長

不知明鏡裏　何處得秋霜

추포로 온 뒤 양 구레나룻이
하루아침에 갑자기 세어 버렸다.
원숭이 울음이 백발을 재촉한 듯
머리와 수염 모두 흰 실이 되었다.
兩鬢入秋浦　一朝颯已衰
猿聲催白髮　長短盡成絲

008. 望嶽(망악) 태산泰山을 바라보며 ● 杜甫두보

대종부여하　제로청미료
岱宗夫如何　齊魯青未了

조화종신수　음양할혼효
造化鍾神秀　陰陽割昏曉

탕흉생증운　결자입귀조
盪胸生曾雲　決眥入歸鳥

회당능절정　일람중산소
會當凌絶頂　一覽衆山小

태산은 정말 어떠할까?
제齊와 노魯를 덮은 끝없이 푸른빛.
조화와 신비한 모두를 다 모았으며

음양과 명암이 달라지는 산.
가슴 훤하도록 거듭 피어나는 구름
눈을 돌려 날아드는 새를 보노라.
언젠가 기어이 정상에 올라서
모든 작은 산을 한 번 보련다.

作者 두보(杜甫, 712-770) - 시성(詩聖), 시사(詩史)

자(字)는 자미(子美)이고 호는 소릉야로(少陵野老), 또는 두릉야객(杜陵野客), 두릉포의(杜陵布衣)이다. 현실주의적 시인으로 그의 시는 사회의 실질을 기록하였다는 평가를 받고 있다.

진(晉)의 장군으로 삼국의 오(吳)를 멸망시켰으며 좌전벽(左傳癖)이었던 두예(杜預)의 13세손이다. 조부 두심언(杜審彦)은 측천무후 시기의 유명한 정치인이면서 시인이었다. 중국문학사에서는 두심언, 이교(李嶠), 최융(崔融), 소미도(蘇味道)를 문장사우(文章四友)라 칭한다. 부친 두한(杜閑)은 낮은 지방관을 역임했지만 두보 대에 와서는 거의 몰락한 가문이었다. 두보는 하남 공현(鞏縣, 지금의 하남성 공의시鞏義市)에서 태어났는데 조적(祖籍)은 호북성 양양(襄陽)이다.

어려서부터 호학하였는데 7세에 시를 읊었던 조숙한 수재였다고 한다. 당 현종 천보 연간에 장안에서 진사과에 응시하였으나 낙제한 뒤 8, 9년간이나 제(齊)와 노(魯) 지역을 유랑했고, 이백, 고적(高適) 등과 교유했는데 <망악(望嶽)>, <음중팔선가(飮中八仙歌)> 등은 이 시기의 작품이다. 천보 11년 나이 40세에 참군 벼슬에 나갔다가, 천보 15년에 안록산이 장안을 함락하고 숙종(肅宗)이 영무(靈武)에서 즉위하자(756) 숙종이 있는 곳을 찾아가 배알하여 좌습유(左拾遺)에 임명되었다.

숙종 건원(乾元) 원년(758), 사사명(史思明)의 반란이 계속되면서 엄무(嚴武)가 촉을 평정하고 두보를 검교공부원외랑(檢校工部員外郞)으로 초빙하였다. 두보는 친우 엄무의 도움과 후원 아래 성도(成都) 서교(西郊)의 완화계(浣花溪)에 초당을 짓고 일생 중 가장 평온한 시기를 보냈다. 그러나 실의와 곤궁 속에 시름하다가 대종(代宗) 대력(大曆) 5년(770)에 상강(湘江)의 배 안에서 당뇨병으로 급작스런 죽음을 맞이하니 향년 59세였다.

좌습유, 검교공부원외랑을 역임했기에 후세에 두습유(杜拾遺) 또는 두공부(杜工部)라고 불린다. 또 장안 성 밖 소릉(少陵)에 초당을 짓고 거주한 적이 있어 두소릉이라고도 불린다. 11세 연상인 이백과 함께 '이두(李杜)'라고 병칭되는데 또 다른 시인 이상은(李商隱)과 두목(杜牧)은 '소이두(小李杜)'라 하여 구별한다. 두보와 두목은 먼 종친이라서 두보는 노두(老杜)라 불리기도 한다.

시는 약 1,500수가 전해오고 시집으로 《두공부집(杜工部集)》이 있다. 이백을 시선(詩仙)이라 부르기에 두보는 '시성(詩聖)'으로 존경 받고 있으며, 그의 시는 곧 당시(唐詩)의 역사적 사실을 기록한 것과 같아 '시사(詩史)'라고 부르기도 한다.

註釋

▶ <望嶽(망악)> : '태산(泰山)을 바라보며'. 태산에 오르지는 않고, 바라보고 지은 시. 嶽 큰 산 악. 중국인들은 오행사상과 깊은 연관을 가지고 오악(五嶽)을 꼽고 있는데 오악이란 동악(東岳)으로 산동의 태산(泰山, 최고봉 1533m), 서악(西岳)인 섬서의 화산(華山, 2194m), 중악(中岳)인 하남의 숭산(嵩山, 1491m), 북악(北岳)으로 산서의 항산(恒山, 2016m),

그리고 남악(南岳)으로 호남의 형산(衡山, 1300m)을 말한다. 이중에서 태산은 오악의 으뜸(五嶽之長, 오악독존五嶽獨尊)으로 옛 이름은 대산(岱山) 또는 대종(岱宗)으로 불렸다. 산동성 중앙부 태안시(泰安市)에 자리하고 있으며 주봉(主峰)인 옥황정(玉皇頂)은 1532.7m이다. 태산은 진(秦) 시황제(始皇帝) 이후 한 무제(漢武帝), 또 역대 왕조의 황제들이 이곳에 친히 와서 하늘에 제사하는 봉선(封禪) 의식을 행했다. 한 무제는 태산의 절경에 놀라면서 "고의(高矣)! 극의(極矣!) 대의(大矣)! 특의(特矣)! 장의(壯矣)! 혁의(赫矣)! 해의(駭矣)! 혹의(惑矣)!"라고 말했다는 전설이 전해진다.

▶ 岱宗夫如何(대종부여하) : 岱 대산 대. 태산. 宗 마루 종. 으뜸. 중국의 오악 중에서 제1이므로 '대종(岱宗)'이라고도 했다. 夫如何(부여하) - '대체로 어떠할까?' '정말 어떠할까?'라는 감탄과 경외의 뜻이 있다.

▶ 齊魯靑未了(제로청미료) : 齊魯(제로) - 제(齊)와 노(魯), 춘추전국시대의 나라. 제는 태산 이북을 지배했던 강국으로 환공(桓公)은 춘추시대에 최초의 패자(霸者)가 되었다. 노는 서주(西周) 건국자 무왕(武王)의 동생인 주공(周公) 단(旦)의 봉국(封國)으로, 그 후손 36명의 국군(國君)이 800년을 이어온 나라이다. 수도는 곡부(曲阜)로, 태산 남쪽 지금의 산동 남부와 하남, 강소, 안휘성 일부분을 지배한 문화적 강국이었다. 이 시에서 제로는 지금의 산동성 일대를 지칭하는 지명으로 쓰였다. 了 마칠 료. 未了(미료) - 끝나지 않았다, 끝이 없다.

▶ 造化鍾神秀(조화종신수) : 造化(조화) - 하늘이 천지 만물을 창조하고 변화시키는 모든 것. 천지 곧 하늘과 땅이 조화의 산물이다. 鍾(종) - 모으다, 모이다, 집중하다. 神秀(신수) - 신비롭고 빼어난 것, 숭고하고 영묘한 것.

▶ 陰陽割昏曉(음양할혼효) : 割 나눌 할. 나뉘다. 昏 어둘 혼. 어둠[陰]. 曉 새벽 효. 밝음[陽]. 태산을 중심으로 음과 양, 낮과 밤이 구분된다는 뜻. 태산 그늘은 음, 햇빛이 비추는 쪽은 양이니 곧 음양으로 나뉘어진다.

▶ 盪胸生曾雲(탕흉생증운) : 盪 씻을 탕. 흔들리다. 胸 가슴 흉. 盪胸(탕흉)

– 가슴이 뛰고 설레다. 曾 일찍 증, 더할 증. 층(層)과 같음. 曾雲(증운) – 피어오르는 구름[層雲]. 뭉게구름.

▸ 決眥入歸鳥(결자입귀조) : 眥 눈가 자(제). 눈초리[目眥], 흘겨보다. 決眥(결자) – 눈초리가 찢어지다, 격노하다, 여기서는 눈을 크게 뜨고 눈길을 돌리다. 入(입) – 시선에 들어온다. 歸鳥(귀조) – 보금자리에 드는 새.

▸ 會當凌絶頂(회당능절정) : 會(회) – 기회, 때마침, ~ 할 줄 알다, ~ 할 것이다. 當(당) – 반드시, 꼭. 凌 능가할 능. 정복하다, 오르다. 絶頂(절정) – 산의 최고봉, 더 이상 없다.

▸ 一覽衆山小(일람중산소) : 覽 볼 람. 一覽(일람) – 한 번 또는 한눈에 내려다본다. '동악에 오르면 뭇 산들이 낮고 길게 깔려 있음을 안다.(登東嶽者 然後知衆山之峛峛也.)' 《양자(楊子) 법언(法言)》. 공자도 태산에 올라 천하가 좁다고 말하였다.(孟子曰, 孔子 登東山而小魯, 登泰山而小天下. 故觀於海者 難爲水, 遊於聖人之門者 難爲言) 《맹자(孟子) 진심 상(盡心 上)》

詩意

두보 나이 29세의 작품이라면서, 현존하는 두보의 시 중 가장 오래된 작품으로 알려졌다. 태산을 바라보며 지은 시이기에 시제를 '망악(望嶽)'이라 했다. 전체적으로 두보가 바라보는 모습을 순차적으로 잘 묘사했다. 그러면서 앞으로 '능절정(凌絶頂)' 즉 등정(登頂)을 기약했는데 진사과(進士科)에 실패한 이후에 마음속의 새로운 각오를 표현했다고 해석할 수도 있다.

1연은 멀리서 바라본 태산의 웅대한 모습, 2연은 접근해서 관찰한 태산의 신수(神秀)한 형상, 3연은 태산 위의 하늘의 감동을 읊었다. 그리고 4연에서 '장차 태산의 절정에 올라 천하를 내려다볼 것이다'라고 자신의 장대한 신유(神遊)의 포부를 밝혔다. 하여튼 이 시는 태산을 읊은 그 많은 시 중에서도 최고의 시라는 평가를 받고 있다.

'태산은 존귀한 산이다. 대종이라고도 한다. 대(岱)는 시(始), 종(宗)은 장(長)의 뜻이다. 만물이 시작하고 음양이 교대한다. 고로 오악의 장이다.(泰

山 山之尊者 一曰岱宗 岱始也 宗長也 萬物之始 陰陽交代 故爲五岳之長)' 《풍속통(風俗通) 산택편(山澤篇)》

청(淸) 구조오(仇兆鰲)는 《두시상주(杜詩詳註)》에서 다음과 같이 평했다. '두보 이전에 태산을 읊은 것으로는 사령운(謝靈運)과 이백의 시가 있다. 사령운의 시 8구 중 앞부분은 예스럽고 수려한 맛이 있으나, 뒤의 구절은 평범하고 깊이가 부족하다. 이백(李白)의 시 6장에는 이따금 가구(佳句)가 있으나 의미상으로 중복된 것이 많다. 두보의 이 시는 억세고 힘이 넘치고 깎아지른 듯하여 두 시인의 시를 내려다보는 듯하다.(少陵以前 題詠泰山者 有謝靈運 李白之詩 謝詩八句 上半古秀 而下却平淺 李詩六章 中有佳句 而意多重複 此詩遒勁峭刻 可以俯視兩家矣).'

009. 贈衛八處士(증위팔처사) 위씨 여덟째 처사에게 보내다

● 杜甫 두보

인생불상견 동여삼여상
人生不相見 動如參如商

금석부하석 공차등촉광
今夕復何夕 共此燈燭光

소장능기시 빈발각이창
少壯能幾時 鬢髮各已蒼

방구반위귀 경호열중장
訪舊半爲鬼 驚呼熱中腸

언지이십재 중상군자당
焉知二十載 重上君子堂

석별군미혼　아녀홀성항
昔別君未婚　兒女忽成行

이연경부집　문아내하방
怡然敬父執　問我來何方

문답내미이　구아나주장
問答乃未已　驅兒羅酒漿

야우전춘구　신취간황량
夜雨剪春韭　新炊間黃粱

주칭회면난　일거누십상
主稱會面難　一擧累十觴

십상역불취　감자고의장
十觴亦不醉　感子故意長

명일격산악　세사량망망
明日隔山岳　世事兩茫茫

살면서도 서로 만나지 못하고
하늘의 삼성參星과 상성商星처럼 엇갈렸었다.
오늘 밤은 어인 밤이라서
등잔불을 같이하게 되었나!
젊어 힘쓰던 날이 언제였는지
귀밑머리 모두 벌써 희였다.
옛 벗을 물으니 태반이 죽었다 하니
놀라 탄식하며 속이 타는 듯하다.
이십 년이 지난 오늘 다시
그대 집에 오리라 어찌 알았겠나?
옛적 헤어질 땐 미혼이었는데

이제 자녀가 홀연히 줄을 지었네.
기꺼이 아비 친우를 공경하며
어디를 다녀오셨냐며 안부 묻네.
안부 말이 끝나기도 전에
아들을 재촉해 술상을 차리네.
밤비 속에 봄 부추 베어 요리하고
새로 지은 밥엔 차조까지 들어있네.
주인은 얼굴 보기 어려웠다며
단숨에 연달아 열 잔 술을 권하네.
열 잔을 더 마셔도 취하지 않으니
그대 옛 정에 고마울 따름이라.
내일 산을 넘어가면은
세상살이에 둘이 다 그리워하리라.

註釋

▸ <贈衛八處士(증위팔처사)> : '위씨 여덟째 처사에게 보내다'. 衛(위) - 성(姓). 八(팔) - 위씨 집안에서 항렬이 여덟 번째 되는 사람. 處士(처사) - 은거(隱居)하고 있는 선비. 자세한 인적사항은 미상.

▸ 人生不相見(인생불상견) : 인(人)이 생(生)하여 세상에 살며 서로 만나지 못하다.

▸ 動如參與商(동여삼여상) : 動(동) - 걸핏하면, 종종. 부사로 쓰임. 參 별 이름 삼. 商 별 이름 상. 삼(參)과 상(商)은 28수(宿)의 하나로 각각 서쪽과 동쪽, 새벽과 초저녁에 보이기에 서로 만나지 못한다. 삼상(參商)은 헤어진 뒤 만날 수 없음을 비유하거나 형제간의 불화를 뜻하는 말이다.

▸ 今夕復何夕(금석부하석) : 復 다시 부, 돌아올 복. '오늘 저녁은 무슨 저녁이기에 임을 만나는가!(今夕何夕 見此良人)'

▸ 共此燈燭光(공차등촉광) : 共(공) - 함께. 燈燭光(등촉광) - 등불과 촛불을 밝히다. 밤새워 정담을 나누는 모습이 연상된다.

▸ 少壯能幾時(소장능기시) : 幾 기미 기. 낌새, 얼마(보통 10 이하의 수를 물을 때 사용). 幾時(기시) - 언제. 젊고 힘쓰던 시절이 얼마나 가랴? 언제던가? 한 무제(漢武帝)의 <추풍가(秋風歌)>에 '젊음이 얼마나 가리오, 늙음을 어찌 하랴(小壯能幾時兮 奈老何)'라는 구절이 있다.

▸ 鬢髮各已蒼(빈발각이창) : 鬢 살쩍 빈. 귀밑의 털. 髮 머리털 발. 蒼 푸를 창. 회백색. 창발(蒼髮)은 반백의 머리.

▸ 訪舊半爲鬼(방구반위귀) : 舊(구) - 구우(舊友), 옛 친우. 訪舊(방구) - 옛 친우의 소식을 묻다. 爲鬼(위귀) - 귀신이 되었다, 죽었다.

▸ 驚呼熱中腸(경호열중장) : 驚 놀랄 경. 驚呼(경호) - 놀라 한탄하다, 또는 호곡(號哭)하다. 熱中腸(열중장) - 창자가 뜨끔해지다, 애를 태우다.

▸ 焉知二十載(언지이십재) : 焉 어찌 언. 어디, 무엇. 의문사. 焉知(언지) - 어찌 알리? 載 실을 재. 해[年, 歲] 재. 요순(堯舜) 때에는 재(載), 하대(夏代)에는 세(歲), 주대(周代)에는 연(年)이라 했다.

▸ 重上君子堂(중상군자당) : 重(중) - 거듭. 重上(중상) - 거듭 오르다. 君子堂(군자당) - 그대 집의 대청. 언지(焉知)는 군자당까지 걸린다.

▸ 昔別君未婚(석별군미혼) : 昔別(석별) - 옛날에 이별할 때.

▸ 兒女忽成行(아녀홀성항) : 兒女(아녀) - 아들과 딸, 자녀. 忽 갑자기 홀. 돌연히. 成行(성항) - 줄지어 서다. 자녀가 여럿이라는 뜻.

▸ 怡然敬父執(이연경부집) : 怡 기쁠 이. 怡然(이연) - 기뻐하는 모양. 敬(경) - 공경하다, 높이다. 執 잡을 집. 뜻을 같이하는 벗. 부지우왈집우(父之友曰執友). 父執(부집) - 부친의 구우(舊友). '견부지집 불문불감대(見父之執 不問不敢對)' 《예기(禮記) 곡례 하(曲禮 上)》.

▸ 問我來何方(문아래하방) : 何方(하방) - 어느 방위, 어느 곳.

▸ 問答乃未已(문답내미이) : 乃未已(내미이) - 아직 끝나지 않았다. '문답미급이(問答未及已)'로 된 판본도 있다.

▸ 驅兒羅酒漿(구아라주장) : 驅 몰 구. 驅兒(구아) - 아들을 시켜서, 아들을

재촉하여. 羅(나) – 벌이다. 여기서는 차리다. 漿 미음 장.

▸夜雨剪春韭(야우전춘구) : 雨(우) – 비가 내리다. 剪 자를 전. 베다. 韭 부추 구.

▸新炊間黃粱粱(신취간황량) : 炊 불 땔 취. 밥을 짓다. 新炊(신취) – 새로 지은 밥. 間(간) – 섞다, 참잡(摻雜). 粱 기장 량. 黃粱(황량) – 메조.

▸主稱會面難(주칭회면난) : 稱 일컬을 칭. 말하다. 會面(회면) – 얼굴을 보다.

▸一擧累十觴(일거루십상) : 一擧(일거) – 단번에. 累 묶을 루. 거듭, 연이어. 觴 술잔 상.

▸十觴亦不醉(십상역불취) : 亦 또 역. 다만 ~뿐.

▸感子故意長(감자고의장) : 子(자) – 위팔처사(衛八處士), 주인. 故意(고

▌화산(華山)

의) - 오래된 우정.

▶ 明日隔山岳(명일격산악) : 隔 사이 뜰 격. 사이에 두다. 山岳(산악) - 화산(華山)을 지칭.

▶ 世事兩茫茫(세사량망망) : 世事(세사) - 세상사. 어떻게 지낸다는 소식. 兩(양) - 두 사람. 주인인 위팔처사와 손님인 두보 자신. 茫 아득할 망. 茫茫(망망) - 아득하다, 희미하다, 한없이 넓다.

詩意

숙종(肅宗) 건원(乾元) 2년(759), 두보는 49세로 화주(華州, 섬서성 서안西安 동쪽)의 사공참군(司功參軍) 벼슬에 있었다. 그러나 안록산과 사사명(史思明)의 난에 낙양이 위태롭게 되자 두보는 각지로 방랑했다. 그때 산속에 은둔하고 있는 위씨 집안 여덟 번째인 처사(處士)를 만났고 하룻밤을 묵으면서 함께 술을 마셨다. 전란 중에 옛 친구를 20년 만에 만났으며 또 환대를 받았으니 얼마나 감격했으랴. 두보는 평이(平易)하고 사실적인 필치로 해후(邂逅)의 감격과 훈훈한 우정 및 인생무상의 비애를 그렸다.

청대(清代) 주학령(朱鶴齡)은 《두시전주(杜詩箋注)》에서 다음과 같이 말했다. '당대에 위대경(衛大經)이란 은사가 포주(蒲州)에 살았고, 위팔(衛八)도 처사라고 했으니 혹 그의 일족일 것이다. 포주에서 화주까지는 140리 거리이다. 아마 건원 2년 봄, 두보가 화주에 있을 때 위팔처사의 집에 가서 환대를 받고 지었을 것이다.(唐有隱逸 衛大經者 居蒲州 衛八亦稱處士 或其族子 蒲至華 至一百四十里. 恐是乾元二年春 在華州時 至其家作.)'

010. 佳人(가인) 고운 사람 ● 杜甫두보

절대유가인 유거재공곡
絶代有佳人 幽居在空谷

자운량가자 영락의초목
自云良家子 零落依草木

관중석상란 형제조살육
關中昔喪亂 兄弟遭殺戮

관고하족론 부득수골육
官高何足論 不得收骨肉

세정오쇠헐 만사수전촉
世情惡衰歇 萬事隨轉燭

부서경박아 신인미여옥
夫壻輕薄兒 新人美如玉

합혼상지시 원앙부독숙
合婚尚知時 鴛鴦不獨宿

단견신인소 나문구인곡
但見新人笑 那聞舊人哭

재산천수청 출산천수탁
在山泉水清 出山泉水濁

시비매주회 견라보모옥
侍婢賣珠廻 牽蘿補茅屋

적화불삽발 채백동영국
摘花不插髮 采柏動盈掬

천한취수박 일모의수죽
天寒翠袖薄 日暮倚修竹

절세의 아름다운 한 여인이
깊은 계곡에 조용히 살고 있다.
자기 말에 양가의 딸이었다 하는데
몰락하여 산골에 살아야만 한다.
옛날 관중에 난리가 일어나
형제 죽어가는 재앙을 당했었다.
벼슬이 높다 말해 무얼 하나
시신조차 거두지 못했었다.
세상 인정은 몰락에 등을 돌리고
만사가 옮겨가는 촛불을 따라갔다.
남편은 경박한 사내이고
새사람은 옥같이 아름다웠다.
합환화도 때를 맞춰 피우고
원앙새도 홀로 자지 않는다.
새사람 웃는 얼굴만 보이지
옛사람 우는 소리가 들리겠나.
산속에서는 샘물도 맑더니만
산 밖에서는 샘물도 흐립니다.
몸종은 구슬 팔아 돌아오고
띠풀을 모아 지붕 고칩니다.
꽃을 꺾어도 머리에 꽂지 못하고
잣의 열매를 주워서 손에 움켜쥔다.
날 추워 푸른 옷 얇기만 하여도
해 지면 장죽에 기대어 지샌다오.

註釋

▶ <佳人(가인)> : '고운 사람'. 전란에 시달린 상류 신분 여인의 고난을 묘사하였다. 대우(對偶)가 많다. 고시(古詩)에서는 같은 글자가 중출(重出)하는 것을 꺼리지 않았다.

▶ 絶代有佳人(절대유가인) : 한 시대 혹은 세상에서 가장 뛰어난 미인. 당 태종(唐太宗)의 이름이 세민(世民)이므로 세(世)를 휘(諱)하여 '절세(絶世)'라 하지 않고 '절대'라 했다. '북쪽에 아름다운 여자가 있다. 세상에 가장 뛰어나 홀로 돋보인다(北方有佳人 絶世而獨立)' ≪옥대신영(玉臺新詠)≫.

▶ 幽居在空谷(유거재공곡) : 幽居(유거) - 아무도 모르게 숨어살다. 空谷(공곡) - 깊은 산골짜기, 인적이 없는 골짜기.

▶ 自云良家子(자운량가자) : 云 이를 운. 말하다. 良家子(양가자) - 양가의 자녀.

▶ 零落依草木(영락의초목) : 零落(영락) - 초목이 말라 떨어지다, 집안 형편이 쇠퇴하고 빈천하게 되다. 依草木(의초목) - 초목에 의지하고 연명하며 살고 있다. 굴원(屈原)의 <이소(離騷)>에 '초목의 영락을 슬퍼하고, 미인의 노쇠함을 겁내다(惟草木之零落兮 恐美人之遲暮)'라는 구절이 있다.

▶ 關中昔喪亂(관중석상란) : 關中(관중) - 함곡관(函谷關) 서쪽으로 '옥야(沃野) 천리'의 땅이다. 昔(석) - 그 전에. 현종 천보 15년(756)에 절도사 안록산이 반란을 일으켰다. 이때 장안이 함락되고 현종은 촉(蜀)으로 피난했다. 喪亂(상란) - 곧 '사람이 죽고 나라가 어지럽게 되었다'는 뜻.

▶ 兄弟遭殺戮(형제조살육) : 遭 만날 조. 일을 당하다. 戮 죽일 륙(본음).

▶ 官高何足論(관고하족론) : 벼슬 높은 것을 어찌 족히 논하겠는가? 살육을 당하는 데 벼슬 높은 것이 아무런 도움이 안 되었다는 뜻.

▶ 不得收骨肉(부득수골육) : 형제의 시신도 수습하지 못했다.

▶ 世情惡衰歇(세정오쇠헐) : 世情(세정) - 인정(人情)과 같음. 惡 미워할 오. 혐오한다, 싫어하다. 衰 쇠할 쇠. 늙다, 약해지다. 歇 다할 헐. 다하다, 마르다. 衰歇(쇠헐) - 쇠패(衰敗)와 같음.

▸萬事隨轉燭(만사수전촉) : 隨 따를 수. 轉 구를 전. 轉燭(전촉) - 풍전전동(風前轉動)하는 촛불. 세상 일이 바람 앞의 촛불처럼 흔들린다. 두보의 시 <사회(寫懷)>에 '비천한 사람이 무협에 와서, 삼년을 촛불처럼 흔들리며 떠돌았다(鄙人到巫峽 三歲如轉燭)'라는 구절이 있다.

▸夫壻輕薄兒(부서경박아) : 壻 사위 서. 夫壻(부서) - 남편. 처가 남편을 부르는 말. 輕薄兒(경박아) - 경박한 사나이, 바람둥이.

▸新人美如玉(신인미여옥) : 새사람은 옥같이 아름답다. 新人(신인) - 부서(夫壻, 남편)가 맞이한 후처, 첩. 부서와 신인도 대구이다.

▸合昏尙知時(합혼상지시) : 合昏(합혼) - 꽃 이름. 합환화(合歡花)라고도 하며 남녀의 사랑을 상징하는 꽃. 아침에 붉은 꽃이 피고 밤에는 오므라지는 무궁화를 지칭할 수도 있다. 우리나라에서는 자귀나무 꽃을 합환화라고 한다. 尙 오히려 상. 또한, 더구나. 知時(지시) - 꽃도 피는 때를 알고 있다.

▸鴛鴦不獨宿(원앙부독숙) : 鴛 원앙 수컷 원. 鴦 원앙 앙(암컷). 원앙은 자웅(雌雄)이 짝을 이루어 살며 떨어지지 않는다.

▸但見新人笑(단견신인소) : 但(단) - 다만, 오직.

▸那聞舊人哭(나문구인곡) : 소박맞은 본처의 곡소리를 어찌 듣겠는가? 앞의 구절과 완벽한 대구를 이루고 있다.

▸在山泉水淸(재산천수청) : 산에서는 샘물도 맑다. 깊은 산중에 살며 깨끗하게 정절을 지키고 있다.

▸出山泉水濁(출산천수탁) : 산에서 나가면 샘물도 탁해진다. 절개를 버린 재가(再嫁)는 몸을 더럽힌다는 의미. 고시에서는 이처럼 같은 글자를 반복해서 쓰는 경우가 많다.

▸侍婢賣珠廻(시비매주회) : 侍 모실 시. 婢 여자 종 비. 廻 돌 회. 돌아오다.

▸牽蘿補茅屋(견라보모옥) : 牽 끌 견. 끌어오다. 蘿 댕댕이덩굴 라. 補 기울 보. 보수하다. 茅 띠 모. 茅屋(모옥) - 띠풀로 지붕을 이은 집.

▸摘花不揷髮(적화불삽발) : 摘 딸 적. 꽃을 꺾다. 揷 꽂을 삽. 꽃을 꺾어 머리에 꽂지 않는다, 몸치장을 하지 않는다.

▶ 采栢動盈掬(채백동영국) : 采 캘 채. 採(채)와 같다. 栢(백) - 측백나무, 柏(백)의 속자(俗字). 언제나 잎이 푸르며 절개와 수(壽)를 상징한다. 動(동) - 이내, 금방. 盈 찰 영. 가득 차다. 掬 움켜쥘 국. 손에 가득히 주워 담는다. 즉 측백나무 잎이나 잣을 따서 손아귀에 가득히 들고 수절(守節)하고 또 가난한 살림을 이어간다는 뜻.

▶ 天寒翠袖薄(천한취수박) : 翠 비취색 취. 袖 소매 수. 薄 엷을 박. 푸른 옷소매가 더욱 얇게 느껴진다. 즉 홑옷을 입고 있다는 뜻.

▶ 日暮倚修竹(일모의수죽) : 暮 저물 모. 倚 기댈 의. 의지하다. 修竹(수죽) - 긴 대나무[長竹]. 충성과 절개를 상징함.

詩意

당 숙종(肅宗) 건원(乾元) 2년(759) 두보 나이 49세 때 진주(秦州, 감숙성 천수天水)에서 지은 시다. 지체 높았던 절세미인이 전란을 당해 영락하고 깊은 산중에 몸을 숨기고 간고(艱苦)한 생활을 하면서도 정절을 지키고 있는 모습을 사실적으로 그렸다.

이 시를 불우한 처지에서도 절개를 지키는 군자의 고결한 충절에 비유한 시라고 해석하기도 한다. 즉 '버림받고 산속에서 고생하는 미인'을 '전란의 변혁기에 쫓겨나고 몰락한 늙은 신하'에 비유하고, 한편 '경박한 남편(夫壻輕薄兒)'과 '구슬같이 아름다운 새사람(新人美如玉)'을 '새로 등장한 권력층과 그 밑에 있는 미숙한 신진의 관료들'을 상징한다고 해석할 수도 있다. 특히 두보 자신의 곤궁한 처지를 그린 것이라고 풀이할 수도 있다.

그러나 두보는 아마도 실재한 인물을 테마로 하고 이 시를 썼을 것이다. 그러므로 묘사가 치밀하고 슬픔의 심정이 절실하게 느껴진다. 한편 이 시 속에는 전란에 유랑하며 고생하는 두보 자신의 감정과 노여움이 배어 있으므로 표현이 과격하기도 하다.

5 - 8구에는 두보의 비분(悲憤)이 잘 나타났다. 9 - 16구에는 믿을 수 없는 사람들의 마음과 허무하게 변전하는 세상사에 대한 분만(憤懣)이 넘치고 있다. 그러나 가인이나 충신은 혹심한 고생을 극복하고 정절과 충성을 지킨

다는 의연한 결의를 17구 이하에서 굳게 다지고 있다.

청(淸) 구조오(仇兆鰲)는 《두시상주(杜詩詳注)》에서 다음과 같이 평했다. '천보의 난에 실재했던 여주인공을 시로 읊었을 것이다. 그러므로 상황이나 심정이 곡진하게 묘사되었다. 한편 버림받은 여인에 가탁하여 쫓겨난 충신을 옹호하고 반면에 미숙한 자들이 득세하고 창궐하고 반대로 노숙한 사람들이 실각하고 쇠락하는 세태를 상심한 것이라고 풀기도 한다. 그러한 가설적 작품이라면 이렇듯이 생생할 수가 없을 것이다.(按天寶亂後 當時實有其人 故形容曲盡其情. 舊謂託棄婦以比逐臣 傷新進猖狂 老成凋謝而作 懸空撰意 不能淋漓愷至如此)'

參考 두보의 일생에 따른 시의 구분

현존하는 두보의 시 약 1500수는 다음과 같이 네 시기로 구분할 수 있다.

1) 독서하고 유랑하던 시기(35세 이전)

두보는 지금의 강서성, 절강성 일대와 산동성 북부와 하북성 남부를 유랑했는데 낙양에서 과거에 응시하였으나 낙제했다. 낙양에서 11세 연상인 이백을 만나 깊은 우의를 다졌는데 이백에게 시를 지어 증정했다. 또 고적(高適)을 만나 세 사람이 양(梁)과 송(宋, 지금의 개봉開封, 상구시商丘市 일대)을 유랑하다가 제주(齊州)에서 헤어졌는데 이후 다시 만나지 못했다.

2) 장안에서 힘들게 지내던 시기(35~44세)

두보는 장안에 와서 현종에게 부(賦)를 지어 올리기도 하고 귀인에게 시를 증여하면서 어떻게 해서라도 인정 받고 벼슬길에 나서려고 힘들고 어려운 생활을 이어간다. 나중에 참군(參軍)이라는 말직을 얻지만 이 시기에 사회 실상을 고발하는 시를 많이 창작했다. 당시 시정(市政)을 비평하고 권귀(權貴)의 행태를 풍자하는 <병거행(兵車行)>과 <여인행(麗人行)> 등 장편을 지었는데 그 중에서도 <자경부봉선현영회오백자(自京赴奉先縣詠懷五百字)>가 가장 유명하다.

3) 안록산의 난 와중에서 벼슬하던 시기(45~48세)

안사(安史)의 난이 일어나고 동관(潼關)이 함락되자 두보는 가족을 두고 혼자 영무(靈武)로 새로 즉위한 숙종을 찾아간다. 그 도중에 반군에게 사로잡혀 장안에 압송되었는데 혼란한 장안의 모습을 목격하고 관군의 패퇴(敗退) 소식을 들으면서 <월야(月夜)>, <춘망(春望)>, <애강두(哀江頭)> 등의 시를 남긴다.

두보는 장안을 탈출하여 봉상(鳳翔)의 행재소에 가서 숙종을 알현한다. 그리고 좌습유의 벼슬을 받는다. 그러나 재상인 방관(房琯)의 일로 충언과 직간했지만 오히려 화주사공참군(華州司功參軍)으로 강등된다. 이 시기에 그가 목도한 바를 바탕으로 <삼리(三吏)>, <삼별(三別)> 등 불후의 명작을 남긴다.

4) 서남 지방을 떠돌던 시기(48~59세까지)

연속되는 관군의 패배와 계속되는 흉년 때문에 두보는 관직을 버리고 가족을 데리고 피난하여 진주(秦州)를 거쳐 촉의 성도(成都)에 이른다. 거기서 친우인 엄무(嚴武)의 도움으로 잠시나마 안정을 누린다. 엄무가 입조한 뒤에 촉(蜀) 땅에서 서지도(徐知道)의 반란이 일어난다. 두보는 재주(梓州), 낭주(閬州) 등을 떠돌다가 다시 성도로 돌아온다. 엄무가 죽은 뒤 두보는 기주(夔州)에서 2년을 지내다가 다시 호북, 호남 일대를 떠돌다가 59세를 일기로 상강(湘江)의 배 안에서 죽었다.

이 시기의 작품으로 <춘야희우(春夜喜雨)>, <모옥위추풍소파가(茅屋爲秋風所破歌)>, <병귤(病橘)>, <등루(登樓)>, <촉상(蜀相)>, <등고(登高)>, <추흥(秋興)> 등 많은 시를 짓는다. 두보 시의 약 70% 정도가 이 시기의 작품인데, 많은 시들이 안사의 난 전후 20여 년간의 사회 모습을 묘사하고 있다.

011. 夢李白 二首(一)(몽이백 이수) 꿈에 본 이백 ● 杜甫두보

死別已呑聲(사별이탄성)　生別長惻惻(생별장측측)

江南瘴癘地(강남장려지)　逐客無消息(축객무소식)

故人入我夢(고인입아몽)　明我長相憶(명아장상억)

君今在羅網(군금재라망)　何以有羽翼(하이유우익)

恐非平生魂(공비평생혼)　路遠不可測(노원불가측)

魂來楓林青(혼래풍림청)　魂返關山黑(혼반관산흑)

落月滿屋梁(낙월만옥량)　猶疑照顏色(유의조안색)

水深波浪闊(수심파랑활)　無使蛟龍得(무사교룡득)

죽어 이별에 소리를 삼켜 울고
살아 이별은 언제나 가슴 아프다.
강남은 더운 병 많아 몹쓸 땅인데
내쫓긴 나그네 아무 소식 없구나.
옛사람 꿈속에 나를 찾아왔는데

이 몸이 언제나 그댈 그린 뜻이다.
당신은 오늘도 갇혀 있는 몸인데
어떻게 날개를 달고 여길 오셨나?
혹시나 이승의 혼이 아니실런지
그렇게 먼 길은 짐작도 못하겠노라.
혼이 올 적엔 단풍도 검푸르렀으며
혼이 간다면 관산關山도 깜깜했어라.
기우는 달빛이 방안에 어른거리니
혹시나 당신의 낯빛이 아니겠는가?
강물은 깊으며 물결도 사나우니
교룡에 잡히지 않기를 빌 뿐입니다.

註釋

▸ <夢李白(몽이백)> : '꿈에 본 이백'. 李白(이백) - 701-762. 두보보다 11년 연상이다. 두 사람은 천보 3년(744)에 낙양(洛陽)에서 교유했고, 또 하남과 산동의 각지를 함께 여행했다. 당시 이백은 44세로 잘 알려진 호탕한 시인이었다. 한편 두보는 33세로 초라하지만 진지한 선비 기질의 시인이었다. 그 후 두보는 이백에 대한 시를 약 40여 편이나 남겼다. 한편 기구한 삶의 길을 걸었던 이백도 두보를 회상하는 시를 5~6편 정도 남겼다. 안록산의 난이 일어나자 이백은 현종의 16번째 아들 영왕(永王) 이린(李璘)을 옹립하려는 세력에 가담했다가 반역죄로 몰려서 건원(建元) 원년(758)에 야랑(夜郎, 지금의 귀주성貴州省)으로 유배되었다가 건원 2년 봄에 풀려났다. 한편 두보는 나이 48세로 진주(秦州, 감숙성 천수)로 피신해 가서 가난에 시달리고 있었다. 두보는 이백이 이미 봄에 풀려났다는 소식을 듣지 못하고, 꿈에 이백을 보고 이 시를 썼다. 오언율시 110 <천말회이백(天末懷李白)>도 같이 감상하여야 한다.

▸ 死別已吞聲(사별이탄성) : 呑 삼킬 탄. 사별 때에는 울음을 삼킨 채 애통

이백(李白)

해한다.

▶ 生別長惻惻(생별장측측) : 長(장) – (공간적·시간적 거리로) 길다, 길이, 오랫동안, 영원히. 惻 슬퍼할 측. 惻惻(측측) – 비통한 모양, 간절한 모양. 생이별을 할 때에는 끝없이 가슴속이 아프고 슬프기만 하다.

▶ 江南瘴癘地(강남장려지) : 江南(강남) – 이백의 유배지 귀주(貴州) 지역은 풍토가 나쁘고 열병이 유행하는 곳이었다. 瘴 장기 장. 장독(瘴毒). 癘 창질 려. 瘴癘(장려) – 주로 아열대의 습지대에서 발생하는 악성 말라리아와 같은 풍토병.

▶ 逐客無消息(축객무소식) : 逐 쫓을 축. 逐客(축객) – 손님을 내쫓다. 유방(流放)된 이백. 消 사라질 소. 없어지다. 消息(소식) – 소(消)는 음기(陰氣)의 소멸, 식(息)은 양기(陽氣)의 생김을 뜻함. 우리말로는 '죽었는지 살았는지'에 해당.

▶ 故人入我夢(고인입아몽) : 故人(고인) – 여기에서는 '죽은 사람'이나 '전처(前妻)'의 뜻이 아니고, '옛 친구[老朋友]'나 '전부터 알고 지내는 사람'이다.

▶ 明我長相憶(명아장상억) : 明(명) – 분명하다, 밖으로 드러나다. 憶 생각할 억. 長相憶(장상억) – 늘 서로 생각하다.

▶ 君今在羅網(군금재라망) : 君(군) – 하위자가 상위자를, 하위자가 하위자를, 또 동료나 동배(同輩)를 지칭하는 말. 羅網(나망) – 새나 물고기를

잡는 그물. 이백이 유배(流配) 중이라는 뜻.

▸ 何以有羽翼(하이유우익) : 羽 깃 우. 翼 날개 익. 羽翼(우익) - 날개.

▸ 恐非平生魂(공비평생혼) : 恐 두려울 공. 놀라다, 위협하다, 혹시, 아마도. 魂 넋 혼. 신체에 붙어 있는 양기(陽氣), 마음. 平生魂(평생혼) - 살아 있는 영혼.

▸ 路遠不可測(노원불가측) : 測 잴 측. 너무 먼 곳에 있어 꿈속에서도 여기까지 올 수 없을 것이라는 의미.

▸ 魂來楓林靑(혼래풍림청) : 楓 단풍나무 풍. 단풍. 靑(청) - 때로는 검은색을 뜻한다. 노자(老子)가 타고 다닌 청우(靑牛)는 검은색 털의 소이며, 청의(靑衣)는 비천한 자가 입는 검은색의 평상복이다. 죽은 사람의 영혼은 밤에만 오간다고 한다. 그래서 혼이 찾아올 때에 단풍숲도 검푸르게 보였을 것이다.

▸ 魂返關山黑(혼반관산흑) : 返 돌아올 반. 돌아가다. 關山(관산) - 관문(關門)과 산, 고향. 관새(關塞)로 된 판본도 있다.

▸ 落月滿屋梁(낙월만옥량) : 落月(낙월) - 날이 밝기 전에 지는 달빛. 屋梁(옥량) - 대들보. 방안.

▸ 猶疑照顔色(유의조안색) : 疑(의) - 의심스러운 것. 혹시 그런 것이 아닌가? 낙월(落月)~과 유의(猶疑)~ 두 구는 우인(友人)에 대한 그리움을 표현하는 시구로 회자(膾炙)된다.

▸ 水深波浪闊(수심파랑활) : 波浪(파랑) - 물결, 풍랑. 闊 트일 활. 물결이 세차게 일어나다.

▸ 無使蛟龍得(무사교룡득) : 蛟龍(교룡) - 비를 뿌린다는 뿔이 없는 용. 물속에 사는 온갖 생물들의 최강자, 우두머리. 得(득) - 여기서는 '잡아먹히다'.

詩意

<몽이백>은 3단으로 나눌 수 있다. 1단은 강남으로 추방된 이백을 측은하게 여긴다. 2단은 꿈에 이백을 보고 혹시나 죽은 이백의 혼이 찾아온 것이

아닌가 하고 겁을 낸다. 3단은 꿈에서 깨어난 두보가 방안 대들보에서 이백의 환상을 보며 걱정한다.

명(明) 육시옹(陸時雍)은 이 시를 다음과 같이 평했다.

'이 시에 그려진 이백은 혼백이면서 사람이고, 꿈이면서 생시이다. 참으로 황홀하여 걷잡을 수 없다. 그런가 하면 이백을 생각하는 두보의 심정은 친근한 애정과 고달픈 심정이 두루 갖추어져 있다.(是魂是人 是夢是眞 都覺恍惚無定 親情苦意 無不備極矣)'

두보의 시에서 <춘일억이백(春日憶李白)>, <증이백(贈李白)>, <기이백(寄李白)>, <동일유회이백(冬日有懷李白)>, <천말회이백(天末懷李白)> 등은 두보가 이백을 그리워하는 시다. 한편 이백이 두보를 생각하고 지은 시로는 <요사증두보궐(堯祠贈杜補闕)>, <사구성하기두보(沙丘城下寄杜甫)>, <노군동석문송두이보(魯郡東石門送杜二甫)>, <희증두보(戲贈杜甫)> 등이 있다.

012. 夢李白(몽이백) 二首(이수)(二) 꿈에 본 이백 ● 杜甫 두보

부운종일행　유자구부지
浮雲終日行　遊子久不至

삼야빈몽군　정친견군의
三夜頻夢君　情親見君意

고귀상국촉　고도내불이
告歸常局促　苦道來不易

강호다풍파　주즙공실추
江湖多風波　舟楫恐失墜

출 문 소 백 수　　약 부 평 생 지
出門慅白首　若負平生志

관 개 만 경 화　　사 인 독 초 췌
冠蓋滿京華　斯人獨憔悴

숙 운 망 회 회　　장 로 신 반 루
孰云網恢恢　將老身反累

천 추 만 세 명　　적 막 신 후 사
千秋萬歲名　寂寞身後事

뜬구름인양 날마다 떠돌면서
나그네인가 끝까지 오지 않네요.
사흘 밤 연이어 꿈에서 뵈오니
깊은 정 때문에 못 잊는 뜻이지요.
떠난다 할 적에 늘 멈칫거리면서
오기 쉽지 않다며 괴롭듯 말했지요.
풍파 많은 이 세상살이에
배 젓는 노를 잃을까 걱정뿐이네요.
문을 나서면서 흰 머리 긁적거리는데
평생 큰 뜻을 버린 줄 알았네요.
고관대작 장안에 득실대지만
당신만이 외로이 초췌하네요.
누군가는 하늘 그물이 성기다 하지만
늘그막에 몸은 도리어 얽혀들었네요.
천만년 뒤에도 이름이 난들
쓸쓸히 죽은 뒤 일이겠지요.

註釋

▶ <夢李白(몽이백)> : 꿈에 본 이백의 모습을 통해 그리움을 표현하였다.

▶ 浮雲終日行(부운종일행) : 부운(浮雲)이 갖는 가장 큰 의미는 '정처가 없다'는 뜻이다. 《문선(文選)》에 '뜬구름이 빛을 가리고, 나그네는 돌아보지 않는다(浮雲蔽白日 遊子不顧返)'라는 시가 있고, 이백의 시 <송우인(送友人)>에도 '부운은 나그네의 마음이고, 낙일은 옛 벗의 정이다(浮雲遊子意 落日故人情)'라는 구절이 있다.

▶ 遊子久不至(유자구부지) : 遊子(유자) - 나그네, 방랑객. 이백을 지칭. 久 오랠 구.

▶ 三夜頻夢君(삼야빈몽군) : 三夜(삼야) - 연 삼일 밤에. 頻 자주 빈.

▶ 情親見君意(정친견군의) : 앞의 시 011의 '명아장상억(明我長相憶)'과 같은 뜻이라 할 수 있다.

▶ 告歸常局促(고귀상국촉) : 告歸(고귀) - 여기서는 꿈속에서 헤어진다고 말하다. 局 판 국. 促 재촉할 촉. 局促(국촉) - 시간이 촉박하다, 부자연스럽고 서먹서먹해하다.

▶ 苦道來不易(고도내불이) : 苦 쓸 고. 힘들게. 道(도) - 말하다[言也]. 易 쉬울 이.

▶ 江湖多風波(강호다풍파) : 江湖(강호) - 좁게는 장강(長江)과 동정호(洞庭湖). 넓은 의미로는 삼강오호(三江五湖)의 약칭으로 '이 세상' '온 나라'의 뜻. 여기서는 이백이 유배된 땅. 강호는 전국을 떠돌며 사술(邪術)로 먹고사는 사람을 지칭하기도 한다. '강호의생(江湖醫生)'은 전국을 떠도는 돌팔이 의생(醫生).

▶ 舟楫恐失墜(주즙공실추) : 舟 배 주. 楫 노 즙. 짧은 노. 긴 노는 도(棹)라 한다. 墜 떨어질 추. 잃어버리다.

▶ 出門搔白首(출문소백수) : 搔 긁을 소. 집을 나서면 백발을 긁적거린다. 곧 계면쩍어하다, 어려워한다는 뜻.

▶ 若負平生志(약부평생지) : 若 만약 약. 負 질 부. 저버리다. 平生志(평생지) - 경국제민(經國濟民)하려는 포부와 이상.

▶冠蓋滿京華(관개만경화) : 冠(관) - 관모(官帽). 蓋 덮을 개. 수레의 덮개[車蓋]. 冠蓋(관개) - 부귀를 누리는 고관. 京華(경화) - 제경(帝京)의 호화. 화려한 수도.

▶斯人獨憔悴(사인독초췌) : 斯人(사인) - 이 사람, 이백. 《논어 옹야(雍也)》에 '이 사람이 어찌 이런 병에 걸렸는가(斯人也而有斯疾也)'라는 공자의 말이 있다. 憔 수척할 초. 悴 파리할 췌. 초사(楚辭) <어부사(漁父辭)>에 굴원에 대한 묘사 중 '안색이 초췌하고 몸과 얼굴이 마르고 수척하다(顔色憔悴 形容枯槁)'라 하였다.

▶孰云網恢恢(숙운망회회) : 孰 누구 숙. 어느, 무엇, 의문대명사. 網 그물 망. 천망(天網). 恢 넓을 회. 恢恢(회회) - 매우 넓고 큰 모양. 《노자도덕경(老子道德經) 73장》에 "하늘의 그물은 크고 성글지만 흘리고 빠뜨리는 법이 없다.(天網恢恢 疏而不失)'고 하였다. 두보는 법망에 걸린 이백의 불운을 한탄했다.

▶將老身反累(장로신반루) : 將(장) - ~하려 하다. 反(반) - 오히려, 도리어. 累 묶을 루. 죄에 연루되다.

▶千秋萬歲名(천추만세명) : 千秋萬歲(천추만세) - 천년만년, 아주 오랜 세월. 名(명) - 이름을 남기다. 동사로 쓰였다.

▶寂寞身後事(적막신후사) : 寂 고요할 적. 寞 쓸쓸할 막. 身後事(신후사) - 몸이 죽은 뒤의 일. 완적(阮籍)의 <영회시(詠懷詩)>에 '천년만년 후 영광스런 이름이 무슨 소용인가(千秋萬歲後 榮名何所之)'라 하였고, 유신(庾信)도 <영회시>에서 '지금 술 한잔이지 사후 명성을 누가 논하랴(眼前一杯酒 誰論身後名)'고 하였다.

詩意

이 시는 3단으로 나눌 수 있다. 즉 1, 2구는 꿈에 나타난 이백의 우정이 독실함을 그렸다. 3-5구에서는 그러나 서로 이별한 두 사람 사이에 가로놓인 난관 때문에 오가기 힘들다는 푸념을 하는 쓸쓸한 이백의 모습을 그렸다. 6-8구에서는 이백을 동정하는 두보의 심정을 솔직하게 밝혔다. 즉 '남들은 영화를 누리는데 어찌하여 당신만은 영락(零落)하고 초췌해야 하나? 죽은 다음에 천추에 이름을 떨친들 무슨 소용이 있으랴.' 이백을 향한 애틋한 마음을 표출했다.

남송(南宋) 호자(胡仔, 1095-1170)는 《초계어은총화(苕溪漁隱叢話)》에서 '이백은 팔극(八極)을 신유(神遊)했다. 그러므로 하지장(賀知章)은 그를 적선인(謫仙人)이라 호칭했고, 기타 여러 사람들이 여러 가지로 이백의 초매(超邁)한 풍모를 말했다. 그러나 그 모두가 두보가 낙월만옥량 유의조안색(落月滿屋梁 猶疑照顏色)이라고 한 것만 못하다.'고 하였다. (《서청시화西淸詩話》 재인용)

또 명(明) 양신(楊愼)은 《승암시화(升庵詩話)》에서 '두보의 낙월만옥량(落月滿屋梁) 유의조안색(猶疑照顏色)은 다음 같은 뜻을 말한 것이다. 꿈에서 보고, 깨어나도 그대로 있는 것 같다. 즉 꿈속에서 혼백이 살아있는 듯하고, 깨어나도 그 신령이 여전히 있는 것 같다는 뜻이다.'라고 말했다.

그리고 청(淸) 조익(趙翼)은 《구북시화(甌北詩話)》에서 다음과 같이 평했다.

'이백이나 두보의 시가 천년을 두고 유명한 것은 오늘에 모를 사람이 없다. 그러나 그때에는 아직 유명하지 못했다(李杜詩垂名千古 至今無人不知 然當其時則未也). 그러나 두보는 이백과 자신의 시가 장차 천고에 이름을 내리라는 것을 예측하고 있었다. 후에 원진(元稹)과 백거이(白居易)는 두 시인을 함께 높였으며, 한유(韓愈)는 이백과 두보의 글이 있음으로 해서 그 불빛이 만장 높이에 영원히 빛난다.(李杜文章在 光焰萬丈長)'라고 했다. 특히 백거이는 이백의 시보다도 두보의 시를 높이 평가했다. '이백의 시는 재치가 있고 기발하다. 그러나 두보의 시처럼 오래 전할 만한 시는 아닌 것 같다.(李白詩才矣 奇矣 然不如杜詩可傳者)' 실제로 송대(宋代)에는 이백보다 두보의 시를 더 높였다.

013. 送別(송별) 헤어짐 ● 王維왕유

下馬飮君酒(하마음군주) 問君何所之(문군하소지)

君言不得意(군언부득의) 歸臥南山陲(귀와남산수)

但去莫復問(단거막부문) 白雲無盡時(백운무진시)

하마下馬하여 술을 권하면서
묻기를 당신 어디로 가시오?
그 사람은 뜻을 얻지 못했기에
남산 언저리에 은거한다네.
그럼 가시오. 더 묻지 않으리니
백운이 다할 리 없을 터이네!

作者 왕유(王維, 692-761?) - 시 속에 그림이!

자(字)는 마힐(摩詰). 성당(盛唐)의 산수전원 시인. 화가로서는 남종화(南宗畵)의 개조(開祖)이며 외호(外號)는 '시불(詩佛)'이며 시 400여수가 전해오고 있다. 본 《당시삼백수》에는 시 29수가 수록되었다.(두보 39수, 이백 34수) 조숙한 천재로 알려졌으며 모친 최씨(崔氏)의 교육 영향으로 불가(佛家)에 귀의하여, 형제가 모두 부처를 받들어 항상 소찬(素饌)을 들고 마늘과 파와 고기를 먹지 않았으며, 만년에도 오랫동안 채식을 하며 무늬 놓은 옷을 입지 않았다고 한다.

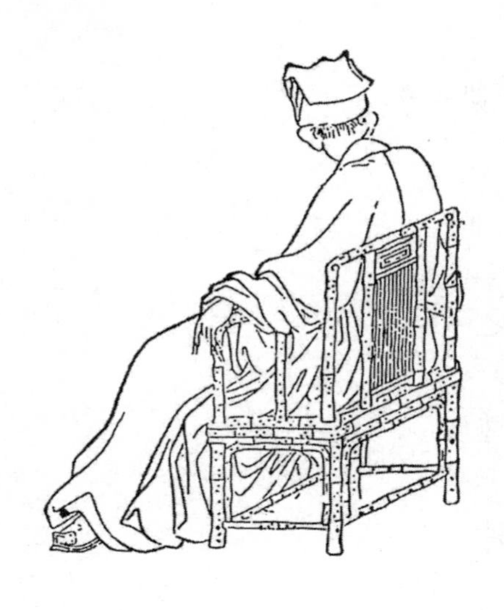

당 현종 개원(開元) 9년(721) 진사에 오른 뒤 대악승(大樂丞)이 되었다가 작은 과실이 있어 제주사창참군(濟州司倉參軍)으로 좌천당했다. 뒷날 장구령(張九齡)의 천거로 우습유가 되었다가 감찰어사(監察御史)가 되었다.

천보 15년(756) 안록산이 난을 일으키고 장안에 들어오자, 현종이 촉(蜀)을 향해 피난했고, 가는 도중 양귀비(楊貴妃)가 마외파(馬嵬坡)에서 죽었다.

당시 피난을 가지 못한 왕유는 안록산의 압력으로 원하지도 않은 관직을 맡았고, 이 때문에 난이 평정된 뒤에 형을 받아야만 했다. 안록산의 난 와중에 현종의 뒤를 이어 영무(靈武)에서 등극한 숙종(肅宗)은 왕유를 부역 죄로 몰아 벌을 내렸다. 다행히 동생 왕진(王縉)은 자신의 관직을 강등시키면서 형의 무죄를 변호하였고, 나중에 왕유의 <응벽시(凝碧詩)>가 알려지면서 죄에서 벗어날 수 있었다.

안록산이 응벽지(凝碧池)에서 주연을 펼치고 이원(梨園)의 악공들을 강제로 동원하자, 악공들은 슬피 통곡했고 왕유는 그 자리에서 통곡하는 악공들에 감동하여 <응벽시>를 지었다.

천하가 상심하고 들불 연기 피는데
백관은 언제 다시 천자를 뵈려나?
가을 홰나무 꽃이 빈 대궐에 지는데
응벽지 가에서는 풍악을 연주한다.
萬戶傷心生野烟　百官何日再朝天

秋槐花落空宮裏　凝碧池頭奏管絃

그 후 다시 벼슬에 올랐으나 만년에 남전(藍田)의 망천(輞川)에 별장을 짓고 은거했다. 왕유는 상처하고서도 후처를 맞지 않고 홀로 30년을 지내다가 761년(759?)에 죽었다.

시에는 불교용어나 전고가 나타나는데 불교사상이 시의 내용이 되기보다는 그의 산수자연시를 지탱하는 바탕이 되었다. 왕유가 자연을 관조(觀照)하는 태도나 자연 속에 가뿐히 안겨 희열을 느끼는 것 모두가 불교와 관련지어 생각할 수 있다. 이백이 도가사상과 함께 협객의 기질이 나타나고, 두보가 유가사상을 가지고 고통 받는 백성들을 이해하려고 했던 점, 그리고 왕유가 불교적 바탕에서 자연 속에 안주하려 했던 것은 서로 좋은 대조를 이루고 있다.

시서화(詩書畵)에 모두 뛰어났는데, 소식(蘇軾, 동파東坡)이 왕유를 평하여 '시 가운데 그림이 있고, 그림 속에 시가 있다.(味摩詰之詩 詩中有畵 觀摩詰之畵 畵中有詩)'라고 하였다.

註釋

▶ <送別(송별)> : '헤어짐'. 이 시는 남을 송별한 시가 아니고 자문자답(自問自答)하는 형식으로 자신의 은퇴하려는 심정을 적은 시로 해석하면 뜻이 잘 통한다. 즉 묻는 자도 왕유이고, 대답하는 사람도 왕유이다. 같은 제목의 오언율시도 있다. 226 <송별(送別)> 참고.

▶ 下馬飮君酒(하마음군주) : 飮 마실 음. 여기서는 동사로 쓰였다. 군(君)에게 술을 마시게 하다.

▶ 問君何所之(문군하소지) : 묻노니[問] 군(君)은 하소(何所)로 가는가[之].

▶ 君言不得意(군언부득의) : 不得意(부득의) - 득의하지 못해, 마음대로 되지 않다. 부득이(不得已)는 할 수 없이, 마지못해서. 위의 두 말이 같을 수 없다. 군(君)이 말한 것은 '~남산수(南山陲)'까지이다.

▶ 歸臥南山陲(귀와남산수) : 南山(남산) - 종남산(終南山)을 말함. 그곳의

망천(輞川)에 왕유의 별장이 있었다. 陲 변방 수. 가장자리.

▸ 但去莫復問(단거막부문) : 但(단) - 다만, 그러나, 그렇다면. 莫 없을 막. 하지 말라[勿]. 問(문) - 문(聞)으로 된 책도 있다. 그 경우에는 '더 들을 말이 없다'는 뜻.

▸ 白雲無盡時(백운무진시) : 無盡時(무진시) - 다할 때가 없다, 언제나 있다. 세상 명리(名利)를 초월한 백운은 언제나 있을 것이니 그를 벗 삼아 지내겠다는 뜻을 알 수 있다.

詩意

이 시는 왕유가 자문자답하는 형식으로 홍진(紅塵)의 벼슬살이에서 벗어나 백운(白雲)처럼 유연자적(幽然自適)하려는 심정을 읊은 것이다.

명(明) 당여순(唐汝詢)은 《당시해(唐詩解)》에서 '이 시는 현명한 선비가 돌아가 은퇴한다는 내용의 시다. 그러나 스스로 묻고 대답하는 형식을 빌려 자기의 심정도 그와 같음을 말한 것이다. 또한 더 묻지 말라! 언제까지나 흰 구름 같을 것이라는 구절로 충분히 스스로 즐겁다는 뜻을 나타냈다.'고 하였다.

청(淸) 오교(吳喬)는 《위로시화(圍爐詩話)》에서 '왕유의 오언고시는 더없이 좋고 아름답다. <송별> 같은 시는 《시경》에 들어갈 만하다.(王右丞五古 盡善盡美矣 觀送別篇可入三百)'고 하였다.

그리고 시가 이론으로 격조설(格調說)을 주장한 청(淸) 심덕잠(沈德潛, 1673-1769, 호 귀우歸愚)은 《당시별재(唐詩別裁)》에서 '언제나 흰 구름처럼 유연하고 족히 스스로 즐겁다면, 뜻을 못 얻었다고 말할 수 없을 것이다.(白雲無盡 足以自樂 勿言不得意也)'라고 평했다.

014. 送綦毋岑落第還鄉 낙방하여 환향하는 기무잠을 보내며 ● 王維 왕유

(송기무잠낙제환향)

성대무은자 영령진래귀
聖代無隱者 英靈盡來歸

수령동산객 부득고채미
遂令東山客 不得顧採薇

기지금문원 숙운오도비
旣至金門遠 孰云吾道非

강회도한식 경락봉춘의
江淮度寒食 京洛縫春衣

치주장안도 동심여아위
置酒長安道 同心與我違

행당부계도 미기불형비
行當浮桂棹 未幾拂荊扉

원수대행객 고성당락휘
遠樹帶行客 孤城當落暉

오모적불용 물위지음희
吾謀適不用 勿謂知音稀

성대聖代에는 숨어 버린 사람 없고
영재들은 다 조정에 모여 일한다오.
동산에 은거하던 사안으로 하여금
고사리 뜯으며 살게 할 수는 없지요.
이미 벼슬자리는 멀어졌지만

누가 우리 뜻이 잘못이라 하리오?
장강, 회수를 건널 때 한식이었는데
이곳에서 (또) 봄옷을 지어야 한다오.
장안 거리에 술자리를 마련했으니
한 마음의 벗은 나와 이별한다오.
먼 길에 응당 배를 저어 가리니
머잖아 집의 사립문 밀고 들겠지요.
먼 길에 나무와 벗하는 나그네
고적한 이곳엔 석양 햇살뿐이라오.
우리 뜻을 이루지는 못했지만
지기知己도 없었다고 말하지는 마시오.

註釋

▶ <送綦毋潛落第還鄉(송기무잠낙제환향)> : '낙방하여 환향하는 기무잠을 보내며'. 진사과에 낙제하고 고향으로 돌아가는 친구 기무잠을 송별하며 쓴 시다. 綦毋潛(기무잠) - 692-749? 형남(荊南, 지금의 호북성 강릉江陵) 사람으로, 기무는 복성, 잠이 이름. 자는 효통(孝通)이며, 개원 14년(726)에 진사에 올랐다. 왕유, 이기(李頎), 저광희(儲光羲), 위응물(韋應物) 등과 교유하였는데 불교를 좋아했고 산수전원시를 즐겨 지었다. 《당시삼백수》에 그의 <춘범약야계(春泛若耶溪)>가 수록되었다. 第 차례 제. 합격자의 등위(等位). 落第(낙제) - 등위에 오르지 못하다. 낙방과 하제(下第)도 같은 말.

▶ 聖代無隱者(성대무은자) : 聖代(성대) - 성왕의 치세. 성명(聖明)한 제왕이 학문과 덕행이 높은 인재를 잘 등용하기에 세상을 등진 은자가 없다는 뜻. 《논어 태백(泰伯)》에 '자왈 독신호학 수사선도 ~천하유도즉현 무도즉은(子曰 篤信好學 守死善道 ~天下有道則見 無道則隱)'이라 하여 공자도 치세(治世)에 은거(隱居)는 바람직하지 않다는 견해를 표명했다.

▸英靈盡來歸(영령진래귀) : 英靈(영령) – 영재(英才). 영(靈)은 영특한 사람. 《서경(書經) 태서 상(泰誓 上)》에 '천지는 만물의 부모이고 사람은 만물 중에 가장 신령하다(惟天地萬物父母 惟人萬物之靈)'라는 구절이 있다. 來歸(내귀) – 제자리에 돌아오다. 성천자(聖天子)에게 귀의하고 국가를 위해 헌신하다.

▸遂令東山客(수령동산객) : 遂 이를 수. 결국, 끝내. 東山客(동산객) – 은자. 동진(東晉)의 사안(謝安)은 동산(東山, 절강성 회계會稽)에 은거하다가 목제(穆帝) 승평(升平) 4년(360)에 환온(桓溫)의 사마(司馬)로 출사하였는데(동산재기東山再起), 나중에는 동진의 국정을 책임졌다. 여기서는 사안같이 영특한 그대의 뜻.

▸不得顧採薇(부득고채미) : 不得(부득) – (~하게 해서는) 안 된다. 顧 돌아볼 고. 薇 고비 미. 고사리. 採薇(채미) – 고사리를 꺾어 먹는 은자의 생활. 백이(伯夷)와 숙제(叔齊)는 서주(西周) 무왕(武王)이 포악한 은(殷) 주왕(紂王)을 정벌하자 무왕을 불효불충이라 비난하며 신하가 되기를 거부하고 수양산(首陽山)에 들어가 고사리를 따먹고 살다가 굶어 죽었다.

▸旣至金門遠(기지금문원) : 金門(금문) – 금마문(金馬門). 한대(漢代)의 궁궐 문 곁에는 동마(銅馬)가 있었다. 그러므로 대궐이나 궁전을 금문이라고 불렀다. 벼슬을 받을 사람들은 금문 앞에 모여 함께 입궐하여 황제를 알현했다. 遠(원) – 멀리 있다. 곧 과거에 실패했다.

▸孰云吾道非(숙운오도비) : 孰 누구 숙. 의문대명사. 吾道非(오도비) – 우리의 도(道)가 잘못되었다. 이 구절을 '그대의 뜻한 바가 어긋나고 과거에 낙방하리라고 누가 생각했을까'로 풀이할 수도 있다. 그러나 여기서는 '그대가 멀리 대궐에 와서 과거를 본 일을 잘못이라고 말할 사람이 누가 있겠느냐'를 택한다.

▸江淮度寒食(강회도한식) : 淮 강 이름 회. 江淮(강회) – 장강(長江, 양자강)과 회수(淮水). 度寒食(도한식) – 과거를 보기 위하여 두 강을 건너올 때가 한식 무렵이었다. 度(도)는 渡(건널 도). 한식은 동지(冬至) 다음 105일째, 대개 청명(淸明) 2, 3일 전이다. 춘추시대의 진 문공(晉文公)이

망명하고 있을 때 충신 개자추(介子推)가 받들어 다시 나라를 찾게 했다. 그러나 문공이 후한 상을 내리지 않았으므로 개자추는 산에 들어가 숨었다. 문공은 그를 불러내려고 숲에 불을 질렀다. 그래도 개자추는 끝내 나오지 않고 나무를 껴안고 타 죽었다. 이에 임금은 그의 죽음을 애석하게 여기고 그날을 한식으로 정하고 불을 쓰지 못하게 했다고 전한다.

▶ 京洛縫春衣(경락봉춘의) : 京(경) - 장안(長安). 洛(낙) - 낙수(洛水) 일대. 경락을 동경(東京)인 낙양으로 풀기도 하지만 채택하지 않는다. 황하의 가장 큰 지류가 위수(渭水, 위하)이고 장안(지금의 서안시西安市)은 바로 위수 남쪽에 자리하고 있다. 장안에서 위수를 따라 동으로 내려가면 위남(渭南)이 있고 거기서 약간 동쪽으로 더 가면 낙수(낙하洛河)가 합류한다. 말하자면 낙수는 위수의 지류이다. 낙수를 합류한 위수는 더 흘러 동관(潼關)에서 황하 본류에 합쳐진다. 이 시에서 경락은 장안 지역을 의미한다. 낙양 근처에서 황하에 합류하는 낙하는 위수의 지류인 낙수와 다른 별개의 강이다. 縫 꿰맬 봉. 縫春衣(봉춘의) - 봄옷을 꿰매다. 봄옷을 마련하다. 작년 한식 때에 강회(江淮)를 건너왔고 이곳에서 과거 준비와 응시, 그리고 실패하였다. 지금 경락에서 봄옷을 짓는다는 것은 1년이

당나라 도읍 장안성지(長安城趾)

지났다는 의미이다.

▸置酒長安道(치주장안도) : 置酒(치주) – 주연을 베풀다, 송별의 술상을 차려놓고 함께 마신다. 長安道(장안도) – 장안의 거리.

▸同心與我違(동심여아위) : 같은 마음을 지닌 그대가 나와 이별하려고 한다. 《역경(易經) 계사 상(繫辭 上)》에 '두 사람이 동심이면 그 날이 쇠도 끊는다(二人同心 其利斷金)'라는 말이 있다. 違 어길 위. 떨어지다[離也], 떠나다[去也].

▸行當浮桂棹(행당부계도) : 浮 뜰 부. 桂棹(계도) – 배의 미칭. 桂(계) – 계수나무 혹은 목란(木蘭). 棹 노 도. 배의 상앗대. 櫂(도)와 같음.

▸未幾拂荊扉(미기불형비) : 未幾(미기) – 얼마 안 되어, 곧. 拂 털 불. 먼지를 털고 밀고 들어간다는 뜻. 荊 가시나무 형. 扉 문짝 비. 荊扉(형비) – 시비(柴扉, 사립문)와 같음.

▸遠樹帶行客(원수대행객) : 遠樹(원수) – 먼 곳의 나무들. 가는 길에 나무들이 있을 것이고 그런 나무들과 동행할 것이라는 시적 표현. 帶 띠 대. 대동(帶同)하다, 같이 가다.

▸孤城當落暉(고성당락휘) : 暉 빛날 휘. 落暉(낙휘) – 낙일(落日)의 여휘(餘暉), 석양의 햇살.

▸吾謀適不用(오모적불용) : 吾謀(오모) – 우리들의 뜻. 급제를 바라는 기무잠과 왕유의 소원.

▸勿謂知音稀(물위지음희) : 勿謂(물위) – 말하지 말라. 물(勿)은 금지사. 知音(지음) – 지기(知己)와 같음. 《열자(列子) 탕문(湯問)》에 '백아(伯牙)가 연주하는 거문고의 심오한 경지를 벗인 종자기(鍾子期)만이 알아주었다. 종자기가 죽자 백아는 거문고의 줄을 끊고[백아절현伯牙絶絃] 나의 소리를 아는 자가 없다(以無知音者)'고 말했다. 稀 드물 희.

詩意

이 시제는 《하악영령집(河岳英靈集)》에 있는 이름이다. 《왕우승집(王右丞集)》에는 <송별>이라고 했다. 실제로 이 시의 주인공 기무잠은 개원

14년(726) 과거에 합격했다. 그러므로 이 시는 그 전에 쓴 것이다. 낙방해도 실망하거나 원망하지 말라고 달래며, 동시에 이별을 아쉬워한 시다.
1, 2연에서는 기무잠이 과거에 응시한 것을 긍정적으로 찬동했다.
3연은 해석상 이견이 있을 수 있다. 즉 '멀리 대궐에 와서 응시한 것을 누가 잘못이라고 말하랴?'라고 풀이할 수도 있고, 한편 '이미 금문(金門), 즉 높은 벼슬에 이르는 길이 멀어졌으며, 그렇게 어긋나리라고 누가 생각했으랴?'로도 풀이할 수도 있다. 그러나 여기서는 취하지 않았다.
4연은 '결국 떠나야 할 그를 위해', 5연에서는 '송별연을 베풀었다'고 읊었다. 그리고 6연에서는 '배를 타고 돌아갈 기무잠의 모습'을 상상했다. 7, 8연은 헤어질 때의 섭섭함과 서로의 우정을 굳게 믿자는 당부의 말이다. 특히 7연의 '원수대행객(遠樹帶行客)'과 '고성당락휘(孤城當落暉)'는 대구로, 이별의 쓸쓸한 정취를 돕고 있다.

015. 靑谿(청계) 맑은 시내 ● 王維 왕유

언입황화천 매축청계수
言入黃花川 每逐靑谿水

수산장만전 취도무백리
隨山將萬轉 趣途無百里

성훤난석중 색정심송리
聲喧亂石中 色靜深松裏

양양범능행 징징영가위
漾漾汎菱荇 澄澄映葭葦

아심소이한　청천담여차
我心素已閒　淸川澹如此

청류반석상　수조장이의
請留盤石上　垂釣將已矣

황화천에 들어가려면
늘 맑은 계곡을 따라간다.
산모퉁이 따라 수없이 돌아도
걸어 백리도 안 되는 물길이라.
흩어진 돌 사이 물소리 요란하나
우거진 솔숲엔 만물이 고요하다.
넘실대는 물에는 마름이 떠있고
맑디맑은 곳에는 갈대가 비친다.
이내 마음 언제나 한가로우니
맑은 물도 이같이 고요하도다.
이런 크고 널찍한 바위에서
낚시 드려 조용히 살고파라.

註釋

- ▶<靑谿(청계)> : '맑은 시내'. 청계(淸溪)라 쓰기도 한다.
- ▶言入黃花川(언입황화천) : 言(언) - 발어사(發語辭). 운(云)과 같다. 黃花川(황화천) - 섬서성 봉현(鳳縣) 동북쪽에 있다.
- ▶每逐靑谿水(매축청계수) : 逐 쫓을 축. 쫓아내다, 따라가다, 차례차례, 하나하나. 靑谿水(청계수) - 황화천 일대의 맑은 시냇물. 특별히 어떤 특정 지역 계류(溪流)의 이름이라 새기기에는 무리가 있다.
- ▶隨山將萬轉(수산장만전) : 隨 따를 수. 萬轉(만전) - 수없이 많이 산을

끼고 돌아가다.

▸趣途無百里(취도무백리) : 趣 달릴 취. 다다르다. 趨(달릴 추)와 같다. 途 길 도. 도로. 趣途(취도) - 길을 따라 가다. 無百里(무백리) - 백리도 안 된다.

▸聲喧亂石中(성훤난석중) : 喧 떠들썩할 훤. 亂石(난석) - 냇물 가운데 아무데나 흩어져 있는 바위.

▸色靜深松裏(색정심송리) : 色 빛 색. 형상, 색즉시공(色卽是空) 형즉시색(形卽是色)의 색. 深松(심송) - 깊이 우거진 송림.

▸漾漾汎菱荇(양양범릉행) : 漾 출렁거릴 양. 汎 뜰 범. 菱 마름 릉. 수초 이름. 荇 마름 행.

▸澄澄映葭葦(징징영가위) : 澄 물 맑을 징. 映 비출 영. 葭 갈대 가. 葦 갈대 위.

▸我心素已閒(아심소이한) : 素 흴 소. 평소, 평상시. 閒(한) - 한가무사(閑暇無事)하다. 閑(막을 한)과 같다.

▸淸川澹如此(청천담여차) : 澹 담박할 담. 염정(恬靜)하다.

▸請留盤石上(청류반석상) : 請(청) - ~할 것이다. 盤 소반 반. 盤石(반석) - 크고 평평한 바위.

▸垂釣將已矣(수조장이의) : 垂 드리울 수. 釣 낚시 조. 將(장) - ~하다, 곧, 장차, ~을. 將已矣(장이의) - 구말(句末) 어조사. ~하리라.

詩意

12구의 오언고시로 속세를 뒤로하고 맑고 조용한 청계(靑谿)에서 여생을 보냈으면 좋겠다는 심정을 읊은 시다. 마지막 두 구절 '청류반석상(請留盤石上) 수조장이의(垂釣將已矣)'가 이 시의 결론이라 할 수 있다. 표현의 수법으로는 부(賦)에 가깝고 전체적으로 완벽한 대구가 돋보인다.

곧 '언입황화천(言入黃花川) 매축청계수(每逐靑谿水)'에서는 황화와 청계의 색채가 짝을 이룬다.

'수산장만전(隨山將萬轉)'과 '취도무백리(趣途無百里)'에서는 수산 - 취도와 장만전 - 무백리가 각각 대(對)를 이루고 있다. 성훤난석중(聲喧亂石中) 색정심송리(色靜深松裏)에서는 성훤 - 색정은 물소리의 시끄러움과 만물의 고요함 곧 동(動) - 정(靜)의 대우(對偶)가 눈앞에 그려진다. 또 난석과 심송 역시 물에서의 움직임과 땅에서의 정적(靜寂)으로 절묘하게 대를 이루고 있다.

그리고 소리를 내며 흐르는 물을 묘사한 뒤 고여 있는 물에 대해서는 양양(漾漾, 출렁출렁)과 징징(澄澄, 맑디맑은)으로 글자를 겹쳐 강조하면서도 떠 있는 마름[능행菱荇]과 뿌리를 내린 갈대[가위葭葦]를 읊으니 모든 구절 전체가 아름답게 대우를 이루고 있다.

사실 이러한 풍경의 묘사는 단순한 자연의 절묘한 묘사로만 생각할 수 없다. 이러한 묘사는 결국 시인의 마음을 서술한 것이 아니겠는가?

벼슬길이나 찾고 재물을 얻으려는 마음뿐인 사람이 있다면 그가 비록 문자를 안다 해서 이런 경치의 서술은 불가능할 것이다. 시인의 경치 묘사는 시인의 심경의 표출이라고 볼 수 있다.

이 시에 대하여 청(淸) 장섭(章燮)은 《당시삼백수주소(唐詩三百首註疏)》에서 《일통지(一統志)》를 인용하여 '청계에 구곡(九曲)이 있고, 수십 리를 이어졌다'고 설명하였고, 또 《수경주(水經注)》를 인용하여 '청계의 물은 현의 서쪽 청산에서 나오며, 산에 남천(藍泉)이 있는데 그곳이 청계의 근원이다. 깊이가 무척 깊고, 샘이 신비하도록 맑다. 티끌이 있어도 폭우가 쏟아지면 휼쳐 내린다'고 설명하였다.

016. 渭川田家(위천전가) 위천의 농가 ● 王維 왕유

斜陽照墟落(사양조허락)　窮巷牛羊歸(궁항우양귀)

野老念牧童(야로염목동)　倚杖候荊扉(의장후형비)

雉雊麥苗秀(치구맥묘수)　蠶眠桑葉稀(잠면상엽희)

田夫荷鋤立(전부하서립)　相見語依依(상견어의의)

卽此羨閒逸(즉차선한일)　悵然吟式微(창연음식미)

기우는 햇살이 마을을 비출 때
좁은 마을길로 소와 양이 돌아온다.
시골의 노인네 목동을 염려하여
지팡이 의지해 사립에 기다린다.
수꿩이 울면서 보리이삭 패어나니
누에는 잠자고 뽕잎은 거의 없다.
농부는 호미를 메고 서서
마주 보고 얘기하며 멈칫거린다.
이런 여유와 즐거움이 부러워서
슬피 시경의 한 구절을 읊어본다.

註釋

▸ <渭川田家(위천전가)> : '위천의 농가'. 渭 강 이름 위. 당의 수도 장안(지금의 서안) 북쪽을 흘러 황하에 합류하는 황하의 가장 큰 지류(支流). 위수(渭水), 위하(渭河)라 통칭한다. 감숙성 위원현(渭源縣) 오서산(鳥鼠山)에서 발원하여 천수(天水), 보계(寶鷄), 서안을 경유하여 섬서성 동관(潼關)에서 황하 본류와 합쳐지는데 800여km에 이르는 큰 지류이다. 이 위하의 지류로 호려하(葫蘆河), 청강하(淸江河), 맥리하(麥李河), 석두하(石頭河), 경하(涇河), 낙하(洛河) 등이 있다.

▸ 斜陽照墟落(사양조허락) : 斜 비길 사. 비스듬하다. 斜陽(사양) – 기우는 저녁 해, 석양. 사광(斜光)으로 쓴 판본도 있다. 墟 언덕 허. 집터, 장터. 墟落(허락) – 한적한 농촌 마을. 황토 고원지대의 마을을 연상하며 이 시를 감상해야 한다.

▸ 窮巷牛羊歸(궁항우양귀) : 窮 다할 궁. 巷 거리 항. 마을의 집과 집 사이의 골목. 窮巷(궁항) – 막다른 골목.

▸ 野老念牧童(야로염목동) : 野老(야로) – 시골 노인. 念(염) – 생각하다, 기다리다. 牧童(목동) – 우양(牛羊)을 데리러 나간 어린아이.

▸ 倚杖候荊扉(의장후형비) : 倚 기댈 의. 杖 지팡이 장. 荊扉(형비) – 시비(柴扉) 곧 사립문.

▸ 雉雊麥苗秀(치구맥묘수) : 雉 꿩 치. 雊 장끼가 울 구. 麥 보리 맥. 곡물 이름을 우리말로 옮기기가 쉽지 않다. 맥(麥)이 보리[大麥], 밀[小麥], 아니면 호밀[胡麥]인지 알 수가 없다. 관중(關中)에 논[水田] 농사가 없으니 벼가 아닌 것은 확실하다. 秀 빼어날 수. 꽃이 피다, 이삭이 패다(나오다).

▸ 蠶眠桑葉稀(잠면상엽희) : 蠶 누에 잠. 眠 잠잘 면. 桑 뽕나무 상. 葉 잎사귀 엽. 稀 드물 희. 누에는 알에서 깨어나면 3mm가 안 되는 애벌레이다. 뽕잎을 먹고 자라는데 잠을 한 번 잘 때마다 크기가 달라진다. 한 번 잠을 자고 나면 누에는 2살이 되는데 4번 잠을 자면 7–8cm의 크기가 된다. 누에가 4잠을 자고 나면 많은 양의 뽕잎을 먹어치운다. 누에를 치는 방을 잠실(蠶室)이라고 하는데 잠실에 들어가면 누에의 뽕잎 먹는 소리에

귀가 멍하다. 누에가 작을 때는 뽕잎을 아주 가늘게 썰어 조금씩 준다. 3잠이나 4잠을 자고 나면 어른 손바닥만큼 큰 뽕잎을 썰지도 않고 쏟아부어 주는데, 뽕잎을 엄청나게 먹은 다음에 고치를 짓는다. 이때 뽕잎이 부족하면 누에가 고치를 짓지 않거나 고치를 지어도 완전하지 못하게 된다. 따라서 이때 뽕나무에는 뽕잎을 거의 볼 수가 없다. 물론 뽕잎은 이후에 다시 나온다. 우리나라의 경우 보리나 밀 이삭이 팰 때면 누에가 4잠을 자고 나서 고치를 짓는다.

▸田夫荷鋤立(전부하서립) : 荷 멜 하, 연꽃 하. 鋤 호미 서. 괭이, 풀을 매는 농기구. 우리나라는 자루가 아주 짧아 손에 쥐고 앉아서 김을 매는 연장을 호미라 하고, 자루가 긴 연장을 괭이라 하는데 중국의 서(鋤)는 우리의 괭이에 해당된다.

▸相見語依依(상견어의의) : 依 의지할 의. 依依(의의) – 아쉬워하는 모양, 사모하는 모양, 약하게 흔들리는 모양. 여기서는 할 이야기가 더 남아 있어 멈칫멈칫하면서 그만두지 못하는 모양.

▸卽此羨閒逸(즉차선한일) : 卽 곧 즉. 卽此(즉차) – 이와 같으니[就此]. 羨 부러워할 선. 閒逸(한일) – 한가하고 안락함.

▸悵然吟式微(창연음식미) : 悵 슬퍼할 창. 悵然(창연) – 슬퍼하고 탄식하다. 式 법 식. 微 작을 미. 式微(식미) – 《시경 패풍(邶風)》의 시 이름. '왕실이 쇠하고 법도가 문란해졌으니, 왜 돌아가지 않으랴?(式微式微 胡不歸, 微君之故 胡爲乎中露. 式微式微 胡不歸, 微君之躬 胡爲乎泥中)'. 여기서는 '왜 농촌으로 돌아가지 않으랴'의 뜻으로 쓰였다.

詩意

복잡한 벼슬살이, 구속 많은 관계(官界)를 떠나 한가하게 농촌에 돌아와 소박한 농부들과 함께 살고 싶다는 시이다. 5구와 6구가 대구다. 이 시에는 전원시인 도연명(陶淵明)의 냄새가 마냥 풍긴다. 도연명의 <귀원전거(歸園田居)>에 다음과 같은 구절이 있다.

~

▌도연명(陶淵明)

楡柳蔭後檐 桃李羅堂前.
曖曖遠人村 依依墟里煙.
狗吠深巷中 雞鳴桑樹巓.
~
種豆南山下 草盛豆苗稀.
晨興理荒穢 帶月荷鋤歸.

또 도연명의 <귀거래사(歸去來辭)>에는 다음과 같은 구절이 있다.
~ 僮僕歡迎 稚子候門. 三徑就荒 松菊猶存. ~

왕유는 '허락(墟落), 궁항(窮巷), 형비(荊扉)'라는 말을 시에서 썼다. 그러나 뜻은 도연명과 조금은 다르다. 왕유가 그린 농촌은 궁핍한 농촌이 아니고 자연과 더불어 자급자족하는 평화스러운 마을이다.
청(淸) 왕부지(王夫之, 1619-1692)는 《당시평선(唐詩評選)》에서 '시 전체를 즉차(卽此) 두 글자로 총괄했다.(通篇用卽此二字括收)'고 하였다. 즉 '이런 여유와 즐거움이 부럽다'가 이 시에 나타난 시인의 뜻이다.

017. 西施詠 서시를 읊다 ● 王維 왕유

艷色天下重 西施寧久微

朝爲越溪女 暮作吳宮妃

賤日豈殊衆 貴來方悟稀

邀人傅脂粉 不自著羅衣

君寵益嬌態 君憐無是非

當時浣紗伴 莫得同車歸

持謝隣家子 效顰安可希

요염한 미색은 모두가 중히 여기니
서시가 영원히 미천할 수 있으리오.
아침에 조나라 냇가서 빨래를 했지만
저녁엔 오나라 궁전의 왕비가 되었네.
천한 날에는 남과 다름이 없었지만
귀한 뒤에야 드문 사람이라 알았다네.
시녀 불러 연지와 분을 바르게 하고

비단옷도 스스로 입지 않았네.
임금 총애에 교태가 더욱 늘고
임금 사랑에 시비도 없었다네.
그날 함께 빨래하던 여인들은
누구도 수레타고 들어간 이 없었네.
이를 두고 이웃에게 이르노니
얼굴 찡그려 어찌 영화를 바라는가?

註釋

▶ <西施詠(서시영)> : '서시를 읊다'. 西施(서시) – 춘추시대 월(越)나라의 미녀. 본래 저라산(苧羅山)에 사는 나무꾼의 딸로 일찍이 약야계(若耶溪, 소흥 근처)에서 비단(사紗, 얇고 가벼운 비단)을 빨래하던 처녀였다. 그녀를 월왕 구천(句踐)이 발견하고 정략적으로 원수의 오(吳)나라를 망치게 하려고 오왕 부차(夫差)에게 그녀를 바쳤다. 당시 부차는 여색을 탐했는데 오자서(伍子胥)는 '하(夏)나라는 말희(妺喜), 은(殷)나라는 달기(妲己), 주(周)나라는 포사(褒姒) 때문에 망했으니 미녀는 망국지물(亡國之物)이므로 받아들여서는 안 된다'고 했으나 부차는 서시를 받아들였고, 결국 오나라는 월나라에게 패망했다. 서시와 관련된 성어(成語)로 침어낙안(沈魚落雁)이 있는데, 서

▌서시(西施)

시가 빨래하던 포양강(浦陽江) 물고기들이 서시의 미모를 보고 놀라 물속으로 가라앉았다는 말이 만들어졌다. 또 동시효빈(東施效顰)이 있는데 동시(東施)라는 추녀가 서시를 본떠 얼굴을 찡그리고 걷자 마을 사람들이 놀라 모두 도망쳐 대문을 닫았다고 한다. 또 서미남검(西眉南臉)은 '미인 서시의 눈썹과 미인 남위(南威)의 뺨'이라 하여 여인의 미모를 말할 때 즐겨 인용된다. 항주(杭州) 지역 속담에 '연인의 눈에는 서시만 있다(情人眼裡出西施)'는 말이 있는데 '사랑하는 사람은 예쁘게만 보인다'는 뜻이다. 詠 읊을 영. 노래하다.

▸艶色天下重(염색천하중) : 艶 고울 염. 艶色(염색) - 아름다운 여인. 天下重(천하중) - 천하의 모든 사람들이 중히 여긴다, 누구나 미인을 좋아한다.

▸西施寧久微(서시영구미) : 寧 편안할 영. 어찌 ~하랴? 설마 ~이겠는가? 久 오랠 구. 微 작을 미. 미천하다.

▸朝爲越溪女(조위월계녀) : 越溪(월계) - 월나라의 시내, 강가.

▸暮作吳宮妃(모작오궁비) : 暮 날 저물 모. 저녁.

▸賤日豈殊衆(천일기수중) : 賤日(천일) - 천한 시절. 殊 다를 수, 죽일 수. 다르다. 衆(중) - 중인(衆人).

▸貴來方悟稀(귀래방오희) : 方(방) - 바야흐로, 이제 막, 방금, 비로소. 悟 깨달을 오. 稀 드물 희. 많지 않다, 희귀한.

▸邀人傅脂粉(요인부지분) : 시녀들을 시켜 지분을 바르게 하다. 邀 맞을 요. 부르다. 邀人(요인) - 남을 부르다. 傅 스승 부. 시중들다, 보좌하다[扶], 바르다, 덧붙이다(가죽이 없다면 털은 어디에 붙어 있겠나皮之不存毛將安傅). 脂 기름 지. 연지(臙脂). 粉 가루 분. 백분(白粉).

▸不自著羅衣(부자착라의) : 著 분명할 저, 글 지을 저, 입을 착, 신을 착. 羅衣(나의) - 비단옷.

▸君寵益嬌態(군총익교태) : 寵 괼 총. 총애(寵愛)하다. 益 더할 익. 더욱. 嬌 아리따울 교.

▸君憐無是非(군련무시비) : 憐 불쌍히 여길 련. 어여삐 여기다. 無是非(무

시비) - 선악(善惡), 시비(是非), 곡직(曲直)을 말하지 못하다.

▸ 當時浣紗伴(당시완사반) : 浣 빨래할 완. 紗 비단 사. 깁.

▸ 莫得同車歸(막득동거귀) : 莫(막) - 아무도 ~하지 않다, ~하는 자가 없다. 同車歸(동거귀) - 같이 수레를 타고 궁에 들어가다.

▸ 持謝隣家子(지사인가자) : 持 가질 지. 이런 일로써, 이것으로[以此]. 謝 작별하고 떠날 사. 거절하다, 사례하다, 고하다, 말하다. 隣 이웃 린. 隣家子(인가자) - 이웃집 여자.

▸ 效顰安可希(효빈안가희) : 效 본받을 효. 따라하다. 顰 찡그릴 빈. 效顰(효빈) - 찡그리는 모습을 흉내 내다. 安可希(안가희) - 어찌 (영화 누리기를) 바랄 수 있겠나? 《장자(莊子) 천운(天運)》편에 '서시가 심장병으로 이따금 찡그렸다. 같은 마을에 사는 추한 여자가 서시의 그 모습 때문에 아름답다고 여겨 집에 가면서 가슴을 잡고 찡그렸다.(西施病心而顰其里之醜人 見而美之 歸亦捧心而顰)'고 있다.

詩意

이 시는 중국 4대 미인의 한 사람인 서시(西施)를 읊은 것이다. 그러나 동시에 임금의 환심을 사고 높은 자리에 올라서 간악한 짓을 하는 음흉하고 간악한 당시의 권신들을 풍자한 시이기도 하다. 즉 이임보(李林甫), 양국충(楊國忠), 위견(韋堅), 왕홍(王鉷) 같은 무리를 은근히 서시에 비유한 시라고 볼 수 있다.

와신상담(臥薪嘗膽)의 고사(故事) 중 와신했던 오왕 부차(夫差)는 여색을 좋아했다. 그리고 상담하며 복수의 기회를 노린 월왕 구천(句踐)은 미인계를 써서 오나라를 망하게 하기 위해서 정략적으로 부차에게 '서시와 정단(鄭旦)' 두 미녀를 보냈다. 이는 《오월춘추(吳越春秋) 구천음모외전(句踐陰謀外傳)》에 기록되어 있다.

한편 이 시는 천생의 미녀는 결국에는 남의 눈에 들어 부귀를 누린다는 세속적인 이치와 아울러, 그렇다고 외형적으로 꾸미기만 해도 천생의 미녀는 될 수 없다는 뜻을 담고 있다. 끝 구절에서 추녀가 찡그리는 흉내를 내도 임금의 사랑을 받지 못한다고 했다. 이것은 재주 없는 사람이 수단을 부린다고 임금에게 발탁되지 못한다는 뜻을 풍자한 것이기도 하다.
서시는 본래 미인이었다. 그러므로 그녀가 찡그려도 아름답게 보인 것이다. 추녀가 찡그리면 더욱 추하게 보인다. 그와 마찬가지로 재주 있는 자가 간악한 수단을 써서 높이 올라갈 수는 있다. 그러나 재주 없는 자는 간악한 수단을 쓰면 망신만 당한다는 훈계를 하고 있다.
서시의 미모는 중국인들에게 널리 알려졌다. 침어낙안(沈魚落雁)과 폐월수화(閉月羞花)는 여인의 미모를 이르는 말이다. 여기서 침어의 미인 서시, 낙안의 미인 왕소군(王昭君), 폐월의 미인 초선(貂蟬), 그리고 수화의 미인 양귀비(楊貴妃)를 중국인은 4대 미인으로 꼽고 있다. 그러나 《삼국연의(三國演義)》의 초선은 픽션 속의 가공인물이다.
그리고 또 재미있는 이야기는 웃는 포사[笑褒姒], 병든 서시[病西施], 표독한 달기[狠妲己], 취한 양귀비[醉楊妃]를 들어 미인들의 또 다른 개성을 설명하기도 한다.

포사(褒姒)

018. 秋登蘭山寄張五(추등난산기장오) 가을에 난산에 올라 장오에게 보내다 ● 孟浩然맹호연

북산백운리　은자자이열
北山白雲裏　隱者自怡悅

상망시등고　심수안비멸
相望試登高　心隨雁飛滅

수인박모기　흥시청추발
愁因薄暮起　興是淸秋發

시견귀촌인　사행도두헐
時見歸村人　沙行渡頭歇

천변수약제　강반주여월
天邊樹若薺　江畔洲如月

하당재주래　공취중양절
何當載酒來　共醉重陽節

북산 흰 구름 속에서 그대는
숨어서도 혼자 즐기며 지낸다.
서로 보고파 높은 데 올라보니
마음은 기러기 따라 날아간다.
수심은 어스름 저녁에 내리고
흥취는 해맑은 가을에 생긴다.
마을에 오는 사람이 가끔 뵈는데
모래밭 질러와 나루에서 쉰다.

하늘가 나무숲이 풀같이 낮고,
강가의 모래톱은 달과도 같다.
언젠가 그대 함께 술 단지 끼고
중양절에 같이 마시고 취할까?

作者 맹호연(孟浩然, *689?-740*) - 산수전원(山水田園) 시인

호(浩)라는 이름보다는 자(字) 호연(浩然)으로 통칭된다. 호는 녹문처사(鹿門處士), 당대 양주(襄州) 양양인(襄陽人, 지금의 호북 양양시)이어서 '맹양양(孟襄陽)'으로 불리기도 한다. 왕유와 나란히 '왕맹(王孟)'이라 부른다. 배적(裴迪)과도 교유했다.

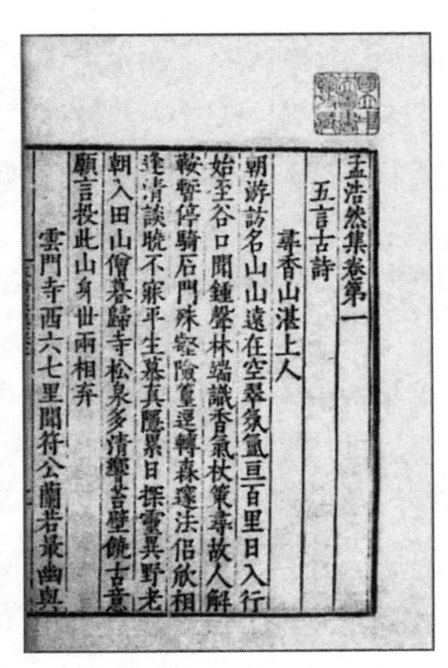
孟浩然集卷第一
五言古詩
尋香山湛上人
朝游訪名山山遠在空翠氛氳亘百里日入行
始至谷口聞鍾聲林端識香氣杖策尋故人解
鞍暫停騎石門殊壑險篁逕轉森邃法侶欣相
逢清談曉不寐平生慕真隱累日探靈異野老
朝入田山僧暮歸寺松泉多清響苔壁饒古意
願言投此山身世兩相弃
雲門寺西六七里聞符公蘭若最幽與

맹호연집(孟浩然集)

젊은 시절 각지를 유랑했다. 당 현종 재위 때 장안에 와서 벼슬길을 찾았으나 뜻을 이루지 못했다. 개원 25년(737), 장구령(張九齡)이 형주장사(荊州長史)로 근무하면서 한때 막료로 데리고 있었지만 곧 옛집으로 돌아왔다. 뒷날 왕창령(王昌齡)이 양양을 유람하면서 맹호연을 찾아가 호탕하게 술을 마셨고, 얼마 후 병사했다.

시가는 대부분이 오언단편이며 제재는 거의 산수전원(山水田園)이나 은일생활(隱逸生活)을 묘사하였다. 왕유, 이백, 장구령과 교유하면서 도연명, 사령운(謝靈運), 사조(謝朓)의 시풍을 이어갔기에 성당(盛唐) 산수시인이라는 명성을 누렸다. 본 《당시삼백수》에는 시 15수가 수록되어 있다.

註釋

- <秋登蘭山寄張五(추등난산기장오)> : '가을에 난산에 올라 장오에게 보내다'. 蘭山(난산) - 석문산(石門山, 지금의 사천성 의빈시宜賓市 고현高縣 남쪽에 있는 산)으로 난초가 많이 자란다. 만산(萬山)으로 쓴 판본도 있다. 寄(기) - 시체(詩體)의 한 가지. 기증한다는 의미. 張五(장오) - 장씨 집안의 다섯째 아들. 장문천(張文儃)이란 이름으로 된 판본도 있으나 그 인물에 대한 상세 내용은 미상.
- 北山白雲裏(북산백운리) : 北山(북산) - 장오(張五)가 살고 있는 산. 맹호연은 남쪽 난산에 있다.
- 隱者自怡悅(은자자이열) : 隱者(은자) - 장오. 怡 기쁠 이. 悅 기쁠 열. 怡悅(이열) - 희락(喜樂)과 같음.
- 相望試登高(상망시등고) : 試 시험할 시. 시도(試圖)하다. 登高(등고) - 민간신앙에서는 비장방(費長房)이 여남(汝南) 사람 환경(桓景)에게 역병을 피하는 방법으로 온 가족을 데리고 등고하게 했다는 이야기가 전해 온다.
- 心隨雁飛滅(심수안비멸) : 내 마음은 기러기 따라 북으로 날아간다는 뜻. 隨 따를 수. 滅 없어질 멸.
- 愁因薄暮起(수인박모기) : 薄 엷을 박. 暮 저물 모. 薄暮(박모) - 어스름 초저녁.
- 興是清秋發(흥시청추발) : 清秋(청추) - 상쾌한 가을. 위의 수인(愁因)~의 대구.
- 時見歸村人(시견귀촌인) : 時見(시견) - 가끔 볼 수 있다. 우인(友人)을 볼 수 없는 안타까운 심경을 엿볼 수 있다.
- 沙行渡頭歇(사행도두헐) : 沙 모래 사. 모래벌판. 渡頭(도두) - 나루터, 부두(埠頭). 歇 쉴 헐.
- 天邊樹若薺(천변수약제) : 若 같을 약. 薺 냉이 제. 풀이름. 樹若薺(수약제) - 나무가 풀처럼 나지막하게 보이다. 작자의 눈에 들어오는 원경(遠景)을 표현한 말.

▸江畔洲如月(강반주여월) : 畔 두둑 반. 洲 물가 주. 모래톱. 洲如月(주여월) - 작자가 내려다보는 근경(近景). 천변(天邊)~의 대구.

▸何當載酒來(하당재주래) : 何當(하당) - 언제 ~할 수 있을까? 載酒來(재주래) - 술을 가지고 오다. 꼭 상대방이 온다는 의미는 아님.

▸共醉重陽節(공취중양절) : 重陽節(중양절) - 한(漢) 이후 도가(道家)의 음양관(陰陽觀)으로 6은 음수(陰數), 9는 양수(陽數)로 인식하여 음력 9월 9일을 중구(重九) 또는 중양이라 하였다. 이날은 마을의 높은 곳에 올라 술을 마시며 고향을 생각하거나 조상에게 제사를 지냈다. 9월 9일을 중양절, 등고절(登高節), 또는 국화절(菊花節)이라고 부른다. 구구(九九)는 '구구(久久)'와 음이 같아(이를 해음諧音이라 한다) '장구(長久)'하다는 뜻에서 조상에게 제사를 지내고 노인을 공경하는 여러 가지 행사를 한다.

詩意

남쪽의 난산(蘭山)에서 우인 장오(張五)가 있는 북산(北山)을 바라보며 우인에 대한 그리움을 묘사했다.

1, 2구에서 북산을 바라보며 벗을 그리워함을 묘사하였고, 3, 4구에서 어둠이 내리는 저녁에 더욱 우수를 느끼는 한편, 청명한 가을의 감흥을 돋으면서 시선을 돌려 아래를 내려다본다. 그곳에는 귀가하는 마을 사람들이 나루터에서 쉬고 있다. 작자는 생각했으리라. '저 사람들은 어둑어둑한 저녁에 돌아가 식구들과 어울리겠지!'

5, 6구에서는 시선을 다시 멀리 돌리고 속으로 다짐한다. 장차 우리가 서로 높은 곳에 올라 함께 마시고 취하리라.

송(宋) 계민부(計敏夫)는 《당시기사(唐詩記事)》에서 '맹호연의 시는 속에 기골이 있으면서도 나타난 모습이 맑고 부드럽다. 또 그의 기풍이나 정신이 밝게 퍼진다. 특히 그의 오언시는 천하에서 가장 좋다고 칭찬한다.(浩然骨貌淑淸 風神散朗 五言詩 天下稱其盡善)'고 평했다.

019. 夏日南亭懷辛大 여름날 남정에서 신대를 그리며

하일남정회신대

● 孟浩然맹호연

산광홀서락 지월점동상

山光忽西落 池月漸東上

산발승석량 개헌와한창

散髮乘夕涼 開軒臥閑廠

하풍송향기 죽로적청향

荷風送香氣 竹露滴淸響

욕취명금탄 한무지음상

欲取鳴琴彈 恨無知音賞

감차회고인 중소노몽상

感此懷故人 中宵勞夢想

서산에 걸린 해 어느새 지고
연못에 비친 달 천천히 떠오른다.
머리 풀고 저녁 찬바람 쏘이며
활짝 트인 정자 한가히 누웠다.
연꽃 스친 바람 향기를 실어오고
죽엽 맺힌 이슬 맑게도 떨어진다.
거문고 당겨 한 곡조 타려 해도
들으며 즐길 이 없어 한이로다.
이러니 더욱 옛벗이 그리워서
한밤에 애써 꿈에서 보았노라.

註釋

▶ <夏日南亭懷辛大(하일남정회신대)> : '여름날 남정에서 신대를 그리며'. 南亭(남정) - 남쪽에 있는 정자. 辛大(신대) - 신씨 큰아들. 배항(排行)이 첫째라는 뜻. 맹호연의 <서산심신악(西山尋辛諤)>이란 시가 있어 신악(辛諤)으로 추정. 그 외 자세한 것은 알 수 없다.

▶ 山光忽西落(산광홀서락) : 山光(산광) - 산 위의 백일(白日). 忽 소홀할 홀. 갑자기, 돌연.

▶ 池月漸東上(지월점동상) : 池月(지월) - 못 위로 뜨는 달. 漸 물 스며들 점. 점점, 점차로. 산광과 지월을 순차적으로 묘사하면서 멋진 대구를 만들어냈다.

▶ 散髮乘夕涼(산발승석량) : 관을 벗고 머리를 풀어헤치고. 乘(승) - 타다, 이용하다, 곱하다. 승풍(乘風)은 바람 쏘이다. 가풍(駕風). 夕(석) - 저녁의 서늘한 기운.

▶ 開軒臥閑敞(개헌와한창) : 軒 추녀 헌. 창문[窗, 窓]. 敞 헛간 창. 지붕은 있으나 사방에 벽이 없이 트인 공간. 臥閑敞(와한창) - 조용하고 열린 곳에 누워 있다.

▶ 荷風送香氣(하풍송향기) : 荷 연꽃 하. 荷風(하풍) - 연꽃을 스친 바람.

▶ 竹露滴淸響(죽로적청향) : 竹露(죽로) - 대나무에 맺힌 이슬. 이슬은 초저녁에도 맺힌다. 滴 물방울 적. 방울져 떨어지다. 響 울림 향. 하풍과 죽로는 멋진 대구이다.

▶ 欲取鳴琴彈(욕취명금탄) : 鳴 울 명. 소리를 내다. 琴彈(금탄) - 거문고를 타다.

▶ 恨無知音賞(한무지음상) : 知音(지음) - 백아(伯牙)와 종자기(鍾子期)의 백아절현(伯牙絶絃)의 고사. 자신이 등용되지 못한 설움을 간접적으로 표현했다고 볼 수도 있다. 賞(상) - 감상하다, 들어주다.

▶ 感此懷故人(감차회고인) : 感此(감차) - 이렇게 생각하니, 이러한 감회 속에서. 故人(고인) - 붕우(朋友).

▶ 中宵勞夢想(중소노몽상) : 宵 밤 소. 中宵(중소) - 한밤중에. 勞(노)

- 가슴 아프다. 노심(勞心). 夢想(몽상) - 꿈꾸듯 그리워하다.

詩意

달 밝은 여름밤에 정자에서 시원한 바람을 쏘이며 멀리 있는 친구를 그리며 읊은 시다. 제목을 '하석남정회신대(夏夕南亭懷辛大)'라고 한 책도 있다. 1-3연은 여름밤의 남정(南亭) 부근의 경관과 풍취를 그렸으며, 4-5연은 친구를 그리워하는 심정을 그렸다.

맹호연은 특히 자연의 경관에 대한 묘사가 생생하고 아름다우며 동시에 대구를 잘 활용하고 있다. 특히 산광홀서락(山光忽西落)과 지월점동상(池月漸東上)의 대구와, 하풍송향기(荷風送香氣)와 죽로적청향(竹露滴淸響)의 대구는 절묘하다.

4-5연에서 시인은 자기를 알아주는 지음(知音)의 벗이 없어 거문고도 타지 않고 그대로 잠이 들자, 꿈속에 벗이 보였다고 읊었다.

청(淸) 심덕잠(沈德潛)은 '하풍송향기 죽로적청향은 아름다운 경관이며 아름다운 구절'이라고 평했다. 한마디로 청담(淸淡)하고 한아(閑雅)한 풍취를 나타낸 구절이다.

020. 宿業師山房待丁大不至(숙업사산방대정대부지) 스승의 산방에서 자며 정대를 기다렸으나 오지 않다 ● 孟浩然맹호연

석양도서령　군학숙이명

夕陽度西嶺　羣壑倏已暝

송월생야량　풍천만청청

松月生夜涼　風泉滿淸聽

초인귀욕진　연조서초정

樵人歸欲盡　烟鳥棲初定

지자기숙래　고금후라경

之子期宿來　孤琴候蘿逕

석양이 산마루를 넘어가니
모든 골짝이 갑자기 어둡도다.
소나무 걸린 달에 밤기운이 차고
냇물과 바람소리 시원스레 들려온다.
나무꾼 돌아오니 더 올 사람 없고
안개 속 날던 새도 둥지에 들었도다.
그대와 함께 묵기로 약조했기에
거문고 홀로 타며 덩굴길에서 기다렸다.

註釋

▶ <宿業師山房待丁大不至(숙업사산방대정대부지)> : '스승의 산방에서 자며 정대를 기다렸으나 오지 않다'. 業師(업사) - 학업을 배운 스승.

불교나 도교 계통의 스승일 것이나 자세히는 알 수 없다. 丁大(정대) - 정씨 일가의 큰아들. 정봉(丁鳳)이라는 설도 있으나 알 수 없다.

▶ 夕陽度西嶺(석양도서령) : 度(도) - 넘다, 건너다. 渡(건널 도)와 같음.

▶ 羣壑倏已暝(군학숙이명) : 모든 골짜기가 홀연히 어둠에 묻히다. 壑 골짜기 학. 倏 갑자기 숙. 暝 어둘 명. 瞑(눈 감을 명)은 다른 자.

▶ 松月生夜涼(송월생야량) : 松月(송월) - 소나무에 걸린 달. '소나무와 달'이라 새길 수 없는 것은 다음 구에 오는 풍천(風泉)을 '바람과 샘물'이라 나누어 생각할 수 없기 때문이다.

▶ 風泉滿淸聽(풍천만청청) : 滿淸聽(만청청) - 낭랑한 소리 가득하다.

▶ 樵人歸欲盡(초인귀욕진) : 樵 땔나무 초. 땔나무를 준비하다, 나무를 하다. 歸欲盡(귀욕진) - 귀가했으니 더 올 사람이 없을 것이다.

▶ 烟鳥棲初定(연조서초정) : 烟 연기 연. 煙(연)과 같음. 나무를 태워 발생하는 연기가 아니라 저녁에 생기는 안개나 엷은 구름이라고 생각해야 한다. 글자 그대로 '연기'라고 생각하면 풍취가 사라진다. 棲 살 서. 깃들다.

▶ 之子期宿來(지자기숙래) : 之子(지자) - 시자(是子), 지(之)는 차(此). 이 사람, 내가 기다리는 정대(丁大). 《시경 주남(周南)》에 '지자우귀 언말기마(之子于歸 言秣其馬)~'라는 말이 있다. '시집가는 사람[가자嫁子]'이란 뜻도 있다. 期(기) - 기약하다.

▶ 孤琴候蘿徑(고금후라경) : 候 물을 후. 기다리다. 蘿 새삼덩굴 라. 가늘고 길게 자라는 덩굴식물. 徑 지름길 경. 좁은 산길.

詩意

자연묘사가 뛰어나고 아름답다. 특히 2연의 '송월생야량(松月生夜涼) 풍천만청청(風泉滿淸聽)' 대구는 시각과 청각·촉각으로 함께 느낄 수 있는 맑고 그윽한 기운이 넘친다. 3연의 '초인귀욕진(樵人歸欲盡) 연조서초정(烟鳥棲初定)'은 은근히 '그대만이 안 온다는 뜻'이 숨어있다. 기다려도 오지 않는 우인에 대한 섭섭함이 '지자기숙래(之子期宿來) 고금후라경(孤琴候蘿徑)'에 그대로 담겨 있다.

동종제남재완월억산음최소부

021. 同從弟南齋翫月憶山陰崔少府

종제와 함께 남재에서 완월하며 산음의 최소부를 생각하다 ● 王昌齡왕창령

고와남재시　개유월초토
高臥南齋時　開帷月初吐

청휘담수목　연양재창호
清輝淡水木　演漾在窗戶

임염기영허　징징변금고
荏苒幾盈虛　澄澄變今古

미인청강반　시야월음고
美人清江畔　是夜越吟苦

천리공여하　미풍취란두
千里共如何　微風吹蘭杜

남재南齋에 편히 누워 있다가
휘장을 여니 달이 막 떠오른다.
달빛은 엷게 물과 나무를 비추며
창문에 가득히 일렁이듯 넘쳐난다.
하많은 세월에 얼마나 차고 비었는지
밝은 달 아래는 지금도 변하는구나.
그대는 그곳 맑은 강가에서
고향을 생각하며 시를 읊으리라.
천리 밖이나 어떻든 같이해야 하니

미풍에 난향이나 실어 보내주오.

作者 왕창령(王昌齡, 698-756?) - 변새시(邊塞詩)에 뛰어난 시인

자(字)는 소백(少伯), 산서(山西) 태원(太原) 사람으로, 현종 개원 15년(727)에 진사과에 합격하여 관직을 시작했으나 순탄하지 못했다. 고적(高適), 왕지환(王之渙)과 함께 광활한 변경의 풍경을 잘 묘사하여 변새시에 뛰어났다.

안록산의 난이 일어났을 때 고향으로 피난하다가 피살당했다. 칠언시에도 뛰어났는데 시 180여 수가 남아 전한다. 그 중 <출새(出塞)>, <종군행(從軍行)>과 같은 변새시와 <채련곡(采蓮曲)>, <월녀(越女)> 등 여인의 생활을 묘사한 시가 널리 알려졌다.

註釋

- <同從弟南齋翫月憶山陰崔少府(동종제남재완월억산음최소부)> : '종제와 함께 남재에서 완월하며 산음의 최소부를 생각하다'. 同(동) - 시제(詩題)를 같이한다는 의미. 종제(從弟)와 같은 제목으로 시를 짓다. 從弟(종제) - 사촌동생. 왕소(王銷)라고 이름을 밝힌 책도 있다. 齋 재계할 재, 집 재, 상복 자. 翫 가지고 놀 완. 憶(억) - 회억(回憶). 山陰(산음) - 지명. 지금의 절강성 소흥(紹興). 崔少府(최소부) - 최국보(崔國輔). 소부는 현위(縣尉), 현(縣)의 치안 담당관.
- 高臥南齋時(고와남재시) : 高臥(고와) - 편한 자세로 눕다.
- 開帷月初吐(개유월초토) : 帷 휘장 유. 月初吐(월초토) - 달이 막 떠오르다. 초(初)는 비로소, 방금.
- 清輝淡水木(청휘담수목) : 輝 빛날 휘. 清輝(청휘) - 월광(月光). 淡 담박할 담, 묽을 담. 水木(수목) - 수면과 목림(木林).
- 演漾在窗戶(연양재창호) : 演 멀리 흐를 연. 漾 출렁거릴 양. 演漾(연양) - 물 위에 둥둥 떠 흘러가다.

▶荏苒幾盈虛(임염기영허) : 荏 들깨 임. 苒 풀이 우거질 염. 荏苒(임염) – 세월[광음光陰]이 빨리도 덧없이 흐르다. 盈 찰 영. 虛 빌 허. 盈虛(영허) – 달이 차고 이지러지는 것.

▶澄澄變今古(징징변금고) : 澄 물 맑을 징. 澄澄(징징) – 청광(淸光). 달빛은 그대로지만 그 아래 인간세상은 예나 지금이나 계속 바뀐다는 뜻.

▶美人淸江畔(미인청강반) : 美人(미인) – 학식이 많고 덕행이 높은 사람. 산음(山陰)의 최소부를 지칭. 畔 두둑 반. ~ 가에서.

▶是夜越吟苦(시야월음고) : 越吟苦(월음고) – 상사병(相思病). 산음은 월(越) 땅이다. 월나라 사람이 초(楚)에서 벼슬하다가 병이 났는데 월나라 말을 자신도 모르게 중얼거렸다. 곧 고향생각[思鄕病]. 음고는 '고심하면서 시를 읊다'는 뜻도 있다.

▶千里共如何(천리공여하) : 천리 길은 우리에게 어떻겠는가? 천리 떨어져 있지만 어떻게 하면 같이 교류할 수 있나? 서로 너무 멀리 떨어져 있어 만날 수 없지만 한없이 그립다는 뜻을 포함한다. '천리기여하(千里其如何)'로 된 판본도 있다.

▶微風吹蘭杜(미풍취란두) : 蘭杜(난두) – 난초와 두약(杜若). 향초(香草). 杜 팥배나무 두. 두약.

詩意

달밤을 신묘(神妙)하게 표현한 시다. 달이 솟아오르는 광경을 '월초토(月初吐)'라고 했다. 또 청휘(淸輝)는 담수목(淡水木)이라 하였으니 만물을 부드럽게 감싸주는 달빛이 연상된다. 그리고 창가에 쏟아지는 달빛을 '연양(演漾, 출렁이다)'이라 하였으니 이는 햇빛과는 크게 다른 느낌이다. 그러면서 친우 역시 이 좋은 달밤에 고심하며 시를 읊을 것이라며 진한 우정과 교감을 표현했다.

특히 3연은 여러 면에서 상징하는 뜻이 많다. 그 오랜 세월, 달은 차고 기울기를 얼마나 반복했는가? 그 반복은 변하지 않았다. 그러나 밝은 달빛 아래 세상은 지금도 옛날과 달리 변하고 있다면서 인간 세상에 대한 아쉬움을 토로하고 있다. 달 자체도 영허(盈虛)와 성쇠(盛衰)가 있다.
그러나 그 달은 항상 잔잔하고 밝은 빛을 보내어 어둠의 세상을 밝혀주고 있다. 그와 마찬가지로 인간들도 저마다 변화무상한 속세에 시달리고 부침(浮沈)하지만 달처럼 남에게 빛과 사랑을 주어야 한다는 작자의 생각이 잘 드러난 시이다.

022. 尋西山隱者不遇(심서산은자불우) 서산으로 은자를 찾아갔으나 만나지 못하다 ● 邱爲구위

절정일모자 직상삼십리
絶頂一茅茨　直上三十里

고관무동복 규실유안궤
叩關無童僕　窺室有案几

약비건시거 응시조추수
若非巾柴車　應是釣秋水

치지불상견 민면공앙지
差池不相見　黽俛空仰止

초색신우중 송성만창리
草色新雨中　松聲晩窗裏

급자계유절 자족탕심이
及玆契幽絶　自足蕩心耳

수무빈주의　파득청정리
雖無賓主意　頗得淸淨理

흥진방하산　하필대지자
興盡方下山　何必待之子

산 위의 오두막을 찾아
곧바로 삼십 리를 올랐노라.
문을 두드리나 시중드는 아이 없고
방을 얼핏 보니 안궤만이 놓여 있다.
응당 차일 수레 타고 외출했거나
가을 냇가에 낚시 갔을 것이로다.
길이 어긋나 만나지도 못하고
애써 머뭇거리며 우러러 생각한다.
풀빛은 새 비를 맞아 더 푸르고
솔바람은 해 지는 창문으로 불어온다.
외롭게 떨어진 이곳이 마음에 들어
스스로 마음을 후련히 씻어냈노라.
손님과 주인의 정의를 풀지 못했어도
청정한 도리를 제법 깨달았노라.
나 홀로 흥취를 느껴 하산하나니
그대를 기어이 만나 무얼 하겠나?

作者 구위(邱爲, 694-789) - 장수를 누린 효자

소주(蘇州) 가흥인(嘉興人)인데 과거에 여러 번 실패하고 농사를 지으면서도 계모를 극진히 모셔 집 마당에 영지(靈芝)가 자랐다고 한다. 천보 원년(742)에 과거에 급제하여 태자우서자(太子右庶子)가 되었는데 관직생활의 녹봉 절반을 노모 봉양에 썼기에 사람들의 칭송을 들었고, 80세 때에도 노모가 여전히 건강했다고 한다. 구위도 96세 장수를 누렸다. 청신평담(淸新平淡)하고 청정박소(淸淨朴素)한 언어로 산수자연을 노래했다. 구위(丘爲)로 된 판본도 있다.

註釋

- <尋西山隱者不遇(심서산은자불우)> : '서산으로 은자를 찾아갔으나 만나지 못하다'. 西山(서산) - 백이와 숙제가 숨었던 낙양 동쪽에 있는 수양산(首陽山)을 서산이라고 했다. 여기서는 어느 산인지 알 수 없고, 은자도 누구인지 알 수 없다.
- 絶頂一茅茨(절정일모자) : 絶頂(절정) - 산꼭대기. 茅 띠 모. 茨 가시나무 자. 茅茨(모자) - 산의 나무나 풀을 베어 지붕을 덮은 집. 모사(茅舍), 모옥(茅屋).
- 直上三十里(직상삼십리) : 直 곧을 직. 곧바로. 수직이라는 뜻보다는 다른 데를 가지 않고 줄곧 30리 길을 걸었다는 뜻.
- 叩關無童僕(고관무동복) : 叩 두드릴 고. 關 빗장 관. 無童僕(무동복) - 시중드는 아이도 없다. 僕 종 복.
- 窺室有案几(규실유안궤) : 窺 엿볼 규. 들여다보다. 案几(안궤) - 안(案)은 책상, 궤(几)는 안석. 앉을 때에 몸을 기대는 작은 도구. 보통 안궤가 한 세트이다.
- 若非巾柴車(약비건시거) : 若非(약비) - 만약 ~가 아니라면. 만약 수레를 몰고 나가지 않았다면. 柴 땔나무 시. 巾柴車(건시거) - 천을 위에 덮은 수레. 시거는 장식 없는 낡은 수레. 도연명의 <귀거래사(歸去來辭)>에 '혹명건거 혹도고주(或名巾車 或棹孤舟)'라는 구절이 있다. 이는 은자가

외출했을 것이라는 완곡한 문학적 표현일 것이다. 산꼭대기의 오두막이라 했는데? 수레가 다닐 길을 내야 하는데? 또 시거를 끄는 소라도 있어야 하는데? 이치를 따질 것이 아니라 상대방에 대한 배려를 하면서 가장 아름다운 모습으로 표현했다고 생각해야 한다.

▶ 應是釣秋水(응시조추수) : 應是(응시) - 으레, 틀림없이. 秋水(추수) - 가을의 냇가.

▶ 差池不相見(치지불상견) : 差 맞지 않을 차, 가지런하지 못할 치, 층이 날 치. 差池(치지) - 고르지 않다, 여기서는 어긋나다, 엇갈리다.

▶ 黽俛空仰止(민면공앙지) : 黽 힘쓸 민, 맹꽁이 민. 俛 힘쓸 면. 黽俛(민면) - 부지런히 힘을 쓰다. 《시경 패풍(邶風)》 곡풍(谷風) 시에 '애를 쓰고 한마음이 되다(黽俛同心)'란 구절이 있다. 여기서는 '망설이다, 주저하다, 멈칫거리다[지주踟躕]'의 뜻. 仰止(앙지) - 우러러보다, 쳐다보고 서 있다.

▶ 草色新雨中(초색신우중) : 풀은 갓 내린 비를 맞고 더 푸르다.

▶ 松聲晩窗裏(송성만창리) : 해 기우는 창으로 솔바람 소리 들려오다.

▶ 及茲契幽絶(급자계유절) : 茲 이에 자. 及茲(급자) - 그래서, 그러자. 契 맺을 계. 어울려 맺어지다, 내 마음에 들었다. 幽絶(유절) - 인적이 끊긴 그윽함. 그런 곳의 정취나 경관.

▶ 自足蕩心耳(자족탕심이) : 自足(자족) - 스스로 기꺼이 ~하다. 蕩 쓸어버릴 탕. 씻어내다, 후련하다. 心耳(심이) - 마음과 귀. 심전(心田).

▶ 雖無賓主意(수무빈주의) : 雖 비록 수. 비록 손님과 주인이 서로 만나서 정의(情意)를 풀지는 못했으나. 손님과 주인으로 만나는 즐거움은 없었으나.

▶ 頗得清淨理(파득청정리) : 頗 자못 파. 頗得(파득) - 마냥 얻었다. 清淨理(청정리) - 우주나 자연의 청정한 실상(實狀).

▶ 興盡方下山(홍진방하산) : 方(방) - 즉시.

▶ 何必待之子(하필대지자) : 之子(지자) - 그 사람, 여기서는 은자. 《시경》에 자주 나오는 말.

詩意

시의 상념이나 표현 및 꾸밈이 탁월한 걸작이다. 특히 3연의 '약비건시거 응시조추수(若非巾柴車 應是釣秋水)' 및 5연의 '초색신우중 송성만창리(草色新雨中 松聲晩窗裏)'의 대구가 뛰어나다. 이 시의 핵심은 만나려던 은자는 만나지 못했으나 자연의 그윽하고 청정한 실상과 하나가 되었으니 만족하고 하산하겠다는 데 있다.

본래 은자를 찾아간 목적은 속세를 잠시나마 벗어나기 위해서다. 그러므로 은자는 못 만났지만 자연의 흥취를 충분히 맛보았다. 그래서 내려온 것이다. 이 시는 《세설신어(世說新語)》에 나오는 왕희지(王羲之)의 아들 왕휘지(王徽之, 자字 자유子猷)의 고사와 흡사하다.

왕자유가 산음(山陰)에 있을 때, 밤에 대설(大雪)이 내렸다. 그러자 불현듯 섬계(剡溪)에 있는 벗 대안도(戴安道)를 보고 싶어 밤새 배를 몰았다. 그러나 그는 문턱에서 배를 되돌리고 돌아와서 말했다. "나는 본래 흥이 나서 찾아갔다. 그러나 흥이 식어 되돌아왔다. 왜 꼭 그대를 보아야 하는가?(吾本乘興而行 興盡而返 何必見戴)"

023. 春泛若耶溪(춘범약야계) 봄에 약야계에 배를 띄우고

● 綦毋潛 기무잠

幽意無斷絶(유의무단절)　此去隨所偶(차거수소우)

晩風吹行舟(만풍취행주)　花路入溪口(화로입계구)

際夜轉西壑(제야전서학)　隔山望南斗(격산망남두)

潭烟飛溶溶(담연비용용)　林月低向後(임월저향후)

生事且瀰漫(생사차미만)　願爲持竿叟(원위지간수)

한적한 데 살고픈 마음 버릴 수 없어
이번엔 마음 내키는 대로 떠나보련다.
저녁 바람 떠나는 배에 불어오고
꽃길 따라 물길 어귀에 접어들었다.
밤들어 배를 서쪽 물골로 돌아
산 너머 남두南斗를 바라보노라.
못에서 피는 안개 질펀히 번지고
숲 사이 걸린 달이 가라앉듯 뒤로 간다.
세상사 매양 질펀히 차고 넘치니
낚싯대 잡는 늙은이 되고 싶어라.

作者 기무잠(綦毋潛, 692-755) - 산수시인(山水詩人)

자(字)는 효통(孝通), 형남인(荊南人, 지금의 호북성 강릉시江陵市). 복성(複姓) 기무(綦毋). 현종 개원 14년(726)에 진사 급제. 우습유가 되었다가 저작랑(著作郞)이 되었으나 상관과 불화하여 관직을 그만두고 낙향하였다. 산수전원의 풍광을 즐겨 읊었으며 불도(佛道)와 선학(禪學)을 좋아하였다. 장구령, 왕유, 이기(李頎), 저광희(儲光羲), 위응물(韋應物) 등과 교유하였다. 014 왕유의 <송기무잠낙제환향(送綦毋潛落第還鄕)> 참조.

註釋

- <春泛若耶溪(춘범약야계)> : '봄에 약야계에 배를 띄우고'. 泛 뜰 범. 뜨다, 띄우다. 若 같을 약. 耶 어조사 야. 若耶溪(약야계) - 절강성 소흥현(紹興縣)의 약야산 기슭의 강물. 일명 완사계(浣沙溪). 서시(西施)가 비단을 빨래하던 시냇물.
- 幽意無斷絶(유의무단절) : 幽意(유의) - 한적한 곳을 좋아하는 뜻, 유경(幽境)에 숨어살겠다는 생각.
- 此去隨所偶(차거수소우) : 此去(차거) - 이번의 뱃놀이. 隨 따를 수. 偶 짝 우. 여기서는 만날 우(遇). 마음 내키는 그대로.
- 晩風吹行舟(만풍취행주) : 行舟(행주) - 떠나가는 배.
- 花路入溪口(화로입계구) : 花路(화로) - 꽃길. 꽃잎이 떠내려 오는 수로(水路).
- 際夜轉西壑(제야전서학) : 際 사이 제. 際夜(제야) - 저녁 무렵, 밤이 되다[入夜]. 轉 구를 전. 돌리다. 壑 골짜기 학.
- 隔山望南斗(격산망남두) : 산 위로 남두성(南斗星)을 바라보다.
- 潭烟飛溶溶(담연비용용) : 潭烟(담연) - 저녁에 연못이나 물에서 피는 안개. 溶 질펀하게 흐를 용. 溶溶(용용) - 널리 짙게 퍼지는 모양.
- 林月低向後(임월저향후) : 배가 앞으로 가면서 숲 사이로 보이는 달이 낮게 보이면서 뒤로 물러나는 것 같다는 묘사.
- 生事且瀰漫(생사차미만) : 生事(생사) - 세상사. 且(차) - 매우, 또한,

더욱이, 게다가. 瀰 물이 넓게 흐를 미. 漫 질펀할 만. 瀰漫(미만) - 아득하고 끝이 없다. 인생살이의 만사(萬事).

▶願爲持竿叟(원위지간수) : 持 가질 지. 竿 장대 간. 낚싯대. 叟 늙은이 수.

詩意

이 시는 크게 3단으로 나눌 수 있다.

1, 2연은 유심(幽深)한 곳을 찾아 머물고 싶다는 평소의 소망대로 배를 타고 약야계(若耶溪) 깊이 들어갔다.

3, 4연은 약야계의 유현(幽玄)한 정취를 읊었다.

마지막 5연에서는 번잡한 속세를 떠나 이곳에서 낚싯대나 드리우고 살았으면 좋겠다는 뜻을 밝혔다. 그래서 첫 구절의 '유의(幽意)'와 짝을 맞추었다.

특히 2연의 대구 '만풍취행주 화로입계구(晩風吹行舟 花路入溪口)'는 소리 내어 읽으면 흥이 나면서 배를 타고 흔들리는 기분이 든다.

또 이 시는 도연명의 <도화원기(桃花源記)>와 함께 감상하면 더욱 절실하게 정취를 느낄 수 있을 것이다. <도화원기>는 낮에 강물을 거슬러 올라갔는데, 이 시는 달밤에 물놀이를 나간 것이니 흥취는 <도화원기>보다 더할 것이다. <도화원기>에는 다음과 같은 구절이 있다.

'홀연히 복숭아꽃이 만발한 숲이 나타났다. 양쪽 언덕에 수백 보의 길이로 이어졌다. 숲에는 다른 나무는 없었다. 언저리에는 향기로운 풀들이 싱싱하고 아름답게 자라고, 바람에 꽃잎이 분분히 떨어지고 있었다. 어부는 매우 이상하다 생각하며 다시 앞으로 나가니 숲이 다하였다.(忽逢桃花林, 夾岸數百步, 中無雜樹, 芳草鮮美, 落英繽紛. 漁人甚異之, 復前行, 欲窮其林.)'

024. 宿王昌齡隱居 왕창령의 은거에 묵으면서
숙왕창령은거

● 常建상건

청계심불측 은처유고운
清谿深不測 隱處唯孤雲

송제노미월 청광유위군
松際露微月 清光猶爲君

모정숙화영 약원자태문
茅亭宿花影 藥院滋苔紋

여역사시거 서산난학군
余亦謝時去 西山鸞鶴羣

청계는 깊이를 알 수 없고
은처隱處엔 오로지 흰 구름 떴다.
송림 사이에 조각달이 드러나니
청광은 그대를 위해 빛난다.
띠풀 정자엔 꽃 그림자 어렸고
약초 마당엔 이끼더미 자란다.
이 몸 역시 시속을 떨쳐내고서
서산 난학과 함께 살고파라.

作者 상건(常建, 708-765) – 유명한 산수전원(山水田園) 시인

현종 개원 15년(727)에 왕창령(王昌齡)과 함께 진사과에 합격하고, 우이(盱眙)현위가 되었다. 성격이 매우 경직(耿直)하였고 권귀(權貴)에 매달리지 않았기에, 벼슬길에서 뜻을 얻지 못했고, 악주(鄂州)의 무창(武昌, 지금의 호북성)에 은거하였다.

시어는 청신자연(淸新自然)하며 의경(意境)이 청유(淸幽)하면서도 깨끗하여 명리를 잊은 은사(隱士)의 심경을 잘 나타냈다는 평을 듣는다. 《전당시》에 시 57수가 전한다.

註釋

- <宿王昌齡隱居(숙왕창령은거)> : '왕창령의 은거에 묵으면서'. 王昌齡(왕창령) – 성당(盛唐)의 변새시인(邊塞詩人)으로 유명. 상건과 왕창령은 같이 급제한 벼슬길 동기이자 시우(詩友)였다. 왕창령에 대해서는 021 <동종제남재완월억산음최소부(同從弟南齋翫月憶山陰崔少府)>의 작자 참조.
- 淸谿深不測(청계심불측) : 谿 시내 계. 測 잴 측.
- 隱處唯孤雲(은처유고운) : 唯 오직 유. 孤雲(고운) – 세속에 얽매이지 않는 고고한 자유를 상징한다.
- 松際露微月(송제노미월) : 松際(송제) – 소나무 숲 사이. 露 이슬 로. 이슬은 덧없음의 상징. 나타나다, 드러나다, 드러내다. 微 작을 미. 微月(미월) – 희미한 달빛.
- 淸光猶爲君(청광유위군) : 爲君(위군) – 그대(왕창령)를 위하다.
- 茅亭宿花影(모정숙화영) : 茅亭(모정) – 띠로 지붕을 덮은 정자. 宿 잘 숙. 머물다. 花影(화영) – 꽃 그림자.
- 藥院滋苔紋(약원자태문) : 藥院(약원) – 약초를 심어놓은 집안의 뜰. 滋 불을 자. 늘어나다, 자라나다, 번식하다. 苔 이끼 태. 紋 무늬 문.
- 余亦謝時去(여역사시거) : 余 나 여. 작자. 謝 사례할 사. 사양하다, 관계를 끊다, 물러나다. 時(시) – 시속(時俗), 속세. 去(거) – 동작이 멀어진다

는 의미이다. 속세와 단절하고 속세를 떠나간다는 의미.

▶西山鸞鶴羣(서산난학군) : 西山(서산) - 왕창령의 은거지. 鸞 난새 난. 봉황의 한 종류, 상상 속의 새. 신조(神鳥). 鶴 학 학. 신선이 타고 다니는 새[仙鳥]. 羣 무리 군. 무리지어 살다. 함께 어울리고 싶다.

詩意

왕창령이 은거하는 선경(仙境)의 정취를 읊은 시다.

1연에서는 낮의 풍경을 청계(淸溪)와 고운(孤雲)을 중심으로 묘사하였다.

2, 3연에서는 밤의 정취를 소나무 사이로 얼굴을 내밀고 있는 조각달과 그 맑은 달빛에 얼룩진 꽃 그림자와, 무더기로 자라나는 이끼에 초점을 맞추었다.

그리고 4연에서는 자기도 속세를 버리고 서산에 와서 난새와 학으로 상징되는 현인 군자와 함께하고 싶다는 감회를 피력했다.

청(淸) 심덕잠(沈德潛)은 '맑고 투철한 문장 속에 영특한 깨달음이 있다.(淸澈之筆 中有靈悟)'라고 평했다.

여고적설거등자은사부도

025. 與高適薛據登慈恩寺浮圖 고적, 설거와 함께 자은사의 부도에 올라 ● 岑參잠삼

탑세여용출 고고용천궁
塔勢如湧出 孤高聳天宮

등림출세계 등도반허공
登林出世界 磴道盤虛空

돌올압신주 쟁영여귀공
突兀壓神州 崢嶸如鬼工

사각애백일 칠층마창궁
四角礙白日 七層摩蒼穹

하규지고조 부청문경풍
下窺指高鳥 俯聽聞驚風

연산약파도 분주여조동
連山若波濤 奔湊如朝東

청괴협치도 궁관하령롱
青槐夾馳道 宮館何玲瓏

추색종서래 창연만관중
秋色從西來 蒼然滿關中

오릉북원상 만고청몽몽
五陵北原上 萬古青濛濛

정리료가오 승인숙소종
淨理了可悟 勝因夙所宗

서장괘관거 각도자무궁
誓將挂冠去 覺道資無窮

탑의 형세는 마치 솟아나온 듯
홀로 하늘 높이 치솟았다.
올라보니 세상을 벗어난 듯
돌계단은 허공에 서리었다.
우뚝하게 온 땅을 제압하듯
깎아 올린 건 귀신 솜씨로다.
사방 모서리가 해를 가리는 듯
칠층 높이에선 하늘을 어루만진다.
아래론 높이 나는 새를 보고
엎드려 세찬 바람소리 듣는다.
이어진 산맥은 파도를 치는 듯
달려와 모여선 동쪽에 절을 한다.
푸른 홰나무는 큰 길을 끼고 섰고
궁궐 집들은 어찌 저리 영롱한가?
추색秋色은 서쪽으로 들어와서는
창연히 관중 땅에 가득하도다.
오릉이 누운 북쪽 벌판에는
만고의 푸른 숲이 울창하다.
정토淨土의 이치 깨우칠 수 있다면
선인善因의 응보를 일찍 믿어야 한다.
맹세코 관직을 버리고 가더라도
불도를 깨달아 끝까지 따르리라.

作者　잠삼(岑參, 715-770) - 뛰어난 변새(邊塞)시인

재상이었던 잠문본(岑文本)의 증손으로 고적(高適)과 함께 당대 변새시의 대표적인 시인이다.[參의 우리말 표기에 대하여 cān은 참여할 참, cēn은 층날 참, shēn은 별이름 삼, 인삼 삼이다. 中文으로 岑Cén 參Shēn으로 표기하니 '잠삼'으로 기록한다]

어려서 가난했지만 경사(經史)를 공부하고 20세에 장안에 와서 벼슬을 구했으나 얻지 못하고 장안과 낙양 사이를 방랑했다. 천보 3년(744), 30세에 진사과에 합격하여 병조참군의 관직을 얻었고 천보 8년에 안서사진절도사(安西四鎭節度使)인 고선지(高仙芝)의 막부서기(幕府書記)가 되어 안서에 부임하니 이것이 첫 번째 출새(出塞)이다. 이후 몇 차례에 걸쳐 총 6년여 동안 국경지역에 근무하였다. 나중에 가주자사(嘉州刺史)를 역임하였기에 '잠가주(岑嘉州)'라고 부르기도 한다. 시는 경치와 감회에 대한 서술이 뛰어나고 웅혼(雄渾)한 기풍을 느낄 수 있다. 시 400여수가 현존하는데 그 중 70여수가 변새시이다. 본 《당시삼백수》에는 시가 7수 수록되었는데 변새시가 3수이다.

註釋

▸ <與高適薛據登慈恩寺浮圖(여고적설거등자은사부도)> : '고적, 설거와 함께 자은사의 부도에 올라'. 薛 맑은 대쑥 설. 성씨. 據 의거할 거. 고적(高適)은 성당(盛唐)의 시인으로 여러 벼슬에 올랐고, 사후에는 예부상서에 추증되었는데, 변새시에 능했다. 설거(薛據) 역시 성당의 시인으로, 개원 19년(731)에 진사에 올랐다. 《전당시》에 그의 시 12수가 있다. 慈恩寺(자은사) - 장안(지금의 서안시) 남쪽 곡강지(曲江池) 북쪽에 있는데 당 고종(高宗)이 태자일 때에 생모 문덕황후(文德皇后, 태종의 황후)를

위해서 중창(重創)했다. 인도에서 불경을 구해온 현장(玄奘)이 여기서 역경(譯經)사업을 했고, 또 대안탑(大雁塔)을 건축했다. 최초의 대안탑은 5층이었으나 측천무후 때 10층 전탑(塼塔, 벽돌탑)으로 재건축하였고 그 높이가 60m였다. 당대(唐代)에는 매년 과거의 진사 급제자들은 관례대로 곡강연(曲江宴)을 한 뒤에 자은사에 들어가 대안탑에 오르고 그 벽에 이름을 써서 기념으로 남겼다고 한다. 지금의 대안탑은 명(明) 만력(萬曆) 연간에 재보수한 것으로 7층에 높이가 64m로 서안의 랜드마크 고적이다. 浮圖(부도) - 범어(梵語) Buddha의 음역어(音譯語)로 지금은 거의 '불(佛)'로 통일되어 사용하고 있다. 불탑은 본래 부처 몸에서 나온 '사리를 보관하기 위한 집(건축물)'이다. 이 시에 나온 '부도'를 우리나라에서는 일반적으로 '부도(浮屠)'로 표기한다. 승려 사후에 화장을 한 뒤 수습한 사리를 보관하기 위한 비교적 간단한 형태의 불탑이라 할 수 있다. 우리나라는 석탑이 많지만 중국에는 벽돌탑이 많다. 여기의 부도는 대안탑을 지칭한다.

▸塔勢如湧出(탑세여용출) : 塔 탑 탑. 불당(佛堂). 湧 샘솟을 용. 높이 우뚝 솟은 탑의 형세가 흡사 땅속에서 솟아나온 듯하다.

▸孤高聳天宮(고고용천궁) : 孤高(고고) - 오직 하나만 높다랗게. 聳 솟을 용. 天宮(천궁) - 천상의 궁전. 하늘.

▸登臨出世界(등림출세계) : 出世界(출세계) - 이 세상을 벗어난 듯하다. 불교에서는 과거, 현재, 미래를 세(世), 상하와 사방을 계(界)라 한다.

▸磴道盤虛空(등도반허공) : 磴 돌 비탈길 등. 磴道(등도) - 돌로 된 오르는 길, 탑 내부의 올라가는 돌계단. 盤 소반 반. 蟠(서릴 반, 몸을 감고 엎드린 상태)과 통함.

▸突兀壓神州(돌올압신주) : 突 갑자기 돌. 兀 우뚝할 올. 突兀(돌올) - 우뚝 솟다. 갑작스레. 壓 누를 압. 神州(신주) - 중국의 별명, 전 국토. 혹은 경도(京都)의 뜻.

▸崢嶸如鬼工(쟁영여귀공) : 崢 가파를 쟁. 嶸 가파를 영. 崢嶸(쟁영) - 세차게 높이 우뚝 서 있는 품.

▸ 四角礙白日(사각애백일) : 四角(사각) - 사방으로 뻗은 처마. 礙 거리낄 애. 가로막다. 白日(백일) - 해.

▸ 七層摩蒼穹(칠층마창궁) : 摩 갈 마. 문지르다, 만지다. 蒼 푸를 창. 穹 하늘 궁. 蒼穹(창궁) - 푸르고 창창하며 끝없이 둥근 하늘. 摩蒼穹(마창궁) - 1931년에 건축된 뉴욕의 엠파이어스테이트 빌딩(帝國大廈, 102층으로 꼭대기까지는 448m)을 마천루(摩天樓)라 번역한 뜻이 연상된다.

▸ 下窺指高鳥(하규지고조) : 窺 엿볼 규. 高鳥(고조) - 높이 나는 새.

▸ 俯聽聞驚風(부청문경풍) : 俯 구부릴 부. 驚 놀랄 경. 驚風(경풍) - 강하게 부는 바람, 거친 바람소리.

▸ 連山若波濤(연산약파도) : 連山(연산) - 이어진 산. 若 같을 약. 波 물결 파. 濤 큰 물결 도.

▸ 奔湊如朝東(분주여조동) : 奔 달릴 분. 湊 모일 주. 朝(조) - ~을 향하여, 조배(朝拜)하다.

▸ 靑槐夾馳道(청괴협치도) : 槐 홰나무 괴. 夾 낄 협. 馳 달릴 치. 馳道(치도) - 천자의 수레가 오가는 큰 길.

▸ 宮館何玲瓏(궁관하령롱) : 館 집 관. 사람이 상주하지는 않는 건물. 何(하) - 어찌. 玲 옥 소리 령. 옥이 새겨진 모양. 瓏 옥 소리 롱. 구슬처럼 아름답고 선명하다.

▸ 秋色從西來(추색종서래) : 秋色(추색) - 가을. 從 좇을 종. ~로부터.

▸ 蒼然滿關中(창연만관중) : 蒼 푸를 창. 蒼然(창연) - 아주 파란 모양, 날이 저물어 어둑어둑한 모양, 물체가 오래되어서 옛빛이 저절로 드러나는 모양. 滿關中(만관중) - 관중 땅에 가득하다. 지금의 섬서성을 관중이라 했다. 동쪽의 함곡관(函谷關), 남쪽의 무관(武關), 서쪽의 산관(散關), 북쪽의 소관(蕭關) 등 네 개의 관문으로 둘러싸여 있다.

▸ 五陵北原上(오릉북원상) : 五陵(오릉) - 장안 교외에 있는 다섯 개의 왕릉. 한 고조의 장릉(長陵), 혜제(惠帝)의 안릉(安陵), 경제(景帝)의 양릉(陽陵), 무제(武帝)의 무릉(茂陵), 소제(昭帝)의 평릉(平陵)을 말한다. 北原(북원) - 북쪽의 들판.

▸萬古靑濛濛(만고청몽몽) : 濛 가랑비 올 몽, 흐릿할 몽. 濛濛(몽몽) - 안개가 자욱한 모양, 초목이 무성한 모양. 여기서는 푸른 숲이 자욱하게 우거져 있다.

▸淨理了可悟(정리료가오) : 淨理(정리) - 불교의 정토왕생(淨土往生)의 교리. 了 마칠 료. 밝게 알다, 잘 이해하다. 悟 깨달을 오.

▸勝因夙所宗(승인숙소종) : 勝因(승인) - 좋은 결과[善果]를 얻기 위한 좋은 인연. 夙 일찍 숙. 夙所宗(숙소종) - 전부터 내가 높여 왔던 바이다.

▸誓將挂冠去(서장괘관거) : 誓 맹서할 서. 挂 걸 괘. 挂冠(괘관) - 관모를 벗어 걸다, 즉 관직에서 물러나다.

▸覺道資無窮(각도자무궁) : 資 재물 자. 바탕, 밑천. 資無窮(자무궁) - 무궁한 선과(善果)를 얻을 수 있는 바탕이라 생각하다, 바탕으로 하겠다.

詩意

자은사 대안탑에서는 곡강(曲江)의 승지(勝地)를 눈 아래 내려다보고, 남쪽으로는 종남산(終南山), 북쪽으로는 위수(渭水) 및 북원(北原)의 오릉을 바라볼 수 있다. 그래서 많은 문인들이 올라가서 저마다 시를 지었다. 두보도 <동제공등자은사탑(同諸公登慈恩寺塔)>이라는 시를 지었다. 잠삼의 시는 특히 웅장한 맛이 있다. 앞에서는 엄청나게 높은 탑의 형세를 여러 각도로 서술했고, 탑에서 내려다보는 주변의 광경을 아름답고 생동감 있게 묘사했다. 그리고 가을에 탑에 올라 추색(秋色)이 깔린 지상을 바라보며, 자신도 불교의 진리를 터득하고 벼슬을 버리고 물러나 극락왕생하겠다는 뜻을 읊었다.

026. 賊退示官吏 幷序 적이 물러난 뒤 관리에게 보여주다 (병서) ● 元結원결

(序) 癸卯歲 西原賊入道州 焚燒殺略 幾盡而去. 明年賊又攻永州破邵 不犯此州邊鄙而退. 豈力能制敵歟. 蓋蒙其傷憐而已. 諸使何爲忍苦徵斂. 故作詩一篇以示官吏.

(서) 계묘세 서원적입도주 분소살략 기진이거. 명년적우공영주파소 불범차주변비이퇴. 기력능제적여. 개몽기상련이이. 제사하위인고징렴. 고작시일편이시관리.

(서문) 계묘년에 서원(西原)의 도적떼들이 도주(道州)에 쳐들어와 불을 지르며 살인과 약탈을 자행하여 거의 모든 것을 소진(燒盡)시키고 돌아갔다. 그 다음해에는 도적들이 영주(永州)를 공격하고 소주(邵州)를 함락시켰으나 이곳은 한쪽에 치우쳤고 궁벽한 곳이라 침입하지 않고 물러났다. 그런데 그것을 어찌 우리 힘으로 적을 제압한 것이라 하겠는가? 아마도 그들이 가난한 백성들을 가엾게 생각한 그 덕분일 것이다. (그런데도) 여러 관리들이 어찌 모질게 세금을 거둘 수 있는가? 그래서 시를 한 편 지어 관리들에게 보여준다.

註釋

▸ <賊退示官吏(적퇴시관리)> : '적이 물러난 뒤 관리에게 보여주다'. 궁벽한 지방의 작은 고을 지방관으로서 부세(賦稅)를 독촉하는 중앙 관리에게 항의하는 의미를 담고 있다.

▸ 癸卯歲(계묘세) : 당 대종(唐代宗, 재위 762-779년) 광덕(廣德) 원년(763),

원결은 나이 41세로 도주자사(道州刺史, 도주는 지금의 호남성 남부, 도현道縣 일대)로 근무했다. 이때는 장안 일대를 휩쓴 안록산의 난이 끝나는 해였다.

▶ 西原賊入道州(서원적입도주) : 西原(서원) - 지금의 광서성(장족자치구壯族自治區) 부남현(扶南縣) 서남쪽. 西原賊入(서원적입) - 중국 서남쪽의 토번(吐藩)족의 침입이 있었다.

▶ 焚燒殺掠 幾盡而去(분소살략 기진이거) : 焚 불 사를 분. 燒 사를 소. 掠 노략질할 략. 殺掠(살략) - 죽이고 약탈하다. 幾 거의 기.

▶ 明年賊又攻永州破邵(명년적우공영주파소) : 다음해에는 도적들이 영주를 공격하고 소주(邵州)를 점령하다. 永州(영주) - 지금의 호남성 영릉현(靈陵縣). 邵(소) - 소주(邵州, 호남성).

▶ 不犯此州邊鄙而退(불범차주변비이퇴) : 鄙 다라울 비. 시골, 모퉁이.

▶ 豈力能制敵歟(기력능제적여) : 어찌 우리의 힘으로 적을 제압했다고 하겠는가? 歟 어조사 여. 의문, 감탄, 추정의 뜻을 나타내는 종결어미.

▶ 蓋蒙其傷憐而已(개몽기상련이이) : 蓋(개) - 결국, 아마. 蒙 입을 몽. 덕분이다. 憐 불쌍히 여길 련. 而已(이이) - 오직 ~일 뿐이다.

▶ 諸使何爲忍苦徵斂(제사하위인고징렴) : 諸使(제사) - 여러 관리. 중앙에서 지방에 파견되어 독촉하는 세리(稅吏, 조용사租庸使). 忍苦(인고) - 아픔을 참고, 즉 백성의 고통을 모른 척하고, 무참하게.

▶ 故作詩一篇以示官吏(고작시일편이시관리) : 官吏(관리) - 중앙에서 파견된 관리.

석년봉태평 산림이십년
昔年逢太平 山林二十年

천원재정호 동학당문전
泉源在庭戶 洞壑當門前

정세유상기 일안유득면
井稅有常期 日晏猶得眠

홀 연 조 세 변　수 세 친 융 전
忽然遭世變　數歲親戎旃

금 래 전 사 군　산 이 우 분 연
今來典斯郡　山夷又紛然

성 소 적 부 도　인 빈 상 가 련
城小賊不屠　人貧傷可憐

시 이 함 린 경　차 주 독 견 전
是以陷隣境　此州獨見全

사 신 장 왕 명　기 불 여 적 언
使臣將王命　豈不如賊焉

금 피 징 렴 자　박 지 여 화 전
今彼徵斂者　迫之如火煎

수 능 절 인 명　이 작 시 세 현
誰能絶人命　以作時世賢

사 욕 위 부 절　인 간 자 척 선
思欲委符節　引竿自刺船

장 가 취 어 맥　귀 로 강 호 변
將家就魚麥　歸老江湖邊

예전 태평세월을 만나서는
산수에 이십여 년 은거하였다.
샘물이 뜰 안에 있고
골짝은 문 앞에 이어졌다.
조세도 정해진 때에 내면서
해가 높이 뜰 때까지 잠도 잤다.
갑자기 세상이 변란을 만났기에
여러 해 싸움터에 나가도 보았다.

지금 이 고을을 다스리는데
산간 오랑캐가 또 분란을 일으켰다.
작은 고을이라 적도 침입 아니했는데
백성이 가난해 불쌍타 생각했으리라.
이에 이웃 지방이 약탈당해도
이 고을은 홀로 온전했다.
사신은 왕명을 받아 행한다는데
어찌 산적만도 못할 수 있으랴?
지금 저 세금 걷는 관리들은
백성을 불에 볶듯 몰아댄다.
누가 백성들을 죽여가면서
어찌 어진 관리라 하리오?
생각으론 부절을 내버리고
장대 당겨 내 배를 저으리라.
거느린 식솔과 고기 잡고 농사하며
강호를 거닐며 늙은 여생 살리라.

作者 원결(元結, 723-772) - 선정(善政)을 베푼 지방관

자(字)는 차산(次山), 호는 만수(漫叟) 또는 의간자(猗玗子)라 했다. 31세인 천보 12년에 진사가 되었고 안사의 난 중에 사사명(史思明)이 낙양을 함락하자 장안에 가서 숙종을 알현하였다. 우금오위병조참군(右金吾衛兵曹參軍)이 되어 반란군과 싸웠으며 761년에는 산남도절도사참모(山南道節度使參謀)에 임명되어 적의 진공을 막아내며 15개 주군을 지켜냈다. 대종(代宗)이 즉위한(763년) 뒤에는 저작랑(著作郎)이 되었다가 도주자사로 나가 백성들의 부세를 경감하고 요역(徭役)을 줄여주는 선정을 베풀었다.
《당시삼백수》에는 이 시와 <석어호상취가(石魚湖上醉歌)>가 수록되어 있다. 문집으로 《원차산집(元次山集)》이 있다.

註釋

▸ 昔年逢太平(석년봉태평) : 昔年(석년) - 옛날. 逢 만날 봉. 逢太平(봉태평) - 당 초기에는 태평성세를 누렸다. 여기서는 주로 현종 초기를 말한다.

▸ 山林二十年(산림이십년) : 山林(산림) - 은자가 사는 곳. 이 경우 '수풀'이란 뜻으로 해석할 수 없다. 벼슬하지 않고 한가하게 초야에 있었다는 뜻. 작자는 일찍이 번산(樊山, 호북성 악성현鄂城縣 동쪽)에 은거(隱居)했다.

▸ 泉源在庭戶(천원재정호) : 泉源(천원) - 샘. 庭戶(정호) - 뜰. 뜰 안에 샘이 있다. '샘을 파서 물마시고 ~' 하는 식의 자족생활을 상징.

▸ 洞壑當門前(동학당문전) : 洞 골짜기 동. 壑 골짜기 학. 洞壑(동학) - 시내가 흐르는 골짜기. 한가히 노닐 수 있는 곳. '마음의 자유'를 상징. 當門前(당문전) - 대문 앞에 이어져 있다. 이 두 구절은 은자의 생활이 여유가 있었다. 곧 백성은 나라의 간섭만 없다면 행복할 수 있다는 의미일 것이다.

▸ 井稅有常期(정세유상기) : 井稅(정세) - 전조(田租, 토지세). 주대(周代)의 토지제도로 정전법(井田法)이 있었는데 900무(畝)의 전답을 정(井)자 모양으로 9등분하고 주변의 여덟 개를 사전(私田)으로 농민 개인에게 지급하고, 중앙의 공전(公田)은 공동으로 경작하여 조세로 바치게 했다. 당대에 그러한 토지제도가 운영되지는 않았다. 여기서는 토지에 대한 세금의 뜻. 有常期(유상기) - 일정한 기한이 있다.

▸ 日晏猶得眠(일안유득면) : 晏 늦을 안. 日晏(일안) - 해가 높이 떠오른 뒤. 猶得眠(유득면) - 여전히 잠을 잘 수 있다, 생활에 쫓기지 않았다.

▸ 忽然遭世變(홀연조세변) : 忽然(홀연) - 돌연과 같음. 遭(조) - 만나다, 재난을 당하다. 世變(세변) - 세상의 변란(變亂). 안사(安史, 안록산과 그의 부장 사사명)의 난(755-763년).

▸ 數歲親戎旃(수세친융전) : 戎 군사 융. 무기, 서쪽 이민족. 旃 깃발 전. 戎旃(융전) – 군중의 깃발. 반란 진압에 참여했다는 뜻. 원결은 숙종 건원(乾元) 2년(759) 겨울에 산남동도절도사(山南東道節度使) 사홰(史翽)의 참모가 되어 사사명의 반란군과 싸우기도 했다.

▸ 今來典斯郡(금래전사군) : 典 법 전. 여기서는 다스리다. 斯郡(사군) – 이 군(郡), 곧 도주(道州).

▸ 山夷又紛然(산이우분연) : 山夷(산이) – 산적. 서문에서 말한 서원(西原)의 적도(賊徒), 토번족. 又紛然(우분연) – 또 분란을 일으켰다.

▸ 城小賊不屠(성소적부도) : 屠 잡을 도. 살육(殺戮), 도륙(屠戮)하다. 賊不屠(적부도) – 적들이 침입하지 않았다.

▸ 人貧傷可憐(인빈상가련) : 傷 다칠 상. 생각하다[思也], 걱정하다, 마음 아프게 여기다. 憐 불쌍히 여길 련.

▸ 是以陷隣境(시이함린경) : 陷 빠질 함. 함락시키다. 隣境(인경) – 이웃의 지경(地境). 영주(永州), 소주(邵州) 등의 주군(州郡).

▸ 此州獨見全(차주독견전) : 此州(차주) – 원결이 다스리는 도주. 獨(독) – 홀로. 見全(견전) – 보전할 수 있었다. 견(見)은 피동의 뜻을 나타낸다.

▸ 使臣將王命(사신장왕명) : 使臣(사신) – 세수(稅收, 징세)를 독려하러 지방관아에 파견된 관리. 將(장) – 여기서는 받들다, 실행하다. 王命(왕명) – 황제의 명령, 나라의 법.

▸ 豈不如賊焉(기불여적언) : 어찌 도적과 같지 않겠는가? 焉 어조사 언. 여기서는 의문종결어미로 쓰였다.

▸ 今彼徵斂者(금피징렴자) : 彼 저 피. 저쪽. 徵 부를 징. 斂 거둘 렴. 徵斂者(징렴자) – 각종 세금을 거두는 자, 관리.

▸ 迫之如火煎(박지여화전) : 迫 닥칠 박. 다그치다. 之(지) – 여기서는 농민, 백성. 煎 달일 전. 火煎(화전) – 불에 볶다.

▸ 誰能絶人命(수능절인명) : 誰 누구 수. 絶人命(절인명) – 사람의 명을 끊다, 농민을 죽게 하다.

▸ 以作時世賢(이작시세현) : 그때의 세인(世人)에게 현자가 되다.

▸思欲委符節(사욕위부절) : 委(위) – 버리다. 符 부신(符信) 부. 할부(割符)는 두 개로 쪼갠 것을 맞추어 증거로 삼던 신표(信標). 부적. 符節(부절) – 관리들이 지닌 옥이나 대나무로 만든 일종의 증명. 신표(信標).

▸引竿自刺船(인간자척선) : 竿 장대 간. 여기서는 배를 젓는 노. 刺 찌를 자·척. 가시, 배를 젓다. 自刺船(자척선) – 스스로 배를 젓다.

▸將家就魚麥(장가취어맥) : 將家(장가) – 가솔(家率)을 데리고 다니다. 就 이룰 취. 나아가다. 麥 보리 맥. 魚麥(어맥) – 고기를 잡거나 농사를 짓다.

▸歸老江湖邊(귀로강호변) : 歸老(귀로) – 늙어가다.

詩意

시에서는 이른바 왕명을 받고 백성들로부터 세금을 거두려고 극성을 부리는 관리들을 혹독하게 꾸짖고 있다. 특히 궁핍한 고을 사람들을 불쌍히 생각하여 노략질을 하지 않는 '이민족의 도적만도 못한 자들'이라고 신랄하게 욕하고 있다. 결국 그는 왕도덕치(王道德治)와 거리가 먼 포학무도한 벼슬살이를 포기하고 강호에 은퇴하리라고 다짐을 한다. 인애(仁愛)를 실천하려는 군자의 기상이 넘치는 시다.

이 시 이외에도 원결은 궁핍한 백성들을 연민하고, 반대로 가혹한 지방의 벼슬아치들을 힐난하는 시를 썼다. 그러므로 그 정신이 두보나 백거이의 사회시와 통한다. 그러나 다른 시들은 대체로 평범하다.

당(唐) 안진경(顔眞卿)이 찬한 <원차산묘비명(元次山墓碑銘)>에는 '도주자사가 되었다. 그 고을이 서원의 적도에게 함락되었으며 모든 사람이 학살되었으며, 살아남은 호구가 천여 호 정도였다. 공은 수레를 타지 않고, 옛날의 덕정을 폈다. 이에 백성들이 귀의하고 2년 만에 만여 호구로 증가했다. 적도들도 그를 두렵게 여겼다.'라고 기록하였다.

또 송(宋) 갈입방(葛立方)은 <운어양추(韻語陽秋)>에서 '원결이 도주를 다스렸을 때, 병란 후라 세금 징수가 빈번하고 무거워 백성들이 힘겨워했다. 이에 원결이 <용릉행(舂陵行)>을 지었다. 원결은 백성들의 곤궁이 심하므로 과중한 징수를 원치 않았고, 조정에 조세 및 기타 잡물 13만 민(緡, 돈꿰미)의 감면과 면제를 상주했다.'고 하였다.

두보는 원결의 <용릉행>과 <적퇴시관리(賊退示官吏)>를 높이 칭찬하며 말했다. '두 시는 서로 대가 되는 추수(秋水)와 같이 맑은 시다. 또 모든 글자가 별처럼 빛난다. 임금으로 하여금 요순(堯舜)과 같은 경지에 이르게 하려는 충성과, 순박하게 나라를 생각하는 뜻이 담겨져 있다.(杜子美褒揚元結舂陵行及賊退示官吏二詩云 兩章對秋水 一字偕華星 致君唐虞之際 淳朴憶大庭)'

그리고 남송(南宋)의 명신으로 《용재수필(容齋隨筆)》과 《이견지(夷堅志)》의 저자인 홍매(洪邁, 1123-1202)는 《용재수필》에서 원결이 도주자사로 있을 때 임금에게 올린 사표(謝表)의 일부를 소개하면서 다음과 같이 말했다.

'원결의 표문(表文)을 보면 임금에게 사은하면서도, 백성들이 궁핍하고 관리들이 악한 것을 지극한 필치로 논하였고, 황제에게 좋은 관리를 엄선할 것을 간언했다.'

027. 郡齋雨中與諸文士燕集(군재우중여제문사연집) 관저에서 우중에 여러 문사와 술을 마시며 ● 韋應物위응물

병위삼화극 연침응청향
兵衛森畫戟 燕寢凝清香

해상풍우지 소요지각량
海上風雨至 逍遙池閣涼

번아근소산 가빈부만당
煩疴近消散 嘉賓復滿堂

자참거처숭 미도사민강
自慚居處崇 未睹斯民康

이회시비견 성달형적망
理會是非遣 性達形迹忘

선비속시금 소과행견상
鮮肥屬時禁 蔬果幸見嘗

부음일배주 앙령금옥장
俯飲一杯酒 仰聆金玉章

신환체자경 의욕능풍상
神歡體自輕 意欲凌風翔

오중성문사 군언금왕양
吳中盛文史 羣彥今汪洋

방지대번지 기왈재부강
方知大藩地 豈曰財賦強

호위 병사들의 엄한 화극 속에
잔칫자리에는 맑은 향기 어렸다.
바다에서 비바람이 불어오니
걸어가는 못가의 누각이 시원하다.
괴롭던 신병도 요사이 나았으며
귀빈들은 당상에 가득히 모였도다.
나 스스로 높은 자리가 부끄럽고
이 백성들 편한 살림 아직 못 보았도다.
사는 이치 깨닫고 시비를 초월하고
마음 넓고 속세명리 잊었어라.
생선 육류를 못 먹는 시절이나
채소 과실은 다행히 먹을 만하다.
고개 숙여 술 한 잔 마시고
고개 들고 금옥 같은 시구를 듣는다.
마음이 즐거우니 육신도 가벼운 듯
생각도 바람타고 하늘에 오를 듯하다.
오중吳中은 문사文史가 융성한 곳이니
수많은 문사文士가 바다인양 넘친다.
이곳이 큰 고을인 줄 알지만
어찌 재물만 풍성한 곳이리오?

作者 위응물(韋應物, 737-792?) - 왕유(王維)와 비슷한 시풍

측천무후 때 재상이었던 위영의(韋令儀)의 손자이다. 현종 천보 연간(750)에 음보(蔭補)로 벼슬길에 들어선 뒤 백성들을 괴롭혀 원성을 듣기도 했다. 안사의 난 뒤에 실직했으나 이후 착실하게 독서를 하여 대종(代宗)이 즉위

하자(763) 낙양승(洛陽丞)이 되었다. 이후 저주자사(滁州刺史)를 거쳐, 덕종(德宗) 정원(貞元) 원년(785)에 강주(江州)자사로 좌천되었다가 정원 6년에 소주(蘇州)자사를 그만두고, 소주 성 외곽의 영정사(永定寺)에 거주하다가 그곳에서 죽었다. '위강주(韋江州)', '위소주(韋蘇州)'로 불리는데 시풍은 왕유와 가깝고, 언사(言辭)가 간결하며 산수의 경관을 읊은 시가 많다.

註釋

▶ <郡齋雨中與諸文士燕集(군재우중여제문사연집)>: '관저에서 우중에 여러 문사와 술을 마시며'. 위응물은 당 덕종(德宗, 재위 779-805) 정원(貞元) 2년(786)에 소주자사로 있었으며, 관저에서 소주의 문인들과 주연을 열었다. 郡齋(군재) - 고을의 관아, 관저.

▶ 兵衛森畫戟(병위삼화극) : 衛 지킬 위. 森 나무 빽빽할 삼. 삼엄하다. 畫 그림 화. 戟 창 극. 긴 자루에 과(戈, 창), 모(矛, 창), 월(鉞, 도끼)이 혼합된 무기로 갈고리처럼 당기고, 찌르고, 베고, 찍어 당길 수 있는 역할을 하는 무기. 여포의 무기는 방천화극(方天畫戟)이었다. 여기서는 의장용으로 색칠을 한 극이다.

▶ 燕寢凝清香(연침응청향) : 燕 제비 연. 잔치, 편안한. 寢 잠잘 침. 燕寢(연침) - 편안한 잠자리, 관저의 안채, 잔치가 열린 자리. 연(燕)을 宴(연)으로 쓴 판본도 있다. 凝 엉길 응.

▶ 海上風雨至(해상풍우지) : 海上(해상) - 서쪽에 있는 소주는 해변 도시는 아니지만 바다에서 가까운 내륙이다.

▶ 逍遙池閣涼(소요지각량) : 逍 거닐 소. 遙 멀 요. 거닐다. 逍遙(소요) - 마음 내키는 대로 거닐다. 자유에 초점이 맞춰진 동작을 의미한다. 池閣(지각) - 못가의 정자. 涼 서늘할 량. 청량하다.

▶ 煩痾近消散(번아근소산) : 煩 괴로워할 번. 痾 병 아. 煩痾(번아) - 신경이 쓰이는, 자질구레한 신병 또는 번민. 消 사라질 소. 散 흩어질 산.

▶ 嘉賓復滿堂(가빈부만당) : 嘉 아름다울 가.

▸ 自慚居處崇(자참거처숭) : 慚 부끄러울 참. 居(거) - 지위를 누리다. 崇 높을 숭. 居處崇(거처숭) - 자사(刺史)라는 높은 지위. 여러 손님을 모시고 주인으로 상석에 앉는 것이 내심으로 좀 부끄럽다.

▸ 未睹斯民康(미도사민강) : 睹 볼 도. 斯民(사민) - 소주(蘇州)의 백성. 康(강) - 강락(康樂), 편안하다.

▸ 理會是非遣(이회시비견) : 理會(이회) - 사물의 도리를 이해하고 터득하다. 회(會)는 알다, 체득하다, 잘 알다. 遣 보낼 견. 버리다, 초월하다.

▸ 性達形迹忘(성달형적망) : 性達(성달) - 성정이 활달하다, 속이 좁지 않다. 形迹(형적) - 외형적인 형상, 육신만을 위하는 명리. 명리를 초월하다. 위의 구와 대구이지만 자화자찬(自畵自讚) 같다. 즉 명리를 망각한다는 뜻.

▸ 鮮肥屬時禁(선비속시금) : 鮮肥(선비) - 선어(鮮魚, 생선)와 비육(肥肉, 육류). 屬時禁(속시금) - 여름 삼복중에는 먹지 않는 것이 좋다.

▸ 蔬果幸見嘗(소과행견상): 蔬 푸성귀 소. 채소. 果(과) - 과일. 嘗 맛볼 상. 먹을 수 있다.

▸ 俯飮一杯酒(부음일배주) : 俯(부) - 다음 구의 앙(仰)의 상대어. 약간 고개를 숙인다는 의미.

▸ 仰聆金玉章(앙령금옥장) : 仰(앙) - 고개를 들다. 聆 들을 령. 청(聽)과 같음. 金玉章(금옥장) - 여러 문사들이 지은 훌륭한 시문.

▸ 神歡體自輕(신환체자경) : 마음이 즐거우니 몸이 경쾌하다.

▸ 意欲凌風翔(의욕능풍상) : 凌 능가할 능. 凌風(능풍) - 바람을 타고. 翔 빙빙 돌아 날 상. 높이 날다.

▸ 吳中盛文史(오중성문사) : 吳中(오중) - 소주는 춘추시대 오(吳) 땅. 소주 일대. 文史(문사) - 문학, 문장.

▸ 羣彦今汪洋(군언금왕양) : 彦 선비 언. 재덕(才德)을 겸비한 선비. 汪 넓을 왕. 汪洋(왕양) - 사람이 아주 많은 모양.

▸ 方知大藩地(방지대번지) : 藩 덮을 번, 울타리 번. 藩地(번지) - 번주(藩主)의 나라. 나라에 중요한 지방.

▸ 豈曰財賦强(기왈재부강) : 財賦(재부) - 재물과 공부(貢賦). 세금과 공물. 이 마지막 2연 4구는 아마도 소주의 문사 중 누군가가 첨부했을 것이라는 주장이 설득력 있다.

詩意

시 전체를 4단으로 나눌 수 있다.
1단에서는 잔치를 벌이는 관아의 정경을 그렸다.
2단에서는 손님을 초대했으나, 자사로서 백성을 안락하게 하지 못해서 부끄럽다고 자괴(自愧)하고 겸손해했다.
3단에서는 술 마시며 문사들의 뛰어난 시문을 경청하는 정경을 노래했고, 4단에서는 소주가 경제적으로만 발달한 곳이 아니라 유명한 문인이 많음을 자랑했다.
이 시에는 잘 짜인 대구가 많으며, 특히 수련(首聯)의 '병위삼화극 연침응청향(兵衛森畵戟 燕寢凝清香)'은 후세에 칭송되는 시구이다.
송(宋) 계민부(計敏夫)는 《당시기사(唐詩紀事)》에서 '위응물은 성품이 고결하고, 거처하는 곳을 청결하게 소제하고 향을 피우고 조용히 앉아 있곤 했다(應物性高潔 所在焚香掃地而坐). 이때 고황(顧況), 유장경(劉長卿), 구단(丘丹), 진계(秦系), 교연(皎然) 등이 모였을 것이다.'라고 기록했다.
명(明) 양신(楊愼, 1488-1559, 호 승암升庵)은 《승암시화(升庵詩話)》에서 '병위삼화극 연침응청향(兵衛森畵戟 燕寢凝清香)과 해상풍우지 소요지각량(海上風雨至 逍遙池閣凉)은 일대의 절창이다. 나는 이 시를 읽고 결구(結句)인 오중성문사 군언금왕양(吳中盛文史 羣彦今汪洋), 방지대번지 기왈재부강(方知大藩地 豈曰財賦强)에 대해서 몹시 불만스럽게 생각했다. 그러다가 뒤늦게 송인(宋人) 여택(麗澤)이 편(篇)한 글에 그 결구 네 구절이 없는 것을 보고, 그간의 의구심을 풀 수 있었다.'라고 하였다. (원시에서 결구 네 구가 없으면 좋겠다는 뜻)

028. 初發揚子寄元大校書(초발양자기원대교서) 양자 나루를 막 떠나며 교서랑 원대에게 주는 글 ● 韋應物위응물

凄凄去親愛(처처거친애) 泛泛入煙霧(범범입연무)

歸棹洛陽人(귀도낙양인) 殘鐘廣陵樹(잔종광릉수)

今朝爲此別(금조위차별) 何處還相遇(하처환상우)

世事波上舟(세사파상주) 沿洄安得住(연회안득주)

처량히도 친애하는 사람을 떠나
출렁이며 짙은 안개 속을 간다.
떠나는 배에는 낙양 나그네
종소린 광릉의 숲에 스러진다.
오늘 아침 이리 헤어지면
어디서 다시 서로 만나겠는가?
세상사 물결에 뜬 배 같으니
내리든 오르든 어찌 멈추겠는가?

註釋

▶ <初發揚子寄元大校書(초발양자기원대교서)> : '양자 나루를 막 떠나며 교서랑 원대에게 주는 글'. 동사 앞에 붙은 초(初)는 '~하자마자'의 뜻. 揚 오를 양. 揚子(양자) - 양주(揚州, 지금의 강소성 양주시)와 진강(鎭江, 진강시) 사이의 장강을 특히 양자강이라고 불렀다. 元大(원대) - 원씨 집안의 큰아들. 맏이. 校書(교서) - 교서랑. 궁중의 비서로 칙명이나 문서, 저술의 교감(校勘, 교정)을 담당했다.

▶ 悽悽去親愛(처처거친애) : 悽 슬퍼할 처. 悽悽(처처) - 서글프고 처량한 심정. 親愛(친애) - 가까이하고 아끼는 사람.

▶ 泛泛入煙霧(범범입연무) : 泛 뜰 범. 泛泛(범범) - 배가 출렁출렁 흔들리는 모양. 煙霧(연무) - 짙은 안개. 지금은 스모그란 뜻으로도 쓰인다. 위 구절은 우인(友人)과의 아픈 이별. 그리고 대구로서 이 구절은 짙게 깔린 강상(江上)의 안개로 떠나는 이의 참담한 심경을 대신했다.

▶ 歸棹洛陽人(귀도낙양인) : 棹 노 도. 배. 歸棹(귀도) - 돌아가는 배. 운하를 이용하여 낙양으로 가는 배. 위응물 자신이 타고 있다. 洛陽(낙양) - 당나라의 동도(東都).

▶ 殘鐘廣陵樹(잔종광릉수) : 殘鐘(잔종) - 종소리의 여운. 廣陵(광릉) - 강도(江都, 양자강과 대운하의 합류 지점). 위응물의 벗 원 교서랑이 남아 있는 곳.

▶ 今朝爲此別(금조위차별) : 此別(차별) - 이번의 이별.

▶ 何處還相遇(하처환상우) : 遇 만날 우.

▶ 世事波上舟(세사파상주) : 波 물결 파. 波上舟(파상주) - 물결 위의 배. 위험하다는 뜻과 함께 자신의 마음대로 되지 않는다는 뜻을 포함한다.

▶ 沿洄安得住(연회안득주) : 沿 따를 연. 강물을 따라 흘러 내려가다. 洄 물을 거슬러 올라갈 회. 安(안) - 어찌. 의문부사. 住(주) - 여기서는 '멈춰 서다'. 安得住(안득주) - 어찌 멈춰 있겠는가? 마음대로 안주할 수 있는가? 그렇지 못하다는 의미.

詩意

벗과 이별을 하면서 파도에 나부끼는 배처럼 변화무상한 인생살이를 언급한 시이다.

1연의 '처처거친애 범범입연무(悽悽去親愛 泛泛入煙霧)'의 대구에서 시인은 이별의 처연한 심정과 안개 속으로 떠나가는 배를 빌려 이별의 아쉬움을 토로하고 있다. 2연의 '귀도낙양인 잔종광릉수(歸棹洛陽人 殘鐘廣陵樹)'는 숲에서 들려오는 종의 여운마저 멀어진다고 했으니 이 또한 아쉬움의 또 다른 발현이라 할 수 있다.

3연의 '하처환상우(何處還相遇)'는 1연의 '범범입연무(泛泛入煙霧)'를 받는다. 4연의 '세사파상주 연회안득주(世事波上舟 沿洄安得住)'는 1연의 '처처거친애'를 구체적으로 묘사했다.

029. 寄全椒山中道士 전초산의 도사에게 보내다

(기전초산중도사)

韋應物 위응물

今朝郡齋冷　忽念山中客
(금조군재랭　홀념산중객)

澗底束荊薪　歸來煮白石
(간저속형신　귀래자백석)

欲持一瓢酒　遠慰風雨夕
(욕지일표주　원위풍우석)

落葉滿空山　何處尋行迹
(낙엽만공산　하처심행적)

오늘 아침 관아가 썰렁하여

홀연 산속 도사가 보고 싶었다.

계곡 아래에서 잡목을 주워다가

돌아와 백석을 삶고 있으리라.

바라건대 술 한 바가지 들고 가서

멀리 가 비바람 치는 밤을 새련다.

낙엽이 공산에 가득할 텐데

어디서 그 행적을 찾겠는가?

註釋

▸ <寄全椒山中道士(기전초산중도사)> : '전초산의 도사에게 보내다'. 위응물은 덕종(德宗) 건중(建中) 2년(781)에 저주(滁州)의 자사였다. 椒 산나무 초. 全椒(전초) - 지명. 저주의 전초현에 있는 산. '전초현에 신산이 있고 동굴이 깊고 경관이 그윽하고 아름답다.(縣有神山 有洞極深 景物幽邃)'고 하였다.

▸ 今朝郡齋冷(금조군재랭) : 郡齋(군재) - 군 관아의 숙소. 당대에는 주(州)를 군(郡)이라고도 했다.

▸ 忽念山中客(홀념산중객) : 忽(홀) - 갑자기, 돌연. 山中客(산중객) - 전초산중의 도사.

▸ 澗底束荊薪(간저속형신) : 澗 계곡의 시내 간. 底 밑 저. 澗底(간저) - 계곡 아래에서. 束(속) - 묶다. 荊 가시나무 형. 薪 땔나무 신. 荊薪(형신) - 잡목, 땔나무.

▸ 歸來煮白石(귀래자백석) : 煮 삶을 자. 煮白石(자백석) - 흰 돌[白石]을 물에 넣고 끓이다. 신선처럼 살다. 중국 신선들의 일반적인 특성은 인간과 달리 양식 걱정을 하지 않고 병에 걸리지도, 또 죽지도 않는다. 그리고 자신의 형체를 마음대로 바꿀 수 있다는 특성을 가지고 있다. 흰 돌을 끓여 먹는다는 이야기는 '신선의 이야기' 곧 선화(仙話)에 나오는 단골

<기전초산중도사(寄全椒山中道士)> 시의도(詩意圖)

소재이다. 《신선전》에 실려 있는 백석생(白石生)의 이야기는 대략 다음과 같다. '백석생은 중황장인(中黃丈人)이라고도 부르는 황제(黃帝) 때 사람이다. 신선이 되었으나 승천(昇天)하지 않았다. 그는 다만 장생을 귀하게 여겼고 금액(金液)을 가장 좋은 선약이라 생각했다. … 백석을 삶아 양식으로 대신했기에, 또 백석산에 들어가 수련했기 때문에 백석선생이라고 불렀다. 그는 때때로 말린 고기인 포(脯)를 먹었고 때로는 벽곡(辟穀)을 했다. 하루에 3, 4백리를 갈 수 있었고 얼굴은 약 서른 살 정도의 젊은이 같았다고 한다. 2천 년을 넘게 살았다고 하는 백석생에게 신선이면서 왜 승천하지 않느냐고 물었더니 "천상이 인간세계만큼 즐겁지 않다"고 말했다고 한다.'

▸ 欲持一瓢酒(욕지일표주) : 瓢 바가지 표.

▸ 遠慰風雨夕(원위풍우석) : 風雨夕(풍우석) - 바람 불고 비가 오는 추운 밤.

▶ 落葉滿空山(낙엽만공산) : 空山(공산) - 사람이 거의 살지 않는 산.

▶ 何處尋行迹(하처심행적) : 尋 찾을 심. 迹 자취 적. 이 마지막 4연은 인구에 회자하는 명구이다.

詩意

'관아가 유난히 싸늘하고, 홀연히 산속에 사는 도사 생각이 난다'고 한 말은 곧 '복잡한 벼슬살이에 시달린 그가 홀연히 은퇴하고 싶다'는 뜻이다. 그러나 속세를 떠나 숨어사는 도사를 어디에 가서 찾으랴? 자기와 도사의 간격이 너무나 먼 것을 새삼 느끼고 있다.

1, 2연은 산중의 도사를 생각하는 시인의 심경을 묘사하였다.

3, 4연은 은자의 생활을 동경하는 시인의 마음을 읊었다.

030. 長安遇馮著(장안우풍저) 장안에서 풍저를 만나다

韋應物위응물

객종동방래　의상파릉우
客從東方來　衣上灞陵雨

문객하위래　채산인매부
問客何爲來　采山因買斧

명명화정개　양양연신유
冥冥花正開　颺颺燕新乳

작별금이춘　빈사생기루
昨別今已春　鬢絲生幾縷

길손은 동쪽에서 왔으니
옷이 파릉의 비에 젖었구려.
객은 무슨 일로 왔나 물으니
나무 찍을 도끼 사러 왔다네.
꽃이 한창 피었었고
나는 제비는 새끼를 키웠었네.
전번 헤어지고 지금 또 봄이니
귀밑머리에 몇 가닥 실이 생겼네!

註釋

▶ <長安遇馮著(장안우풍저)> : '장안에서 풍저를 만나다'. 遇 만날 우. 우연히 만나다. 馮 성씨 풍, 탈 빙. 馮著(풍저) – 《전당시》 주(註)에 '광주(廣州)의 녹사(錄事)를 지냈다'고 했다. 위응물의 벗으로 당시는 은퇴하고 산중에 살고 있었다. 위응물은 풍저를 위해 몇 편의 시를 지었다.

▶ 客從東方來(객종동방래) : 길손은 동쪽에서 오셨으니. 從 좇을 종. ~을 따르다, ~로부터(장소, 시간의 출발점을 나타냄).

▶ 衣上灞陵雨(의상파릉우) : 灞 강 이름 파. 灞陵(파릉) – 파수의 주변 땅, 장안 동쪽의 지명. 한 무제(漢武帝)의 능인 무릉(茂陵)이 이곳에 있다.

▶ 問客何爲來(문객하위래) : 何爲(하위) – 무엇을 하려고, 어째서, 왜, (따지는 말투로) 무얼 하느냐?

▶ 采山因買斧(채산인매부) : 采 캘 채. 採(채)와 같음. 采山(채산) – 산에서 나무를 베고 자르려고, 산지를 개간하다. 因 인할 인. (전례를) 따르다, 이유, 근거하다, ~ 때문에, ~한 까닭으로, ~을 거쳐서. 斧 도끼 부.

▶ 冥冥花正開(명명화정개) : 冥 어두울 명. 冥冥(명명) – 무성한 모양. 正(정) – 마침, 꼭, 바로, 한창, 바야흐로. 부사로 쓰임. 동작이나 상태의 지속을 의미.

▶ 颺颺燕新乳(양양연신유) : 颺 날릴 양. 颺颺(양양) – 바람에 날리는 모양.

燕 제비 연. 乳 젖 유. 새나 짐승의 새끼, 아이를 낳다, 젖을 먹이다, 기르다. 이 두 구절은 작년에 만났을 때의 정경을 묘사하였다.

▸昨別今已春(작별금이춘) : 昨 어제 작. 앞서. 다시 봄이니 1년이 지났다.

▸鬢絲生幾縷(빈사생기루) : 鬢 귀밑머리 빈. 縷 실 루. 흰 머리.

詩意

문답체로 된 오언고시이다. 장안에서 우연히 친구를 만났다. 그 친구는 장안 동쪽 파릉에서 소나기를 맞고 왔을 것이다. 그의 옷이 아직도 빗물에 젖어 있다. 그 친구에게 '어떻게 왔느냐?'고 물으니, '산에 살면서 나무를 자른다. 그러므로 도끼를 사러 왔다'고 대답했다. '명명화정개 양양연신유(冥冥花正開 颺颺燕新乳)'는 '서로 이별한 때'를 설명한다. 즉 우리가 작별한 때도 생명이 넘치는 봄철이었다. 그리고 또 봄에 만났다. 그런데, 전보다 백발이 더 많아졌다. 피차 늙어가는 인생의 덧없음을 한탄하는 시다.

031. 夕次盱眙縣(석차우이현) 저녁에 우이현에 묵다 ● 韋應物 위응물

落帆逗淮鎭(낙범두회진)　停舫臨孤驛(정방임고역)

浩浩風起波(호호풍기파)　冥冥日沈夕(명명일침석)

人歸山郭暗(인귀산곽암)　雁下蘆洲白(안하노주백)

獨夜憶秦關(독야억진관)　聽鐘未眠客(청종미면객)

외로운 돛배 회수 마을에 머물러
배를 멈추고 외진 역참에 들었다.
넓은 수면에 바람이 물결을 치고
어슴푸레 해가 넘어간 저녁이다.
사람 돌아오자 산은 어둠에 묻히고
기러기 내린 갈대밭은 희끗희끗하다.
홀로 새는 밤에 고향을 그리다가
종소리 들으며 잠 못 드는 나그네로다.

註釋

▸ <夕次盱眙縣(석차우이현)> : '저녁에 우이현에 묵다'. 次(차) – 숙박하다, 배를 대고 숙박하다. 盱眙縣(우이현) – 지금의 강소성 서부의 우이현. 북으로는 홍택호(洪澤湖)가 있음. 안휘성과 인접. 盱 쳐다볼 우. 吁(클 우), 盰(눈 부릅뜰 간)과 혼동하기 쉬운 글자. 眙 땅이름 이.

▸ 落帆逗淮鎭(낙범두회진) : 帆 돛 범. 逗 머무를 두. 두류(逗留). 鎭(진) – 본래는 군부대 주둔지의 의미. 지금은 현(縣) 관할하의 행정단위. 지금의 중국의 현은 우리나라 군보다 면적이나 인구가 비교가 안 될 정도로 많다. 지금의 강소성 회안시(淮安市) 관할 우이현은 인구가 75만 명 정도이다. 현 아래 향(鄕)은 우리나라의 농촌 마을 중심의 면 단위, 진(鎭)은 도시 형태가 갖추어지고 상공업이 주가 되는 읍 단위라 생각하면 된다. 淮鎭(회진) – 회수(淮水)의 어떤 진. 회하진(淮河鎭)이라는 실명도 있음.

▸ 停舫臨孤驛(정방임고역) : 停 머무를 정. 舫 배 방. 驛(역) – 역참(驛站). 고대에 군사정보를 전달하는 관리의 숙식을 제공하거나 환마(換馬)하는 곳. 당대에는 전국에 1650개의 역참이 있었다. 중앙은 병부의 가부낭중(駕部郎中)이 총괄했고 지방은 절도사가 관할하거나 또는 현령이 관내의 역참을 관리했다. 안록산의 난 때 안록산이 범양(范陽, 지금의 북경 인근 보정시保定市 일대)에서 기병(起兵)한 사실은 역참을 통해 3천 리 떨어진

장안에 6일 만에 전해졌다고 한다.(지금의 북경에서 서안까지 6일 소요되었다는 의미)

- 浩浩風起波(호호풍기파) : 浩 클 호. 물이 아주 넓게 퍼져 흐르는 모양. 浩浩(호호) - 광활(廣闊)하다, 끝없이 넓다.
- 冥冥日沈夕(명명일침석) : 冥 어둘 명. 冥冥(명명) - 어둡고 캄캄하다. 沈 가라앉을 침. 빠지다, 물에 잠기다.
- 人歸山郭暗(인귀산곽암) : 郭 성곽 곽. 둘레. 山郭暗(산곽암) - 산마을이 어둠에 잠기다.
- 雁下蘆洲白(안하노주백) : 蘆 갈대 로. 洲 물가 주. 강 주변의 땅. 蘆洲(노주) - 갈대밭.
- 獨夜憶秦關(독야억진관) : 憶 생각할 억. 秦關(진관) - 진(秦, 관중關中)의 관문. 위응물은 장안 사람이다. 작가 자신의 고향.
- 聽鐘未眠客(청종미면객) : 聽鐘(청종) - 종소리를 듣다. '종소리와 나그

안록산의 난

네'는 자주 콤비를 이룬다.

詩意

여덟 구로 된 오언고시이다. 7, 8구만 제외하고 나머지는 다 대구(對句)로 되어 있다. 어두운 밤 강가에 배를 대고 고향 생각을 하며 잠을 못 자는 나그네의 고독한 심정이 잘 그려져 있다.

'호호풍기파(浩浩風起波)'와 '명명일침석(冥冥日沈夕)'이 대구, '인귀산곽암(人歸山郭暗)'과 '안하노주백(雁下蘆洲白)'도 대구다.

특히 인귀(人歸)~와 안하(雁下)~는 절묘한 대구로 대상(인人, 안雁), 위치(산곽山郭, 노주蘆洲), 시각(암暗, 백白)의 절묘한 대구이다. 그리고 마지막 구 '청종미면객(聽鐘未眠客)'에 종을 울리는 청각효과가 있어 나그네는 어떻든 잠이 못 들게 되어 있다.

남송 호자(胡仔, 1095-1170)는 《초계어은총화(苕溪漁隱叢話)》에서 '이백과 두보 이래로 옛사람의 시법이 시들었으나, 오직 위응물만이 육조의 풍치를 지니고 있으며, 유창하고 아름답다.(自李杜以來 古人詩法盡廢 有蘇州有六朝風致 最爲流麗)'고 하였다.

032. 東郊(동교) 동쪽 교외 ● 韋應物위응물

이 사 국 종 년　출 교 광 청 서
吏舍跼終年　出郊曠清曙

양 류 산 화 풍　청 산 담 오 려
楊柳散和風　青山澹吾慮

의 총 적 자 게　연 간 환 복 거
依叢適自憩　緣澗還復去

미 우 애 방 원　춘 구 명 하 처
微雨靄芳原　春鳩鳴何處

요 유 심 루 지　준 사 적 유 거
樂幽心屢止　遵事跡猶遽

종 파 사 결 려　모 도 진 가 서
終罷斯結廬　慕陶眞可庶

관사에 매여 살기 내내 일 년
성 밖에 가니 트인 아침이 시원하다.
버들은 따뜻한 바람에 흔들거리고
청산은 나의 수심을 지워 준다.
숲에 들어서 내 마음껏 쉬고
계곡 따라서 절로 가고 온다.
봄비 내리고 안개 낀 멋진 벌판
우는 봄비둘기는 어디에 있는가?
한적한 곳에 자주 머물고 싶지만

공사에 쫓긴 걸음 급하기만 하다.
벼슬이 끝나면 여기 오두막 짓고
도연명 그리는 뜻 기어이 이루리라.

註釋

▶ <東郊(동교)> : '동쪽 교외'. 성 밖의 동쪽.

▶ 吏舍跼終年(이사국종년) : 吏舍(이사) - 관사. 跼 구부릴 국. 매어 산다는 의미. 終年(종년) - 1년 내내.

▶ 出郊曠淸曙(출교광청서) : 郊 성 밖 교. 곽(郭)으로 된 판본도 있다. 曠 밝을 광. 曙 새벽 서. 날이 밝다. 淸曙(청서) - 청량한 아침.

▶ 楊柳散和風(양류산화풍) : 楊柳(양류) - 버들. 和風(화풍) - 춘풍.

▶ 靑山澹吾慮(청산담오려) : 澹 담박할 담. 연하게 하다, 걱정을 덜어주다. 淡(묽을 담)과 같음.

▶ 依叢適自憩(의총적자게) : 叢 모일 총. 무더기. 依叢(의총) - 우거진 풀 혹은 버드나무 숲속에서. 適 갈 적. 알맞다, 마침, 방금, 마음 내키는 대로. 憩 쉴 게.

▶ 緣澗還復去(연간환복거) : 緣 가장자리 연. 까닭, 인연, ~을 따라가다, ~을 연(沿)하다. 澗 골짜기의 시내 간. 還復去(환복거) - 오락가락한다, 왔다 갔다 하다.

▶ 微雨靄芳原(미우애방원) : 靄 아지랑이 애. 남기(嵐氣), 안개가 자욱한 모양. 芳 꽃다울 방. 芳原(방원) - 아름다운 들판. 이슬비가 안개처럼 촉촉하게 풀을 적시다.

▶ 春鳩鳴何處(춘구명하처) : 鳩 비둘기 구. 鳴 울 명.

▶ 樂幽心屢止(요유심루지) : 樂幽心(요유심) - 한적함[幽]을 좋아하는[樂] 마음[心]. 屢 자주 루. 止 그칠 지.

▶ 遵事跡猶遽(준사적유거) : 遵 좇을 준. 遵事(준사) - 공무를 준수(遵守)하다. 跡 자취 적. 발걸음. 遽 갑자기 거. 바쁘다. 일상거(日常遽)는 하루하루가 바쁘기만 하다는 뜻.

▸ 終罷斯結廬(종파사결려) : 罷 방면할 파. 그만두다. 廬 오두막집 려. 結廬(결려) - 작은 집을 짓다. 도연명의 <음주(飮酒) 5> '結廬在人境 而無車馬喧. 問君何能爾 心遠地自偏. 采菊東籬下 悠然見南山. 山氣日夕佳 飛鳥相與還. 此中有眞意 欲辨已忘言' 시 참고.

▸ 慕陶眞可庶(모도진가서) : 慕陶(모도) - 도연명을 흠모하다. 庶 여러 서. 거의.

詩意

봄철에 생기 넘치는 들판에서 벼슬살이에 시달리는 자신을 한스럽게 여기는 시다. 특히 마지막 구절에서 '벼슬이 끝나면 여기 오두막 짓고 도연명 그리는 뜻 기어이 이루리라'면서 솔직하게 자신을 표출하고 있다.

위응물은 평소에도 도연명의 은퇴 사상과 시를 흠모했으며, 실제로 도연명의 시구를 본 딴 것도 많다. 도연명의 <귀거래사(歸去來辭)>에 '등동고이서소(登東皐以舒嘯)'라는 구절이 있다. 이 시의 제목 동교(東郊)는 '동고(東皐, 못 고)'를 본 딴 것이다. 위응물의 <의고시(擬古詩) 12수>에 '효도팽택(效陶彭澤)', '효도체(效陶體)', '잡시(雜詩) 5수' 등의 제목이 있는데 이 모두가 도연명을 본뜬 것이다.

남송의 소식(蘇軾)은 다음과 같이 해학적으로 말한 바 있다. '백거이는 장편의 시 혹은 단편의 시 약 3천 수를 썼다. 그러나 모두가 위응물의 오언시보다 못하다(樂天長短三千首 卻遜韋郎五字詩).'

033. 送楊氏女(송양씨녀) 양씨 집안에 딸을 보내며 ● 韋應物위응물

영일방척척 출행부유유
永日方慽慽 出行復悠悠

여자금유행 대강소경주
女子今有行 大江泝輕舟

이배고무시 무념익자유
爾輩苦無恃 撫念益慈柔

유위장소육 양별읍불휴
幼爲長所育 兩別泣不休

대차결중장 의왕난부류
對此結中腸 義往難復留

자소궐내훈 사고이아우
自小闕內訓 事姑貽我憂

뇌자탁령문 인휼서무우
賴茲托令門 仁恤庶無尤

빈검성소상 자종기대주
貧儉誠所尚 資從豈待周

효공준부도 용지순기유
孝恭遵婦道 容止順其猷

별리재금신 견이당하추
別離在今晨 見爾當何秋

거한시자견 임감홀난수
居閒始自遣 臨感忽難收

귀래시유녀 영루연영류
歸來視幼女 零淚緣纓流.

긴긴 세월 늘 서글펐지만
보내야 하니 더 아득하도다.
딸애는 지금 시집을 가야 하고
큰 강에 작은 배 거슬러간다.
너희는 어미 없이 힘들었는데
가엾다 생각에 더 사랑만 주었다.
어린 동생은 언니 손에 자랐으니
둘이 헤어지며 울길 긋지 못하도다.
이를 보는 나도 애가 맺히지만
의당 가야 하니 더 머물 수 없어라.
어릴 적 크면서 내훈이 없었으니
시모 잘 모실지 내게도 걱정이라.
이제 좋은 집에 가게 되었으니
어여삐 살펴주면 허물 거의 없으리라.
아껴 검약하기는 정말 지켜야 하니
혼수 두루 갖추길 어찌 바라겠나?
효순 공경으로 부도婦道를 지켜야 하고
용모와 행실에 법도를 따라야 한다.
헤어지긴 오늘 아침이지만
너를 언제나 다시 보랴?
평소엔 그런대로 보냈다지만
이별 앞에 홀연 참기가 어렵도다.
보내고 돌아와 어린 딸을 보니
흐르는 눈물이 갓끈 타고 내린다.

註釋

▸ <送楊氏女(송양씨녀)> : '양씨 집안에 딸을 보내며'. 위응물이 딸을 양씨 집안에 시집보내면서 지은 시. '전처 양씨의 소생 딸'이라 해석할 수 있는데 곧 전처의 딸도 자기 딸인데 '양씨녀(楊氏女)'라면 좀 이상할 것이다. 우리나라에서도 양씨 집안에 딸을 시집보냈다면 친정에서 그 딸을 지칭할 때는 '양실인(楊室人)'이라 한다. 시집보낸 딸은 외인(外人)이니 시집간 집안의 성씨로 부른다. 여기서도 같은 뜻이다.

▸ 永日方慼慼(영일방척척) : 永日(영일) – 지나간 오랜 세월. 慼 슬플 척. 方慼慼(방척척) – 더없이 슬펐다. 시집가는 딸의 어미가 일찍 죽었다.

▸ 出行復悠悠(출행부유유) : 아득히 먼 곳으로 시집을 가는구나. 悠 멀 유. 영일방척척을 '(시집가는 날) 종일토록 서글프고 걱정스럽게 보내다'로, 출행부유유를 '더 멀고 먼 곳으로 시집을 가다'로 풀이할 수 있다.

▸ 女子今有行(여자금유행) : 딸아이가 지금 시집을 간다. 《시경 패풍(北風)》 <천수(泉水)>에 '딸이 시집을 가네, 부모형제와 멀어지네(女子有行 遠父母兄弟)'라는 구절이 있다.

▸ 大江泝輕舟(대강소경주) : 泝 거슬러 올라갈 소. 輕舟(경주) – 작은 배.

▸ 爾輩苦無恃(이배고무시) : 爾 너 이. 爾輩(이배) – 너희들. 출가하는 언니와 집안의 여자동생. 恃 믿을 시. 無恃(무시) – 어머니 없이 자랐다. 《시경 소아(小雅)》 <요아(蓼莪)>에 '아버지가 없으면 누구를 믿고, 어머니가 없으면 누구를 의지하랴(無父何怙 無母何恃)'는 구절이 있으니 怙(믿을 호)를 아버지, 恃(믿을 시)를 어머니의 뜻으로도 쓴다.

▸ 撫念益慈柔(무념익자유) : 撫 어루만질 무. 撫念(무념) – (아버지로서) 불쌍히 여기는 마음. 益慈柔(익자유) – 더욱 자애롭고 부드럽게 대하고 길렀다.

▸ 幼爲長所育(유위장소육) : 어린 동생은 언니 손에 양육되었다.

▸ 兩別泣不休(양별읍불휴) : 兩(양) – 두 딸. 泣 울 읍.

▸ 對此結中腸(대차결중장) : 이는 아버지의 마음을 묘사한 구절이다.

▸ 義往難復留(의왕난부류) : 義往(의왕) - 도리상 당연히 가야 한다. 여자는 20세가 되면 출가해야 한다.

▸ 自小闕內訓(자소궐내훈) : 어려서부터 어머니 없이 자랐으므로 내훈이 부족하다. 내훈은 가정에서 지키고 행할 부녀의 도리에 대한 교육. 闕 대궐 궐. 모자라다.

▸ 事姑貽我憂(사고이아우) : 姑 시어미 고. 貽 끼칠 이. 주다.

▸ 賴茲托令門(뇌자탁령문) : 賴 힘입을 뢰. 茲 이 자. 이것. 托令門(탁령문) - 명망 높은 시댁 사람들에게 의탁(依託)하다.

▸ 仁恤庶無尤(인휼서무우) : 恤 동정할 휼. 仁恤(인휼) - 어진 마음으로 돌보다, 시댁에서 잘 돌보아 줄 것이니. 庶 여러 서. 거의. 尤 더욱 우. 허물, 원망.

▸ 貧儉誠所尚(빈검성소상) : 貧(빈) - 빈한한 생활. 儉(검) - 검소, 질검(質儉). 誠(성) - 진실로. 所尚(소상) - 숭상하는 바.

▸ 資從豈待周(자종기대주) : 資從(자종) - 출가할 때의 혼수품. 周 두루 주. 준비하다, 주도(周到)하다. 豈待周(기대주) - 어찌 두루 다 갖추기를 바라겠는가?

▸ 孝恭遵婦道(효공준부도) : 孝(효) - 효순. 恭(공) - 공검. 遵 좇을 준. 순종하다, 지키다. 婦道(부도) - 부인이 지켜야 할 도.

▸ 容止順其猷(용지순기유) : 容止(용지) - 용모와 행동거지, 얼굴 표정이나 옷차림새와 기거동작 등. 猷 꾀할 유. 법도. 順其猷(순기유) - 그 순리를 따르다.

▸ 別離在今晨(별리재금신) : 別離(별리) - 이별과 같음. 晨 날 신. 새벽.

▸ 見爾當何秋(견이당하추) : 爾 너 이. 何秋(하추) - 언제, 어느 해. 추(秋)는 때, 시기, 해[年], 연세, 세월.

▸ 居閒始自遣(거한시자견) : 居閒(거한) - 편안할 때, 딸을 보내기 전. 遣 보낼 견. 自遣(자견) - 스스로 위로하다, 문제를 해결하다.

▸ 臨感忽難收(임감홀난수) : 臨 임할 임. ~할 즈음에. 感(감) - 생각하다, (이별을) 생각하다. 難收(난수) - 감정을 수습하기 어렵겠다.

▸歸來視幼女(귀래시유녀) : 幼女(유녀) - 어린 딸, 막내딸.

▸零淚緣纓流(영루연영류) : 零淚(영루) - 떨어지는 눈물. 緣(연) - ~을 따라. 纓 갓끈 영.

詩意

딸을 시집보내는 아버지의 마음을 이처럼 담담하게 또 솔직하게 서술한 작품이 또 있겠는가? 일찍이 어머니를 여의고 아버지의 사랑만을 받고 자란 두 딸 중 큰아이를 시집보내는 아버지의 심정을 여러 면으로 세밀하게 그렸다. 담담한 묘사이기에 슬픈 감정이 더 크게 몰려오는 것 같다. 오늘의 감각으로도 애절한 부정(父情)을 느끼게 한다.

보내는 아버지의 마음과 사연, 딸아이에게 하는 당부의 말, 그리고 시집에서 귀여움 받으며 잘 살 것이라고 믿는 아버지의 마음이 글에 가득하다. 마지막 구절 - 보내고 돌아와 집에 남은 어린 딸을 보고 참을 수 없어 흐르는 눈물 - 평소의 엄격한 아버지 모습은 어디로 갔는가? 아버지도 울고 싶을 때에는 울어야 하고 - 눈물이 갓끈을 타고 흐르니 - 흐르는 채 서 있어야 할 것이다.

이 시는 전체를 4단으로 나눌 수 있다.

1단은 1, 2연으로 배를 타고 멀리 시집가는 쓸쓸한 심정을 그렸다.

2단은 3-5연으로 어려서 어머니를 잃고 고생하며 자란 두 자매다. 특히 언니가 동생을 키웠다. 그러니 그들의 이별이 얼마나 애절하랴. 둘이 부둥켜안고 우는 모습에 아버지도 얼마나 서러웠겠는가?

3단은 6-9연으로, 가난한 집안에서 잘 훈육하지 못한 딸자식을 보내면서, 딸을 걱정하면서도 지켜야 할 바를 부탁하고 시집에서 잘 아껴 주리라 기대를 나타냈다.

4단은 10-12연으로 슬픔의 절정을 그렸다.

034. 晨詣超師院讀禪經(신예초사원독선경) 새벽에 초사의 절에 가서 불경을 읽다

● 柳宗元유종원

급정수한치　청심불진복
汲井漱寒齒　清心拂塵服

한지패엽서　보출동재독
閒持貝葉書　步出東齋讀

진원요무취　망적세소축
眞源了無取　妄跡世所逐

유언기가명　선성하유숙
遺言冀可冥　繕性何由熟

도인정우정　태색연심죽
道人庭宇靜　苔色連深竹

일출무로여　청송여고목
日出霧露餘　青松如膏沐

담연이언설　오열심자족
澹然離言說　悟悅心自足

샘물로 양치하니 이가 시리고
청심淸心은 속진의 옷을 털어내다.
천천히 불경을 집어 들고
걸어서 동재東齋로 나와 읽노라.
참된 이치의 근원을 찾지 못하고
허망 자취를 속세인은 따른다.

남긴 말씀을 지켜 명복만 빈다면
본성 고쳐 무슨 인연에 숙성하리오!
도인의 뜰은 청정하고
이끼는 무성한 대숲에 이어졌다.
해가 떠도 안개와 이슬 남아 있고
청송은 그 윤기를 더한다.
담담히 설법 말씀을 넘어
깨달은 기쁨 마음 절로 흡족하다.

作者 유종원(柳宗元, 773-819) - 당송팔대가의 한 사람

자(字)는 자후(子厚), 당대 하동군인(河東郡人, 지금의 산서성 영제시永濟市)으로 저명한 문학가, 사상가, 당송팔대가(唐宋八大家)의 한 사람이다. 저명한 작품으로는 <영주팔기(永州八記)> 등 600여편의 문장을 후세인들이 편집한 《유하동집(柳河東集)》이 있다. 유주자사(柳州刺史)를 역임했기에 '유유주(柳柳州)'라고도 하며, 한유(韓愈)와 함께 고문운동의 영도자로 '한유(韓柳)'라 병칭한다.

대종(代宗) 대력(大曆) 8년(773)에 장안에서 출생하였고 부친의 관직을 따라 각지를 옮겨 다녔다. 793년 21세 때 진사에 급제하여 크게 명성을 떨쳤다. 그러나 부친이 작고하자

상을 마치고 관직에 나가지만 관로는 순탄치 않았으며 첫 부인도 병사했다. 그 후 805년에 덕종(德宗)이 죽고 황태자 이송(李誦)이 즉위하니 이가 순종(順宗)이다. 순종은 영정(永貞)으로 개원하고 왕숙문(王叔文)을 등용하여 여러 개혁을 시도한다. 혁신적인 유종원은 왕숙문과 정견을 같이하고 개혁에 동참하는데, 이때 한태(韓泰), 유유석(劉禹錫), 진간(陳諫) 등이 젊은 혁신 그룹을 형성한다.

그러나 순종이 중풍에 걸려 친정을 펴지 못하자 왕숙문 등이 정권을 장악하고 혁신정책을 과감하게 펴는데, 이를 역사에서는 영정혁신(永貞革新)이라 부른다. 그러나 영정혁신은 그 반대세력과 환관세력에 의해 저지당하고 순종은 제위를 태자에게 물려주는데 이를 영정내선(永貞內禪)이라 부른다. 결국 영정개혁은 6개월의 혁신으로 끝나고 개혁에 참여했던 젊은 세력들은 각 지방의 사마(司馬)라는 낮은 한직으로 밀려난다. 유종원 또한 영주(永州, 지금의 호남성 서남부의 영주시 영릉구零陵區)의 사마로 좌천되는데 이때 좌천한 8인을 특별히 '팔사마(八司馬)'라 부른다.

결국 그의 정치적 포부는 영영 좌절되고 만다. 대신 영주에서 10년을 거주하면서 많은 시문을 창작한다. 815년 헌종(憲宗) 때 장안에 올라왔다가 다시 먼 남쪽의 유주(柳州, 지금의 광서성 유주시)자사로 발령을 받는다. 819년에 대사면을 받지만 유주에서 47세의 아까운 나이에 생을 마감한다.

유종원은 문장의 도(道)도 중요하지만 문(文) 자체도 중요하다고 강조하였다. 또한 문장이 아니라면 도가 전해지지 않는다고 강조하였다. 곧 문의 정신과 함께 형식으로서의 문체도 중요한 것으로 보았다.

한유는 유가(儒家)사상만을 강조하였으나, 유종원은 불교나 노장(老莊)사상, 또한 제자백가(諸子百家)의 학설도 취해야 한다고 주장하였다. 이 시에서 보는 것처럼 불교사상을 거부하지 않았다. 명문장으로 <봉건론(封建論)>, <포사자설(捕蛇者說)>, <비설(羆說)>, <부판전(蝜蝂傳)>과 <영주팔기> 같은 산수유기(山水遊記)가 우수하고, <삼계(三戒)>와 같은 우언문(寓言文)도 많은 사람이 즐겨 읽는 글이다. 명시로는 <강설(江雪)>, <어옹(漁翁)> 등 5수가 본 《당시삼백수》에 수록되어 있다.

註釋

▶ <晨詣超師院讀禪經(신예초사원독선경)> : '새벽에 초사의 절에 가서 불경을 읽다'. 晨 새벽 신. 詣 이를 예. 참배하다. 超師(초사) - 초(超)씨 성의 선사(禪師). 院(원) - 선원(禪院). 유종원이 유배되었던 영주(永州)에 있는 절. 禪 봉선(封禪) 선. 참선을 중시하는 불교 종파가 선종(禪宗)이다. 禪經(선경) - 선종의 불경.

▶ 汲井漱寒齒(급정수한치) : 汲 물 길어올 급. 漱 양치질할 수. 寒齒(한치) - 이가 시리다. 찬물로 양치질하니 이가 시리다는 뜻.

▶ 淸心拂塵服(청심불진복) : 拂 떨 불. 떨어내다. 塵 티끌 진.

▶ 閒持貝葉書(한지패엽서) : 貝葉書(패엽서) - 불경. 옛날 인도에서는 패다라수(貝多羅樹) 잎에 불경을 적었다.

▶ 步出東齋讀(보출동재독) : 東齋(동재) - 동편에 있는 방, 동편의 서재.

▶ 眞源了無取(진원요무취) : 眞源(진원) - 불교의 참된 근원, 교리의 근본이 되는 참 진리. 了 마칠 료. 전부, 다. 了無取(요무취) - 참된 가르침을 다 알 수 없다, 터득할 수 없다.

▶ 妄跡世所逐(망적세소축) : 妄跡(망적) - 허망한 자취, 거짓되고 허무맹랑한 말이나 행적. 世所逐(세소축) - 세인(世人)들이 따라가다.

▶ 遺言冀可冥(유언기가명) : 遺言(유언) - 성현이 남긴 말, 불경의 가르침, 깊은 진리나 미언대의(微言大義). 冀 바랄 기. 冀可冥(기가명) - 명복을 바랄 수도 있을 것이다, 명토(冥土)의 복을 기원할 수도 있을 것이다.

▶ 繕性何由熟(선성하유숙) : 繕 기울 선. 수선하다, 다스리다[治也], 고치다. 繕性(선성) - 나쁜 심성을 바로 되돌리다, 심성을 수선하고 바로잡는다, 심성을 함양하다. 熟 익을 숙. 완미.

▶ 道人庭宇靜(도인정우정) : 道人(도인) - 여기서는 초선사(超禪師)를 말한다. 庭宇(정우) - 뜰. 정원.

▶ 苔色連深竹(태색연심죽) : 苔 이끼 태. 深竹(심죽) - 빽빽한 대나무 숲.

▶ 日出霧露餘(일출무로여) : 霧 안개 무. 餘(여) - 흔적, 여휘(餘暉), 여운.

▶ 靑松如膏沐(청송여고목) : 膏 살 찔 고. 沐 머리 감을 목. 膏沐(고목)

- 기름으로 목욕하다, 즉 윤기가 흐르다.

▶澹然離言說(담연이언설) : 澹然(담연) - 허정하고 염담(恬淡)하다, 담담하다. 담연(淡然)으로 쓴 판본도 있다. 離言說(이언설) - 말로 설명하지 못한다, 말과 설명을 떠났다.

▶悟悅心自足(오열심자족) : 悟 깨달을 오. 悅 기쁠 열. 悟悅(오열) - 마음으로 도를 터득하고 즐거워한다.

詩意

새벽에 절에 참배하고 불경을 읽어도 심오한 불도를 깨닫지 못했지만, 청정하고 한적한 선사(禪寺)의 경관에서 오도(悟道)의 희열을 느끼고 스스로 만족했다는 뜻의 시이다. 불가에서 말하는 언외불법(言外佛法), 혹은 이심전심(以心傳心)의 경지를 읊은 시다.

유종원은 '사람들은 불경을 읽고 가르침을 받지만, 그것으로는 불법의 참 진리를 알거나 터득하지 못한다. 도리어 거짓되고 허무맹랑한 이야기나 행적만을 뒤쫓는다. 한편 불도를 닦은 고승이나 성현들의 가르침에 따라 저승의 명복을 빌 수는 있을 것이다. 그러나 현실로 살아 행동하는 인간들의 타락하고 악하게 된 심성을 어떻게 바르게 잡고 다스릴까?(眞源了無取 妄跡世所逐 遺言冀可冥 繕性何由熟)'하고 유가의 입장에서 불교의 가르침을 은근히 비판하고 있다. 그러나 선원(禪院)의 한정(閒靜)하고 염담(恬淡)한 분위기에 의해 대자연의 청정한 경지를 터득하여 흡족하다고 읊었다.

결국 참 진리는 말로 전할 수 있는 것이 아니다. 마음으로 터득하는 것임을 암시한 시다. 《전당시》에 '선(禪)'자 밑에 '일작련(一作蓮)'이라고 주를 달았다. 그렇다면 '선경(禪經)'은 '연경(蓮經)'이며 이는 곧 '묘법연화경(妙法蓮花經)'일 것이다.

청(淸) 오교(吳喬)는 《위로시화(圍爐詩話)》에서 유종원의 다음 같은 시구를 칭찬했다. '고수임청지 풍경야래우(高樹臨淸池 風驚夜來雨)', '한월상동령 냉랭소죽근(寒月上東嶺 冷冷疏竹根)', '석천원유향 산조시일명(石泉遠逾響 山鳥時一鳴)', '도인정우정 태색연심죽(道人庭宇靜 苔色連深竹)'.

035. 溪居(계거) 계곡에 살다 ● 柳宗元유종원

구위잠조속 행차남이적
久爲簪組束 幸此南夷謫

한의농포린 우사산림객
閒依農圃鄰 偶似山林客

효경번로초 야방향계석
曉耕飜露草 夜榜響溪石

내왕불봉인 장가초천벽
來往不逢人 長歌楚天碧

오랜 벼슬살이 얽매였었는데
다행히 이 남쪽 벽지에 유배되었네.
한가히 농부 이웃으로 의지하니
우연히 산림 은사와 비슷하네.
아침엔 일하며 이슬 젖은 풀을 매고
밤에는 노 저으니 골짝바위에 메아리 되네.
오가며 만나는 사람도 없으니
긴소리 노래에 남쪽 하늘 푸르다.

註釋

▶ <溪居(계거)> : '계곡에 살다'. 유종원은 남쪽의 벽지인 영주(永州)의 사마(司馬)로 좌천되어 우계(愚溪)에 살았다. 처음에는 관사도 없어 절에 기거했다고 한다. 각 주의 지방행정관은 자사(刺史)이고, 사마는 자사의 보좌관이지만 실무도 권한도 없는 한직(閒職)이었다.

▸久爲簪組束(구위잠조속) : 오랫동안 벼슬살이에 구속을 받다. 위(爲) ~속(束)은 ~에 구속되다. 피동의 뜻. 簪 비녀 잠. 관모(冠帽)를 머리에 안정시키는 동곳. 組(조) – 관모의 끈.

▸幸此南夷謫(행차남이적) : 幸 요행 행. 南夷(남이) – 영주는 호남성 서남부의 벽지로 남만(南蠻)이라 통칭되는 여러 소수민족이 한인(漢人)과 혼거(混居)하고 있었다. 謫 귀양 갈 적. 그 어렵다는 진사 합격자로 중앙관료를 이런 벽지에 좌천시킨 것은 거의 유배나 마찬가지였다.

▸閒依農圃鄰(한의농포린) : 依(의) – 의지하다. 農圃(농포) – 농토, 농사짓는 사람. 圃 밭 포. 鄰 이웃 린.

▸偶似山林客(우사산림객) : 偶 짝 우. 뜻하지 아니하게. 似 같을 사. 山林客(산림객) – 산림에 은거하는 은사(隱士).

▸曉耕翻露草(효경번로초) : 曉 새벽 효. 耕 밭 갈 경. 翻 날 번. 뒤집다. 露草(노초) – 이슬에 젖은 풀.

▸夜榜響溪石(야방향계석) : 榜 매 방. 배를 젓다. 위의 경(耕)과 같이 모두 동사로 쓰였다. 響 울릴 향. 메아리. 溪石(계석) – 강가의 돌.

▸來往不逢人(내왕불봉인) : 逢 만날 봉.

▸長歌楚天碧(장가초천벽) : 楚(초) – 춘추전국시대에 지금의 호남성, 호북성 지역에 존속. 楚天碧(초천벽) – 남쪽 초 땅의 하늘이 푸르다.

詩意

유종원의 《유하동집(柳河東集)》에는 이 시가 오언율시로 분류되었다. 유종원은 정원(貞元) 14년(798) 26세에 집현전정자(集賢殿正字)가 되어, 약 8년간 여러 관직을 거쳤다가 영정(永貞) 원년(805) 33세에 영주사마로 좌천되었다. 그리고 14년간을 영주와 유주(柳州)에서 유배생활과 같은 관직에 있었다. 이 시에도 원망의 글자는 보이지 않아 원망하지 않는 것 같지만 원망의 뜻은 가득하다. 그의 산수 기행문인 <영주팔기(永州八記)>에서 '어찌 침울하게 노래를 하랴, 적막한 생활은 바라던 바였노라.(沈吟亦何事 寂寞固所欲)'라고 읊었다.

2.

五
古
樂
府

【악부시樂府詩】

악부(樂府)는 한 무제(漢武帝) 때 설치된 국악을 관장하고 연주하는 관청이다. ≪한서(漢書) 예악지(禮樂志)≫에 의하면 악부에서는 민간의 가요를 채집케 하는 관청으로 이연년(李延年)을 협률도위(協律都尉)로 삼아 악곡을 정리하고, 사마상여(司馬相如) 같은 당대의 문인을 기용하여 궁중의 제사나 연회에 쓸 악가(樂歌)를 짓게 하여 이에 곡조를 붙여 연주케 하였음을 알 수 있다.

관청으로서 악부는 대략 100여년 존속하면서 중국문학사에 큰 영향을 끼쳤다. 곧 민가를 발굴하여 상류사회에 보급하면서 새 시가를 창작케 하여 시가 발전의 새 전기가 되었다.

이 악부에서 사용한 가사를 악부 또는 악부시라고 한다. 악부시는 음악에 맞춘, 곧 노래로 부르는 가사이다. 악부라는 관청이 없어진 뒤에도 시체(詩體) 명칭으로 계속 사용되었다.

한대(漢代) 악부시는 교묘가사(郊廟歌辭), 고취곡사(鼓吹曲辭), 횡취곡사(橫吹曲辭), 상화가사(相和歌辭), 청상곡사(淸商曲辭) 위주로 유행하였다고 한다. 교묘가사는 귀족들의 가사이고, 고취곡사는 외래가사, 상화가사와 청상곡사는 민간에서 불리는 노래의 가사인데, 위진남북조시대에는 청상곡 위주로 유행하였다.

악부시는 음악의 변화 발전과 밀접한 관계가 있다. 위의 교묘가는 종묘의 송가(頌歌)이고, 고취곡과 횡취곡은 이민족으로부터 수입된 호악(胡樂)이며, 상화곡은 민간에서 유행하던 악곡이었다.

이러한 악부시는 한대(漢代)와 위(魏)에 걸쳐 창작되었는데 점차 오언으로 정형화되어 나중에는 오언고시와 구분하기 어렵게 된다. 한과 위에서 창작된 악부시는 이를 고사(古辭, 혹은 본사本辭)라 하여 후세에 나오는 의작(擬作)의 악부시와 구별한다. 이러한 의작은 육조(六朝, 오吳 - 동진東晋 - 송宋 - 제齊 - 양梁 - 진陳. 589년 멸망) 이후 나오기 시작하였다.

육조 이후의 악부시 의작은 대개 다음과 같이 나눌 수 있다.

▌악부의 악곡에 맞춘 가사에 제목은 같고 내용이 비슷한 악부시
▌악곡의 장단에 의거하되 제목과 내용을 완전히 바꾼 것

이상 두 가지는 악조(樂調)를 알 수 있었던 육조까지의 의작이라 할 수 있다.

▌악부의 구제(舊題)에 따르지 않으며 또 연주를 염두에 두지 않고 당대의 악곡에 맞춘 악부시 - 이것이 당대에 성행한 '신악부(新樂府)'이다.
▌악부의 구제를 취하고 본래의 악곡과 관련이 없는 악부시 - 이는 실제로 오언이나 칠언의 고시와 다를 바가 없다.

이처럼 악부시는 본래 음악이 주체가 된 가사였으나 시대가 바뀌면서 음악은 잊히고 가사만이 남아 그 체제에 따라 작시를 하게 되었다.
이는 말하자면 음악과 문학의 분리과정이라 할 수 있다. 이런 악부라는 명칭의 시는 청대(淸代)까지 계속 창작되었지만 당(唐) 중기에는 전부터 내려온 악곡은 거의 사라졌다.

036. 塞上曲 二首(一) 변방 요새의 노래
(새상곡 이수)

● 王昌齡왕창령

선명공상림 팔월소관도
蟬鳴空桑林　八月蕭關道

출새입새한 처처황로초
出塞入塞寒　處處黃蘆草

종래유병객 개공진사로
從來幽并客　皆共塵沙老

막학유협아 긍과자류호
莫學游俠兒　矜誇紫騮好

매미는 잎 진 뽕나무에서 우는데
팔월에 소관으로 길을 간다.
들고 나는 요새는 춥기만 하고
곳곳엔 누런 갈대뿐이다.
예전의 유주와 병주의 장졸들도
모두 흙과 모래 속에 늙었다.
젊은 협객들을 본받지 말지어니
붉은 준마 좋다고 자랑만 한다.

註釋

▸ <塞上曲(새상곡)> : '변방 요새의 노래'. 塞 변방 새. 변방의 성채(築城守道謂之塞). 악부시제(樂府詩題). 曲(곡) – 악곡(음악), 가사(歌詞, 문장). 원곡(元曲)은 원대(元代)의 음악이 아니라 원대에 유행한 문학의 한 형태로서의 희곡이다.

▸ 蟬鳴空桑林(선명공상림) : 蟬 매미 선. 鳴 울 명. 空桑林(공상림) – 잎이 시들고 떨어진 뽕나무 숲.

▸ 八月蕭關道(팔월소관도) : 蕭 맑은대쑥 소. 蕭關(소관) – 흉노의 침입에 대비한 전방 요충지. 지금의 영하회족(寧夏回族) 자치구의 고원현(固原縣) 동남에 있는 관문. 무관(武關), 동관(潼關), 대산관(大散關)과 함께 '관중사관(關中四關)'이라 불린다. 소관은 서북 이민족과의 군사, 경제, 문화 교류의 통로인데 당조(唐朝)에서는 많은 시인, 예를 들면 노륜(盧綸), 우세남(虞世南), 왕유(王維) 등이 이곳에 와서 시를 남겼다.

▸ 出塞入塞寒(출새입새한) : 寒 찰 한. 군대의 병졸은 예나 지금이나 늘 춥고 배고프다.

▸ 處處黃蘆草(처처황로초) : 蘆 갈대 로. 黃蘆草(황로초) – 누렇게 시든 갈대.

▸ 從來幽幷客(종래유병객) : 從來(종래) – 지금까지, 여태껏. 幽(유) – 지금의 북경과 요녕(遼寧) 서부 지역. 幷 아우를 병. 병주(幷州)로 산서성과 하북성 북부 일대. 客(객) – 여기서는 수비에 동원된 장졸.

▸ 皆共塵沙老(개공진사로) : 塵 티끌 진. 塵沙(진사) – 흙먼지와 모래.

▸ 莫學游俠兒(막학유협아) : 莫 말 막. ~하지 말라. 莫學(막학) – 배우지 마라, 본받지 마라. 游 헤엄칠 유, 놀 유. 유람하다, 떠돌다. 游俠兒(유협아) – 자유분방한 협객들. 협객은 의리를 지키며 약자를 돕는 사나이(其言必信 其行必果 已諾必誠 不愛其軀 而解人之厄困者). 사마천(司馬遷)의 《사기(史記) 유협열전(游俠列傳)》.

▸ 矜誇紫騮好(긍과자류호) : 矜 불쌍히 여길 긍. 자랑하다. 誇 자랑할 과. 矜誇(긍과) – 자랑하며 으스대다. 紫 자줏빛 자. 騮 월따말 류. 흑갈색

털에 말갈기가 검은 준마.

詩意

오언고시 악부시이다. 평측(平仄)과 대구 격식을 강구하지 않았으니 율시는 아니다. 그러나 의미상으로는 기승전결(起承轉結)이 분명하다. 표면적으로는 변경의 소슬한 정경과 변경에 출정한 병사의 모습, 그리고 준마를 타고 자랑하는 혈기왕성한 유협처럼 행동하지 말라는 뜻을 담고 있지만 그 속에는 나라에서 함부로 정벌을 위한 백성 동원을 삼가라는 풍간(諷諫)의 뜻이 있다. 종전에 유주와 병주의 국경에 동원 되었던 장졸은 모두 흙먼지와 모래 속에서 늙어 죽었다는 구절에서 그 아픔을 읽을 수 있다.

037. 塞上曲(새상곡) 二首(이수)(二) 변방 요새의 노래

王昌齡왕창령

飮馬渡秋水(음마도추수)　水寒風似刀(수한풍사도)

平沙日未沒(평사일미몰)　黯黯見臨洮(암암견임조)

昔日長城戰(석일장성전)　咸言意氣高(함언의기고)

黃塵足今古(황진족금고)　白骨亂蓬蒿(백골난봉호)

말에 물 먹이고 가을 강을 건너니
물은 차고 바람은 칼날 같구나.
넓은 사막에 지는 해가 남아
아득히 임조성이 보이누나.
옛날 장성에서 싸움할 때
모두 사기가 높았다 말했었지.
누런 먼지는 예나 지금도 가득하고
허연 백골만 쑥대밭에 어지럽구나.

註釋

▸ 飮馬渡秋水(음마도추수) : 渡 건널 도. 말에 물도 먹이고 강도 건넜다는 의미.
▸ 水寒風似刀(수한풍사도) : 似 같을 사.
▸ 平沙日未沒(평사일미몰) : 平沙(평사) - 평탄한 사막, 넓게 펼쳐진 모래밭. 沒 가라앉을 몰.
▸ 黯黯見臨洮(암암견임조) : 黯 어두울 암. 黯黯(암암) - 어둡고 침침한 모양. 洮 씻을 조. 땅 이름. 臨洮(임조) - 지금의 감숙성 정서시(定西市)에 속한 현. 황하의 지류인 조하(洮河)가 있다. 한족(漢族), 회족(回族), 장족(藏族) 등의 혼거지역. 후한의 동탁(董卓)이 이곳 출신이다.
▸ 昔日長城戰(석일장성전) : 長成(장성) - 만리장성(萬里長城).
▸ 咸言意氣高(함언의기고) : 咸 다 함. 모두. 意氣(의기) - 사기(士氣).
▸ 黃塵足今古(황진족금고) : 塵 티끌 진. 흙먼지. 우리나라에 불어오는 황사를 생각하면 이 지역의 황진(黃塵)이 어떨지 연상이 된다. 足(족) - 가득하다.
▸ 白骨亂蓬蒿(백골난봉호) : 蓬 쑥 봉. 蒿 쑥 호. 蓬蒿(봉호) - 쑥대가 우거진 풀섶. 쑥대밭.

詩意

옛날의 격전지 임조(臨洮)를 바라보며 사막의 흙더미와 다북쑥에 엉키고 흩어져 있을 전사(戰士)들의 백골을 애달프게 비탄하고 있다. 시제를 '망임조(望臨洮)'라고 한 책도 있다. 역시 변경에서 싸우다가 죽어 사막에 묻힌 용사들을 애도한 시다.

'음마도추수 수한풍사도(飮馬渡秋水 水寒風似刀)'로 시작되는 이 시는 전체적으로 우울하고 음산한 기가 넘친다. 특히 마지막 3연과 4연은 비장하기만 하다. 예나 지금이나 변함없는 것은 황진(黃塵)만 가득한데[足], 백골만 쑥대밭에 어지럽다[亂]. 결국 시인이 말한 그 핵심은 족(足)과 난(亂)이 아니겠는가? 이는 바로 이 시의 시안(詩眼)이다.

변새(邊塞)에서 죽어간 죽음을 생각하면 늘 '장군 한 사람의 성공 뒤에는 수많은 죽음이 있다(一將功成萬骨枯)'와 무모한 장수 한 사람이 일만의 군사를 패배하여 잃게 한다(一帥無謀 挫喪萬師)'라는 속담이 떠오른다.

만리장성(萬里長城)

038. 關山月(관산월) 관산의 달 ● 李白이백

명 월 출 천 산　창 망 운 해 간
明月出天山　蒼茫雲海間

장 풍 기 만 리　취 도 옥 문 관
長風幾萬里　吹度玉門關

한 하 백 등 도　호 규 청 해 만
漢下白登道　胡窺青海灣

유 래 정 전 지　불 견 유 인 환
由來征戰地　不見有人還

수 객 망 변 읍　사 귀 다 고 안
戍客望邊邑　思歸多苦顏

고 루 당 차 야　탄 식 미 응 한
高樓當此夜　歎息未應閒

명월은 천산에 떠올라서
어둑한 운해 가운데 있다.
큰 바람 몇 만 리 지나
옥문관을 넘어 불어온다.
한황漢皇이 백등대에서 포위된 뒤로
호인胡人들은 청해 땅을 넘보았다.
예부터 싸움터에 나갔다가
돌아온 사람 보질 못했다.
수졸戍卒은 멀리 마을을 바라보며

돌아가고 싶지만 쓰디쓴 표정이다.
고향의 집에서도 응당 이 밤에
탄식 소리 그칠 새 없으리라.

註釋

- <關山月(관산월)> : '관산의 달'. 고악부(古樂府)의 시제. 고각횡취(鼓角橫吹) 15곡의 하나. 여기서 관(關)은 옥문관(玉門關)이고 관산은 그 주변 기련산(祈連山)을 뜻한다. 산 이름으로서 관산은 대만(臺灣)에 있다.
- 明月出天山(명월출천산) : 天山(천산) - 천산산맥. 티베트 고원지대의 통칭. 여기서는 기련산.
- 蒼茫雲海間(창망운해간) : 蒼 푸를 창. 茫 아득할 망. 蒼茫(창망) - 검푸르고 끝없이 넓다.
- 長風幾萬里(장풍기만리) : 長風(장풍) - 멀리서 불어오는 세찬 바람. 幾萬里(기만리) - 몇 만 리.
- 吹度玉門關(취도옥문관) : 吹 불 취. 吹度(취도) - 불어온다. 玉門關(옥문관) - 감숙성 돈황시(敦煌市) 서북쪽 약 90km에 있는 관문으로 실크로드[絲綢之路]의 중요한 관문이다. 한 무제 때 이곳을 통해 서역의 옥석이 수입되어 이런 이름이 붙었다고 한다. 옥문관은 문인 묵객들이 많은 시를 읊었는데 특히 왕지환(王之渙)의 <출새(出塞)> 시 '강적하수원양류 춘풍부도옥문관(羌笛何須怨楊柳 春風不度玉門關)'의 가구(佳句)는 천하의 절창이라 아니할 수 없다.
- 漢下白登道(한하백등도) : 한 고조(漢高祖, 유방劉邦)가 이곳 백등산(白登山)에서 흉노와 싸우다가 패하고 7일간 포위되어 위기에 처한 사건이 있었다. 백등산은 산서성 대동시(大同市) 동쪽에 있다. 백등대라고도 한다.
- 胡窺青海灣(호규청해만) : 胡(호) - 진한(秦漢) 이전에는 주로 북서방의 이민족을 일컬었다. 그 후에는 새외(塞外)의 이민족을 총체적으로 호라고 불렀다. 灣 물굽이 만. 青海灣(청해만) - 청해성 동부에 있는 청해호.

예로부터 변경 쟁탈의 중심지였다.

▸ 由來征戰地(유래정전지) : 由來(유래) – 예로부터. 征戰(정전) – 나가서 싸우다.

▸ 不見有人還(불견유인환) : 有人(유인) – 어떤 사람, 지정되지 않은 누구. 누군가 돌아온 것을 보지 못했다.

▸ 戍客望邊邑(수객망변읍) : 戍 지킬 수. 戌(개 술), 戊(다섯째 천간 무)와 혼동하기 쉬운 자. 戍客(수객) – 변경을 수비하는 장졸. 邊邑(변읍) – 변경의 마을. '변색(邊色, 변경의 풍경)'으로 쓴 판본도 있다.

▸ 思歸多苦顔(사귀다고안) : 思歸(사귀) – 귀향을 생각하며. 苦顔(고안) – (돌아갈 일자를 짐작도 못해, 실망으로) 찡그린 얼굴, 쓰디쓴 표정.

▸ 高樓當此夜(고루당차야) : 高樓(고루) – 고향의 처자식이 사는 집.

▸ 歎息未應閑(탄식미응한) : 未應閑(미응한) – 응당 쉴 사이가 없을 것이다, 끊어지지 않다.

詩意

<관산월>은 본래 이별의 슬픔을 읊은 악부시다. 이 시에서도 변경을 지키는 낭군과 고향에서 탄식하는 부인의 서러움을 주제로 하고 있다.

이 시는 개원 29년(741) 이백의 나이 41세 때에 지은 시다. 당시 현종은 변경에 자주 출병케 하였다. 이백은 이와 같은 시를 지어 은근히 이민족과의 그칠 수 없는 전쟁을 풍간(諷諫)하려고 했을 것이다. 그러나 우리는 시의 내용이나 사상보다 특히 표현의 아름다움과 능숙한 기교에 주의해야 한다. '명월출천산 창망운해간(明月出天山 蒼茫雲海間)'과 '장풍기만리 취도옥문관(長風幾萬里 吹度玉門關)'에서는 해가 질 무렵의 변경 일대의 짙은 불안과 스산한 긴장감을 아름답게 표현했다. 그리고 오래된 격전지에 출정한 병사들은 아무도 살아서 귀환한 사람이 없다고 '유래정전지 불견유인환(由來征戰地 不見有人還)'이라고 읊었다.

그리고 '수객망변읍 사귀다고안(戍客望邊邑 思歸多苦顔)'에서는 절망의 싸움터에서 고향생각을 하며 돌아갈 기약이 없는 수졸(戍卒)의 찡그린 얼굴 표정과 '고루당차야 탄식미응한(高樓當此夜 歎息未應閑)'에서는 달 밝은 밤에 고향 집에서 낭군을 기다리며 탄식하는 젊은 아내를 대비시켰다. 전체적으로 낭만적 기풍이 넘치는 시이지만 왠지 읽고 나서도 뒷맛이 개운치 않은 것은 그 수졸들이 이 시 그대로 돌아오지 못했기 때문일 것이다. 그러기에 이 시 속에는 보이지 않는 비애 – 시인이 묘사하지는 않았지만 서글픔이 짙게 깔려 있다. 결국 시 감상이란 이런 뒷맛을 느끼는 것이다.

039. 子夜四時歌 春歌 자야의 사계절 노래 (춘가)

자야사시가 춘가

● 李白 이백

진지나부녀 채상녹수변

秦地羅敷女 采桑綠水邊

소수청조상 홍장백일선

素手青條上 紅粧白日鮮

잠기첩욕거 오마막류련

蠶饑妾欲去 五馬莫留連

진秦 땅의 나부라는 여인이
푸른 냇가에서 뽕을 따네.
흰 손이 푸른 가지를 만지고
단장한 얼굴은 햇빛에 눈부시네.
누에 뽕을 주러 나는 가야 하니
태수는 내 길을 막지 마시오.

註釋

▶ <子夜四時歌(자야사시가)> : '자야의 사계절 노래'. 동진(東晉)시대, 즉 4세기경에 오(吳)의 자야(子夜)라는 여자가 즐겨 부른 노래라 하여 <자야가> 또는 <자야오가(子夜吳歌)>라고 한다. 이는 또 악부시의 제목이다. 여인의 애달픈 심정을 읊은 노래로 후세에도 많은 사람들이 애창했던 5언4구의 노래인데 이를 6구로, 또 사시(四時)에 맞춰 지었기에 <자야사시가>라 한다.

▶ 秦地羅敷女(진지나부녀) : 秦地(진지) – 진(秦)나라 땅. 지금의 섬서성 일대. 羅 새그물 라. 敷 펼 부. 羅敷女(나부녀) – 나부라는 여자. 한대의 악부시 <맥상상(陌上桑)>에 '진씨 가문에 아름다운 여인이 있으니 이름을 나부라 하였다(陳氏有好女 自名爲羅敷)'는 구절에서 차용한 이름. 곧 이백의 춘가(春歌)는 <맥상상>의 내용을 축약하고 본뜬 작품이다.

▌나부(羅敷)

▶ 采桑綠水邊(채상녹수변) : 采桑(채상) – 뽕을 따다. 綠水邊(녹수변) – 푸른 시냇가.

▶ 素手靑條上(소수청조상) : 素 흴 소. 條 가지 조. 나뭇가지. <맥상상>에 나부는 15세는 넘었고 20세는 안 되었다고 하니 꽃다운 젊은 여인으로, 그 모습에 소년은 넋을 잃었고, 밭갈이 하던 사람은 쟁기를 놓고 앉아 나부만을 바라보았다고 한다. 그런 나부의 하얀 손을 뽕나무의 푸른 가지와 대비시켰다.

▶ 紅粧白日鮮(홍장백일선) : 粧 단장할 장. 紅粧(홍장) – 화장. 鮮 고울 선. 白日鮮(백일선) – 햇빛 아래 더 돋보이다.

▶ 蠶饑妾欲去(잠기첩욕거) : 蠶 누에 잠. 饑 주릴 기. 妾(첩) – 여인의 겸칭. 악부

<맥상상>에서는 태수가 남쪽에서 와서 나부가 뽕 따는 모습을 보고 멈칫거리며(使君從南來 五馬立踟躕) 말을 걸었고 '같이 수레를 타고 가자'고 요구하는데, 이에 나부가 대답한 말이다.

▸ 五馬莫留連(오마막류련) : 五馬(오마) – 태수를 지칭. 4마가 끄는 수레 뒤에 예비용 말 한 마리가 따르기에 오마라 한다. 莫留連(막류련) – 나를 잡지 마시오.

詩意

한대의 악부시 <맥상상> 오언 53구의 긴 노래를 6구로 압축한 시다. 평민 계층의 여자가 화장을 하고 뽕잎을 따고 있다. 그 주변에는 바람둥이 풍류아들이 모여들고 여인들을 엿보고 탐을 내게 마련이다.

특히 이 시에는 색채가 잘 묘사되었다. 녹수(綠水)와 소수(素手)의 청백(靑白) 대비, 청조(靑條), 홍장(紅粧), 백일(白日)에서 청홍백(靑紅白) 등의 색채에 경쾌하고 생동감 넘치는 모습이다.

2연의 '소수청조상 홍장백일선(素手靑條上 紅粧白日鮮)'은 신선한 감각을 주는 대구이다. 동시에 눈앞에 뽕잎을 따는 젊고 아름다운 여성을 생생하게 그려내고 있다.

040. 子夜四時歌 夏歌 자야의 사계절 노래 (하가)

李白이백

鏡湖三百里　菡萏發荷花

五月西施采　人看隘若耶

回舟不待月　歸去越王家

경호 삼백 리에
연蓮의 봉오리 꽃을 피웠네.
오월 서시가 연꽃 딸 제
사람 때문에 약야若耶가 막혔네.
서시 태운 배는 달 뜨기 전에
월越의 궁궐로 돌아갔다네.

註釋

▶ <子夜四時歌(자야사시가)> : 하가(夏歌)는 미인 서시(西施)를 소재로 하였다.

▶ 鏡湖三百里(경호삼백리) : 鏡 거울 경. 鏡湖(경호) - 절강성 소흥(紹興) 남쪽의 호수. 감호(鑑湖, 거울 감)라고도 한다.

▶ 菡萏發荷花(함담발하화) : 菡 함 함. 함(函)의 본자. 萏 연꽃 봉오리 담. 菡萏(함담) - 연 봉오리(芙蓉未發謂菡萏). 發(발) - 꽃이 피다, 발화(發

花). 荷 연꽃 하. 연꽃은 부용(芙蓉)이라고 하는데, 잎사귀를 하(荷), 열매를 연(蓮), 뿌리를 우(藕)라고 쓴다. 하화(荷花)도 연꽃을 일반적으로 지칭하는 말이다.

▶五月西施采(오월서시채) : 오월에 서시가 연꽃을 따다. 서시는 약야계(若耶溪)에서 비단을 빨던 미인이었는데 연꽃을 땄다고 표현했다.

▶人看隘若耶(인간애약야) : 隘 좁을 애. 막히다. 若 같을 약. 耶 어조사 야.

▶回舟不待月(회주부대월) : 서시를 태우고 가는 배는 달이 뜨기를 기다리지 않고…. 아름다운 로맨스는 밤낮을 가리지 않고 이루어진다.

▶歸去越王家(귀거월왕가) : 越 넘을 월. 나라 이름. 패배한 월왕 구천(句踐)이 서시를 데려다가 단장시킨 뒤에 오왕(吳王) 부차(夫差)에게 보낸다. 이 노래는 대중가요이니 굳이 오왕의 왕비냐, 월왕의 왕비냐를 따지지 말아야 한다.

詩意

앞의 4구는 경호(鏡湖)의 풍경과 서시를 묘사했고 마지막 2구는 역사적 사실에 빗댄 풍유로 결론을 지었다. 미인은 모두가 좋아하지만 미인이 모두 자기 뜻대로 생을 살거나 마치지 못하는 것이 인간사일 것이다. 서시는 미인이었기에 그만한 호사를 누렸지만, 그녀가 과연 행복했을 것인가에 대해서는 본인 이외에 아무도 모를 것이다.

절강성 소흥현 동남쪽, 회계산(會稽山) 일대에 경호와 약야계(若耶溪)가 있다. 춘추시대에 월왕 구천이 오왕 부차에게 욕을 본 곳이다. 그 후 월왕 구천은 미인 서시를 오왕 부차에게 보냈으며, 결국 오나라를 치고 설욕했다. 이 시는 역사 고사와 직접적인 관계는 없으나, 약야계에서 연꽃을 따는 미인 서시를 보려고 사람들이 많이 모였다. 그러나 서시는 달이 뜨기를 기다리지 않고 즉시 서둘러 배를 돌려 월나라 궁전으로 돌아간다고 읊었다. 서시는 평범한 집안의 여인이며 정치나 나라간의 다툼에 대해서는 관심도 없었을 것이다.

서시는 월나라가 숙적 오나라를 멸망케 하려는 미인계의 제물이었다고 볼 수 있고, 다른 한편으로는 '나는 미인이니까!'하면서 그 호사를 즐겼을 수도 있다. 제물이라서 슬프더냐? 호사를 누려 기쁘더냐? 이런 물음에는 서시 본인만이 대답할 수 있을 것이다.

041. 子夜四時歌 秋歌(자야사시가 추가) 자야의 사계절 노래 (추가)

李白 이백

장안일편월 만호도의성
長安一片月 萬戶擣衣聲

추풍취부진 총시옥관정
秋風吹不盡 總是玉關情

하일평호로 양인파원정
何日平胡虜 良人罷遠征

장안에 조각달 하나
만호萬戶에 들리는 다듬이 소리.
추풍은 계속 불어오는데
모두가 옥문관을 그리는 정.
어느 날 오랑캐 평정을 하고
내 임은 원정에서 돌아오련가?

註釋

▸ <子夜四時歌(자야사시가)> : 추가(秋歌)는 수자리 나간 낭군을 그리는 여인의 심사를 읊었다.

▸ 長安一片月(장안일편월) : 長安(장안) - 당나라 도성. 지금의 섬서성 서안(西安). 당시 인구 백만으로, 거리가 바둑판처럼 정연했다. 一片月(일편월) - 하나의 조각달. 일편은 다음의 만호(萬戶)와 대구가 된다. 동시에 일편은 변경에 나가 있는 외로운 낭군이고, 만호는 낭군을 기다리는 모든 아낙의 상징이라고 해석한다.

▸ 萬戶擣衣聲(만호도의성) : 萬戶(만호) - 장안의 모든 집, 가정. 장안은 약 8만 호였다고 전한다. 擣 찧을 도. 擣衣(도의) - 옷을 다듬이질하다. 사각형의 돌 다듬이 위에 옷감이나 의복을 얹어 놓고 여인이 다듬이 방망이를 양손에 쥐고 리듬에 맞춰 교대로 때려서 옷감을 평평하게, 또는 부드럽게 만드는 것을 '다듬이질'이라고 한다. 불과 50년 전만 해도 겨울이면 집집마다 다듬이질을 했고 그 소리가 마을에 울려 퍼졌었다.

▸ 秋風吹不盡(추풍취부진) : 吹不盡(취부진) - 불기를 그치지 않는다, 쉬지 않고 분다. 곧 추운 겨울을 예감케 한다.

▸ 總是玉關情(총시옥관정) : 總是(총시) - 모두가. 달빛, 다듬이 소리, 추풍(秋風), 이러한 모두가. 玉關情(옥관정) - 옥문관과 관련된 마음이다. 멀리 수자리에 간 낭군의 고향 그리움, 장안에서 다듬이질하면서도 품고 있는 애절한 그리움의 표현이다.

▸ 何日平胡虜(하일평호로) : 何日(하일) - 어느 날. 胡(호) - 좁게는 흉노족(匈奴族), 일반적으로는 변경의 이민족의 총칭. 북로(北虜). 虜 포로 로. 이민족, 죄수.

▸ 良人罷遠征(양인파원정) : 良人(양인) - 낭군, 남편. 罷 그만둘 파. 遠征(원정) - 멀리 전장에 출정하다.

詩意

멀리 서역에 출정한 낭군을 그리워하는 여인의 정을 그린 악부시다. 장안의 모든 여인들은 임을 생각하며 일편월(一片月)을 바라본다. 또 임에게 보낼 겨울옷을 다듬이질하고 있다. 밤하늘의 조각달은 시각적으로 마음속을 애달프게 한다.

동시에 다듬이 소리는 청각적으로 마음을 때린다. 한편 가을바람은 하늘과 땅, 변경과 장안을 넘나들며 낭군과 아내 두 사람의 애절한 정을 더욱 소연(蕭然)하게 불어 날리거나 혹은 돌아 올리고 있다.

청(淸) 심덕잠(沈德潛)은 《당시별재(唐詩別裁)》에서 '조정의 무력정책의 남용와 실패를 직접적으로 비난하지 않았다. 그러나 오랑캐를 아직도 평정하지 못했다는 말로써 풍자했다. 표현을 온화하게 한 것이다.(不言朝家之黷武 而言胡虜之未平 立言溫和)'라고 하였다.

042. 子夜四時歌 冬歌 자야의 사계절 노래 (동가)

(자야사시가 동가)

李白 이백

明朝驛使發　一夜絮征袍
(명조역사발　일야서정포)

素手抽鍼冷　那堪把剪刀
(소수추침랭　나감파전도)

裁縫寄遠道　幾日到臨洮
(재봉기원도　기일도임조)

내일 아침에 역참 사람 간다니
밤새 솜 둔 전포를 만든다.
손에 바늘잡기도 떨리는데
어찌 가위질을 하리오.
지은 옷 먼 길에 보내지만
며칠에 임조까지 가겠는가?

註釋

▸ <子夜四時歌(자야사시가)> : 동가(冬歌)는 변경에 있는 낭군에게 보낼 솜옷을 만드는 아내의 모습을 그렸다.

▸ 明朝驛使發(명조역사발) : 驛使(역사) - 쾌마(快馬)로 문서를 전달하는 사람. 역차(驛差), 우차(郵差). 역참의 파발꾼.

▸ 一夜絮征袍(일야서정포) : 絮 솜 서. 征袍(정포) - 싸움터에서 입을 겉옷.

▸ 素手抽鍼冷(소수추침랭) : 素手(소수) - 여인의 손. 맨손[徒手]. 여러 시에 나오는 소수는 여인의 하얀 손을 뜻한다. 抽 뺄 추. 鍼 바늘 침. 冷 찰 랭. 차게 하다, 식히다, 낙담하다, 떨리다.

▸ 那堪把剪刀(나감파전도) : 那 어찌 나. 堪 견딜 감. 把 잡을 파[拏也]. 자루가 있는 물건을 세는 양사(量詞). 일파전도(一把剪刀, 가위 한 자루). 剪 자를 전. 전(翦)의 속자. 剪刀(전도) - 가위.

▸ 裁縫寄遠道(재봉기원도) : 裁 마를 재. 옷감을 재단하다. 縫 꿰맬 봉. 바느질하다. 寄 부칠 기. 遠道(원도) - 먼 길.

▸ 幾日到臨洮(기일도임조) : 幾日(기일) - 며칠. 臨洮(임조) - 감숙성의 지명. 037 <새상곡(塞上曲)>의 주석 참조.

詩意

내일 아침에 출발할 파발꾼 편에 보내려고 밤새 솜옷을 만드는 아내의 어려움을 읊은 시이다. 낭군은 추운 변경 요새에 종군하고 있으니 따뜻한 솜옷을 보내주어야 고생을 덜 할 것이다. 파발꾼 출발 시간에 맞춰야 하니 밤을 새워 옷을 꿰매고 있다. 임 그리는 여인의 마음에 감정이 차올라 바늘 뽑은 손이 떨려온다. 그러니 어떻게 가위질까지 하겠는가? 바늘도 가위질도 하지 못할 정도로 방이 춥다는 뜻이 아니다. 그만큼 그리움에 흔들린다는 뜻이다.

<자야사시가>는 대중들이 부르는 노래 가사이다. 그러므로 주로 부녀자들의 애절한 사랑의 심정을 테마로 한 것이다. 호탕하고 자유분방한 이백은 섬세한 아녀자들의 심정도 잘 그리고 있다. 그러하기에 시인으로 위대한 것이다. 이백은 서정적인 묘사로 끝나지 않고, 그 속에 정치적 풍자의 뜻을 포함하고 있다.

춘가(春歌)에서는 태수에게 '잠기첩욕거 오마막류련(蠶饑妾欲去 五馬莫留連)'이라고 말하는데, 이는 벼슬아치들은 일하는 여성을 탐하지 말라는 경구(警句)이다.

하가(夏歌)의 '회주부대월 귀거월왕가(回舟不待月 歸去越王家)'는 미인의 벼락출세나 호사를 말하기보다는 미인계에 희생되는 아녀자가 있다는 현실을 강조하였다.

추가(秋歌)에서는 '하일평호로 양인파원정(何日平胡虜 良人罷遠征)'이라 하여 이민족 정벌이나 전쟁에 동원된 남편을 그리는 보통 여인들의 원한을 말하고 있다.

동가(冬歌)의 '재봉기원도 기일도임조(裁縫寄遠道 幾日到臨洮)'에서는 수자리에 동원된 낭군을 그리는 여인의 실낱같은 기대와 불안을 강조하고 있다.

그렇지만 각 <자야사시가>의 마지막 5, 6구를 뺀다면 모두 여인의 아름다움이나 섬세한 감정을 묘사한 평범한 오언시가 된다. 그러니 이 <자야사시가>의 핵심은 각 수의 5, 6구에 있다는 것을 알 수 있다.

043. 長干行(장간행) 장간리의 노래 ● 李白 이백

(전편 30구를 2단으로 나누어 역해하였다)

첩발초복액　절화문전극
妾髮初覆額　折花門前劇

낭기죽마래　요상농청매
郎騎竹馬來　遶牀弄青梅

동거장간리　양소무혐시
同居長干里　兩小無嫌猜

십사위군부　수안미상개
十四爲君婦　羞顏未嘗開

저두향암벽　천환불일회
低頭向暗壁　千喚不一回

십오시전미　원동진여회
十五始展眉　願同塵與灰

상존포주신　기상망부대
常存抱柱信　豈上望夫臺

저는 머리가 이마를 덮을 때부터
꽃을 꺾으며 문 앞에서 놀았지요.
낭군은 죽마를 타고 와서는
우물가에서 매실 갖고 장난쳤지요.
같은 장간리에 살면서
둘은 어리지만 싫지는 않았지요.

열넷에 당신의 아내가 되어
수줍어 얼굴도 못 들었지요.
고개를 숙이고 어두운 벽을 보고
천 번을 불러도 대답 한 번 못했지요.
열다섯에 비로소 웃어 보면서
함께 죽거나 재가 되리라 바랐지요.
항상 미생尾生의 마음 같았는데
어찌 낭군을 기다릴 줄 알았겠나요.

註釋

▶ <長干行(장간행)> : '장간리의 노래'. 악부 제목. 잡곡(雜曲)에 속한다. 干 방패 간. 長干(장간) - 지명. 지금의 남경시(南京市). 이 시는 장간리에 사는 젊은 아내를 주인공으로 했다. 行(행) - 악부시체의 일종. 악부시의 제목은 한 가지가 아니다. '감정을 풀어 서술하되 세속적인 것을 가(歌)라 하고, 걷고 달리는 듯 감정 서술에 막힘이 없는 것을 행이라 하며, 이 두 가지를 겸한 것을 가행(歌行)이라 한다'는 사전적 설명이 있다. 본 《당시삼백수》에는 이백의 <장간행> 외에도 최호(崔顥)의 오절악부인 <장간행>이 있다. 또 왕유의 칠언악부로 <낙양여아행(洛陽女兒行)>, <노장행(老將行)>, <도원행(桃源行)>과 두보의 <병거행(兵車行)>, <여인행(麗人行)> 등 많은 작품이 수록되어 있다.

▶ 妾髮初覆額(첩발초복액) : 髮 터럭 발. 머리카락. 覆 덮을 복. 額 이마 액. 髮初覆額(발초복액) - 앞머리가 겨우 이마를 덮을 무렵, 어린아이 시절.

▶ 折花門前劇(절화문전극) : 折 꺾을 절. 劇 심할 극. 놀다[戲也], 유희, 연극.

▶ 郎騎竹馬來(낭기죽마래) : 郎 사나이 랑. 낭군. 騎 말 탈 기.

▶ 遶牀弄青梅(요상농청매) : 遶 두를 요. 둘러치다, 돌다. 牀 평상 상. 우물

난간. 弄 희롱할 롱. 가지고 놀다. 靑梅(청매) - 푸른 매실, 익지 않은 매실.

▶ 同居長干里(동거장간리) : 同居(동거) - 같은 마을에 살다. 長干里(장간리) - 강소성 남경시 강녕구(江寧區). 당시 평민이 사는 곳이었다고 한다. 남경의 간칭인 '영'은 강녕에서 유래.

▶ 兩小無嫌猜(양소무혐시) : 嫌 싫어할 혐. 猜 샘할 시.

▶ 十四爲君婦(십사위군부) : 爲君婦(위군부) - 당신의 아내가 되다.

▶ 羞顔未嘗開(수안미상개) : 羞 바칠 수. 좋은 음식(진수성찬), 부끄러움, 수치. 顔 얼굴 안. 未嘗(미상) - 일찍이 ~한 적이 없다, 결코 ~이라 할 수 없다. 開(개) - 아주 다양한 뜻으로 사용되지만 여기서는 '말을 하다[陳說也, 開言]'로 또는 '얼굴을 펴다[開顔]'라고 해석할 수 있다. '개안(開顔)하며 일소(一笑)하다'는 좀 오버한 번역 같다.

▶ 低頭向暗壁(저두향암벽) : 暗 어둘 암. 壁 벽 벽.

▶ 千喚不一回(천환불일회) : 喚 부를 환. 回(회) - 돌아보다.

▶ 十五始展眉(십오시전미) : 展眉(전미) - 눈썹을 펴다, 얼굴을 펴고 웃다. 眉 눈썹 미.

▶ 願同塵與灰(원동진여회) : 塵 티끌 진. 灰 재 회.

▶ 常存抱柱信(상존포주신) : 抱柱信(포주신) - 기둥을 끌어안고 죽을 수 있는 지조, 한 사람에게만 주는 사랑. ≪장자(莊子) 도척(盜跖)≫편에 '미생(尾生)이 나무다리 밑에서 여인과 만나기로 약속했으나, 그 여인이 오지 않았다. 강물이 닥쳐도 떠나지 않고 있다가 다리 기둥을 안고 죽었다(尾生與女子 期於梁下 女子不來 水至不去 抱梁柱而死)'는 이야기가 있다.

▶ 豈上望夫臺(기상망부대) : 望夫臺(망부대) - 남편을 기다리다가 죽어 돌이나 바위가 되다. 이런 전설은 각지에 있으며, 따라서 망부석이나 망부대 혹은 망부산도 도처에 있다.

십 륙 군 원 행　구 당 염 여 퇴
十六君遠行　瞿塘灩澦堆

오 월 불 가 촉　원 성 천 상 애
五月不可觸　猿聲天上哀

문 전 지 행 적　일 일 생 록 태
門前遲行跡　一一生綠苔

태 심 불 능 소　낙 엽 추 풍 조
苔深不能掃　落葉秋風早

팔 월 호 접 황　쌍 비 서 원 초
八月蝴蝶黃　雙飛西園草

감 차 상 첩 심　좌 수 홍 안 로
感此傷妾心　坐愁紅顔老

조 만 하 삼 파　예 장 서 보 가
早晩下三巴　預將書報家

상 영 부 도 원　직 지 장 풍 사
相迎不道遠　直至長風沙

열여섯에 낭군은 멀리 떠나시니
장강의 구당이나 염여퇴를 지났지요.
오월엔 지날 수 없다는 곳이며
원숭이 울음소리 하늘도 슬프다오.
문전에 천천히 떠난 발자국엔
일일이 파란 이끼가 자랐다오.
이끼가 자라도 쓸어내지 못하는데
낙엽이 지고 추풍이 벌써 분답니다.
팔월에 나비도 노랗게 되지만
서원西園의 풀밭에 쌍쌍이 나네요.

이것들 보며 내 마음이 서글퍼
저절로 근심 속에 홍안이 늙어가네요.
이르든 늦든 삼파三巴를 지나와
빨리 서찰로 집에 알려주세요.
마중길 멀다 아니 말하고
곧바로 장풍사長風沙까지 가겠어요.

註釋

▸ 十六君遠行(십륙군원행) : 遠行(원행) - 장사하러 먼 길을 떠났을 것이다.

▸ 瞿塘灩滪堆(구당염여퇴) : 瞿 볼 구. 塘 못 당. 瞿塘(구당) - 장강 중류의 협곡. 사천성 봉절현(奉節縣)에 있다. 양쪽 절벽 사이로 급류가 흐르고 있어 위험하다. 장강의 삼협(三峽)은 무협(巫峽), 구당협, 서릉협(西陵峽)을 말한다. 灩 물결 출렁거릴 염. 滪 강 이름 여. 堆 언덕 퇴. 灩滪堆(염여퇴) - 구당협 협구(峽口)에 있는 암초. 여름에 강물이 불면 보이지 않으므로 매우 위험한 곳이다.

▸ 五月不可觸(오월불가촉) : 강물이 불어난 5월이면 염여퇴에는 배들이 접근할 수 없다. 불어난 물 밑에 보이지 않는 암초가 있으므로 위험하다.

▸ 猿聲天上哀(원성천상애) : 猿 원숭이 원. 聲 소리 성. 동진(東晉)의 장군 환온(桓溫, 312-373)이 촉(蜀)의 성한(成漢)을 토벌하러 군사를 거느리고 장강의 삼협을 거슬러 올라가는데 군졸 한 사람이 새끼원숭이를 하나 잡았다. 그러자 어미원숭이가 배를 따라 슬피 울며 백리 길을 따라왔다. 나중에 어미가 배에 뛰어올라 곧 죽었는데 그 원숭이 배를 갈라보니 창자가 마디마디 잘려져 있었다.[腸寸寸斷] 이를 전해 들은 환온이 화를 내며 새끼원숭이를 잡아온 부하를 파면하라고 했다(≪세설신어世說新語 출면黜免≫).

▸ 門前遲行跡(문전지행적) : 遲 늦을 지. 跡 자취 적. 遲行跡(지행적) - 낭군이 미적거리면서 떠나갔던 문전의 발자국.

▸ 一一生綠苔(일일생록태) : 一一(일일) - 하나하나, 모두. 苔 이끼 태.

▸ 苔深不能掃(태심불능소) : 掃 쓸 소. 쓸어내다. 이끼를 마음속의 시름에 비유하는 경우가 많다.

▸ 落葉秋風早(낙엽추풍조) : 早 새벽 조. 빨리 오다.

▸ 八月蝴蝶黃(팔월호접황) : 八月(팔월) - 중추(仲秋). 蝴 나비 호. 蝶 나비 접. 蝴蝶黃(호접황) - 가을에는 나비가 황색으로 시든다. 황(黃)을 내(來)로 쓴 판본도 있다.

▸ 雙飛西園草(쌍비서원초) : 雙飛(쌍비) - 짝을 지어 날다.

▸ 感此傷妾心(감차상첩심) : 感此(감차) - 그와 같은 광경을 보니.

▸ 坐愁紅顔老(좌수홍안로) : 坐愁(좌수) - 저절로 수심에 겨워. 좌(坐)는 스스로, 저절로. 紅顔(홍안) - 젊은 얼굴.

▸ 早晚下三巴(조만하삼파) : 早晚(조만) - 이르든 늦든. 下(하) - 낭군이 배를 타고 돌아온다는 뜻. 巴 땅이름 파. 三巴(삼파) - 파주(巴州)·파동(巴東)·파서(巴西)를 삼파라 한다. 사천성 동부 일대.

▸ 預將書報家(예장서보가) : 預 미리 예. 將書報家(장서보가) - 서신으로 집에 알리다. 장(將)은 '~을,' '~으로'로 목적어 앞에 오는 개사(介詞).

▸ 相迎不道遠(상영부도원) : 道(도) - 말하다. 설장도단(說長道短, 기니 짧으니 여러 말을 하다).

▸ 直至長風沙(직지장풍사) : 長風沙(장풍사) - 지명. 안휘성 서남부 양자강 북안의 안경시(安慶市, 황매희黃梅戲의 본 고장). 남경에서 7백 리 떨어진 곳.

詩意

오언 30구로 된 장편의 악부시로 네 번이나 운자(韻字)를 바꾸었으며(額劇→來, 梅, 猜, 開, 回, 臺, 堆, 哀, 苔→掃, 早, 草, 老→巴, 家, 沙), 평측(平仄)의 운용도 매우 자유롭다.

장간은 지명인데 지명을 악부 제사(題辭)로 한 작품으로는 <양양락(襄陽樂)>, <위성곡(渭城曲)>, <삼주가(三洲歌)> 등이 있다. 이 시는 이백이 개원 27년(739), 그의 나이 39세에 쓴 시다.
장간리는 남경 남쪽 장강 강변에 있는 평민촌으로, 그곳의 주민들은 객지로 돈벌이 나가는 사람이 많았다. 이 시도 그곳에서 어린 시절을 허물없이 함께 자란 어린 남녀가 결혼을 했고, 그 뒤 2년 만에 낭군이 배를 타고 장강 상류 위험한 구당(瞿塘)으로 행상을 떠난 내용을 읊은 것이다.
특히 젊은 신부의 입장에서 걱정하며 낭군이 무사히 돌아오기를 고대하는 심정을 그렸다. 평민의 소탈한 삶을 엿보게 하는 풍속화와 같은 시이다.

044. 烈女操(열녀조) 열녀의 노래 ● 孟郊 맹교

오동상대로　원앙회쌍사
梧桐相待老　鴛鴦會雙死

정부귀순부　사생역여차
貞婦貴殉夫　捨生亦如此

파란서불기　첩심고정수
波瀾誓不起　妾心古井水

오동은 서로 마주 보고 시들고
원앙도 같이 죽는 줄로 안다오.
정부貞婦는 따라 죽기를 귀히 여기니
목숨을 버리기 또한 이와 같다오.
맹세코 풍파를 일으키지 않으려니
마음은 오래된 우물의 물이랍니다.

作者 맹교(孟郊, 751-814) - 가난하고 불우했던 시인

자(字)가 동야(東野)로 호주(湖州) 무강(武康, 지금의 절강 덕청德清) 출신이다. 500여수의 시가 전하는데 오언고시가 많고 율시는 하나도 없으며 <유자음(遊子吟)>이 대표작이라 할 수 있다.

46세에 진사에 급제하였는데 4년간 관직에 임용되지 못하다가 율양현위(溧陽縣尉)라는 지방 관직에 겨우 임용되었다. 임지로 떠나는 맹교에게 한유(韓愈)는 <송맹동야서(送孟東野序)>라는 명문(名文)으로 위로해 주었으니 그 불운이 어느 정도였는지 알 수 있다. 평생 곤궁 속에 불우한 생활을 하였지만 세속을 따르지는 않았다. 많은 작품에서 자신의 곤궁한 생활과 그에 따른 불평을 토로했다. 일찍이 '악시(惡詩)를 짓는 사람들은 모두 벼슬을 하지만, 호시(好詩)를 짓는 사람은 산에 은거한다(악시개득관惡詩皆得官 호시포공산好詩抱空山)'라고 우수(憂愁)를 읊었다.

시풍은 질박하지만 표현 기교에 힘을 쏟으며 좋은 시구를 얻기 위해 고심하여 용자조구(用字造句)에 평이한 표현을 가급적 피하였다. 한유의 칭찬을 받아 세상에 알려졌고 한유의 영향을 받아 신기하고 괴이한 표현이 많다. 시문을 모은 《맹동야집(孟東野集)》이 전한다.

註釋

▶ <烈女操(열녀조)> : '열녀의 노래'. 악부시(樂府詩)의 제목. 부인이 지켜야 할 정절을 노래했다. 操 잡을 조. 조(操)는 금곡명(琴曲名), 곧 악부시의 곡조. 《사기(史記) 송미자세가(宋微子世家)》에는 '은절(殷節)의 주왕(紂王)은 음란했다. 기자(箕子)가 충간(忠諫)했지만 듣지 않자 기자는 머리를 산발하고 미친 척 살면서 금(琴)을 연주하며 슬퍼했는데 사람들은

그 곡조를 기자조(箕子操)라 하였다'라는 기록이 있다.

▶ 梧桐相待老(오동상대로) : 梧 벽오동나무 오. 桐 오동나무 동. 벽오동(碧梧桐)은 교목인데, 봉황새는 벽오동에 깃들고 그 열매를 먹는다고 한다. 우리 풍속에 딸을 낳고 벽오동을 심는 것은 훌륭한 사위를 맞고 싶다는 의지의 표현이며, 또 딸이 출가할 즈음에 그 오동나무를 베어 장롱을 만들어 준다는 뜻이 있다. 오동나무는 재질이 가볍고 튼튼하여 예로부터 가구용 목재로 널리 쓰였다.

▶ 鴛鴦會雙死(원앙회쌍사) : 鴛 수컷 원앙 원. 鴦 암컷 원앙 앙. 원앙은 항상 짝지어 살다가 함께 죽는다고 한다. 會(회) – ~을 할 줄 안다, ~을 잘하다. 雙死(쌍사) – 짝지어 죽는다.

▶ 貞婦貴殉夫(정부귀순부) : 殉 따라죽을 순. 徇(따를 순, 복종하다)으로 쓴 판본도 있다. 殉夫(순부) – 남편을 따라 죽다.

▶ 捨生亦如此(사생역여차) : 捨 버릴 사.

▶ 波瀾誓不起(파란서불기) : 波 물결 파. 瀾 물결 란. 波瀾(파란) – 부부 사이의 풍파. 誓 맹세할 서. 不起(불기) – 풍파가 안 일어나다.

▶ 妾心古井水(첩심고정수) : 古井水(고정수) – 오래된 우물의 물. 정중수(井中水, 우물의 물)로 쓴 판본도 있다.

詩意

오언고시체의 악부시이다. 여인 자신이 생명을 걸고 정절을 지키겠다고 굳게 맹세하는 시다. 원앙새는 짝을 잃으면 남은 새도 결국은 그리움에 지쳐 죽는다고 하기에 원앙을 부부애의 상징으로 삼는다.

명(明) 호진형(胡震亨, 1569-1645)의 ≪당시담총(唐詩談叢)≫에 '도한교수(島寒郊瘦)'란 말이 있다. 당의 시인 가도(賈島)는 추위에 떨었고, 맹교(孟郊)는 수척했다는 뜻인데, 이들 두 사람은 빈한한 삶을 살았다. 맹교의 <이거시(移居詩)>에 '수레를 빌려 가구를 실었는데 가구가 수레보다 적었다(借車戴家具 家具少於車)'고 했다. 또 <사인혜탄(謝人惠炭)>에 '따뜻하니 굽었던 몸이 곧게 펴졌다(暖得曲身成直身)'라는 구절이 있다.

045. 遊子吟(유자음) 나그네의 노래 ● 孟郊맹교

자모수중선 유자신상의
慈母手中線 遊子身上衣

임행밀밀봉 의공지지귀
臨行密密縫 意恐遲遲歸

수언촌초심 보득삼춘휘
誰言寸草心 報得三春暉

어머니 손의 바늘과 실
떠나는 아들이 입을 옷을 짓는다.
떠날 즈음까지 꼼꼼히 꿰매기는
더디게 돌아올까 걱정하는 마음이다.
누가 말했나? 자식의 조그만 섬김으로
봄철 햇빛 같은 사랑에 보답한다고!

註釋

▶ <遊子吟(유자음)> : '나그네의 노래'. 객지로 떠나려는 자식을 걱정하는 어머니의 심정과 사랑을 그렸다. 吟 읊을 음. 영야(詠也), 노래하다. 굴원의 <어부사(漁父辭)>에 행음택반(行吟澤畔)이라고 있다. 악부제(樂府題)로 음(吟)은 노래[詩歌]라는 뜻. 《삼국연의》에서 제갈량(諸葛亮)은 <양보음(梁父吟)>을 즐겨 했다는 말이 있다.

▶ 慈母手中線(자모수중선) : 慈母(자모) - 어머니. 우리말로 '어머니'에는 아무런 수식어가 필요없다. 手中線(수중선) - 손에 쥔 바늘과 실.

▶遊子身上衣(유자신상의) : 遊子(유자) - 떠나는 아들. 공부하러 가든, 발령을 받아 벼슬길에 오르든, 돈을 벌려고 집을 나서든, 어머니의 자식 걱정은 끝이 없다.

▶臨行密密縫(임행밀밀봉) : 密 빽빽할 밀. 縫 꿰맬 봉. 密密縫(밀밀봉) - 촘촘히 바느질하다.

▶意恐遲遲歸(의공지지귀) : 遲 늦을 지. 遲遲歸(지지귀) - 늦게 돌아오다.

▶誰言寸草心(수언촌초심) : 誰 누구 수. 言(언) - '촌초(寸草) ~휘(暉)'까지. 寸草心(촌초심) - 한 치쯤 되는 풀과 같은 마음. 자식이 부모 생각이나 부모 모시는 정성이 별것 아님을 뜻한다. 자식의 작은 효성.

▶報得三春暉(보득삼춘휘) : 報得(보득) - 보답하다. 暉 빛 휘. 三春暉(삼춘휘) - 봄 석 달 동안의 햇빛, 온 만물을 낳고 키워주는 봄의 태양빛, 어머니의 사랑. 자식의 조그만 정성이나 부모 섬김으로는 어머니의 은혜에 조금도 보답할 수 없다는 반어법의 표현. 三春(삼춘) - 맹춘(孟春), 중춘(仲春), 계춘(季春).

詩意

이 시는 맹교가 정원(貞元) 16년(800), 나이 50세로 율양(溧陽, 강소성 율양현)의 현위(縣尉)라는 지방의 말직에 있을 때, 지난날의 어머님의 고마움을 회상하고 지은 시다. 어머님의 자식 사랑은 끝없이 크고, 자식의 효성은 너무나 미약하다고 회상하고 있다.

3.

七言古詩

【칠언고시】

칠언고시는 보통 칠고(七古)로 약칭한다. 남송(南宋) 엄우(嚴羽, 생존 연대 미상)의 《창랑시화(滄浪詩話)》에 '오언시는 이릉(李陵)과 소무(蘇武)에서 시작되었고, 칠언시의 시작은 한 무제의 백량(柏梁)에서 시작되었다.(五言起於李陵蘇武 七言起於漢武柏梁)'라는 기록이 지금도 일반적으로 통하고 있다.

한 무제는 원봉(元封) 3년(기원전 108) 백량대(柏梁臺)라는 큰 건물을 낙성하고 제왕(諸王)과 2천 석(石) 이상의 고관을 모아 각자 운(韻)을 사용해 칠언시를 짓게 하였다. 한 무제는 '일월성신화사시(日月星辰和四時)'라 읊었고, 양왕(梁王)은 '참가사마종양래(驂駕駟馬從梁來)'라 지었다. 이렇게 자유 운으로 지은 시를 백량체라고 하였다. 그런데 한대(漢代)의 칠언시들은 초사(楚辭)의 영향을 직접 받아 형성되었다고 인정하는데 한대 칠언의 대부분은 실전(失傳)되었고 후한(後漢) 장형(張衡)의 <사수시(四愁詩)> 등 몇 작품이 전해진다.

이후 조조(曹操)의 아들 조비(曹丕)의 <연가행(燕歌行)>이 순수한 칠언시라 할 수 있는데 칠언시는 오언시만큼 유행하지 못했다. 남조 양(梁)의 간문제(簡文齊, 재위 550-551)의 <오야제(烏夜啼)>와 진(陳) 유신(庾信, 513-582)이 칠언시를 잘 지었는데 남조의 유미주의(唯美主義) 풍조와 함께 급속한 발달을 이룩한다. 이후 당대(唐代)에 와서 비로소 칠언시들이 대량으로 창작되고 유행하였고 칠언시의 전성기를 맞이하게 되었다.

고시의 특징은 우선 격률(格律)의 제한이 엄격하지 않은데 그렇다고 격률의 제한이 없다는 뜻은 아니다. 또 편폭의 제한이 없어 작자가 표현하고자 하는 말을 다 할 수 있으며, 압운(押韻)은 비교적 자유롭고 융통성이 있으며 대우(對偶)나 평측(平仄)을 반드시 지킬 필요도 없다.

고시 형식으로 4언, 5언, 7언 등 다양하지만 당의 고시는 5언과 7언 위주이며 잡언(雜言)일지라도 대부분 7언을 기본으로 하고 있다. 칠언은 오언보다

수사의 기교를 발휘하기 좋다는 장점이 있다.

【당대의 칠언고시】

칠언고시는 오언고시에 비해 글자 2자가 더 보태지기에 경치의 묘사나 서사와 서정에 편리하고, 세밀 묘사와 포괄적 내용을 담아내는 데에도 유리하다. 칠언고시는 압운에 있어서도 매 구에 압운하는 백량체(柏梁體)도 있지만 시의 뜻이나 내용에 따라 곧 시의 단락에 따라 중간에 환운(換韻)할 수 있다. 그리고 측성자(仄聲字)로 압운할 수도 있으며 비슷한 몇 개의 운을 섞어 통용하는 통운(通韻)도 가능하다.

초당사걸(初唐四傑)의 한 사람인 왕발(王勃)의 <등왕각(滕王閣)>은 칠언의 고아한 작품이다. 이후 이백과 두보 같은 대가에 의해 놀랍도록 발전한다. 두보는 칠언고시로 서사적인 많은 작품을 남겼는데 <고백행(古柏行)> 같은 작품이 유명하다.

칠언고시는 그 수식적인 속성 때문에 아무래도 부(賦)에 가까운 성격을 지니게 되는데 이백의 <행로난(行路難)>, <장진주(將進酒)> 같은 악부체의 칠언고시가 많다.

중당(中唐)에 가서는 백거이의 <장한가(長恨歌)>, <비파행(琵琶行)> 같은 장편 대작이 출현하여 칠언고시의 정점을 찍는다. 본 《당시삼백수》에는 칠언고시 28수와 칠고악부 15수를 수록하였다.

046. 登幽州臺歌(등유주대가) 유주대에 올라 부르는 노래

陳子昂진자앙

前不見古人(전불견고인)　後不見來者(후불견래자)

念天地之悠悠(염천지지유유)　獨愴然而涕下(독창연이체하)

지난 옛사람들 볼 수 없고
뒷날 올 사람들 볼 길 없노라.
하늘 땅 끝없다 생각하면서
홀로 슬퍼 눈물 흘린다.

作者　진자앙(陳子昂, 661-702) - 당시(唐詩)의 새 기풍을 열다

자(字)는 백옥(伯玉). 지방 호족 출신으로 부유했고 호협 기질이 있었다. 거란 토벌에 참가하기도 했는데 38세 때 관직을 버리고 귀향했다. 나중에 진자앙의 재산을 탐낸 단간(段簡)이라는 현령이 모함하여 옥에서 죽었다. 중국 문학사에서 시문의 경향이 한쪽으로 흐를 때 복고적인 주장이 나오곤 하였다. 이는 문학의 정도(正道)를 회복하려는 자정(自淨) 노력이라 생각할 수 있다.

진자앙은 육조시대의 경박하고 화려한 시풍을 일소하고 새로운 내용과 현실을 반영하는 시문학을 강조하였는데 실제로 그의 시풍은 질박하고 기골이 강하게 드러난다. <감우(感遇)> 시 38편은 매우 유명한 작품이다. 초당사걸(初唐四傑)의 작품은 남조의 시풍을 완전히 벗어나지는 못했지만 이들과 진자앙의 시는 당시(唐詩)에 새 생명력을 불어넣어 당시 발전의 토대를 구축했다는 평가를 받고 있다.
한유(韓愈)는 '진자앙부터 나라의 문장이 흥성하고 높아졌다.(國朝盛文章子昻始高踏)'고 말했다. 이 시에서도 그의 웅대한 기개를 엿볼 수 있다.

註釋

▸ <登幽州臺歌(등유주대가)> : '유주대에 올라 부르는 노래'. 幽州臺(유주대) – 북경 덕승문(德勝門) 서북쪽에 있다. 계구(薊丘, 삽주 계)라고도 한다. 유주는 지금의 하북성 북반부와 베이징 일대, 요녕성(遼寧省) 서남부에 해당한다.

▸ 前不見古人(전불견고인) : 현재의 나를 기점으로 나보다 앞에 살았던 사람.

▸ 後不見來者(후불견래자) : 내 뒤에 이 세상에 살 사람들. 시공(時空)을 생각한 것.

▸ 念天地之悠悠(염천지지유유) : 悠 멀 유. 悠悠(유유) – 무궁무진한 모양. 천지의 공간적 개념.

▸ 獨愴然而涕下(독창연이체하) : 愴 슬퍼할 창. 涕 눈물 체. 淚(눈물 루)로 된 판본도 있다. 下(하) – 흘린다는 동사.

詩意

칠언고시 첫머리에 수록되었으나 실은 '5언과 6언'으로 된 잡언체 고시로 가행체(歌行體)의 악부시이다. 이 시는 진자앙이 37세 때 지은 것으로 당시 그는 거란족을 정벌하는 무유의(武攸宜) 대장군의 참모로 있으면서 여러 번 올린 건의가 모두 배척되자, 유주대에 올라 옛날 연(燕)나라의 소왕(昭王)과 대장군 악의(樂毅)를 회상하면서 자신을 알아주지 않는 현실을 비분강개하며 읊은 것이다.
그러나 보다 고차원적으로 '하늘과 땅은 공간적으로나 시간적으로나 넓고 영원하며 그 속에 홀로 태어나 잠시 살다 가는 자신을 생각하고 처연히 눈물을 흘린다'라고 해석할 수도 있다.

또 이 시에서 말하는 고인(古人)은 막연한 옛사람의 뜻이 아니라 덕치(德治)를 폈던 요(堯), 순(舜), 우(禹), 탕왕(湯王), 주(周)의 문왕(文王)과 무왕(武王), 주공(周公) 같은 성군이나 공자(孔子) 같은 성현으로 보아야 한다. 그러면 시인의 역사의식과 삶에 대한 가치관을 깊이 이해할 수 있다.

즉 공간적으로 무한대하고 시간적으로 영원한 우주에서 외톨이로 태어나 미미한 존재로 살면서 과거와 미래의 인류의 역사와 문화와 어떻게 이어지고, 또 이바지할까 하는 강개한 감정을 토로한 시이다.

參考 진자앙의 <감우(感遇)> 기삼(其三)

낡고 허물어진 정령(丁零)의 요새는
예부터 멀고 거친 변방에 있네.
보루와 봉수대는 어찌 그리 높은가?
마른 뼈들은 여기저기 뒹구네.
누런 모래바람 사막 남에서 불면
백일(白日)도 서편으로 넘어간다.
한(漢)나라 군사 삼십만이
그전에 흉노와 싸웠었다.
모래밭에 보이는 유골이 남겨둔
변방의 고아는 누가 돌보았는가?

蒼蒼丁零塞　今古緬荒途
亭堠何摧兀　暴骨無全軀
黃沙漠南起　白日隱西隅
漢甲三十萬　曾以事匈奴
但見沙場死　誰憐塞上孤

047. 古意(고의) 옛 뜻 ● 李頎이기

남아사장정　소소유연객
南兒事長征　少小幽燕客

도승마제하　유래경칠척
賭勝馬蹄下　由來輕七尺

살인막감전　수여위모책
殺人莫敢前　鬚如蝟毛磔

황운농저백설비　미득보은부득귀
黃雲隴底白雪飛　未得報恩不得歸

요동소부연십오　관탄비파해가무
遼東小婦年十五　慣彈琵琶解歌舞

금위강적출새성　사아삼군루여우
今爲羌笛出塞聲　使我三軍淚如雨

남아는 으레 전장에 나가야 한다며
젊고도 어린 유주에서 온 젊은이.
말 타고 달리는 내기 도박을 걸며
이렇듯 일곱 자 몸을 가벼이 여긴다.
살인할 기세에 감히 맞서는 자 없고
수염은 고슴도치 털처럼 억세다.
흙먼지 가득한 산 아래 백설이 날리는데
큰 공이 없으니 돌아가지 못한다 하네.
요동 땅 젊은 여인 나이는 열다섯인데

비파도 잘 타고 가무 솜씨도 뛰어났다.
오늘도 강적羌笛을 부니 요새에 소리 퍼져
우리의 삼군을 비 오듯 눈물 나게 한다.

作者 이기(李頎, 690-751) - 변새시에 뛰어난 시인

동천(東川, 사천성) 사람으로 개원 13년(725) 진사시에 합격하고 신향현위(新鄕縣尉)라는 지방관을 역임했다. 고적(高適), 왕유(王維), 왕창령(王昌齡)과 시를 화답하였고 송별시와 자연을 묘사한 시가 많으나, 변새시에 뛰어났으며 <고종군행(古從軍行)>이 대표작이라 할 수 있다.

註釋

▶ <古意(고의)> : '옛 뜻'. 옛날의 시를 따라 쓴 시. 고풍(古風)과 같다. '옛 사나이들의 의기(意氣)'로 풀어도 된다.

▶ 男兒事長征(남아사장정) : 事(사) - 일삼다, 종사하다. 長征(장정) - 원정(遠征)과 같다.

▶ 少小幽燕客(소소유연객) : 幽燕客(유연객) - 유주(幽州)의 사나이. 유(幽)는 하북성, 요녕성 서남부로 춘추 전국시대 연(燕)나라 땅이었다. 객(客)은 사나이. 그 지방에는 혈기왕성하고 의협(義俠)한 남아가 많았다.

▶ 賭勝馬蹄下(도승마제하) : 賭 내기 걸 도. 도박. 賭勝(도승) - 내기 도박에 이기다. 蹄 발굽 제.

▶ 由來輕七尺(유래경칠척) : 輕 가벼울 경. 경시하다. 七尺(칠척) - 일곱 자의 육신(肉身). 輕七尺(경칠척) - 생명을 건 내기라는 의미.

▶ 殺人莫敢前(살인막감전) : 莫敢前(막감전) - 감히 앞에 나서서 덤비지 못한다.

▶ 鬚如蝟毛磔(수여위모책) : 鬚 수염 수. 蝟 고슴도치 위. 磔 찢을 책. 가르다. 고슴도치 털과 같은 수염이 양옆으로 갈라졌다.

▶ 黃雲隴底白雪飛(황운농저백설비) : 黃雲(황운) - 바람에 날리는 황진(黃

塵), 황진에 흐려 누렇게 된 구름. 隴 고개 이름 롱. 천수군(天水郡)에 있는 농산(隴山). 언덕[山崗]. 底 밑 저. 坻(비탈 지), 阺(비탈 저)와 같다. 농(隴)을 밭두둑으로 해석하거나, 혹은 유주의 어떤 큰 산으로 해석해야 한다.(감숙성의 농산으로 보면 지리적으로 맞지 않다) 白雪飛(백설비) - 흰 눈이 날린다. 황운과 백설은 대가 된다. 백설을 '백운(白雲)'으로 쓴 책도 있다.

▸ 未得報恩不得歸(미득보은부득귀) : 報恩(보은) - 황제에게 보은하다, 큰 공을 세우다.

▸ 遼東小婦年十五(요동소부연십오) : 遼東(요동) - 요하(遼河)의 동쪽, 요녕성 남부 지역. 小婦(소부) - 젊은 여인.

▸ 慣彈琵琶解歌舞(관탄비파해가무) : 慣 버릇 관. 익숙하다. 慣彈(관탄) - 익숙하게 연주하다. 琵琶(비파) - 서역에서 전래한 악기. 解(해) - 할 줄 안다. 解歌舞(해가무) - 가무 솜씨가 능숙하다.

▸ 今爲羌笛出塞聲(금위강적출새성) : 羌 종족 이름 강. 笛 피리 적. 羌笛(강적) - 서역에서 들여온 악기.

▸ 使我三軍淚如雨(사아삼군루여우) : 三軍(삼군) - 전군(前軍, 좌군左軍), 중군(中軍), 후군(後軍, 우군右軍). 여기서는 전군(全軍)의 뜻.

詩意

역시 격식 면에서는 오언과 칠언이 각 6구로 된 고체시다. 한대(漢代)의 '변새정수(邊塞征戍)'의 고시를 모방한 시다. 그러므로 고의(古意)라고 시제를 붙였다. 전반에서는 호협한 용사의 기개를 그렸고, 후반에서는 가냘픈 여인의 피리소리를 대조시켰다. 긴장과 애수가 교차하는 싸움터의 풍정(風情)과 군인들의 의기를 잘 엮어서 읊었다.

048. 送陳章甫(송진장보) 진장보를 전송하며 ● 李頎이기

사월남풍대맥황 조화미락동엽장
四月南風大麥黄 棗花未落桐葉長

청산조별모환견 시마출문사구향
青山朝別暮還見 嘶馬出門思舊鄉

진후입신하탄탕 규수호미잉대상
陳侯立身何坦蕩 虯鬚虎眉仍大顙

복중저서일만권 불긍저두재초망
腹中貯書一萬卷 不肯低頭在草莽

동문고주음아조 심경만사여홍모
東門酤酒飮我曹 心輕萬事如鴻毛

취와부지백일모 유시공망고운고
醉臥不知白日暮 有時空望孤雲高

장하낭두연천흑 진리정주도부득
長河浪頭連天黑 津吏停舟渡不得

정국유인미급가 낙양행자공탄식
鄭國遊人未及家 洛陽行子空歎息

문도고림상식다 파관작일금여하
聞道故林相識多 罷官昨日今如何

사월의 남풍에 보리는 누렇게 익었고
대추꽃 지지 않았으나 오동잎은 다 커졌다.
청산을 아침에 지나고 저녁에 돌아오며 보며
우짖는 말 타고 문을 나서 고향을 그린다.

진장보 인품은 어찌 그리 넓고 크던가!
규룡의 수염에 호랑이 눈썹 그리고 넓은 이마
복중腹中엔 일만 권 책이 있는 듯하니
머리를 숙이고 초야에 묻히려 하지 않았다.
동문에서 술을 사 우리들에게 마시게 하고
마음은 가볍고 세상을 홍모鴻毛처럼 보았다.
술 취해 누워서 백일이 지는 줄 모르고
때로는 망연히 고운을 바라보았었다.
장하長河에 파도 일고 하늘에 먹구름이 가득하니
나루터 관리가 배를 잡아 건너지 못하게 한다.
정鄭에서 벼슬 살던 그대 집에 아니 도착했으려니
낙양의 나그네는 공연히 탄식만 하고 있다.
듣자니 고향에 지인들이 많다 하니
어제는 벼슬 버렸고 오늘은 어떠하시오?

註釋

▶ <送陳章甫(송진장보)> : '진장보를 전송하며'. 陳章甫(진장보) - 강릉(江陵) 사람으로, 개원 연간에 진사로 한동안 관직을 역임했다고 한다. 이 시에서 보면 뜻이 맞지 않아 벼슬에서 물러나, 고향으로 돌아갔음을 알 수 있다. 사람 됨됨이가 호탕하고 소절(小節)에 구애 받지 않고, 관직에 연연하지 않았으며 우정을 귀하게 여긴 장부였다고 느껴진다.

▶ 四月南風大麥黃(사월남풍대맥황) : 黃(황) - 보리가 익다, 영글어 누렇게 되다. 우리나라에서도 보리는 남쪽에서부터 익는다고 했다.

▶ 棗花未落桐葉長(조화미락동엽장) : 棗 대추나무 조. 대추나무는 가장 늦게 잎이 나오는데 초여름에 희고 노란 꽃이 핀다.

▶ 靑山朝別暮還見(청산조별모환견) : 朝別(조별) - 아침나절에 보고 지나

갔다. 暮 저물 모. 저녁 때.

▸嘶馬出門思舊鄉(시마출문사구향) : 嘶 말이 울 시.

▸陳侯立身何坦蕩(진후입신하탄탕) : 陳侯(진후) – 진장보를 높여 후(侯, 작위 후)라고 했다. 원래는 후작이나 제후의 뜻이다. 立身(입신) – 처세하는 태도, 입신출세의 뜻이 아니고, 인품이나 풍도의 뜻이다. 何(하) – 어찌 이 정도로. 坦 평평할 탄. 평탄하다. 蕩 넓을 탕. 《논어 술이(述而)》에 '자왈 군자탄탕탕 소인장척척(子曰 君子坦蕩蕩 小人長戚戚)'이란 말이 있다. 탕탕(蕩蕩)은 마음이 관대하고 기량이 넓다는 뜻.

▸虯鬚虎眉仍大顙 (규수호미잉대상) : 虯 규룡 규. 뿔이 있는 용. 뿔 없는 용은 이(螭)라고 한다. 鬚 수염 수. 虯鬚(규수) – 용의 수염. 虎眉(호미) – 호랑이 눈썹. 仍 말미암을 잉. 거듭, 아울러. 顙 이마 상.

▸腹中貯書一萬卷(복중저서일만권) : 복중(腹中)에 책을 저장하고 있다. 즉 학식이 많다. 貯 쌓을 저.

▸不肯低頭在草莽(불긍저두재초망) : 不肯(불긍) – ~하려 하지 않다. 低頭(저두) – 남에게 고개를 숙이다. 莽 풀 우거질 망. 在草莽(재초망) – 재야(在野)하다.

▸東門酤酒飮我曹(동문고주음아조) : 酤 술 살 고. 沽(살 고)와 같음. 飮(음) – ~을 마시게 하다. 曹 무리 조. 관아.

▸心輕萬事如鴻毛(심경만사여홍모) : 心輕(심경) – 마음이 경쾌하다, 물욕(物慾)이 없다. 萬事(만사) – 속세의 명리. 명리를 얻기 위한 잡스런 행동. 鴻毛(홍모) – 기러기 털. 아주 가벼운 물건, 가치가 없는 일.

▸醉臥不知白日暮(취와부지백일모) : 醉臥(취와) – 취해 눕다.

▸有時空望孤雲高(유시공망고운고) : 有時(유시) – 이따금, 때로는. 空(공) – 부질없이. 空望(공망) – 망연히 바라보다.

▸長河浪頭連天黑(장하낭두연천흑) : 長河(장하) – 장강, 큰 강. 황하. 浪頭(낭두) – 파도. 두(頭)는 명사의 뒤에 붙는 허사(虛辭)로 쓰인다. 목두(木頭)는 나무 꼭대기가 아닌 나무란 뜻. 석두(石頭)는 돌. 두(頭)가 동사나 형용사 뒤에 붙으면 명사가 된다. 간두(看頭)는 볼만한 가치. 고두(苦頭)

는 고생, 북두(北頭)는 북쪽. 連天黑(연천흑) - 온 하늘에 검은 구름이 끼어 있다.

- 津吏停舟渡不得(진리정주도부득) : 津吏(진리) - 나루터를 감시하는 사람. 진구(津口, 나루터)라고 된 판본도 있다. 渡不得(도부득) - 건너지 못하다.
- 鄭國遊人未及家(정국유인미급가) : 鄭國遊人(정국유인) - 진씨를 말한다. 정(鄭, 하남성의 지명) 땅에서 벼슬하던 사람. 遊人(유인) - 나그네. 未及家(미급가) - 아직도 고향집에 도착하지 못하다.
- 洛陽行子空歎息(낙양행자공탄식) : 洛陽行子(낙양행자) - 낙양에 있는 나그네, 즉 이 시의 작자, 이기(李頎).
- 聞道故林相識多(문도고림상식다) : 聞道(문도) - ~라 하는 말을 들었다. 故林(고림) - 고향의 산림, 고향. 相識多(상식다) - 서로 면식 있는 사람이 많다, 지인이 많다.
- 罷官昨日今如何(파관작일금여하) : 今如何(금여하) - 지금의 감회는 어떠한가?

詩意

이 시는 내용상으로 전체를 크게 3단으로 나눌 수 있다.

1, 2연은 이별하는 정경을 그렸다.

3-6연에서 작자는 진장보의 대범한 인품을 여러 각도에서 힘찬 필치로 그렸다. 용모가 호걸로 생겼으며, 학식이 많으면서, 속세의 명리를 경시하는 고결한 지조를 지닌 탁월한 사나이로 그렸다. 이따금 호탕하게 술 마시고 공허한 마음으로 하늘의 구름을 쳐다보던 사나이다. 어디로 보나 '머리 숙이고 야에 묻히기에는 아까운 사나이'라고 아쉬워하기도 했다.

끝으로 7-9연에서는 뱃길이 막혀 지체하는 그를 걱정하는 심정을 그렸다. 여러 각도에서 자상하게 쓴 훌륭한 이별시다.

049. 琴歌(금가) 거문고의 노래 ● 李頎이기

주 인 유 주 환 금 석　청 주 명 금 광 릉 객
主人有酒歡今夕　請奏鳴琴廣陵客

월 조 성 두 오 반 비　상 처 만 목 풍 입 의
月照城頭烏半飛　霜凄萬木風入衣

동 로 화 촉 촉 증 휘　초 탄 녹 수 후 초 비
銅鑪華燭燭增輝　初彈淥水後楚妃

일 성 이 동 물 개 정　사 좌 무 언 성 욕 희
一聲已動物皆靜　四座無言星欲稀

청 회 봉 사 천 여 리　감 고 운 산 종 차 시
淸淮奉使千餘里　敢告雲山從此始

주인이 술을 차렸으니 오늘 밤을 즐기려니
광릉객廣陵客을 청해 거문고 연주를 부탁하였도다.
달빛이 성에 비치니 까마귀들이 살짝 날고
서리가 내리니 숲이 소슬하고 찬바람이 스민다.
향로에 향 피우고 촛불이 환히 빛을 내는데
처음에 녹수를 그 뒤에 초비곡을 연주한다.
한 가락을 마치니 주위 모두 조용하고
온 자리에 말이 없고 별도 드물도다.
맑은 회수에서 벼슬하는 천여 리 밖 이곳
감히 벼슬 놓고 은거할 마음 여기서 시작했다.

註釋

▸ <琴歌(금가)> : '거문고의 노래'. 歌(가) – 악기 반주가 있고 악곡에 맞는 노래이니 곧 '노래로 부를 수 있는 시문'이고, 곡(曲) 없이 부르는 노래를 요(謠)라 한다. 그렇다면 우리가 흔히 쓰는 가요의 뜻이 명확해진다. 악부시로서 가(歌)는 본래 '방정하고 장언(長言)하되 잡된 악부시'로 <호리가(蒿里歌)>, <해로가(薤露歌)> 등이 있다.

▸ 主人有酒歡今夕(주인유주환금석) : 主人(주인) – 이기 자신. 손님을 청하고 술잔치를 마련했다.

▸ 請奏鳴琴廣陵客(청주명금광릉객) : 奏 아뢸 주. 鳴 울 명. 鳴琴(명금) – 거문고. 廣陵客(광릉객) – 광릉의 나그네. 광릉은 지금의 강소성 양주(揚州). 죽림칠현(竹林七賢)의 한 사람인 혜강(嵇康)이 <광릉산(廣陵散)>이라는 곡을 잘 연주했기에 거문고를 잘 타는 사람을 광릉객이라 했다.

▸ 月照城頭烏半飛(월조성두오반비) : 烏半飛(오반비) – 까마귀가 잠시 날다. 조조(曹操)의 <단가행(短歌行)>에 '월명성희 오작남비(月明星稀 烏鵲南飛)'란 구절이 있다.

▸ 霜凄萬木風入衣(상처만목풍입의) : 凄 쓸쓸할 처. 차갑다. 霜凄萬木(상처만목) – 서리가 내리니 모든 나무가 쓸쓸하다.

▌ 조조(曹操)

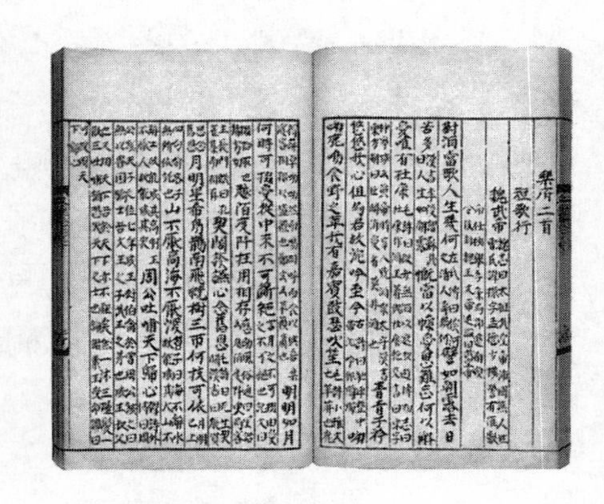

樂府二首
短歌行
魏武帝
對酒當歌人生幾何
慨當以慷憂思難忘何以解
青青子衿
何時可掇憂從中來不可斷絕
越陌度阡枉用相存
契闊談讌心念舊恩
月明星稀烏鵲南飛繞樹三帀何枝可依
山不厭高海不厭深
周公吐哺天下歸心

▌ 단가행(短歌行)

▸ 銅鑪華燭燭增輝(동로화촉촉증휘) : 銅鑪(동로) - 향로. 鑪 화로 로. 華燭(화촉) - 촛불. 輝(휘) - 빛이 밝다.

▸ 初彈淥水後楚妃(초탄녹수후초비) : 淥 물이 맑아질 록. 淥水(녹수) - 금곡명(琴曲名). 楚妃(초비) - 금곡명.

▸ 一聲已動物皆靜(일성이동물개정) : 一聲已動(일성이동) - 거문고 한 곡 연주가 끝나자~.

▸ 四座無言星欲稀(사좌무언성욕희) : 四座無言(사좌무언) - 만좌(滿座)의 사람들이 말이 없다. 星欲稀(성욕희) - 별도 빛을 잃고 희미해지는 듯하다.

▸ 淸淮奉使千餘里(청회봉사천여리) : 淸淮(청회) - 맑은 회수(淮水). 奉使(봉사) - 조정의 명을 받아 근무하다. 작자 이기는 하남성 신향현위(新鄕縣尉) 벼슬에 있었다. 千餘里(천여리) - 자기 고향에서 천여 리 떨어진 곳. 이기는 사천성 출신.

▸ 敢告雲山從此始(감고운산종차시) : 告(고) - 고귀(告歸), 사관(辭官)하다. 雲山(운산) - 구름이 덮인 산. 은거지. 從此始(종차시) - 여기에서 시작되다.

詩意

당시 작자 이기는 하남성 신향현(新鄕縣)의 지방관으로 있었다. 신향은 회수(淮水)와 가까운 곳이다. 그는 달 밝은 밤에 술자리를 마련하고 거문고의 명수를 초청해서 연주케 했으며, 거문고 소리에 감동되어 벼슬을 물리고 고향으로 돌아가리라 생각했다는 시다. 광릉객(廣陵客)은 거문고를 잘 타는 사람이다. 광릉은 강소성 양주(揚洲)다. 그러므로 '광릉객'을 '양주에서 온 길손'으로 풀이할 수도 있다.

그러나 여기서 말하는 '광릉객'은 거문고의 곡명 '광릉산곡(廣陵散曲)을 잘 타는 사람'의 뜻이다. '광릉산곡'은 혜강(嵇康)이 형을 받고 죽을 때 마지막으로 연주한 곡이다.

청동대탄호가성겸기어농방급사

050. 聽董大彈胡笳聲兼寄語弄房給事

동대의 호가 연주 소리를 들으며 방급사에게 농담을 하다 ● 李頎이기

채녀석조호가성 일탄일십유팔박
蔡女昔造胡笳聲 一彈一十有八拍

호인낙루첨변초 한사단장대귀객
胡人落淚沾邊草 漢使斷腸對歸客

고수창창봉화한 대황침침비설백
古戍蒼蒼烽火寒 大荒沈沈飛雪白

선불상현후각우 사교추엽경색색
先拂商絃後角羽 四郊秋葉驚摵摵

동부자 통신명 심송절청래요정
董夫子 通神明 深松竊聽來妖精

언지갱속개응수 장왕복선여유정
言遲更速皆應手 將往復旋如有情

공산백조산환합 만리부운음차청
空山百鳥散還合 萬里浮雲陰且晴

시산추안실군야 단절호아연모성
嘶酸雛雁失羣夜 斷絶胡兒戀母聲

천위정기파 조역파기명
川爲靜其波 鳥亦罷其鳴

오손부락가향원 라사사진애원생
烏孫部落家鄕遠 邏娑沙塵哀怨生

유음변조홀표쇄 장풍취림우타와
幽音變調忽飄灑 長風吹林雨墮瓦

병천삽삽비목말　야록유유주당하
迸泉颯颯飛木末　野鹿呦呦走堂下

장안성련동액원　봉황지대청쇄문
長安城連東掖垣　鳳凰池對青瑣門

고재탈략명여리　일석망군포금지
高才脫略名與利　日夕望君抱琴至

채녀蔡女가 전에 호가곡을 지었었는데
한 곡조가 열에 여덟 박자라 하였다.
호인들의 눈물이 초원에 떨어지고
한漢 사신은 애끊듯 돌아가는 사람을 보냈네.
낡은 수루 꺼무레하고 봉화대는 으스스한데
거친 사막 침침한 벌판에 백설이 날린다.
먼저 상현商絃으로 조이고 각성角聲과 우성羽聲을 타니
사방 단풍잎이 떨어져 바삭대는 것 같다.
동부자董夫子는 신명에 통했으니
깊은 송림의 요괴 정령이 몰래 와서 듣는다.
느렸다 빨랐다가 모두가 손을 따라오니
가다가 다시 돌아오니 정을 안은 듯하다.
공산의 온갖 새가 흩어지고 모이는 듯
만리를 덮은 구름 흐렸다가 다시 개는 듯.
기러기 새끼 무리 잃고 슬피 우는 밤에
홀로 된 호인 아이가 어미 그리며 우는구나.
강물은 그 물결을 재우고
새들도 울기를 멈추었다.

오손 마을에서 고향은 멀기만 한데
라사 모래먼지 속에도 슬픈 원망이 있어라.
그윽한 변조로 흐르다가 갑자기 가볍고 상쾌하더니
큰 바람이 숲을 때리고 빗방울이 기와에 떨어진다.
솟아난 샘물이 소리 내어 흐르고 나뭇가지 흔들리면
야록野鹿이 울면서 집 안으로 달려온다.
장안성은 동액원으로 이어지고
봉황지와 청쇄문은 마주 보고 있도다.
뛰어난 재주에 명예와 이욕도 벗어났으니
일석日夕으로 그대 거문고 안고 오길 기다린다오.

註釋

▸ <聽董大彈胡笳聲兼寄語弄房給事(청동대탄호가성겸기어농방급사)> : '동대의 호가 연주 소리를 들으며 방급사에게 농담을 하다'. 董 바로잡을 동. 성씨. 董大(동대) - 동씨 형제 중 맏이. 성이 동(董), 이름은 정란(庭蘭). 彈(탄) - 연주하다. 笳 피리 가. 胡笳(호가) - 호인들이 갈대 잎을 말아 부는 피리. 목관(木管)으로 만든 구멍 3개의 피리. 兼 겸할 겸. 弄 희롱할 롱. 房給事(방급사) - 방관(房琯, 696-763, 자字 차률次律) 급사중(給事中, 재상급 직위).

▸ 蔡女昔造胡笳聲(채녀석조호가성) : 蔡女(채녀) - 후한 말기의 유명한 학자 채옹(蔡邕)의 딸인 채염(蔡琰). 자는 문희(文姬). 학식이 높고 음악에 정통했다. 전란에 휩쓸려 흉노에게 잡혀 호지(胡地)에 끌려가, 강제로 호왕(胡王)의 시중을 들고, 두 아들까지 낳았다. 그런 지 12년 후에 조조(曹操)가 그녀를 재물을 주고 돌아오게 하여 동사(董祀)란 사람에게 개가케 했다. 昔 옛 석. 옛날에. 胡笳聲(호가성) - 채염이 자기의 기구한 생애를 엮어 비분시(悲憤詩)를 지었는데, 그 중 하나가 초사체(楚辭體)로 된 금곡이며, 이를 '호가십팔박(胡笳十八拍)'이라고 했다. 이 곡을 동대가

거문고로 연주한 것이다. 한편 '호가십팔박'의 작자는 채염이 아니고, 다른 사람이라는 설도 있다.

▸ 一彈一十有八拍(일탄일십유팔박) : 一彈(일탄) - 호가()는 원래 호인들의 적곡(笛曲)이었다. 이를 채염이 금곡으로 개조했으며, 동대가 거문고로 연주했다. 그래서 탄(彈, 줄을 퉁기다, 탄다)이라고 했다. 여기서 말하는 일탄은 1곡이다.

▸ 胡人落淚沾邊草(호인낙루첨변초) : 淚 눈물 루. 沾 더할 첨. 적시다. 沾邊草(첨변초) - 변경의 풀을 적셨을 것이다. 진(晉)나라 유곤(劉琨)이 오랑캐 기마병에게 포위되자, 밤새도록 호가(胡笳)를 구슬프게 불었더니 이민족의 군대들이 고향이 그리워 흩어졌다는 이야기도 있다.

▸ 漢使斷腸對歸客(한사단장대귀객) : 漢使(한사) - 한나라의 사신. 斷腸對歸客(단장대귀객) - 창자가 끊어질 듯한 심정으로 한나라로 돌아가는 사람을 대했으리라. 이에 대해서도 설이 많다. 한사는 채염을 속회(贖回)하려고 온 한나라 사신이고, 귀객은 '풀려서 한나라로 돌아갈 채염'으로 볼 수도 있다. 한편 한사를 오랑캐 땅에 묶여 있는 이릉(李陵)이고, 귀객을 한나라로 돌아가는 소무(蘇武)라고 풀이하기도 한다. 이들은 다 호지(胡地)에서 기구한 삶을 살았으며, '호가십팔박'을 들으며 처절하게 작별했던 것이다.

▸ 古戍蒼蒼烽火寒(고수창창봉화한) : 古戍(고수) - 옛날부터 있는 낡은 보루, 수루(戍樓). 蒼蒼(창창) - 오래되어 꺼무칙칙하다. 寒 찰 한. 사람에게 한기를 느끼게 하다, 으스스하다.

▸ 大荒沈沈飛雪白(대황침침비설백) : 荒 거칠 황. 황량한 땅. 大荒(대황) - 중국에서 멀리 떨어진 땅끝, 해와 달이 지는 곳. 沈沈(침침) - 무거운 모양, 초목이 무성한 모양. 위의 창창(蒼蒼)과 대구. 음침(陰沈)으로 적은 책도 있다.

▸ 先拂商絃後角羽(선불상현후각우) : 先拂商(선불상) - 먼저 거문고의 줄을 털고 상성(商聲)을 울린다. 後角羽(후각우) - 그 다음에 각현(角絃)과 우현(羽絃)을 울린다. 옛날에는 음계를 '궁(宮), 상(商), 각(角), 치(徵),

우(羽)'의 오성으로 분류했다. 궁은 토(土), 황(黃), 사계(四季), 중앙, 신(信), 욕(慾)을 상징한다. 상은 금(金), 백(白), 추(秋), 서(西), 의(義), 노(怒)를 상징한다. 각은 목(木), 청(靑), 춘(春), 동(東), 인(仁), 희(喜)를 상징한다. 치는 화(火), 적(赤), 하(夏), 남(南), 예(禮), 낙(樂)을 상징한다. 우는 수(水), 흑(黑), 동(冬), 북(北), 지(智), 애(哀)를 상징한다.

▸四郊秋葉驚摵摵(사교추엽경색색) : 摵 털어낼 색. 摵摵(색색) - 잎사귀가 바람에 불리거나 떨어지는 소리.

▸董夫子(동부자) : 夫子(부자) - 선생, 거문고를 타는 동대.

▸通神明(통신명) : 신명(神明)과 통하다, 높은 경지에 도달하다.

▸深松竊聽來妖精(심송절청래요정) : 깊은 소나무 숲에서 요정들이 음악소리를 들으려고 몰래 숨어서 온다. 深松(심송) - 심산(深山)으로 쓴 책도 있다. 妖精(요정) - 요괴의 정령, 산귀신, 도깨비.

▸言遲更速皆應手(언지갱속개응수) : 言遲更速(언지갱속) - 거문고 소리가 천천히 울리다가 다시 빨라진다. 언(言)은 어조사.

▸將往復旋如有情(장왕복선여유정) : 將往復旋(장왕복선) - 가려다가 다시 돌아오다.

▸空山百鳥散還合(공산백조산환합) : 百鳥(백조) - 온갖 조류, 모든 새.

▸萬里浮雲陰且晴(만리부운음차청) : 陰且晴(음차청) - 흐렸다가 개다.

▸嘶酸雛雁失羣夜(시산추안실군야) : 嘶 울 시. 嘶酸(시산) - 가슴속이 시리고 쓰려서 흐느껴 울다. 雛 병아리 추. 雁 기러기 안. 雛雁(추안) - 어린 기러기. 失羣(실군) - 무리를 잃다.

▸斷絶胡兒戀母聲(단절호아연모성) : 홀로 된 호인(胡人)의 아이가 어미를 그리며 울다. 채염이 한나라로 돌아올 때, 오랑캐 왕의 두 아들을 남겨놓고 왔다.

▸川爲靜其波(천위정기파) : 靜 고요할 정.

▸鳥亦罷其鳴(조역파기명) : 罷 그만둘 파.

▸烏孫部落家鄕遠(오손부락가향원) : 烏孫(오손) - 전한(前漢) 때 서역에 존재한 유목민족, 그들의 나라. 家鄕遠(가향원) - 고향은 멀기만 하다.

▸ 邏娑沙塵哀怨生(라사사진애원생) : 邏 순행할 라. 娑 춤출 사. 邏娑(라사) - 토번(吐蕃) 국도(國都)의 음역(音譯). 당 태종 때 문성공주(文成公主)를 토번 왕에게 시집보낸 적이 있다. 沙塵(사진) - 사막의 흙먼지.
▸ 幽音變調忽飄灑(유음변조홀표쇄) : 幽音(유음) - 그윽한 음조(音調). 飄 회오리바람 표. 灑 물 뿌릴 쇄. 飄灑(표새) - 가볍고 상쾌하다.
▸ 長風吹林雨墮瓦(장풍취림우타와) : 墮 떨어질 타. 瓦 기와 와.
▸ 迸泉颯颯飛木末(병천삽삽비목말) : 迸 솟아나올 병. 흩어져 달아나다. 迸泉(병천) - 솟아나는 샘물. 颯 바람소리 삽. 颯颯(삽삽) - 샘물이 흐르는 소리. 木末(목말) - 나뭇가지 끝.
▸ 野鹿呦呦走堂下(야록유유주당하) : 野鹿(야록) - 야생의 사슴. 呦 울 유. 呦呦(유유) - 야생 사슴이 우는 소리.
▸ 長安城連東掖垣(장안성련동액원) : 掖 겨드랑이 액. 垣 담 원. 掖垣(액원) - 궁궐 정전(正殿) 곁의 담. 그 앞에 중서성(中書省)이 있다.
▸ 鳳凰池對青瑣門(봉황지대청쇄문) : 鳳凰池(봉황지) - 궁중의 연못. 그 앞에 급사중인 방관(房琯)이 근무하는 중서성이 있다. 瑣 자질구레할 쇄. 青瑣門(청쇄문) - 한(漢) 대궐의 대문. 천자의 출입문.
▸ 高才脫略名與利(고재탈략명여리) : 高才(고재) - 재주가 많은 방관. 脫略(탈략) - 소탈하다, 구애되지 않다, 의젓하다.
▸ 日夕望君抱琴至(일석망군포금지) : 望(망) - 기다리다. 君(군) - 그대. 抱琴至(포금지) - 거문고를 안고 오다, 풍류를 즐기다.

詩意

이 칠언고시는 전체를 크게 3단으로 나눌 수 있다.

1단(1-3연)은 호가(胡笳)의 서글픈 내력을 기술했다. 즉 오랑캐에게 끌려가 호왕(胡王)의 두 아들을 낳은 채문희(蔡文姬)가 자기의 곡절 많은 비운을 호지(胡地)에서 '비분시(悲憤詩)'로 읊었다.

그리고 그 중의 하나를 호적(胡笛)의 곡조를 바탕으로 호가십팔박(胡笳十八拍)이라는 금곡(琴曲)으로 개조했다. 그러므로 그 음악 속에는 채문희의 애원이 깊이 서려 있다.

2단(4-12연)은 이 시의 핵심으로 거문고의 명수 동정란(董庭蘭)이 연주하는 거문고 소리를 절묘하게 묘사했다. 청각적인 음악을 시각적인 한자를 바탕으로 한 한시(漢詩)로 생생하게 재생했다. 참으로 신통한 솜씨다. 이 시를 읽으면, 음악을 듣는 것보다 더 황홀한 경지에 들어갈 수 있다.

작자 이기(李頎)는 시 속에서 동부자(董夫子)의 연주가 통신명(通神明)했다고 말했으나, 작자 이기의 묘사가 바로 통신명이며, 그 묘사 수법이나 표현의 적확성에서는 백거이(白居易, 백낙천)의 <비파행(琵琶行)>보다 더 높다고 하겠다. 거듭 말하겠다. 음악소리를 이렇게 절묘하게 글로 표현한 이기의 글재주는 귀신이 곡할 만하다.

3단(13-14연)은 동정란을 후원해주는 재상 방관(房琯)에 대한 인사말이다. 시 제목의 '농방급사(弄房給事)'를 풀이하면, 재상 같은 높은 자리에 있는 방관이 정사에 보다 열중해서 안록산의 난을 미연에 막거나 혹은 평정하지 못하고, 자리에서 물러났으니, 그게 다 그가 풍류를 좋아하고 문인이나 음악인들을 애호한 때문이라고 농을 한 것이라고 풀이할 수 있다.

그러나, 3단은 이 시의 중심이 아니고, 동대(董大) 같은 '거문고의 명인'을 문객으로 둔 방관을 드러내기 위한 덤에 불과하다.

參考 방관(房琯, 696-763)

방관은 안록산의 난 중에 소가 끄는 우차를 대거 동원해 안록산 군을 공격하자는 아이디어를 냈으나, 장안 동쪽 진도사(陳濤斜)란 곳에서 관군 4만 명이 안록산의 반군에게 대패하여 거의 전멸하였다. 이를 역사에서는 진도사의 전(戰)이라 한다. 장안 수복 후 청하군공(淸河郡公)에 봉해졌다.

만년에 문객 동정란의 탄금(彈琴)을 들으며 풍류를 즐겼으나 동정란이 뇌물을 받은 것이 들통나 방관도 이 때문에 좌천을 당한다. 방관은 두보가 관직에 나아갈 수 있도록 추천했다. 때문에 두보는 방관을 변호하다가 화주(華州)로 폄직된다.

051. 聽安萬善吹觱篥歌

청안만선취필률가

안만선이 부는 피리소리를 들으며

● 李頎이기

남산절죽위필률 차악본자구자출
南山截竹爲觱篥 此樂本自龜茲出

유전한지곡전기 양주호인위아취
流傳漢地曲轉寄 涼州胡人爲我吹

방린문자다탄식 원객사향개루수
傍隣聞者多歎息 遠客思鄕皆淚垂

세인해청불해상 장표풍중자래왕
世人解聽不解賞 長飇風中自來往

고상노백한수류 구추명봉난추추
枯桑老柏寒颼飅 九雛鳴鳳亂啾啾

용음호소일시발 만뢰백천상여추
龍吟虎嘯一時發 萬籟百泉相與秋

홀연갱작어양참 황운소조백일암
忽然更作漁陽摻 黃雲蕭條白日暗

변조여문양류춘 상림번화조안신
變調如聞楊柳春 上林繁花照眼新

세야고당열명촉 미주일배성일곡
歲夜高堂列明燭 美酒一杯聲一曲

남산의 대를 잘라 필률을 만드는데
필률의 악곡은 본래 구자에서 시작되었다.
한漢 땅에 전해져 더욱 기묘하게 좋아진 악곡을

양주의 호인이 우릴 위해 연주한다.
곁에서 듣는 사람 모두가 감탄하는데
멀리서 온 나그네들 고향 그려 눈물 흘린다.
세인世人은 들을 줄은 알아도 완상하지 못하니
가락은 회오리바람 속에 절로 오가는 듯하다.
고사한 뽕과 큰 잣나무에 부는 찬바람 소리 같고
봉황의 여러 새끼들 어지러이 울어대는 듯하다.
용호의 울음에 포효가 한꺼번에 들리듯
온 누리 소리와 모든 물소리가 함께 숙연해졌다가
홀연히 다시 일어나는 어양참의 북소리마냥
황운黃雲도 외롭게 뜨고 백일白日도 빛이 죽는다.
곡조를 바꾸어 봄날의 버들 곡을 듣는 것 같더니
상림원 모든 꽃이 눈앞에 어른거린 듯하다.
선달의 그믐밤 좋은 자리에 촛불 환히 줄지었고
좋은 술 한 잔에 또 한 가락 울린다.

註釋

▶ <聽安萬善吹觱篥歌(청안만선취필률가)> : '안만선이 부는 피리소리를 들으며'. 安萬善(안만선) - 본 시에서 양주(涼州)의 호인(胡人)이라 말한 사람으로 나머지는 알 수 없다. 觱 필률 필. 서역(西域) 지방 피리의 일종, 일명 비률(悲篥). 篥 대나무 이름 률. 피리. 觱篥(필률) - 서역의 죽관 악기로 대나무로 만드는데 가로[橫]로 불며 소리구멍이 9개 있다. 그 소리 중 특히 각음(角音)이 비창하고 애절하다. 호인들이 이 피리를 불어 중국인의 말들을 놀라게 한다는 기록도 있다.

▶ 南山截竹爲觱篥(남산절죽위필률) : 南山(남산) - 장안 남쪽에 있는 종남산(終南山). 截 끊을 절. 잘라내다.

▸ 此樂本自龜茲出(차악본자구자출) : 樂(악) - 악기, 악곡, 악음(樂音). 龜 거북 구. 茲 이에 자, 검을 자. 龜茲(구자) - 기원전 272-14세기에 걸쳐 존속한 나라. 중국과는 전한 말기부터 교역과 왕래가 있었다. 구자(丘慈), 귀자(歸茲), 굴자(屈茨) 등으로도 표기된다. 648년 당(唐)은 이곳에 안서 대도호부(安西大都護府)를 두었다. 지금의 신강(新疆) 위구르자치구 중서부 타클라마칸사막 북쪽의 고차현(庫車縣) 일대.

▸ 流傳漢地曲轉奇(유전한지곡전기) : 流傳(유전) - 흘러들어오다. 漢地(한지) - 한족의 땅, 중국. 轉 구를 전. 점차로 변하여. 曲轉奇(곡전기) - 그 악곡이 더욱 기이하게 되었다.

▸ 涼州胡人爲我吹(양주호인위아취) : 涼州(양주) - 지금의 감숙성 영하(寧夏) 전역, 청해(青海) 동북부, 신강 동남부 지역. 胡人(호인) - 호족(胡族), 즉 안만선.

▸ 傍隣聞者多歎息(방린문자다탄식) : 傍 곁 방. 옆에서. 隣 이웃 린. 傍隣聞者(방린문자) - 옆에서 같이 듣는 사람.

▸ 遠客思鄕皆淚垂(원객사향개루수) : 遠客(원객) - 원지(遠地)에서 온 객인(客人). 淚垂(누수) - 눈물을 흘리다.

▸ 世人解聽不解賞(세인해청불해상) : 解(해) - 능(能), 회(會, 할 줄 안다)와 같은 뜻. 解聽(해청) - 들을 줄은 알아도.

▸ 長飇風中自來往(장표풍중자래왕) : 飇 폭풍 표. 회오리바람, 광풍. 自來往(자래왕) - 절로 왔다 갔다 하다.

▸ 枯桑老栢寒颼飀(고상노백한수류) : 颼 바람소리 수. 飀 바람소리 류. 颼飀(수류) - 솔솔 부는 바람소리, 혹은 세차게 부는 바람소리로 풀기도 한다.

▸ 九雛鳴鳳亂啾啾(구추명봉난추추) : 九(구) - 수 중에서 가장 큰 수. 전체, 많다는 의미. 雛 병아리 추. 조류의 어린 새끼. 鳴鳳(명봉) - 울어대는 봉황. 九雛鳴鳳(구추명봉) - 많은 새끼 봉황새가 우는 듯하다. 啾 소리 추. 시끄러운 소리. 亂啾啾(난추추) - 피리소리가 흡사 새 새끼들이 흩어졌다 모였다 하면서 짹짹거리는 소리 같다.

▸ 龍吟虎嘯一時發(용음호소일시발) : 嘯 휘파람 불 소. 여기서는 으르렁대

다. 龍吟虎嘯(용음호소) - 용이 울고 호랑이가 울부짖는 듯하다.

▸萬籟百泉相與秋(만뢰백천상여추) : 籟 세 구멍의 퉁소 뢰. 소리, 울림. 萬籟(만뢰) - 자연 만물이 내는 소리, 음향. 相(상) - 모양, 형상. 相與秋(상여추) - (만뢰와 백천이) 가을이 된 모양이다. 추(秋)는 수야(愁也). 숙연하고 조용하다.

▸忽然更作漁陽摻(홀연갱작어양참) : 摻 잡을 삼, 북을 칠 참. 움켜잡다. 漁陽摻(어양참) - 북[鼓]의 악곡. 북으로 연주하는 악곡명. 조조(曹操)는 자신에게 저항하는 문신인 예형(禰衡)을 죽일 수 없어 예형이 북을 잘 친다는 말을 듣고 고사(鼓使)로 삼아 예형에게 북을 치는 일을 맡긴다. 예형이 북으로 연주한 독특한 고곡(鼓曲)을 어양참과(漁陽摻撾)라 한다. 《삼국연의(三國演義)》에 예형이 알몸으로 북을 쳐 조조를 조롱하는 장면이 있다.

▸黃雲蕭條白日暗(황운소조백일암) : 蕭 쓸쓸할 소. 蕭條(소조) - 쓸쓸하고 한적한 모양, 초목이 말라 시드는 모양.

▸變調如聞楊柳春(변조여문양류춘) : 楊柳春(양류춘) - <절양류(折楊柳)>라고도 하는 악곡 이름. 봄철의 이별가.

▸上林繁花照眼新(상림번화조안신) : 上林(상림) - 상림원(上林苑), 황제의 놀이터. 진(秦)나라 때의 옛 정원을 한 무제가 확장했다. 당시 장안 서쪽에 있었다. 임금이 가서 놀이하거나 사냥하는 장원(莊園). 繁 많을 번. 照眼新(조안신) - 눈부시도록 산뜻하게 보인다.

▸歲夜高堂列明燭(세야고당열명촉) : 歲夜(세야) - 제석(除夕), 섣달그믐 밤.

▸美酒一杯聲一曲(미주일배성일곡) : 聲一曲(성일곡) - 악곡 한 곡.

詩意

앞의 시와 같이 귀에 울리는 신통한 음악소리를 실감나고 생동감 넘치는 시각적인 한시로 읊었다. 앞의 시는 거문고소리이고, 이번에는 피리소리이다. 신비한 청각적 음악의 감동을 시각적 문자를 통해 신통하게 전달한 이기의 문장력이나 표현력은 입신의 경지에 도달했다.

이 칠언고시는 전체를 3단으로 나눌 수 있다.
1-3연은 안만선이 피리로 연주하는 가락은 원래 구자(龜茲)에서 기원한 것이지만 한나라에 와서 더욱 기묘하게 사람들을 처절하게 감동시키는 명곡이다.
4-8연은 시의 핵심부로 자유자재로 변화하는 피리소리를 여러 가지로 신통하게 그려냈다.
끝으로 9연은 피리를 들은 날이 바로 선달그믐날 밤의 자리였음을 명기했다.
한문과 한시가 아니고서는 이러한 예술미와 감동을 전할 수 없을 것이다.

052. 夜歸鹿門歌(야귀녹문가) 밤에 녹문산으로 돌아오면서 지은 노래

孟浩然 맹호연

山寺鐘鳴晝已昏(산사종명주이혼)　漁梁渡頭爭渡喧(어량도두쟁도훤)

人隨沙岸向江村(인수사안향강촌)　余亦乘舟歸鹿門(여역승주귀녹문)

鹿門月照開烟樹(녹문월조개연수)　忽到龐公棲隱處(홀도방공서은처)

巖扉松徑長寂寥(암비송경장적료)　唯有幽人自來去(유유유인자래거)

산사의 종소리에 날은 이미 저물었고
어량의 나루는 먼저 건너려고 시끄럽네.
사람들은 강가 언덕 따라 강 마을로 가고
나 역시 배 타고 녹문으로 돌아왔네.
녹문의 달빛에 흐릿한 나무가 뚜렷하고
어느새 방덕공 은거처에 이르렀네.
바위굴 사립과 좁은 솔길은 늘 적막하니
오로지 숨어사는 사람만이 오갈 뿐일세.

註釋

▸ <夜歸鹿門歌(야귀녹문가)> : '밤에 녹문산으로 돌아오면서 지은 노래'. 녹문산은 맹호연의 고향인 호북성 양양(襄陽) 동남쪽에 있는 산으로, 그가 은거(隱居)한 곳이다. 맹호연의 호는 녹문거사(鹿門居士)이다. '맹호연은 녹문산에 은거하고 시를 지면서 한적하게 살았다. 그 후, 장안에 와서 진사에 낙방하자 다시 양양으로 돌아갔다.(孟浩然隱鹿門山 以詩自適 來遊京師 進士不第 還襄陽)' 《구당서(舊唐書) 문원전 하(文苑傳 下)》.

▸ 山寺鐘鳴晝已昏(산사종명주이혼) : 鐘鳴(종명) - 종이 울다. 명종(鳴鐘)으로 쓴 판본도 있다. 晝 낮 주. 畫(그림 화)와 혼동하기 쉽다.

▸ 漁梁渡頭爭渡喧(어량도두쟁도훤) : 漁梁(어량) - 강물을 막고 통발을 놓고 고기를 잡는 곳. 여기서는 지명으로 호북성 양양의 어량주(漁梁洲). 후한 말 방덕공(龐德公)이 이곳에 은거했다. 渡頭(도두) - 나루터. 喧 시끄러울 훤.

▸ 人隨沙岸向江村(인수사안향강촌) : 隨沙岸(수사안) - 모래 언덕을 따라. 사안(沙岸)이 사로(沙路, 모랫길)로 된 판본도 있다.

▸ 余亦乘舟歸鹿門(여역승주귀녹문) : 余 나 여.

▸ 鹿門月照開烟樹(녹문월조개연수) : 烟樹(연수) - 안개 속에 흐리게 보이는 나무.

▶ 忽到龐公棲隱處(홀도방공서은처) : 龐 클 방. 성씨. 龐公(방공) - 후한 말년의 명사. 양양 사람. 형주자사(荊州刺史) 유표(劉表)가 여러 차례 불렀으나 응하지 않고 처자식을 데리고 녹문산에 들어가 약초를 캐며 은거했다. 사마휘(司馬徽, 수경水鏡), 제갈량(諸葛亮, 와룡臥龍), 서서(徐庶, 자 원직元直) 등이 방공의 호우(好友)였다. 조카인 방통(龐統)은 봉추(鳳雛)이다. 《삼국연의》는 유비가 이들을 만났고 그 뒤에 제갈량을 삼고초려(三顧草廬)한다. 조조 휘하의 장수로 관우(關羽)의 수공으로 칠군(七軍)을 잃고 패전해서 죽은 장수 방덕(龐德, ?-219)은 상관없는 인물이다.

▶ 巖扉松徑長寂廖(암비송경장적료) : 巖扉(암비) - 암석에 의지한 출입문, 혹은 석굴 앞의 사립문. 長(장) - 늘, 항상. 寂 고요할 적. 廖 공허할 료.

▶ 唯有幽人自來去(유유유인자래거) : 幽人(유인) - 속세를 피해 은거하는 사람. 은일(隱逸). 맹호연의 자칭(自稱).

▌형주성(荊州城)

詩意

맹호연이 밤에 녹문산에 있는 은서처(隱棲處)로 돌아오면서 지은 시다. 그곳은 공교롭게도 옛날의 방덕공(龐德公)이 숨어살던 곳이다. 그래서 맹호연은 자기와 방덕공을 동일시하기도 했다.

즉 '어느덧 옛날에 방덕공이 숨어살던 곳에 당도했다(忽到龐公棲隱處)'고 한 '방덕공의 은신처는 곧 자신의 은신처'이다. 그러므로 그곳의 암비(巖扉, 석굴의 사립문), 송경(松徑, 송림의 오솔길)은 옛날이나 지금이나 '항상 적막하고 조용하며(長寂寥)' '다만 숨어사는 사람만이 오갈 뿐이다(唯有幽人自來去)'라고 했다.

전체를 크게 2단으로 나눈다.

1단은 1-2연으로, 해가 기운 어량(漁梁)의 나루터에서 모든 사람들이 저마다 자기 처소로 돌아가는 광경을 사실적으로 그렸다.

2단은 3-4연으로, 자기의 은신처인 녹문산의 한적한 정취를 그렸다. 그러므로 서로 대비시켜서 시끄러운 속세를 떠나 한적한 산속에 은거하는 자신을 돋아나게 했다. 맹호연의 칠언고시의 대표작의 하나로, 초범청유(超凡淸幽)한 한정(閑情)을 잘 나타냈다.

송(宋) 호자(胡仔)는 《초계어은총화(苕溪漁隱叢話)》에서 "맹호연의 시구는 잠삼(岑參)의 <파남주중즉사(巴南舟中卽事)>에 쓴 '도구욕황혼 귀인쟁도훤(渡口欲黃昏 歸人爭渡喧)'보다 못하다. 잠삼의 시구는 간략하면서 뜻을 다했다."라고 평했다.

053. 廬山謠寄盧侍御虛舟 여산의 노래를 시어사 노허주에게 주다 ● 李白이백

(여산요기노시어허주)

아본초광인 봉가소공구
我本楚狂人 鳳歌笑孔丘

수지녹옥장 조별황학루
手持綠玉杖 朝別黃鶴樓

오악심선불사원 일생호입명산유
五嶽尋仙不辭遠 一生好入名山遊

여산수출남두방 병풍구첩운금장
廬山秀出南斗傍 屛風九疊雲錦張

영락명호청대광 금궐전개이봉장
影落明湖青黛光 金闕前開二峯長

은하도괘삼석량 향로폭포요상망
銀河倒卦三石梁 香爐瀑布遙相望

형애답장릉창창 취영홍하영조일
逈崖沓嶂淩蒼蒼 翠影紅霞映朝日

조비부도오천장
鳥飛不到吳天長

등고장관천지간 대강망망거불환
登高壯觀天地間 大江茫茫去不還

황운만리동풍색 백파구도류설산
黃雲萬里動風色 白波九道流雪山

호위여산요 흥인여산발
好爲廬山謠 興因廬山發

한규석경청아심 사공행처창태몰
閑窺石鏡清我心　謝公行處蒼苔沒

조복환단무세정 금심삼첩도초성
早服還丹無世情　琴心三疊道初成

요견선인채운리 수파부용조옥경
遙見仙人彩雲裏　手把芙蓉朝玉京

선기한만구해상 원접노오유태청
先期汗漫九垓上　願接盧敖遊太清

나는 본래 초楚의 광인이니
봉황 노래 불러 공자를 비웃었다.
손에 녹옥綠玉의 지팡이를 짚고
아침에 황학루를 떠나왔다.
오악의 신선을 찾아 먼 길을 마다 않았고
일생에 명산에 들어 유람을 좋아했노라.
여산은 바로 남두 곁에 우뚝 솟았으며
아홉 첩 병풍처럼 비단 구름이 휘감았다.
여산의 그림자 맑은 호수에 짙게 드리우고
금궐봉 앞에 두 봉우리가 널려 있다.
은하는 세 개의 돌다리 위에 거꾸로 걸렸고
향로봉 폭포는 멀리 마주보고 있다.
먼 절벽 험준한 봉우리 창공을 뚫고 솟았고
푸른 그늘 붉은 구름 아침 해를 받고
새도 넓은 오吳 땅을 다 날지 못하리라.
높이 올라 하늘과 땅의 장관을 보나니
대강大江은 아득히 흘러서 가고 오지 못한다.

황운이 만리에 걸쳐서 풍치를 돋아주는데
백파白波는 아홉 갈래로 설산 되어 흘러내린다.
여산의 노래 즐거이 부르니
여산이 흥을 돋아주었구나!
석경을 들여다보며 내 마음을 맑게 하니
사공謝公이 가던 자취 이끼에 묻혔구나!
일찍이 선단을 먹고 속세 인정 잊었으니
금심삼첩琴心三疊으로 화기 축적하는 도를 얻었다.
멀리 오색구름 속에 신선이 보이나니
손에 부용을 들고 옥경玉京을 향해 나간다.
먼저 신선과 하늘 끝에서 놀기를 기약하고
노오盧敖를 맞이하여 태청에서 놀기를 바라노라.

註釋

▶ <廬山謠寄盧侍御虛舟(여산요기노시어허주)> : '여산의 노래를 시어사 노허주에게 주다'. 廬 오두막집 려. 廬山(여산) - 강서성 구강시(九江市)에 있으며 주위가 250리나 된다. 주 무왕(周武王) 때, 광유(匡裕) 형제들이 도술을 익히고 이곳에 오두막을 짓고 숨어살았으므로 여산 또는 광려(匡廬)라고 한다. 여산은 웅(雄, 웅장), 기(奇, 기이), 험(險, 험준), 수(秀, 수려)'로 유명하며 보통 '광려기수갑천하(匡廬奇秀甲天下, 광려산의 기이함과 수려함은 천하의 으뜸이다)'로 통한다. 여산은 장강의 남쪽, 중국 최대의 담수호인 파양호(鄱陽湖) 평원의 북부에 자리하고 향로봉(香爐峯) 등 유명한 봉우리가 많으며 가장 높은 한양봉(漢陽峯)은 높이가 1,426미터나 된다. 여산은 동시에 문화 명산으로 중국 산수문화와 역사적 축소판으로 동진(東晋) 이래 저명한 문인, 고승, 정치인들이 여기에 족적(足跡)을 남겼다. 여산을 읊은 시가가 4,000여 수나 된다는 그들의 자랑이 과장만은 아닐 것이다. 사마천, 도연명, 왕희지, 혜원(慧遠) 이외에 이백,

백거이, 소동파, 주희(朱熹)는 물론 장개석(蔣介石, 장제스), 모택동(毛澤東, 마오쩌둥) 등이 모두 여산과 관련이 있다. 이백은 <망여산폭포(望廬山瀑布)>에서 '일조향로생자연(日照香爐生紫烟) 요간폭포괘전천(遙看瀑布挂前川) 비류직하삼천척(飛流直下三千尺) 의시은하락구천(疑是銀河落九天)'이라고 읊었다. 謠 노래 요. 악기의 반주 없이 부르는 노래.
盧侍御虛舟(노시어허주) - 시어(侍御)는 전중시어사(殿中侍御使)의 약칭. 노허주(盧虛舟)는 범양(范陽, 지금의 북경) 사람이며, 숙종 때 시어사를 역임했다. 청렴한 관리로 항상 은둔할 생각을 품고 있었으며 이백과 친교를 맺고 있었다. 이 시는 이백의 사상을 알 수 있고 그 개성의 자유분방함, 그리고 신필(神筆)이라 할 수 있는 뛰어난 묘사, 그리고 왜 그를 시선(詩仙)이라 부르는지 그 특성 및 해답을 알려주는 시이기에 '이 시는 진짜 태백의 시(此乃眞太白詩矣)'라 할 수 있다.

▶我本楚狂人(아본초광인) : 楚狂人(초광인) - 춘추시대의 접여(接輿)라는 은자. 《논어 미자(微子)》편에 나온다. 초나라에서 광인으로 행세했다. 이백은 유가사상을 갖고 있지 않았다. 그의 자유분방한 기질이 어느 교조

여산(廬山)

주의적(敎條主義的) 사상에 매일 수는 없었을 것이다. 이백은 자신이 초의 광인 접여와 같이 자유로운 사람이라 자처하였다.

▶鳳歌笑孔丘(봉가소공구) : 봉황의 노래로 공자를 비웃었다. 《논어 미자》편에 '초의 광인 접여가 공자 앞을 지나가면서 노래했다. "봉황이여, 봉황이여, 어찌 이리 덕이 쇠퇴했나. 지난날을 탓하지 말고, 앞날도 따라갈 수 없는 것! 이제는 끝이다. 지금 정치하는 자들은 위태롭도다!"~.(楚狂接輿 歌而過孔子曰, "鳳兮鳳兮! 何德之衰? 往者不可諫, 來者猶可追. 已而已而! 今之從政者殆而~)'라고 나온다. 당시 공자는 은자들로부터 약간 조롱을 당하는 분위기였다. 초광(楚狂) 접여의 이야기에 이어 장저(長沮), 걸익(桀溺)의 이야기도 같은 미자편에 있다.

▶手持綠玉杖(수지녹옥장) : 綠玉杖(녹옥장) - 신선의 지팡이.

▶朝別黃鶴樓(조별황학루) : 黃鶴樓(황학루) - 호북성 무한시(武漢市) 무창(武昌) 사산(蛇山)에 있는 강남 4대 명루(名樓)의 하나. 모두 5층으로 높이는 50.4m이다. 삼국시대 오(吳) 황무(黃武) 2년(223)에 처음 건립된 이후 수리와 증축을 거듭하였는데 지금 볼 수 있는 것은 1985년에 중수한 것이다. 전설에 의하면 선인 왕자안(王子安)이 황학을 타고 왔다하여 황학산이라 하였고, 후세 사람들이 여기에 큰 누각을 짓고 황학루라 하였다. 신선 여동빈(呂洞賓)도 이곳에서 술을 마셨다고 한다. 황학루를 읊은 시로 가장 유명한 것은 최호(崔顥, 704-754)의 <황학루>이다. 이백도 이곳에서 맹호연을 전별하고 <황학루송맹호연지광릉(黃鶴樓送孟浩然之廣陵)>을 지었다.(두 편 다 본 《당시삼백수》에 수록)

▶五嶽尋仙不辭遠(오악심선불사원) : 尋 찾을 심. 不辭遠(불사원) - 멀다하여 그만두지 않았다, 원근(遠近)을 불문하고 찾아다녔다.

▶一生好入名山遊(일생호입명산유) : 名山遊(명산유) - 명산의 유람.

▶廬山秀出南斗傍(여산수출남두방) : 南斗(남두) - 남두육성(南斗六星). 북두칠성과 대를 이루는 성수(星宿, 별자리)이다. 우리나라에서는 남두가 보이지 않는다. 남두육성을 주관하는 신이 남두성군(南斗星君, 남극선옹南極仙翁)인데 북두성군과 함께 인간의 수명을 주관한다고 한다. 간보

(干寶)의 《수신기(搜神記)》에 의하면 관로(管輅)라는 사람이 일찍 죽을 운명이었는데 남두성군과 북두성군이 바둑을 둘 때 술을 올리며 수명 연장을 부탁했고 그래서 장수했다는 이야기가 있다. 傍 곁 방.

▶ 屛風九疊雲錦張(병풍구첩운금장) : 屛 병풍 병. 가려 막다. 疊 겹쳐질 첩. 屛風疊(병풍첩) - 여산의 산봉우리 이름. 雲錦(운금) - 산빛. 張(장) - 펼쳐 있다.

▶ 影落明湖靑黛光(영락명호청대광) : 影落明湖(영락명호) - 산봉우리 그림자가 맑은 호수 파양호(鄱陽湖)에 비친다. 黛 눈썹 그리는 먹 대. 靑黛(청대) - 고운 남빛, 감청색(紺靑色).

▶ 金闕前開二峯長(금궐전개이봉장) : 金闕(금궐) - 도교에서 말하는 천제(天帝)의 황금 대궐. 二峯(이봉) - 여산의 향로봉과 쌍검봉(雙劍峯).

▶ 銀河倒掛三石梁(은하도괘삼석량) : 三石梁(삼석량) - 세 개의 돌다리가 걸려 있다. 《술이기(述異記)》에 의하면 '여산에는 세 개의 돌다리가 있다. 길이는 수십 척이지만 넓이는 한 자도 안 된다(廬山有三石橋 長數十尺 廣不盈尺)'라 하였다.

▶ 香爐瀑布遙相望(향로폭포요상망) : 遙 멀 요. 향로봉의 폭포가 멀리 바라보인다. 여산에는 향로봉이 남과 북으로 두 개 있다. 남쪽 향로봉에 향로폭포가 있다.

▶ 迥崖沓嶂淩蒼蒼(형애답장능창창) : 迥 멀 형. 崖 벼랑 애. 迥崖(형애) - 멀리 있는 절벽. 沓 물이 넘칠 답. 많은 모양, 중첩되다, 계속 이어지다. 嶂 높은 산 장. 沓嶂(답장) - 겹겹이 솟아 있는 험난한 산봉우리, 병풍처럼 우뚝 서 있는 산봉우리. 淩 헤쳐 나갈 릉. 올라타다. 蒼 푸를 창. 淩蒼蒼(능창창) - 푸르고 큰 하늘을 뚫고 높이 치솟았다.

▶ 翠影紅霞映朝日(취영홍하영조일) : 翠影(취영) - 푸른 산의 모습. 霞 노을 하.

▶ 鳥飛不到吳天長(조비부도오천장) : 吳天(오천) - 오(吳) 땅의 하늘. 안휘성, 강서성, 호북성 일대.

▶ 登高壯觀天地間(등고장관천지간) : 壯觀天地間(장관천지간) - 장관이

천지간에 있다, 하늘과 땅이 참으로 장관이다.

▶ 大江茫茫去不還(대강망망거불환) : 茫 아득할 망.

▶ 黃雲萬里動風色(황운만리동풍색) : 黃雲(황운) – 서운(瑞雲). 動風色(동풍색) – 풍치를 더욱 돋아주다.

▶ 白波九道流雪山(백파구도유설산) : 白波九道(백파구도) – 흰 물줄기가 아홉 갈래로 흐르다. 장강이 여산 북쪽 심양(潯陽) 일대에서는 아홉 개의 강으로 나뉘어 흐른다. 그래서 구강(九江)이라고 한다. 그러나 여기서는 여산폭포의 물줄기가 여러 갈래라는 뜻으로 해석해야 한다. 流雪山(유설산) – 눈 덮인 산이 흘러내리는 듯하다. 설산은 여산의 폭포를 지칭.

▶ 好爲廬山謠(호위여산요) : 好爲(호위) – 잘 짓다, 잘 마치다. 廬山謠(여산요) – 여산의 노래.

▶ 興因廬山發(흥인여산발) : 여산 때문에 흥이 났다.

▶ 閑窺石鏡淸我心(한규석경청아심) : 窺 엿볼 규. 石鏡(석경) – 봉우리 이름. 여산 남쪽 석경봉(石鏡峯). 거울 같은 둥근 돌이 있다고 한다.

▶ 謝公行處蒼苔沒(사공행처창태몰) : 謝公(사공) – 남조 송(宋)의 시인 사령운(謝靈運, 385~433). 蒼苔沒(창태몰) – 푸른 이끼에 묻혔다. 사령운의 시에 '절벽을 기어올라 밝은 돌거울을 바라본다(攀崖照石鏡)'라는 시구가 있다고 한다. 사령운도 석경봉에 얼굴을 비춰 보았을 것이다. 그러나 지금 사령운이 오갔던 길이 이미 이끼에 묻혀 있다는 뜻.

▶ 早服還丹無世情(조복환단무세정) : 나는 일찍부터 선약(仙藥)을 복용해서, 신선의 도를 터득했으며 명리를 얻으려는 세속적인 생각이나 욕심이 없다. 還丹(환단) – 도교의 선약, 선단(仙丹). '단을 태우면 수은이 되고, 수은을 환원하면 단이 되므로 환단이라고 한다.(燒丹成水銀 還水銀成丹 故曰還丹)'

▶ 琴心三疊道初成(금심삼첩도초성) : 疊 겹쳐질 첩. 琴心三疊(금심삼첩) – 도교에서 말하는 마음을 화하게 하고 기를 축적한다는 수양법. 道初成(도초성) – 도술을 비로소 이루었다.

▶ 遙見仙人彩雲裏(요견선인채운리) : 멀리 꽃 구름 사이에 선인이 보인다.

이백은 여산의 경치와 술에 취했으니 자신이 희구하는 신선이 보였을 것이다.

▶手把芙蓉朝玉京(수파부용조옥경) : 그 신선은 손에 연꽃을 들고 옥경(玉京)으로 향하고 있다. 옥경은 도교에서 말하는 천제(天帝)의 궁전. 朝(조) - ~를 향하다.

▶先期汗漫九垓上(선기한만구해상) : 汗 땀 한. 漫 질펀할 만. 汗漫(한만) - 전설상의 신선 이름. 垓 땅 해, 층계 해. 九垓(구해) - 구천(九天), 하늘 끝.

▶願接盧敖遊太淸(원접노오유태청) : 敖 놀 오, 거만할 오. 盧敖(노오) - 전국시대 연(燕)나라 사람. 신선을 찾으러 다닌 사람. 《회남자(淮南子)》에 다음과 같은 이야기가 있다. '노오가 북해의 몽곡산(蒙穀山)이란 곳에 가서 한 사람을 만났다. 노오가 벗하자고 말하자, 그 사람이 웃으며 말했다. 나는 구천 하늘 끝에서 한만과 만나야 하므로 여기 오래 있을 수 없다.(吾當汗漫期於九垓之外 吾不可以久駐)' 한만은 신화에 나오는 인물로, '흐리멍덩한 사람'의 뜻이다. 이백이 이 구절을 인용해서 '나도 먼저 흐리멍덩한 한만을 만나고, 다음에 노오를 맞이하고 태청 하늘에 놀겠다'라고 했다. 이백은 노오를 노시어(盧侍御)에 비유했다. 太淸(태청) - 도교의 최고신을 삼청(三淸, 옥청玉淸, 상청上淸, 태청)이라 하는데 그중 태청은 태상노군(太上老君) 곧 노자를 뜻한다.

詩意

중간에 5언 혹은 6언이 섞였으며, 다섯 번이나 시운(詩韻)을 바꾼 파격적인 칠언고시이다. 시운을 따라 4단으로 구분하여 풀이해 보면 다음과 같다.
1-3연에서는 천하의 명산인 여산을 찾아가겠다는 뜻을 적었다.
4-10연은 여산의 장관 혹은 뛰어난 풍경을 기발한 필치로 생생하게 묘사했다. 11-12연에서는 남조 송(宋)의 사령운을 회상했다.
끝으로 13-15연에서는 도술을 터득한 이백이 장차는 노시어사와 함께 선경(仙境)에서 놀겠다는 뜻을 피력하였다.

천하의 절경 여산의 장관과 풍치를 선풍(仙風)이 휩쓰는 듯 자유분방한 시상(詩想)을 바탕으로 신필을 휘둘러 폭포수가 쏟아져 내리듯 시원하게 그렸다. 인용한 고사를 비롯하여 전반적으로 난삽하다.
그러나 여러 번 낭송하면 자기도 모르게 신선이 되어 여산 속에 들어가 있음을 깨닫게 될 것이다. 이 같이 눈으로만 시를 읽고 아는 것이 아니라, 시가 그려내는 상념과 풍치 속에 몰두해야 그 참맛을 느낄 수 있다. 특히 시를 공부할 때는 소리 내어 읽는 낭송을 권한다.

054. 夢遊天姥吟留別(몽유천모음유별) 천모산 유람 꿈을 읊어 작별하다

李白 이백

해객담영주 연도미망신난구
海客談瀛洲 烟濤微茫信難求

월인어천모 운예명멸혹가도
越人語天姥 雲霓明滅或可睹

천모연천향천횡 세발오악엄적성
天姥連天向天橫 勢拔五岳掩赤城

천대사만팔천장 대차욕도동남경
天臺四萬八千丈 對此欲倒東南傾

아욕인지몽오월 일야비도경호월
我欲因之夢吳越 一夜飛渡鏡湖月

호월조아영 송아지섬계
湖月照我影 送我至剡溪

사공숙처금상재 녹수탕양청원제
謝公宿處今尚在 淥水蕩漾清猿啼

각착사공극 신등청운제
脚著謝公屐 身登青雲梯

반벽견해일 공중문천계
半壁見海日 空中聞天鷄

천암만학노부정 미화의석홀이명
千巖萬壑路不定 迷花倚石忽已暝

웅포용음은암천 율심림혜경층전
熊咆龍吟殷巖泉 慄深林兮驚層巓

운청청혜욕우 수담담혜생연
雲青青兮欲雨 水澹澹兮生烟

열결벽력 구만붕최
列缺霹靂 丘巒崩摧

동천석선 굉연중개
洞天石扇 訇然中開

청명호탕불견저 일월조요금은대
青冥浩蕩不見底 日月照燿金銀臺

예위의혜풍위마 운지군혜분분이래하
霓爲衣兮風爲馬 雲之君兮紛紛而來下

호고슬혜난회거 선지인혜열여마
虎鼓瑟兮鸞回車 仙之人兮列如麻

홀혼계이백동 황경기이장차
忽魂悸以魄動 怳驚起而長嗟

유각시지침석 실향래지연하
惟覺時之枕席 失向來之烟霞

세간행락역여차 고래만사동류수
世間行樂亦如此 古來萬事東流水

별군거혜하시환　차방백록청애간
別君去兮何時還　且放白鹿青崖間

수행즉기방명산　안능최미절요사권귀
須行卽騎訪名山　安能摧眉折腰事權貴

사아부득개심안
使我不得開心顏

바닷길 나그네는 영주산 이야기를 하지만
안개와 파도 너머 아득하니 정말 가볼 수 없도다.
월 땅 사람들 말하는 천모산은
구름과 무지개 속에 명멸하지만 가끔은 볼 수 있노라.
천모산은 하늘에 닿고 하늘과 나란히 누웠으며
산세는 오악보다 좋고 적성산을 압도하노라.
천대산 4만 8천 장으로 높다지만
이 산에 비하면 오히려 동남에 기운 산이로다.
나는 이래서 꿈에서라도 오월 땅에 놀고 싶었는데
어느 날 밤, 달빛 비치는 경호鏡湖를 건넜어라.
호수에 뜬 달이 내 그림자를 비추며
나를 섬계로 보내주었노라.
사령운이 묵던 자리 지금도 남아있는 곳
푸른 물 넘실대고 원숭이 울음 맑았노라.
사령운이 신었던 나막신을 신고
내 몸은 청운의 사다리를 올라갔노라.
절벽의 중턱쯤 바다에 뜨는 해를 보고
하늘을 울리는 천계天鷄의 울음을 들었노라.

수많은 바위와 골짜기에 길도 없는데
꽃을 찾고 바위에 오르다 갑자기 날이 저물었노라.
곰과 용이 울부짖고 바위 치는 물소리 요란하니
깊은 숲이 울리고 높디높은 산도 놀라노라.
구름이 검푸르니 비가 오려 하는데
물결이 잔잔하며 연무가 피어나노라.
하늘은 갈라지고 천둥이 치니
크고 작은 산이 무너지는 듯하다.
동천의 돌 출입문이
굉음 속에 열리더라.
안은 캄캄하고 막막하여 끝이 뵈지 않더니
해가 떠올라 금은대를 환히 비춘다.
무지개는 옷이 되고 바람은 말 되어
구름의 신령들이 줄줄이 내려온다.
호랑이 거문고 연주하고, 난새가 수레 끌고 오는데
신선들이 삼〔麻〕대처럼 줄지어 섰다.
갑자기 혼백이 놀라 떨리니
멍하니 놀라 깨어나 길게 한숨을 지었다.
깨어나니 다만 누웠던 잠자리뿐
여태 놀던 구름과 노을은 오간 데 없노라.
속세에 즐긴 쾌락도 이와 같으리니
자고로 세상사는 동으로 흘러간 물이라.
그대와 헤어지는 나는 언제 다시 돌아오겠는가?
잠시나 흰 사슴 풀어 청산에 놀게 하리라.
오로지 흰 사슴 타고 명산을 찾아가리니

어찌 고개를 숙이고 허리 굽혀 권귀를 섬기리오?
그래선 내 마음껏 얼굴도 못 펴리라!

註釋

- <夢遊天姥吟留別(몽유천모음유별)> : '천모산 유람 꿈을 읊어 작별하다'. 꿈에서 놀던 천모산의 광경을 읊어서 작별의 시로 삼는다. 姥 할미 모. 天姥(천모) - 천모산. 절강성 신창현(新昌縣)에 있다. 동으로는 천태산(天台山) 화정봉(華頂峰)에 접하고, 서로는 옥주산(沃洲山)에 이어진다. 도교의 복지(福地)로 천모(天姥, 하늘 할미)의 노래가 들린다고 전한다. 吟(음) - 악부의 노래라는 뜻으로 '비우심사(悲憂深思)하여 우울한 감정을 읊은 노래'라는 뜻으로 한대(漢代)의 <백두음(白頭吟)>이 이와 같다. 留別(유별) - 작별. 단 길 떠나는 사람이 남아 있는 사람과 이별한다는 뜻(곧 떠나는 사람의 입장에서 이별)이니 송별(보내는 사람 입장에서 이별)과 반대가 된다.
- 海客談瀛洲(해객담영주) : 海客(해객) - 동해를 여행한 사람. 瀛 바다 영. 전설상의 산 이름. 瀛洲(영주) - 동해 끝에 있으며, 신선이 사는 섬이라고 전한다. '서불 등이 진시황에게 글을 올려 아뢰었다. 동해에 봉래, 방장, 영주라고 하는 세 개의 신산이 있고, 신선들이 살고 있습니다.(徐市等上書言 海中有三神山 名曰蓬萊 方丈 瀛洲 僊人居之)' ≪사기 진시황본기(秦始皇本紀)≫[서시(徐市)가 아닌 서불(徐市). 市, 分勿切, 音 弗. 市(저자 시)는 巾部의 2획, 곧 전체가 5획이다. 市(앞치마 불)은 巾部의 1획 곧 전체가 4획이다. 서복(徐福)이라고도 한다]
- 烟濤微茫信難求(연도미망신난구) : 烟 연기 연. 煙(연)과 같음. 濤 큰 물결 도. 微 작을 미. 茫 아득할 망. 信(신) - 확실히, 정말로.
- 越人語天姥(월인어천모) : 越 나라 이름 월. 오월동주(吳越同舟)의 월나라. 절강성 일대를 월이라고 부른다.
- 雲霓明滅或可睹(운예명멸혹가도) : 霓 무지개 예. 雲霓(운예) - 운하(雲霞, 노을 하)로 쓴 판본도 있다. 明滅(명멸) - 밝아졌다가 꺼졌다 하다.

或 혹 혹. 혹시, 그렇지 않으면, 조금, 약간. 睹 볼 도. 보이다. 동해에 있다는 영주는 찾을 수도 볼 수도 없으나, 실재하는 천모산은 볼 수 있다는 뜻.

▸ 天姥連天向天橫(천모연천향천횡) : 向天橫(향천횡) - 하늘에 가로 누워 있다. 向(향) - ~로, ~에게, ~를 따라.

▸ 勢拔五岳掩赤城(세발오악엄적성) : 拔 뽑을 발. 빼어나다. 五岳(오악) - 오악(五嶽). 掩 가릴 엄. 압도하다. 赤城(적성) - 산 이름. 절강성 천태현(天台縣) 북쪽, 소산(燒山)이라고도 한다. 붉은 암석이 성벽처럼 치솟아 있어, 멀리서 보면 흡사 적성(赤城)처럼 보인다고 한다.

▸ 天臺四萬八千丈(천대사만팔천장) : 臺 돈대 대. 받침. 天臺(천대) - 절강성 천태현 북쪽에 있다. 도교와 불교에서 높이는 영산(靈山). 천태(天台)로도 쓴다.

▸ 對此欲倒東南傾(대차욕도동남경) : 倒 넘어질 도. 傾 기울 경. 뒤집히다.

▸ 我欲因之夢吳越(아욕인지몽오월) : 그러므로 나는 꿈에서라도 오월(吳越)간을 여행하려고 원했다. 因之(인지) - 이것으로 인하여. 곧 천모산(天姥山)이 뛰어났다고 하기에. 吳越(오월) - 강소성, 절강성 일대.

▸ 一夜飛渡鏡湖月(일야비도경호월) : 鏡湖(경호) - 절강성 소흥현(紹興縣) 서남쪽에 있는 호수.

▸ 湖月照我影(호월조아영) : 影 그림자 영. 검은 형상, 어둠에 묻힌 모양.

▸ 送我至剡溪(송아지섬계) : 剡 땅 이름 섬. 剡溪(섬계) - 절강성 승현(嵊縣) 남쪽 조아강(曹娥江) 상류. 동진의 왕희지(王羲之) 아들 왕미지(王微之)가 설야(雪夜)에 이곳으로 대규(戴逵)를 찾아왔으므로 대계(戴溪)라고도 한다.

▸ 謝公宿處今尙在(사공숙처금상재) : 남조 송(宋) 사령운의 거처가 지금도 여전히 남아 있다. 절강성 승현 북쪽 석문산(石門山)에 있다.

▸ 淥水蕩漾淸猿啼(녹수탕양청원제) : 淥 물 맑을 록. 淥水(녹수) - 녹수(綠水). 蕩 넓을 탕, 쓸어버릴 탕. 漾 출렁거릴 양. 蕩漾(탕양) - 물이 넘치거나 혹은 출렁거리며 흐른다.

▸ 脚著謝公屐(각착사공극) : 著 입을 착. 屐 나막신 극. 사령운은 등산을 좋아했으며, 오를 때는 앞을 낮게 하고, 내려올 때는 뒤를 낮게 하는 특수한 나막신을 신었다고 한다(《세설신어》).

▸ 身登青雲梯(신등청운제) : 梯 사다리 제. 青雲梯(청운제) - 높은 산에 올라가는 사다리. 사령운의 <등석문최고정(登石門最高頂)> 시에 다음 같은 구절이 있다. '나같이 산에 오르려는 사람이 함께 타고 올라갈 사다리가 없음이 아쉽다.(惜無同懷客 共登青雲梯)'

▸ 半壁見海日(반벽견해일) : 壁 벽 벽. 벼랑.

▸ 空中聞天鷄(공중문천계) : 天鷄(천계) - 하늘의 닭. 《술이기(述異記)》에 '동남에 도도산(桃都山)이 있고, 그 위에 도도라고 일컫는 큰 나무가 있다. 가지가 삼천 리나 뻗었다. 그 나무 위에 천계가 있어, 해가 떠서 그 나무를 처음 비추면 천계가 운다. 그러면 지상의 모든 닭들이 따라서 일제히 운다.(東南有桃都山 上有大樹名曰桃都 枝相去三千里 上有天鷄 日初出炤此樹則鳴 天下鷄皆隨之鳴)'라 하였다.

▸ 千巖萬壑路不定(천암만학노부정) : 巖 바위 암. 壑 산골짜기 학. 千巖萬壑(천암만학) - 천만의 암학(巖壑).

▸ 迷花倚石忽已暝(미화의석홀이명) : 倚 기댈 의. 의지하다. 迷花倚石(미화의석) - 꽃 속을 헤치거나 바위를 타고 오르다. 暝 어두울 명.

▸ 熊咆龍吟殷巖泉(웅포용음은암천) : 熊 곰 웅. 咆 으르렁거릴 포. 殷 성할 은. 많다. 殷巖泉(은암천) - 많은 바위 사이를 흐르는 물.

▸ 慄深林兮驚層巓(율심림혜경층전) : 慄 두려워할 률. 兮 어조사 혜. 시구(詩句)의 중간에서 어세(語勢)를 잠시 멈추거나 다시 높이는 역할을 한다. 層 계단 층. 켜, 높다. 巓 산꼭대기 전.

▸ 雲青青兮欲雨(운청청혜욕우) : 青(청) - '검다[黑]'의 뜻이 있다.

▸ 水澹澹兮生烟(수담담혜생연) : 澹 담박할 담, 넉넉할 섬. 澹澹(담담) - 물이 가볍게 출렁이는 모양. 生烟(생연) - 물안개가 일어나다.

▸ 列缺霹靂(열결벽력) : 列缺(열결) - 번갯불, 뇌광(雷光). 霹 벼락 벽. 靂 벼락 력. 霹靂(벽력) - 천둥.

▶ 丘巒崩摧(구만붕최) : 巒 메 만. 작은 산, 산봉우리. 崩 무너질 붕. 摧 꺾을 최.

▶ 洞天石扇(동천석선) : 洞天(동천) – 신선의 거주지. 도교에서 말하는 신선이 거주하는 명산 선경으로 10대동천과 36소동천, 그리고 72복지(福地)가 있다. 扇 부채 선. 石扇(석선) – 석비(石扉)로 된 판본도 있다.

▶ 訇然中開(굉연중개) : 訇 큰 소리 굉. 訇然(굉연) – 굉연(轟然)과 같음.

▶ 青冥浩蕩不見底(청명호탕불견저) : 冥 어두울 명. 青冥(청명) – 캄캄하다. 浩蕩(호탕) – 넓고 큰 모양.

▶ 日月照耀金銀臺(일월조요금은대) : 日月(일월) – 해, 태양. 월(月)은 뜻이 없다. 이를 잉사(媵詞, 계집종 잉)라 한다. 金銀臺(금은대) – 금은으로 장식한 신선의 집[樓臺].

▶ 霓爲衣兮風爲馬(예위의혜풍위마) : 霓 무지개 예.

▶ 雲之君兮紛紛而來下(운지군혜분분이래하) : 雲之君(운지군) – 구름의 신[雲中君], 신군(神君), 신선.

▶ 虎鼓瑟兮鸞回車(호고슬혜난회거) : 虎鼓瑟兮(호고슬혜) – 호랑이가 거문고를 타고. 鼓(고) – 북을 치다, 악기를 치다. 瑟(슬) – 25현(絃). 금(琴)은 5~7현의 작은 거문고. 鸞回車(난회거) – 난새가 수레를 몰고 돌아온다. 난(鸞)은 전설에 나오는 영조(靈鳥), 봉황의 한 종류.

▶ 仙之人兮列如麻(선지인혜열여마) : 仙之人(선지인) – 선인, 신선. 麻 삼마. 대마(大麻). 삼베 옷감의 원료 식물. 많다.

▶ 忽魂悸以魄動(홀혼계이백동) : 悸 두근거릴 계. 영혼의 양(陽)을 혼(魂), 음(陰)을 백(魄)이라 한다.

▶ 恍驚起而長嗟(황경기이장차) : 恍 멍할 황. 망연자실한 모양[失意貌]. 황홀하다, 정신이 흐릿하다. 嗟 탄식할 차. 지금 이백은 꿈에서 깨었다.

▶ 惟覺時之枕席(유각시지침석) : 覺(각) – 꿈에서 깨어나다. 枕席(침석) – 잠자리.

▶ 失向來之烟霞(실향래지연하) : 向來(향래) – 이제까지의, 여태까지 있던. 烟霞(연하) – 안개와 노을, 안개와 노을 속의 산수.

▸世間行樂亦如此(세간행락역여차) : 世間(세간) - 인간 세상.

▸古來萬事東流水(고래만사동류수) : 東流水(동류수) - 중국은 서쪽이 높고 동쪽이 낮아 대부분의 강이 동으로 흐른다. 동쪽으로 흘러가면 다시 돌아오지 못하는 강물.

▸別君去兮何時還(별군거혜하시환) : (내가) 그대를 떠나는데 언제 돌아오겠는가?

▸且放白鹿靑崖間(차방백록청애간) : 且 또 차. 어찌 했건, ~하려 한다. 白鹿(백록) - 신선과 같이 노는 사슴. 靑崖(청애) - 청산(靑山).

▸須行卽騎訪名山(수행즉기방명산) : 須 모름지기 수. 백록을 타고 가서 명산을 찾아가다.

▸安能摧眉折腰事權貴(안능최미절요사권귀) : 安(안) - 어디, 어찌(반문을 나타내는 의문부사). 安能(안능) - 어찌 ~하겠는가? 摧 꺾을 최. 摧眉(최미) - 고개를 숙이다, 눈을 똑바로 보지 못함, 당당하지 못함. 折 꺾을 절. 腰 허리 요. 折腰(절요) - 허리를 굽히다. 事 섬길 사. 權貴(권귀) - 권신과 귀인.

▸使我不得開心顔(사아부득개심안) : 開心顔(개심안) - 개심(開心) 환안(歡顔).

詩意

현종 천보 5년(746), 이백의 나이 46세 때에 지은 칠언고시이다. 그러나 형식면에서 파격적이다. 즉 '4언'이 4구, '5언'이 10구, '6언'이 6구, '9언'이 2구 등, 여러 가지 길이의 장단구가 섞여 있다. 운(韻)에서도 12번이나 환운했다.

내용면에서 전체를 크게 5단으로 나눌 수 있다.

1단(1-4연) : 신령한 선산(仙山) 천모산의 탁월한 산세와 위용을 그리고 자기도 산에 오르고 싶다는 소망을 밝혔다.

2단(5-10연) : 꿈속에서 달을 따라 경호(鏡湖)를 넘고, 마침내 천모산 밑에 있는 사령운의 옛집을 찾았고, 그곳에서 사령운이 발명한 특수한 등산용

나막신을 신고 천모산 중턱에 올라가 새벽을 맞이하고 이어 산속을 헤매다가 저녁을 맞이했다.

3단(10-15연) : 천모산 산중의 장엄하고 변화무쌍한 풍치를 그렸다. 즉 천지를 진동하는 계곡의 물소리, 세차게 쏟아져 내리는 급류와 폭포, 그 언저리에 번지는 연무(煙霧), 하늘을 쪼갤 듯 혹은 산등성이를 허물어 내릴 듯한 뇌우가 사정없이 쏟아져 내리다가, 홀연히 개이고 하늘땅이 눈부시게 빛난다.

4단(16-19연) : 하늘에서 전개되는 운군(雲君)의 웅장하고 화려한 행차를 보고, 깜짝 놀라며 꿈에서 깨어난다.

5단(20-23연) : 꿈에서 깨어난 이백이 세상만사도 꿈처럼 허무하고 덧없을 것이라고 탄식한다. 그래서 자기는 속세의 명리를 뒤로하고 명산을 찾아 떠나노라고 작별의 심정을 다진다. 결국 변화무쌍한 정치사회도 환상이라 한 것이다.

이 작품은 천재시인 이백이 형식적인 구속을 해탈하고 자유분방하게 자신의 시재(詩才)를 발휘한 걸작이다. 특히 거침없이 토해 내는 기발한 어구와 다양하면서도 유창하고 자연스런 묘사와 표현이 절묘하다. 예를 들면 다음과 같은 것이 있다.

'웅포용음(熊咆龍吟)' '열결벽력 구만붕최(列缺霹靂 丘巒崩摧)' '동천석선 굉연중개(洞天石扇 訇然中開)' '일월조요금은대(日月照耀金銀臺)' 등은 천지의 신비를 생동감 있게 묘사했으며, 따라서 독자도 그 신비 속에 휩싸이게 될 것이다.

청(淸) 심덕잠(沈德潛)은 《당시별재(唐詩別裁)》에서 다음과 같이 평했다.

'꿈에 가탁해서 신선이 사는 선경의 기기묘묘한 형상과 환상을 남김없이 그렸다.(託言夢遊 窮形盡相 以極洞天之奇幻)'

'꿈에서 깨어나 환상세계가 안개 개이듯이 홀연히 없어지자, 이 세상의 부귀영화나 즐거움도 꿈같이 허무한 것임을 터득했다.(至醒後頓失烟霞矣 知世間行樂亦同一夢)'

'그러니 내가 어찌 꿈같은 덧없는 세상에서 권력을 쥐고 고귀하다는 자들에게 몸을 굽힐 수 있으랴?(安能於夢中屈身權貴乎)'

'나는 그럴 수 없다. 그래서 이곳을 하직하고 두루 명산을 찾아 유람하면서 천수를 다 누리겠노라.(吾當別去遍遊名山以終天年也)'
'시에 그려진 세계는 기이하고 환상적이지만, 도리면에서는 이치가 통하고 세밀하다.(詩境雖奇 脈理極細)'

055. 金陵酒肆留別(금릉주사유별) 금릉의 술집에서 작별하다

● 李白 이백

풍취유화만점향 오희압주권객상
風吹柳花滿店香 吳姬壓酒勸客嘗

금릉자제내상송 욕행불행각진상
金陵子弟來相送 欲行不行各盡觴

청군시문동류수 별의여지수단장
請君試問東流水 別意與之誰短長

바람 불어 버들개지 향은 술집에 가득한데
오吳의 여인은 술 걸러 손에게 마시라 권한다.
금릉 젊은이들 서로 이별하는데
걸음 떼지 못해 저마다 술잔을 비운다.
그대 물어보나니, 동으로 흐르는 장강과
우리 석별의 정은 어느 쪽이 길고 짧던가?

註釋

▸ <金陵酒肆留別(금릉주사유별)> : '금릉의 술집에서 작별하다'. 金陵(금릉) – 강소성 남경. 육조(六朝)의 도읍으로 건업(建業), 건강(建康)이라고도 했다. 肆 방자할 사. 점포. 酒肆(주사) – 주점, 술집. 留別(유별) – 길 떠나는 사람이 자기에게 전별연을 베풀어 주는 사람들과 작별한다는 뜻.

▸ 風吹柳花滿店香(풍취유화만점향) : 柳花(유화) – 버들개지, 유서(柳絮).

▸ 吳姬壓酒勸客嘗(오희압주권객상) : 吳姬(오희) – 오(吳)의 미녀. 강소성 소주(蘇州) 일대를 오라고 부른다. 壓 누를 압. 壓酒(압주) – 술을 거르다.

▸ 金陵子弟來相送(금릉자제내상송) : 子弟(자제) – 젊은이들.

▸ 欲行不行各盡觴(욕행불행각진상) : 觴 술잔 상.

▸ 請君試問東流水(청군시문동류수) : 東流水(동류수) – 동으로 흐르는 장강(長江).

▸ 別意與之誰短長(별의여지수단장) : 別意(별의) – 이별을 아쉬워하는 정의(情意). 與之(여지) – 비교해서. 지(之)는 장강. 誰 누구 수.

詩意

6구로 된 칠언고시이다. 현종 천보 9년(750), 이백의 나이 50세 때에 지은 시다. 또는 천보 2년(743) 그의 나이 43세 때 지은 시라는 설도 있다. 이백은 평이한 필치로 담담하게 이별의 아쉬움을 표현했다.

청(淸) 심덕잠(沈德潛)은 《당시별재(唐詩別裁)》에서 이렇게 평했다. '시의 어구를 반드시 어렵게 표현할 필요가 없다. 충분히 익은 석별의 정을 담담하게 그리면 족하다.(語不必深 寫情已足)'

056. 宣州謝脁樓餞別校書叔雲 선주 사조루에서 교서랑 숙운과의 이별 ● 李白이백

(선주사조루전별교서숙운)

기아거자 작일지일불가류
棄我去者 昨日之日不可留

난아심자 금일지일다번우
亂我心者 今日之日多煩憂

장풍만리송추안 대차가이감고루
長風萬里送秋雁 對此可以酣高樓

봉래문장건안골 중간소사우청발
蓬萊文章建安骨 中間小謝又清發

구회일흥장사비 욕상청천람일월
俱懷逸興壯思飛 欲上青天覽日月

추도단수수갱류 거배소수수갱수
抽刀斷水水更流 擧杯銷愁愁更愁

인생재세불칭의 명조산발농편주
人生在世不稱意 明朝散髮弄片舟

날 버리고 흘러간 날
어제라는 날은 잡을 수 없도다.
내 마음을 흔드는 일
오늘이란 날은 걱정도 많도다.
큰 바람 만 리 길에 가을 기러기 오는데
이 보며 높은 누각에서 술을 즐길지어다.

당신의 문장은 건안의 골풍骨風이니
중간엔 사조謝脁가 청신하고 발랄했노라.
다같이 은일의 흥취에 장한 시상을 날리리니
푸르른 하늘 올라 일월을 움켜쥐리라.
칼을 빼어 물을 끊어도 물은 여전히 흐르고
술을 들어 시름 녹여도 시름 더더욱 많도다.
인생 살기 세상과 뜻이 맞지 않으니
내일 아침 산발하고 조각배를 띄우리라.

註釋

▸ <宣州謝脁樓餞別校書叔雲(선주사조루전별교서숙운)> : '선주 사조루에서 교서랑 숙운과의 이별'. 宣州(선주) - 안휘성 선성현(宣城縣). 脁 그믐달 조. 謝脁(사조) - 464-499. 명문 진군(陳郡) 사씨(謝氏) 일족이며 문학사에서 말하는 '경릉팔우(竟陵八友)'의 한 사람이다. 남조 양(梁)의 개국군주인 소연(蕭衍)은 '사조의 시를 3일이나 읽지 않으면 입에서 냄새가 난다(三日不讀謝詩, 便覺口臭)'고 말했다. 산수시인 사령운과 병칭하여 소사(小謝)라 부른다. 謝脁樓(사조루) - 강남 4대 명루(名樓)의 하나. 사조가 남조 제(齊)에서 이곳 선성태수(宣城太守)로 재직할 때 건립하였다. 당대(唐代)에 중건하고 북망루(北望樓), 사조루, 사공루(謝公樓)라 불렀는데 이백의 본 시에서 읊은 '중간소사우청발(中間小謝又淸發)'이란 구절로 사조루의 명성을 온 천하에 날리게 되었다고 한다. 餞 전별할 전. 餞別(전별) - 길 떠나는 사람을 위해서 잔치를 벌이거나 노자를 주며 송별한다는 뜻. 그렇다고 전별(錢別)이라 하지 않음. 校書(교서) - 교서랑. 비서성의 속관, 궁중의 서적을 교정하는 관직. 叔雲(숙운) - 인명, 또는 이백의 숙부 항렬인 이운(李雲).

▸ 棄我去者 昨日之日不可留(기아거자 작일지일불가류) : 棄 버릴 기. 흘러가는 세월을 잡을 수 없다는 뜻.

▸亂我心者 今日之日多煩憂(난아심자 금일지일다번우) : 煩 괴로워할 번. 憂 근심할 우. 번민은 하면 할수록 많아진다는 의미.

▸長風萬里送秋雁(장풍만리송추안) : 長風(장풍) – 멀리서 불어오는 바람.

▸對此可以酣高樓(대차가이감고루) : 對此(대차) – 이런 정경을 보니. 酣 술 즐길 감. 高樓(고루) – 사조루.

▸蓬萊文章建安骨(봉래문장건안골) : 蓬 쑥 봉. 萊 명아주 래. 蓬萊(봉래) – 봉래산. 당(唐)에서는 비서성을 봉래도산(蓬萊道山)이라 불렀다. 교서랑 숙운(叔雲)의 문풍이 건안골풍(建安骨風)을 닮았다는 의미일 것이다. 이와 달리 봉래문장(蓬萊文章)을 한대(漢代)의 문장이나 문학의 뜻으로 풀이하기도 한다. 한나라 궁중의 서고를 동관(東觀)이라 했으며, 동관을 봉래라고도 불렀다. 봉래는 신선이 살고 있다는 동해의 산이다. 建安骨(건안골) – 건안은 후한 헌제(獻帝, 재위 189-220)의 연호(196-220). 건안시대의 기골이 높고 강건한 시풍을 건안골풍이라 한다. 이 시대는 조조와 그의 아들 조비(曹丕), 조식(曹植)이 문단을 주도하면서 이에 '건안칠자(建安七子)'의 활약이 있었다. '건안칠자'는 공융(孔融), 왕찬(王粲), 진림(陳琳) 등을 지칭한다.

▸中間小謝又淸發(중간소사우청발) : 中間(중간) – 건안시대와 당대(唐代) 사이. 小謝(소사) – 사조를 말한다. 남조 송의 사령운을 대사(大謝)라 통칭한다. 淸發(청발) – 청신하고 재기가 발랄하다.

▸俱懷逸興壯思飛(구회일흥장사비) : 俱 함께 구. 소사(小謝)인 사조와 숙운 두 사람. 懷逸興(회일흥) – 은일(隱逸)을 따르려는 흥취. 세상을 초탈하는 흥취. 壯思(장사) – 장대한 시상.

▸欲上靑天覽日月(욕상청천람일월) : 覽 볼 람. 攬(잡을 람)과 같음. 상대방에 대한 극찬의 구절.

▸抽刀斷水水更流(추도단수수갱류) : 抽 뺄 추. 칼집에서 칼을 빼다. 水更流(수갱류) – 물은 다시 흐른다.

▸擧杯銷愁愁更愁(거배소수수갱수) : 銷 녹일 소. 술로 근심을 풀려고 술을 마셔보아도 근심은 더 많아진다는 뜻. 이별의 정은 술을 마셔도 풀 수

없다며 진정으로 이별을 서러워하고 있다.

▶ 人生在世不稱意(인생재세불칭의) : 稱 일컬을 칭, 저울 칭. 알맞다. 稱意(칭의) - 뜻에 맞다.

▶ 明朝散髮弄片舟(명조산발농편주) : 散髮(산발) - 예의나 격식을 따지지 않는 태도. 弄(농) - 가지고 놀다, ~을 하다, ~하게 하다. 弄片舟(농편주) - 조각배를 타다, 세속을 떠나다. 상대방에 대한 권유라기보다는 이별의 슬픔 감상에서 이백 자신의 심정을 읊었다고 볼 수 있다.

詩意

현종 천보 12년(753) 이백의 나이 53세 때 지은 시다. 장안을 떠난 이백이 뜻을 얻지 못하고 우울하게 지내자, 차라리 머리 풀고 조각배 타고 강호에 방랑하려는 심정을 읊은 시다.

이 시는 전체를 크게 3단으로 나눌 수 있다.

1단은 사조루에서 교서랑 숙운을 전송하는 광경을 그렸다.

2단에서는 한(漢) 건안시대의 문학이 기골이 높고 강건하다, 그 뒤를 이은 사조(謝朓)를 높이 평가한 것인데 이는 교서랑 숙운에 대한 칭찬이다.

그리고 3단에서는 자신의 우울한 심정을 털어놓고, 방랑의 길에 오르려는 뜻을 밝혔다. 특히 '칼을 뽑아 강물을 베어도 강물은 여전히 흐르고, 술을 들고 수심을 없애려 해도 근심이 더욱 많다(抽刀斷水水更流 擧杯銷愁愁更愁)'라는 구절에서 쇠퇴한 세상을 바로잡을 수 없음을 통한하고 있다.

어떤 판본에는 이 시의 제목을 '시어사인 숙화(叔華)와 함께 누에 올라서 읊은 시(陪侍御叔華登樓歌)'라고 했다. 숙화는 <조고전장문(弔古戰場文)>의 작자 이화(李華, 생몰 미상)라고도 한다.

057. 走馬川行奉送封大夫出師西征

(주마천행봉송봉대부출사서정)

주마천의 노래로 봉장군의 서역 출정을 봉송하다

● 岑參잠삼

군불견주마천행설해변　평사망망황입천
君不見走馬川行雪海邊　平沙莽莽黃入天

윤대구월풍야후　일천쇄석대여두
輪臺九月風夜吼　一川碎石大如斗

수풍만지석란주
隨風萬地石亂走

흉노초황마정비　금산서견연진비
匈奴草黃馬正肥　金山西見烟塵飛

한가대장서출사
漢家大將西出師

장군금갑야불탈　반야군행과상발
將軍金甲夜不脫　半夜軍行戈相撥

풍두여도면여할
風頭如刀面如割

마모대설한기증　오화연전선작빙
馬毛帶雪寒氣蒸　五花連錢旋作冰

막중초격연수응
幕中草檄硯水凝

노기문지응담섭　요지단병불감접
虜騎聞之應膽懾　料知短兵不敢接

군사서문저헌첩
軍師西門佇獻捷

그대 모르는가? 주마천이 설해 땅을 흐르는 것을
넓은 사막 아득히 황사가 하늘로 날아오른다.
서쪽 윤대의 구월 밤에 바람이 울부짖고
온 내의 자갈이 됫박만큼 큰데
바람 따라 여기저기 돌이 멋대로 구른다.
흉노 땅 풀이 시들면 말은 딱 살이 쪘고
금산 서쪽으로 연기와 먼지가 피어오르면
당군唐軍 대장은 서역으로 출정한다.
장군은 쇠 갑옷을 밤에도 못 벗고
야반에 행군하니 창들이 부딪치며
칼날 바람은 얼굴을 도려내는 듯하다.
눈 덮어쓴 말에서는 차가운 김이 나고
오화마五花馬 연전마連錢馬도 금방 얼음을 덮어쓰고
막중에 격문 짓던 벼룻물도 얼어버린다.
적 기병은 장군 출정 소식에 응당 간담이 식으니
헤아려 알겠노라, 적은 단병접전도 못하고
장군은 서문에 기다렸다가 승전보고 할 것을.

註釋

▸ <走馬川行奉送封大夫出師西征(주마천행봉송봉대부출사서정)> : '주마천의 노래로 봉장군의 서역 출정을 봉송하다'. 走馬川行(주마천행) - 주마천의 노래. 주마천은 신강(新疆) 고차현(高車縣) 부근의 강. 행(行)은 악부시 제목의 하나. '보조(步調)가 느렸다 빨랐다 하며 멈추지 않는다'는 뜻이다. 封大夫(봉대부) - 봉상청(封常淸). 당시 북정도호(北庭都護)와 지절이서절도사(持節伊西節度使)를 역임했다. 여기의 대부는 높은 사람에 대한 존칭으로 쓰였다. 出師西征(출사서정) - 군대를 이끌고 서쪽으

로 출정하다. 북정도호부는 신강 우루무치[烏魯木齊]에 있었다. 이 시의 작가 잠삼은 전에 봉상청이 안서북정절도사(安西北庭節度使)로 있을 때 그 밑에서 판관을 지냈다.

▸ 君不見走馬川行雪海邊(군불견주마천행설해변) : 行(행) – 제목에 붙은 글자가 필요 없이 들어갔다는 주장과 '통과하다' '흐르다'의 뜻으로 해석하는 주장이 있다. 雪海邊(설해변) – 항상 눈이 덮여 있는 변경지대. 여기서는 파미르고원과 천산산맥(天山山脈) 일대의 만년설에 덮인 변경지대. 설해는 지명인지 '늘 눈으로 덮인 땅'이란 의미인지 분명치 않다.

▸ 平沙莽莽黃入天(평사망망황입천) : 莽 우거질 망. 莽莽(망망) – 끝없이 넓은 모양. 黃(황) – 황사 먼지.

▸ 輪臺九月風夜吼(윤대구월풍야후) : 輪臺(윤대) – 지명. 서역 수비의 요충지. 그곳에 북정대도호부(北庭大都護府)가 있었다. 吼 울 후. 아우성치다, 크게 노한 소리.

▸ 一川碎石大如斗(일천쇄석대여두) : 一川(일천) – 강바닥 온통. 碎 부술 쇄. 碎石(쇄석) – 큰 자갈.

▸ 隨風萬地石亂走(수풍만지석란주) : 萬地(만지) – 온 땅. 땅의 여기저기.

▸ 匈奴草黃馬正肥(흉노초황마정비) : 草黃(초황) – 가을이 되자 풀이 누렇게 죽다. 正(정) – 바야흐로. 딱 맞게. 肥 살찔 비.

▸ 金山西見烟塵飛(금산서견연진비) : 金山(금산) – 알타이산맥. 몽고어 '알타이'는 금(金)이란 뜻이다. 烟塵(연진) – 연기와 먼지. 전화(戰火)와 군마가 달리며 일으키는 흙먼지[黃塵].

▸ 漢家大將西出師(한가대장서출사) : 漢家(한가) – 당나라. 大將(대장) – 봉장군(封將軍).

▸ 將軍金甲夜不脫(장군금갑야불탈) : 金甲(금갑) – 쇠 갑옷.

▸ 半夜軍行戈相撥(반야군행과상발) : 半夜(반야) – 깊은 밤, 야반(夜半). 戈 창 과. 撥 털 발. 일어나다, 치켜들다, 부딪치다.

▸ 風頭如刀面如割(풍두여도면여할) : 바람은 칼처럼 얼굴을 베어내는 듯하다, 바람이 매섭다.

▸ 馬毛帶雪寒氣蒸(마모대설한기증) : 帶雪(대설) - 눈이 달라붙다. 蒸 찔 증. 김이 나다.

▸ 五花連錢旋作冰(오화연전선작빙) : 五花(오화) - 잎이 5개인 꽃 모양. 온몸의 털이 희끗희끗 검푸른 준마. 連錢(연전) - 몸에 둥글둥글 돈 무늬가 있는 명마. 旋 돌 선. 회전하다, 오래지 않아, 아주 빨리, 금방.

▸ 幕中草檄硯水凝(막중초격연수응) : 幕(막) - 군막, 야전용 텐트. 草檄(초격) - 격문(檄文)을 초안하다, 문서를 작성하다. 硯 벼루 연.

▸ 虜騎聞之應膽慴(노기문지응담섭) : 虜 포로 로. 虜騎(노기) - 적의 기마병. 이민족의 기마병. 膽 쓸개 담. 慴 두려워할 섭. 膽慴(담섭) - 겁을 먹고 간담이 서늘해지다.

▸ 料知短兵不敢接(요지단병불감접) : 料 헤아릴 료. 예상하다. 料知(요지) - 예측할 수 있다. 다음 구의 헌첩(獻捷)까지 걸린다. 短兵(단병) - 길이가 짧은 무기, 칼.

▸ 軍師西門佇獻捷(군사서문저헌첩) : 佇 우두커니 저. 기다리다. 獻 바칠 헌. 捷 이길 첩. 獻捷(헌첩) - 전승보고서[捷書]를 바치다, 전리품을 바치다.

詩意

잠삼의 변새시(邊塞詩)는 특출하다. 잠삼은 전에 봉상청이 안서북정절도사(安西北庭節度使)로 있을 때 그 밑에서 판관을 지냈다. 그러므로 그의 변새시는 관념적으로 앉아서 묘사한 것이 아니라, 몸소 현지에서의 체험을 바탕으로 한 것이다.

이 시에서도, 서역 사막지대의 황량한 싸움터의 혹독한 기후와 정경과 특히 한풍(寒風)과 백설을 무릅쓰고 출전하는 군마(軍馬)의 고초를 생생하게 그렸다. '평탄한 사막은 끝없이 넓고, 누런 흙먼지는 하늘로 치솟고 있다(平沙莽莽黃入天)' '윤대에는 음력 9월 바람이 밤에 맹수들이 울부짖듯이 사납게 분다(輪臺九月風夜吼)' '강바닥에는 온통 큰 돌덩이가 널려 있고(一川碎石大如斗)', '그 돌들이 사나운 바람에 날려 제멋대로 굴러다닌다(隨風萬地石

亂走)' 등은 실제로 보지 않고서는 묘사할 수 없는 장면이다.
그리고 흉노와 싸우는 장졸의 모습을 다음과 같이 표현하였다. '한밤에 행군하는 군사의 창이 서로 부딪친다(半夜軍行戈相撥)', '칼 같은 바람이 얼굴을 도려내는 듯하다(風頭如刀面如割)', '군마에 쌓인 눈이 녹아 차갑게 김이 피어오른다(馬毛帶雪寒氣蒸)', '오화, 연전 같은 준마가 곧 바로 얼음을 덮어쓴 것 같다(五花連錢旋作冰).'
총 17구로 된 7언의 고시다. 그러나 1구는 10언이고, 1, 2구 이하는 3구 1연으로 되어 있다.

058. 輪臺歌奉送封大夫出師西征 윤대의 노래로 봉장군의 서정을 봉송하다 ● 岑參잠삼

(윤대가봉송봉대부출사서정)

윤대성두야취각　윤대성북모두락
輪臺城頭夜吹角　輪臺城北旄頭落

우서작야과거려　선우이재금산서
羽書昨夜過渠黎　單于已在金山西

수루서망연진흑　한군둔재윤대북
戍樓西望烟塵黑　漢軍屯在輪臺北

상장옹모서산출　평명취적대군행
上將擁旄西山出　平明吹笛大軍行

사변벌고설해용　삼군대호음산동
四邊伐鼓雪海湧　三軍大呼陰山動

노새병기연운둔　전장백골전초근
虜塞兵氣連雲屯　戰場白骨纏草根

검하풍급설편활　사구석동마제탈
劍河風急雪片闊　沙口石凍馬蹄脫

아상근왕감고신　서장보주정변새
亞相勤王甘苦辛　誓將報主靜邊塞

고래청사수불견　금견공명승고인
古來靑史誰不見　今見功名勝古人

윤대성 위에 한밤에 호각이 울자
윤대성 북쪽 오랑캐 땅 별이 지네.
급박한 보고가 간밤에 거여에 전달되니
선우의 군대가 이미 금산 서쪽에 들어왔다네.
망루의 서쪽에 봉화 연기와 흙먼지가 검게 일고
당나라 군사는 윤대 북쪽에 주둔하였다.
상장上將은 깃발을 세우고 서산으로 출동하니
새벽에 호각 불며 대군은 진격하노라.
사방에서 북을 치니 설해 부근이 뒤끓고
삼군이 고함치니 음산 일대가 진동한다.
적지의 요새에 군사의 사기가 구름처럼 모이니
전장의 백골은 풀뿌리에 얽혀 있다.
검하劍河에 바람 차고 눈발이 휘날리며
사구沙口의 돌이 얼어 군마의 발굽이 떨어져 나간다.
봉장군은 사직에 헌신하며 고난을 이겨내며
성은에 보답코자 변방의 평정을 맹세했도다.
자고로 역사에 이름을 낸 사람 많았으나
오늘의 봉장군 공명은 고인보다 뛰어나도다.

註釋

▸ <輪臺歌奉送封大夫出師西征(윤대가봉송봉대부출사서정)> : '윤대의 노래로 봉장군의 서정을 봉송하다'. 輪臺歌(윤대가) - 윤대는 지명. 신강 위구르자치구 윤대현. 당대에 북정대도호부(北庭大都護府)가 있었다. 가(歌)는 악부제명(樂府題名). 이 시도 앞의 <주마천행봉송봉대부출사서정(走馬川行奉送封大夫出師西征)>과 같이 봉상청의 출정을 읊은 시다.

▸ 輪臺城頭夜吹角(윤대성두야취각) : 角(각) - 군중취기륜(軍中吹器輪). 호각(號角, 호루라기).

▸ 輪臺城北旄頭落(윤대성북모두락) : 旄 깃대 장식 모. 별 이름으로 풀이해도 뜻이 통한다. 旄頭落(모두락) - 모두성(旄頭星)이 떨어진다. 모두는 별 이름, 묘수(昴宿)라고도 한다. 오랑캐를 상징하는 호성(胡星)이다. 그 별이 떨어졌으니, 하늘에도 오랑캐 쇠멸의 징조가 나타난 것이다.

▸ 羽書昨夜過渠黎(우서작야과거려) : 羽書(우서) - 우격(羽檄). 보통 격문은 목찰(木札)에 써서 전한다. 그러나 긴급한 격문에는 목찰에 새털을 붙인다. 그것을 우격, 혹은 우서라고 한다. 渠 도랑 거. 黎 검을 려. 渠黎(거려) - 윤대 동남쪽에 있는 지명. 거리(渠犁)라고도 하며, 서역의 요충지다.

▸ 單于已在金山西(선우이재금산서) : 單于(선우) - 흉노의 족장. 單 홑 단, 오랑캐 임금 선. 광대하다는 뜻이 있다. 金山(금산) - 알타이산맥을 한자로 의역한 것.

▸ 戍樓西望烟塵黑(수루서망연진흑) : 戍樓(수루) - 망루.

▸ 漢軍屯在輪臺北(한군둔재윤대북) : 漢軍(한군) - 한족의 군사. 당군(唐軍). 屯 진칠 둔.

▸ 上將擁旄西出(상장옹모서산출) : 上將(상장) - 봉상청 장군. 擁 안을 옹. 旄 깃대 장식 모. 모기(旄旗)는 깃발 끝에 쇠꼬리를 매단 지휘관의 기.

▸ 平明吹笛大軍行(평명취적대군행) : 平明(평명) - 새벽. 笛 피리 적. 吹笛(취적) - 피리를 불다.

▸ 四邊伐鼓雪海湧(사변벌고설해용) : 伐 칠 벌. 伐鼓(벌고) - 북을 치다.

북소리. 湧 샘솟을 용. 雪海(설해) - 항상 눈이 덮인 지역. 내륙의 광활한 지역을 해(海)라고 지칭한다. 우리가 통상 생각하는 해(海)가 아니다.

▸ 三軍大呼陰山動(삼군대호음산동) : 三軍(삼군) - 전군(全軍). 陰山(음산) - 음산산맥.

▸ 虜塞兵氣連雲屯(노새병기연운둔) : 虜塞(노새) - 호지(胡地)의 요새. 변경의 요새. 兵氣(병기) - 병졸의 사기.

▸ 戰場白骨纏草根(전장백골전초근) : 纏 얽힐 전. 백골과 풀뿌리가 뒤엉켜 있다는 뜻. 죽은 병졸을 묻어주지도 못했다.

▸ 劍河風急雪片闊(검하풍급설편활) : 劍河(검하) - 위구르(회흘回紇) 북쪽 지역의 강 이름이라는 주(註)가 있다. 闊 트일 활. 광활하다.

▸ 沙口石凍馬蹄脫(사구석동마제탈) : 沙口(사구) - 변경의 지명. 蹄 발굽 제.

▸ 亞相勤王甘苦辛(아상근왕감고신) : 亞 버금 아. 亞相(아상) - 재상 다음의 고관, 어사대부(御史大夫). 이 시의 주인공인 봉상청을 지칭.

▸ 誓將報主靜邊塞(서장보주정변새) : 將(장) - 장차, 앞으로. 靜邊塞(정변새) - 변방의 요새는 평정(平靜)하다.

▸ 古來靑史誰不見(고래청사수불견) : 고래로 청사에 누군들 보이지 않는가? 즉 '많은 사람이 공을 세우고 이름을 냈다.' 그러니 귀하도 큰 공을 세울 것이다.

▸ 今見功名勝古人(금견공명승고인) : 지금 공을 세우는 사람은 옛사람을 능가한다. '앞으로 큰 공을 세울 것이다'라고 축원 내지 격려의 뜻이라 해석된다.

詩意

앞의 시 <주마천행봉송봉대부출사서정(走馬川行奉送封大夫出師西征)>과 같이 서북방 변경에서 오랑캐의 침공을 평정하려 출정하는 봉상청 장군을 칭송한 시다. '행(行)'은 노래라는 뜻으로 악부시의 제명(題名)에 쓰인다. 이 시는 전체를 4단으로 나눌 수 있다.

1단 : 1연의 2구로, 윤대(輪臺) 주변에 음산한 전운이 덮이고 밤에는 호각소리가 울리고 하늘의 별이 떨어진다.
2단 : 2-4연까지 6구로 오랑캐 군대가 출동했다는 격문(檄文)이 전달되고, 서쪽 하늘에 흙먼지와 전화(戰火)가 치솟자, 상장군이 당군(唐軍)을 이끌고 출정한다.
3단 : 5-7연까지 6구로, 양 진영의 군대가 뒤엉켜 격전을 한다. 북소리에 설해(雪海)가 뒤끓고, 삼군의 고함소리에 음산(陰山)이 진동한다. 구름처럼 떼 지어 쳐들어온 오랑캐가 소탕되고, 격전장 풀뿌리에는 백골이 흩어져 있으며, 세찬 바람에 백설이 날리고, 얼음길을 달리는 말의 발굽이 빠진다.
4단 : 8-9연의 4구로, 악전고투하고 공을 세운 봉대부(封大夫)는 청사에 빛나리라.
명(明) 왕부지(王夫之)는 ≪당시평선(唐詩評選)≫에서 다음과 같이 평했다. '이 시는 운을 여덟 번이나 바꾸었다. 비유하자면 붉은 준마가 구불구불 험난한 언덕길을 가면서도 평지를 가듯 한 발도 실족하지 않았으니, 참으로 능숙하게 읊은 시라 하겠다.(如赤驥過九折坂 履險若平 足不一蹶 可謂知音)'

059. 白雪歌送武判官歸京 백설가로 무판관의 귀경을 전송하다 ● 岑參잠삼

북 풍 권 지 백 초 절 호 천 팔 월 즉 비 설
北風捲地白草折 胡天八月卽飛雪

홀 여 일 야 춘 풍 래 천 수 만 수 이 화 개
忽如一夜春風來 千樹萬樹梨花開

산 입 주 렴 습 라 막 호 구 불 난 금 금 박
散入珠簾濕羅幕 狐裘不暖錦衾薄

장 군 각 궁 부 득 공 도 호 철 의 냉 유 착
將軍角弓不得控 都護鐵衣冷猶著

한 해 난 간 백 장 빙 수 운 참 담 만 리 응
瀚海闌干百丈冰 愁雲慘淡萬里凝

중 군 치 주 음 귀 객 호 금 비 파 여 강 적
中軍置酒飮歸客 胡琴琵琶與羌笛

분 분 모 설 하 원 문 풍 체 홍 기 동 불 번
紛紛暮雪下轅門 風掣紅旗凍不翻

윤 대 동 문 송 군 거 거 시 설 만 천 산 로
輪臺東門送君去 去時雪滿天山路

산 회 노 전 불 견 군 설 상 공 류 마 행 처
山迴路轉不見君 雪上空留馬行處

북풍이 대지를 말아오면 백초白草도 꺾이는데
호지胡地의 날씨는 팔월이면 눈발이 날린다.
홀연히 밤새 봄바람이 불었던 것처럼

천만 그루 온 나무에 이화 같은 눈꽃이 피었다.
주렴 사이 날려든 눈발에 비단 휘장 축축하고
여우 갖옷 안 따습고 비단 이불도 얇기만 하다.
장군의 각궁도 당길 수 없고
도호의 철갑옷은 차더라도 입어야 한다.
드넓은 사막 여기저기 두꺼운 얼음이 깔리고
침침한 구름 암울하게 온 하늘을 덮었다.
중군서 벌인 술자리 귀경하는 사람과 마시는데
호금과 비파에 강인羌人의 피리가 한데 운다.
분분히 저녁 눈은 군영 정문에 내리고
바람이 홍기를 흔들어도 얼어 아니 펄럭인다.
윤대성 동문에서 가는 그대를 전송하는데
떠나갈 적에 눈 내려 천산 길을 메웠다.
돌아간 산길 굽은 길에 그대 보이지 않고
눈 위엔 무심한 말 발자국만 남았도다.

註釋

- <白雪歌送武判官歸京(백설가송무판관귀경)> : '백설가로 무판관의 귀경을 전송하다'. 歌(가) - 악부시의 제목. 武判官(무판관) - 절도사 봉상청(封常淸)의 속관(屬官). 그 이상은 알 수 없다. 판관은 절도사, 관찰사, 방어사(防禦使)의 속관.
- 北風捲地白草折(북풍권지백초절) : 捲 감아 말 권. 白草(백초) - 북쪽 땅에 자라는, 우마(牛馬)가 잘 먹는 풀이름. 가을이나 겨울에는 희게 말라 죽는다.
- 胡天八月卽飛雪(호천팔월즉비설) : 胡天(호천) - 호지(胡地)의 천기(天氣). 卽 곧 즉. 卽飛雪(즉비설) : 눈이 날리기 시작한다.

▶ 忽如一夜春風來(홀여일야춘풍래) : 如(여) - ~와 같이. 여(如)~춘풍래(春風來)는 춘풍이 불었던 것처럼.

▶ 千樹萬樹梨花開(천수만수이화개) : 梨花開(이화개) - 배나무 꽃이 피었다. 내린 눈이 이화와 같다.

▶ 散入珠簾濕羅幕(산입주렴습라막) : 散入(산입) - 눈이 날려 들어오다. 簾 발 렴. 濕 축축할 습. 羅幕(나막) - 비단 휘장.

▶ 狐裘不暖錦衾薄(호구불난금금박) : 狐 여우 호. 裘 갖옷 구. 狐裘(호구) - 여우 털로 만든 갖옷. 錦 비단 금. 衾 이불 금. 薄 엷을 박.

▶ 將軍角弓不得控(장군각궁부득공) : 角弓(각궁) - 각질(角質)로 꾸민 활. 控 당길 공.

▶ 都護鐵衣冷猶著(도호철의냉유착) : 都護(도호) - 도호부의 행정책임자. 당(唐)은 국경 지역의 이민족을 통치하기 위한 방법으로 6도호부를 설치했다. 곧 안서도호부(安西都護府)를 비롯하여, 안북, 안남, 안동, 선우(單于), 북정(北庭)이다. 북정도호부는 702~790년까지 존속했다. 鐵衣(철의) - 철갑. 猶(유) - 난(難)으로 되어 있는 책도 있다. 著 분명할 저, 입을 착.

▶ 瀚海闌干百丈冰(한해난간백장빙) : 瀚 넓고 큰 모양 한. 瀚海(한해) - 큰 사막. 고비사막. 闌 가로막을 란. 闌干(난간) - 가로와 세로.

▶ 愁雲慘淡萬里凝(수운참담만리응) : 愁雲(수운) - 침침한 구름. 慘 참혹할 참. 慘淡(참담) - 암울하다, 암담, 소삭(蕭索)과 같음. 凝 엉길 응.

▶ 中軍置酒飮歸客(중군치주음귀객) : 中軍(중군) - 주력부대. 군중주사(軍中主師).

▶ 胡琴琵琶與羌笛(호금비파여강적) : 胡琴(호금) - 호인의 금(琴). 羌 종족 이름 강. 서쪽의 이민족을 지칭. 羌笛(강적) - 강인(羌人)의 피리.

▶ 紛紛暮雪下轅門(분분모설하원문) : 紛 어지러울 분. 紛紛(분분) - 뒤섞여 어지러운 모양. 下(하) - 내리다. 동사로 쓰였다. 轅 끌채 원. 轅門(원문) - 군영(軍營)의 정문.

▶ 風掣紅旗凍不翻(풍체홍기동불번) : 掣 끌 체, 당길 철. 견동(牽動). 紅旗

(홍기) - 당나라군의 기(旗). 翻 날 번. 펄럭이다.

▶ 輪臺東門送君去(윤대동문송군거) : 輪臺(윤대) - 지명. 성읍 이름.

▶ 去時雪滿天山路(거시설만천산로) : 天山(천산) - 산 이름. 설산(雪山), 백산(白山)이라고도 하는데 천산을 두고 남로와 북로로 실크로드가 나뉜다.

▶ 山迴路轉不見君(산회노전불견군) : 迴 돌 회. 돌아서 가다. 轉 구를 전. 길이 구부러지다.

▶ 雪上空留馬行處(설상공류마행처) : 馬行處(마행처) - 말이 지나간 자리.

詩意

역시 북방 요새의 풍정(風情)을 읊은 시다. 도호(都護)인 봉상청의 속관인 무판관이 장안으로 돌아가게 되자, 군영에서 송별연을 베풀었을 때 지었을 것이다. 시 전체를 크게 네 개의 단락으로 나눌 수 있다.

1단 : 1연의 두 구절로, 북쪽 변경지대의 험악한 날씨를 사실대로 묘사했다. '휘몰아치는 북풍에 마른 흰 풀이 꺾어지고, 팔월인데도 벌써 눈발이 날린다.(北風捲地白草折 胡天八月卽飛雪)' 특히 이 두 구절에는 10개의 측성자(仄聲字)가 있으며, 운도 측성운으로, 그 곡조 자체가 다급하고 촉박하다.

2단 : 2-5연까지로, 변경의 추위와 참담함을 묘사하여 그곳에 근무하는 사람의 고통을 느끼게 하였다.

3단 : 6, 7연으로 무판관을 위해서 송별의 술을 마신다.

4단 : 8, 9연으로 천산로(天山路)의 눈길에 말 발자국만 남기고 떠나갔다. 이 시에는 설(雪)자가 네 번 나온다. 1연의 설(雪)은 송별 전 사막의 눈, 7연의 설(雪)은 송별이 아쉬운 눈이고, 8연의 설(雪)은 돌아가야 할 길을 막는 눈이고, 9연의 설(雪)은 말 발자국이 찍혀 그리움을 남겨준 눈이다.

060. 韋諷錄事宅觀曹將軍畫馬圖 위풍 녹사댁에서 조장군의 말 그림을 보다 ● 杜甫두보

위풍녹사댁관조장군화마도

국초이래화안마　신묘독수강도왕
國初已來畫鞍馬　神妙獨數江都王

장군득명삼십재　인간우견진승황
將軍得名三十載　人間又見眞乘黃

증모선제조야백　용지십일비벽력
曾貌先帝照夜白　龍池十日飛霹靂

내부은홍마뇌반　첩여전조재인색
內府殷紅馬腦盤　婕妤傳詔才人索

반사장군배무귀　경환세기상추비
盤賜將軍拜舞歸　輕紈細綺相追飛

귀척권문득필적　시각병장생광휘
貴戚權門得筆跡　始覺屛障生光輝

석일태종권모왜　근시곽가사자화
昔日太宗拳毛騧　近時郭家獅子花

금지신도유이마　부령식자구차탄
今之新圖有二馬　復令識者久嗟歎

차개기전일적만　호소막막개풍사
此皆騎戰一敵萬　縞素漠漠開風沙

기여칠필역수절　형약한공동연설
其餘七匹亦殊絶　逈若寒空動烟雪

상제축답장추간　마관시양삼성렬
霜蹄蹴踏長楸間　馬官廝養森成列

가련구마쟁신준 고시청고기심온
可憐九馬爭神駿　顧視清高氣深穩

차문고심애자수 후유위풍전지둔
借問苦心愛者誰　後有韋諷前支遁

억석순행신풍궁 취화불천내향동
憶昔巡行新豊宮　翠華拂天來向東

등양뇌락삼만필 개여차도근골동
騰驤磊落三萬匹　皆與此圖筋骨同

자종헌보조하종 무부사교강수중
自從獻寶朝河宗　無復射蛟江水中

군불견금속퇴전송백리 용매거진조호풍
君不見金粟堆前松柏裏　龍媒去盡鳥呼風

당 개국 이후에 말을 그린 화가 중에
신묘한 솜씨로 홀로 강도왕을 꼽았었다.
장군이 이름을 얻은 지 삼십 년
세상 사람은 다시 명마도를 볼 수 있게 되었다.
전날 선제先帝의 명마 조야백을 그릴 때
용지에선 열흘이나 벼락치고 천둥이 울었었다.
황궁 창고의 진홍색 마노 쟁반을
여관女官 첩여가 뜻을 전하고 재인이 들고 왔다.
옥반을 하사받고 장군은 예를 올리고 돌아왔으니
가볍고 좋은 비단이 연달아 뒤를 이었다.
황족과 권문들이 장군의 그림을 얻어갔으니
그제야 병풍에서 광채가 나는 것을 알았다.
옛날에 태종의 권모왜란 명마가 있었고

요즈음 곽자의의 사자화란 명마가 있도다.
지금 새로 그린 말 두 필 그림이 있는데
다시 볼 줄 아는 사람을 오랫동안 감탄케 한다.
이 모두 마전馬戰서 일당만一當萬의 준마들이니
흰 비단 막막한 사막에 모래 바람을 일으킨다.
그 나머지 일곱 필 역시 뛰어난 걸작이니
저 멀고먼 차가운 하늘에 눈보라를 불러온다.
준마의 발굽은 길게 난 가래나무 숲을 달리고
말 키우는 마관과 마부가 줄지어 늘어서 있다.
정말로 멋진 아홉 준마가 신들린 준마이니
다시 보니 청신고상하며 기질은 심중안온하도다.
여기서 묻나니, 고심하며 아끼는 이 누구인가.
지금은 위풍韋諷이 있고, 전에는 지둔支遁이 있었다.
옛날을 생각하니 신풍궁에 순행 나갈 적
푸르른 깃발이 하늘을 쓸며 동으로 향했다.
힘찬 도약과 준수한 삼만 필 말들이
모두 이 그림의 근육골격과 같았다.
현종이 사천에서 돌아와 붕어한 이후로는
아무도 수중의 교룡을 잡는 큰 일이 없었다.
그대는 못 보았나? 금속산 황릉 앞 솔길에
용과 준마는 사라졌고, 새들만이 지저귀는 것을!

註釋

▸<韋諷錄事宅觀曹將軍畫馬圖(위풍녹사댁관조장군화마도)> : '위풍 녹사댁에서 조장군의 말 그림을 보다'. 韋 다룸가죽 위. 諷 외울 풍. 韋諷(위풍) – 인명. 낭주(閬州, 사천성)의 녹사(錄事). 녹사는 지방 관아의 서기. 두보가 그의 저택에서 말 그림을 보고 이 시를 지었다. 曹將軍(조장군) – 좌무장군(左武將軍) 조패(曹霸). 무장으로 말을 잘 그렸으며, 특히 현종 개원 연대에 유명했다. 위(魏) 조모(曹髦, 조조의 증손)의 후손으로 좌무위장군을 역임했다.

▸國初已來畫鞍馬(국초이래화안마) : 國初已來(국초이래) – 국조 당(唐)의 개국 이후로. 畫(화) – 그리다. 鞍 말안장 안. 鞍馬(안마) – 안장을 얹은 말, 사람이 올라탄 말.

▸神妙獨數江都王(신묘독수강도왕) : 獨 홀로 독. 數 셀 수. 손꼽다, 손꼽히다. 江都王(강도왕) – 당 고조(高祖)의 손자, 태종(太宗)의 조카로, 강도(江都, 양주揚州)의 왕으로 봉해진 이서(李緖). 그는 예술적 재능이 많았으며 특히 말 그림으로 이름이 높았다.

▸將軍得名三十載(장군득명삼십재) : 將軍(장군) – 조장군, 조패(曹霸). 載 실을 재. 해[年].

▸人間又見眞乘黃(인간우견진승황) : 人間(인간) – 사람이 사는 세계. 又 또 우. 又見(우견) – (강도왕 이서李緖의 다음으로) 또 볼 수 있다. 乘黃(승황) – 《산해경(山海經)》에 나오는 신마(神馬). 여우같이 생겼고 등에 뿔이 났다고 한다.

▸曾貌先帝照夜白(증모선제조야백) : 전에는 당 현종의 명마 '조야백'을 그렸다. 曾 일찍이 증. 貌 얼굴 모. 그리다. 先帝(선제) – 당 현종. 照夜白(조야백) – 현종이 타던 명마 이름. 옥화총(玉花驄)이라는 명마도 있었다.

▸龍池十日飛霹靂(용지십일비벽력) : 龍池(용지) – 현종의 이궁(離宮)인 흥경궁(興慶宮) 안에 있는 연못. '항상 구름이 자욱하고 이따금 황룡이 나타나 보였다. 그래서 용지라고 했다.(常有雲氣 或見黃龍出其中 謂之龍

池)'. 十日(십일) - 조장군이 현종의 명마 조야백을 그리는 10일 간. 霹 벼락 벽. 靂 벼락 력. 천둥. 飛霹靂(비벽력) - 본래 신룡(神龍)과 명마는 서로 감응한다. 명마 그림에 용이 감동하고 열흘 간 천둥 번개를 쳤다. 《명황잡록(明皇雜錄)》.

▶ 內府殷紅馬腦盤(내부은홍마뇌반) : 內府(내부) - 궁중의 창고, 황실 소장품을 저장해두는 내고(內庫). 殷 성할 은. 많다. 殷紅(은홍) - 짙은 홍색(紅色). 腦 머리 뇌(본음 노). 馬腦(마뇌) - 마노(瑪瑙). 줄무늬에 빛이 나는 보석의 일종. 盤 쟁반 반, 소반 반. 盌(주발 완)으로 쓴 책도 있다.

▶ 婕妤傳詔才人索(첩여전조재인색) : 婕 궁녀 첩. 妤 여관(女官) 여. 婕妤(첩여) - 정3품에 해당하는 후궁. 傳詔(전조) - 조(詔, 황제의 명령)를 전하다. 才人(재인) - 정4품의 여관(女官). 당 황제는 후궁으로 9명의 첩여와 7인의 재인을 거느렸으며, 황후 이외에 4부인(귀비貴妃, 숙비淑妃, 덕비德妃, 현비賢妃. 정1품)과 9빈(九嬪, 소의昭儀, 소용昭容, 소원昭媛, 수의修儀, 수용修容, 수원修媛, 충의充儀, 충용充容, 충원充媛. 정2품)과 27세부(世婦, 첩여, 미인美人, 재인. 정3품~정5품), 81어처(御妻, 정6품~정8품)를 거느릴 수 있는데 정6품 이하는 궁궐의 업무를 분담하였다. 索 찾을 색. 마노 쟁반을 창고에서 찾아 가지고 오다.

▮ 당 시대의 여관용(女官俑)

▶ 盤賜將軍拜舞歸(반사장군배무귀) : 盤賜將軍(반사장군) - 마노 쟁반을 하사 받은 장군은~. 拜舞(배무) - 신하가 관직이나 녹봉을 받았을 때 임금에게 올리는 예절. 황제의 말을 그렸기에 황제의 특별 하사품

을 받았다는 묘사.

▶輕紈細綺相追飛(경환세기상추비) : 紈 흰 비단 환. 綺 비단 기. 相追飛(상추비) - 각각 뒤따라오다. 귀인들이 여러 선물을 보내왔다.

▶貴戚權門得筆跡(귀척권문득필적) : 貴戚(귀척) - 고귀한 인척, 황족. 權門(권문) - 권세 있는 문벌. 筆跡(필적) - 그린 자취. 작품.

▶始覺屛障生光輝(시각병장생광휘) : 始覺(시각) - 비로소 (처음으로) 알다. 屛障(병장) - 병풍. 光輝(광휘) - 광채.

▶昔日太宗拳毛騧(석일태종권모왜) : 騧 공골말 왜. 주둥이가 검은 말. 拳毛騧(권모왜) - 당 태종의 명마 중 하나.

▶近時郭家獅子花(근시곽가사자화) : 郭家(곽가) - 곽자의(郭子儀, 697~781). 현종, 숙종, 대종(代宗), 덕종(德宗)의 4조를 섬긴 정치인, 무장. 獅子花(사자화) - 곽자의의 말 이름. 대종이 그에게 하사한 말. 곽자의는 두보와 같은 시대에 살았다.

곽자의(郭子儀)

▶今之新圖有二馬(금지신도유이마) : 新圖(신도) - 새로 그린 작품.

▶復令識者久嗟歎(부령식자구차탄) : 識者(식자) - 태종의 명마 권모왜와 곽자의의 명마 사자화가 있었다는 사실을 아는 사람.

▶此皆騎戰一敵萬(차개기전일적만) : 騎戰(기전) - 기마전. 敵 원수 적. 상대하다. 맞서다. 一敵萬(일적만) - 말 한 필이 1만 기병을 상대하다. 일당만(一當萬).

▶縞素漠漠開風沙(호소막막개풍사) : 縞 명주 호. 흰빛. 素 흴 소. 희다. 縞素(호소) - 그림을 그리는 흰 비단. 漠漠(막막) - 광활하고 아득한 모양. 구름이 짙게 낀 모양. 開風沙(개풍사) - 모래바람

이 일어나다.

▸其餘七匹亦殊絶(기여칠필역수절) : 殊絶(수절) - 매우 뛰어나다.

▸逈若寒空動烟雪(형약한공동연설) : 逈 멀 형. 若 같을 약. 寒空(한공) - 차가운 하늘. 烟雪(연설) - 눈보라.

▸霜蹄蹴踏長楸間(상제축답장추간) : 霜 서리 상. 蹄 발굽 제. 차며 달리다. 霜蹄(상제) - 말발굽. 蹴 찰 축. 踏 밟을 답. 蹴踏(축답) - 달리다. 楸 개오동나무 추, 호두나무 추.

▸馬官厮養森成列(마관시양삼성렬) : 馬官(마관) - 말을 관리하는 사람. 厮 하인 시. 厮養(시양) - 말을 먹이는 사람.

▸可憐九馬爭神駿(가련구마쟁신준) : 憐 어여삐 여길 련. 可憐(가련) - 여기서는 자랑스럽다. 駿 준마 준. 神駿(신준) -신마와 준마.

▸顧視淸高氣深穩(고시청고기심온) : 顧 돌아볼 고. 淸高(청고) - 맑고 품위 있다. 氣深穩(기심온) - 말의 기개가 심중(深重)하면서도 안온하다.

▸借問苦心愛者誰(차문고심애자수) : 借問(차문) - 묻노니, 물어보건대. 苦心愛者誰(고심애자수) - 고심하며 말을 아끼는 자 누구인가?

▸後有韋諷前支遁(후유위풍전지둔) : 韋諷(위풍) - 조장군이 말을 그리고 있는 집 주인. 제목에 나온 위풍 녹사(綠事). 前(전) - 그 이전에는. 遁 숨을 둔, 달아날 둔. 支遁(지둔) - 진대(晉代)의 승려, 지도림(支道林). 《세설신어 언어편(言語篇)》에 다음 같은 말이 있다. '지도림이 여러 마리 말을 키우고 있었다. 어느 도인이 말을 키우는 것은 운치가 없다고 말했다. 이에 지도림이 "나는 말의 신이(神異)와 빼어남을 중히 여길 뿐이다.(貧道重其神駿耳)"라고 말했다.'

▸憶昔巡行新豐宮(억석순행신풍궁) : 新豐宮(신풍궁) - 장안 동쪽 여산(驪山) 아래에 있는 이궁(離宮). 나중에는 화청궁(華淸宮)이라 개명. 현종이 양귀비와 함께 가서 온천을 즐긴 이궁.

▸翠華拂天來向東(취화불천내향동) : 翠華(취화) - 푸른 깃으로 장식한 황제의 깃발. 拂天(불천) - 하늘을 쓸고 가는 것 같다. 황제 행차의 장엄한 모양을 서술하였다.

▸騰驤磊落三萬匹(등양뇌락삼만필) : 騰 오를 등. 驤 말이 머리 쳐들 양. 騰驤(등양) - 높이 뛰어오르고 세차게 내닫다. 磊 돌무더기 뢰. 磊落(뇌락) - 용모가 준수한 모양, 높고 큰 모양, 도량이 넓어 작은 일에 구애받지 않다. 三萬匹(삼만필) - 엄청나게 많은 말.

▸皆與此圖筋骨同(개여차도근골동) : 筋 힘줄 근. 筋骨(근골) - 말의 몸통이나 뼈대, 혹은 '체격이나 힘'의 뜻도 있다.

▸自從獻寶朝河宗(자종헌보조하종) : 自從(자종) - ~로부터. 朝(조) - ~로 향하다. 河宗(하종) - 황하의 하신(河神), 하백(河伯). 《목천자전(穆天子傳)》에 다음 같은 고사가 있다. '주(周)의 목천자가 서쪽 순행 길에 하백 풍이(馮夷)에게 예물을 올리자, 하백이 목천자에게 보물을 주었다. 그 후 목천자는 도성에 돌아와서 죽었다.' 곧 이 구절은 현종이 안록산의 난을 당해, 서쪽으로 피난 갔다가 돌아와 죽었다는 뜻.

▸無復射蛟江水中(무부사교강수중) : 그 후 아무도 다시 강물 속에 있는 교룡(蛟龍)을 쏘는 사람이 없다. 《한서 무제기(武帝紀)》에 다음과 같은 고사가 있다. '원봉(元封) 5년에 무제가 심양(潯陽)에서 배를 타고 강으로 나가, 강물 속의 교룡을 쏘아서 잡았다.' 여기서는 현종이 죽은 다음 다시는 거창한 행사가 없게 되었다는 뜻이다.

▸君不見金粟堆前松柏裏(군불견금속퇴전송백리) : 粟 조 속. 곡식. 金粟堆(금속퇴) - 금속은 산 이름. 이 산에 현종의 무덤 태릉(泰陵)이 있다. 堆 언덕 퇴. 무더기.

▸龍媒去盡鳥呼風(용매거진조호풍) : 媒 중매할 매. 龍媒(용매) - 용이 매체가 되어 나타나는 천마(天馬)나 신마(神馬). 龍媒去盡(용매거진) - 천마는 거의 다 없어지고. 鳥呼風(조호풍) - 새들만이 바람에 우짖고 있다. 영명한 현종 때는 명마 준마가 많았으나 지금은 새들만이 지저귀고 있다는 한탄의 뜻.

詩意

현종의 실정(失政)은 안록산과 사사명(史思明)에 의해 진행된 안사의 난(755-763년)을 초래했고, 안사의 난을 기점으로 당은 쇠퇴기에 접어든다. 이 시는 반란을 피해 촉(蜀, 사천성)을 유랑하던 두보가 53세(764년) 때 성도(成都)에서 지은 것이다.

당시는 역사의 주인공인 현종이 죽은 지 2년이 지난 때였다. 이때 성도에 우거하고 있던 두보가 위풍(韋諷)의 집에서 조패 장군이 그린 '명마 그림'을 보고 그 감회를 읊은 것이다.

이 시는 다음과 같이 3단으로 나눌 수 있다.

1단 : 1-6연까지. 당나라 초기에는 강도왕 이서(李緖)가 말을 잘 그렸다. 그 후 당 현종 시대에는 조패 장군이 유명했다. 그는 전에 당 현종의 애마 조야백(照夜白)을 그려 용을 감동케 했으며, 천자로부터 보물을 내려 받았다. 이에 당시의 왕족, 귀족들이 막대한 재물을 주고 그의 그림을 구했다. 이상은 화가 조패에 대한 기술이다.

2단 : 7-13연까지. 두보는 위풍이 간직하고 있는 조패의 '새 그림[新圖]'을 보고, 그림 속에 그려진 아홉 마리의 준마를 생생하고 약동적인 필치로 묘사했다. 2단은 고정된 문자의 기술이 아니고, 오늘의 TV의 동화(動畫)를 보는 듯하다.

3단 : 14-17연까지. 시의 중심 모티브를 확 바꾸었다. 1단에서는 화가에 대한 기술, 2단에서는 그가 그린 준마의 뛰어 달리는 모양을 생동감 있게 그렸다. 이어 3단에서는 당 현종의 영화성쇠를 애잔한 필치로 기술했다. 그래서 두보의 시를 시사(詩史)라고 한다. 그는 시사로써 역사적 고발을 하였다. 그림 속의 명마는 곧 현명하고 용맹했던 명신 무장들이다.

061. 丹青引贈曹霸將軍(단청인증조패장군) 단청의 노래, 조패 장군에게 보내다

● 杜甫두보

장군위무지자손　어금위서위청문
將軍魏武之子孫　於今爲庶爲清門

영웅할거수이의　문채풍류금상존
英雄割據雖已矣　文彩風流今尚存

학서초학위부인　단한무과왕우군
學書初學衛夫人　但恨無過王右軍

단청부지노장지　부귀어아여부운
丹青不知老將至　富貴於我如浮雲

개원지중상인견　승은수상남훈전
開元之中常引見　承恩數上南薰殿

능연공신소안색　장군하필개생면
凌煙功臣少顏色　將軍下筆開生面

양상두상진현관　맹장요간대우전
良相頭上進賢冠　猛將腰間大羽箭

포공악공모발동　영자삽상내감전
褒公鄂公毛髮動　英姿颯爽來酣戰

선제천마옥화총　화공여산모부동
先帝天馬玉花驄　畫工如山貌不同

시일견래적지하　형립창합생장풍
是日牽來赤墀下　迥立閶闔生長風

조위장군불견소　의장참담경영중
詔謂將軍拂絹素　意匠慘憺經營中

사수구중진용출　일세만고범마공
斯須九重眞龍出　一洗萬古凡馬空

옥화각재어탑상　탑상정전흘상향
玉花卻在御榻上　榻上庭前屹相向

지존함소최사금　어인태복개추창
至尊含笑催賜金　圉人太僕皆惆愴

제자한간조입실　역능화마궁수상
弟子韓幹早入室　亦能畫馬窮殊相

간유화육불화골　인사화류기조상
幹惟畫肉不畫骨　忍使驊騮氣凋喪

장군화선개유신　필봉가사여사진
將軍畫善蓋有神　必逢佳士如寫眞

즉금표박간과제　누모심상행로인
卽今飄泊干戈際　屢貌尋常行路人

도궁반조속안백　세상미유여공빈
途窮反遭俗眼白　世上未有如公貧

단간고래성명하　종일감람전기신
但看古來盛名下　終日坎壈纏其身

조장군은 위 무제 조조의 자손이나
오늘엔 서민으로 청빈하게 살고 있도다.
영웅이 할거하던 시절은 비록 끝났지만
문채나 풍류만은 지금도 여전히 남아 있도다.
서법을 처음에는 위衛부인을 모방해 배웠으나
다만 왕우군을 넘어서지 못한 한이 있도다.
그림을 그리다 보니 늙는 줄로 모르고
부귀는 그에게 마치 뜬 구름이라고 여겼다.

개원 연간에는 황제가 자주 불러 만났고
승은을 입어 여러 번 남훈전에 올랐었다.
능연각 공신의 초상화 빛이 바래어
장군이 붓을 대니 본 얼굴이 살아났다.
양상良相은 머리에 진현관을 쓰고
맹장猛將은 허리에 대우전大羽箭을 찼도다.
포공과 악공의 머리카락이 움직이고
영웅의 모습으로 선선히 달려와 싸울 듯하다.
선제의 천마인 옥화총을 그린
화공은 산처럼 많았지만 모습이 같지 않았다.
어느 날 붉은 섬돌 아래에 끌려온 옥화총이
궁문에 우뚝 서자 센 바람이 일었다.
조서를 내려 장군에게 흰 비단 펼쳐라 하니
구도를 꾸며 비장한 마음으로 그려 나갔다.
어느새 구중궁궐에 진짜 용마가 그려졌으니
만고의 모든 말 그림이 씻은 듯 없어졌다.
옥화총이 이제 어탑 위에 걸리고
어탑과 뜰 앞의 말이 우뚝 마주 보고 섰다.
황제는 웃음 띠며 은사금을 재촉했고
마부나 관리들이 모두 당황해했다.
제자인 한간은 일찍 높은 경지에 들었으니
그 역시 말의 특별한 모양을 잘 그렸었다.
한간은 겉을 그릴 뿐, 신기神氣를 그리진 못했으니
한간이 그린 명마는 기를 잃을 수밖에 없었다.
장군은 그림도 뛰어나고 신기까지 넘쳐났으니

꼭 만날 가인이라면 그 참모습을 그렸다.
지금은 전란 싸움터를 떠돌면서
가끔은 보통 행인들을 그려 주었었다.
궁벽한 처지에다 속인들의 백안시를 당했으니
세상엔 장군마냥 가난한 사람도 있지 않았다.
다만 예로부터 이름 남긴 사람들을 본다면
평생토록 불우한 역경에 휩싸였다.

註釋

▶ <丹靑引贈曹霸將軍(단청인증조패장군)> : '단청의 노래, 조패 장군에게 보내다'. 丹靑(단청) – 붉은색과 푸른색, 그림. 引(인) – '사물의 본말을 설명'하는 뜻의 악부시 제목. 贈 보낼 증. 霸 으뜸 패. 曹霸(조패) – 조조(曹操)의 증손이 조모(曹髦), 조모의 후손이 좌무위장군 조패이다. 무장으로 말을 잘 그렸으며, 특히 현종 개원 연간에 유명했다.

▶ 將軍魏武之子孫(장군위무지자손) : 魏武(위무) – 위(魏)의 무제(조조를 추존).

▶ 於今爲庶爲淸門(어금위서위청문) : 於今(어금) – 지금은. 爲庶(위서) – 서민이 되다. 淸門(청문) – 한문(寒門), 청빈한 가문. 조패 장군도 현종 말년에 득죄(得罪)하고 서인이 되었다고 한다.

▶ 英雄割據雖已矣(영웅할거수이의) : 割據(할거) – 일정지역을 분할 점거하다.

▶ 文彩風流今尙存(문채풍류금상존) : 시문이나 예술의 풍류는 지금 여전히 남아 있다. 조조와 장남 조비(曹丕, 위 문제), 5남 조식(曹植) 부자는 건안(建安) 문풍(文風)의 지도자였다.

▶ 學書初學衛夫人(학서초학위부인) : 衛夫人(위부인) – 진(晉)나라의 위삭(衛鑠), 자는 무의(茂猗), 여양(汝陽)태수 이구(李矩)의 부인으로 예서(隸書)를 잘 썼다. 서성(書聖) 왕희지(王羲之)가 그녀에게 배웠다고 한다.

조장군은 위부인의 글씨를 모방하여 글씨를 공부했다는 뜻이지 직접 배웠다는 뜻은 아니다.

왕희지(王羲之)의 글씨

▸ 但恨無過王右軍(단한무과왕우군) : 無過(무과) – 더 잘하지는 못했다. 王右軍(왕우군) – 왕희지. 왕희지는 서성(書聖)으로 친다. 벼슬이 우군장군이었다.

▸ 丹靑不知老將至(단청부지로장지) : 丹靑(단청) – 그림, 그림을 그리다. 不知老(부지노) – '그의 사람됨은 분발하면 먹는 일도 잊고, 걱정도 잊고, 늙는 줄도 모른다.(其爲人也 發憤忘食 以忘憂 不知老之將至)' 《논어 술이(述而)》

▸ 富貴於我如浮雲(부귀어아여부운) : '의롭지 않은 부귀는 나에게는 뜬구름과 같다.(不義而富且貴 於我如浮雲)' 《논어 술이》

▸ 開元之中常引見(개원지중상인견) : 開元(개원) – 현종의 연호(713–741년).

▸ 承恩數上南薰殿(승은수상남훈전) : 數(수) – 여러 번, 여러 차례. 南薰殿(남훈전) – 당의 궁궐 이름. 정전인 홍경궁(興慶宮) 앞에 있었다.

▸ 凌煙功臣少顔色(능연공신소안색) : 凌 능가할 능. 煙 구름 연. 凌煙(능연) – 구름 위에까지 솟다. 능연각(凌煙閣)은 당 건국 공신들의 초상화를 그려 보관한 건물. 그들의 공적이 크고 찬란하여 구름 위에까지 솟았다는 뜻. 태종이 정관(貞觀) 17년(643)에 염입본(閻立本)에게 공신 24명의 초상화를 그려 보관케 하였다. 少顔色(소안색) – 색이 바래다. 안색은 색깔, 낯빛, 얼굴색.

▸ 將軍下筆開生面(장군하필개생면) : 下筆(하필) – 붓을 대다, 그리다. 開生面(개생면) – 본래의 모습이 나타나다.

▶良相頭上進賢冠(양상두상진현관) : 進賢冠(진현관) - 검은 관모(冠帽). 문무관이 조참(朝參)할 때 착용한다.

▶猛將腰間大羽箭(맹장요간대우전) : 腰 허리 요. 大羽箭(대우전) - 깃털 장식을 한 화살. 태종은 무공을 세운 무장에게 특별히 큰 깃털을 단 화살을 하사했다.

▶褒公鄂公毛髮動(포공악공모발동) : 褒 기릴 포. 褒公(포공) - 태종의 공신 단지현(段志玄). 鄂 땅이름 악. 鄂公(악공) - 태종의 공신 울지경덕(尉遲敬德, 585-658년. 위지경덕이 아님).

▶英姿颯爽來酣戰(영자삽상내감전) : 颯 바람소리 삽. 시원스럽다, 씩씩하다. 爽 시원할 상. 颯爽(삽상) - 씩씩하고 시원시원하다. 來酣戰(내감전) - (그림 속에서 나와) 세차게 싸울 듯하다. 酣 즐길 감. 이상은 조패가 다시 그린 능연각 초상화의 모습을 묘사했다.

▶先帝天馬玉花驄(선제천마옥화총) : 先帝(선제) - 현종. 天馬(천마) - 천자의 마필(馬匹). 玉花驄(옥화총) - 털빛이 희고 검은 말을 총(驄)이라 한다. 현종이 타던 명마.

▶畫工如山貌不同(화공여산모부동) : 화공은 산처럼 많았으나 화공이 그린 천마의 모습은 같지 않았다.

▶是日牽來赤墀下(시일견래적지하) : 是日(시일) - 어느 날. 牽 끌 견, 당길 견. 牽來(견래) - 불려왔다. 墀 섬돌 위의 뜰 지. 赤墀(적지) - 섬돌 위에 있는 궁전의 앞마당. 바닥을 단사(丹沙)로 돋워 적지라고 한다.

▶迥立閶闔生長風(형립창합생장풍) : 迥 멀 형. 현저히. 迥立(형립) - 우뚝 서다. 閶 천문 창. 闔 문짝 합. 閶闔(창합) - 하늘에 있다는 자미궁의 문. 여기서는 궁궐 문. 長風(장풍) - 세찬 바람.

▶詔謂將軍拂絹素(조위장군불견소) : 詔 고할 조. 황제의 뜻, 명령. 拂 떨칠 불. 펴다. 絹 명주 견. 絹素(견소) - 하얀 명주, 비단.

▶意匠慘憺經營中(의장참담경영중) : 意匠(의장) - 구상하다. 慘憺(참담) - 고심하다. 經營(경영) - 그리는 작업을 진행하다.

▶斯須九重眞龍出(사수구중진용출) : 斯 이 사. 須 모름지기 수. 斯須(사

수) - 삽시간에, 수유(須臾, 잠깐 사이)와 같다. 九重(구중) - 구중궁궐. 眞龍出(진용출) - 진짜와 같은 용마가 그려졌다.

▸一洗萬古凡馬空(일세만고범마공) : 一洗(일세) - 단번에 쓸어버리다, 씻어버리다. 萬古(만고) - 오래 전. 空(공) - 없는 것이 되다.

▸玉花卻在御榻上(옥화각재어탑상) : 御 어거할 어. 榻 걸상 탑. 御榻(어탑) - 황제가 앉는 자리.

▸榻上庭前屹相向(탑상정전흘상향) : 榻上(탑상) - 황제의 어탑에 있는 그림의 옥화총. 庭前(정전) - 뜰에 서있는 진짜 말 옥화총. 屹 산이 우뚝 솟을 흘. 相向(상향) - 서로 마주 보다.

▸至尊含笑催賜金(지존함소최사금) : 至尊(지존) - 현종, 황제. 含笑(함소) - 웃음을 머금다. 催 재촉할 최. 賜金(사금) - 은사금(恩賜金).

▸圉人太僕皆惆悵(어인태복개추창) : 圉 마부 어. 圉人(어인) - 목장에서 말을 사육하는 벼슬아치. 太僕(태복) - 천자의 마필(馬匹)을 관리하는 관원. 惆 한탄할 추. 悵 슬퍼할 창. 皆惆悵(개추창) - 모두가 당황하여 어쩔 줄을 모른다.

▸弟子韓幹早入室(제자한간조입실) : 韓幹(한간) - 대량(大梁) 사람. 말 그림과 인물 초상화로 명성이 높았다. 벼슬은 대부시승(大府寺丞), 조패 장군의 제자로 왕유(王維)도 이 사람을 칭찬했다. 한간의 <목마도(牧馬圖)>가 대만의 고궁박물관에 소장되어 있다. 早入室(조입실) - 일찍이 깊은 경지에 들어갔다. '자로는 대청엔 올랐으나, 아직 입실하지는 못했다.(由也升堂矣 未入於室也) 《논어 선진(先進)》' 즉 아직 최고의 경지에는 도달하지 못했다는 뜻.

▸亦能畫馬窮殊相(역능화마궁수상) : 窮 다할 궁. 궁극의 경지에 도달하다. 殊相(수상) - 특별한 그림, 뛰어난 그림을 최고로 잘 그렸다.

▸幹惟畫肉不畫骨(간유화육불화골) : 한간은 오직 살찐 말을 잘 그렸고 골(骨)을 그리지 못했다. 화육(畫肉)이란 형사(形似, 외모를 매우 똑같이 그림)이고, 화골(畫骨)을 못했다는 것은 말 그림에서 느껴지는 품격을 잘 나타내지 못했다. 곧 신사(神似)는 뛰어나지 못했다는 말.

▸ 忍使驊騮氣凋喪(인사화류기조상) : 忍 참을 인. 차마 ~하지 못하다, 할 수 없이 ~하다. 驊 준마 화. 騮 월따말 류. 驊騮(화류) - 주 목왕(周穆王)이 탔던 여덟 마리 준마의 하나. 氣(기) - 기개. 凋 시들 조. 喪 죽을 상. 氣凋喪(기조상) - 한간이 그린 화류마는 기골이 시들고 의기가 살아 있지 않다는 뜻.

▸ 將軍畵善蓋有神(장군화선개유신) : 蓋 덮을 개. 다, 모두. 有神(유신) - 신기(神氣)가 있다.

▸ 必逢佳士如寫眞(필봉가사여사진) : 佳士(가사) - 훌륭한 학자. 寫眞(사진) - 그 참모습을 그려내다, 초상을 그리다.

▸ 卽今飄泊干戈際(즉금표박간과제) : 飄 회오리바람 표. 飄泊(표박) - 떠돌다. 干戈(간과) - 방패와 창, 무기, 전쟁.

▸ 屢貌尋常行路人(누모심상행로인) : 屢 여러 번 루. 貌(모) - 그려주다. 尋常(심상) - 보통의. 行路人(행로인) - 길을 가는 사람.

▸ 途窮反遭俗眼白(도궁반조속안백) : 途窮(도궁) - 길이 막히다, 처지가 곤궁하다. 遭 만날 조. 당하다, 피해를 입다. 俗眼白(속안백) - 속인으로

▌한간(韓幹)의 목마도(牧馬圖)

부터 백안시당하다.

▶世上未有如公貧(세상미유여공빈) : 未有(미유) – 있지 않다.

▶但看古來盛名下(단간고래성명하) : 盛名(성명) – 이름을 날리다.

▶終日坎壈纏其身(종일감람전기신) : 終日(종일) – 하루 종일, 여기서는 평생. 坎 구덩이 감. 壈 불우할 람. 坎壈(감람) – 불우한 처지. 감가(坎坷)와 같음. 纏 얽힐 전. 얽어매다.

詩意

앞의 시 <위풍녹사댁관조장군화마도(韋諷錄事宅觀曹將軍畵馬圖)>와 같은 시기에 지은 시다. 당시 두보도 성도(成都)에 표박(飄泊)하고 있었고, 조패(曹覇) 장군도 성도에서 영락(零落)한 삶을 살고 있었다. 현종이 융성할 때는 궁중화가로 명성을 높이고 호강했던 조패가 전란에 쫓겨 촉(蜀)에서 일개 평민이 되어 빈곤에 시달리고 있는 것을 보고, 같은 처지의 두보가 감개무량했을 것이다.

시 전체를 대략 5단으로 나눌 수 있다.

1단 : 1-4연까지. 조패 장군은 위(魏)를 건국한 조조의 후손이며, 글씨도 잘 쓰고 특히 평생을 회화에 몰두한 화가였다.

2단 : 5-8연까지. 현종 성세(盛世)에는 자주 천자의 은총을 받고, 특히 능연각에 있는 당 태종의 공신 24명의 화상을 개수(改修)했다.

3단 : 9-12연까지. 현종의 준마 옥화총을 뛰어나게 잘 그려, 재래의 말 그림을 일시에 무색케 했다.

4단 : 13-16연까지. 임금의 걸상 위에 걸린 그림 옥화총이 실물 옥화총과 식별할 수 없을 정도로 생동적이며, 그의 그림에는 정신과 기골이 살아서 넘치고 있다.

5단 : 17-20연까지. 전란 시기에 객지를 떠돌며 궁핍에 시달리는 영락한 궁중화가 조패를 제대로 알아주는 사람이 없구나 하고 한탄했다. 동시에 두보는 '뛰어난 인재는 불우하고 가난하게 마련이다'라고 자신의 처지와 더불어 한탄하고 있다.

062. 寄韓諫議 한 간의대부에게 주다 ● 杜甫 두보

(기한간의)

금아불락사악양　신욕분비병재상
今我不落思岳陽　身欲奮飛病在牀

미인연연격추수　탁족동정망팔황
美人娟娟隔秋水　濯足洞庭望八荒

홍비명명일월백　청풍엽적천우상
鴻飛冥冥日月白　青楓葉赤天雨霜

옥경군제집북두　혹기기린예봉황
玉京羣帝集北斗　或騎麒麟翳鳳凰

부용정기연무락　영동도영요소상
芙蓉旌旗煙霧落　影動倒景搖瀟湘

성궁지군취경장　우인희소부재방
星宮之君醉瓊漿　羽人稀少不在旁

사문작자적송자　공시한대한장량
似聞昨者赤松子　恐是漢代韓張良

석수유씨정장안　유악미개신참상
昔隨劉氏定長安　帷幄未改神慘傷

국가성패오기감　색난성부찬풍향
國家成敗吾豈敢　色難腥腐餐楓香

주남유체고소석　남극노인응수창
周南留滯古所惜　南極老人應壽昌

미인호위격추수　언득치지공옥당
美人胡爲隔秋水　焉得置之貢玉堂

지금 나는 울적하게 악양을 생각하나니
몸은 당장 가고 싶지만 병으로 누워 있다오.
그대는 편안히 추수秋水를 사이에 두고
동정호에 탁족하며 천하를 관망하고 있으리다.
큰 기러긴 아득한 창공을 날고 일월은 빛나는데
푸른 단풍 붉어지고 하늘엔 서리가 내리고 있다오.
옥경의 제신諸神들이 북두에 모였는데
누군가는 기린이나 봉황을 타고 왔었다.
부용 그린 정기는 짙은 연기 속에 묻혔고
행차 따라 물에 잠긴 그림자 소강, 상강에 흔들렸다.
성궁의 주재자는 좋은 술에 취했는데
선인이 아주 적어 그 곁에 있지 않았었다.
예전에 그대가 적송자를 따른다는 말을 들었는데
아마도 그대는 한漢 한장량일 것이리다.
옛날에 장량은 유방을 따라 장안에 정도定都했지만
정책을 펴지 못한 그대는 마음만 다친 것이다.
국가의 성공과 실패를 내 어찌 하랴 하고서는
썩은 속세 마다하고 신선세계에 머물고 있다.
주남에 머물던 태사공은 옛적의 애석한 일이지만
남극노인의 성수星壽를 누리고 번창할 것이로다.
그대 왜 추수를 끼고 은거해야 하는가?
어찌 해야 그대가 옥당에 들 수 있으리오?

註釋

▸ <寄韓諫議(기한간의)> : '한 간의대부에게 주다'. 韓諫議(한간의) - 간의대부를 지낸 한주(韓注). 간의대부는 임금 곁에서 여러 가지로 간언을 올리는 관직. 한주 혹은 한굉(韓汯)이라고 하는데, 자세한 것은 알 수 없다.

▸ 今我不樂思岳陽(금아불락사악양) : 不樂(불락) - 건강이 좋지 않다. 岳陽(악양) - 지금의 호남성 동북부. 서쪽으로는 동정호가 있고 장강은 악양시의 북쪽을 흐른다.

▸ 身欲奮飛病在牀(신욕분비병재상) : 奮 떨칠 분. 분연히. 病(병) - 병이 들다. 牀 평상 상. 침상.

▸ 美人娟娟隔秋水(미인연연격추수) : 美人(미인) - 주군, 도덕군자를 부르는 미칭. 여기서는 한간의. 娟 고울 연, 예쁠 연. 娟娟(연연) - 아름다운 모습. 隔 사이 뜰 격. 사이에 두고 있다. 秋水(추수) - 가을의 호수.

▸ 濯足洞庭望八荒(탁족동정망팔황) : 濯 씻을 탁. 濯足(탁족) - 발을 씻다. 세속을 초월하다. 멀리 여행 다녀온 사람을 초대하다. 굴원(屈原)의 <어부사(漁父辭)>에 '창랑지수탁혜 가이탁오족(滄浪之水濁兮 可以濯吾足)'이란 말이 있다. 참고로 탁영(濯纓)은 '깨끗하게 처신하다'라는 뜻. 洞庭(동정) - 옛날에는 '팔백리동정'이라 하였으나 토사 축적과 개간으로 인해 면적이 크게 줄고 호수도 3개로 분리되었다. 1600년대의 면적을 100으로 보았을 때 지금은 약 45% 정도라고 한다. 파양호에 이어 두 번째로 큰 민물호수이다. 八荒(팔황) - 팔방의 모든 땅, 땅의 끝, 팔극(八極), 팔방의 황폐한 거친 세상.

▸ 鴻飛冥冥日月白(홍비명명일월백) : 鴻 큰 기러기 홍. 冥 어두울

▮ 굴원(屈原)

명. 冥冥(명명) – 먼 하늘[遠空]. 日月白(일월백) – 해와 달처럼 밝다.

▸ 靑楓葉赤天雨霜(청풍엽적천우상) : 楓 단풍나무 풍. 雨霜(우상) – 서리가 내리다. 우(雨)는 내리다. 동사.

▸ 玉京羣帝集北斗(옥경군제집북두) : 玉京(옥경) – 도가(道家)의 천제(天帝) 혹은 옥황상제가 있는 도성. 羣帝(군제) – 여러 제군(帝君), 여기서는 중신(衆臣). 北斗(북두) – 인군(人君), 황제.

▸ 或騎麒麟翳鳳凰(혹기기린예봉황) : 麒麟(기린) – 태평성세에 나타난다는 상서로운 동물. 翳 일산 예. 몸 가리개. 翳鳳凰(예봉황) – 봉황을 타다. 최고의 신선은 난(鸞)을 타고, 다음은 기린을 타고, 그 다음이 용을 탄다. 이것은 밤하늘의 별세계를 묘사한 것이며, 동시에 현실적으로 당나라의 고관대작들이 천자를 중심으로 모여든다는 뜻.

▸ 芙蓉旌旗煙霧落(부용정기연무락) : 芙蓉(부용) – 연꽃. 旌 깃발 정. 旌旗(정기) – 천자의 깃발.

▸ 影動倒景搖瀟湘(영동도영요소상) : 影動(영동) – 황제 행차의 움직이는 모습. 倒 거꾸로 도. 景(영) – 그림자 영, 볕 경. 倒景(도영) – 거꾸로 된 그림자, 물에 잠긴 그림자. 영(景)은 영(影)과 통함. 搖 흔들릴 요. 출렁거리다. 瀟 강 이름 소. 湘 강 이름 상. 소강(瀟江)과 상강(湘江)은 모두 동정호로 흘러 들어간다.

▸ 星宮之君醉瓊漿(성궁지군취경장) : 星宮之君(성궁지군) – 천자 주변에 모인 모든 고관. 瓊 옥 경. 구슬. 漿 미음 장. 음료수. 瓊漿(경장) – 아름답고 향기로운 술. 신선의 음료.

▸ 羽人稀少不在旁(우인희소부재방) : 羽人(우인) – 선인(仙人), 도사, 비선(飛仙). 稀 드물 희. 旁 두루 방. 여러 곳.

▸ 似聞昨者赤松子(사문작자적송자) : 昨者(작자) – 옛날에. 赤松子(적송자) – 선인(仙人). 장량(張良)에게 병서를 준 황석공(黃石公). 《사기 유후세가(留侯世家)》에 의하면 명신 장량은 고조 유방(劉邦)을 도와 나라를 세우고 안정시킨 뒤 공성신퇴(功成身退)하여 자기 보전을 위해 고조에게 "인간사를 잊고 적송자를 따라 노닐고 싶습니다.(願棄人間事 欲從赤松子

游耳)"라고 말했다. 때문에 사람들은 적송자가 바로 젊은 장량에게 병법을 전해준 황석공이라고 생각하였다.

▶恐是漢代韓張良(공시한대한장량) : 恐是(공시) - 아마도 ~이다. 韓張良(한장량) - 전국시대 한(韓)의 귀족이었던 장량. 한주(韓注)가 곧 한나라 재상의 후손인 장량(기원전 3세기?-기원전 185)과 같은 사람이라는 뜻. 장량은 자가 자방(子房), 봉(封) 유후(留侯). 진시황 암살 실패 뒤에 이름을 고치고 숨었다. 한 고조 유방의 모신(謀臣)으로 개국원훈(開國元勳)의 한 사람이다. 소하(蕭何), 한신(韓信)과 함께 한초삼걸(漢初三傑)이라 불린다.

▶昔隨劉氏定長安(석수유씨정장안) : 옛날에 장량이 유방(한 고조)을 따라 천하를 통일하고 장안을 안정되게 했다. 한주도 전에 당 숙종(肅宗)을 따라 장안 회복에 공을 세웠다.

▶帷幄未改神慘傷(유악미개신참상) : 帷 휘장 유. 幄 휘장 악. 帷幄(유악) - 전진(戰陣)의 지휘소. 그 안에서 세운 책략. '장막에서 책략 세우고 천리 밖에서 싸워 승리하는 데는 나는 장량만 못하다.(運籌帷幄之中 決勝千里之外 吾不如子房)'고 한 고조는 말했다. 未改(미개) - 아직 천하를 바꾸지 못했다. 神慘傷(신참상) - 정신이 크게 상처를 입었다. 안사의 난으로 좌절이 심하다는 의미.

▶國家成敗吾豈敢(국가성패오기감) : 국가의 성패를 내 어찌 할 수 있는가? 敢(감) - 감히 ~하다[감행].

▶色難腥腐餐楓香(색난성부찬풍향) : 色難(색난) - 싫다는 안색, 싫어하는 표정. 腥 비릴 성. 생선의 비린내. 腐 썩을 부. 腥腐(성부) - 오물, 속세, 탁세(濁世). 餐 먹을 찬. 잘 차린 음식. 楓香(풍향) - 도가에서 높이 평가하는 선약재(仙藥材).

▶周南留滯古所惜(주남유체고소석) : 周南(주남) - 낙양(洛陽). 여기서는 한주가 살고 있는 악양(岳陽). 滯 막힐 체. 留滯(유체) - 머무르다, 천자를 수행해야 할 사람이 수행하지 못하다. '그 해에 천자가 비로소 한(漢)의 봉선(封禪)을 하는데 태사공(사마담司馬談)은 주남에 머물러야

했고, 봉선 행사에 참가하지 못해 분해하다가 마침내 죽었다.(是歲 天子始建漢家之封 而太史公留滯周南 不得與從事 故發憤且卒)(≪사기 태사공서太史公序≫)'

▸南極老人應壽昌(남극노인응수창) : 南極老人(남극노인) - 남극 수성(壽星)의 주재자. 이 별이 나타나면 정치가 태평하다고 한다. 인간의 수명을 관리한다는 신.

▸美人胡爲隔秋水(미인호위격추수) : 胡(호) - 마음대로, 왜, 어째서, 무엇 때문에. 隔 사이 뜰 격.

▸焉得置之貢玉堂(언득치지공옥당) : 焉得(언득) - 어찌 ~할 수 있을까? 置之(치지) - 지(之)는 한주(韓注). 置~貢(치~공) - ~에 두다, 넣다. 玉堂(옥당) - 대궐. 어찌하면 한주가 다시 벼슬자리에 돌아갈 수 있겠는가?

詩意

안사의 난 때, 숙종을 따라 공을 세운 간의대부 한주는 숙종이 붕어한 뒤 관직에서 물러났다. 두보는 그를 애석하게 여기며 시를 읊었다. 특히 밤하늘의 별세계를 상징적으로 아름답게 그렸다.

063. 古柏行(고백행) 오래된 측백나무의 노래 ● 杜甫두보

공명묘전유노백　가여청동근여석
孔明廟前有老柏　柯如青銅根如石

상피류우사십위　대색참천이천척
霜皮溜雨四十圍　黛色參天二千尺

군신이여시제회　수목유위인애석
君臣已與時際會　樹木猶爲人愛惜

운래기접무협장　월출한통설산백
雲來氣接巫峽長　月出寒通雪山白

억작노요금정동　선주무후동비궁
憶昨路遶錦亭東　先主武侯同閟宮

최외지간교원고　요조단청호유공
崔嵬枝幹郊原古　窈窕丹青戶牖空

낙락반거수득지　명명고고다열풍
落落盤踞雖得地　冥冥孤高多烈風

부지자시신명력　정직원인조화공
扶持自是神明力　正直原因造化功

대하여경요량동　만우회수구산중
大廈如傾要梁棟　萬牛迴首丘山重

불로문장세이경　미사전벌수능송
不露文章世已驚　未辭翦伐誰能送

고심기면용루의　향엽증경숙란봉
苦心豈免容螻蟻　香葉曾經宿鸞鳳

지사인인막원차　고래재대난위용
志士仁人莫怨嗟　古來材大難爲用

공명 사당 앞 오래된 측백나무가 있나니
가지는 푸른 청동 같고 뿌리는 단단한 돌이로다.
하얀 껍질 비에 젖고 둘레는 사십 길이며
검푸르게 하늘에 닿을 듯 이천 자 높이라.
군신이 때를 따라 만났을 그때부터
수목을 모두가 사랑하고 아껴줬었다.
구름이 걸치니 기운은 무협까지 이어지고
달뜨니 차가운 기백은 설산처럼 빛나도다.
지난날 생각하니 먼 길 돌아 금정 동쪽에
선주先主와 무후武侯를 함께 모신 조용한 사당이었다.
높디높은 큰 줄기에 성 밖 들판은 예스럽고
조용한 사당 초상화에 창문은 열려 있었다.
혼자서 서리고 웅크린 듯 제자릴 찾았지만
우뚝이 고고히 매서운 바람 맞아 버텨왔다.
스스로 지켜온 세월은 신명의 힘이고
곧바로 자라온 힘이야 조화옹의 공적이다.
큰집이 기운다면 대들보가 필요하거늘
만 마리 소들의 외면은 산처럼 무겁기 때문이다.
문장을 내보이지 않았어도 세상은 놀랐고
자르고 베어낸다 하지만 누가 넘어뜨리겠나?
싫어도 개미들을 어찌 아니 거절하며
향기로운 잎에는 전에도 난과 봉이 머물렀었다.
지사와 인인仁人은 원망하고 슬퍼하지 말아야지
고래로 재목이 너무 크면 쓰이기 어려웠노라.

註釋

▸ <古柏行(고백행)> : '오래된 측백나무의 노래'. 소나무와 측백나무는 겨울에도 시들지 않는 나무로, 충절을 상징한다. 《논어 자한(子罕)》에 '날이 추워진 뒤에야 송백이 늦게 조락하는 것을 알 수 있다.(歲寒然後知松柏之後凋也)'고 하였다. 송백(松柏)의 송(松)은 소나무라 확실하지만 백(柏)을 소나뭇과의 잣나무(잣이란 열매와 잎 모양이 측백나무와는 크게 다름)인지, 아니면 우리나라의 측백(側柏, 편백과扁柏科. 향나무와 비슷함)인지는 분명치 않다. 《두시언해(杜詩諺解)》에서는 노백(老柏)을 '늙은 잣남기'라 하였으니 우리 조상들은 '잣나무'로 해석한 것이다. 이 시는 제갈량(諸葛亮, 181-234)의 사당 앞에 자란 측백나무를 가지고 공명의 충절을 상징했다. 제갈량은 중국 역사상 가장 걸출한 정치가이자 군사 전략가이다. 충(忠), 의(義), 지(智), 용(勇)의 화신. 지혜의 신처럼 숭배되고 있다. '이 한 몸 다 바쳐 최선을 다했으니 죽어야만 끝이다(鞠躬盡瘁死而後已)'라는 감동을 주는 말이 있다. 行(행) - 악부시의 한 형식.

▸ 孔明廟前有老柏(공명묘전유노백) : 孔明廟(공명묘) - 기주(夔州, 중경시重慶市 동부의 봉절현奉節縣)에 있다. 백제성(白帝城) 서쪽, 무후묘(武侯廟)라고 한다. 선주(先主) 유비(劉備)의 묘당 서쪽에 있다.

▸ 柯如青銅根如石(가여청동근여석) : 柯 자루 가. 나뭇가지. 青銅(청동) - 고백(古柏)의 푸름을 뜻한다. 石(석) - 뿌리의 굳건함을 뜻한다.

▸ 霜皮溜雨四十圍(상피류우사십위) : 霜皮(상피) - 서리를 맞으며 단단해진 나무껍질.

▌제갈량(諸葛亮)

溜 방울져 떨어질 류. 溜雨(유우) - 비에 젖어 윤기가 나다. 圍 둘레 위. 둘러싸다.

▶ 黛色參天二千尺(대색참천이천척) : 黛 눈썹먹 대. 검은색. 參天(참천) - 하늘에 닿다. 二千尺(이천척) - 과장이지만 매우 높이 자랐다는 뜻.

▶ 君臣已與時際會(군신이여시제회) : 君臣(군신) - 유비(소열제昭烈帝, 사가칭史家稱 선주先主)와 승상 제갈량. 與時(여시) - 때와 더불어, 위급한 시기에.

▶ 樹木猶爲人愛惜(수목유위인애석) : 爲人愛惜(위인애석) - 사람들에 의해 애석하게 여겨진다(수동태), 사람들이 애석해한다.

▶ 雲來氣接巫峽長(운래기접무협장) : 峽 골짜기 협. 巫峽(무협) - 장강 삼협의 하나. 봉절현 서쪽의 장강.

▶ 月出寒通雪山白(월출한통설산백) : 雪山(설산) - 중경시 송포현(松藩縣) 남쪽의 민산(岷山). 만년 적설이라 대설산(大雪山)이라고도 부른다.

▶ 憶昨路遶錦亭東(억작노요금정동) : 憶昨(억작) - 지난 일을 생각하다. 遶 두를 요. 에워싸다. 錦亭(금정) - 성도 금강(錦江) 가에 있는 완화초당(浣花草堂). 두보는 한때 그곳에 우거했다.

▶ 先主武侯同閟宮(선주무후동비궁) : 武侯(무후) - 무향후(武鄕侯), 제갈량의 작위. 閟 문 닫을 비. 閟宮(비궁) - 조용하고 그윽한 사당.

▶ 崔嵬枝幹郊原古(최외지간교원고) : 崔 높을 최. 嵬 높을 외. 崔嵬(최외) - 아주 높다랗게 솟은 모양. 枝幹(지간) - 나무의 가지와 줄기. 郊原(교원) - 교외. 古(고) - 고풍스럽다.

▶ 窈窕丹靑戶牖空(요조단청호유공) : 窈窕(요조) - 깊고 그윽한 모양. 丹靑(단청) - 채색한 제갈량의 화상. 牖 창문 유. 戶牖(호유) - 사당의 창문.

▶ 落落盤踞雖得地(낙락반거수득지) : 落落(낙락) - 홀로 독립한 모양. 盤 서릴 반. 踞 웅크릴 거. 盤踞(반거) - 나무뿌리가 엉킨 것이 뱀이 몸을 사리고 있거나 호랑이가 웅크리고 앉아 있는 것 같다. 得地(득지) - 자기 자리를 차지하다.

▶ 冥冥孤高多烈風(명명고고다열풍) : 冥冥(명명) - 여기서는 까마득히 높

은 모양.

▶ 扶持自是神明力(부지자시신명력) : 扶持(부지) - 나무가 자체를 유지하고 성장한 것. 神明(신명) - 천지신명.

▶ 正直原因造化功(정직원인조화공) : 正直(정직) - 나무가 구부러지지 않고 수직이다. 造化功(조화공) - 조물주의 공적.

▶ 大廈如傾要梁棟(대하여경요량동) : 廈 처마 하. 큰 집. 大廈(대하) - 큰 건물, 빌딩. '큰 집이 천 칸이라도 잠잘 때는 일곱 자뿐이다.(大廈千間睡眠七尺)'라는 속담이 있다. 如傾(여경) - 만일 기운다면. 梁棟(양동) - 대들보, 큰 나무.

▶ 萬牛迴首丘山重(만우회수구산중) : 萬牛(만우) - 1만 마리의 소. 만년(萬年)이라 쓴 판본도 있다. 迴首(회수) - 고개를 돌리다. 丘山重(구산중) - 산처럼 무겁다.

▶ 不露文章世已驚(불로문장세이경) : 不露文章(불로문장) - 나뭇결[文章]이 보이지는 않지만. 世已驚(세이경) - 세인들은 이미 경탄했다. 즉 고백(古柏)이 상징하는 제갈량의 충절이 사람을 경탄케 했다.

▶ 未辭翦伐誰能送(미사전벌수능송) : 辭(사) - 거절하다, 저지하다. 翦 자를 전. 送(송) - 여기서는 '넘어뜨리다'로 해석.

▶ 苦心豈免容螻蟻(고심기면용루의) : 苦心(고심) - 마음속으로 싫지만. 螻 땅강아지 루. 蟻 개미 의. 螻蟻(누의) - 소인을 의미.

▶ 香葉曾經宿鸞鳳(향엽증경숙란봉) : 鸞鳳(난봉) - 난새와 봉황, 군자.

▶ 志士仁人莫怨嗟(지사인인막원차) : 仁人(인인) - 인자(仁者). 유인(幽人)으로 된 판본도 있다. 怨 원망할 원. 嗟 탄식할 차. 莫怨嗟(막원차) - 세상이나 소인을 탓하지 말라.

▶ 古來材大難爲用(고래재대난위용) : 材(재) - 재목, 재주, 능력.

詩意

전란에 쫓겨 변경지대를 방랑하던 두보가 성도(成都)를 거쳐 기주(夔州)에 와서 지은 시다. 당시 그는 노년으로 굶주림과 병에 시달려 실의에 빠져 있었다. 기주 일대에는 유비가 죽은 백제성(白帝城), 제갈량이 돌을 쌓아 만들었다는 팔진도(八陣圖) 등 《삼국연의(三國演義)》와 관련되는 유적이 많고, 공명의 사당이 있었다. 두보는 평소에도 제갈량을 존경했으며, 그에 관한 시들이 많다.

특히 이 시는 두보가 기주에 와서, 공명을 모신 사당 무후묘를 참배하고, 그 사당 앞에 울창하게 자란 측백나무를 주제로 그의 고결하고 역사에 빛나는 충절을 읊은 것이다.

전체를 3단으로 나눌 수 있다.

1단(1-4연) : 기주에 있는 무후묘 앞에 오랜 세월 서리를 맞은 검푸른 측백나무는 만고의 충신 제갈공명을 상징하며 오랜 세월에 걸쳐 모든 사람의 사랑을 받고 있다.

2단(5-8연) : 두보는 성도에서 본 무후묘를 회상한다. 성도의 무후묘는 선주(先主) 유비를 모신 선주묘 앞에 있었다. 두보는 그 두 사당이 그윽하고 한적했음을 상기하고, 이곳의 측백나무는 조화의 신통력으로 세차게 자라고 있다고 했다.

3단(9-12연) : 이 측백나무는 기울어지는 큰 건물을 지탱할 것이다. 그러나 어떻게 운반하고 또 그 나무의 아름다운 목리(木理)를 알 사람이 없음이 한탄스럽다. 결국 제갈공명같이 위대한 충절을 알고 활용할 사람이 없음을 한탄한 것이다. 이 한탄은 바로 두보 자신에 대한 실망과 한탄이기도 하다.

관공손대낭제자무검기행 병서

064. 觀公孫大娘弟子舞劍器行 幷序 공손대낭의 제자가 검기를 추는 것을 보고 지은 노래 (병서)

杜甫두보

서 대력이년시월십구일 기부별가원지택 견임영이십
(序) 大曆二年十月十九日 夔府別駕元持宅 見臨穎李十
이낭무검기 장기울기 문기소사 왈여공손대낭제자야
二娘舞劍器. 壯其蔚跂 問其所師 曰余公孫大娘弟子也.
개원삼재 여상동치 기어언성관공손씨무검기혼탈 유리
開元三載 余尙童穉 記於郾城觀公孫氏舞劍器渾脫 瀏灕
돈좌 독출관시 자고두의춘이원이기방내인 제외공봉
頓挫 獨出冠時. 自高頭宜春梨園二伎坊內人 洎外供奉
효시무자 성문신무황제초 공손일인이이 옥모금의 황
曉是舞者 聖文神武皇帝初 公孫一人而已. 玉貌錦衣 況
여백수 금자제자 역비성안 기변기유래 지파란막이
余白首 今玆弟子 亦匪盛顔. 旣辨其由來 知波瀾莫二
무사감개 요위검기행 석자 오인장욱 선초서첩 삭상
撫事感慨 聊爲劍器行. 昔者 吳人張旭 善草書帖 數常
어업현 견공손대낭무서하검기 자초서장진 호탕감격
於鄴縣 見公孫大娘舞西河劍器 自草書長進 浩蕩感激
즉공손가지의
卽公孫可知矣.

(서문) 대력 2년 10월 19일 기주도독부의 별가인 원지(元持)의 집에서 임영(臨穎) 사람 이(李)12낭자의 검기(劍器) 춤을 보았다. 그 섬세함을 장하다 여겨 누구에게 사사했는가를 물었더니 "저는 공손대

낭(公孫大娘)의 제자입니다."라고 대답하였다. 개원 3년에 내가 아직 어렸을 적에 언성(郾城)에서 공손씨의 검기와 혼탈(渾脫) 춤을 본 기억이 나는데 춤이 활기차면서 갑자기 꺾이는 것이 그때에 제일이었다. (당 현종의) 의춘(宜春)과 이원(梨園) 두 기방 나인의 우두머리로부터 외공봉(外供奉)까지 이 춤에 숙달한 자는 성문신무황제(聖文神武皇帝, 현종) 초에 공손씨 한 사람뿐이었다. (공손대낭은) 옥 같은 얼굴에 비단옷을 입고 있었는데 내가 백수가 되었으니 지금 그 제자 또한 젊은 얼굴이 아니었다. 이미 그 유래를 알고 춤사위가 둘이 아니라는 것을 알았기에 옛일을 회고하며 느낀 바 있어 아쉬운 대로 <검기행>을 지었다. 전에 오(吳) 땅에 살던 장욱(張旭)은 초서첩(草書帖)을 잘 썼는데 자주 늘 업현(鄴縣)에서 공손대낭의 '서하검기(西河劍器)' 춤을 보았고, 그로부터 초서가 크게 진보하여 호탕하고 감격스럽다 하니 공손대낭의 춤을 알 수 있을 것이다.

註釋

- <觀公孫大娘弟子舞劍器行(관공손대낭제자무검기행)> : '공손대낭의 제자가 검기를 추는 것을 보고 지은 노래'. 公孫(공손) - 복성(複姓). 大娘(대낭) - 아주머니. 중년 부인에 대한 존칭. 공손대낭은 현종 개원(713~741) 연간에 유명했던 검무(劍舞) 명인. 劍器(검기) - 서역에서 전래된 검무의 일종.
- 大曆二年十月十九日(대력이년시월십구일) : 大曆(대력) - 대종(代宗)의 연호(766~779). 대력 2년은 767년으로 두보의 나이 56세. 두보가 죽기 3년 전이다. 안록산의 난은 평정되었지만 두보는 여전히 가난에 시달리고 있었다.
- 夔府別駕元持宅(기부별가원지댁) : 夔 조심할 기. 夔府(기부) - 기주(夔州)로 지금의 중경시 봉절현. 別駕(별가) - 자사(刺史)의 속관. 元持宅(원지댁) - 원지의 저택. 원(元)이 성, 지(持)는 이름.
- 見臨穎李十二娘舞劍器(견임영이십이낭무검기) : 臨穎(임영) - 하남성의

지명. 李十二娘(이십이낭) - 이씨의 열두 번째 딸. 공손대낭의 제자.

▶壯其蔚跂(장기울기) : 그 춤이 아주 섬세한 것을 장하게 여기다. 蔚 성할 울. 跂 여섯 발가락 기. 蔚跂(울기) - 아주 섬세한 모양.

▶問其所師(문기소사) : 그 사사(師事)한 바를 물어보았다.

▶開元三載 余尙童穉(개원삼재 여상동치) : 開元(개원) - 현종의 연호(713~741). 載 실을 재. 연(年)과 같음. 童 아이 동. 穉 어릴 치.

▶記於郾城觀公孫氏舞劍器渾脫(기어언성관공손씨무검기혼탈) : 郾 고을 이름 언. 劍器(검기), 渾脫(혼탈) - 둘 다 춤 이름. 검기는 여인이 맨손으로 추는 춤이고, 혼탈은 새의 깃털이나 양털로 만든 털모자인데 이를 서로 벗어 던지면서 추는 춤이라고 한다.

▶瀏灕頓挫(유리돈좌) : 瀏 맑을 류. 灕 물 스며들 리. 瀏灕(유리) - 춤 동작이 계속 이어지며 활기찬 모양. 頓 조아릴 돈. 멈추다, 갑자기. 挫 꺾을 좌. 頓挫(돈좌) - 춤사위가 갑자기 꺾이다.

▶獨出冠時(독출관시) : 홀로 뛰어나고 당대에 으뜸이었다.

▶自高頭宜春梨園二伎坊內人 洎外供奉(자고두의춘이원이기방나인 계외공봉) : 自(자) - ~에서. 高頭(고두) - 우두머리, 원로 기녀. 宜春(의춘) - 여러 기예(技藝)와 춤과 음악을 가르치는 교방(敎坊) 이름. 궁중의 가무 교습소. 梨園(이원) - 교방 이름. 伎坊(기방) - 교방과 같다. 內人(나인) - 의춘원에서 기예를 배우는 여인. 洎 물 부을 계. 미치다[及], ~까지. 供奉(공봉) - 관직명. 外供奉(외공봉) - 교방에서 합숙하는 것이 아니고 궁궐 외부에 거주하면서 궁에 출입하여 공연하는 기예인.

▶曉是舞者 聖文神武皇帝初 公孫一人而已(효시무자 성문신무황제초 공손일인이이) : 이 춤을 터득한 사람은 현종 초기에 공손씨 1인뿐이었다. 曉 새벽 효. 깨닫다, 훤히 알다. 聖文神武皇帝(성문신무황제) - 현종의 존호.

▶玉貌錦衣(옥모금의) : (그 당시 공손씨는) 옥 같은 용모에 비단옷을 입고 있었다.

▶況余白首(황여백수) : 하물며 나도 백수가 되었는데…. 두보가 개원 3년

어릴 때 그 춤을 보았고 지금은 백발이 되도록 세월이 흘렀다. 개원 3년은 715년이다. 두보는 712년생이니 네 살 때의 일을 그리 상세히 기억할 수 없다. 두보의 착오가 분명하다.

▶ 今茲弟子 亦匪盛顔(금자제자 역비성안) : 지금 이 제자 또한 한창 때의 얼굴이 아니다. 茲 이 자. 이것, 지금, 더욱더. 匪 대나무 상자 비. 강도, 도적[匪賊], ~이 아니다. 非(비)와 같음. 盛顔(성안) - 아름다운 얼굴, 젊은 나이.

▶ 旣辨其由來 知波瀾莫二 撫事感慨 聊爲劍器行(기변기유래 지파란막이 무사감개 요위검기행) : 이제 그 (춤의) 유래(전승 관계)가 판명 되었기에 춤사위가 둘이 아님을 알았고 옛일을 회상하고 감개하여 아쉬운 대로 <검기행>을 지었다. 波 물결 파. 瀾 물결 란. 波瀾(파란) - 물결. 여기서는 춤사위. 莫二(막이) - 두 개가 될 수 없다. 곧 스승과 제자의 춤이 같다. 撫 어루만질 무. 撫事(무사) - 옛일을 회상하다. 聊 귀가 울릴 료. 의지하다, 잡담하다, 애오라지(좀 부족하나마 겨우), 잠시, 우선, 일단 [聊且].

▶ 昔者 吳人張旭 善草書帖(석자 오인장욱 선초서첩) : 옛적에 오인(吳人) 장욱은 초서에 능했는데. 張旭(장욱) - 658?-747. 소주(蘇州) 사람인데 술을 좋아하여 대취하면 소리를 지르며 미친 듯이 뛰어다니다가 붓을 들고서는 초서를 휘둘렀다고 한다. '초성(草聖)'이라 불렸다.

▶ 數常於鄴縣 見公孫大娘舞西河劍器(삭상어업현 견공손대낭무서하검기) : 자주 업현에서 공손대낭이 서하검기 추는 것을 보았다. 數 자주 삭. 常(상) - 자주, 때때로, 언제나. 鄴 땅 이름 업. 하남성의 지명. 西河劍器 (서하검기) - 검무의 일종.

▶ 自草書長進 浩蕩感激 卽公孫可知矣(자초서장진 호탕감격 즉공손가지의) : 이로부터 초서가 크게 진보하여 (필체가) 호탕하고 감격스러우니 곧 공손대낭의 춤 솜씨를 알만하다.

석유가인공손씨　일무검기동사방
昔有佳人公孫氏　一舞劍器動四方

관자여산색저상　천지위지구저앙
觀者如山色沮喪　天地爲之久低昂

곽여예사구일락　교여군제참룡상
㸌如羿射九日落　矯如羣帝驂龍翔

내여뇌정수진노　파여강해응청광
來如雷霆收震怒　罷如江海凝清光

강순주수양적막　만유제자전분방
絳脣珠袖兩寂寞　晩有弟子傳芬芳

임영미인재백제　묘무차곡신양양
臨潁美人在白帝　妙舞此曲神揚揚

여여문답기유이　감시무사증완상
與余問答旣有以　感時撫事增惋傷

선제시녀팔천인　공손검기초제일
先帝侍女八千人　公孫劍器初第一

오십년간사반장　풍진홍동혼왕실
五十年間似反掌　風塵澒洞昏王室

이원제자산여연　여악여자영한일
梨園弟子散如烟　女樂餘姿映寒日

금속퇴전목이공　구당석성초소슬
金粟堆前木已拱　瞿塘石城草蕭瑟

대현급관곡부종　낙극애래월동출
玳絃急管曲復終　樂極哀來月東出

노부부지기소왕　족견황산전수질
老夫不知其所往　足繭荒山轉愁疾

옛적에 가인 공손씨가 있었으니
한 번 검기 춤을 추면 사방이 감동했다.
산처럼 모인 관객 풀이 죽고 넋을 잃은 듯
천지도 그녀 검무 따라 한참을 오르내렸다.
밝기는 후예의 화살 맞아 떨어지는 해와 같고
날렵하기는 천신들이 타고 날아가는 용과도 같았다.
춤추기 시작하면 우레와 천둥도 분노를 거뒀고
끝나면 강해江海에 어려 있는 맑은 빛이었다.
붉은 입술 구슬 달린 소매도 다 적막하고
늙어 제자 두고 향기를 전수했었다.
임영 미인이 백제성에 머물면서
예쁜 춤사위 이 곡조에 신명을 돋았다.
묻고 답하며 나는 그 춤을 알았고
시절에 느껴 옛 생각하니 슬픔을 더 보탠다.
선제先帝 예인들 팔천 명 중에
공손대낭의 검기 춤은 처음부터 제일이었다.
쉰 살 나이 사이가 손바닥마냥 뒤집혔고
풍진 세상 연이으니 왕실도 어두웠도다.
이원 제자들 연기처럼 흩어지고
여악의 늙은 모습 차가운 햇살에 비친다.
현종 능묘 앞의 나무는 한아름 컸으니
구당 석성에는 풀만 쓸쓸하도다.
대모 줄 퉁기고 피리 가락에 노래 이제 끝나니
쾌락 끝에 슬픔만 남고 동산엔 달이 떴다.
늙은 이 몸은 갈 데를 모르는데

부르튼 발에 거친 산길 걸으니 시름만 깊어라!

註釋

▸ 昔有佳人公孫氏(석유가인공손씨) : 昔 옛 석. 옛날에. 公孫氏(공손씨) - 공손대낭. 이름은 없음. 공손씨 부인.

▸ 一舞劍器動四方(일무검기동사방) : 動(동) - 움직이다, 행동하다, 어떤 감정을 불러일으키다, 감동시키다.

▸ 觀者如山色沮喪(관자여산색저상) : 沮 막을 저. 喪 죽을 상. 잃다, 기가 죽고 넋을 잃다, 망연자실했다.

▸ 天地爲之久低昂(천지위지구저앙) : 천지도 그녀의 춤을 위해 오래도록 오르락내리락하는 듯했다, 하늘 땅도 그녀와 함께 춤을 추는 듯했다. 低 밑 저. 가라앉다. 昂 오를 앙. 높이 들다.

▸ 㸌如羿射九日落(곽여예사구일락) : 㸌 밝을 곽. 羿 사람 이름 예. 후예(后羿) 는 신화 속의 인물. 요(堯)임금 때 10개의 태양이 동시에 떠올라 초목

▌해를 쏜 후예(后羿)

이 말라 죽고 각종 악수(惡獸)가 나타나 인간에게 해를 끼치자 요는 후예에게 악수를 죽이고 태양 9개를 쏘아 떨어트리게 하였다는 전설(후예사일后羿射日)이 있다.

▶ 矯如羣帝驂龍翔(교여군제참룡상) : 矯 바로잡을 교. 씩씩하고 민첩하다. 驂 곁말 참. 翔 높이 날 상. 驂龍(참룡) - 용을 타다.

▶ 來如雷霆收震怒(내여뇌정수진노) : 來(내) - 춤을 시작하려 하다. 雷 우레 뢰. 霆 천둥소리 정. 震 벼락 진.

▶ 罷如江海凝淸光(파여강해응청광) : 罷(파) - 춤을 끝낼 때. 凝 엉길 응.

▶ 絳脣珠袖兩寂寞(강순주수양적막) : 絳 진홍 강. 脣 입술 순. 袖 소매 수. 兩寂寞(양적막) - 둘 다 적막하게 되었다. 공손대낭도 죽고, 그녀의 춤추는 맵시도 다 없어졌다.

▶ 晩有弟子傳芬芳(만유제자전분방) : 弟子(제자) - 공손대낭의 제자, 이십이낭(李十二娘). 芬 향기로울 분. 芳 꽃과 같을 방.

▶ 臨潁美人在白帝(임영미인재백제) : 臨潁美人(임영미인) - 공손대낭의 제자. 임영은 지명. 潁 이삭 영. 白帝(백제) - 백제성. 봉절현, 즉 기주(夔州).

▶ 妙舞此曲神揚揚(묘무차곡신양양) : 此曲(차곡) - 검기 춤. 揚 오를 양. 신명이 넘치다.

▶ 與余問答旣有以(여여문답기유이) : 旣有以(기유이) - 이미, 그녀 춤의 연유를 알았다.

▶ 感時撫事增惋傷(감시무사증완상) : 感時撫事(감시무사) - 세월의 무상함을 한탄하고, 과거를 회상하니. 惋 한탄할 완. 增惋傷(증완상) - 더욱 애달프고 가슴속이 아프다.

▶ 先帝侍女八千人(선제시녀팔천인) : 先帝(선제) - 현종. 侍女(시녀) - 이원제자를 비롯한 예인.

▶ 公孫劍器初第一(공손검기초제일) : 初第一(초제일) - 본래 제일 잘했다.

▶ 五十年間似反掌(오십년간사반장) : 五十年間(오십년간) - 두보가 어렸을 적 공손대낭의 춤을 본 이후 지금까지의 세월. 似反掌(사반장) - 손바

닥 뒤집듯 잠간이었다.

▸ 風塵澒洞昏王室(풍진홍동혼왕실) : 風塵(풍진) - 바람과 먼지. 안사의 난의 피해. 澒 흘러내리는 모양 홍. 洞 골 동. 澒洞(홍동) - 서로 연이어 끝이 없는 모양. 경동(傾動)과 같음.

▸ 梨園弟子散如烟(이원제자산여연) : 梨園弟子(이원제자) - 교방(敎坊)인 이원에서 노래하고 춤을 추는 예인(藝人)들.

▸ 女樂餘姿映寒日(여악여자영한일) : 女樂(여악) - 여자 악공(樂工). 餘姿(여자) - 늙은 자태. 映寒日(영한일) - 차가운 겨울 햇빛에 더욱 처량하게 보인다.

▸ 金粟堆前木已拱(금속퇴전목이공) : 金粟堆(금속퇴) - 현종의 묘 태릉(泰陵)이 있는 산 이름. 木已拱(목이공) - 능 앞의 나무가 한아름이 되었다. 拱 두 손 맞잡을 공. 한아름.

▸ 瞿塘石城草蕭瑟(구당석성초소슬) : 瞿 쳐다볼 구. 놀라 바라보다. 瞿塘石城(구당석성) - 구당협 근처에 있는 백제성. 구당은 기주 동쪽에 있다. 장강 삼협의 하나. 蕭瑟(소슬) - 쓸쓸한 모양.

▸ 玳絃急管曲復終(대현급관곡부종) : 玳 대모 대. 玳絃(대현) - 대모(玳瑁)로 장식한 현악기. 대연(玳筵)으로 적은 판본도 있다. 즉 대모로 바닥을 깐 화려한 연회석. 急管(급관) - 다급하고 촉박하게 부는 피리소리. 曲復終(곡부종) - 음악소리가 다시 멈추고, 춤이 끝나자.

▸ 樂極哀來月東出(낙극애래월동출) : 樂極哀來(낙극애래) - 즐거움이 절정에 올라 끝나자, 슬픔이 밀려온다.

▸ 老夫不知其所往(노부부지기소왕) : 老夫(노부) - 작자 자신. 두보.

▸ 足繭荒山轉愁疾(족견황산전수질) : 繭 누에고치 견. 足繭(족견) - 누에고치 같은 굳은 살. 荒山轉愁疾(황산전수질) - 험한 산길을 헤매느라 서글프기만 하다.

詩意

두보는 서문에서, 시를 제작한 연대와 동기를 자세히 밝혔다. 대력(大曆) 2년(767), 두보의 나이 56세로 죽기 3년 전이었다. 당시 두보는 가족을 거느리고 각지를 유랑하면서 기아와 신병에 시달리고 있었다. 그런 속에서 기주에서 이십이낭이 추는 칼춤을 보았고, 그녀가 50년 전, 당 현종 때 이름을 날리던 공손대낭(公孫大娘)의 제자임을 알고 감개무량하고 또 그간의 변화무쌍한 세상을 한탄하며, 이 시를 썼다.

이 시는 전체를 4단으로 나눌 수 있다.

1단(1-4연) : 옛날 공손대낭의 칼춤은 감동적이었다.

2단(5-7연) : 지금 그녀의 제자가 추는 칼춤을 보고, 감개가 무량했다.

3단(8-10연) : 전란에 현종 때의 가무를 연주했던 예인들은 연기처럼 흩어졌다.

4단(11-13연) : 현종 시대의 화려했던 꿈도 사라졌다. 기아와 신병에 쇠잔한 이 늙은이는 어디로 가야 하나?

백거이의 <비파행(琵琶行)>도 같은 계통의 시다. 과거의 화려했던 명성과 청춘의 아름다움을 잃고, 늙고 시들은 몸으로 외롭고 서글프게 조락(凋落)하는 인생을 한탄하고 있다.

參考 이원제자(梨園弟子)와 노랑신(老郞神)

중국의 연극업계를 이원행(梨園行)이라 하고, 연극배우들을 이원제자라고 부른다. 이원은 당나라의 궁중 음악과 무용과 잡희(雜戲, 연극)를 교육하고 관리하는 부서였다.

이원을 처음 설치한 현종은 대단한 풍류남아였다. 현종은 음악에도 조예가 깊어 악공 300여명을 이원에 모아 음악을 가르쳤는데 음률이 틀리는 것을 정확히 지적해 내었다고 한다.

현종 자신도 악공과 같이 악기를 연주하며 연주가 잘못되면 바로잡아주었는데 특히 북 연주에 일가견이 있었다고 한다. 개원 11년(723)에 이원에서 성수악(聖壽樂)을 연주했는데 기녀들의 화려한 의상과 춤에 도취한 현종은 직접 무의(舞衣)를 입고 궁녀와 함께 춤을 추며 전체 가무를 지휘했다고 한다.

당시 음률의 최고 달인으로 알려진 이구년(李龜年)도 이원 출신이었다. 이구년은 노래를 잘할 뿐만 아니라 여러 악기를 잘 다루어 현종의 사랑을 받았는데, 그 형제인 이팽년(李彭年)과 이학년(李鶴年)도 모두 유명했다. 안사의 난 이후에 이구년은 각지를 유랑했는데 두보의 <강남봉이구년(江南逢李龜年)>이란 시가 있다.

이원의 악공들은 민간에서 엄격한 선발 과정을 거친 뒤, 궁중에 들어가 학습 및 수련에만 전념하였기에 당시의 음악 수준을 크게 높였다.

이원과 이원제자란 말이 보편화되면서 당 현종은 음악과 가무와 연희의 신, 즉 이원신(梨園神)이 되었다고 한다. 이원신을 속칭 노랑신(老郎神)이라고도 한다. 노랑신의 모습은 얼굴이 흰 소년인데 당 현종이라고 전해온다. 왜냐하면 당 현종이 이원을 크게 일으켰기 때문이다. 노랑이란 혹 노동(老童)으로 음악의 조사(祖師)로 그저 '젊은이'란 뜻이다. 중국인들은 '노(老)'를 '소(少)'의 애칭으로 쓴다.

또 현종은 늘 자신이 3남이었기에 삼랑(三郞)이라고 자칭했다고 한다. 그는 이원에서 악공이나 무녀들을 연습시킬 때 능숙하지 못한 이들에게 "너희들은 좀 더 열심히 연습해야겠어! 이 삼랑의 체면을 깎아서야 되겠니?"라고 말했다고 한다.

중국의 연극은 지금도 지방에 따라 사용되는 악기와 창(唱)과 연기 방법이 크게 다르다. 따라서 그들이 생각하는 신도 다를 수밖에 없다. 그러나 그 중에서도 가장 보편적으로 알려진 신은 노랑신 곧 당 명황(唐明皇, 현종)이다. 이는 이원이 당나라 이후에도 존속되었고 또 현종이 진정으로 음악과 연기를 좋아하고 장려했기 때문일 것이다.

065. 石魚湖上醉歌 幷序 석어호에서 취해 부르는 노래 (병서)

元結원결

서 만수이공전미양주 인휴가즉재주어호상 시취일
(序) 漫叟以公田米釀酒 因休暇則載酒於湖上 時取一

취 환취중 거호안인비향어 취주사방재지 편음좌자
醉. 歡醉中 據湖岸引臂向魚 取酒使舫載之 徧飮坐者.

의의의파구작어군산지상 제자환동정이좌 주방범범연
意疑倚巴丘酌於君山之上 諸子環洞庭而坐 酒舫泛泛然

촉파도이왕래자 내작가이장지
觸波濤而往來者 乃作歌以長之.

(서문) 만수(원결元結)는 공전의 쌀로 술을 담갔는데, 쉴 틈에는 바로 배에 술을 싣고 석어호(石魚湖)에 나가 자주 마시며 취했다. 기분 좋게 취하면 호수 가에서 (호수 가운데 있는) 석어에 갔는데 배에 술을 싣고 가서 둘러앉아 마셨다. 나는 (동정호 주변의) 파구산에 기대어 군산(君山) 위에서 술을 마시고, 여러 사람들은 동정호 둘레에 앉았으며, 술을 실은 배들이 둥실둥실 파도를 타며 왕래한다고 생각하였다. 이에 노래를 지어 이를 오래 기억하려 한다.

註釋

▸ <石魚湖上醉歌(석어호상취가)> : '석어호에서 취해 부르는 노래'. 石魚湖(석어호) - 호남성 서남부에 있는 영주시(永州市) 관할의 도현(道縣)에 있는 호수. 호수 안에 물고기 모양의 큰 돌이 솟아 있는데, 돌 위가 움푹 파져 있어 그곳에 술을 부어 놓고 퍼서 마신다고 한다. 참고로 도현의

2010년 호적인구는 약 73만, 상주인구는 약 60만여 명이다. 농촌지역의 현이 우리나라 군과 비슷한 행정단위이지만 인구 면에서는 비교가 안 된다. 이 도현에서는 문화대혁명 기간인 1967년 8월부터 10월 사이에 사류분자(四類分子, 지주, 부농, 반혁명, 회의분자)에 대한 대규모 도살사건이 있었다. 이 사건은 영주시와 다른 10개 현에 파급되어 총 4,193명이 피살되고 326명이 압박에 의해 자살하는 도현대도살(道縣大屠殺, 도현문혁살인사건)이 있었다. 시를 공부하면서 유명 고적이나 역사적 사건을 함께 알면 시가 오래 기억되기에 참고로 소개하였다.

▸漫叟以公田米釀酒 因休暇則載酒於湖上 時取一醉(만수이공전미양주 인휴가즉재주어호상 시취일취) : 叟 늙은이 수. 漫叟(만수) - 작자 원결의 호. '제멋대로 사는 노인'이라는 뜻. 《신당서 원결전(元結傳)》 참조. 以公田米釀酒(이공전미양주) - 공전의 쌀로 술을 담그다. 공전은 관아 소유 농지. 당시 원결은 도주자사(道州刺史)였다. 釀 술 빚을 양. 休 쉴 휴. 暇 겨를 가. 틈. 休暇(휴가) - 쉴 틈. 출근이나 근무하지 않는 요즈음의 휴가가 아니다. 時取一醉(시취일취) - 가끔 마시면 취하곤 했다.

▸歡醉中 據湖岸引臂向魚 取酒使舫載之 徧飮坐者(환취중 거호안인비향어 취주사방재지 편음좌자) : 據 의거할 거. 배를 대다. 臂 팔 비. 引臂(인비) - 팔을 뻗다. 魚(어) - 여기서는 석어(石魚). 舫 배 방. 쪽배, 뗏목. 徧 두루 편. 여기서는 함께한 여러 사람.

▸意疑倚巴丘酌於君山之上 諸子環洞庭而坐(의의의파구작어군산지상 제자환동정이좌) : 意疑(의의) - 생각이나 의향은 ~와 같았다. 즉 흡사 ~ 같은 생각이었다. 疑(의) - 擬(헤아릴 의)와 같음. 倚 기댈 의. 巴丘(파구) - 동정호를 내려다 볼 수 있는 명산. 君山(군산) - 동정호 안에 솟아 있는 산. 상산(湘山)이라고도 하며, 순(舜)임금의 왕비 아황(娥皇)과 여영(女英)의 무덤도 있고, 팔선(八仙)과 얽힌 전설이 남아있다. 諸子(제자) - 여러 사람. 環洞庭而坐(환동정이좌) - 석어의 움푹 파인 부분을 동정호로 생각하여 자신들이 동정호를 둘러싸고 앉았다고 생각한 것임.

▸酒舫泛泛然觸波濤而往來者 乃作歌以長之(주방범범연촉파도이왕래자

내작가이장지) : 酒舫(주방) – 술을 운반하는 작은 배. 泛泛然(범범연) – 출렁출렁 흔들거린다. 觸波濤(촉파도) – 파도를 타고. 而往來者(이왕래자) – 오락가락한다. 즉 석어호가 아니라, 흡사 동정호에서 술 마시고 있는 것같이 생각하였다. 長(장) – 장음(長吟)하다.

석 어 호　사 동 정　하 수 욕 만 군 산 청
石魚湖　似洞庭　夏水欲滿君山青

산 위 준　수 위 소　주 도 역 력 좌 주 도
山爲樽　水爲沼　酒徒歷歷坐洲島

장 풍 연 일 작 대 랑　불 능 폐 인 운 주 방
長風連日作大浪　不能廢人運酒舫

아 지 장 표 좌 파 구　작 음 사 좌 이 산 수
我持長瓢坐巴丘　酌飮四座以散愁

석어호는 동정호와 같으니
여름물이 넘치면 군산君山도 푸르다네.
산은 술통이고 물은 주지酒池이니
술꾼들 또렷하게 섬에 둘러앉았네.
센바람 연일 큰 물결 일게 하지만
술 나르는 사람 배를 못 젓게 하지 못하네.
긴 표주박 잔을 든 나는 파구산에 앉아
술 권하며 여러 사람 걱정 풀어준다네.

註釋

▸石魚湖 似洞庭(석어호 사동정) : 似 같을 사. 유야(類也), 약야(若也). 洞庭(동정) - 옛날에는 '팔백리동정'이라 하였으나 토사 축적과 개간으로 인해 면적이 크게 줄고 호수도 3개로 분리되었다.

▸夏水欲滿君山靑(하수욕만군산청) : 夏水欲滿(하수욕만) - 여름에는 물이 호수에 가득 차려 한다. 동정호는 여름 우기에 장강의 물을 받아들여 수위가 크게 높아진다. 君山(군산) - 동정호 가운데 있는 산. 팔선(八仙)이 흙을 가져다가 만들었다는 전설이 있다.

▸山爲樽 水爲沼(산위준 수위소) : 樽 술통 준. 술잔. 沼 늪 소. 주지(酒池). 水爲沼(수위소) - 동정호 물이 주지가 되었다.

▸酒徒歷歷坐洲島(주도역력좌주도) : 酒徒(주도) - 술꾼. 도(徒)는 아무것도 없다는 공(空)의 뜻도 있으며 주로 중요한 위치에 있지 않거나 부정적 이미지의 무리를 지칭한다.(신도信徒, 학도學徒, 주도酒徒, 도도賭徒[도박꾼], 폭도暴徒, 역도逆徒, 반도叛徒…) 歷歷(역력) - 눈에 선하다, 분명하다. 坐洲島(좌주도) - (호수 안에 있는) 섬에 앉아서.

▸長風連日作大浪(장풍연일작대랑) : 長風(장풍) - 큰 바람.

▸不能廢人運酒舫(불능폐인운주방) : 廢 폐할 폐. 그만두다. 舫 배 방.

▸我持長瓢坐巴丘(아지장표좌파구) : 長瓢(장표) - 긴 표주박. 巴丘(파구) - 파산(巴山), 동정호 주변의 명산.

▸酌飮四座以散愁(작음사좌이산수) : 酌 술 따를 작. 飮 마실 음. 四座(사좌) - 사방의 자리. 散愁(산수) - 시름을 풀다.

詩意

작자가 도현(道縣)의 자사로 있을 때, 석어호에서 뱃놀이를 하며, 여러 사람들과 술 마시며 지은 잡언체(雜言體)의 칠언고시다. 석어호를 동정호에 비유하여 흥취를 돋았음을 서문에서 알 수 있다.

066. 山石(산석) 산의 돌 ● 韓愈 한유

산 석 낙 학 행 경 미 황 혼 도 사 편 복 비
山石犖确行徑微 黃昏到寺蝙蝠飛

승 당 좌 계 신 우 족 파 초 엽 대 치 자 비
升堂坐階新雨足 芭蕉葉大梔子肥

승 언 고 벽 불 화 호 이 화 내 조 소 견 희
僧言古壁佛畫好 以火來照所見稀

포 상 불 석 치 갱 반 소 려 역 족 포 아 기
鋪床拂席置羹飯 疏糲亦足飽我飢

야 심 정 와 백 충 절 청 월 출 령 광 입 비
夜深靜臥百蟲絶 清月出嶺光入扉

천 명 독 거 무 도 로 출 입 고 하 궁 연 비
天明獨去無道路 出入高下窮煙霏

산 홍 간 벽 분 난 만 시 견 송 력 개 십 위
山紅澗碧紛爛漫 時見松櫪皆十圍

당 류 적 족 답 간 석 수 성 격 격 풍 생 의
當流赤足踏澗石 水聲激激風生衣

인 생 여 차 자 가 락 기 필 국 촉 위 인 기
人生如此自可樂 豈必侷促爲人鞿

차 재 오 당 이 삼 자 안 득 지 로 불 갱 귀
嗟哉吾黨二三子 安得至老不更歸

산 돌멩이 어지러운 좁은 길을 걸어
해질 무렵 절에 드니 박쥐가 날고 있네.

법당에 올라 층계 앉으니 비가 막 그치며
파초잎 크고 치자 봉오리 부풀었네.
스님이 낡은 벽화 보기 좋다면서
불 밝혀 비춰 주나 희미하기만 하다.
상 펴고 자리 보아 국과 밥을 차려주니
거친 밥이나 내 주린 배 채우기 족했네.
밤 깊어 홀로 누우니 온갖 벌레 그치고
달 밝게 산을 올라 빛은 사립에 들어오네.
날 밝아 홀로 가니 산길도 없는데
들고나고 오르내리며 구름 안개 속을 헤맸네.
산에 핀 붉은 꽃과 푸른 골이 어지러이 빛나고
때로 본 솔과 참나무 모두 열 아름씩 되겠네.
물 건너려 맨발로 냇물 속 자갈 밟으니
물 콸콸 소리에 바람은 옷깃을 날리네.
인생이 이러하면 절로 즐길 수 있으려니
어이해 쫓기면서 남에게 매여 살겠는가?
아아! 나와 같은 뜻 그대들이여!
어찌 늙도록 아니 돌아갈 수 있으리오?

作者 한유(韓愈, 768-824) - 당송팔대가의 으뜸

자는 퇴지(退之), 출생은 하남 하양(河陽, 지금의 하남 맹현孟縣). 조적(祖籍)은 창려군(昌黎郡, 지금의 요녕성 의현義縣)이기에 자칭 '창려 한유'라 하였고 세인들은 한창려(韓昌黎)라고 불렀다. 만년에 이부시랑을 역임했기에 한이부(韓吏部)라 하며, 시호가 문공(文公)이기에 한문공이라고도 지칭한다. 또 유종원(柳宗元)과 함께 당시의 고문운동을 주도했기에 두 사람을 한유(韓柳)라 병칭한다. 유종원과 함께 당송팔대가로 손꼽힌다.

산문, 시에서 골고루 유명하며 문집으로 《창려선생집(昌黎先生集)》이 있다.

출생하면서 곧 어머니가 죽었고 세 살 때에 부친도 죽었다. 그래서 형의 손에 의해 양육되고 형의 관직에 따라 각지를 전전하다가 형이 죽자 조카 한노성(韓老成)과 함께 형수 정씨(鄭氏)의 손에 양육되었다. 7세부터 독서를 시작하여 13세에 문장을 짓고 덕종 정원(貞元) 2년(786) 과거에 응시하지만 낙방하고 정원 8년에야 진사에 급제하였고, 이부시(吏部試)에는 연속 낙방하였다. 정원 12년(796)에야 절도사 막료로 근무를 시작한다.

정원 17년에 국자감(國子監) 사문박사(四門博士)가 되었고 다음해 유명한 <사설(師說)>을 지었다. 조카 한노성이 먼저 죽자 <제십이랑문(祭十二郎文)>을 지었다.

헌종 원화(元和) 6년(811), 국자박사가 되어 <진학해(進學解)>를 지었다. 원화 14년 <간영불골표(諫迎佛骨表)>를 지어 불교 숭상에 따른 폐단을 극간(極諫)하다가 광동성의 조주자사(潮州刺史)로 폄직 당하였다. 조주에 부임하여서는 치민흥학(治民興學)에 힘썼다. 목종(穆宗)이 즉위하자(820) 장안에 돌아온 뒤 국자감의 총장이라 할 수 있는 좨주(祭酒)를 역임하고 병부시랑 등을 역임하다가 57세에 병사하였다.

'문학을 도를 밝히는 도구(文以載道)'로 보았고, 유교의 도덕을 담고 있지 않은 문장은 가치가 없으며, 세상의 교화에 도움이 되지 않는 문학은 쓸모가 없다고 주장하였다. 그는 자신이 고문을 배우고 쓰는 것은 유가의 도를 배우고 실천하는 데 목적이 있다고 하였다. 이러한 문학론에 의거하여 한유의 문장은 내용도 풍부하고 형식도 다양하여 여러 문체에 두루 통달하였으며, 새로운 것을 힘써 구하면서도 구상이 기이하고도 웅기(雄奇)하며 기세가 당당하면서도 사상과 감정이 풍부한 명문장을 많이 지었다.
문장으로는 불교와 노장사상을 비판하며 유가의 도를 밝히는 문장이 많은데, <사설>, <원성(原性)>, <원도(原道)>, <간영불골표>, <진학해>, <송궁문(送窮文)>, <유자후묘지명(柳子厚墓志銘)> 등은 우리에게도 잘 알려진 명문장이다.
중당(中唐)에서 백거이와 함께 시단의 영수(領袖)로 독특한 시풍을 확립하였다. 시는 문장에서처럼 복고적 기풍이 강하게 나타나고 있다. 종래와 다른 새로운 표현을 중시하였고 남들이 잘 사용하지 않는 문자를 사용하여 기이한 시어를 많이 사용하였다. 때문에 그의 시는 '기험괴벽(奇險怪僻)'하다는 평과 함께 대상물을 세밀히 묘사하고 설득하려는 뜻을 담고 있기에 '산문적'이라는 평가도 받고 있다. 한유의 영향을 받은 시인으로 맹교(孟郊), 가도(賈島)가 유명하고, 노동(盧仝)과 이하(李賀)도 영향을 받았다.

註釋

- <山石(산석)> : '산의 돌'. 시의 첫 두 글자를 그대로 시제로 삼았다.
- 山石犖确行徑微(산석낙학행경미) : 犖 얼룩소 락. 뛰어나다, 분명하다. 确 자갈땅 학. 犖确(낙학) - 산에 돌이 많아 평탄치 않은 모양.
- 黃昏到寺蝙蝠飛(황혼도사편복비) : 蝙 박쥐 편. 蝠 박쥐 복. 박쥐는 천서(天鼠, 하늘을 나는 쥐), 비서(飛鼠), 야연(夜燕, 밤제비)이라고도 부른다. 중국의 박쥐는 혐오대상이 아니라 행복과 장수의 상징으로 통하는데 박쥐 5마리의 그림은 오복(수壽, 부富, 강년康年, 수호덕修好德, 고종명考終命)을 의미한다. 박쥐를 거꾸로 그려 놓은 것은 하늘에서 내려오는 복, 곧 '하늘이 주는 복'이란 의미이다. 이는 복(福, fú)과 복(蝠, fú)의 발음이 같기 때문이다. '녹은 하늘로부터 내려오고, 복은 못생긴 사람에게로 온다.(祿從天上至 福向醜人來)'는 중국 속담이 있으니 못생겼다하여 복이 없는 것도 아니다. 그렇지만 '모든 화와 복은 스스로 만들고 스스로 받는 것(一切禍福 自作自受)'이라 하고, '화와 복은 문이 없어도 사람이 불러들

이는 것(禍福無門 唯人所招)'이라 하였으니 어쩌면 박쥐와는 상관없을 것이다.

▸升堂坐階新雨足(승당좌계신우족) : 新雨(신우) – 금방 내린 비.

▸芭蕉葉大梔子肥(파초엽대치자비) : 梔 치자나무 치. 梔子肥(치자비) – 치자의 꽃봉오리가 통통하다.

▸僧言古壁佛畵好(승언고벽불화호) : 古壁佛畵(고벽불화) – 오래 전에 그린 벽의 불화. 벽이 오래되었다는 뜻이 아니라 그림이 오래되었다는 뜻.

▸以火來照所見稀(이화내조소견희) : 所見稀(소견희) – 뵈는 것이 흐릿하다.

▸鋪床拂席置羹飯(포상불석치갱반) : 鋪 펼 포. 鋪床(포상) – 밥상을 차리고. 拂席(불석) – 자리를 치우고. 置羹飯(치갱반) – 국과 밥을 차리다.

▸疏糲亦足飽我飢(소려역족포아기) : 糲 현미 려. 疏糲(소려) – 조잡한 현미밥. 飽 배부를 포, 물릴 포. 실컷 먹다. 飢 굶주릴 기.

▸夜深靜臥百蟲絶(야심정와백충절) : 百蟲絶(백충절) – 온갖 벌레들도 보이지 않다.

▸清月出嶺光入扉(청월출령광입비) : 扉 문짝 비.

▸天明獨去無道路(천명독거무도로) : 獨去(독거) – 혼자서 가다.

▸出入高下窮煙霏(출입고하궁연비) : 霏 안개 비. 窮煙霏(궁연비) – 구름과 안개 속.

▸山紅澗碧紛爛漫(산홍간벽분난만) : 澗 시내 간. 계곡. 爛 문드러질 란. 爛漫(난만) – 빛이 흩어지는 모양.

▸時見松櫪皆十圍(시견송력개십위) : 櫪 말구유 력. 상수리나무. 櫟(상수리나무 력)과 같음.

▸當流赤足踏澗石(당류적족답간석) : 當流赤足(당류적족) – 물을 건너려 맨발로.

▸水聲激激風生衣(수성격격풍생의) : 激激(격격) – 물이 급히 흐르는 모양. 콸콸. 風生衣(풍생의) – 바람이 옷깃을 휘날리다.

▸人生如此自可樂(인생여차자가락) : 自可樂(자가락) – 혼자 즐길 만하다.

▸豈必局促爲人鞿(기필국촉위인기) : 侷 다그칠 국. 促 재촉할 촉. 侷促(국

촉) - 쫓기다. 鞿 재갈 기. 재갈은 짐승을 쉽게 몰려고 입을 가로질러 당기는 끈.

▶ 嗟哉吾黨二三子(차재오당이삼자) : 嗟哉(차재) - 아! 자신도 모르게 나오는 감탄사. 차호(嗟乎)와 같음. 吾黨(오당) - 나와 뜻을 함께하는 그대들. 《논어 공야장(公冶長)》의 '子在陳, 曰, 歸與, 歸與, 吾黨之小子狂簡,~'과 《논어 술이(述而)》의 '子曰, 二三子以我爲隱乎.~'를 인용하였다.

▶ 安得至老不更歸(안득지로불갱귀) : 至老(지로) - 늙을 때까지. 不更歸(불갱귀) - 다시 돌아가지 않다, 벼슬살이에 집착하다.

詩意

이 시는 한유가 덕종(德宗, 재위 779-805) 정원 17년(801) 7월에, 다른 사람들과 함께 낙양 북쪽의 혜림사(惠林寺)에 갔을 때 지은 것이지만 여러 이설이 많다. 당시 한유의 나이는 34세였다. 한유는 정원 18년에 사문박사(四門博士)를 거쳐, 감찰어사가 되었다. 그러나 다음해 정원 19년에는 궁시(宮市)의 폐를 극간하다가 양산(陽山)현령으로 폄직되었다. 당시는 당파간의 대립이 심하던 때였으며, 특히 한유는 사상적으로도, 유교의 정통을 남다르게 옹호하고, 불교를 배척한 극단주의자였다.

그러므로 이 시에서도 '아아! 나와 뜻을 함께하는 그대들이여(嗟哉吾黨二三子)'라고 한 것이다. 또 '인생을 이렇게 자연과 더불어 즐길 수 있거늘(人生如此自可樂)' '하필이면 궁색하게 남에게 구속을 받으며 벼슬살이를 하랴(豈必局促爲人鞿)'고 한 심정도 알 수 있을 것이다. 그러나 실제로 현실정치에 분주했던 한유는 다시 이 절을 한가하게 찾아가지 못했다.

시구의 첫 말을 따서 시제로 삼은 것은 《시경》의 예를 본 딴 것으로 깊은 뜻은 없다.

이 시는 한유의 대표적인 기행시인데, 벽자(僻字)와 기이한 표현이 많아 난해한 한유의 다른 시가와 달리 평이한 서술과 순차적 묘사로 청신한 맛을 주면서도 짧은 수필을 읽는 듯하다. 5단으로 나눌 수 있다.

1단(1-2연) : 험한 산길을 올라 절에 도달하고, 파초와 치자나무가 무성한 뜰을 바라보다.
2단(3연) : 절의 중이 낡은 벽화를 보여주었다.
3단(4-5연) : 간소한 저녁 뒤에 조용히 누워 있을 제, 달빛이 밝았다.
4단(6-8연) : 새벽에 안개 자욱한 산속에서 자연의 정취를 만끽했다.
5단(9-10연) : 정치적 속박에서 벗어나 자연으로 돌아가고 싶다.

067. 八月十五夜贈張功曹(팔월십오야증장공조) 추석날 밤에 장공조에게 주다 ● 韓愈 한유

纖雲四捲天無河(섬운사권천무하)　清風吹空月舒波(청풍취공월서파)

沙平水息聲影絕(사평수식성영절)　一杯相屬君當歌(일배상촉군당가)

君歌聲酸辭正苦(군가성산사정고)　不能聽終淚如雨(불능청종루여우)

洞庭連天九疑高(동정연천구의고)　蛟龍出沒猩鼯號(교룡출몰성오호)

十生九死到官所(십생구사도관소)　幽居默默如藏逃(유거묵묵여장도)

下牀畏蛇食畏藥(하상외사식외약)　海氣濕蟄熏腥臊(해기습칩훈성조)

昨者州前搥大鼓(작자주전추대고)　嗣皇繼聖登夔皐(사황계성등기고)

사서일일행천리　죄종대벽개제사
赦書一日行千里　罪從大辟皆除死

천자추회유자환　척하탕구청조반
遷者追迴流者還　滌瑕蕩垢清朝班

주가신명사가억　감가지득이형만
州家申名使家抑　坎軻祗得移荊蠻

판사비관불감설　미면추초진애간
判司卑官不堪說　未免捶楚塵埃間

동시류배다상도　천로유험난추반
同時流輩多上道　天路幽險難追攀

군가차휴청아가　아가금여군수과
君歌且休聽我歌　我歌今與君殊科

일년명월금소다　인생유명비유타
一年明月今宵多　人生有命非有他

유주불음내명하
有酒不飮奈明何

엷은 구름 사방에서 걷히고 은하 아직 뵈지 않는데
서늘한 바람 불고 달은 천천히 빛을 뿌린다.
모래밭 넓고 강물도 멈춰 소리도 그림자도 없는데
한 잔 드시고 부탁이니 노래나 불러 주오.
그대 노랫소리 서글프고 가슴 쓰린 사설이라서
끝내 다 못 듣고 눈물을 비 오듯 흘리노라.
동정호는 하늘에 닿고 구의산은 높이 솟았는데
교룡이 살고 성성이와 박쥐가 슬피 우는 곳이다.
산 사람 열에 아홉은 죽어 임지에 도착하나니
외로운 거처에 말없이 숨고 도망친 듯 살았다오.

침상 아래 뱀이 두렵고 독 있는 먹을거리 겁나며
습한 해풍, 벌레 냄새와 비린내와 누린내.
지난번에 관아 앞 큰북을 치고서는
뒤를 이은 황제께서 어진 신하들을 등용하리다.
사면 조서는 하루에 천리를 달려가나니
사형의 중죄라도 사형을 면제하였다.
좌천된 자 돌아가고 유배된 자 풀려 돌아가고
하자를 없애고 때를 없애 조정 반열을 맑게 했다.
자사가 올린 사면 명단을 관찰사가 가로막아
막힌 길에 운도 없으니 강릉으로 와야만 했었다.
판사라는 낮은 관직 말할 수도 없나니
회초리 맞고 먼지 덮어쓰기를 면할 수 없으리라.
같이 밀렸던 사람 여럿은 상경 길에 올랐고
천조天朝에 드는 길 막히고 험하니 따라가기 어려워라.
그대 노래 잠깐 쉬고 내 노래 들어보면
내가 부를 노래는 그대와 많이 다를 것이오.
일 년 중에 오늘 밤이 가장 좋은 명월이니
인생은 운명이지 다른 것은 없다오.
이 술을 아니 마시면 저 달을 어찌해야 하나요?

註釋

▸ <八月十五夜贈張功曹(팔월십오야증장공조)> : '추석날 밤에 장공조에게 주다'. 이 시는 정원(貞元) 21년(805) 추석에 법조참군(法曹參軍)으로 있는 한유가 같은 처지의 동료 장서(張署, 758~817)와 함께 술을 마시면서 울분을 토로한 시이다. 장서는 한유보다 10년 연장자로 당시에는 강릉의 공조참군이었다. 참군은 본래 주요 고관의 막료였으나 여기서는 지방

관의 업무를 돕는 직위이다. 그는 전에 감찰어사 혹은 자사 등을 역임한 고관이었으나, 죄에 걸려 유배되었다. 805년, 덕종이 죽고 뒤를 이은 순종(順宗)이 등극하면서 대사령(大赦令)을 내렸다. 그러나 장서는 장안으로 돌아가 높은 자리를 되찾지 못하고, 남쪽의 강릉(江陵)에서 말단미관인 공조참군으로 이동되었다. 한편 한유는 정원 20년, 덕종의 노여움을 받고 양산(陽山)현령으로 유배되었다가, 순종의 대사령으로 풀려나기는 했으나, 장안으로 돌아가지 못하고, 강릉에서 법조참군이란 말단 직위에 근무 중이었고, 장서 역시 공조참군으로 같은 관아의 동료였다. 이에 두 사람은 추석날 함께 술을 마시며 울분을 토로하였을 것이다.

▶ 纖雲四捲天無河(섬운사권천무하) : 纖 가늘 섬. 纖雲(섬운) - 엷게 낀 구름. 捲 감아 갈 권. 四捲(사권) - 사방에서 걷히다. 無河(무하) - 은하는 없다, 아직 은하수는 보이지 않는다.

▶ 清風吹空月舒波(청풍취공월서파) : 月舒波(월서파) - 달은 천천히 달빛을 쏟아낸다. 파(波)는 물결. 여기서는 달빛.

▶ 沙平水息聲影絶(사평수식성영절) : 聲影絶(성영절) - 소리나 그림자의 움직임도 없다, 죽은 듯 고요하다.

▶ 一杯相屬君當歌(일배상촉군당가) : 屬 모을 촉, 부탁할 촉, 무리 속. 술을 권하다. 相屬(상촉) - 상대에게 술을 권하다. 君當歌(군당가) - 그대여 노래를 불러주시오.

▶ 君歌聲酸辭正苦(군가성산사정고) : 酸 초 산. 시다, 슬프다. 辭正苦(사정고) - 사설이 너무 가슴 아프다.

▶ 不能聽終淚如雨(불능청종루여우) : 淚如雨(누여우) - 눈물이 비 오듯 흐른다.

▶ 洞庭連天九疑高(동정연천구의고) : 洞庭(동정) - 동정호. 九疑(구의) - 구의산. 호남성 영원현(寧遠縣)에 있으며, 창오산(蒼梧山)이라고도 한다. 순(舜)임금의 무덤이 있다. 산봉우리가 9개 있어 헷갈리므로 구의(九疑)라 부른다.

▶ 蛟龍出沒猩鼯號(교룡출몰성오호) : 蛟龍(교룡) - 구름과 비를 일으킨다

는 전설상의 용. 이무기. 猩 성성이 성. 성성이는 원숭이의 한 종류. 鼯 박쥐 오.

▸十生九死到官所(십생구사도관소) : 十生九死(십생구사) - (유배된 사람) 10명 중의 9명이 죽어 관소에 도착한다. 관소는 폄직되어 새로 발령받은 임지. 한유는 광동 양산현(陽山縣), 장서는 호남 임무(臨武)에 폄직되었다.

▸幽居默默如藏逃(유거묵묵여장도) : 幽居默默(유거묵묵) - 숨어살 듯 말이 없다. 藏 감출 장. 숨다. 逃 달아날 도.

▸下牀畏蛇食畏藥(하상외사식외약) : 牀 침상 상. 蛇 뱀 사. 畏 두려울 외. 藥(약) - 여기서는 독초나 독수(毒水), 또는 독충.

▸海氣濕蟄熏腥臊(해기습칩훈성조) : 海氣(해기) - 바닷바람. 濕 축축할 습. 蟄 숨은 벌레 칩. 독충. 熏腥臊(훈성조) - 고약한 냄새, 비린내[성腥], 누린내[조臊]. 여기까지는 한유와 장서가 강릉에 근무하기 전 더 먼 남쪽에서 지방관으로 근무할 때의 어려움을 묘사하였다.

▸昨者州前搥大鼓(작자주전추대고) : 昨者(작자) - 지난번. 州前(주전) - 주(州)의 관아 앞. 搥 칠 추. 大鼓(대고) - 큰북. 큰북을 쳐 대사령을 알렸다.

▸嗣皇繼聖登夔皐(사황계성등기고) : 嗣皇繼聖(사황계성) - 뒤를 이은 황제가(상황인 덕종의 뒤를 이은 순종) 성덕을 계승하여[繼聖]. 순종이 805년에 즉위하였으나 겨우 6개월을 재위했다. 登(등) - 등용하다. 夔 조심할 기. 순임금의 현신(賢臣)인 백기(伯夔). 皐 언덕 고. 순임금의 현신인 고요(皐陶, 기쁠 도, 화락하게 즐길 요. '고도'로 읽지 않는다).

▸赦書一日行千里(사서일일행천리) : 赦書(사서) - 대사령의 조서(詔書).

▸罪從大辟皆除死(죄종대벽개제사) : 辟 임금 벽, 법 벽. 허물. 大辟(대벽) - 사형, 죽음, 오형(五刑)의 하나.

▸遷者追迴流者還(천자추회유자환) : 遷 옮길 천. 遷者(천자) - 폄직되어 연고가 없는 지방에 근무하는 자. 迴 돌 회. 돌아오다. 追迴(추회) - 원래 직책이나 직위로 돌아가다. 流(유) - 유배, 유형.

▸滌瑕蕩垢淸朝班(척하탕구청조반) : 滌瑕蕩垢(척하탕구) - 잘못한 하자를 세척하고 더러운 때를 씻다. 滌 씻을 척. 瑕 티 하. 허물. 蕩 쓸어버릴 탕. 垢 때 구. 班 나눌 반. 반열, 서열과 석차. 朝班(조반) - 조정의 반열에 있던 사람.

▸州家申名使家抑(주가신명사가억) : 州家(주가) - 주(州)의 자사. 申名(신명) - 사면하는 명단을 상신(上申)하다. 使家(사가) - 관찰사의 근무처. 지방행정관을 순회 감독하는 관찰사. 抑 누를 억. 억제하다, 빼버리다.

▸坎軻祇得移荊蠻(감가지득이형만) : 坎 구덩이 감. 軻 굴대 가. 멍에. 坎軻(감가) - 길도 막히고 불우하다. 祇 공경할 지. 마침, 이것. 祇得(지득) - 별 수 없이 ~하다. 荊 모형나무 형. 초(楚)나라, 초 땅. 蠻 오랑캐 만. 월(越)나라가 있던 지역. 荊蠻(형만) - 여기서는 강릉.

▸判司卑官不堪說(판사비관불감설) : 判司(판사) - 공문서를 판독하는 관직. 공조참군.

▸未免捶楚塵埃間(미면추초진애간) : 捶 종아리 칠 추. 楚 가시나무 초. 未免捶楚(미면추초) - 회초리 매를 면치 못한다. 당 제도에 참군이나 부위(簿尉)는 잘못하면 태장(笞杖) 형을 받았다. 塵 티끌 진. 埃 티끌 애. 塵埃間(진애간) - 흙먼지 속에서, 자질구레한 잡일에 시달리며.

▸同時流輩多上道(동시류배다상도) : 多上道(다상도) - 많은 사람이 (사면받아) 상경하였다.

▸天路幽險難追攀(천로유험난추반) : 天路(천로) - 천자의 조정에 가는 길. 幽險(유험) - 기회나 길이 보이지 않고 어렵다. 攀 더 위 잡을 반. 무엇을 잡고 기어오르다.

▸君歌且休聽我歌(군가차휴청아가) : 且 또 차. 일단, 다만.

▸我歌今與君殊科(아가금여군수과) : 殊 다를 수. 科 조목 과. 종류나 품격. 殊科(수과) - 같지 않다(不同也).

▸一年明月今宵多(일년명월금소다) : 宵 밤 소. 今宵多(금소다) - 명월이 가장 좋다, 가장 좋은 밤이다.

▸人生有命非有他(인생유명비유타) : 인생은 운명이 있을 뿐 다른 것은

없다.

▶ 有酒不飮奈明何(유주불음내명하) : 奈明何(내명하) - 이 명월을 어찌 하리오?

詩意

본 《당시삼백수》에는 한유의 시가 4편 수록되어 있는데 앞에 나온 <산석(山石)>이 그래도 가장 평이한 내용이면서 시맛을 풍긴다. <팔월십오야증장공조(八月十五夜贈張功曹)> 이 시는 어려운 내용은 그만두고서라도 '왜 이런 시를 읊었을까?'라고 작자를 다시 생각하지 않을 수 없다.

한유의 시는 요즈음 말로 하면 '입학시험용 논술'만큼이나 논리적이며 해박한 지식을 자랑하며 산문에 압운을 한 것 같다는 느낌을 준다.

이 시는 정원 21년(805), 덕종의 치세가 끝나고 순종이 즉위하던 해 지은 것으로 알려졌으니, 한유는 38세의 혈기왕성한 장년이었지만 관직생활에서 이런저런 좌절을 겪었다. 한유의 현실에 대한 불만토로는 곧 정직하고 유능한 인재를 등용 못하는 정치 실세에 대한 비판이 될 것이다. 이는 '유가(儒家)의 정도(正道)를 피력하며 실천을 촉구'하는 의미를 가진 '메시지가 담긴 시'라고 할 수도 있을 것이다. 그렇지만 불우한 처지에, 또 객지에서 추석 보름달을 보고서 이렇게 건조한 시를 썼으니 한유는 아무래도 '시인의 감성'보다는 '정객(政客)의 논리'에 충실했다고 평할 수 있다.

이 시는 4단으로 구분할 수 있다.

1단에서는 중추 명월에 장공조와 함께 술 마시며 슬픈 노래를 부른다. 2단은 남쪽에 폄적되었을 때의 어려움과 비애를 토로했으며, 3단에서는 작일(昨日)의 사면이 자신들에게는 아무런 혜택이 없다며 새로운 '판사'라는 비직(卑職)을 묘사하였다.

마지막으로 인생은 운명이라며 이 밤에 이 술을 아니 마시면 저 달을 어찌하겠느냐며 서글픈 추석날 밤을 묘사하였다.

068. 謁衡嶽廟遂宿嶽寺題門樓 형악묘에 참배하고 곧 산사에서 잔 뒤 문루에서 짓다

(알형악묘수숙악사제문루)

● 韓愈 한유

오악제질개삼공 사방환진숭당중
五嶽祭秩皆三公　四方環鎭嵩當中

화유지황족요괴 천가신병전기웅
火維地荒足妖怪　天假神柄專其雄

분운설무장반복 수유절정수능궁
噴雲泄霧藏半腹　雖有絶頂誰能窮

아래정봉추우절 음기회매무청풍
我來正逢秋雨節　陰氣晦昧無淸風

잠심묵도약유응 기비정직능감통
潛心黙禱若有應　豈非正直能感通

수유정소중봉출 앙견돌올탱청공
須臾靜掃衆峰出　仰見突兀撑靑空

자개연연접천주 석름등척퇴축융
紫蓋連延接天柱　石廩騰擲堆祝融

삼연백동하마배 송백일경추영궁
森然魄動下馬拜　松柏一徑趨靈宮

분장단주동광채 귀물도화전청홍
粉墻丹柱動光彩　鬼物圖畫塡靑紅

승계구루천포주 욕이비박명기충
升階傴僂薦脯酒　欲以菲薄明其衷

묘령노인식신의 휴우정사능국궁
廟令老人識神意　睢盱偵伺能鞠躬

수지배교도아척　운차최길여난동
手持杯珓導我擲　云此最吉餘難同

찬축만황행불사　의식재족감장종
竄逐蠻荒幸不死　衣食纔足甘長終

후왕장상망구절　신종욕복난위공
侯王將相望久絶　神縱欲福難爲功

야투불사상고각　성월엄영운동롱
夜投佛寺上高閣　星月掩映雲曈朧

원명종동부지서　고고한일생어동
猿鳴鐘動不知曙　杲杲寒日生於東

오악의 제관은 모두 삼공이었고
사방을 두루 진압하며 숭산은 중악이라네.
남방은 거친 땅이며 요괴가 많이 살지만
천신이 힘을 주어 형산 웅기를 주관케 했네.
구름과 안개는 산허리에서 분출하고
정상이 있지만 누가 거길 오를 수 있겠는가?
내가 오기로는 마침 가을 장마철이었으니
음기가 짙게 깔리고 시원한 바람도 없었네.
마음을 가다듬어 묵도하자 감응이 있는 듯하니
어찌 내 정직이 신령과 감통했다 아니하리오?
잠깐 사이 구름 걷히고 여러 봉우리 나타나니
우뚝 서 청공靑空을 받친 산들을 올려 본다.
자개봉은 줄기차게 뻗어 천주봉에 닿았으며
석름봉은 높이 뛰어올라 축융봉 옆에 섰네.
너무 놀라워 혼이 나간 듯 하마하여 절하고

송백 늘어선 외길로 산신 묘당으로 나아갔네.
분칠한 담장 붉은 기둥 광채를 내고
신상과 여러 그림은 울긋불긋하도다.
계단 올라 허리 굽혀 육포와 술을 올려
보잘것없지만 내 진정을 표하려 했다.
묘당 지키는 노인은 산신 뜻을 잘 알기에
아래위로 훑어보더니 능숙하게 인사를 하네.
손에 배교杯珓를 들고 나에게 던져보라 하더니
이는 정말 좋은 점괘라 다른 괘와 다르다 한다.
남만 거친 땅에 쫓겨 가서 다행히 죽지 않았기에
먹고 입을 수만 있다면 기꺼이 오래 살리라!
왕후장상의 꿈은 버린 지 오래니
신께서 복을 내려도 공을 이루기 어려울지라.
밤에 절에 들어가 높은 누각에 올랐더니
별과 달이 엷은 구름에 가려 희미하더라.
원숭이 울고 종을 쳐도 날 밝은 줄 몰랐는데
밝은 태양은 동쪽에 떠올랐네.

註釋

▶ <謁衡嶽廟遂宿嶽寺題門樓(알형악묘수숙악사제문루)> : '형악묘에 참배하고 곧 산사에서 잔 뒤 문루에서 짓다'. 이 시를 지은 지리적 배경은 중국 오악의 하나인 형산(衡山)이다. 제목 그대로 형산의 묘당을 참배하고 산사에서 잠을 잔 뒤 다음날 아침 산사의 문루에 올라 아침에 시를 지었다. 謁 아뢸 알. 배알, 참알(參謁), 알현(謁見). 衡 저울대 형. 衡嶽(형악) - 형산. 오악 중 남악(南岳)으로, 호남성 형양시(衡陽市) 지역 내 위치. 최고봉은 축융봉(祝融峰, 1300m). 남악 형산은 28수(宿) 중에서 인간의

수명을 주관하는 별, 곧 진성(軫星)에 해당하며 도교의 36동천(洞天) 72복지(福地) 중 하나이니 곧 신선이 거주하는 땅이다. 당대에 남악묘가 건축되었고, 이백, 두보 등이 이곳을 찾아 시를 읊었다. 遂 이룰 수. 마음먹은 대로 되다, 곧, 이어, 즉시, 결국. 題(제) - 이마, 제목, 문체의 한 종류, 시문을 짓다, 제명(題名).

▶ 五嶽祭秩皆三公(오악제질개삼공) : 五嶽(오악) - 008 두보의 <망악(望嶽)> 시 주석 참고. 秩 차례 질. 祭秩(제질) - 제관(祭官)의 관작. 三公(삼공) - 태사(太師), 태부(太傅), 태보(太保)를 지칭하는데 황제의 자문(諮問)에 응하는 명예직이며 국정의 원로이다.

▶ 四方環鎮嵩當中(사방환진숭당중) : 사방을 두루 누르고 있는데 숭산(嵩山)이 중악에 해당한다. 嵩 높을 숭. 숭산.

▶ 火維地荒足妖怪(화유지황족요괴) : 火(화) - 오행(五行)의 화(火)는 방위상 남(南)이다. 維 밧줄 유. 모퉁이(우隅와 통함. 네 모퉁이를 사유四維라고도 함). 뜻이 없는 어조사로도 쓰인다. 惟(유)와 통함. 유(惟)는 문어에서 조사로도 쓰인다. 火維(화유) - 남방(南方). 地荒(지황) - 땅이 거칠다, 사람 살기 어려운 땅이다. 足(족) - 많다.

▌숭산(嵩山)

▶天假神柄專其雄(천가신병전기웅) : 假 거짓 가. 빌려주다. 柄 자루 병. 神柄(신병) - 악신(嶽神)의 권한. 專(전) - 주관케 하다, 독점하다. 其雄(기웅) - 형산의 웅기(雄氣).

▶噴雲泄霧藏半腹(분운설무장반복) : 噴 뿜을 분. 泄 샐 설. 틈이나 구멍으로 새어 나오다. 藏 감출 장. 저장하다. 半腹(반복) - 가운데 배[腹], 산허리. 산 중턱에서 구름과 안개가 발생한다는 의미.

▶雖有絶頂誰能窮(수유절정수능궁) : 絶頂(절정) - 산꼭대기, 최고봉. 雖有絶頂(수유절정) - 산의 정상이 있다 한들. 雖 비록 수. 誰 누구 수. 의문사. 能窮(능궁) - 끝을 보다, 끝을 내다, 산 정상에 오르다.

▶我來正逢秋雨節(아래정봉추우절) : 正(정) - 바로, 딱. 逢(봉) - 만나다. 秋雨(추우) - 가을비, 가을장마. 節(절) - 계절, 철.

▶陰氣晦昧無淸風(음기회매무청풍) : 晦 그믐 회, 어둘 회. 昧 새벽 매. 컴컴하다. 陰氣晦昧(음기회매) - 음산한 기운이 진하게 퍼져 있다.

▶潛心默禱若有應(잠심묵도약유응) : 潛 물속에 잠길 잠. 潛心(잠심) - 마음을 가라앉히다. 默禱(묵도) - 소리를 내지 않고 기도하다. 若有應(약유응) - 감응이 있는 것 같았다.

▶豈非正直能感通(기비정직능감통) : 豈非(기비) - 어찌 ~이 아니겠는가? 正直(정직) - 공정하고 강직한 성품. '어찌 (나의) 정직이 산신을 감통할 수 있던[能] 것이 아니겠는가?'로 해석하였다. 정직을 신(神)이라 해석한 책도 있다. '신 총명정직이일자야(神 聰明正直而壹者也)'라는 ≪좌전(左傳)≫의 글이 있다고 한다.

▶須臾靜掃衆峰出(수유정소중봉출) : 臾 잠깐 유. 須臾(수유) - 잠시 잠깐. 靜掃(정소) - 안개나 구름이 싹 걷히다.

▶仰見突兀撐靑空(앙견돌올탱청공) : 突 갑자기 돌. 兀 우뚝할 올. 突兀(돌올) - 우뚝 솟은 모양. 撐 버틸 탱.

▶紫蓋連延接天柱(자개연연접천주) : 蓋 덮을 개. 덮개. 紫蓋(자개), 天柱(천주) - 모두 봉우리 이름. 형산에는 자개, 천주, 석름(石廩), 축융(祝融), 부용(芙蓉)의 오봉이 있다.

▸石廩騰擲堆祝融(석름등척퇴축융) : 廩 곳집 름. 창고. 石廩(석름) - 형산의 봉우리 이름. 騰 오를 등. 擲 던질 척. 堆 언덕 퇴. 높이 쌓이다. 祝融(축융) - 형산의 최고봉(1300m). 석름봉은 위로 던져진 듯 축융봉 가까이에 높이 솟아 있다는 뜻.

▸森然魄動下馬拜(삼연백동하마배) : 森 나무 빽빽할 삼. 森然(삼연) - 빽빽이 줄지어 선 모양, 삼엄하여 기가 꺾인 모양, 엄연(儼然)한 모양. 魄動(백동) - 혼령이 감동하다. 한유가 크게 감동을 느꼈다.

▸松柏一徑趨靈宮(송백일경추영궁) : 徑 지름길 경. 一徑(일경) - 외길. 趨 달릴 추. 빨리 걷다, 향하다. 靈宮(영궁) - 묘당(廟堂). 형산의 산신을 모시는 사당.

▸粉墻丹柱動光彩(분장단주동광채) : 粉墻(분장) - 분칠을 한 담장. 丹柱(단주) - 붉은 기둥.

▸鬼物圖畫塡靑紅(귀물도화전청홍) : 鬼物(귀물) - 신상(神像). 圖畫(도화) - 묘당의 각종 그림. 塡 메울 전.

▸升階傴僂薦脯酒(승계구루천포주) : 傴 구부릴 구. 僂 구부릴 루. 곱사등이. 傴僂(구루) - 허리를 구부리다[背曲]. 薦 드릴 천. 공물을 바치다. 脯 저며 말린 고기 포.

▸欲以菲薄明其衷(욕이비박명기충) : 欲(욕) - 바라다. 菲 엷을 비. 보잘것없다. 다른 사람한테 물건을 보내면서 '보잘것없는 물건'이라는 뜻으로 '비품(菲品)' 또는 '비의(菲儀)'라고 쓴다. 薄 엷을 박. 衷 속마음 충.

▸廟令老人識神意(묘령노인식신의) : 廟令(묘령) - 묘당에서 제사를 준비하거나 관련된 일을 하는 정9품 관리. 識神意(식신의) - 산신의 뜻을 잘 풀이하다. 신사(神祀)나 묘당에는 그 모시는 신과 관련된 미신이나 점을 치고 그 뜻을 풀이해 준다.

▸睢盱偵伺能鞠躬(휴우정사능국궁) : 睢 부릅뜨고 볼 휴. 盱 쳐다볼 우. 偵 정탐할 정. 伺 엿볼 사. 鞠躬(국궁) - 서서 허리를 굽혀 절하다.

▸手持杯珓導我擲(수지배교도아척) : 杯 잔 배. 珓 옥으로 만든 산통(算筒)

교. 杯珓(배교) - 길흉을 점치는 도구. 導我(도아) - 나를 데려가서. 擲 던질 척.

▸ 云此最吉餘難同(운차최길여난동) : 最吉(최길) - 아주 길한 점괘. 餘難同(여난동) - 다른 것과는 같을 수 없다.

▸ 竄逐蠻荒幸不死(찬축만황행불사) : 竄 숨을 찬. 逐 좇을 축. 蠻荒(만황) - 남방의 거친 땅.

▸ 衣食纔足甘長終(의식재족감장종) : 纔 겨우 재. 才(재)와 같음. 근근이. 甘(감) - 달게 여기다, 만족하다. 長終(장종) - 오래 살다가 죽다.

▸ 侯王將相望久絶(후왕장상망구절) : 望久絶(망구절) - 희망은 끊은 지 오래다.

▸ 神縱欲福難爲功(신종욕복난위공) : 縱 늘어질 종. 세로의, 놓아주다. 설령 ~일지라도(縱使). 신께서 설령 복을 준다 해도 공을 이루기 어렵다.

▸ 夜投佛寺上高閣(야투불사상고각) : 投(투) - ~에 들다, 투숙하다.

▸ 星月掩映雲曈曨(성월엄영운동롱) : 掩 가릴 엄. 曈 눈동자 동. 어수룩한 모양. 曨 흐릿할 롱. 曈曨(동롱) - 흐릿한 모양.

▸ 猿鳴鐘動不知曙(원명종동부지서) : 曙 새벽 서.

▸ 杲杲寒日生於東(고고한일생어동) : 杲 밝을 고. 杲杲(고고) - 해가 밝은 모양.

詩意

이 시는 한유가 정원 21년 <팔월십오야증장공조(八月十五夜贈張功曹)>의 시보다 조금 전에 쓴 시이다. 양산현령으로 폄직되었다가 강릉의 법조참군에 임명되어 강릉으로 가는 도중에 형산의 남악묘를 참배하고 지은 시이다. 이 시는 서경, 서사, 서정이 잘 어울린 시이다.

이 시에는 어려운 글자들이 많이 나온다. 마지막 구의 '고고(杲杲, 밝은 모양)'도 그냥 쓴 말이 아니고 《시경》의 '고고출일(杲杲出日)'에서 인용한 말이다. '장종(長終)' 역시 다른 책에 그 전고가 있는 말이다. 이처럼 한유의 시에 쓰이는 표현은 사실 다 전고가 있다고 보아야 한다.

한일(寒日)은 '추운 날'이라는 사전적 뜻이 있다. 그렇지만 '차가운 해'라고 번역했을 때 태양을 보고 차갑게 느낀다면 좀 이상한 사람일 것이다. 또 '차가운 해'란 단어가 사리로 볼 때 있을 수 있겠는가? 말하자면 보이는 글자대로만 번역했다면 이런 논리적 과오를 범하게 된다.

이 시에서는 가을 장마철이지만 구름이 걷혔기에 해가 밝게 떠올랐다. '한(寒)'에는 '건조'하다는 의미도 있고, 태양을 '한(寒)'이라 칭한다는 용례가 있다. 따라서 여기의 '한일(寒日)'은 '차가운 해'가 아니라 그냥 '해'이다. 한유가 이런 표현을 했다면 분명 전고가 있다는 뜻이다.

한유의 박식은 이미 다 잘 알려진 사실이다. 한유는 자신의 그러한 박식을 바탕으로 다른 사람이 쓰지 않는 새롭고도 기이한 표현을 찾으려 노력했다. '한일(寒日)'이 바로 그러한 예이다.

069. 石鼓歌(석고가) 석고의 노래 ● 韓愈 한유

(66구의 장편이기에 독해의 편의를 위해
2단으로 나누어 역해하였다)

(一)

장생수지석고문　권아시작석고가
張生手持石鼓文　勸我試作石鼓歌

소릉무인적선사　재박장내석고하
少陵無人謫仙死　才薄將奈石鼓何

주강능지사해비　선왕분기휘천과
周綱陵遲四海沸　宣王憤起揮天戈

대개명당수조하　제후검패명상마
大開明堂受朝賀　諸侯劍佩鳴相磨

수우기양빙웅준　만리금수개차라
蒐于岐陽騁雄俊　萬里禽獸皆遮羅

전공늑성고만세　착석작고휴차아
鐫功勒成告萬世　鑿石作鼓隳嵯峨

종신재예함제일　간선찬각유산아
從臣才藝咸第一　揀選撰刻留山阿

우림일자야화료　귀물수호번휘가
雨淋日炙野火燎　鬼物守護煩撝呵

공종하처득지본　호발진비무차와
公從何處得紙本　毫髮盡備無差訛

사엄의밀독난효　자체불류예여과
辭嚴義密讀難曉　字體不類隸與蝌

연심기면유결획　쾌검감단생교타
年深豈免有缺畫　快劍砍斷生蛟鼉

난상봉저중선하　산호벽수교지가
鸞翔鳳翥衆仙下　珊瑚碧樹交枝柯

금승철삭쇄뉴장　고정약수용등사
金繩鐵索鎖鈕壯　古鼎躍水龍騰梭

누유편시불수입　이아편박무위이
陋儒編詩不收入　二雅褊迫無委蛇

공자서행부도진　기척성수유희아
孔子西行不到秦　掎摭星宿遺羲娥

장생이 손에 석고문을 들고 와서
나에게 석고가를 지어보라 하였다.
소릉의 두보도 적선謫仙인 이백도 죽었는데

재주도 없는 내가 석고가를 어이 짓겠는가?
서주西周의 기강이 무너지고 천하가 들끓을 때
선왕宣王이 분기하여 천자의 군사를 지휘했었다.
명당을 활짝 열고 제후의 조하를 받으니
(알현하려는) 제후들의 보검과 패옥이 부딪쳤다.
기양에서 사냥하며 영웅과 준재들을 모아서는
만리 내의 새나 짐승을 모두 막고 잡았다.
공적을 새기고 끝내어 만세에 알리니
돌에 새겨 석고를 만들려고 큰 산도 허물었다.
수행하는 신하들 재주 모두 제일이지만
고르고 골라 돌에 새겨 산아山阿에 두었노라.
비에 씻기고 햇볕 쬐고 들불에 탔지만
귀신은 이를 지키며 고생했을 것이다.
장공은 어디서 이 탁본을 얻었는지
털끝까지 완전하게 틀린 것이 없었다.
글자와 뜻이 엄밀하나 읽어 알기는 어렵고
자체는 예서나 과두문자와도 달랐다.
옛글이니 빠진 필획이 어찌 없을 수 있겠으며
날선 칼로 찍고 팠는데 교룡과 악어를 자른 듯.
난새와 봉황이 날고 뭇 신선이 내려오듯
산호 푸른 나뭇가지가 뒤섞이듯.
청동과 쇠로 만든 줄이 엉킨 듯 힘차며
물에서 건진 고정古鼎, 북에서 뛰어나온 용 같도다.
고루한 선비들은 시를 엮으면서도 넣지 못했고
대아 소아는 좁고 짧으며 넉넉지 않았다.

공자가 서쪽을 유람했지만 진秦에는 못 갔기에
별들은 챙겼지만 해와 달을 버렸다.

註釋

▶ <石鼓歌(석고가)> : '석고의 노래'. 현재 북경 고궁박물원에 보존된 석고(石鼓, 북 고)는 진창석갈(陳倉石碣, 비석 갈) 또는 기양석고(岐陽石鼓)라고 부르는데 모두 10개이며 거기에 새겨진 이사(而師), 마천(馬薦), 오수(吾水) 등등 글자 2자로 이름을 붙여 관리하고 있다. 선진(先秦) 시기에 새겨진 중국 최고의 석각문자이다. 627년에 지금의 섬서성 보계시(寶鷄市)의 황야에서 발견되었다. 이 석고의 제작 시기에 대해서는 정론이 없다. 위응물과 한유의 <석고가>에서는 서주(西周) 선왕(宣王, 기원전 827~782) 시기의 각석이라 주장하였다. 이후 여러 주장이 있으나 막연히 선진 시기로 인정되고 있다. 10개의 석고(실제 북은 아니지만 북 모양과 비슷하여 석고라 부른다)에는 700여자가 새겨졌을 것으로 추정하나 지금은 읽을 수 있는 글자는 400여자라고 한다. 이 석고를 모방하여 각 지방에

석고(石鼓)

서 공자를 모시는 문묘에 석고를 만들어 문자를 새기는 일이 널리 퍼졌고 여러 유물이 남아 있다.

▸ 張生手持石鼓文(장생수지석고문) : 張生(장생) – 장적(張籍, 786-830). 한유의 지인으로 국자사업(國子司業)을 역임. 한유의 제자인 장철(張徹)이라는 주장도 있다. 石鼓文(석고문) – 석고의 글을 탁본한 것.

▸ 勸我試作石鼓歌(권아시작석고가) : 試作(시작) – 한 번 지어보다. 歌(가) – 악부시의 한 종류.

▸ 少陵無人謫仙死(소릉무인적선사) : 少陵(소릉) – 두보의 원적지 마을. 두보는 자신을 '소릉야로(少陵野老)'라 불렀다. 無人(무인) – 사람이 없다, 이미 죽었다. 謫 귀양 갈 적. 謫仙(적선) – 이백. 이백은 762년, 두보는 770년에 죽었고, 한유는 768년에 출생했다.

▸ 才薄將奈石鼓何(재박장내석고하) : 才薄(재박) – 재주가 없다. 薄 엷을 박. 將(장) – ~으로. 奈~何(내~하) – 어찌, 어떻게, ~을 어찌 하겠는가? 奈石鼓何(내석고하) – 석고가를 어찌 하겠는가. 여기까지는 석고가를 짓게 된 연유를 묘사하였다.

▸ 周綱陵遲四海沸(주강능지사해비) : 周(주) – 서주(西周). 綱 벼리 강. 굵은 밧줄. 周綱(주강) – 주나라의 정치 또는 기강. 陵 언덕 릉. 遲 늦을 지. 게을리하다. 陵遲(능지) – 무너지다, 허물어지다[陵夷]. 四海(사해) – 전 중국. 沸 끓을 비.

▸ 宣王憤起揮天戈(선왕분기휘천과) : 宣王(선왕) – 재위 기원전 827-782. 서주의 왕, 여왕(厲王)의 아들로, 여왕의 뒤를 이어 정치 기강을 확립했고 주변 이민족을 정벌하였다. 憤 성낼 분. 揮 휘두를 휘. 戈 창 과. 天戈(천과) – 천자의 무기.

▸ 大開明堂受朝賀(대개명당수조하) : 明堂(명당) – 천자가 정치를 하는 곳. 朝賀(조하) – 제후들이 주나라 왕을 뵙고 하례하다.

▸ 諸侯劍佩鳴相磨(제후검패명상마) : 諸侯(제후) – 주왕(周王)에 의해 피봉(被封)된 통치자. 劍(검) – 보검. 佩 찰 패. 매달다, 패옥. 鳴 울 명. 磨 갈 마. 문지르다. 相磨(상마) – 서로 부딪치다.

▶ 蒐于岐陽騁雄俊(수우기양빙웅준) : 蒐 모을 수. 사냥하다. 于 어조사 우. 於(어)와 같음. 岐 갈림길 기. 岐陽(기양) - 기산(岐山)의 남쪽. 기산은 서안시 서쪽, 보계시 동쪽 60km에 있는 산으로 주 왕조의 발상지. 주공묘(周公廟)가 남아 있다. 騁 달릴 빙. 마음대로 하다. 雄俊(웅준) - 뛰어난 인재. 웅재(雄才)와 준재(俊才).

▶ 萬里禽獸皆遮羅(만리금수개차라) : 萬里(만리) - 넓은 지역, 온 세계. 禽獸(금수) - 새와 짐승. 遮 막을 차. 羅 새 그물 라. 그물로 잡다, 벌려 놓다.

▶ 鐫功勒成告萬世(전공늑성고만세) : 鐫 새길 전. 글자를 파서 새겨 넣다. 功(공) - 공적. 勒 굴레 륵. 파다, 새기다. 鐫功勒成(전공늑성) - 공적과 성공한 내용을 새겨 넣다.

▶ 鑿石作鼓隳嵯峨(착석작고휴차아) : 돌을 깨어 석고를 만들려고 여러 산에서 돌을 구했을 것이다. 鑿 뚫을 착. 作鼓(작고) - 북처럼 만들다. 隳 무너트릴 휴. 嵯 우뚝 솟을 차. 峨 높을 아.

▶ 從臣才藝咸第一(종신재예함제일) : 從臣(종신) - 수종하는 신하들, 선왕을 보필하던 방숙(方叔)과 같은 신하들. 咸 모두 함. 전부.

▶ 揀選撰刻留山阿(간선찬각유산아) : 揀 가려 뽑을 간. 撰 지을 찬. 刻 새길 각. 좋은 문장을 짓고 선택하여 돌에 새겨 세상에 남겼다는 뜻.

▶ 雨淋日炙野火燎(우림일자야화료) : 淋 물 뿌릴 림. 물에 젖다. 炙 고기 구울 자·적. 野火(야화) - 들불. 燎 불 탈 료. 불로 태우다. 석고가 오랜 세월 방치되었다는 뜻.

▶ 鬼物守護煩撝呵(귀물수호번휘가) : 鬼物(귀물) - 귀신. 煩 괴로워할 번. 고생을 하다. 撝 찢을 휘. 呵 꾸짖을 가. 사람들이 석고를 보호하지 않았다는 뜻.

▶ 公從何處得紙本(공종하처득지본) : 公(공) - 장적(張籍), 석고 탁본(拓本)을 가져온 사람. 紙本(지본) - 종이로 탁본한 것.

▶ 毫髮盡備無差訛(호발진비무차와) : 毫 가는 털 호. 髮 터럭 발. 毫髮(호발) - 털끝만큼도. 盡備(진비) - 완비. 訛 그릇될 와. 差訛(차와) -

잘못, 어긋남, 차오(差誤).

▸辭嚴義密讀難曉(사엄의밀독난효) : 辭(사) – 석고에 쓰인 말. 辭嚴(사엄) – 언사가 준엄하다. 義密(의밀) – 새긴 글의 의미가 치밀하다. 曉 새벽 효. 깨우쳐 알다. 사의(辭義)가 엄밀하여 읽어도 그 뜻을 알기 어렵다.

▸字體不類隸與蝌(자체불류예여과) : 字體(자체) – 석고에 쓰인 서체. 不類(불류) – 닮지 않다, 비슷하지 않다. 隸 따를 예, 부릴 예. 노예, 예서(隸書, 진秦에서 창안되어 한대漢代에 보편적으로 사용되었다). 蝌 올챙이 과. 과두문자(蝌蚪文字). 붓이 발명되기 전이라서 옻나무 물[漆書]이나 먹물을 대쪽(대나무 토막 아래를 칼로 찢어)으로 쓰기 때문에 처음에는 많이 흘러 글자가 모두 올챙이 큰 머리와 가는 꼬리[頭粗尾細]처럼 생겼다 하여 붙여진 이름. 선진(先秦) 자체(字體)의 하나. 석고에 쓰인 문자는 대전체(大篆體)이다. 이상은 석고의 자체와 그것이 마모되고 훼손되었다는 사실을 묘사하였다.

▸年深豈免有缺畫(연심기면유결획) : 年深(연심) – 오랜 세월이 지나다. 缺畫(결획) – 새겨진 글자의 획이 깨지거나 닳아 없어졌을 것이다.

▸快劍砍斷生蛟鼉(쾌검감단생교타) : 快劍(쾌검) – 잘 드는 칼, 날카로운 칼. 砍 벨 감. 斷 자를 단. 蛟 교룡 교. 鼉 악어 타. 새겨진 글자체가 독특하다는 묘사.

▸鸞翔鳳翥衆仙下(난상봉저중선하) : 鸞 난새 난. 翔 빙빙 돌아 날 상. 높이 날다. 翥 날아오를 저. 衆仙下(중선하) – 여러 신선이 내려오다.

▸珊瑚碧樹交枝柯(산호벽수교지가) : 珊 산호 산. 瑚 산호 호. 碧 푸를 벽. 枝 가지 지. 柯 자루 가. 나뭇가지. 산호의 푸른 나무가 그 가지를 서로 섞인 듯하다.

▸金繩鐵索鎖鈕壯(금승철삭쇄뉴장) : 金(금) – 이때의 금은 지금의 황금이 아니라 청동이다. 청동은 중국인들이 알았던 최초의 쇠붙이였다. 이 청동[금]을 왕이 제후나 대신에게 상으로 내려 주는 것이 바로 상금이다. 또 상금을 관청 앞 나무 막대에 매달아 놓은 것이 현상금이다. 繩 줄 승. 새끼줄. 索 줄 삭. 鎖 쇠사슬 쇄. 鈕 꼭지 뉴. 단추. 금줄과 쇠줄이

서로 얽힌 것처럼 힘차 보인다.

▶古鼎躍水龍騰梭(고정약수용등사) : 鼎 솥 정. 나라의 큰 제사에 쓰는 청동의 솥. 정(鼎)에는 그런 제기를 만든 내용이 쓰여 있는데 이를 보통 금문(金文)이라 한다. 그래서 청동의 제기나 돌에 쓰인 옛 글을 금석문이라 부른다. 躍 뛸 약. 躍水(약수) - 물에서 뛰어 나오다, 물에서 건져냈다는 뜻. 龍騰梭(용등사) - 베틀의 북이 나르듯 용이 빨리 날아오르는 형상. 騰 오를 등. 梭 북 사. 베(옷감)를 짤 때 실꾸리를 넣는 나무로 만든 도구. 이 북을 좌우로 보내면서 씨줄(위선緯線)이 만들어진다. 동진의 도간(陶侃, 도연명의 증조부)이 낚시하다가 호수에서 베틀의 북[梭]을 하나 건져냈는데 그것을 가져다가 벽에 걸어두었더니 갑자기 용이 튀어나와 하늘로 올라갔다는 이야기도 있다. 이 구절은 석고에 새긴 글자의 강건한 아름다움을 묘사하였다.

▶陋儒編詩不收入(누유편시불수입) : 陋 좁을 루. 생각이 좁다. 陋儒(누유) - 고루한 생각을 고집하는 선비들. 編詩(편시) - 옛 시를 모아 책으로 만들다. 不收入(불수입) - 수록하지 않다.

▶二雅褊迫無委蛇(이아편박무위이) : 二雅(이아) - 대아(大雅)와 소아(小雅). 《시경》의 주요한 편명. 褊 좁을 편. 迫 닥칠 박. 좁혀지다. 褊迫(편박) - 박정하다. 委 맡길 위. 편안하다. 蛇 뱀 사, 구불구불 갈 이. 委蛇(위이) - (마음의) 여유가 없다, 다른 사람과 잘 지내려는 뜻이 없다.

▶孔子西行不到秦(공자서행부도진) : 西行(서행) - 노(魯)에서 서쪽의 여러 나라를 주유하다. 不到秦(부도진) - 석고가 방치되어 있던 진(秦) 땅에는 가지 않았다.

▶掎摭星宿遺羲娥(기척성수유희아) : 掎 끌 기. 摭 주울 척. 星宿(성수) - 별. 遺 끼칠 유. 남기다, 버리다. 羲 내쉬는 숨 희. 복희씨. 해[日]를 몰고 다니는 희화(羲和). 娥 예쁠 아. 달 속의 여인 항아(姮娥). 공자가 《시경》을 산시(刪詩)하면서도 석고의 시를 몰라 수록하지 않은 것은 마치 잔별들은 모았지만 해와 달을 버린 것과 같다면서 아쉬움을 토로한 구절이다.

(二)

차여호고생고만　대차체루쌍방타
嗟予好古生苦晩　對此涕淚雙滂沱

억석초몽박사징　기년시개칭원화
憶昔初蒙博士徵　其年始改稱元和

고인종군재우보　위아도량굴구과
故人從軍在右輔　爲我度量掘臼科

탁관목욕고좨주　여차지보존기다
濯冠沐浴告祭酒　如此至寶存豈多

전포석과가립치　십고지재수낙타
氈包席裹可立致　十鼓祇載數駱駝

천제태묘비고정　광가기지백배과
薦諸太廟比郜鼎　光價豈止百倍過

성은약허유태학　제생강해득절차
聖恩若許留太學　諸生講解得切磋

관경홍도상전인　좌견거국래분파
觀經鴻都尚塡咽　坐見擧國來奔波

완태척선노절각　안치타첩평불파
剜苔剔蘚露節角　安置妥帖平不頗

대하심첨여개복　경력구원기무타
大夏深簷與蓋覆　經歷久遠期無佗

중조대관노어사　거긍감격도암아
中朝大官老於事　詎肯感激徒媕婀

목동고화우려각　수부착수위마사
牧童敲火牛礪角　誰復著手爲摩挲

일소월삭취매몰　육년서고공음아
日銷月鑠就埋沒　六年西顧空吟哦

희지속서진자미　수지상가박백아
羲之俗書趁姿媚　數紙尚可博白鵝

계주팔대쟁전파 무인수습이즉나
繼周八代爭戰罷　無人收拾理則那

방금태평일무사 병임유술숭구가
方今太平日無事　柄任儒術崇丘軻

안능이차상론렬 원차변구여현하
安能以此上論列　願借辯口如懸河

석고지가지어차 오호오의기차타
石鼓之歌止於此　嗚呼吾意其蹉跎

아! 나는 호고好古하지만 너무 늦게 태어났기에
이를 생각하면 두 줄 눈물이 줄줄이 흐른다.
전에 국자박사로 부름 받을 때를 회상하면
그해 처음으로 원화로 연호를 바꿔 불렀다.
지인이 군에 있다가 우보右輔로 재직하면서
나를 위해 측량하며 출토된 곳을 발굴하였다.
갓을 털어 쓰고 목욕한 뒤 좨주에게 고하였나니
이런 대단한 보물이 어찌 또 있겠습니까?
담요와 자리로 싸고 묶으면 곧 운반할 수 있으니
석고 열 개는 겨우 낙타 몇 마리면 실을 것입니다.
종묘에 바치면 옛날 고정郜鼎과 같을 것이나
빛나는 가치야 어찌 그 백배만 된다 하겠습니까?
성은이 만약에 태학에 두도록 허락만 하신다면
제생은 면학에 더더욱 절차탁마할 것입니다.
석경을 보려는 사람이 오히려 태학에 몰렸었듯이
온 나라에서 물결처럼 몰리는 사람을 그냥 볼 것입니다.
이끼를 벗겨내어 글씨를 다 드러낸 다음에

반듯하고 기울지 않게 안치시켜야 합니다.
큰 집의 깊은 처마로 잘 가려주면
오랜 세월이 지나도 틀림없이 무사할 것입니다.
조정의 고관들은 업무에 노련하지만
어찌 공감은 하면서도 그냥 망설이기만 하는가?
목동은 돌을 쳐 불을 켜고 소는 뿔을 비벼대니
누가 다시 이를 어루만져 줄 것인가?
날마다 문질러 달마다 닳으면 곧 매몰되리니
6년간 나는 서쪽을 바라보며 헛소릴 하였다.
왕희지 세속적 글씨는 아름다움을 따라갔으니
글씨 몇 장을 오히려 흰 거위와 바꿨었다.
주周를 이어 8대에 걸친 쟁탈전은 끝났는데
아무도 이를 수습하지 않는다면 무슨 이치인가?
지금은 태평하여 날마다 무사하거늘
유학으로 다스리며 공자 맹자를 받들고 있다.
어떻게 하면 이를 조정에서 논의토록 하겠나?
강물을 쏟아내듯 달변의 입을 빌리고 싶도다.
석고의 노래는 여기서 그치지만
오호라! 나의 뜻은 아마 실현키 어려우리라!

註釋

▶ 嗟予好古生苦晚(차여호고생고만) : 嗟 탄식할 차. 아! 予 나 여. 生苦晚(생고만) - 늦게 태어나 고생이다, 늦게 태어난 것을 한스럽게 생각한다.

▶ 對此涕淚雙滂沱(대차체루쌍방타) : 此(차) - 석고의 탁본. 涕 눈물 체. 淚 눈물 루. 滂 비 퍼부을 방. 물이 질펀하게 흐르는 모양. 沱 물 이름 타(장강의 지류). 눈물이 흐르는 모양.

▶憶昔初蒙博士徵(억석초몽박사징) : 憶 생각할 억. 初(초) - 처음에. 蒙 입을 몽. 博士(박사) - 국자감(國子監)의 박사(교수직). 한유는 국자박사였다. 徵 부를 징. 황제에게 불려가다, 벼슬을 받다. 한유는 강릉의 법조참군에서 장안에 들어가 국자박사가 되었다.

▶其年始改稱元和(기년시개칭원화) : 其年(기년) - 그해. 元和(원화) - 헌종(憲宗, 재위 805-820)의 연호.

▶故人從軍在右輔(고인종군재우보) : 故人(고인) - 친구. 인명 미상. 右輔(우보) - 한대(漢代)에 경기(京畿)와 장안 부근의 행정관을 경조윤(京兆尹), 좌풍상(左馮翊), 우부풍(右扶風)이라 하였는데 이 셋을 합쳐 삼보(三輔)라 하였다. 在右輔(재우보) - '우부풍의 행정관'으로 근무하다. 뒤에 삼보는 장안 일대를 지칭하는 말이 되었다. 예를 들어 <삼보황도(三輔黃圖)>라 하면 '장안 일대의 지도'이다. 참고로 수선(首善)은 수도를 뜻한다. 조선시대에 <수선전도(首善全圖)>라 하면 수도 한양의 지도이다.

▶爲我度量掘臼科(위아도량굴구과) : 度量(도량) - 측량하다. 掘 팔 굴. 발굴하다. 臼 절구 구. 臼科(구과) - 구덩이. 최초 발견 시에는 9개였다고 한다. 결국 최초의 발견 장소 일대를 발굴하여 하나를 더 찾아내어 10개가 되었다고 한다.

▶濯冠沐浴告祭酒(탁관목욕고좨주) : 濯 씻을 탁. 沐 머리 감을 목. 浴 씻을 욕. 祭酒(좨주) - 국자좨주. 당시 정여경(鄭餘慶)이란 사람. 좨주는 국자감의 실질적 행정 책임자, 종3품. 국립대학의 총장이라지만 정확히 표현하면 '국립대학교의 교무학사 전담 부총장'이다. 조선의 경우 성균관 최고 직위인 성균관지관사(成均館知館事)는 대제학이 겸임했다. 당에서도 총장이라 할 수 있는 최고 직위는 재상이 겸직했다. 국자좨주의 아래 직위는 국자감사업(國子監司業). '좨주'라 읽어야 한다고 하며 우리말 사전에도 있다. 본래 제(祭)에는 '좨' 발음이 없지만 우리나라에서 습관적으로 그렇게 읽고 불렸다. 황해도의 '배천(白川)'을 누구나 '배천'으로 읽는 것도 같은 예라 할 수 있다.

▶如此至寶存豈多(여차지보존기다) : 至寶(지보) - 아주 소중한 보물. 存豈

多(존기다) - 어찌 많이 있을 수 있는가?

▸ 氈包席裹可立致(전포석과가립치) : 氈 모전 전. 털로 만든 담요. 席(석) - 자리. 우리나라로 치면 볏짚으로 만든 '멍석'이지만 당나라에서는 무엇으로 만들었는지 알 수 없음. 立(입) - 즉시. 致(치) - 가져오다.

▸ 十鼓祇載數駱駝(십고지재수낙타) : 十鼓(십고) - 열 개의 석고. 祇 다만 지, 토지의 신 기. 겨우. 只(지)와 같음. 駱 낙타 락. 駝 낙타 타.

▸ 薦諸太廟比郜鼎(천제태묘비고정) : 薦 천거할 천. 바치다. 太廟(태묘) - 선대 제왕의 묘당, 종묘. 比(차) - ~처럼. 郜 나라 이름 고. 郜鼎(고정) - 춘추시대 제 환공(齊桓公)은 산동 지방에 있던 소국(小國) 고(郜)나라의 정을 갖다가 태묘에 바쳤다. 이런 예를 본받아 석고를 종묘에 바쳐야 한다는 주장.

▸ 光價豈止百倍過(광가기지백배과) : 光價(광가) - 영광의 가치. 그 광가가 어찌 백배보다 많은 데 그치겠는가? 그 보이지 않는 가치가 있다는 뜻.

▸ 聖恩若許留太學(성은약허유태학) : 聖恩(성은) - 황제의 특별한 배려. 太學(태학) - 국자감 내에 국자학, 태학, 사문학(四門學)의 구분이 있었다.

▸ 諸生講解得切磋(제생강해득절차) : 諸生(제생) - 국자감 내의 모든 학생. 切 끊을 절. 磋 갈 차. 절차탁마(切磋琢磨)는 열심히 면학(勉學), 구학(求學)하다.

▸ 觀經鴻都尙塡咽(관경홍도상전인) : 觀經(관경) - 경(經)을 보다, 석경(石經)을 읽거나 베끼다. 鴻都(홍도) - 한(漢) 궁궐의 문 이름. 그 안쪽에 태학이 있었기에 태학의 별칭. 尙 오히려 상. 塡 메울 전. 咽 목구멍 인. 塡咽(전인) - 꽉 차다. 이 석고를 보러 많은 사람들이 몰려들어 태학을 꽉 채울 것이다.

▸ 坐見擧國來奔波(좌견거국내분파) : 擧國(거국) - 온 나라에서, 거국적으로. 奔波(분파) - 힘차게 몰려가는 파도. 온 나라에서 파도처럼 사람들이 몰려드는 상황을 앉아서 볼 것이다.

▸ 剜苔剔蘚露節角(완태척선노절각) : 剜 깎을 완. 苔 이끼 태. 剔 뼈를

바를 척. 살과 뼈를 분리하는 작업. 蘚 이끼 선. 露 이슬 로. 드러내다. 節角(절각) - 석고에 새겨진 글씨의 꺾인 곳이나 모서리.

▶ 安置妥帖平不頗(안치타첩평불파) : 安置(안치) - 잘 놓아두다. 妥 온당할 타. 帖 표제 첩. 妥帖(타첩) - 반듯하게. 頗 자못 파. 기울다. 반듯하고 평평하여 기울지 않게 안치하다.

▶ 大廈深簷與蓋覆(대하심첨여개복) : 廈 큰 집 하. 簷 처마 첨. 蓋 덮을 개. 覆 덮을 복. 대하(大廈)의 깊은 처마 아래 두어 잘 가려주다. 큰 건물의 처마 아래에 두면 비바람을 처마가 가려줄 것이라는 뜻.

▶ 經歷久遠期無佗(경력구원기무타) : 經歷(경력) - 지나가다, 세월이 흐르다. 久遠(구원) - 오랜 시간. 期 기약할 기. 佗 다를 타[他]. 無佗(무타) - 다름이 없다, 현상을 유지할 것이다. 무이(無異).

▶ 中朝大官老於事(중조대관노어사) : 中朝(중조) - 조정. 大官(대관) - 고급 관리. 老於事(노어사) - 일처리가 노련하다.

▶ 詎肯感激徒媕婀(거긍감격도암아) : 詎 어찌 거. 肯 옳게 여길 긍. 徒 무리 도. 다만. 媕 머뭇거릴 암. 婀 아리따울 아. 媕婀(암아) - 일을 빨리 처리 못하고 꾸물대다.

▶ 牧童敲火牛礪角(목동고화우려각) : 敲 두드릴 고. 敲火(고화) - 부싯돌로 돌을 쳐서 불을 피우다. 礪 거친 숫돌 려. 숫돌에 갈다. 牛礪角(우려각) - 특히 황소는 돌이나 나무에 자신의 뿔을 문질러서 날카롭게 한다.

▶ 誰復著手爲摩挲(수부착수위마사) : 著手(착수) - 착수(着手)와 같다. 摩 갈 마. 挲 만질 사. 摩挲(마사) - 애석해하며 어루만지다, 보살피다. 누가 다시 석고를 보살피는 데 착수하겠는가?

▶ 日銷月鑠就埋沒(일소월삭취매몰) : 銷 녹일 소. 鑠 녹일 삭. 日銷月鑠(일소월삭) - 날마다 문지르고 달마다 조금씩 닳으면. 就(취) - 곧. 埋沒(매몰) - 파묻히다, 새긴 글자가 없어질 것이다.

▶ 六年西顧空吟哦(육년서고공음아) : 西顧(서고) - 서쪽을 바라보다. 국자좨주였던 정여경은 재상을 거쳐 물러난 뒤에 다시 장안 서쪽 봉상(鳳翔) 절도사로 나갔다. 吟 읊을 음. 哦 읊을 아. 空吟哦(공음아) - 아무 성과도

없는 말만 하였다. 한유는 정여경이 석고를 장안으로 옮기는 일을 마치기를 바랐으나 6년 동안 실적이 없었다.

▌ 왕희지(王羲之)

▶ 羲之俗書趁姿媚(희지속서진자미) : 羲之(희지) - 왕희지. 동진의 서성(書聖). 俗書(속서) - 속세에 잘 알려진 글씨. 趁 좇을 진. 姿 맵시 자. 媚 아첨할 미. 예쁘게 보이려 애쓰다. 왕희지의 글씨체는 아름다움만을 추구하였다.

▶ 數紙尙可博白鵝(수지상가박백아) : 博 넓을 박. 잡다(捕 사로잡을 포), 교환하다(換也). 鵝 거위 아. 글씨 몇 장으로 거위와 바꾸다. 거위를 좋아했던 왕희지가 산음(山陰)의 도사에게 도덕경을 필사(筆寫)해주고 거위를 가지고 온 고사.

▶ 繼周八代爭戰罷(계주팔대쟁전파) : 繼周八代(계주팔대) - 주(周)의 뒤를 이은 8대 왕조, 즉 한(漢), 진(晉), 그리고 남조(南朝)의 송(宋), 제(齊), 양(梁), 진(陳), 수(隋)와 당(唐)의 8대 동안 쟁탈전이 많아 그런 것을 챙기지 못했다는 의미.

▶ 無人收拾理則那(무인수습이즉나) : 無人收拾(무인수습) - (석고를) 수습하는 사람이 없다면. 理則那(이즉나) - (그렇다면) 천리는 어디에 있는가? 무어라 해야 하는가? 나(那)는 하(何)와 같음.

▶ 方今太平日無事(방금태평일무사) : 方今(방금) - 지금. 日無事(일무사) - 날마다 무사하다, 내전이나 반란도 없다. 그러나 실제로 이 시기에 당(唐)은 확실하게 쇠퇴의 길을 걷고 있었다.

▶ 柄任儒術崇丘軻(병임유술숭구가) : 柄 자루 병. 柄任(병임) - 맡기다. 丘軻(구가) - 공자(공구孔丘)와 맹자(맹가孟軻).

▶ 安能以此上論列(안능이차상론렬) : 어찌하면 이를 논의에 올릴 수 있는

가? 어떻게 하면 이를 국정 논의의 대상이 되겠는가?

▶ 願借辯口如懸河(원차변구여현하) : 辯口(변구) - 말을 잘하는 사람. 懸河(현하) - 황하를 거꾸로 매달다, 황하가 쏟아지다, 말이 유창하다.

▶ 石鼓之歌止於此(석고지가지어차) : 止於此(지어차) - 여기에서 그치다.

▶ 嗚呼吾意其蹉跎(오호오의기차타) : 嗚 탄식 소리 오. 嗚呼(오호) - 아! 吾意(오의) - 이를 국정과제로 삼기를 바라는 나의 뜻. 其(기) - 아마도, 혹은(추측). 蹉 넘어질 차. 跎 헛디딜 타. 蹉跎(차타) - 실현되지 않다.

詩意

한유는 이 <석고가>를 통해 석고의 유래를 고증하며 학술과 예술적 가치를 강조하며 국가에서 이를 보호해야 한다는 당위성을 역설하고 있다. 감상적 회포보다는 시의가 분명하고 엄숙하며 아주 면밀하게 논리적 설득을 전개하였다.

이 시는 먼저 이를 짓게 된 동기를 밝히고(1-4구), 석고문의 내력을 자신이 알고 있는 지식을 동원하여 현장을 중계하듯 설명하였다(5-16구). 이어 석고문의 내용, 글씨체, 학술적 가치를 강조하고(17-30구), 이를 태학에 보전해야 한다고 역사적 예를 들어 주장하였다(31-50구).

그리고 이 석고와 관련하여 그간에 자신이 어찌 하였는가를 그리고, 자신의 주장이 아직도 실현되지 않았기에 그 서글픈 감상을 토로하였다(51-66구).

070. 漁翁(어옹) 늙은 어부 ● 柳宗元유종원

漁翁夜傍西巖宿　曉汲淸湘燃楚竹
(어옹야방서암숙　효급청상연초죽)

煙消日出不見人　欸乃一聲山水綠
(연소일출불견인　애내일성산수록)

回看天際下中流　巖上無心雲相逐
(회간천제하중류　암상무심운상축)

늙은 어부는 저녁 무렵 서암西巖에서 잠자고
새벽 맑은 상강 물을 길어 초죽楚竹을 태운다.
안개 걷히고 해 올라도 사람은 뵈지 않고
어여차! 한 소리에 산수가 푸르렀다.
돌아보니 하늘 끝에서 중류로 내려오는데
바위 위엔 무심한 구름이 뒤를 따른다.

註釋

- ▶ <漁翁(어옹)> : '늙은 어부'. 漁 고기 잡을 어. 우리나라 고등학교 한문 교과서에도 수록될 만큼 평이하지만 아주 유명한 시이다. 유종원은 805년 영정혁신(永貞革新)이라는 정치 소용돌이에 휘말려 지금의 호남성 서남쪽 광동성과 접경하고 있는 영주(永州)의 사마로 폄직되었는데 그곳에서 읊은 시이다. 영주는 상강(湘江) 상류에 속하여 물이 깨끗했을 것이다.
- ▶ 漁翁夜傍西巖宿(어옹야방서암숙) : 傍 곁 방. 옆. 夜傍(야방) – 밤이 가까워진 저녁 때. 西巖宿(서암숙) – 영주의 서암(西巖)이라는 친절한 주(註)

가 있다. 그러나 이쪽에서 서암이면 저쪽에선 동암이다. 굳이 영주, 아니면 어느 고을의 서암이라는 주가 없어도 괜찮다. 배를 젓는 노인이 가다가 힘들면 아무데서나 배를 대면 그뿐이다. 서암은 시인이 그려낸 풍경화의 일부일 뿐이다.

▶曉汲淸湘燃楚竹(효급청상연초죽) : 曉 새벽 효. 汲 물 길을 급. 淸湘(청상) – 맑은 상강(상수湘水)의 물. 상강은 호남성 경내 최대의 하류. 광서(廣西)에서 발원하여 영주, 형양(衡陽), 장사(長沙, 호남성 성도省都)를 거쳐 동정호로 유입되는 총 길이 800여km의 대하이다. 楚竹(초죽) – 남쪽 초 땅의 대나무.

▶煙消日出不見人(연소일출불견인) : 煙 연기 연. 안개. 밥 짓던 연기로 해석하는 사람이 있는데 밥을 짓던 연기는 시인에게 안 보였을 것이다.

▶欸乃一聲山水綠(애내일성산수록) : 欸 한숨 쉴 애. 欸乃(애내) – 배를 저으며 힘쓰려 내는 소리. 강남 지방에서는 배를 저을 때 노 젓는 동작에 맞춰 배에 탄 사람들이 '구령처럼 붙여주는 소리'라는 주석도 있다.

▶回看天際下中流(회간천제하중류) : 天際(천제) – 하늘 가. 하늘과 강물이 맞닿은 곳.

▶巖上無心雲相逐(암상무심운상축) : 相逐(상축) – 서로 뒤쫓다. 어옹이 떠난 자리로 구름이 따라온다는 낭만적 표현.

詩意

어옹을 그림 속의 한가운데 배치한 뒤 그 주변을 시간에 따라 묘사하였다. 저녁 – 밤 – 새벽 – 아침 – 한낮으로 시간이 가면서 어옹은 배를 댄 다음에 – 잠자고 – 물 길어 밥 짓고 – 어옹이 떠나 안 보이고 – 그곳엔 구름만 떠 있다는 시각적 묘사에 뛰어난 정경을 보여준다.

모든 것이 정지되어 움직임이 없는 것 같지만 사실은 모든 것이 다 움직였다. 이런 묘사가 가능한 것은 시인의 외공(外功)은 물론 내공의 실력이 있기 때문이다. 곧 자연과 인간을 일치시키며 살았기에 이런 표현이 가능할 것이다. 유종원이 '영정개혁'의 실패로 영주사마로 폄직될 때, 그는 33세였고 67세의 노모를 모시고 부임했는데 거처가 없어 용흥사(龍興寺)라는 절에서 살았다고 한다. 244 <강설(江雪)> 참고.

071. 長恨歌(장한가) 장한가 ● 白居易 백거이

(120구로 짜여 본 ≪당시삼백수≫에서 가장 장편이다.
주제에 따라 4단으로 나누어 역주하였다)

(一)

한황중색사경국 어우다년구부득
漢皇重色思傾國 御宇多年求不得

양가유녀초장성 양재심규인미식
楊家有女初長成 養在深閨人未識

천생여질난자기 일조선재군왕측
天生麗質難自棄 一朝選在君王側

회모일소백미생 육궁분대무안색
廻眸一笑百媚生 六宮粉黛無顔色

춘한사욕화청지 온천수활세응지
春寒賜浴華清池 溫泉水滑洗凝脂

시아부기교무력 시시신승은택시
侍兒扶起嬌無力 始是新承恩澤時

운빈화안금보요 부용장난도춘소
雲鬢花顔金步搖 芙蓉帳暖度春宵

춘소고단일고기 종차군왕부조조
春宵苦短日高起 從此君王不早朝

승환시연무한가　춘종춘유야전야
承歡侍宴無閑暇　春從春遊夜專夜

후궁가려삼천인　삼천총애재일신
後宮佳麗三千人　三千寵愛在一身

금옥장성교시야　옥루연파취화춘
金屋粧成嬌侍夜　玉樓宴罷醉和春

자매제형개열토　가련광채생문호
姊妹弟兄皆列土　可憐光彩生門戶

수령천하부모심　부중생남중생녀
遂令天下父母心　不重生男重生女

한황漢皇은 미인을 좋아하여 경국지색을 바랐는데
천하를 다스린 지 오래지만 얻지 못했네.
양씨 가문의 딸이 막 장성하였는데
깊은 안채에서 자라 남들이 알지 못했네.
천생 아름다운 자질을 그냥 버릴 수 없었으니
어느 날 뽑혀 황제 옆에 있게 되었다네.
고운 눈짓 한번 웃으면 온갖 교태가 나오니
육궁 미인 모두 그 미모를 잃었네.
봄날 춥다고 화청지에 목욕하라 했는데
온천 물이 매끄럽게 고운 피부를 씻겼네.
시녀 부축 받아 걸을 때 힘없어 예쁘니
처음 새 은총을 받기 시작할 때였네.
구름머리 꽃 같은 얼굴 흔들리는 황금 노리개에
부용 그린 휘장 안 따뜻하게 봄밤을 보냈네.
봄밤은 너무 짧아 해가 높아야 일어나니

이로부터 군왕은 아침 조례를 걸렀네.
사랑 받으며 놀이 모시느라 한가한 틈도 없고
봄엔 봄놀이 가고 밤에는 밤새 모셨다네.
후궁 미인 삼천 명이지만
삼천 총애를 혼자 다 차지했네.
금옥金屋에선 단장하고 밤 시중을 곱게 들고
옥루에서 잔치 끝나 봄바람에 취한다네.
자매와 형제가 모두 봉토를 받았으니
부러운 광채가 그 가문에서 솟아나네.
그래서 이 세상 부모들 마음에
아들 낳기보다 딸이 더 좋더라 하게 만들었네.

作者 백거이(白居易, 772-846) - 중당(中唐)의 대표시인

자(字)는 낙천(樂天), 호는 향산거사(香山居士), 취음선생(醉吟先生)이다. 조적(祖籍)은 산서 태원(太原)으로 호족(胡族)의 후예라고 한다. 하남의 신정(新鄭)에서 출생하였다. 백거이가 활동하던 시기는 안사의 난 이후 사회 풍조가 바뀌어 낮은 계층 출신도 고관으로 승진할 수 있는 기회가 열려진 시대였다. 때문에 백거이는 중앙정부의 고관까지 승진할 수 있었다.

덕종 정원(貞元) 16년(800)에 진사과에 급제한 뒤 한림학사, 좌습유 등을 역임하였다. 우이(牛李)당쟁

에 휘말리지는 않았지만 한때 충주자사(忠州刺史)로 좌천되었다가 복귀하여 형부상서 등을 역임하고 75세에 죽었다.

신악부 운동을 주창하면서 문학은 실생활과 유리될 수 없다고 하였다. 그는 문학의 사회적 작용을 중시하여 예술을 위한 문학이 아니라 인간과 사회를 위한 문학을 해야 한다고 주장하였다. 곧 '문장은 시대에 맞게 지어야 하고(文章合爲時而著), 시가는 실제를 위해 창작되어야 한다(歌詩合爲事而作)'면서 실질을 떠나 미사여구(美辭麗句)나 늘어놓는 문학에 반대하였다.

중당을 대표하는 시인으로 특히 장시(長詩)에 능했으며, 시 3,000여 수가 전한다고 하니 다작(多作)의 작가임에는 틀림이 없다. 시는 풍유시, 한적시, 그리고 감상시 등으로 대별할 수 있다. <진중음(秦中吟)> 10수와 <신악부> 50수는 풍유시의 대표작으로 당시 백성들의 어려운 생활을 사실대로 묘사하였다. 본 <장한가>와 <비파행(琵琶行)>은 감상시에 속한다. 시는 평이하면서도 인정에 가까워 어린이나 노파, 보졸(步卒) 등 누구나 다 읽고 감상할 수 있다고 하였다.

<취음선생전(醉吟先生傳)>은 그의 자서전이라 할 수 있고, 산문으로 가장 유명한 것은 <여원구서(與元九書)>인데 그와 원진(元稹)과의 우정을 알 수 있다. <여원구서>에 나오는 '달즉겸제천하 궁즉독선기신(達則兼濟天下窮則獨善其身)'은 그의 인생철학이라 할 수 있다.

문학적 동지인 원진과 함께 '원백(元白)'이라 칭하며, 유우석(劉禹錫)과 창화(唱和)한 시가 매우 많은데 사람들은 '백유(白劉)'라 병칭한다.

낙양 근교에 우리나라 관광객이 많이 찾는 용문 석굴이 있고, 하천을 하나 건너면 향산(香山)인데 그곳에 백거이의 묘와 초당이 있다.

註釋

▶ <長恨歌(장한가)> : 당 현종(玄宗, 재위 712~756)과 양귀비(楊貴妃)의 사랑과 비극을 읊은 장편서사시이다. 안록산의 난을 피해 촉(蜀)으로 피난 가던 도중 마외파(馬嵬坡)에 이르자 현종의 근위병들이 양귀비의 사촌인 양국충(楊國忠)을 죽이고 이어 양귀비마저 처단할 것을 강력히 요구하

였다. 안록산에게 쫓기는 몸인 현종은 어쩔 수 없어 거부하지 못하고 머뭇대자 환관 고력사(高力士)가 귀비에게 비단 한 필을 전한다. 귀비는 마외파 역관 내 배나무에 목을 맨다. 당시 현종의 나이는 71세였고, 양귀비는 38세였다. 그 후 난이 진압되고 다시 환궁한 늙은 현종은 비탄에 젖어 몽매간(夢寐間)에도 양귀비를 연모했다. 이렇듯 애절했던 현종의 슬픈 사랑 이야기를 백거이가 한 무제(漢武帝)와 이부인(李夫人)의 고사에 가탁하여 생생하게 그렸다.

▶ 漢皇重色思傾國(한황중색사경국) : 漢皇(한황) - 한 무제. 실은 현종이다. 당(唐)의 신하로서 직접 황제를 거론할 수가 없어 한황이라고 한 것이다. 많은 시인들도 이런 표현을 즐겨 썼으니 예를 들어 한군(漢軍)은 당나라 군사로 통한다. 重色(중색) - 여색(미녀)을 좋아하다. 한황이라 했으니 중색이라 표현할 수 있었다. 思傾國(사경국) - 경국지색(傾國之色)을

양귀비(楊貴妃) 초상

그리워하다. 한 무제 때 악부(樂府) 협률도위(協律都尉)였던 이연년(李延年)의 노래에 이런 내용이 있다. '북방에 미인이 있으니 온 세상에서 홀로 뛰어났도다. 그 미인을 한 번 보면 성이 기울고, 두 번 보면 나라를 망치게 된다. 성이나 나라 망하는 줄을 모를지언정 그런 미인은 다시 얻을 수 없으리라(北方有佳人 遺世而獨立. 一顧傾人城 再顧傾人國. 寧不知傾城與傾國 佳人難再得).'

▶ 御宇多年求不得(어우다년구부득) : 御 거느릴 어. 다스리다(治也). 宇 집 우. 하늘 아래 상하사방. 현종은 712년에 제위에 올라 756년 안록산의 난 와중에 아들 숙종에게 양위할 때까지 45년간 제위에 있었다. 그 후 762년에 현종은 서거(逝去)했고 안록산의 난은 763년에 종결된다. 求不得(구부득) - 미인을 찾지 못했다. 현종은 첫 번째인 원헌황후(元獻皇后)를 잃었다. 이어 개원 25년(737)에는 무혜비(武惠妃)를 잃었다. 현종은 천보 4년(745), 양태진(楊太眞)을 귀비로 삼았다. (귀비는) 죽은 촉주(蜀州)의 사호(司戶) 양현염(楊玄琰)의 딸이었다. 현종의 아들 수왕(壽王)의 비가 된 지 10년이었다. 현종은 그녀의 미모를 본 뒤에 (태진이) 스스로 여관(女官, 여도사)이 되기를 희망한다고 하여, 수왕에게는 다른 비와 결혼시킨 다음에 뒷날 귀비로 맞이하였다.

▶ 楊家有女初長成(양가유녀초장성) : 양귀비는 촉에서 출생했고 처음 이름은 옥환(玉環)이라 했다. 어려서 부모를 잃고 숙부 손에서 성장했다.

▶ 養在深閨人未識(양재심규인미식) : 閨 규방 규. 궁중의 작은 문, 여자의 거실. 원래 양옥환은 현종의 18자 수왕의 비였는데 현종의 제1충신이며 환관인 고력사가 발견하고 현종과 만나게 한다.

▶ 天生麗質難自棄(천생여질난자기) : 麗質(여질) - 아름다운 바탕, 소질, 품. 棄 버릴 기. 難自棄(난자기) - 스스로 쓰러지거나 남에게 버려지지 않는다는 뜻. 미인은 반드시 남에게 취해지게 마련이다.

▶ 一朝選在君王側(일조선재군왕측) : 側 곁 측. 로맨스이기에 미화되었지만 비도덕적 결합이었다.

▶ 廻眸一笑百媚生(회모일소백미생) : 廻 돌 회. 眸 눈동자 모. 媚 아첨할

미. 아양. 百媚生(백미생) – 온갖 미태가 나오다.

▶ 六宮粉黛無顔色(육궁분대무안색) : 六宮(육궁) – 황제는 황후 1인 외에 4부인(귀비, 숙비, 덕비, 현비 각 1인, 정1품)과 구빈(九嬪, 소의, 소용 등 9인, 정2품), 첩여(婕妤, 9인, 정3품)와 미인(9인, 정4품), 재인(才人, 9인, 정5품)을 거느릴 수 있었다. 黛 눈썹먹 대. 無顔色(무안색) – 미모가 없었다.

▶ 春寒賜浴華淸池(춘한사욕화청지) : 華淸池(화청지) – 여산(驪山, 섬서성 임동현)에 있는 온천. 당 고종이 장안 동쪽인 이곳에 이궁(離宮)을 지었다. 유명한 관광지로, 국공합작(國共合作)의 계기가 된 서안사변(西安事變, 1936. 12.12)도 이곳에서 발발했다.

▶ 溫泉水滑洗凝脂(온천수활세응지) : 희고 고운 피부 상태를 표현한 말. 凝 엉길 응. 脂 기름 지.

▶ 侍兒扶起嬌無力(시아부기교무력) : 扶起(부기) – 부축을 받아 걷다. 嬌 아리따울 교.

▶ 始是新承恩澤時(시시신승은택시) : 처음으로 천자의 사랑을 받다.

▶ 雲鬢花顔金步搖(운빈화안금보요) : 鬢 귀밑 털 빈. 雲鬢(운빈) – 구름 같은 머리 모양. 운빈화안은 미인의 형용. 搖 흔들릴 요.

▶ 芙蓉帳暖度春宵(부용장난도춘소) : 芙蓉帳暖(부용장난) – 부용꽃이 그려진 휘장은 따뜻하다. 宵 밤 소.

▶ 春宵苦短日高起(춘소고단일고기) : 苦短(고단) – 정말로 짧다. 고(苦)는 고통스럽다, ~ 때문에 고생하다, 지나치다, 심하다.

▶ 從此君王不早朝(종차군왕부조조) : 從此(종차) – 이로부터. 君王(군왕) – 현종. 不早朝(부조조) – 아침 조례를 하지 못하다.

▶ 承歡侍宴無閑暇(승환시연무한가) : 承歡(승환) – 환심을 사다, 기분을 맞춰주다. 侍宴(시연) – 연회에서 모시다.

▶ 春從春遊夜專夜(춘종춘유야전야) : 봄에는 춘유를 따라가고, 밤에는 밤을 전담하였다.

▶ 後宮佳麗三千人(후궁가려삼천인) : 佳麗(가려) – 미인.

▶ 三千寵愛在一身(삼천총애재일신) : 寵 굍 총. 괴다, 특별히 귀여워하며 사랑하다.

▶ 金屋粧成嬌侍夜(금옥장성교시야) : 金屋(금옥) – 사랑하는 여인의 거처. 粧成(장성) – 단장을 하다. 嬌 아리따울 교. 한 무제 때의 미인 아교(阿嬌). 嬌侍夜(교시야) – 아교처럼 밤에도 시중을 들다.

▶ 玉樓宴罷醉和春(옥루연파취화춘) : 宴罷(연파) – 연락이 끝나다. 醉和春(취화춘) – 취해서 봄날처럼 온화하였다, 두 사람에게 봄바람 같은 훈풍이 돈다.

▶ 姉妹弟兄皆列土(자매제형개열토) : 列(열) – 裂(찢을 열). 토지를 신하에게 봉해 주는 것을 열토라 함. 귀비의 여자 형제들이 모두 부인의 호칭을 받았고, 귀비의 사촌오빠인 양쇠(楊釗)는 국충(國忠)이라는 이름을 하사받고 각종 권력과 이권을 누렸다.

▶ 可憐光彩生門戶(가련광채생문호) : 可憐(가련) – 부러워하다. 門戶(문호) – (양씨) 집안, 가문.

▶ 遂令天下父母心(수령천하부모심) : 遂 이를 수. 마침내. 令 우두머리 령. ~로 하여금.

▶ 不重生男重生女(부중생남중생녀) : 딸을 낳았다고 슬퍼 말며(生女勿悲酸) 아들을 낳았다고 좋아하지 말라(生男勿喜歡). 오히려 딸이 더 좋다. 중국 속담에 '가난해도 아들이 있다면 가난하지 않고, 부자지만 아들이 없다면 부자가 아니다.(貧而有子非貧 富而無子非富)'라 하였는데 '중생녀'는 아마 한때 하는 말이었을 것이다.

參考 현종과 양귀비의 비도덕적 결합

개원 25년(737)에 현종이 총애하던 무혜비(武惠妃)가 죽었다. 후궁에 아무리 미인이 많다지만 현종의 뜻에 맞는 여인이 없었다. 이에 18자인 수왕(壽王)의 왕비 양씨(楊氏)가 미인이라는 말을 듣고 자신의 며느리를 불러 보니 과연 미인이었다. 양씨는 양현염의 딸로 촉(蜀)에서 태어났지만 10세에 부친을 여의고 숙부의 손에 양육되다가 16세인 735년에 수왕 이모(李瑁)의 비가 되었고 이미 두 아들을 낳았다.

현종은 양씨를 만나본 뒤, 모친인 두태후(竇太后)의 명복을 빌게 한다는 이유로 양씨를 여도사로 만들어 도관(道觀, 도교 사원)에 밀어 넣고 도호(道號)를 태진(太眞)이라 했다. 아들 수왕을 재혼시키고, 한 달 뒤에 태진은 환속하여 귀비로 책봉되는데(745) 이때 귀비는 26세, 현종은 61세의 노인이었다. 귀비는 756년까지 12년간 현종의 총애를 독점했다. 현종은 712년 28세에 즉위하여 756년까지 45년을 재위하고, 762년 78세에 죽는다.

사실 양귀비와 현종의 결합과 애정은 비도덕적이고 비정상적이었다. 기운이 왕성하고 풍류를 아는 황제라는 점을 감안하더라도, 자신의 며느리를 강제로 이혼케 하여 아내로 맞이했다는 자체가 비도덕적이었다. 결국 '안사(安史)의 난'으로 양귀비는 마외파의 역관에서 목을 매어야 했고, 현종은 슬픔과 실의 속에서 제위를 아들에게 넘겨주어야 했다. 말하자면 '안사의 난'과 당의 국운이 기우는 계기가 된 것은 현종과 귀비의 애정 때문이었다.

그 이전 현종의 할아버지인 고종(高宗)은 아버지 태종(太宗)의 후궁인 무재인(武才人, 무후武后)을 절에서 데려와 황후로 삼았는데 물론 애틋한 사랑이 있었다고는 하지만 그 결과는 당 왕조의 중간 단절이란 엄청난 파장을 불러왔다.

측천무후(則天武后)

이러한 비정상적인 애정은 태종도 예외가 아니었다. 태종은 '현무문(玄武門)의 변'을 통해 동생인 제왕(齊王) 이원길(李元吉)을 죽이고 그 아내 곧 제수를 데려다가 사랑하고 그 사이에 소생을 얻기도 했다.
'정관(貞觀)의 치(治)'라는 선정을 행한 태종이 무씨(武氏)를 궁으로 불러들인 결과 측천무후의 등장을 초래했고, '개원(開元)의 치(治)'를 이룩한 현종이 양귀비를 사랑한 결과는 안사의 난과 당나라의 쇠퇴를 불러오는 단초가 되었다.
그래서 제왕이건 범인이건 모든 행실이 도덕적이어야 한다는 교훈이 통하는 것이다. 아무런 실효가 없어 보이는 인륜이라는 도덕이 인간의 삶에서 가장 중요하다는 것을 알아야 한다.

(二)

여궁고처입청운　선악풍표처처문
驪宮高處入青雲　仙樂風飄處處聞

완가만무응사죽　진일군왕간부족
緩歌慢舞凝絲竹　盡日君王看不足

어양비고동지래　경파예상우의곡
漁陽鞞鼓動地來　驚破霓裳羽衣曲

구중성궐연진생　천승만기서남행
九重城闕煙塵生　千乘萬騎西南行

취화요요행부지　서출도문백여리
翠華搖搖行復止　西出都門百餘里

육군불발무내하　완전아미마전사
六軍不發無奈何　宛轉蛾眉馬前死

화전위지무인수　취교금작옥소두
花鈿委地無人收　翠翹金雀玉搔頭

군왕엄면구부득　회간혈루상화류
君王掩面救不得　廻看血淚相和流

황애산만풍소삭　운잔영우등검각
黃埃散漫風蕭索　雲棧縈紆登劍閣

아미산하소인행　정기무광일색박
蛾嵋山下少人行　旌旗無光日色薄

촉강수벽촉산청　성주조조모모정
蜀江水碧蜀山青　聖主朝朝暮暮情

행궁견월상심색　야우문령장단성
行宮見月傷心色　夜雨聞鈴腸斷聲

여산 궁궐 높아 청운 위로 솟았고
선악仙樂은 바람 타고 곳곳에서 들렸네.
긴 가락 늘어진 춤이 음악에 어울리니
종일토록 보아도 군왕은 더 보고 싶어 했네.
어양漁陽의 북소리가 땅을 흔들며 들어오니
예상우의곡은 놀라 멈췄네.
구중의 궁궐에 연기와 먼지로 휩싸이고
천승만기의 황제는 서남으로 떠났네.
푸른 덮개 흔들흔들 가다간 다시 서니
서쪽 도성 문을 나서 백 여리를 갔었다.
육군이 움직이질 않으니 어찌할 수 없고
아름다운 누에 눈썹 미인이 말 앞에서 죽었다네.
꽃비녀가 땅에 떨어져도 줍는 사람 없고
비취 날개와 금관 장식, 옥비녀도 버려졌네.
군왕은 얼굴을 가리고 어쩌지 못하더니
가다가 돌아보며 피눈물을 흘리네.
누런 먼지 크게 일고 바람은 소슬한데

구름길 잔도는 구불구불 검각으로 이어졌다.
아미산 아래 다니는 사람 없고
정기도 빛을 잃고 날은 저물었다.
촉 땅의 강물 푸르고 산도 푸르다만
성주聖主는 아침마다 저녁마다 옛 정이 그립다.
행궁에 비친 달빛은 마음을 울리고
밤비에 듣는 풍경은 애를 끊는 소리더라.

註釋

▸ 驪宮高處入靑雲(여궁고처입청운) : 驪 검은 말 려. 驪宮(여궁) - 여산의 궁전, 화청궁(華淸宮).

▸ 仙樂風飄處處聞(선악풍표처처문) : 仙樂(선악) - 선인의 풍악. 飄 회오리바람 표. 나부끼다, 소리가 맑고 긴 모양. 風飄(풍표) - 바람결에 들려오다.

▸ 緩歌慢舞凝絲竹(완가만무응사죽) : 緩 느릴 완. 慢 게으를 만. 慢舞(만무) - 느릿느릿 흐느적거리는 춤. 凝 엉길 응. 絲竹(사죽) - 악기의 총칭. 사는 현악기, 죽은 관악기.

▸ 盡日君王看不足(진일군왕간부족) : 盡日(진일) - 온종일. 看不足(간부족) - 보아도 흡족하지 않다, 더 보고 싶다는 뜻. '마음에 안 든다'는 뜻으로는 '간불상(看不上).'

▸ 漁陽鞞鼓動地來(어양비고동지래) : 漁陽(어양) - 지금의 하북성 계현(薊縣). 북경 부근. 鞞(비) - 말 위에서 치는 북 비. 鞞鼓(비고) - 전고(戰鼓). 動地來(동지래) - 땅을 흔들듯 밀려오다. 이 구절은 천보 14년(655) 안록산의 난이 발생했다는 뜻이다. 안록산은 범양(范陽) 등 3개 절도사를 겸직하고 있었다. 어양은 안록산의 관할 지역이었는데 여기서 반란을 일으켰다고 한 것은 이곳에서 한대에 팽총(彭寵)의 반란이 있었기 때문에 이를 당겨서 쓴 것이다.

▸ 驚破霓裳羽衣曲(경파예상우의곡) : 霓 무지개 예. 裳 치마 상. 霓裳羽衣

曲(예상우의곡) - 당대 궁정 가무곡의 대표작으로 알려졌다.

▸ 九重城闕煙塵生(구중성궐연진생) : 闕 대궐 궐. 煙塵(연진) - 연기와 먼지. 전란에 따른 방화와 피난.

▸ 千乘萬騎西南行(천승만기서남행) : 千乘萬騎(천승만기) - 황제의 행차. 乘(승) - 4필의 말이 끄는 전거(戰車) 하나. 西南行(서남행) - 장안에서 촉(蜀)은 서남쪽이다.

▸ 翠華搖搖行復止(취화요요행부지) : 翠華(취화) - 황제의 수레 덮개와 정기(旌旗). 황제의 의장용 깃발. 搖 흔들릴 요. 搖搖(요요) - 흔들리는 모양. 行復止(행부지) - 가다가 다시 서다, 행군 중 자주 멈추다.

▸ 西出都門百餘里(서출도문백여리) : 都門(도문) - 도성의 문(서쪽 연추문延秋門). 百餘里(백여리) - 장안 서쪽 백여리에 마외파 역관이 있었다.

▸ 六軍不發無奈何(육군불발무내하) : 六軍(육군) - 《주례(周禮)》에 보면 천자의 군대는 6군, 대국은 3군, 차국(次國)은 2군, 소국은 1군이라 했다(1군은 12,500명). 육군은 천자의 전군(全軍)의 뜻. 당시 현종을 호위한 근위병 사령관은 진현례(陳玄禮)였다. 無奈何(무내하) - 어찌할 도리가 없었다.

▸ 宛轉蛾眉馬前死(완전아미마전사) : 宛 굽을 완. 부드럽다, 온유하다. 轉 구를 전. 宛轉(완전) - 은근하고 온유한 모양. 蛾 나방 아. 眉 눈썹 미. 蛾眉(아미) - 미인을 의미.

▸ 花鈿委地無人收(화전위지무인수) : 鈿 비녀 전. 委 맡길 위. 버리다.

▸ 翠翹金雀玉搔頭(취교금작옥소두) : 翠 푸를 취. 翹 꼬리의 긴 깃털 교. 翠翹(취교) - 비취란 새의 깃털 모양을 한 머리 장식. 金雀(금작) - 공작

▮ 여인의 나방 눈썹

새 모양의 금비녀. 搔 긁을 소. 玉搔頭(옥소두) - 옥잠(玉簪, 옥비녀).

▶ 君王掩面救不得(군왕엄면구부득) : 掩 가릴 엄. 掩面(엄면) - 얼굴을 감싸안다, 외면하다. 여기까지는 안록산과 양귀비의 자결을 묘사하였다.

▶ 迴看血淚相和流(회간혈루상화류) : 마외파를 떠나 촉으로 향하면서도 현종은 뒤를 돌아보며 피눈물을 흘린다는 뜻. 피와 눈물이 함께 어울려[相和] 흐른다는 뜻은 아니다.

▶ 黃埃散漫風蕭索(황애산만풍소삭) : 埃 티끌 애. 먼지. 黃埃(황애) - 황진(黃塵)과 같음. 漫 질펀할 만. 蕭索(소삭) - 처량하다.

▶ 雲棧縈紆登劍閣(운잔영우등검각) : 棧 잔도 잔. 비계(飛階). 雲棧(운잔) - 구름이 걸친 높은 곳의 잔도(棧道). 낭떠러지나 또는 험한 계곡 높은 사이에 사다리처럼 가로지른 줄다리. 縈 얽힐 영. 두르다, 돌아가다. 紆 굽을 우. 縈紆(영우) - 꾸불꾸불 돌아 오르다. 섬서성 봉현(鳳縣)에서 포성현(褒城縣)까지 420리 길은 험한 잔도로 이어졌는데 이를 연운잔도(連雲棧道)라고 부른다. 여기서는 이 길을 지적한 것은 아니지만 검각으로 가는 길의 험난함을 말한 것이다. 검각은 검문관(劍門關)으로, 촉에 들어가려면 반드시 거쳐야 하는 관문. 여기를 통과해서도 30리 잔도가 또 이어진다. 이태백의 시 <촉도난(蜀道難)>에 '촉에 가는 길은 하늘 오르기보다 더 어렵다(蜀道之難, 難於上靑天)'란 말이 실감나는 지역이다. 또 '검각은 울퉁불퉁 높아서, 일부가 관문을 막으면 만부도 뚫지 못한다(劍閣崢嶸而崔嵬, 一夫當關萬夫莫開)'고 했다.

▶ 峨嵋山下少人行(아미산하소인행) : 峨嵋山(아미산) - 사천성에 있으며, 두 개의 험하고 높은 산이 마주 솟아 있다. 여기서는 촉 땅을 의미.

▶ 旌旗無光日色薄(정기무광일색박) : 旌 천자 깃발 정. 현종 일행이 성도(成都)에 도착했을 때 관병은 단지 1,300명이었고 궁녀는 24명이었다고 한다. 日色薄(일색박) - 황혼 무렵.

▶ 蜀江水碧蜀山靑(촉강수벽촉산청) : 사천성(촉蜀)은 역사가 유구하고, 풍광도 수려하며, 물산도 풍부하여 자고로 '천부지국(天府之國)'이라 불렸

다. 2008년 5월에 사천의 문천(汶川)에 대지진이 있었다.

▶ 聖主朝朝暮暮情(성주조조모모정) : 朝朝暮暮(조조모모) - 아침마다 밤마다.

▶ 行宮見月傷心色(행궁견월상심색) : 行宮(행궁) - 황제의 임시 거처.

▶ 夜雨聞鈴腸斷聲(야우문령장단성) : 鈴 방울 령. 聞鈴(문령) - 처마의 풍경 소리. 잠 못드는 현종은 <우림령(雨霖鈴)>을 지었다.

參考 안록산(安祿山), 그는 누구인가?

안록산(703-757)의 부친은 이란계 소그디아나인(Sogdiana人, 갈족羯族의 일부)인데 본성은 강(康)씨였다고 한다. 돌궐족인 모친이 뒷날 아들 안록산을 데리고 안씨에게 재가하여 안씨 성을 사용하게 되었다. 소그디아나인들은 상업 활동이 활발했는데, 안록산은 6개 언어를 구사할 수 있었다고 한다. 안록산은 천보 원년(742)에 처음으로 평로(平盧)절도사가 되었다. 천보 6년에는 어사대부를 겸직하였으며 양귀비의 양아들이 되겠다고 하였다. 천보 9년에 안록산은 동평군왕(東平郡王)에 봉해졌다.

안록산은 몸이 비대했는데 현종이 그 배를 가리키며 물었다. "이 호인(胡人)의 배에는 무엇이 들어있는가?" 그러자 안록산은 "충성심뿐입니다."라고 대답하였다. 안록산이 궁중에 들어오면 먼저 귀비에게 절하였는데 현종이 그 까닭을 물었다. 안록산은 "호인은 어머니를 높이고 아버지는 그 다음입니다."라고 대답하였다.

안록산의 생일에는 현종이 하사하는 물건이 매우 많았다. 양귀비는 수놓은 비단으로 큰 포대기를 만들어 (안록산을 덮은 뒤에) 궁녀들이 비단 가마에 태워 들고 다니게 하였다. 현종이 떠들며 웃는 소리를 듣고 까닭을 묻자 측근들이 귀비가 아기 안록산을 목욕시킨다고 대답하였다. 현종은 귀비에게 '아기 목욕값'을 하사하였고 마음껏 즐기게 하였다.

안록산은 3개소의 절도사를 겸직했을 뿐만 아니라 어사대부라는 중앙 관직을, 동평군왕이라는 작위를 받을 만큼 현종의 신임을 얻었다. 안록산이 현종의 신임을 얻을 수 있었던 것은 양귀비의 신임을 얻을 수 있었기에 가능했다.

안록산이 양귀비의 신임을 얻을 수 있었던 것은 그의 재능이었다. 안록산의 재능은 '멍청하면서도 충직한 사람인 척하기' 곧 '완전한 위장'에 있었다. 현종이 안록산을 양귀비에게 처음 인사를 시키면서 "이 사람이 장수규(張守珪)의 양자였으니 곧 나의 양자인 셈이다."라고 말했다. 그러자 안록산은 얼른 몇 걸음 물러나 땅에 이마를 조아리며 "이 아들은 어머님의 천세(千歲)를 축원하옵니다."라고 말했다.

현종과 양귀비는 부부 이전에 시아버지와 며느리 관계였다. 일반인의 도덕 관념으로는 도저히 수용할 수 없는 관계였고, 이는 현종과 양귀비의 치명적 약점이기도 했다. 그러나 안록산의 이 재치는 두 사람의 걱정을 완전히 날려 주었다.

'뱃속에 가득 찬 것은 충성심'이라고 둘러댈 수 있는 위트도 그렇고, 생일 다음날에 아기 목욕시킨다고 큰 포대기를 덮을 때 멍청한 척 분장하면서

안록산과 양귀비의 환락(歡樂) 그림

100% 다 받아들여 양귀비를 기쁘게 했고, 덩달아 현종의 신임을 얻었다. 아들보다 나이가 어린 어머니는 세상 어디에도 없다. 그러나 안록산은 어리고 충성스러운 아들로 철저하게 분장하고 양귀비의 희롱을 받아들였다. 사실 늙은 현종과 30대의 한창 물오른 여인 양귀비, 그리고 당당한 체구에 코가 큰 안록산 - 이 세 사람의 관계가 원만할 수 있었던 것은 안록산의 충성심과 멍청한 아들 노릇 때문에 가능했을 것이다. 본래 남자의 색정(色情)을 알만큼 알고 있는 양귀비가 흔들릴 때, 어머니와 아들이라며 궁궐 깊은 곳에 출입하면서 생길 수 있는 일은 아무도 몰랐을 것이다.

(三)

천선지전회용어　도차주저불능거
天旋地轉廻龍馭　到此躊躇不能去

마외파하이토중　불견옥안공사처
馬嵬坡下泥土中　不見玉顏空死處

군신상고진첨의　동망도문신마귀
君臣相顧盡沾衣　東望都門信馬歸

귀래지원개의구　태액부용미앙류
歸來池苑皆依舊　太液芙蓉未央柳

부용여면유여미　대차여하불루수
芙蓉如面柳如眉　對此如何不淚垂

춘풍도리화개일　추우오동엽락시
春風桃李花開日　秋雨梧桐葉落時

서궁남내다추초　낙엽만계홍불소
西宮南內多秋草　落葉滿階紅不掃

이원제자백발신　초방아감청아로
梨園弟子白髮新　椒房阿監青娥老

석 전 형 비 사 초 연　고 등 도 진 미 성 면
夕殿螢飛思悄然　孤燈挑盡未成眠

지 지 종 고 초 장 야　경 경 성 하 욕 서 천
遲遲鐘鼓初長夜　耿耿星河欲曙天

원 앙 와 냉 상 화 중　비 취 금 한 수 여 공
鴛鴦瓦冷霜華重　翡翠衾寒誰與共

유 유 생 사 별 경 년　혼 백 부 증 내 입 몽
悠悠生死別經年　魂魄不曾來入夢

하늘과 땅이 돌고 돌아 어가가 돌아오는데
그곳에 도착해선 주저하며 떠나질 못하네.
마외의 고갯길 아래 진흙 속에
귀비의 옥안은 뵈지 않고 헛죽음만 남았네.
군신이 마주 보며 눈물로 옷을 적시다가
장안성 동문을 보고 말 가는 대로 돌아왔네.
돌아온 연못과 뜰은 모두 옛 그대로며
태액지 부용이 피고 미앙궁 버들도 푸른데
부용은 귀비의 얼굴이요 버들은 눈썹이니
이보고 어찌 눈물 아니 흘리리오.
봄바람에 복숭아 꽃피는 날에
가을비에 오동의 잎 지는 때도,
서궁과 남쪽 궁 안 시든 풀이 가득해도
낙엽 져서 계단 가득히 붉어도 쓸지 않았네.
이원의 젊은 자제 백발이 생겼으며
초방 아감들 고운 얼굴도 늙어버렸네.
밤에 궁전에 나는 반딧불이 서글픈 그리움이니

홀로 등불 심지 다 돋아도 잠을 못 이루네.
늦은 밤 종소리 기나긴 밤 보내니
밝던 은하수에 날이 새려 하노라.
원앙 기와 싸늘하여 서리꽃이 겹쳤는데
비취 이불 차가운데 누구 함께 덮으리오.
아득히 생사 가른 뒤로 해가 바뀌어도
혼백도 이젠 꿈속에도 뵈지 않는다네.

註釋

- 天旋地轉廻龍馭(천선지전회용어) : 旋 돌 선. 돌다. 廻 돌 회. 머리를 돌리다. 천지가 다시 회전하다. 안록산이 죽고 현종의 아들 숙종(肅宗)이 지덕(至德) 2년(757)에 장안을 수복했다. 馭 말 부릴 어. 현종은 지덕 2년 10월에 장안으로 돌아왔다.
- 到此躊躇不能去(도차주저불능거) : 到此(도차) - 돌아오는 길에 마외파에 도착하다. 躊 머뭇거릴 주. 躇 머뭇거릴 저.
- 馬嵬坡下泥土中(마외파하이토중) : 嵬 산 높을 외. 坡 고개 파. 泥 진흙 니.
- 不見玉顏空死處(불견옥안공사처) : 현종은 양귀비 시신을 다시 거두어 제사를 지냈다고 한다. 양귀비의 관에 있던 향낭(香囊)을 내시가 현종에게 보이자, 현종은 눈물을 흘렸다고 한다.
- 君臣相顧盡沾衣(군신상고진첨의) : 沾 더할 첨.
- 東望都門信馬歸(동망도문신마귀) : 信馬(신마) - 말이 가는 대로 맡기다. 현종이 제정신이 아닐 것이라는 뜻.
- 歸來池苑皆依舊(귀래지원개의구) : 池 연못 지. 화청지. 苑 나라 동산 원.
- 太液芙蓉未央柳(태액부용미앙류) : 液 진 액. 액체. 太液(태액) - 대명궁(大明宮) 안의 연못. 未央柳(미앙류) - 미앙궁의 버드나무. 미앙궁은 본래 한(漢)의 궁전 이름이지만 여기서는 당나라의 황궁.
- 芙蓉如面柳如眉(부용여면유여미) : 如面(여면) - 양귀비의 얼굴처럼 보

인다.

▸ 對此如何不淚垂(대차여하불루수) : 垂 드리울 수. 흘리다.

▸ 春風桃李花開日(춘풍도리화개일) : 桃李(도리) - 복숭아.

▸ 秋雨梧桐葉落時(추우오동엽락시) : 梧桐(오동) - 가을을 상징하는 나무.

▸ 西宮南內多秋草(서궁남내다추초) : 西宮(서궁) - 태극궁(太極宮). 南內(남내) - 흥경궁(興慶宮). 현종은 흥경궁에 있다가 숙종 상원(上元) 1년(760) 7월에 서궁인 감로전(甘露殿)으로 옮겼는데 사실상 연금 상태였다고 한다. 물론 아들 숙종과의 관계도 원만하지 못했다.

▸ 落葉滿階紅不掃(낙엽만계홍불소) : 滿階(만계) - 계단에 가득하다.

▸ 梨園弟子白髮新(이원제자백발신) : 梨園弟子(이원제자) - 현종이 설치한 교방(敎坊)의 하나. 가무와 잡기를 가르치는 예인(藝人) 300명을 모아 이원에서 교습하였고 그 예인들을 이원제자라 하였다. 또 가무를 배우는 궁녀 수백 명을 뽑아 의춘북원(宜春北苑)에 수용하고 이들도 이원제자라 불렀다.

▸ 椒房阿監靑娥老(초방아감청아로) : 椒 산초나무 초. 후추. 椒房(초방) - 여러 후궁들의 거처. 후추를 섞어 벽에 바른 방. 이렇게 하면 아들을 낳는다는 믿음이 있었다. 阿監(아감) - 후궁의 시중을 드는 여관(女官). 靑娥(청아) - 젊고 아름다운 얼굴, 젊은 미녀, 여관.

▸ 夕殿螢飛思悄然(석전형비사초연) : 螢 반딧불 형. 悄 근심할 초. 悄然(초연) - 처량하고 서글프다.

▸ 孤燈挑盡未成眠(고등도진미성면) : 挑 휠 도. 돋우다, 등불의 심지를 돋우다.

▸ 遲遲鐘鼓初長夜(지지종고초장야) : 遲遲(지지) - 잠 못 이루는 밤은 시간이 더 천천히 흐른다.

▸ 耿耿星河欲曙天(경경성하욕서천) : 耿 빛날 경. 耿耿(경경) - 별이 반짝이는 모양. 星河(성하) - 은하수. 曙 새벽 서.

▸ 鴛鴦瓦冷霜華重(원앙와냉상화중) : 鴛鴦瓦(원앙와) - 원앙새 모양으로 짝을 맞추어 만든 기와. 重(중) - 겹치다. 여기서는 서리가 많이 내리다.

▸ 翡翠衾寒誰與共(비취금한수여공) : 翡 파랄 비. 翠 푸를 취. 비취새의

수컷이 비(翡), 암컷은 취(翠). 衾 이불 금. 誰與共(수여공) - 누구와 함께할 것인가?

▶ 悠悠生死別經年(유유생사별경년) : 悠 멀 유. 悠悠(유유) - 까마득히 먼 모양. 經年(경년) - 한 해가 지나다.

▶ 魂魄不曾來入夢(혼백부증내입몽) : 魂魄(혼백) - 양귀비의 혼백. 入夢(입몽) - 현종의 꿈에 나타나다.

參考 현종과 양귀비의 사랑

섬서성 서안 동쪽 진령산맥(秦嶺山脈)의 한 줄기인 여산(驪山)은 동서 약 25km, 남북 14km, 해발 최고 1302m의 큰 산이다. 여산의 이름은 멀리서 보면 흑색의 준마처럼 보인다 하여 '검은 말 려(驪)'로 이름이 지어졌다.

이 여산 아래에 현종과 양귀비의 사랑의 무대인 유명한 온천 화청지(華淸池)가 있다. 화청지는 수려한 풍경과 질 좋은 지하 온천수로 역대 제왕들의 관심을 받아왔다. 서주(西周)의 유왕(幽王)은 여기서 봉화를 올려 제후들을

화청지(華淸池)

농락했고, 진시황(秦始皇)이나 한 무제(漢武帝)도 모두 이곳에 행궁을 설치했다. 여기에는 태종의 목욕탕인 성신탕(星辰湯)과 현종과 귀비의 침소인 비상전(飛霜殿), 연화탕(蓮花湯) 등 유적이 남아 있다.

현종과 양귀비의 사랑이 참된 애정이었는가?

사실 이런 물음은 어리석은 질문이다. 현종은 60세가 넘은 노인이었고 양귀비는 20대 후반의 풍만한 육체와 고운 피부를 가진 여인이었다. 노인이 탐하는 욕정이고, 귀비는 그 상대가 황제라서 사랑하지 않을 수 없었으니 참사랑은 아닐 것이라는 합리적(?) 주장이 반드시 맞지는 않을 것이다. 왜냐하면 애정이라는 감정은 합리적 이성으로 설명될 수 없기 때문이다. 분명 20대와 60대의 사고와 감정이 다르고, 육체적 능력에서 차이가 있는 것은 사실이지만 애정이라는 감정이 20대에는 순수하고 60대는 그렇지 못하다고 단언할 수 있겠는가?

젊었을 적에 누구보다도 풍류를 알고 풍류를 즐긴 현종이었으며 정치에 마음을 쓰다 보니, 그리고 재위 기간이 오래이다 보니 해이해질 때가 된 것은 확실하다. 그렇다고 하여 그 사랑이 참사랑이 아니라고 할 수 있겠는가? 하여튼 알 수 없고 세속적인 잣대로 잴 수 없으며 헤아릴 수 없는 것이 애정이다.

(四)

임공도사홍도객　능이정성치혼백

臨邛道士鴻都客　能以精誠致魂魄

위감군왕전전사　수교방사은근멱

爲感君王展轉思　遂敎方士殷勤覓

배공어기분여전　승천입지구지편

排空馭氣奔如電　昇天入地求之遍

상궁벽락하황천　양처망망개불견

上窮碧落下黃泉　兩處茫茫皆不見

홀문해외유선산　산재허무표묘간
忽聞海外有仙山　山在虛無縹緲間

누각영롱오운기　기중작약다선자
樓閣玲瓏五雲起　其中綽約多仙子

중유일인자태진　설부화모참치시
中有一人字太眞　雪膚花貌參差是

금궐서상고옥경　전교소옥보쌍성
金闕西廂叩玉扃　轉敎小玉報雙成

문도한가천자사　구화장리몽혼경
聞道漢家天子使　九華帳裏夢魂驚

남의추침기배회　주박은병이리개
攬衣推枕起徘徊　珠箔銀屛迤邐開

운계반편신수각　화관부정하당래
雲髻半偏新睡覺　花冠不整下堂來

풍취선몌표요거　유사예상우의무
風吹仙袂飄颻擧　猶似霓裳羽衣舞

옥용적막누난간　이화일지춘대우
玉容寂寞淚闌干　梨花一枝春帶雨

함정응제사군왕　일별음용양묘망
含情凝睇謝君王　一別音容兩渺茫

소양전리은애절　봉래궁중일월장
昭陽殿裏恩愛絶　蓬萊宮中日月長

회두하망인환처　불견장안견진무
迴頭下望人寰處　不見長安見塵霧

유장구물표심정　전합금차기장거
唯將舊物表深情　鈿合金釵寄將去

차류일고합일선　차벽황금합분전
釵留一股合一扇　釵擘黃金合分鈿

단교심사금전견　천상인간회상견
但教心似金鈿堅　天上人間會相見

임별은근중기사　사중유서양심지
臨別殷勤重寄詞　詞中有誓兩心知

칠월칠일장생전　야반무인사어시
七月七日長生殿　夜半無人私語時

재천원작비익조　재지원위연리지
在天願作比翼鳥　在地願爲連理枝

천장지구유시진　차한면면무절기
天長地久有時盡　此恨緜緜無絕期

장안에 온 나그네 임공의 도사는
정성으로 혼백을 불러올 수 있다 하였네.
군왕의 전전반측 그리움에 감동하여
마침내 방사方士를 시켜 은근히 찾게 하였네.
허공을 가르고 구름 몰고 번개처럼 달려
하늘에 오르고 땅속을 뒤져 두루 찾았다네.
위로는 하늘 끝 아래로는 황천까지
두 곳이 망망하여 다 보이지 않았네.
홀연히 듣기에 바다 멀리 신선의 땅이 있어
신산은 허공 속 아득한 그곳이라네.
누각은 영롱하고 오색구름 피어나
그 안에 가냘프고 예쁜 신선들이 많았네.
그 중에 한 사람 태진이라 하는데
하얀 피부 꽃다운 얼굴 거의 같았다네.
황금 대궐 서쪽 채의 옥고리를 두드려

소옥小玉을 시켜 쌍성雙成에게 알리라 하였네.
한가漢家의 천자가 사람 보냈다는 말 듣고
아름다운 휘장 안 꿈꾸던 혼령이 놀라 깨었네.
윗옷을 걸치고 침석을 차고 일어나 서둘러
구슬 박힌 주렴과 은병풍이 차례로 열렸다네.
구름머리 기운 채 선잠을 금방 깬 듯
화관도 못다 한 채 옥당서 내려왔네.
바람이 불어 옷소매가 가벼이 흔들리니
마치 예상우의 춤을 추는 듯하네.
고운 얼굴은 쓸쓸한 듯 눈물 마구 흘리니
이화 한 가지가 봄비에 젖는 듯했네.
정을 머금고 눈물지며 군왕에 감사하고
이별 뒤로는 소리나 모습도 아득하다네.
소양전 살면서 받던 사랑 끊긴 뒤
봉래궁 안에서 긴긴 세월 보낸다네.
머리를 돌려 인간 세상 내려다보아도
장안은 아니 보이고 먼지 낀 구름만 보인다네.
오로지 쓰던 물건으로 깊은 그리움을 표하나니
자개 향합과 금비녀를 가지고 가라 하네.
비녀 한 쪽 향합 한 편을 남겨 놓았으니
비녀를 나누고 황금 향합 나눠 두었다네.
다만 마음을 금비녀처럼 굳게 가진다면
천상과 속세지만 만나볼 수 있으리다.
헤어지며 은근히 거듭 부탁 말을 하며
말 속에 둘이만 아는 맹서 있다 하였네.

칠월칠일 장생전에서
한밤 아무도 모르게 속삭일 적에
하늘이라면 비익조比翼鳥가 되고 싶다며
땅에서라면 연리지連理枝가 되길 빈다고 했네.
천지가 오래 간다지만 다할 때 있으나
우리의 한은 이어져서 끝날 날 없으리!

註釋

▶ 臨邛道士鴻都客(임공도사홍도객) : 邛 언덕 공. 臨邛(임공) - 지금의 사천성 공래현(邛崍縣). 鴻都客(홍도객) - 한대(漢代)에는 도성을 홍도라고 했다. 그리고 도사를 홍도객이라고도 하는데 '하늘에서 도성에 온 손님'이란 뜻이다.

▶ 能以精誠致魂魄(능이정성치혼백) : 致魂魄(치혼백) - 망자(亡者)의 혼백을 불러오다.

▶ 爲感君王展轉思(위감군왕전전사) : 展轉思(전전사) - 사무치는 그리움에 잠 못 이루고 엎치락뒤치락하다.

▶ 遂教方士殷勤覓(수교방사은근멱) : 遂 이룰 수. 곧, 즉시. 教(교) - 사역의 의미로 ~하게 하다(叫와 같음). 方士(방사) - 도사, 방술을 지닌 사람. 殷勤(은근) - 정성스레, 따스하면서도 빈틈없다. 覓 찾을 멱.

▶ 排空馭氣奔如電(배공어기분여전) : 排 밀쳐낼 배. 排空(배공) - 하늘에 날다. 배운(排雲)이라고 한 판본도 있다. 馭 말 부릴 어. 馭氣(어기) - 바람을 몰아. 排空馭氣(배공어기) - 구름을 타고 바람을 몰아. 奔 달아날 분. 내달리다.

▶ 昇天入地求之遍(승천입지구지편) : 之(지) - 양귀비. 遍 두루 편.

▶ 上窮碧落下黃泉(상궁벽락하황천) : 窮 다할 궁. 끝까지. 碧落(벽락) - 도가에서 말하는 하늘[靑天]. 黃泉(황천) - 지하.

▶ 兩處茫茫皆不見(양처망망개불견) : 兩處(양처) - 하늘 끝과 황천. 茫茫

(망망) - 막연하다, 아득하고 텅 비었다.

▶ 忽聞海外有仙山(홀문해외유선산) : 海外(해외) - 바다 멀리.

▶ 山在虛無縹緲間(산재허무표묘간) : 虛無(허무) - 무(無)의 세계. 縹 옥색 표. 緲 아득할 묘. 縹緲間(표묘간) - 있는 듯 없는 듯 희미한 곳에.

▶ 樓閣玲瓏五雲起(누각영롱오운기) : 玲 옥 소리 영. 옥이 박힌 모양. 瓏 옥 소리 롱. 옥이 빛나는 모양. 五雲(오운) - 오색 구름.

▶ 其中綽約多仙子(기중작약다선자) : 綽 너그러울 작. 綽約(작약) - 유약한 모양, 몸이 가냘프고 예쁜 모양. 仙子(선자) - 신선.

▶ 中有一人字太眞(중유일인자태진) : 太眞(태진) - 귀비가 현종에게 오기 전 잠시 도관(道觀)에 있을 때의 도호(道號).

▶ 雪膚花貌參差是(설부화모참치시) : 膚 살갗 부. 參 간여할 참. 차이가 나다. 差 어긋날 차, 차별 치, 가지런하지 않을 치. 參差(참치) - 가지런하지 않은 모양, 뒤섞인 모양, 아주 근소한 차이. 여기에서는 방불(彷佛)의 뜻. 是(시) - 양귀비.

▶ 金闕西廂叩玉扃(금궐서상고옥경) : 金闕(금궐) - 황금 대궐. 廂 행랑 상. 叩 두드릴 고. 扃 빗장 경. 대문, 문고리. 玉扃(옥경) - 옥으로 만든 손잡이.

▶ 轉教小玉報雙成(전교소옥보쌍성) : 소옥을 시켜 들어가 쌍성에게 알리게 하다. 소옥과 쌍성은 고대의 선녀 이름. 여기서는 선계(仙界)에 든 귀비를 시중드는 선녀. 밖의 시녀가 소옥이고 안 측근에 있는 시녀가 쌍성인 셈이다. 본래 동쌍성(董雙成)은 선계의 여왕격인 서왕모의 시녀.

▶ 聞道漢家天子使(문도한가천자사) : 聞道(문도) - 말하는 것을 듣고. 漢家(한가) - 한나라 황실.

▶ 九華帳裏夢魂驚(구화장리몽혼경) : 九華帳(구화장) - 여러 가지 주옥으로 장식한 커튼. 서왕모는 한 무제를 구화장 안에서 인견(引見)했다고 한다. 裏 안 리. 夢魂驚(몽혼경) - 꿈꾸던 혼백이 놀라다.

▶ 攬衣推枕起徘徊(남의추침기배회) : 攬 잡을 람. 손에 쥐다. 徘 노닐 배. 徊 노닐 회. 徘徊(배회) - 일 없이 어정거리다.

▶珠箔銀屛迤邐開(주박은병이리개) : 箔 발 박. 작은 조각, 금박, 은박. 珠箔(주박) - 구슬을 엮어 만든 발. 屛 병풍 병. 가리개. 迤 비스듬할 리. 邐 이어질 리. 迤邐(이리) - 연속되어 단절되지 않는 모양.

▶雲髻半偏新睡覺(운계반편신수각) : 髻 상투 계. 雲髻(운계) - 구름머리. 半偏(반편) - 한쪽으로 치우치다. 新睡覺(신수각) - 금방 잠에서 깨어나다.

▶花冠不整下堂來(화관부정하당래) : 不整(부정) - 제대로 다 갖추지 못하다. 태진이 서둘러 나왔다는 의미.

▶風吹仙袂飄颻擧(풍취선메표요거) : 袂 소매 메. 仙袂(선메) - 선의(仙衣). 飄 회오리바람 표. 颻 불어오는 바람 요. 擧 들 거. 들려 올라가다. 飄颻擧(표요거) - 가볍게 흔들거리다.

▶猶似霓裳羽衣舞(유사예상우의무) : 猶 같을 유. 似 같을 사. 猶似(유사) - 유사(類似)와 같음.

▶玉容寂寞淚闌干(옥용적막누난간) : 玉容(옥용) - 태진의 얼굴, 안색. 寂寞(적막) - 고요하고 쓸쓸하다. 闌 가로막을 란. 淚闌干(누난간) - 눈물을 많이 흘리는 모양, 눈물이 종횡으로 뒤엉킨 형상.

▶梨花一枝春帶雨(이화일지춘대우) : 春帶雨(춘대우) - 대춘우(帶春雨). 평측을 고려하여 바꾼 것임. 귀비가 반가움과 그리움에 우는 모습.

▶含情凝睇謝君王(함정응제사군왕) : 含 머금을 함. 凝 엉길 응. 睇 흘긋 볼 제. 凝睇(응제) - 응시, 주시(注視)하다.

▶一別音容兩渺茫(일별음용양묘망) : 一別(일별) - 한번 헤어지고. 音容(음용) - 현종의 목소리와 얼굴. 渺 아득할 묘. 茫 아득할 망. 渺茫(묘망) - 아득히 멀어져 희미하다.

▶昭陽殿裏恩愛絶(소양전리은애절) : 昭陽殿(소양전) - 한(漢)나라의 내전(內殿), 조비연(趙飛燕)의 거처. 여기서는 양귀비가 살아있을 때의 처소. 恩愛(은애) - 옛날에 받았던 사랑.

▶蓬萊宮中日月長(봉래궁중일월장) : 蓬萊宮(봉래궁) - 삼신산(三神山) 중 봉래산의 궁전. 양귀비의 현 거처. 日月長(일월장) - 귀비가 장생불사한다는 의미.

▶ 廻頭下望人寰處(회두하망인환처) : 寰(환) - 기내(畿內, 도성 주변 지역) 환. 人寰處(인환처) - 인간 세상.

▶ 不見長安見塵霧(불견장안견진무) : 塵霧(진무) - 먼지와 안개.

▶ 唯將舊物表深情(유장구물표심정) : 舊物(구물) - 옛 물건. 신변에서 사용하는 물건.

▶ 鈿合金釵寄將去(전합금차기장거) : 鈿合(전합) - 자개를 박은 합. 향합(香盒). 釵 비녀 차. 寄將去(기장거) - 가지고 가라고 주다.

▶ 釵留一股合一扇(차류일고합일선) : 股 넓적다리 고. 한 쪽(한 부분). 合(합) - 향합. 扇 부채 선. 사립문, 일산(日傘, 햇빛 가리개). 사립문이나 일산은 두 개가 합쳐져야 하나가 된다. 여기서는 향합 한 부분.

▶ 釵擘黃金合分鈿(차벽황금합분전) : 擘 쪼갤 벽. 나누다.

▶ 但教心似金鈿堅(단교심사금전견) : 다만 (두 사람의) 마음만 황금 반합이나 비녀처럼 굳게만 한다면.

▶ 天上人間會相見(천상인간회상견) : 人間(인간) - 인간 세계, 속세에서.

▶ 臨別殷勤重寄詞(임별은근중기사) : 重(중) - 거듭거듭. 寄詞(기사) - 당부의 말을 하다.

▶ 詞中有誓兩心知(사중유서양심지) : 有誓(유서) - 맹서가 있었다. 兩心(양심) - 두 사람의 마음.

▶ 七月七日長生殿(칠월칠일장생전) : 七月七日(칠월칠일) - 칠석(七夕). 長生殿(장생전) - 양귀비의 사처(私處).

▶ 夜半無人私語時(야반무인사어시) : 夜半(야반) - 한밤. 私語(사어) - 은밀히 말을 하다.

▶ 在天願作比翼鳥(재천원작비익조) : 比翼鳥(비익조) - 새 두 마리가 한 쪽의 날개로 난다고 하는 새. 비익조는 사랑은 결코 나눌 수 없으며 부부일심(一心)을 의미.

▶ 在地願爲連理枝(재지원위연리지) : 連理枝(연리지) - 두 나무의 가지가 한데 합쳐서 자라는 나무. 연리지는 부부 일체(一體)를 상징.

▶ 天長地久有時盡(천장지구유시진) : 천지가 장구(長久)하다 해도 끝나는

때가 있을 것이다.

▶ 此恨緜緜無絶期(차한면면무절기) : 緜 햇솜 면. 緜緜(면면) - 끊어지지 않고 이어짐. 면면(綿綿).

詩意

당 현종과 양귀비를 주제로 한 일대 역사적 서사시이면서 서정시이다. 당대의 많은 문인들이 이들의 고사나 로맨스를 작품화했는데 그 관점이나 내용이 각양각색이다. 예를 들면 두보도 <애강두(哀江頭)>에서 양귀비를 읊었다. 그러나 백거이의 <장한가>가 가장 으뜸으로 꼽히며, 후세에도 가장 많은 영향을 준 작품이다.

이유는 다름이 아니다. 백거이의 <장한가>는 현종과 양귀비의 애절한 사랑을 주제로 삼았기 때문이다. 신분과 나이를 초월하고, 한 나라의 운명이나 정치의 물결도 모르는 채 오직 사랑의 꿈과 아름다운 로맨스의 무지개만을 좇던 두 사람, 그러나 이들의 사랑의 꿈이 결국은 냉혹한 정치에 의해 갈기갈기 찢어진 처절한 원한으로 응어리진 것이라 미화하였다. 독자들은 포근하고 달콤한 두 사람의 사랑에 미소를 지으며 또한 황홀한 무지개에 선망(羨望)조차 느낄 것이다.

그러다가는 비극으로 끝나는 두 사람의 사랑, 더구나 어쩔 수 없이 양귀비가 자결할 때 아무런 조치도 취할 수 없었던 현종의 서글픔은 동정심을 불러온다. 때문에 이런 동정과 눈물은 비도덕적 결합을 로맨스로 승화시킨다. <장한가>를 읽으면 여색으로 인하여 자신을 망친 현종을 탓하려는 생각보다 사랑을 찾아 영계(靈界)까지 찾아 헤맨다는 작품의 구상에 감동하게 된다. 더욱이 뭇 여성과 마음대로 즐길 수 있는 황제가 오직 양귀비 한 여성만을 그토록 철저하게 사랑하고 연모했다는 사실은 독자에게 그의 사랑의 순수함을 공감케 해줄 것이다.

백거이가 이 시를 지었을 때는 대략 나이 35세 때로 헌종 원화(元和) 원년(806) 겨울 혹은 이듬해 봄일 것이다. 그의 벗 진홍(陳鴻)이 쓴 <장한가전(長恨歌傳)> 끝에 백거이가 시를 쓰게 된 동기가 적혀 있다. 대략 다음과 같다.

'원화 원년 12월에 교서랑으로 있는 백거이는 주질현(盩厔縣)의 현위로 부임했고, 같은 읍에 사는 진홍과 왕질부(王質夫)와 함께 선유사(仙遊寺)에 갔다가 현종과 양귀비의 고사를 들어 이야기했으며, 그 자리에서 왕질부가 "희한한 일이니만큼 비범한 재주를 가진 사람이 윤색해야 한다. 낙천은 시에도 깊고 정도 많으니(樂天深於詩, 多於情者也) 시로 지어 보게."라고 했다. 이에 <장한가>를 지었으니, 작자의 뜻은 연애 고사에 감동되었을 뿐만 아니라 잘못된 처사를 비판하고 후세에 교훈을 주고자 했음이다(意者不但感其事, 亦欲懲尤物, 窒亂階, 垂誡於將來者也).'

이 시를 역자는 4단으로 나누었다.

1단은 '한황(漢皇)은 중색(重色)하여 사경국(思傾國)'으로 시작하는데 이는 도입이면서 결론이다. 안사의 난이 일어나기 전에 현종이 어떻게 중색하고 구색(求色)했으며, 양귀비가 어떻게 현종의 총애를 받아 '부중생남중생녀(不重生男重生女)'하게 되었는가를 묘사하였다.(1-26구. 절구로 말하자면 기구起句)

2단은 현종과 양귀비의 즐거운 사랑과 로맨스로 시작하여 현종은 정사를 돌보지 않아 결국 안록산의 난이 일어나고, 로맨스는 끝나 귀비는 죽고 촉(蜀)에서는 슬펐다는 이야기가 줄줄이 이어진다.(27-50구)

3단은 장안으로 돌아온 현종의 외로움이다.(51-74구, 절구로 말하자면 전구轉句) 이 사무치는 외로움은 결국 도사의 말을 듣게 되고, 도사가 양귀비의 혼령을 불러온다는 4단을 이끌어 낸다.

4단은 홍도객(鴻都客)이 양귀비를 만나고 돌아온다는 픽션이다.(75-120구) 혹시 도사가 현종에게 이런 핑계를 말하고 재물을 좀 얻어갔는지도 모른다는 생각이 들게 한다. 그리움에 사무치는 노인이라면 홍도객의 감언에 솔깃할 수 있을 것이다. 선계에서 현종의 혼령과 양귀비의 혼령을 만나게 하여 사랑을 다시 이어준다.

그리하여 '칠월칠일 장생전에서 야반에 무인사어시(無人私語時)하는데 재천(在天)하면 원작비익조(願作比翼鳥)가 되고, 재지(在地)면 원위련리지

(願爲連理枝)하자며 약속하면서 천장지구(天長地久)라도 유시진(有時盡)이나 차한(此恨)은 면면(緜緜)하여 무절기(無絶期)'라는 만고의 절창으로 끝을 맺는다. 사랑의 염원을 이렇게 명문장으로 표현한 절창은 일찍이, 또 이후에도 없었다.

특히 <장한가>와 <장한가전>은 후세에도 많은 영향을 주었으며, 원대(元代)의 백박(白樸, 1226-1306. 관한경關漢卿, 왕실보王實甫, 마치원馬致遠과 함께 '원곡사대가元曲四大家'의 한 사람)의 <오동우(梧桐雨)>, 청(淸)의 저명한 극작가인 홍승(洪昇, 1645-1704)의 <장생전(長生殿)> 같은 잡극의 모체가 되었다.

參考 백거이(白居易)의 첫사랑

전해 오는 이야기에 백거이는 젊은 날 '상령(湘靈)'이라는 처녀를 사랑했지만 문벌이나 기타 여러 사정으로 헤어질 수밖에 없었다. 헤어지면서 문재가 넘치는 백거이는 시를 지어 그녀에게 주었다.

울 수도 없어 숨어 이별하나니(不得哭 潛別離)
말도 못하고 몰래 그리워한다.(不得語 暗相思)
우리 둘 말고 남은 모를 것이니(兩人之外無人知)
서로 체념하고 다음 기약도 없다.(彼此甘心無後期)

<장한가>
在天願作比翼鳥　在地願爲連理枝
天長地久有時盡　此恨緜緜無絶期

이런 감정은 가슴으로 겪어본 사람이 아니라면 결코 생각해 낼 수 없다. 아마도 <장한가>는 백거이의 첫사랑에 대한 연민으로 이어졌을 것이다.

072. 琵琶行 幷序 비파의 노래 (병서)

白居易 백거이

(서문이 있는 88구의 장편 칠언고시로
독해의 편의를 위해 4단으로 나누어 역주하였다)

(序) 元和十年 余左遷九江郡司馬. 明年秋 送客湓浦口
聞舟中夜彈琵琶者 聽其音 錚錚然有京都聲. 問其人
本長安倡女 嘗學琵琶於穆曹二善才, 年長色衰 委身委
賈人婦. 遂命酒使快彈數曲 曲罷憫然 自敍少小時歡樂
事 今漂淪憔悴 轉徙於江湖間. 余出官二年 恬然自安
感斯人言, 是夕 始覺有遷謫意 因爲長句歌 以贈之.
凡六百一十六言 命曰琵琶行.

(서문) 원화 10년에 나는 구강(九江)의 사마로 좌천되었다. 이듬해 가을에 벗을 전송하러 분포 어귀에 갔다가 배 안에서 밤에 비파를 타는 소리를 들었는데 쟁쟁한 그 곡조는 장안에서 유행하던 곡이었다. 비파를 타는 사람에게 물었더니 본래 장안에서 노래하던 기녀로 그 전에 비파를 목씨와 조씨 두 명인으로부터 배웠으며, 나이가 들고 미색도 잃어가자 상인에게 몸을 의탁하며 아내가 되었다고 하였

다. 그래서 술상을 주문하고 바로 몇 곡을 연주하라 하였다. 연주가 끝나자 슬퍼하면서 젊고 어렸을 적의 즐거웠던 일들을 스스로 말하면서 지금은 초췌한 꼴로 떠돌며 각지를 이리저리 옮겨 다닌다고 하였다. 나는 지방에 나온 지 2년째이지만 마음 편히 생각하며 스스로 평안했었지만 이 사람 이야기를 듣고 느낀 바 있어, 그날 밤 좌천된 설움을 비로소 실감하면서 장구(長句)의 노래를 지어 그녀에게 주었는데 모두 616자로 <비파행>이라 불렀다.

註釋

▸ <琵琶行(비파행)> : '비파의 노래'. 비파는 서역에서 전래한 현악기. 行(행) - 악곡의 뜻. 가(歌), 인(引), 곡(曲)과 같은 의미. 비파행을 '비파인(琵琶引)'이라고도 한다. 백거이가 옛 악부 형식을 빌어서 만든 신악부제(新樂府題)이다.

▸ 元和十年(원화십년) : 815년. 백거이의 나이 44세 때. 元和(원화) - 당 헌종(재위 806~820)의 연호.

▸ 余左遷九江郡司馬(여좌천구강군사마) : 余 나 여. 遷 옮길 천. 左遷(좌

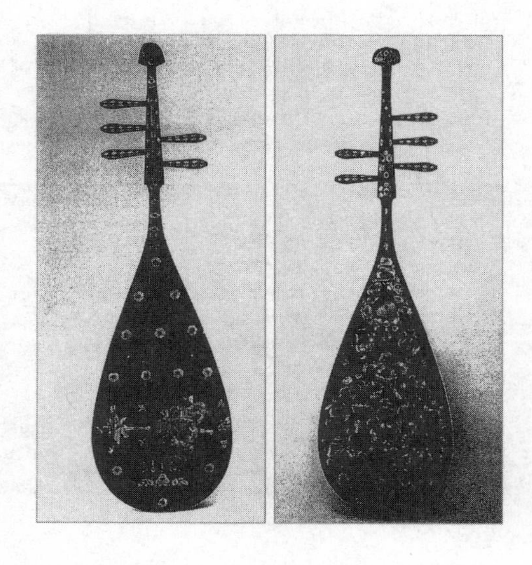

비파(琵琶)

천) - 강등되어 옮겨가다. 한대(漢代)에는 오른쪽을 높였다. 그러기에 좌(左)쪽으로 가면 좌천으로 벼슬이 낮아지거나 깎이는 것을 뜻했다. 九江郡(구강군) - 시상(柴桑), 강주(江州)라고도 불리던 지금의 강서성 북부의 지명. 장강 남안, 여산(廬山)의 북쪽 기슭, 파양호 서쪽에 위치. 당 현종 천보 원년(742)에 심양군(潯陽郡)으로 개칭했다가 나중에 강주로 다시 바뀌었다. 司馬(사마) - 자사의 보좌관이지만 실무도 권한도 없는 한직. 백거이는 818년 충주자사가 될 때까지 이곳에 3년을 머물렀다.

▶ 明年秋 送客湓浦口 聞舟中夜彈琵琶者(명년추 송객분포구 문주중야탄비파자) : 明年秋(명년추) - 이듬해 가을. 湓 용솟음할 분. 湓浦口(분포구) - 분강(湓江)이 장강과 합류하는 지점. 彈(탄) - 악기를 연주하다, 타다. 者(자) - 허사로 문장의 단락을 표시한다. '~ 사람'으로 번역하면 도리어 어색하다.

▶ 聽其音 錚錚然有京都聲(청기음 쟁쟁연유경도성) : 聽其音(청기음) - 그 음곡을 들어보니. 錚 쇳소리 쟁. 錚錚然(쟁쟁연) - 금속이 부딪치는 소리. 비파소리의 형상. 京都聲(경도성) - 장안에서 유행하던 음악.

▶ 問其人 本長安倡女 嘗學琵琶於穆曹二善才(문기인 본장안창녀 상학비파어목조이선재) : 倡女(창녀) - 여자 광대. 嘗 맛볼 상. 일찍이. 穆 화목할 목. 성씨. 曹 마을 조. 성씨. 善才(선재) - 기예가 뛰어난 악사, 명인.

▶ 年長色衰 委身爲賈人婦(연장색쇠 위신위고인부) : 年長色衰(연장색쇠) - 나이도 들고 젊음도 사라져. 委身(위신) - 몸을 맡기다, 시집가다.

▌ 당 시대의 관리 사령장

賈 값 가, 성씨 가, 장사 고. 賈人婦(고인부) – 상인의 아내.

▶ 遂命酒使快彈數曲 曲罷憫然(수명주사쾌탄수곡 곡파민연) : 命酒(명주) – 술상을 주문하다. 使快彈數曲(사쾌탄수곡) – 몇 곡조를 빨리 연주하게 시키다. 快(쾌) – 곧 즉시. 憫然(민연) – 슬픔에 젖다. 憫 근심할 민.

▶ 自敍少小時歡樂事(자서소소시환락사) : 自敍(자서) – 스스로 말하다. 여기서는 신세타령을 하다. 少小時(소소시) – 젊고 어렸던 시절.

▶ 今漂淪憔悴 轉徙於江湖間(금표륜초췌 전사어강호간) : 漂 떠돌 표. 淪 빠질 륜, 잠길 륜. 漂淪(표륜) – 떠돌아다니다. 憔 수척할 초. 悴 파리할 췌. 徙 옮길 사. 이사하다. 轉徙(전사) – 여기저기 옮겨 다니다. 江湖(강호) – 삼강오호(三江五湖)의 줄임말. 세간, 전국 각지. 전국을 떠도는 상인이나 떠돌이 의사 같은 직업인.

▶ 余出官二年 恬然自安(여출관이년 염연자안) : 出官(출관) – 중앙에서 지방으로 나간 관리. 恬 편안할 념. 恬然(염연) – 이연(怡然), 편안한 모양.

▶ 感斯人言 是夕 始覺有遷謫意(감사인언 시석 시각유천적의) : 이 사람 이야기를 듣고 실감하여 그날 밤 좌천되는 설움을 확실하게 알았다.

▶ 因爲長句歌 以贈之 凡六百一十六言 命曰琵琶行(인위장구가 이증지 범육백일십육언 명왈비파행) : 因爲長句歌(인위장구가) – 이렇게 해서 장구의 가(歌)를 지었다.

(一)

심양강두야송객　풍엽적화추슬슬
潯陽江頭夜送客　楓葉荻花秋瑟瑟

주인하마객재선　거주욕음무관현
主人下馬客在船　擧酒欲飮無管絃

취불성환참장별　별시망망강침월
醉不成歡慘將別　別時茫茫江浸月

홀문수상비파성 주인망귀객불발
忽聞水上琵琶聲 主人忘歸客不發

심성암문탄자수 비파성정욕어지
尋聲暗問彈者誰 琵琶聲停欲語遲

이선상근요상견 첨주회등중개연
移船相近邀相見 添酒回燈重開宴

천호만환시출래 유포비파반차면
千呼萬喚始出來 猶抱琵琶半遮面

심양강 나루에서 밤에 손님을 전송하는데
단풍잎 물억새꽃에 가을 산은 푸르렀다.
주인은 말에서 내렸고 손님은 배를 탔는데
한잔을 더 마시려 했지만 풍악이 없더라.
취해도 즐겁지 않으니 서글피 헤어지려는데
헤어지려 때를 보니 망망한 강엔 달빛만 잠겼도다.
갑자기 물 위에서 비파소리 들려오니
주인은 돌아갈 길 잊고 손님은 떠날 수 없었다.
들리는 소리 찾아 타는 이 누구요 살짝 물으니
비파 연주 멈추더니 대답이 늦어진다.
배를 저어 다가가 보기를 약속하고서
술을 차리고 등불 밝혀 술자리를 다시 했다.
여러 번 이어 부르니 겨우 나오는데
내내 비파를 안은 채 얼굴 반을 가렸다.

註釋

▸ 潯陽江頭夜送客(심양강두야송객) : 潯 물가 심, 강 이름 심. 潯陽(심양) - 강주(江州)에 있는 현(縣) 이름. 구강시(九江市) 북쪽에 있는 장강의 지류. 江頭(강두) - 강변, 강가.

▸ 楓葉荻花秋瑟瑟(풍엽적화추슬슬) : 楓 단풍나무 풍. 荻 물억새 적. 보통 말하는 갈대(노위蘆葦)와는 잎이나 꽃 모양이 다르다. 瑟 큰 거문고 슬. 쓸쓸하다. 瑟瑟(슬슬) - 주옥의 이름. 푸르다[碧].

▸ 主人下馬客在船(주인하마객재선) : 主人(주인) - 백거이.

▸ 擧酒欲飮無管絃(거주욕음무관현) : 擧酒欲飮(거주욕음) - 술을 한잔 마시고 싶다. 無管絃(무관현) - 음악이 없다, 음악도 없이 술을 권할 수는 없었다. 관(管)은 소(簫, 퉁소)·생(笙, 생황)·적(笛, 피리), 현(絃)은 비파·금(琴)·슬(瑟).

▸ 醉不成歡慘將別(취불성환참장별) : 醉不成歡(취불성환) - 취해도 기쁘지 않아. 慘 참혹할 참. 애처롭다. 將別(장별) - 헤어지려 하다.

▸ 別時茫茫江浸月(별시망망강침월) : 茫茫(망망) - 아득한 모양. 江浸月(강침월) - 강물에 달빛이 잠기다. 매우 시적인 표현.

▸ 忽聞水上琵琶聲(홀문수상비파성) : 聞(문) - 듣다, 들려오다.

▸ 主人忘歸客不發(주인망귀객불발) : 忘歸(망귀) - 되돌아가야 하는 것을 잊다. 客不發(객불발) - 객은 떠날 수 없었다.

▸ 尋聲暗問彈者誰(심성암문탄자수) : 暗問(암문) - 조용히 묻다.

▸ 琵琶聲停欲語遲(비파성정욕어지) : 欲語遲(욕어지) - 쉽게 말을 하려 하지 않다, 말을 할까 말까 망설이다.

▸ 移船相近邀相見(이선상근요상견) : 移船相近(이선상근) - 배를 저어 가까이 다가가다. 邀 맞을 요. 맞이하다.

▸ 添酒回燈重開宴(첨주회등중개연) : 添 더할 첨. 回燈(회등) - 다시 등불을 켜다. 重開宴(중개연) - 다시 술판을 벌이다.

▸ 千呼萬喚始出來(천호만환시출래) : 喚 부를 환. 千呼萬喚(천호만환) - 여러 번 부르다.

▶ 猶抱琵琶半遮面(유포비파반차면) : 遮 막을 차. 가리다.

여기까지는 여인의 비파소리를 듣게 된 사연을 묘사하였다.

(二)

전축발현삼양성　미성곡조선유정
轉軸撥絃三兩聲　未成曲調先有情

현현엄억성성사　사소평생부득지
絃絃掩抑聲聲思　似訴平生不得志

저미신수속속탄　설진심중무한사
低眉信手續續彈　說盡心中無限事

경롱만연말복도　초위예상후육요
輕攏慢撚抹復挑　初爲霓裳後六幺

대현조조여급우　소현절절여사어
大絃嘈嘈如急雨　小絃切切如私語

조조절절착잡탄　대주소주낙옥반
嘈嘈切切錯雜彈　大珠小珠落玉盤

간관앵어화저활　유열천류빙하난
間關鶯語花底滑　幽咽泉流氷下難

수천냉삽현응절　응절불통성잠헐
水泉冷澁絃凝絶　凝絶不通聲暫歇

별유유수암한생　차시무성승유성
別有幽愁暗恨生　此時無聲勝有聲

은병사파수장병　철기돌출도쟁명
銀甁乍破水漿迸　鐵騎突出刀鎗鳴

곡종수발당심획　사현일성여열백
曲終收撥當心畫　四絃一聲如裂帛

동선서방초무언 유견강심추월백
東船西舫悄無言 唯見江心秋月白

축을 돌리며 줄을 퉁겨 두세 번 소리를 내니
곡조 아니지만 벌써 뜻이 새롭더라.
줄마다 눌러 보며 소리마다 생각해 보는데
마치 평생에 뜻을 못 편 하소연 같더라.
고개 숙인 채 손 가는 대로 이어 타는데
마음속의 끝없는 한을 모두 말하듯 하더라.
가벼이 누르고 천천히 비틀며 문지르다 긁어내며
처음에 예상우의곡 나중엔 육요를 타더라.
굵은 줄 주르륵 소나기 내리는 듯
가는 줄 소곤거리며 속삭이는 듯,
주룩 주르륵 사륵 사르르 뒤섞이듯 타나니
크고 작은 구슬이 옥쟁반에 떨어져 구르듯,
곱게 지저귀는 꾀꼬리 울음 꽃 아래 굴러가듯
좁은 틈새에서 냇물이 얼음 밑을 겨우 흘러가듯,
냇물이 살짝 언 듯 소리가 끊어질 듯하더니
엉겨 붙어 막힌 듯 소리가 잠시 쉬다가는,
다른 시름 깊어서 말 못할 한이 일 듯
이때 소리 죽이니 낸 소리보다 더 좋더라.
두레박이 갑자기 깨져 물이 쏟아지듯
무장한 기병이 튀어나와 칼과 창이 부딪치듯.
곡이 끝나고 채를 거두며 가운데를 한 번 긁으니
네 줄이 한 번에 비단 찢는 소리 같더라.

양 옆 배들은 자는 듯 말소리도 없고
보이나니 강 가운데 가을달만 밝더라.

註釋

▶轉軸撥絃三兩聲(전축발현삼양성) : 軸 굴대 축. 轉軸(전축) - 현(絃)을 묶은 꼭지를 돌려 줄의 세기를 조절하다. 撥 다스릴 발. 퉁기다. 三兩聲(삼양성) - 두세 번 소리를 내보다.

▶未成曲調先有情(미성곡조선유정) : 先有情(선유정) - 조율하는 소리에도 정감이 배어있다. 그렇다면 백거이는 음악을 아는 풍류남아일 것이다.

▶絃絃掩抑聲聲思(현현엄억성성사) : 掩 가릴 엄. 덮어 싸다. 抑 누를 억. 絃絃掩抑(현현엄억) - 비파 줄마다 이리저리 타면서 눌러 음계를 맞추다.

▶似訴平生不得志(사소평생부득지) : 이런저런 소리를 내보며 조율하는 것이 사나이가 뜻을 얻지 못하고 이런저런 시도를 해보는 것과 같다는 의미.

▶低眉信手續續彈(저미신수속속탄) : 低眉(저미) - 고개를 숙이고. 信手(신수) - 손이 가는 대로[隨手], 익숙하게. 續續(속속) - 쉬지 않고 계속.

▶說盡心中無限事(설진심중무한사) : 心中無限事(심중무한사) - 마음속에 있는 끝이 없는 이야기.

▶輕攏慢撚抹復挑(경롱만연말복도) : 攏 누를 롱. 撚 비틀 년. 抹 바를 말. 문지르다. 挑 부추길 도. 긁어내다. 이상 네 가지 동작은 모두 비파를 타는 손가락 기법.

▶初爲霓裳後六幺(초위예상후육요) : 霓 무지개 예. 幺 작을 요. 六幺(육요) - 녹요(綠腰)라는 당대의 유행가 악곡. 리듬이 변화무쌍하다는 기록이 있다.

▶大絃嘈嘈如急雨(대현조조여급우) : 大絃(대현) - 저음을 내는 굵은 줄. 嘈 지껄일 조. 嘈嘈(조조) - 침탁(沈濁)한 소리. 急雨(급우) - 주룩주룩 내리는 소나기.

▶小絃切切如私語(소현절절여사어) : 切如(절여) - 가볍고 빠른 소리. 가는

소리. 私語(사어) – 소곤대는 말.

▶ 嘈嘈切切錯雜彈(조조절절착잡탄) : 錯雜(착잡) – 이리저리 얽히고 뒤섞이다.

▶ 大珠小珠落玉盤(대주소주낙옥반) : 落(낙) – 구르다.

▶ 間關鶯語花底滑(간관앵어화저활) : 間關(간관) – 말이 은근하다(완전婉轉), (노랫가락이) 구성지다. 아름다운 새소리의 형용. 鶯 꾀꼬리 앵. 鶯語花底滑(앵어화저활) – 꾀꼬리 소리가 꽃 아래 미끄러지는 것 같다.

▶ 幽咽泉流氷下難(유열천류빙하난) : 咽 목구멍 인, 삼킬 연, 목멜 열. 幽咽(유열) – 냇물이 좁은 곳을 지나는 소리. 꼬르륵(?). 泉流(천류) – 냇물. 氷下難(빙하난) – 얼음 아래를 겨우 흘러가다.

▶ 水泉冷澁絃凝絶(수천냉삽현응절) : 冷 찰 랭. 澁 떫을 삽. 껄끄럽다. 冷澁(냉삽) – 살짝 얼어 흐르지 못하듯. 絃凝絶(현응절) – 현 소리가 끊어질 듯하다.

▶ 凝絶不通聲暫歇(응절불통성잠헐) : 暫 잠시 잠. 잠깐. 歇 쉴 헐.

▶ 別有幽愁暗恨生(별유유수암한생) : 幽愁(유수) – 깊은 시름. 暗恨生(암한생) – 말 못하는 한이 일어나는 듯.

▶ 此時無聲勝有聲(차시무성승유성) : 잠시 연주를 멈추니 그것이 연주할 때보다 더 깊은 느낌이 왔다는 뜻.

▌ 비파 연주를 듣는 그림

▶ 銀甁乍破水漿迸(은병사파수장병) : 銀甁(은병) – 두레박. 乍 잠깐 사. 갑자기, 돌연. 漿 미음 장. 水漿(수장) – 두레박에 담긴 물. 迸 흩어져 달아날 병.

▶ 鐵騎突出刀鎗鳴(철기돌출도쟁명) : 鐵騎(철기) – 중무장한 기병.

▶ 曲終收撥當心畫(곡종수발당심획) : 收撥(수발) – 채를 거두다. 발(撥)은 비파를 타는 도구. 當心畫(당심획) – 비파줄 가운데를 한 번 쭉 긁다.

▶ 四絃一聲如裂帛(사현일성여열백) : 如裂帛(여열백) – 비단을 찢는 소리 같다.

▶ 東船西舫悄無言(동선서방초무언) : 舫 배 방. 작은 배. 悄 근심할 초. 고요하다.

▶ 唯見江心秋月白(유견강심추월백) : 江心(강심) – 강 가운데.

여기까지는 여인의 비파 연주를 절묘하게 묘사하였다. 사실 역자로서 비파 연주와 곡을 들어보지도 못하고 이를 번역하는 것이 어려웠다. 그러나 마음속으로 가을밤 강가의 이별 정경을 그리면 그 모습이 상상이 되었다.

(三)

침 음 수 발 삽 현 중　　정 돈 의 상 기 렴 용
沈吟收撥揷絃中　整頓衣裳起斂容

자 언 본 시 경 성 녀　　가 재 하 마 릉 하 주
自言本是京城女　家在蝦蟆陵下住

십 삼 학 득 비 파 성　　명 속 교 방 제 일 부
十三學得琵琶成　名屬敎坊第一部

곡 파 증 교 선 재 복　　장 성 매 피 추 낭 투
曲罷曾敎善才服　粧成每被秋娘妬

오 릉 년 소 쟁 전 두　　일 곡 홍 초 부 지 수
五陵年少爭纏頭　一曲紅綃不知數

전두은비격절쇄 혈색나군번주오
鈿頭銀篦擊節碎 血色羅裙翻酒汚

금년환소부명년 추월춘풍등한도
今年歡笑復明年 秋月春風等閒度

제주종군아이사 모거조래안색고
弟走從軍阿姨死 暮去朝來顏色故

문전냉락안마희 노대가작상인부
門前冷落鞍馬稀 老大嫁作商人婦

상인중리경별리 전월부량매다거
商人重利輕別離 前月浮梁買茶去

거래강구수공선 요선명월강수한
去來江口守空船 遶船明月江水寒

야심홀몽소년사 몽제장루홍난간
夜深忽夢少年事 夢啼粧淚紅闌干

생각에 잠겨 채를 거둬 줄 사이에 끼우고
의상을 정돈하고 표정을 가다듬더니,
자신은 본디 장안에 살던 여인이며
집은 하마릉 아래에 있었다 말하네.
열셋에 비파를 배워 크게 성공하여
이름이 교방의 제일부에 올랐었다 하네.
한 곡을 타면 명인들이 탄복하였고
단장하고 나면 늘 기녀들의 시샘을 받았다네.
오릉의 젊은이들은 다투어 예물을 보냈고
한 곡에 붉은 비단은 셀 수도 없었다네.
금비녀 은빗은 장단 맞추느라 부서졌고
진홍의 비단 치마엔 술을 쏟아 더럽혔다네.

올해의 환락이 다음해에 이어지고
봄가을 좋은 시절 그럭저럭 보냈었네.
동생은 군대에 나갔고 생모도 죽었으며
아침저녁 가는 세월 얼굴도 달라졌다네.
대문 앞이 쓸쓸해지고 말 탄 손님도 드물어
나이 들어 시집가 상인의 아낙 되었네.
상인은 이利만 따지고 별리別離도 대수롭지 않으니
지난 달 부량으로 차를 팔러 갔다네.
떠난 뒤로 강구江口에서 빈 배를 지키며
배를 싸고 달빛 지고 강물은 차가운데,
밤 깊어 홀연히 젊은 시절 꿈을 꾸니
꿈속에 울다보니 화장범벅 눈물만 흐른다네.

註釋

▶ 沈吟收撥揷絃中(침음수발삽현중) : 沈吟(침음) - 깊이 생각하다. 揷 꽂을 삽.

▶ 整頓衣裳起斂容(정돈의상기렴용) : 頓 조아릴 돈. 整頓(정돈) - 가지런히 하다. 斂容(염용) - 태도를 바로잡다, 엄숙히 하다.

▶ 自言本是京城女(자언본시경성녀) : 自言(자언) - 스스로 말하다. 京城(경성) - 장안.

▶ 家在蝦蟆陵下住(가재하마릉하주) : 蝦 새우 하. 두꺼비. 蟆 두꺼비 마. 蝦蟆(하마) - 두꺼비. 본래 동중서(董仲舒)의 능이 있어 사람들이 하마(下馬, xiàmǎ)하여 예를 표한다 하여 하마릉이라 하였는데 하마(蝦蟆, xiā mà)로 와전되었다고 한다. 술집이 많고 기녀들이 모여 살던 마을.

▶ 十三學得琵琶成(십삼학득비파성) : 學得(학득) - 배워 터득하다. 成(성) - 성공하다.

▶ 名屬敎坊第一部(명속교방제일부) : 名屬(명속) - 기적(妓籍)에 올랐다. 敎坊(교방) - 기예, 가무를 가르치는 교육기관. 장안에 좌우의 교방이

있었다.

▶ 曲罷曾敎善才服(곡파증교선재복) : 曾(증) - 일찍부터. 敎(교) - ~하게 하다. 善才(선재) - 명인. 服(복) - 탄복하다.

▶ 粧成每被秋娘妬(장성매피추낭투) : 粧成(장성) - 단장(丹粧)이 끝나다. 秋娘(추낭) - 두추낭(杜秋娘). 미녀 가기(歌妓)로 명성이 있었는데 이후 추낭은 가기를 지칭하는 말이 되었다. 妬 강샘할 투.

▶ 五陵年少爭纏頭(오릉년소쟁전두) : 五陵(오릉) - 장안의 한 고조(漢高祖)의 장릉(長陵) 등 5개의 능. 그 부근은 당대 귀족들의 거주지였다. 五陵年少(오릉년소) - 오릉 일대에 사는 부호의 자제들. 纏 얽힐 전. 둘둘 감다. 纏頭(전두) - 예인(藝人)에게 주는 팁. 기녀에게 답례로 주는 물건.

▶ 一曲紅綃不知數(일곡홍초부지수) : 綃 생사 초. 紅綃(홍초) - 붉은 비단.

▶ 鈿頭銀篦擊節碎(전두은비격절쇄) : 鈿 비녀 전. 篦 참빗 비. 전두와 은비는 모두 여인의 머리 장식. 擊節(격절) - 장단을 맞추다.

▶ 血色羅裙翻酒汚(혈색나군번주오) : 羅裙(나군) - 비단 치마. 翻酒(번주) - 술을 엎지르다.

▶ 今年歡笑復明年(금년환소부명년) : 歡笑(환소) - 기뻐 웃고 즐겼다. 復明年(부명년) - 금년에 이어 명년까지.

▶ 秋月春風等閒度(추월춘풍등한도) : 秋月春風(추월춘풍) - 한창 좋은 세월, 춘추. 等閒(등한) - 예사롭게, 보통으로, 되는 대로.

▶ 弟走從軍阿姨死(제주종군아이사) : 走從軍(주종군) - 군대에 가다. 阿姨(아이) - 첩 소생의 자녀가 생모를 부르는 말.

▶ 暮去朝來顔色故(모거조래안색고) : 暮去朝來(모거조래) - 하루하루. 顔色(안색) - 미색(美色). 故(고) - 늙어가다.

▶ 門前冷落鞍馬稀(문전냉락안마희) : 冷落(냉락) - 쓸쓸해지다. 鞍 안장 안. 鞍馬(안마) - 말을 타고 오는 손님.

▶ 老大嫁作商人婦(노대가작상인부) : 老大(노대) - 나이를 먹다. 嫁(가) - 시집을 가다.

▶ 商人重利輕別離(상인중리경별리) : 輕別離(경별리) - 이별을 대수롭지

않게 여기다.

▶前月浮梁買茶去(전월부량매다거) : 浮梁(부량) – 지명, 지금의 강서성 경덕진(景德鎭).

▶去來江口守空船(거래강구수공선) : 去來(거래) – 남편이 떠난 후 줄곧. 來(내) – 동작의 방향을 표시하는 어조사. 떠나가면 강구에서 빈 배를 지키며 지낸다.

▶遶船明月江水寒(요선명월강수한) : 遶 두를 요. 에워싸다.

▶夜深忽夢少年事(야심홀몽소년사) : 夢少年事(몽소년사) – 젊은 날을 회상하다.

▶夢啼粧淚紅闌干(몽제장루홍난간) : 夢啼(몽제) – 꿈속에서 울다.

시의 단락을 나눌 때 이 부분은 여인의 과거를 회상하는 넋두리이지만, 이런 사설이 백거이에게 새로운 감동을 안겨주었을 것이다.

(四)

아 문 비 파 이 탄 식　　우 문 차 어 중 즉 즉
我聞琵琶已歎息　又聞此語重喞喞

동 시 천 애 윤 락 인　　상 봉 하 필 증 상 식
同是天涯淪落人　相逢何必曾相識

아 종 거 년 사 제 경　　적 거 와 병 심 양 성
我從去年辭帝京　謫居臥病潯陽城

심 양 지 벽 무 음 악　　종 세 불 문 사 죽 성
潯陽地僻無音樂　終歲不聞絲竹聲

주 근 분 강 지 저 습　　황 로 고 죽 요 택 생
住近湓江地低濕　黃蘆苦竹繞宅生

기 간 단 모 문 하 물　　두 견 제 혈 원 애 명
其間旦暮聞何物　杜鵑啼血猿哀鳴

춘강화조추월야 왕왕취주환독경
春江花朝秋月夜　往往取酒還獨傾

기무산가여촌적 구아조찰난위청
豈無山歌與村笛　嘔啞嘲哳難爲聽

금야문군비파어 여청선악이잠명
今夜聞君琵琶語　如聽仙樂耳暫明

막사갱좌탄일곡 위군번작비파행
莫辭更坐彈一曲　爲君翻作琵琶行

감아차언양구립 극좌촉현현전급
感我此言良久立　卻坐促絃絃轉急

처처불사향전성 만좌중문개엄읍
凄凄不似向前聲　滿座重聞皆掩泣

취중읍하수최다 강주사마청삼습
就中泣下誰最多　江州司馬青衫濕

나는 비파 연주에 이미 탄복했고
다시 그런 말 듣고 거듭 혀를 찼다네.
나와 그대 하늘 끝을 헤매는 사람이거늘
서로 만나는데 하필 구면이어야 하는가?
나도 작년부터 장안을 떠나와서는
심양 땅에 귀양 온 듯 병마저 들었다네.
심양 땅은 외져서 음악도 없거늘
일 년 다 가도록 풍악을 듣지 못했네.
살고 있는 분강 가는 낮고도 습하여
누런 갈대 왕대밭이 집을 싸고 있다네.
그간 아침저녁으로 무슨 소릴 듣겠는가?

두견이 피를 토하고 원숭이 슬피 운다네.
봄날 강가에 꽃피는 아침, 가을 달 밝은 밤에
자주 술병을 끼고서 혼자 기울인다네.
어찌 산가山歌나 시골 피리소리 없겠냐마는
웅얼대거나 시끄러워 듣기 어렵다네.
오늘 밤에 그대 비파소리 들었더니
선악仙樂을 들은 듯 귀가 잠간 뜨였노라.
다시 앉아 한 곡조 타기를 사양치 말게
그대 위해 비파행을 지어 보리다.
나의 말에 마음에 느낀 듯 한참을 섰더니
자리로 돌아가 줄을 당겨 팽팽히 하더라.
슬프고 더 슬프니 앞 가락과 다르니
자리 메운 사람 들으며 모두 얼굴 가리고 울더라.
그 중에서 누가 눈물 가장 많이 흘렸나?
강주사마의 푸른 적삼 축축하더라.

註釋

▸ 我聞琵琶已歎息(아문비파이탄식) : 已 마칠 이. 歎息(탄식) – 탄식하다, 찬미하다. 그 솜씨에 감탄했다는 뜻이지 걱정으로 한숨 쉰다는 뜻은 아니다.
▸ 又聞此語重喞喞(우문차어중즉즉) : 此語(차어) – 지난날의 신세타령. 喞 두런거릴 즉. 탄식하는 소리. 喞喞(즉즉) – 탄식하는 소리, 벌레들 소리.
▸ 同是天涯淪落人(동시천애윤락인) : 同(동) – 여인과 백거이. 涯 물가 애. 天涯(천애) – 하늘 끝, 아득히 먼 곳. 淪 물에 잠길 륜. 淪落(윤락) – 떠돌다, 유랑하다. 천애윤락인은 강호낙백인(江湖落魄人)과 같음.
▸ 相逢何必曾相識(상봉하필증상식) : 曾相識(증상식) – 전부터 알고 있다.

▶我從去年辭帝京(아종거년사제경) : 辭帝京(사제경) - 도성(장안)을 떠나 왔다.

▶謫居臥病潯陽城(적거와병심양성) : 謫居(적거) - 귀양 온 듯 살고 있다. 潯 물가 심.

▶潯陽地僻無音樂(심양지벽무음악) : 地僻(지벽) - 땅이 외지다, 벽지(僻地).

▶終歲不聞絲竹聲(종세불문사죽성) : 終歲(종세) - 1년이 다 가도록. 絲竹聲(사죽성) - 제대로 된 음율. 농악도 음악이고 가야금 병창도 음악이지만 다 같은 음악은 아닐 것이다.

▶住近湓江地低濕(주근분강지저습) : 住近(주근) - 사는 곳. 低濕(저습) - 낮고 습하다.

▶黃蘆苦竹繞宅生(황로고죽요택생) : 蘆 갈대 로. 苦竹(고죽) - 왕대, 참대. 굵은 대나무. 繞 두를 요. 에워싸다.

▶其間旦暮聞何物(기간단모문하물) : 旦暮(단모) - 아침과 저녁.

▶杜鵑啼血猿哀鳴(두견제혈원애명) : 杜鵑(두견) - 두견새, 자규(子規), 소쩍새. 뻐꾸기와 비슷하나 그보다 작으며 자기 집을 짓지 못한다. 啼血(제혈) - 피를 토하듯 운다. 猿哀鳴(원애명) - 원숭이가 슬피 울다.

▶春江花朝秋月夜(춘강화조추월야) : 花朝(화조) - 꽃 피는 아침.

▶往往取酒還獨傾(왕왕취주환독경) : 獨傾(독경) - 혼자 기울이다, 혼자 술을 마시다.

▶豈無山歌與村笛(기무산가여촌적) : 山歌(산가) - 나무꾼들의 타령. 村笛(촌적) - 시골 사람들이 부는 피리소리.

▶嘔啞嘲哳難爲聽(구아조찰난위청) : 嘔 노래할 구. 홍얼거리다. 啞 벙어리 아. 嘔啞(구아) - 어린애가 홍얼거리다. 嘲 비웃을 조. 지저귀다. 哳 새소리 찰. 지저귀다. 嘲哳(조찰) - 시끄러운 새소리.

▶今夜聞君琵琶語(금야문군비파어) : 聞君(문군) - 그대의 연주를 듣다.

▶如聽仙樂耳暫明(여청선악이잠명) : 暫明(잠명) - 잠시 밝아지다, 잠시나마 귀가 즐거웠다.

▶莫辭更坐彈一曲(막사갱좌탄일곡) : 莫辭(막사) – 사양하지 말라.
▶爲君翻作琵琶行(위군번작비파행) : 翻作(번작) – 노래를 시로 바꿔 쓰겠다.
▶感我此言良久立(감아차언양구립) : 良久(양구) – 한참동안.
▶郤坐促絃絃轉急(극좌촉현현전급) : 郤 틈 극. 벌어진 자리. 郤坐(극좌) – 원래의 자리에 가서 앉다. 促絃(촉현) – 줄을 당기다. 絃轉急(현전급) – 현을 더욱 팽팽하게 하다.
▶淒淒不似向前聲(처처불사향전성) : 淒 쓸쓸할 처.
▶滿座重聞皆掩泣(만좌중문개엄읍) : 掩 가릴 엄. 泣 울 읍.
▶就中泣下誰最多(취중읍하수최다) : 誰 누구 수.
▶江州司馬靑衫濕(강주사마청삼습) : 江州司馬(강주사마) – 백거이 자신.

이 단락은 시인의 감상인데 여인과 백거이는 인생무상과 각지를 떠도는 신세라는 공감대가 형성되었다. 그런 공감이 있어 한 곡을 더 청해 듣고 눈물을 흘렸고 또 이 시를 지었다.

詩意

백거이가 44세 때에 재상 무원형(武元衡)이 번진(藩鎭)에서 보낸 자객에게 피살된 사건이 있었다. 백거이는 즉시 상서(上書)하여 도적과 그 배후를 찾아내어 처단하고 나라의 치욕을 씻어야 한다고 하였다. 그러나 평소에 고관들을 비판하는 뜻의 시를 지어 미움을 받고 있던 터라 '업무 소관을 벗어난 월권'이라 하여 도리어 먼 남쪽 지방의 한직(閒職)으로 좌천되었다. 그리고 1년이 지난 가을날, 이 시에는 비파를 타는 여인이나 자신은 '다 같이 하늘 끝에 쫓겨나 떠도는 사람(同是天涯淪落人)'이 된 감회가 가득 차 있다.
시 자체에 대한 해설이 필요 없을 정도로 평이한데, 특히 2단에서의 비파소리에 대한 묘사가 절묘하다는 것을 쉽게 알 수 있을 것이다. 이 시에도 불쌍하고 약하고 죄 없는 인간을 편들고 동정하고 눈물을 쏟는 백거이의 고운 심정이 잘 나타나 있다.

마지막 구의 청삼(青衫)을 흥건하도록 적신 강주사마의 눈물은 누구를 위한 눈물이었나? 결코 무연무고(無緣無故)의 눈물은 아닐 것이며, 단순한 슬픈 가락 때문만도 아닐 것이다. 좌천된 자신의 슬픈 운명에 대한 눈물일 수는 있겠지만 그 때문에 여인 앞에서 눈물을 흘린다면 사나이가 아닐 것이다.

젊은 날의 영광을 못 잊는 여인에 대한 동정의 눈물이었나? 천애(天涯)를 떠돌아야 하는 힘없고 가엾은 백성들에 대하여 누군가는 그들을 위해 무슨 일이든 해야만 한다. 그걸 알고는 있지만 지금 백거이가 할 수 있는 일은 아무것도 없다. 때문에 백거이는 눈물을 흘렸을 것이다.

백거이의 시는 '노파도 읽어 알 수 있는(老嫗能解)' 쉬운 시였다고 한다. 그만큼 널리 읽혔던 백거이의 시 중에서 <장한가(長恨歌)>와 <비파행(琵琶行)>은 특히 유명했다. 당시 사람들은 백거이의 시를 외우는 것을 자랑으로 여겼다고 한다.

이 시도 후세에 많은 영향을 주었으니, 원(元) 마치원(馬致遠)은 세칭 곡장원(曲狀元), 마신선(馬神仙)으로 불렸는데, 관한경(關漢卿), 백박(白樸), 왕실보(王實甫)와 함께 '원곡사대가(元曲四大家)'이다. 그의 작품 <청삼루잡극(青衫淚雜劇)>도 백거이의 이 시를 바탕으로 만들어졌다고 한다.

073. 韓碑(한비) 한유의 비문 ● 李商隱이상은

(52구의 장편 칠언고시로 주석에 설명 사항이 많아
독해의 편의를 위해 2단으로 나누어 역주하였다)

(一)

원화천자신무자　피하인재헌여희
元和天子神武姿　彼何人哉軒與羲

서장상설열성치　좌법궁중조사이
誓將上雪列聖恥　坐法宮中朝四夷

회서유적오십재　봉랑생추추생비
淮西有賊五十載　封狼生貙貙生羆

불거산하거평지　장과이모일가휘
不據山河據平地　長戈利矛日可麾

제득성상상왈도　적작불사신부지
帝得聖相相曰度　賊斫不死神扶持

요현상인작도통　음풍참담천왕기
腰懸相印作都統　陰風慘澹天王旗

소무고통작아조　의조외랑재필수
愬武古通作牙爪　儀曹外郎載筆隨

행군사마지차용　십사만중유호비
行軍司馬智且勇　十四萬衆猶虎貔

입채박적헌태묘　공무여양은부자
入蔡縛賊獻太廟　功無與讓恩不訾

제왈여도공제일　여종사유의위사
帝曰汝度功第一　汝從事愈宜爲辭

유배계수도차무　금석각획신능위
愈拜稽首蹈且舞　金石刻畫臣能爲

고자세칭대수필　차사불계우직사
古者世稱大手筆　此事不繫于職司

당인자고유불양　언흘루함천자이
當仁自古有不讓　言訖屢頷天子頤

원화 천자의 성명聖明하시고 당당하신 모습
그분은 누구신가? 헌원씨와 복희씨로다.
맹서하시길 앞선 황제의 치욕을 씻으시고
정궁에 바로 앉아 사이四夷의 조공을 받을 것이라.
회수의 서쪽에 반역자 있기 50년에
이리를 놔두니 큰 삵으로, 삵은 큰 곰이 되었다.
산과 내가 아닌 평지를 차지하고서는
길고 날선 창을 휘두르며 날마다 횡행했다.
성상께선 현신을 얻으시니 이름이 배도裴度이니
도적이 찔러도 죽지 않았으니 신이 도왔도다.
허리에 재상의 인수 차고 도통사가 되니
음풍이 참담한 곳에 천왕의 깃발 휘날린다.
이소, 한공무, 이도고, 이문통 4명의 부장이었고
의조랑과 원외랑은 큰 붓 들고 수행했다.
행군사마인 한유도 지용을 다 갖추니
14만 군사들은 호랑이처럼 용맹했다.
채주에 들어가 적장을 생포해서 종묘에 바치니
큰 공은 양보할 수도 없고 성은은 끝이 없어라.

황제 말하시길 "그대 배도의 공이 제일이니
그대의 종사관인 한유가 의당 글을 지을지어라."
한유는 머리 숙여 절하고 뛸 듯이 기뻐하며
"금석에 새기는 글은 신이 지을 수 있사오니
옛날에도 세상에는 대수필大手筆도 있었지만
이 일은 직책을 따라 맡기는 일이 아니오며
어진 일은 예부터 남에게 넘길 수 없다 했습니다."
말을 다하자 천자께선 여러 번 턱을 끄덕이셨네.

作者 이상은(李商隱, 813-858?) - 상산(商山)의 은자인가?

자(字)는 의산(義山), 호는 옥계생(玉谿生) 또는 번남생(樊南生)이며 만당(晩唐)의 시인을 대표한다. 그 시문의 가치를 평가하여 두목(杜牧)과 함께 '소이두(小李杜, 대이두大李杜는 이백과 두보)'라 칭한다. 또 온정균(溫庭筠)과 함께 '온이(溫李)'라고도 부른다. 본 《당시삼백수》에는 이상은의 시 24수가 실려 있어 두보 - 이백 - 왕유에 이어 네 번째를 차지하고 있다.

이상은, 우선 그의 이름이 갖는 뜻을 생각해 보면 그 이름을 오래 기억할 수 있다. 한 고조 유방(劉邦)이 여후(呂后) 소생의 장자를 폐하고 척부인(戚夫人) 소생의 여의(如意)를 태자로 삼으려 하자, 다급한 여후는 장량(張良)과 상의한다. 장량은 여후에게 '상산(商山)의 사호(四皓)'를 초치

하라고 일러준다. 나중에 태자가 상산사호와 함께 고조를 뵙자 고조는 '날개가 다 갖추어졌다(羽翼已成)'고 하면서 태자를 바꾸려던 생각을 접게 된다.

이상은은 이 고사에서 '상산의 은자(隱者)'라는 뜻을 따와 상은(商隱)을 이름으로 지었다고 한다. 그리고 그의 자 의산(義山)은 '은거이능행의(隱居而能行義)'의 의(義)와 상산의 산(山)을 묶은 것이라고 한다.

17세 때 우이당쟁(牛李黨爭, 우승유牛僧孺와 이덕유李德裕의 당쟁)의 우당(牛黨)에 속하는 영호초(令狐楚)의 막료가 되었다가 25세 때 진사가 된다. 이상은은 이당(李黨)에 속하는 왕무원(王茂元)의 딸과 결혼하는데 이 때문에 우(牛), 이(李) 양쪽에서 모두 배제되는 설움을 겪어야만 했다. 관직생활은 격심한 우이당쟁의 소용돌이 속에서 험난한 가시밭길이었고 굴곡이 너무 심했다. 이렇듯 불우한 처지와 실의 속에서 알기 힘들고 난삽(難澁)한 시어로 그의 우수와 고민을 풀어냈으며 그의 시는 비감(悲感)으로 가득 차있다.

중당(中唐)의 시는 한유와 원진과 백거이로 대표되며, 강건하고 질박한 시풍이었고, 문학의 가치를 '사회의 교화'라는 효용성을 강조하는 입장이었다. 그러나 만당(晩唐)의 시는 이상은과 두목으로 대표되며 개인의 감정과 고민을 표출하는 데 중심을 두었으며, 문학의 미적 가치에 많은 관심을 가졌다고 그 특성을 요약할 수 있다.

만당은 정치적으로 당의 급격한 쇠락시기였다. 절도사 등 군벌 곧 번진(藩鎭)의 할거는 계속되었고, 환관들에 의하여 황제가 옹립되고 폐위되었으며 우이당쟁은 격화되었다. 이러한 현실에 적극적으로 참여하거나 개선할 수도 없었기에 시인들은 문학의 예술적 성취에 주력하게 된다. 그리하여 문자의 조탁(彫琢)과 음률의 조화를 강조하며, 대구와 빈번한 전고의 사용 등 형식을 많이 강조하게 된다.

이상은 시의 특징 중 한 가지는 애정과 우수를 노래한 작품이 많다는 것이다. 그 이전에는 남녀의 애정을 주제로 읊은 시가 거의 없었으나, 이상은에 의해 문학적 향기가 높은 작품이 나온 것은 특기할 만하다. 이상은의 애정시의 제목은 거의 <무제>이다.

이상은 시의 특장은 상징과 은유의 표현기법이 우수하며 전고의 운용이 능숙하다는 점을 들 수 있다. 또한 자구가 정련되고 화려하다 할 수 있으니 이상 세 가지 특장이 하나로 어울려 함축적이고 완곡하며 우아한 시경(詩境)을 연출하고 있으나 난해하다는 평가를 면할 수는 없다.

註釋

▸ <韓碑(한비)> : '한유의 비문'. 한유(韓愈)가 지은 <평회서비(平淮西碑)>. <평회서비>는 《고문진보(古文眞寶)》에도 실려 우리나라에서도 잘 알려진 명문이다.

▸ 元和天子神武姿(원화천자신무자) : 元和天子(원화천자) – 당 헌종(憲宗). 神武(신무) – 제왕을 칭송하는 뜻. 姿 맵시 자. 자질.

▸ 彼何人哉軒與羲(피하인재헌여희) : 彼何人哉(피하인재) – 그는 어떠한 사람인가? 軒(헌) – 황제 헌원씨(黃帝軒轅氏). 羲 내쉬는 숨 희. 복희씨(伏羲氏). 헌원씨와 복희씨 둘 다 고대 전설 속의 성왕(聖王).

▸ 誓將上雪列聖恥(서장상설열성치) : 雪 눈 설. 씻다, 설치(雪恥)하다. 列聖(열성) – 당(唐) 숙종(肅宗), 대종(代宗), 덕종(德宗), 순종(順宗)을 지칭. 숙종 재위 중에 안록산의 반란을 겨우 진압한다. 그 이후 절도사의 번진(藩鎭) 세력은 중앙 정부에 대하여 계속 반기를 들었다. 예를 들어 이희열(李希烈), 주도(朱滔), 전열(田悅), 이납(李納), 오소양(吳少陽)과 그 아들 오원제(吳元制) 같은 절도사들이었다. 안록산의 난에 가담하여 당에 반기를 들었던 이들 절도사들이 전향하며 안록산을 공격한다는 명분을 내세웠을 때, 중앙정부에서는 그들이 현지 사정을 잘 알며 군사력의 보유자라는 이유로 절도사의 지위를 그대로 인정해 주었다. 이후로 당의 중앙정부는 절도사들에 대한 통제력을 완전히 상실했고, 절도사들은 일정지역을 점거한 채 독립적 정권을 유지하며 중앙정부의 통제에서 완전히 벗어났고 가끔은 정부에 반기를 들었다. 이런 반란을 제때에 진압하지 못하고 절도사들에게 끌려 다닌 것이 바로 치욕이었다.

▶ 坐法宮中朝四夷(좌법궁중조사이) : 法宮(법궁) – 황궁의 정전(正殿). 황제가 정사를 행하는 곳. 朝(조) – 조공을 바치다. 四夷(사이) – 중국 주변의 이민족.

▶ 淮西有賊五十載(회서유적오십재) : 淮西(회서) – 회하(淮河) 서쪽 지역. 有賊五十載(유적오십재) – 회서절도사는 채주(蔡州), 신주(申州), 광주(光州) 등 3개 주를 독자적으로 지배하였는데 숙종 보응(寶應) 초(762)부터 이희열이 절도사 자리를 탈취한 이후, 오원제까지 자신들 마음대로 절도사에 오르고 중앙정부는 이를 인정해 주었다. 이들이 국토의 한가운데를 차지하고 중앙정부에 항거한 것이 50년이었다. 원화 10년(815) 정월, 오원제가 정식으로 반란을 일으키자, 정부에서는 817년에야 어사중승(御史中丞) 배도(裴度, 765-839)를 보내어 오원제를 생포하고 반란을 평정케 하였다. 이때 한유도 종군했으며 그 평정 사실을 기록한 <평회서비>의 비문을 지었다. 당 측천무후 때 공식적으로 연(年)을 '재(載)'로 표기하였다. 재(載)는 연(年)과 같다.

▶ 封狼生貙貙生羆(봉랑생추추생비) : 狼 이리 랑. 封狼(봉랑) – 대랑(大狼). 貙 맹수 이름 추. 삵과 비슷하다고 한다. 羆 큰 곰 비. 모두가 맹수들이다. 스스로 절도사에 올라 항거한 이들을 맹수에 비유하였다.

▶ 不據山河據平地(불거산하거평지) : 據 의거할 거. 점거하다. 平地(평지) – 반군이 점거한 지역은 지금의 하남성 남부에 해당한다.

▶ 長戈利矛日可麾(장과이모일가휘) : 戈 창 과. 긴 자루에 직선의 날 부분과 가지가 있어 찌르기와 찍어 당기기를 할 수 있다. 矛 창 모. 긴 자루가 있고 찌르기 전용. 麾 대장기 휘. 큰 깃발. 日可麾(일가휘) – (반도들이) 날마다 날뛰었다.

▶ 帝得聖相相曰度(제득성상상왈도) : 聖相(성상) – 현상(賢相). 度(도) – 배도. 공식 직함은 '문하시랑 동중서문하평장사(門下侍郎 同中書門下平章事).' 문신이지만 여러 절도사를 역임하며 번진 세력을 타파하여 '원화중흥(元和中興)'에 크게 기여하였다.

▶ 賊斫不死神扶持(적작불사신부지) : 斫 벨 작. 賊斫(적작) – 번진 세력이

몰래 파견한 흉도가 무원형(武元衡)과 배도를 암살하려 하여, 무원형은 피살당했지만 배도는 죽지 않았다. 이 사건에 대하여 백거이는 그 배후세력을 철저히 색출해야 한다고 건의했지만 오히려 폄직되어 강주사마로 쫓겨났다. 이는 <비파행>에서 설명했다.

▶腰懸相印作都統(요현상인작도통) : 腰 허리 요. 懸 매달 현. 相印(상인) - 재상 직인. 동평장사는 재상 직위에 해당한다. 당 제도에 여러 직위가 '재상'에 해당하는 직위였다. 都統(도통) - 병마원수도통(兵馬元帥都統)의 줄임. 지역에 주둔한 군사를 감독하고 지휘하는 직위. 배도는 이런 직무를 자원했다.

▶陰風慘澹天王旗(음풍참담천왕기) : 慘 참혹할 참. 澹 담박할 담.

▶愬武古通作牙爪(소무고통작아조) : 愬 하소연할 소. 이소(李愬). 武(무) - 한공무(韓公武). 古(고) - 이도고(李道古). 通(통) - 이문통(李文通). 이소, 한공무, 이도고, 이문통은 배도의 부장으로 출전했다. 牙 어금니 아. 爪 손톱 조. 牙爪(아조) - 부장. 조아(爪牙)와 같음. 짐승의 발톱과 이빨, 용맹한 신하, (악인의) 앞잡이.

▶儀曹外郎載筆隨(의조외랑재필수) : 儀曹外郎(의조외랑) - 의조랑과 원외랑 관직. 여기서는 부대의 기록관[隨軍書記]. 載筆隨(재필수) - 붓을 들고 따라가다.

▶行軍司馬智且勇(행군사마지차용) : 行軍司馬(행군사마) - 한유의 직함. 창의군행군사마(彰義軍行軍司馬). 智且勇(지차용) - 지혜롭고도 또 용감했다.

▶十四萬衆猶虎貔(십사만중유호비) : 十四萬衆(십사만중) - 배도가 거느린 군사. 貔 비휴 비. 虎貔(호비) - 아군의 용맹을 말할 때 비유하는 맹수.

▶入蔡縛賊獻太廟(입채박적헌태묘) : 入蔡(입채) - 채주(蔡州)의 본성(本城)에 들어가다. 縛 묶을 박. 반군 오원제를 생포한 사람은 부장 이소였다. 賊(적) - 반군의 우두머리인 회서절도사 오원제. 太廟(태묘) - 종묘. 적장을 잡아 종묘에 고한 후 처형했다.

▸ 功無與讓恩不訾(공무여양은부자) : 功無與讓(공무여양) - (배도가 쌓은) 공적은 남에게 주거나 양보할 수 없다. 恩不訾(은부자) - (위로부터 내려온) 성은(聖恩)은 끝이 없다. 訾 헐뜯을 자. 흉보다, 생각하다, 헤아리다.

▸ 帝曰汝度功第一(제왈여도공제일) : 汝度(여도) - 그대 배도. 曰(왈) - 다음 구의 ~사(辭)까지.

▸ 汝從事愈宜爲辭(여종사유의위사) : 從事(종사) - 종사관. 愈宜爲辭(유의위사) - 한유가 당연히 글을 지어야 한다.

▸ 愈拜稽首蹈且舞(유배계수도차무) : 稽 머무를 계. 조아리다. 稽首(계수) - 절하다. 蹈 밟을 도. 좋아서 뛰다.

▸ 金石刻畫臣能爲(금석각획신능위) : 여기서부터는 한유가 황제에게 아뢴 말이다. '당인자고유불양(當仁自古有不讓)'까지.

▸ 古者世稱大手筆(고자세칭대수필) : 大手筆(대수필) - 문장을 잘 짓는 사람.

▸ 此事不繫于職司(차사불계우직사) : 繫 맬 계. 職司(직사) - 직책. 한유의 직책은 조서를 작성하는 직책은 아니지만 반드시 직분에 맞춰 지어야 하는 것은 아니다. 곧 한유는 황제의 그 말을 기뻐하며 짓고 싶었다는 뜻.

▸ 當仁自古有不讓(당인자고유불양) : 인을 행하는 일을 남에게 양보할 수 없다. 《논어 위령공(衛靈公)》에 '자왈 당인 불양어사(子曰 當仁 不讓於師)'라는 구절이 있다. 사실을 기록하고 또 상관의 업적을 찬양하는 좋은 일은 남에게 양보할 수 없다는 뜻.

▸ 言訖屢頷天子頤(언흘루함천자이) : 訖 마칠 흘. 屢 여러 루. 頷 턱 함. 아래 턱, 머리를 끄덕이다. 頤 턱 이. 뺨, 끄덕이며 동의했다는 뜻.

(二)

공퇴재계좌소각　유염대필하임리
公退齋戒坐小閣　濡染大筆何淋漓

점찬요전순전자　도개청묘생민시
點竄堯典舜典字　塗改清廟生民詩

문성파체서재지　청신재배포단지
文成破體書在紙　清晨再拜鋪丹墀

표왈신유매사상　영신성공서지비
表曰臣愈昧死上　詠神聖功書之碑

비고삼장자여두　부이령오반이리
碑高三丈字如斗　負以靈鼇蟠以螭

구기어중유자소　참지천자언기사
句奇語重喩者少　讒之天子言其私

장승백척예비도　추사대석상마치
長繩百尺拽碑倒　麤沙大石相磨治

공지사문약원기　선시이입인간비
公之斯文若元氣　先時已入人肝脾

탕반공정유술작　금무기기존기사
湯盤孔鼎有述作　今無其器存其辭

오호성황급성상　상여훤혁유순희
嗚呼聖皇及聖相　相與烜赫流淳熙

공지사문불시후　갈여삼오상반추
公之斯文不示後　曷與三五相攀追

원서만본송만과　구각류말우수지
願書萬本誦萬過　口角流沫右手胝

전지칠십유이대　이위봉선옥검명당기
傳之七十有二代　以爲封禪玉檢明堂基

한유는 물러나 재계하고 작은 방에 들어가
대필大筆에 먹물을 듬뿍 적시니 어찌 그리 유창하던가?
요전堯典과 순전舜典 서경의 내용을 바꾸어야 하고
청묘淸廟와 생민生民 시경의 글도 다시 써야 되었다.
비문은 문체가 파격이고 다른 종이에 옮겨 써서
새벽에 황제께 재배하고 단지 위에 펴 보였다.
아뢰길, 신 한유는 어리석어 죽을 수도 있지만
신성한 공덕을 노래하여 비문으로 지었습니다.
비석의 높이는 세 길이며 글자는 큼직한데
신령한 거북 등에 용이 서린 이수를 얹었다.
신기한 구절과 깊은 뜻을 아는 이 적어서
천자에 참소하며 그 사정을 말하였다.
백 척의 긴 줄로 비석을 당겨 넘어트리고
자갈과 큰 돌로 문질러 갈아 없앴도다.
공의 이 글은 원기와도 같으니
이미 사람들 마음속에 새겨졌다.
탕왕 반명盤銘과 공정孔鼎에 새겨진 글도
옛날 실물이야 없지만 글은 보존되었도다.
오호라! 성황과 함께한 현신이
더불어 같이 빛나며 후세까지 밝게 했다.
한공韓公의 문장이 뒤에 전해지지 않는다면
어떻게 삼황오제를 따라갈 수 있겠는가?
바라니 일만 번 필사하고 일만 번 외우면
입가에 침이 흐르고 오른손 굳은살 박히리다.
이 글이 72대 이후까지 오래 전해지어

봉선한 제문처럼 밝은 정치의 바탕이 되리라.

註釋

- 公退齋戒坐小閣(공퇴재계좌소각) : 公(공) - 한유. 退(퇴) - 퇴근하다. 齋戒(재계) - 부정한 일을 멀리하고 심신을 깨끗이 하다.
- 濡染大筆何淋漓(유염대필하임리) : 濡 젖을 유. 染 물들 염. 濡染(유염) - 먹물을 듬뿍 적시다. 淋 물에 잠길 림. 漓 물 스며들 리. 淋漓(임리) - 문장이 막힘이 없고 상세하다.
- 點竄堯典舜典字(점찬요전순전자) : 點(점) - 문장을 지워 없애는 것. 竄 숨을 찬. 여기서는 문장을 바꾸는 것. 堯典(요전), 舜典(순전) - 모두 《서경(書經)》의 편명.
- 塗改清廟生民詩(도개청묘생민시) : 塗 진흙 도, 바를 도. 塗改(도개) - 윤색하고 고치다. 앞 구 점찬(點竄)의 대구. 清廟(청묘), 生民(생민) - 《시경(詩經)》의 편명. 이 두 구는 헌종(憲宗)의 업적이 찬란하므로 《서경》 《시경》의 내용을 바꿔야 한다는 뜻.
- 文成破體書在紙(문성파체서재지) : 文成破體(문성파체) - 문장에 별도의 특별한 체제를 갖추었다, 독특한 문장으로 썼다. 書在紙(서재지) - 다른 종이에 베껴 쓰다.
- 淸晨再拜鋪丹墀(청신재배포단지) : 淸晨(청신) - 이른 새벽. 再拜(재배) - 황제에게 재배하다, 황제를 알현하다. 鋪 펼 포. 墀 계단 위의 공터 지. 丹墀(단지) - 궁궐 섬돌 위.
- 表曰臣愈昧死上(표왈신유매사상) : 昧 어두울 매. 어리석다, 우매하다. 한유 자신이 글을 잘못 지어 죽을죄에 해당할 수도 있다는 겸사.
- 詠神聖功書之碑(영신성공서지비) : 詠 읊을 영. 노래하다. 書(서) - 여기서는 글씨를 쓰다, 글씨를 새기다.
- 碑高三丈字如斗(비고삼장자여두) : 碑高(비고) - 비석의 높이. 3장 30척. 如斗(여두) - 됫박 만하다. 다른 비문에 비해 글자를 크게 새겼다는 의미.
- 負以靈鼇蟠以螭(부이령오반이리) : 負 짐질 부. 비석을 거북 등 위에 세우

다. 鼇 자라 오. 거북. 비석의 받침을 귀부(龜趺)라 한다. 蟠 서릴 반. 螭 교룡 리. 비신(碑身) 윗부분을 이수(螭首)라 하는데 용이 서려 있는 모양을 조각한다. 비석은 귀부(받침), 비신(碑身, 몸체), 이수(윗부분 장식)의 세 부분으로 되어 있다.

▶ 句奇語重喩者少(구기어중유자소) : 喩 깨우칠 유. 한유가 쓴 비문의 문구는 기이하고 어의(語義)가 깊어 그 참뜻을 아는 자가 적었다.

▶ 讒之天子言其私(참지천자언기사) : 讒 참소할 참. 之(지) - 비문의 내용. 私(사) - 사정(私情).

▶ 長繩百尺拽碑倒(장승백척예비도) : 繩 줄 승. 拽 끌 예. 倒 넘어질 도. 비문의 내용이 일방적으로 배도의 공적만 과장되었다 하여 부장이었던 이소의 누이가 헌종에게 참소하였고 그 결과 헌종이 비를 부수라 했다. 그리고 단문창(段文昌)에게 비문을 다시 지으라고 명령했다.

▶ 麤沙大石相磨治(추사대석상마치) : 麤 거칠 추. 麤沙(추사) - 거친 모래, 자갈. 大石(대석) - 큰 돌. 相磨治(상마치) - 서로 문질러 글자를 뭉개버리다.

▶ 公之斯文若元氣(공지사문약원기) : 公(공) - 한유. 斯文(사문) - 이 문장. 元氣(원기) - 천지자연의 정기.

▶ 先時已入人肝脾(선시이입인간비) : 肝 간 간. 脾 지라 비. 肝脾(간비) - 사람의 마음 속.

정(鼎)

▶ 湯盤孔鼎有述作(탕반공정유술작) : 湯盤(탕반) - 탕왕(湯王)의 큰 세숫대야. 여기에 '구일신 일일신 우일신(苟日新 日日新 又日新)'이라는 글이 새겨져 있다. 《예기(禮記) 대학(大學)》. 孔鼎(공정) - 공자의 조상인 공정고보(孔正考父)의 정(鼎)에 새겨진 명문.

▶ 今無其器存其辭(금무기기존기사) :

器(기) - 여기서는 탕반과 공정. 탕왕의 반(盤)이나 공정의 실물은 없지만 그 글이 전해오는 것처럼, 비석을 넘어트렸다 하여 그 글이 없어지지 않는다는 뜻.

▸ 嗚呼聖皇及聖相(오호성황급성상) : 嗚呼(오호) - 감탄사. 聖皇(성황) - 헌종. 聖相(성상) - 배도.

▸ 相與烜赫流淳熙(상여훤혁유순희) : 烜 마를 훤. 赫 붉을 혁. 烜赫(훤혁) - 불꽃이 환한 모양, 밝게 빛나다. 流(유) - 흘러가다, 후세에 전해지다. 淳 순박할 순. 熙 빛날 희. 淳熙(순희) - 크게 밝은 모양.

▸ 公之斯文不示後(공지사문불시후) : 公(공) - 한유.

▸ 曷與三五相攀追(갈여삼오상반추) : 曷 어찌 갈. 三五(삼오) - 삼황오제(三皇五帝). 攀 매달릴 반. 움켜쥐다. 攀追(반추) - 매달리며 드높이다.

▸ 願書萬本誦萬過(원서만본송만과) : 願(원) - 바라건대. 書萬本(서만본) - 한유의 <평회서비>를 1만 번 필사하다. 誦萬過(송만과) - 1만 번을 외우다, 계속 반복해서 외우다.

▸ 口角流沫右手胝(구각류말우수지) : 口角(구각) - 입가. 沫 거품 말. 胝 굳은살 지.

▸ 傳之七十有二代(전지칠십유이대) : 傳之(전지) - 비문의 글이 전해지기를. 七十有二代(칠십유이대) - 72대, 오랜 세월.

▸ 以爲封禪玉檢明堂基(이위봉선옥검명당기) : 以爲(이위) - ~로 삼다. 封禪(봉선) - 태산(泰山)에서 봉선하다. 玉檢(옥검) - 옥으로 만든 문서 보관함. 그 안에 봉선한 글을 보관한다. 여기에서는 '기도하는 글'. 明堂基(명당기) - 명당은 황제가 정사를 펴는 곳. 명당의 토대가 되다, 밝은 정치를 펼 수 있는 기초 자료가 되기를 바란다는 뜻.

詩意

이 시는 이상은이 젊은 날 한유의 시문을 숭상하던 때에 지어진 것이라 알려졌다. 역사적 사건으로 배도의 회서(淮西) 오원제 반군 평정은 곧 다른 절도사의 번진들에게 큰 영향을 끼쳐 절도사들이 형식적이고 일시적이지만 당 중앙정부의 지시에 따르게 되었다. 이어 잠시 헌종의 정치적 안정을 '원화중흥(元和中興)'이라 부른다.

헌종이 부처 사리를 장안으로 모셔 오려고 할 때 한유가 극력 반대하였고 헌종이 한유를 사형에 처하려 할 때 배도는 적극적으로 한유를 변호한다. 배도는 헌종 원화 14년에 재상에서 물러났고, 헌종은 원화 15년에 갑자기 붕어한다.

이 시는 내용으로 보아 6단으로 구분할 수 있는데 1단은 헌종이 영명한 황제라는 칭송에 이어, 2단에서는 회서 지역 번진의 발호에 대하여 배도를 보내 평정하게 했다는 사실, 그리고 3단에서는 헌종이 한유에게 회서를 평정한 공적을 글로 쓰라고 하였다.

4단에서는 한유가 그 공적을 상세히 명문장으로 기록하였으나, 5단에서는 황제가 일방적인 참소를 믿고 비문을 쓰러트리고 뭉개었다는 내용이 서술되었다. 이어 6단에서는 비석은 없지만 그 비문은 이미 사람들이 알고 있어 영원히 기억될 것이라 하였다.

시는 전체적으로 한유에 대한 칭송으로 일관하고 있는데 한유의 원칙과 개혁 주장, 그리고 한유가 조주자사(潮州刺史)로 폄직 당한 일이 젊은 이상은의 포부와 뜻에 어느 정도 감동을 주었기 때문이라 생각할 수 있다.

부 록

1.당대唐代의 역사 개관

2.당대唐代의 문학 개관

3.당대唐代의 시인 연표

1. 당대唐代의 역사 개관

【전언前言】

중국사에서 당(唐)이 차지하는 비중은 매우 크다.
하(夏)·은(殷)·주(周)로 시작하는 중국고대사는 춘추와 전국시대를 거쳐 최초의 중국 대통일이라 할 수 있는 단명한 진(秦)을 거쳐 한(漢, 전한과 후한. 중국에서는 보통 서한西漢과 동한東漢으로 부른다)의 통일제국으로 이어진다. 한은 중국 고대 문화의 집대성이며 완결이었다.
후한의 쇠약은 위(魏)·촉(蜀)·오(吳)의 삼국분열을 거쳐 서진(西晉)의 통일, 그리고 5호16국시대와 남북조시대로 이어진다. 후한의 멸망(220년)부터 위진남북조(魏晉南北朝)의 분열을 거쳐 수(隋)의 건국(581년)과 전 중국 통일(589년)로 이어진다. 그러나 수 양제(煬帝)의 실정은 곧 당의 건국(618년)과 통일로 이어진다. 당의 7-9세기에 걸친 융성으로 중국의 문화는 그 깊이와 내용에서 당시 세계 제일이었다. 당의 문화는 국제적이고 귀족적이며 화려하였다. 그러한 당에서 문학, 특히 당시(唐詩)의 융성은 가히 '눈이 부시다'고 표현할 수 있다.
이러한 당시를 읽고 공부하기 위해서는 당의 역사 전반에 걸친 이해가 있어야 하고 기본적인 사실은 알고 있어야 한다. 본래 '문사철(文史哲)은 불분가(不分家)'라는 말이 있다. 문학과 사학, 철학은 결코 분가할 수 없는 하나의 학문영역이다. 《사기(史記)》를 읽지 않는 역사학도가 누구이며, 중국문학에서 《사기》를 제외할 수 있는가? 《사기》를 참고하지 않고 누가 중국의 학술을 이야기할 수 있는가? 당시를 읽으려 하면서 당의 역사를 공부하지 않는다면 마치 '산수도 못하면서 돈을 벌려는 사람'과 같을 것이다. 때문에 여기서 당 역사의 대략을 요약하여 독자들에게 제공한다.

【당의 건국과 융성】

통일제국 당나라는 고조(高祖) 이연(李淵)의 개국(618년)에 이어 수말(隋末)에 전국적으로 일어난 봉기세력들을 진압하고 통일을 완성한다. 이어 태종(太宗) 이세민(李世民)의 '정관(貞觀)의 치(治)'를 통해 군주정치의 모범을 보이면서 안정과 번영을 이룩한다.

당 고조 이연과 태종 이세민의 정책은 성공을 거두어 정관(627~649년)에서 현종의 개원 연간(713~742년)에 이르는 100여년은 경제가 발전하며 고구려 원정 등 영토 확장과 함께 번영을 누렸다. 이 기간 중에는 측천무후(則天武后)의 정변이 있었지만 대내외적으로 큰 병란은 없었다. 역사에서는 이 시대를 평화롭고 번영했으며 모범적인 군주정치가 이루어졌던 시기로 평가한다.

그러나 무후의 집권기간 이후 토지 매매가 허용되며 균전제(均田制)는 서서히 붕괴되면서 균전제를 바탕으로 한 부병제(府兵制)도 무너지며 병농(兵農) 분리의 모병제(募兵制)로 바뀌었다. 이 모병제의 가장 큰 병폐 중 하나가 절도사들의 병권을 중앙정부에서 제한할 수 없다는 점이었다.

당은 건국 초부터 국내 정세를 안정시키면서 대외적으로도 세력을 확장했고, 경제적 안정을 이룩하며 제국 융성의 기초를 닦아 300년 이상 그래도 다른 시대에 비해 상대적으로 정치적 안정을 유지했다.

당은 수나라의 통일과 제도 정비, 그리고 대운하 개통 등 앞 시대의 열매를 수확하면서 국가의 경제적·사회적 기반을 확실히 다졌다. 또 남북조시대의 문벌 귀족과 관료층을 두루 흡수하여 지배층의 인적자원을 확보하였고, 과거제도의 발전적 시행으로 새로운 관료층을 확보하면서 문벌 귀족의 출현을 미연에 방지하였다. 또한 균전제의 토지제도와 조용조(租庸調)의 세금제도, 그리고 병농일치(兵農一致)의 부병제로 국력을 키우면서 이민족에 대한 견제정책도 성공을 거두었다. 이처럼 이민족을 견제하거나 균형을 유지하며 군사적으로, 또 사회적으로 안정되었기에 당의 문화는 어느 시대보다 찬란하였다.

당 문화의 특색은 한대 이후 계속 발전해온 전통적 고전문화의 바탕에 위진남북조시대의 귀족문화, 주변 이민족의 여러 문화적 특성을 포용하고 흡수하면서 개방적이고 국제적인 문화특색을 보여주었다. 특히 문학에서 당시의 융성은 지금까지도 중국 문화의 두드러진 특색으로 나타나고 있다. 지금 중국의 중등학교 학생들 중 어지간하면 당시 삼백수를 외운다는 사실을 어떻게 받아들여야 하는가? 약 1300년 전 시인들의 작품을 중국 청소년들에게 암송을 권장하는 그 문화의 깊이를 우리는 한번쯤 생각해 보아야 한다.

당은 중국 역사에서 여러 가지로 공헌한 바가 크다. 당은 중국 본토를 실질적으로 가장 오랫동안 지배한 국가였다.(청淸의 국가 존속 기간이 당보다는 길지만 명明 멸망 이후의 지배기간은 당보다 짧다) 당은 강대한 국력과 국부(國富)를 바탕으로 하는 국제적 문화를 이룩하였으며 세계에서 최고 수준의 문화를 자랑하였다.

【당의 경제적 발전】

당대 시문학의 발전은 당의 경제적 발전과 함께 생각할 수 있다.

당의 문화는 당 제국의 개방성과 함께 국제적 문화라는 특성을 갖고 있다. 수도 장안에는 주변 여러 소수민족에서 보내온 외교 사절이 넘쳐났다고 하는데, 그러한 외교사절의 왕래가 있었다면 틀림없이 상인의 왕래 또한 많았을 것이다. 특히 황소(黃巢)의 난 때 황소는 광주(廣州)에서 페르시아인이나 아라비아 이슬람 상인 등 12만 명을 죽였다는 기록을 보면 외국무역의 융성을 짐작할 수 있다.

당의 국제 무역은 내륙의 국경에는 호시(互市)가 형성되어 국제무역이 이루어졌으며, 해상무역은 광주에 시박사(市舶司)를 두어 외국무역을 감독케 하였다. 시박사는 세관업무를 수행하였으며 황실에서 필요로 하는 물품의 구매도 담당하였다.

당나라의 상업은 농업생산량의 증가, 강남 개발, 대운하의 소통, 차 마시는 습관의 유행, 면화 재배와 면직물의 보급, 그리고 300년 가까운 통일 유지 등에 힘입어 비약적으로 발전할 수 있었다.

당의 정치 도시로서 장안과 낙양에는 상설시장이 개설되고, 관리의 감독 아래 상업 활동이 이루어졌다. 이러한 시장에는 동업자끼리 '행(行)'이라는 조직이 있어 상업 활동을 자체적으로 규제하기도 하였다.
지방의 주와 현에는 초시(草市)가 형성되었고, 초시에는 객상(客商), 좌고(坐賈), 아쾌(牙儈, 일종의 거간꾼)가 활동하였다. 큰 도시나 교통요지에는 여관, 창고업, 술집 등이 발달하였고 덕종 때 양세법 실시와 함께 세금의 금납화(金納化)가 시행되면서 화폐유통이 보편화 되었고 송금어음인 비전(飛錢)도 사용되었다.

【당의 쇠퇴와 환관의 발호跋扈】

현종의 재위기간이 길어지면서 천보 연간(742~755년)에는 사치와 향락이 도를 넘게 되고, 여기에 이임보(李林甫)와 양국충(楊國忠)의 발호(跋扈)가 국가적 위기를 초래했다. 또한 토지 겸병(兼併)의 폐단이 두드러졌고 유랑 농민의 대량 증가, 세금과 요역의 증가에 따른 사회적 모순과 갈등은 점점 심해졌다.
결국 안사(安史)의 난(안록산과 사사명의 난)으로 진행되었고, 당나라는 이 난을 겪으면서 성세(盛世)에서 쇠퇴기로 접어들었다. 안사의 난 이후 당이 안고 있는 여러 가지 모순들이 그 모습을 드러낸다. 중앙정부와 지방 번진(藩鎭)간의 내전이나 번진들의 장안 침공도 있었고, 이민족의 침입과 수도 점거, 환관들의 조정의 고급 관원 배척, 그리고 백성들의 피폐와 유랑은 내재적 모순의 외부 표출이라 할 수 있다.
당의 국가적 근본으로 3대 근간인 균전제, 부병제와 조용조 제도에서 균전제의 붕괴와 토지 사유화의 진행, 모병제로의 전환과 절도사의 발호, 780년 이후 양세법(兩稅法)으로 바뀌었다. 그러나 재정 지출증가에 따라 국가에서는 염세(鹽稅), 차세(茶稅) 등 잡세를 더 많이 거두어들인다. 이런 과정에 편승하여 지방관의 백성에 대한 착취 등은 더 치열해졌기에 백성들의 생활은 매우 곤궁하였다.
중앙 정치에서 용렬하거나 무능한 황제의 연속 즉위와 특히 환관의 발호에 따라 황제의 권력은 매우 약해졌다. 환관과 조관(朝官, 조정의 고관)의 결합으로 생성된 붕당은 우이(牛李)당쟁으로 그 정점을 찍는다. 그 뒤에서 조정 관리들의 남사(南司)와 환관들의 북사(北司)의 계속되는 대립이 있었고, 조관들은 지방의 번진세력과 결탁하여 환관과 맞서면서 만당(晩唐)의 정치는 크게 어지러웠다. 환관의 정치 간여는 날로 심해졌고 당 말기에는 환관에 의한 황제 살해와 옹립이 이어진다. 거기에 환관이 중앙의 금군(禁軍)을 장악하여 황제권은 여지없이 추락하였다.

14대 헌종(憲宗) 이후 22대 소종(昭宗)까지 8대의 황제가 재위하는 기간에 2명의 황제가 환관에 의해 시해되었고, 7명의 황제가 환관에 의해 옹립되었다. 이를 본다면 환관의 마음에 드는 황제, 곧 환관에 의해 배출된 '문생천자(門生天子)'라는 말이 실감이 난다.

문종(文宗)은 환관들에게 통제되는 자신을 '후한의 헌제(獻帝)만도 못하다'고 자탄(自歎)하였고, 자신의 뜻에 맞는 태자를 정하지도 못했다. 문종 때 '감로지변(甘露之變)'에서 문신들이 대량 학살당한 것은 조신(朝臣)보다 환관의 우위를 증명하는 대사건이었다. 우이당쟁이 오랫동안 계속된 것도 환관과 연관이 있고, 번진 절도사와 결탁한 환관들의 폐단은 이루 다 열거할 수가 없다.

구사량(仇士良)이란 환관은 '독서하지도 않고 유생들을 가까이하지도 않으며, 또 사치와 놀이에 빠진 황제가 되도록 이끌어야 하는 것'이 환관의 임무라고 말했다. 황제란 먹고 놀기만 하는 사람이어야 하니 황소(黃巢)의 난(875~884년)을 당한 희종(僖宗) 같은 황제가 나올 수 있었다.

능력과 식견이 있었다는 선종(宣宗)도 환관의 악폐를 뿌리 뽑지 못한 이유는 무엇인가? 여러 가지 이유가 있겠지만 문제는 황제 자신의 식견과 의지가 아니겠는가? 황제가 반듯하게 정사를 처리하려는 의지와 능력이 있다면 어찌 환관이 발호하고, 환관이 태자를 어찌 바꾸거나 황제를 옹립할 수 있겠는가?

사실 천하의 중심은 조정이고 조정의 중심은 황제이다. 그런데 그 황제의 시작, 곧 즉위가 잘못된다면 어찌 황제가 제 역할을 하고 어찌 조정이 반듯할 수 있겠는가? 결론적으로 어리석고 우매한 황제, 주색과 사냥과 놀이에 빠진 황제가 재위하는 한, 악의 근원인 환관을 제거하는 일은 불가능한 일이다.

그렇다면 환관을 대량 학살하여 완전히 제거한 주전충(朱全忠)은 어떠한가? 주전충이 환관을 박살한 것은 당의 국가체질 개선을 위한 조치가 아니었다. 환관과 황제 모두가 제거된다는 것은 곧 당의 멸망이었다.

【당의 멸망】

이러한 상황에서 874년에 왕선지(王仙芝)가 반란을 일으키자 여기에 황소(黃巢)가 호응하여 황소의 난으로 이어진다.

황소의 난이 진압되자 다시 번진간의 세력 싸움이 치열하게 전개되었다. 중앙 정부에서는 아무런 조치도 취하지 못했고 번진간 세력 다툼은 주전충의 승리로 귀결된다. 주전충은 환관을 먼저 제거한 뒤에 당의 선양(禪讓)을 받아 즉위하면서 당은 멸망하였다(907년).

당나라는 중국 역사에서 매우 중요한 의미가 있는 왕조이다. 후한(後漢) 400년 역사가 중국 고대 문화의 완성기였다면, 300년 당의 역사는 중국 중세의 완성이며 경제적·문화적으로 번영과 발전을 구가한 시기였다.

'정관(貞觀)의 치(治)'와 '개원(開元)의 치(治)'로 대표되는 당의 융성은 안사의 난으로 쇠퇴하였고, 말기에 황소의 난으로 끝을 맺는다. 그러나 당 쇠퇴와 멸망의 근본 원인은 균전제를 기본으로 하는 경제체제가 시대에 따라 발전적 개혁을 이루지 못한 데서 찾을 수 있다.

균전제가 무너지면서 농민에게 토지를 지급하지 못하자 부병제는 자동적으로 무너지게 되었다. 그러면서 모병제로 전환하면서 유랑농민들이 군대로 모여들었고 이에 따라 절도사의 발호를 초래했다. 결국 이러한 군사력으로 국가 지배권이 유지될 수도 있었고 또 황소의 난을 평정할 수도 있었지만 결국 당 왕조 자체의 정권도 절도사가 가진 무력과 경제권에 의해 찬탈당한다. 물론 이런 상황은 당 멸망 이후 오대십국(五代十國) 시대에도 계속되고 송(宋)의 건국과 통일을 불러오게 된다.

당의 존속 기간 290년(618~907)을 문학사에서는 다음과 같이 구분하기도 한다.

초당(初唐) - 당의 건국부터 무후 시대를 거쳐 예종까지(618~712년)
성당(盛唐) - 현종의 개원(開元) 원년부터 대종(代宗) 영태(永泰) 원년까지(713~765년)
중당(中唐) - 대종의 대력(大曆) 원년부터 문종(文宗) 대화(大和) 9년까지(766~835년)
만당(晩唐) - 문종의 개성(開成) 원년부터 당 멸망까지(836~907년)

이는 원(元)나라 양사홍(楊士弘)의 《당음(唐音)》에서 시풍(詩風)에 의한 구분이었는데, 이러한 시대 구분이 널리 통하여 지금까지도 사용되고 있다. 그러나 이러한 시대 구분이란 것이 주관적인 판단이기에 학자에 따라 의견이 다를 수밖에 없다. 그래서 건국(618년)에서 현종 개원 연간(~741년)까지 124년간을 초당, 그리고 현종 천보(天寶) 원년(742)부터 헌종 재위(820년)까지 79년간을 중당, 이어 목종(穆宗) 즉위(821년)부터 멸망(907년)까지 87년간을 만당으로 구분하는 학자도 있다.

2. 당대唐代의 문학 개관

【총론】

위진남북조 약 370년간의 분열시대를 통일한 수(隋)나라는 단명했다. 618년 건국된 당(唐)은 수말(隋末), 지방 봉기세력을 모두 격파하고 명실상부한 통일제국을 건설하였다.

당나라는 건국 이후 걸출한 황제 태종 이세민(李世民)의 '정관(貞觀)의 치'라는 모범적인 군주정치에 의거, 안정과 번영을 구가하였으며 정치적 안정과 경제의 발달에 힘입어 문화와 학술의 여러 분야에서 다양한 발전을 이룩하였다. 이러한 정치적 안정은 문학의 융성으로 이어졌는데, 당대 문학은 찬란한 발전을 이룩하면서 그 이전 한(漢)의 문학 또 이후 송·명·청 제국의 문학 이상으로 중국문학 발전에 획기적인 기여를 하였다.

당나라는 국세의 팽창에 따라 주변 국가의 문화가 당에 흘러들어 국제적 성격이 강한 문화적 특성을 보였는데, 이는 사상의 발달과 함께 문학 융성의 기초가 되었다.

당대에는 문학뿐만 아니라 문화 자체가 크게 통일 융합되었다. 태종이 수많은 전적을 수집하고 공영달(孔穎達)로 하여금 《오경정의(五經正義)》를 찬정(撰定)한 것은 학문의 통합을 추진한 것이었다.

태종은 '수성이문(守成以文)'을 표방하며 십팔학사(十八學士)를 우대하였고, 홍문관(弘文館)을 설치하여 숭문(崇文)의 기풍을 진작하였다. 고종과 측천무후 역시 과거제도의 정비와 문인 등용을 실천하였고, 현종은 풍류황제의 명성을 누리면서 이백(李白) 같은 시인을 우대하였다.

이후 역대의 황제들이 모두 문학을 애호하고 장려하였으니 헌종은 백거이를 발탁하였으며, 목종은 원진(元稹)의 시를 좋아하였다. 따라서 당대의 많은 관료와 문인들이 시인으로 그들의 작품을 남겼으며, 평민이나 부녀자들이 시작을 남겼고, 전기 등 다양한 분야의 서민문학도 발달하였다.
또한 시부(詩賦)로 취사(取士)하는 과거제도의 정비와 시행은 전국에 크게 문풍을 일으켰다. '상유호자(上有好者)면 하필유심언(下必有甚焉)'이라 하여 태평성세에 일반 백성들도 문학을 즐겨 종사하였다. 빈한지사(貧寒之士)라도 시문으로 명성을 얻으면 관리로 특채되는 길이 열렸으니 당대 문학의 융성은 매우 자연스러운 결과였다. 이러한 문학의 융성은 '연년세세화상사(年年歲歲花相似)나 세세년년인부동(歲歲年年人不同)' 표현 그대로 개성 있는 시인을 등장케 하였고 걸출한 문학 작품의 양산으로 이어졌다.

【당시唐詩의 융성】

중국에서는 각 시대를 대표하는 문학형태로 '한문(漢文), 당시(唐詩), 송사(宋詞), 원곡(元曲), 명청소설(明淸小說)'이란 말이 있다. 곧 전·후한 시대에는 고문(古文)이, 당에서는 시(詩), 송나라에서는 사(詞, 이도 넓은 의미로 본다면 시로 분류할 수 있다), 그리고 원대(元代)에는 서상기(西廂記)와 같은 희곡이 발달하였으며, 명과 청대에는 사대기서(四大奇書)나 《홍루몽》 같은 소설이 크게 발달하였다.
그러나 어느 시대에서든 문학의 중심은 시와 문장이었다. 특히 시는 재능을 가진 문인이 각고의 노력으로 창작할 수 있다고 믿었으며, 문인이라면 당연히 시문에 박통해야 한다고 누구나 인정하고 있었다.
육조(六朝)문학의 뒤를 이은 당대 문학은 형식적으로 완성되었고 사상과 내용이 풍부해졌으며 육조문학의 경미한 폐풍을 교정할 수 있었다. 곧 당대 문학은 질을 강조한 한(漢)·위(魏)의 문학과, 문채와 아름다움을 강조한 육조문학의 장점을 모두 흡수하여 문질(文質)이 빈빈(彬彬)하게 개화하였다.

당대 문학의 핵심은 시이다. 당시(唐詩)는 작품의 양뿐만 아니라 사상, 제재, 형식, 기교의 모든 면에서 최고의 경지를 이룩했다. 청나라 강희제(康熙帝) 때인 1706년에 편찬된 《전당시(全唐詩)》에는 시인 2,200명의 작품 48,900

수(목차만 12권, 전질은 900권에 달한다)가 수록되어 있다. 이는 그때까지 남아있는 작품을 수록한 것이기에 당나라 때 시의 일부라고 생각해야 한다. 이러한 당시의 융성은 정치 경제의 발전과 문학 자체의 발전에 따른 필연이었다. 당대 초기 백년간의 사회 경제적 안정과 발전의 결과로 일반 백성들의 생활은 풍족하고 부유하였다. 풍족한 생활은 문학뿐만 아니라 무용, 음악, 회화, 건축 등 각종 예술을 꽃피웠고, 이러한 예술은 그대로 시의 소재가 되어 시를 통해 그려졌다.

국내 치안의 안정과 대운하 등 교통의 발달은 시인들의 여행 욕구를 유발했고, 여행의 견문과 다양한 경험은 시의 내용을 한층 풍부하게 하였다. 그리하여 당시는 산수자연에 대한 묘사와 서정은 물론, 인생의 전반적인 문제들이 시의 소재가 되어 독자들에게 보다 새로운 문학의 지평을 볼 수 있게 하였다.

당시의 번영은 시문학 자체의 발전과 역사적 발전의 결과라고 말할 수 있다. 4언 위주의 《시경》의 시에서 《초사》 형식으로 발전한 이후 한대(漢代)에서 오언·칠언의 시가 발생하였고, 위진남북조시대를 거치면서 내용과 형식은 점차로 완비되어갔다. 그리하여 심약(沈約, 441-513)이 제창한 '사성팔병설(四聲八病說)'은 당대 근체시 형성의 밑거름이 되었다.

당나라에서 완성된 신체시(新體詩) 이후 새로운 형식의 시는 출현하지 않았다. 곧 당시가 형식상 최고라는 뜻이다. 그리고 시인 계층의 폭이 매우 넓고 두터웠다. 또한 걸출한 시인이 당대처럼 많은 적이 없다. 그리고 시인들의 노력도 이 시대만큼 열정적인 때가 없었다.

두보는 자신이 천성적으로 좋은 구절을 찾으려 노력하였다면서(爲人性癖耽佳句) '글자 하나로 사람들을 놀라게 하지 못한다면 죽을 때까지 멈출 수 없다(語不驚人死不休)'라는 말을 남겼는데 이는 운(韻)과 평측(平仄)에 맞는 시어 한 글자를 찾기 위해 시인이 얼마나 고심하는가를 단적으로 증명해 주고 있다.

본 《당시삼백수》에 실려 있는 그대로 당시 형식의 다양성은 이후 어느 시대에서도 뛰어넘지 못했다. 이백, 두보, 왕유, 유종원, 백거이 등 천재시인들이 독창적인 풍격을 창출하였으며 사상성과 예술성 등 모든 면에서 최고 완숙의 경지에 도달하였다.
당대의 일부 시인들을 제외하고는 그 생애가 불명한 경우가 많다. 관직생활을 한 시인의 경우는 사서(史書)에 그 이름이 등장하고 연보가 만들어질 정도로 생애가 알려진 경우도 있지만, 관직 경력이 없는 경우 대부분 그 생애가 불분명하다는 아쉬움은 어쩔 수 없다.

【당시의 시대 구분】

당시는 초당, 성당, 중당, 만당의 4시기로 구분하여 발전과정과 특색을 설명하는 것이 통례로 되어있다. 이러한 4시기 구분은 대체적으로 역사적 실정에 부합하고 또 편리한 구분법이기에 널리 사용되고 있다. 물론 학자에 따라 조금씩 연대가 다르기도 하며, 또 성당에 속하는가 아니면 중당의 시인이라 하면서 그 소속을 달리하는 경우도 있는 것은 감안하여야 한다. 일반적으로 명대(明代)의 고병(高棅, 1350-1423, 호 만사漫士)의 《당시품휘(唐詩品彙)》에 의한 분류가 가장 일반적으로 적용되고 있다.

1) **초당**(初唐, 618-712) - 당의 건국에서 당 현종 즉위 전까지. 남조 제(齊)와 양(梁)의 시풍을 계승하고 고체시의 형식과 기교가 규율화 되면서 근체시가 성립되는 시기이다. 궁정시인 상관의(上官儀)를 비롯하여, 왕발(王勃), 양형(楊炯), 노조린(盧照隣), 낙빈왕(駱賓王) 등 초당사걸(初唐四傑)과 심전기(沈佺期, 656?-713?)와 송지문(宋之問, 656-712) 등이 활약했고, 진자앙(陳子昂), 장구령(張九齡) 등이 등장하였다. 특히 심전기와 송지문은 오언율시의 기초를 확실하게 다져 이 시기 율시의 정형화에 크게 공헌하였다.

2) **성당**(盛唐, 713-765) - 당 현종과 숙종(肅宗), 대종(代宗) 즉위 초에 해당한다. 개원(開元)의 치(治)를 지나 천보 연간에 안사의 난(755-763)을 겪었지만 당의 최전성기라 할 수 있다. 이 시기는 현종의 '개원 연간의 성세(713-741)'와 천보 연간(742-756)의 퇴폐기와 '안사의 난' 기간에 해당된다. 이 시기는 번영과 파국을 함께하고 있어 낭만적·낙관적인 시풍이 있는가

하면 전란의 참담한 사회를 묘사한 현실적이고 침울한 시풍도 있다. 이 시기에는 왕유(王維, 701-761)와 맹호연(孟浩然, 689-740)같이 자연을 읊은 유명한 산수시인과 고적(高適, 702-765), 잠삼(岑參, 715-770) 같은 변새시인의 활약도 눈부시지만, 무엇보다도 이백(李白, 701-762)과 두보(杜甫, 712-770)가 활약했던 시기로 가히 당시의 전성기라 할 수 있다. 이백은 두보의 <기이십이백이십운(寄李十二白二十韻)>의 표현 그대로 '필락경풍우(筆落驚風雨)하고 시성읍귀신(詩成泣鬼神)하는' 천재시인이며 시선(詩仙)이었다. 두보는 시성(詩聖)이라는 존칭과 함께 그의 시는 곧 시사(詩史)라고 일컬어진다. 이외에도 변새시인으로 왕창령(王昌齡) 또한 유명하다.

3) 중당(中唐, 766-835) - 대종 이후 문종(재위 826-840)의 재위 연간에 해당하는데 이 시기에도 걸출한 시인들이 많이 배출되었다. 노륜(盧綸, 748-799), 전기(錢起, 722-785) 등 대력십재자(大曆十才子)가 활동했고, 백거이(白居易, 772-846), 원진(元稹, 779-831)이 활약하였다. 또 고문운동을 전개하며 당송팔대가에 속하는 한유(韓愈, 768-824)와 유종원(柳宗元, 773-819)도 시인으로 명성을 누렸고, 유우석(劉禹錫, 772-842), 이하(李賀, 791-817) 등도 명성을 남겼다.

4) 만당(晚唐, 836-906) - 이 시기는 절도사의 발호와 환관의 전횡으로 정치가 크게 어지러웠고 '황소(黃巢)의 난(875-884)' 이후 당이 멸망에 이르는 시기이다. 이 시기에는 두목(杜牧, 803-852)과 이상은(李商隱, 812-858)이 유명하고, 피일휴(皮日休, 843-883), 두순학(杜荀鶴, 846-907) 등이 당말기 농민의 참상(慘狀)을 시로 읊었다.

【산문散文과 고문古文운동】

당대의 산문 또한 당대 문학의 두드러진 특성의 하나이다.

당대에 성행했던 문장은 사륙병려체(四六騈儷體)의 문장이었다. 사륙병려체란 문장의 구절을 4자구 또는 6자구를 사용하여 구절을 깨끗하게 조율하면서 대구를 많이 써서 수식성을 한층 강조하는 문장이다. 또한 병려문은 대구뿐만 아니라 전고를 많이 사용하고 문사가 화사미려하며 음조의 조화를 추구하였다. 때문에 문기(文氣)가 미약하고 문맥이 산만하고 문의(文義)가 확실치 않다는 병폐를 면할 수 없었다.
초당사걸인 왕발, 양형, 노조린, 낙빈왕이 육조의 이러한 유풍을 따랐고 '문장사우(文章四友)'인 최융(崔融), 소미도(蘇味道), 두심언(杜審言, 두보의 조부), 이교(李嶠) 또한 수식적인 명문으로 이름을 누렸다. 이런 문장의 기풍은 성당으로 이어졌기에 사륙병려체 문장의 융성을 초래하였다.
그간에 진자앙(陳子昻)의 고문 숭상 기운이 없지는 않았으나 이백과 두보가 당시의 혁신을 완성하였듯이, 중당에 들어 한유와 유종원이 고문부흥을 주창하면서 형식적인 문장을 배제하며 기골있는 내용으로 선진(先秦)의 고문을 따르자고 주창하였다.
당은 안사의 난 이후 모든 면에서 심각한 퇴조 현상을 보였다. 절도사의 막강한 세력과 그들의 발호, 이민족의 빈번한 침략, 무능한 황제 밑에서 날뛰는 간신배와 환관들, 착취와 중세(重稅)에 시달리다 못해 유랑하는 농민들, 이런 틈을 이용하여 불교와 노장사상의 유행과 유가사상의 퇴조가 눈에 확실하게 보이는 시대였다.
한유는 이러한 때에 불교와 노자사상을 배격하며 공자와 맹자의 도를 높여 사회질서를 확립하면서 문란한 정치를 바로 세우고자 했다. 한유는 맹자 이후 단절된 유가의 정통을 이을 사람이 바로 자신이라는 강한 자부심을 가지고 '문장은 도를 담아야 하고(文以載道)', '문학은 도를 밝히는 도구'라고 생각하였다. 한유는 양한(兩漢)의 글이 아니면 읽지를 않고, 성인의 뜻이 아니면 감히 마음에 담아두지 않았으며, 고문을 통해 성인의 도를 깨우쳐야 한다고 주장하였다.
한유의 많은 산문 중에서 <원도(原道)>와 <원성(原性)>은 유가사상의 확립에 기여한 명문장이고, <사설(師說)>은 한유가 정원(貞元) 17년에 국자사문박사로 근무하면서 스승의 역할과 교육원론을 논한 논설이다. <진학해(進學解)>는 원화 6년(811)에 국자박사로 근무할 때 지은 글로 논리가 확실하여 매우 설득력 있는 명문장이다. 한유의 <제십이랑문(祭十二郎文)>은 조카를 위한 제문(祭文)이지만 제갈량(諸葛亮)의 <출사표(出師

表)>, 이밀(李密)의 <진정표(陳情表)>와 함께 중국의 3대 서정문으로 평가되고 있다. 그밖에 <쟁신론(爭臣論)>, <간영불골표(諫迎佛骨表)>, 조주로 좌천되어 지었다는 <제악어문(祭鰐魚文)>도 잘 알려진 명문이다.
유종원은 유명한 문장가로 한유와 함께 당송팔대가의 한 사람이다. 유종원은 '문이명도(文以明道)'라 하면서 유학사상뿐만 아니라 불교와 노장사상까지 폭넓게 수용하면서 도와 함께 문장 자체도 중요하다고 강조하였다. 유종원의 명문장으로는 <봉건론(封建論)> 같은 이지적이고 논리적인 논설문이 있고, <종수곽탁타전(種樹郭橐駝傳)>, <재인전(梓人傳)> 같은 전기문, <포사자설(捕蛇者說)>, <삼계(三戒)>로 통칭되는 우언문(寓言文)은 당시의 탐관오리들의 탐욕과 무능을 비판하고 있다. 그가 영주(永州)의 산수에 노닐면서 지은 <영주팔기(永州八記)>는 매우 유명한 산문이다.

【민간문학民間文學】

당대의 민간문학 역시 내용이 풍부하며 다양한 형식으로 발전하였다. 현존하는 당대의 민간 가요는 수량이 많지 않으나 민중의 예술적 창조력과 질박한 서정을 잘 표현하고 있다.
당대의 변문(變文)은 불교 포교를 목적으로 창작되었는데 불경의 고사뿐만 아니라 중국의 역사 이야기나 민간전설 등 다양한 소재를 다루고 있어 뒷날 화본(話本), 탄사(彈詞) 등 강창(講唱)문학의 발달에 크게 기여하였다.
당대의 소설은 육조(六朝) 지괴(志怪)소설을 이어받아 전기(傳奇)소설로 발전하였다. 내용도 귀신 이야기 중심에서 인간 중심으로 소재가 바뀌었으며 창작된 이야기로써 근대적 의미의 소설적 요소를 다 갖추며 발전하였다. 심기제(沈旣濟)의 <침중기(沈中記)>, 원진(元稹)의 <앵앵전(鶯鶯傳)>, 백행간(白行簡)의 <이왜전(李娃傳)> 등의 작품이 잘 알려졌다. 이러한 당대의 전기는 송대의 화본 소설과 원대의 희곡 발전에 영향을 주었다.
당대에는 사(詞)가 출현하고 창작되었는데 당말 오대에 많은 사 작가들이 출현하면서 화간파(花間派)가 형성되어 송대의 송사(宋詞) 발전의 토대를 마련하였다.

3. 당대唐代의 시인 연표

묘호(廟號)	재위	연호	시인 생년	시인 졸년	비고
고조 이연 (高祖 李淵)	618 - 626	무덕(武德) 618			
태종 이세민 (太宗 李世民)	626 - 649	정관(貞觀) 626	640? 낙빈왕(駱賓王) 645? 두심언(杜審言)		
고종 (高宗)	649 - 683	영휘(永徽) 650 현경(顯慶) 656 용삭(龍朔) 661 인덕(麟德) 664 건봉(乾封) 666 총장(總章) 668 함형(咸亨) 670 상원(上元) 674 의봉(儀鳳) 676 조로(調露) 679 영륭(永隆) 680 개요(開耀) 681 영순(永淳) 682 홍도(弘道) 683	650 왕발(王勃) 650? 심전기(沈佺期) 656? 송지문(宋之問) 658 장욱(張旭) 659 하지장(賀知章) 661 진자앙(陳子昂) 678 장구령(張九齡)	676 왕발	

묘호(廟號)	재위	연호	시인 생년	시인 졸년	비고
중종(中宗)	683 - 684	사성(嗣聖) 684			
예종(睿宗)	684 - 690	문명(文明) 684 광택(光宅) 684 수공(垂拱) 685 영창(永昌) 689 재초(載初) 689 690년부터 무측천(武則天, 臨朝 稱制	685 현종(玄宗) 688 왕지환(王之渙) 689? 맹호연(孟浩然) 690 이기(李頎)	684? 낙빈왕	
무측천(武則天)	690 - 705	천수(天授) 690 여의(如意) 692 장수(長壽) 692 연재(延載) 694 증성(証聖) 695 천책만세(天冊 萬歲) 695 만세등봉(萬歲 登封) 695 만세통천(萬歲 通天) 696 신공(神功) 697 성력(聖曆) 698 구시(久視) 700 대족(大足) 701 장안(長安) 701 신룡(神龍) 705	692 왕유(王維) 기무잠(綦毋潛) 693 왕만(王灣) 694 구위(邱爲) 698 왕창령(王昌齡) 699 조영(祖詠) 701 이백(李白) 704 최호(崔顥)	702 진자앙	유방평(劉 方平) 생졸 미상

묘호(廟號)	재위	연호	시인 생년	시인 졸년	비고
중종(中宗)	705 - 710	경룡(景龍) 707	706 고적(高適) 708 상건(常建) 709 유장경(劉長卿)	708 두심언	
이중무(李重茂)	710	당륭(唐隆) 710			
예종(睿宗)	710 - 712	경운(景雲) 710 태극(太極) 712 연화(延和) 712	712 두보(杜甫)	712 송지문 714? 심전기	왕한(王翰) 710년 급제, 생졸 미상
현종(玄宗)	712 - 756	선천(先天) 712 개원(開元) 713 천보(天寶) 742	715 잠삼(岑參) 716 배적(裴迪) 720 사공서(司空曙) 722 전기(錢起) 723 원결(元結) 725 고황(顧況) 732 대숙륜(戴叔倫) 737 위응물(韋應物) 739 노륜(盧綸) 743 이단(李端) 746 이익(李益) 751 맹교(孟郊)	740 장구령 맹호연 742 왕지환 744 하지장 746 조영 747 장욱 751 이기 왕만 754 최호	배적 졸년 미상 유신허(劉昚虛) 생졸 미상 최서(崔曙) 개원 26년 급제, 생졸 미상 한굉(韓翃) 진사 급제 (754), 생졸 미상
숙종(肅宗)	756 - 762	지덕(至德) 756 건원(乾元) 758 상원(上元) 760 보응(寶應) 762	759 권덕여(權德輿)	755 기무잠 756? 왕창령 761? 왕유 762 이백	

묘호(廟號)	재위	연호	시인 생년	시인 졸년	비고
				현종	
대종(代宗)	762-779	광덕(廣德) 763 영태(永泰) 765 대력(大曆) 766	767? 장적(張籍) 767 왕건(王建) 768 한유(韓愈) 772 유우석(劉禹錫) 백거이(白居易) 773 유종원(柳宗元)	765 상건 고적 770 두보 잠삼 772 원결	
덕종(德宗)	779-805	건중(建中) 780 흥원(興元) 784 정원(貞元) 785	779 가도(賈島) 원진(元稹) 799 주경여(朱慶餘) 803 두목(杜牧)	780 전기 780? 유장경 782 이단 789 구위 대숙륜 790 사공서 792 위응물 799 노륜	주경여 졸년 미상 유중용(柳中庸) 생졸 미상
순종(順宗)	805	영정(永貞) 805			
헌종(憲宗)	805-820	원화(元和) 806	812 온정균(溫庭筠) 진도(陳陶) 813 이상은(李商隱)	814 맹교 814? 고황 818 권덕여 819 유종원	두추낭(杜秋娘) 생졸 미상
목종(穆宗)	820-824	장경(長慶) 821		824 한유	

묘호(廟號)	재위	연호	시인 생년	시인 졸년	비고
경종 (敬宗)	824 - 826	보력(寶曆) 825	825 정전(鄭畋)		
문종 (文宗)	826 - 840	대화(大和) 827 개성(開成) 836	836 위장(韋莊)	829 이익 830?장적 왕건 831 원진	장호(張祜) 생졸 미상 허혼(許渾) 832년 급제
무종 (武宗)	840 - 846	회창(會昌) 841	846 두순학(杜荀鶴)	842 유우석 843 가도 846 백거이	설봉(薛逢) 회창 원년 진사, 생졸 미상
선종 (宣宗)	847 - 859	대중(大中) 847	854 최도(崔塗)	852 두목 858 이상은	최도 졸년 미상 이빈(李頻) 854년 급제, 생졸 미상
의종 (懿宗)	859 - 873	함통(咸通) 860		870 온정균	장교(張喬) 의종 재위 시 진사과 급제, 생졸 미상
희종 (僖宗)	873 - 888	건부(乾符) 874 광명(廣明) 880 중화(中和) 881 광계(光啓) 885 문덕(文德) 888		883 정전 885 진도	

묘호(廟號)	재위	연호	시인 생년	시인 졸년	비고
소종(昭宗)	888-904	용기(龍紀) 889 대순(大順) 890 경복(景福) 892 건녕(乾寧) 894 광화(光化) 898 천복(天復) 901			한악(韓握) 용기 연간에 진사 급제, 생졸 미상 장필(張泌) 생졸 미상
애제(哀帝)	904-907	천우(天祐) 904-907 당(唐) 망함		907 두순학 910 위장	

唐詩三百首(上)

初版 印刷 - 2014년 12월 10일
初版 發行 - 2014년 12월 15일

孫秀(蘅塘退士) 篇
張基槿 · 陳起煥 共譯

發行人 - 金 東 求
發行處 - 명 문 당(창립 1923년 10월 1일)
서울특별시 종로구 윤보선길 61(안국동)
우체국 010579-01-000682
전 화 (02) 733-3039, 734-4798
FAX (02) 734-9209
Homepage www.myunmundang.net
E-mail mmdbook1@hanmail.net
등록 1977.11.19. 제1-148호

■

* 정가 20,000원

ISBN 979-11-85704-18-0 94820
979-11-85704-17-3 94820 세트